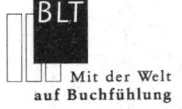

Larry H. Robinson, geboren 1936 in Ontario, Kanada, war fünfzehn Jahre als Pilot tätig, bevor er eine Immobilienfirma gründete. *Der dreizehnte Jünger* ist sein erster Roman, mit dessen Recherche und Niederschrift er drei Jahre beschäftigt war. Larry H. Robinson ist verheiratet und Vater von sechs Kindern.

LARRY H. ROBINSON

DER DREIZEHNTE JÜNGER

Aus dem Amerikanischen von
Marion Sohns

BLT
Band 92 092

1. Auflage: Januar 2002

BLT ist ein Imprint der Verlagsgruppe Lübbe

Originaltitel: THE THIRTEENTH DISCIPLE
© 2000 by Larry H. Robinson
© für die deutschsprachige Ausgabe 2001 by
Verlagsgruppe Lübbe GmbH & Co. KG, Bergisch Gladbach
Einbandgestaltung: Gisela Kullowatz
unter Verwendung des Ausschnitts eines Gemäldes
von Cima da Coneglinano und Giovanna Battista
© by AKG, Berlin
Autorenfoto: privat
Satz: hanseatenSatz-bremen, Bremen
Druck und Verarbeitung: Elsnerdruck, Berlin
Printed in Germany
ISBN 3-404-92092-9

Sie finden uns im Internet unter
http://www.luebbe.de

Der Preis dieses Bandes versteht sich einschließlich
der gesetzlichen Mehrwertsteuer.

PROLOG

Die Geburt des Hurrikans war nicht besonders spektakulär und fand weit draußen auf dem Karibischen Meer statt, wo niemand sein Entstehen bemerkte. Es begann mit einem sich ausbreitenden Tiefdruckgebiet über dem Ozean, das von den heißen Strahlen der tropischen Sonne genährt wurde. Kaum wahrnehmbar, nahezu träge, begann die Brise, wie ein erster Atemzug, in sanften, kreisenden Bewegungen über dem tiefgrün schimmernden Wasser zu tanzen. In dem Maße, in dem die Atemzüge sich beschleunigten, saugten sie die Feuchtigkeit von der Oberfläche in den azurblauen Himmel. Nach einer Weile vereinten sich die winzigen Tröpfchen zu kleinen Wolkenbündeln, die bald zu hochragenden Nebelsäulen emporwuchsen, deren Farbe von Weiß in schmutziges Grau und schließlich in Schwarz überging. In wilder Raserei tobte der anschwellende Sturm über das Wasser und peitschte die Feuchtigkeit in die Höhe, um den unbändigen Hunger des immer stärkeren Hurrikans zu stillen.

Hunderte Meilen entfernt, in nördlicher und westlicher Richtung, lagen die ruhigen Gewässer des Yucatánkanals. Strahlendes Sonnenlicht brach sich in den Wellen, die sanft ein Korallenriff umspülten, das bei Ebbe den Eingang zu einer geschützten Lagune verdeckte. Auf einer hohen Klippe ragte die Heilige Py-

ramide empor, ein steinernes Monument zu Ehren des Schöpfergottes Kukulkan. Zu ihren Füßen warteten dreißig Mayaknaben, die – wie der sich rasch nähernde Sturm – den Zeitpunkt ihrer Reife erreicht hatten, ungeduldig in der heißen Morgensonne.

Man schrieb den 12. Juni im Jahre 5 A.D.

Die Zeremonie

Der junge König Uxmal, Herrscher des Stammes der Quiché-Maya, wand sich unruhig auf seinem Lager, als der Hohepriester Pupol sich näherte und die Decke zurückschlug, die Uxmals Lenden bedeckte. In der Hand hielt Pupol den Heiligen Dolch, der aus der scharfen Rückengräte eines Stachelrochens gefertigt war und den Hohepriestern bereits seit fünf Generationen als zeremonielles Instrument diente. Im Laufe der Zeit war der geschwungene Griff, der einst in purem Gold glänzte, unter dem Druck der schwieligen Priesterhände matt geworden. Versuchsweise berührte Pupol die Lenden des jungen Königs mit der Spitze. »Nein! Noch nicht!«, wehrte sich Uxmal, als ein winziger Blutstropfen an der Stelle hervorquoll, wo die Spitze die Haut berührt hatte. »Ich bin noch nicht bereit.« ›Bereit sein‹ bedeutete, keine Schmerzen mehr zu empfinden, doch davon war der junge König noch weit entfernt. »Ich brauche noch Zeit.«

»Es bleibt nicht mehr viel Zeit. Was du brauchst, ist mehr Medizin!«

Mit diesen Worten bot der Priester Uxmal eine große irdene Schale dar, in der sich eine Mixtur aus Cocablättern, Wein und Ziegenblut befand, die seit dem frühen Morgen über dem Heiligen Feuer warm gehalten wurde. Die Hand des jungen Königs zitterte, als er sich weitere Blätter in den Mund stopfte. Pupol tupfte ihm den herabtropfenden Saft vom Kinn.

»Langsam kauen und rasch hinunterschlucken«, wies er ihn an. Uxmal nickte und versuchte ein Würgen zu unterdrücken.

»Hättest du nicht ein wenig Zuckerrohr hinzufügen können?«

»Es ist die gleiche Zusammensetzung, die dein verstorbener Vater bekam, und ihm ist sie gut bekommen. Aber vielleicht sollte ich der Mixtur bei der nächsten Zeremonie etwas Zuckerrohr beigeben.«

Lächelnd blickte der Hohepriester auf Uxmal hinab. Der König war noch jung, mit seinen zwanzig Jahren der jüngste Herrscher in der Geschichte des Stammes. Sein Vater Tulu, der letzte große König der Quiché-Maya, war am Biss einer giftigen Schlange gestorben, was zur vorzeitigen Krönung Uxmals geführt hatte. Das war vor einem Monat gewesen. Heute war der Tag seiner ersten offiziellen Zeremonie: Er sollte die Knaben des Stammes, die die Schwelle zum Mannesalter erreicht hatten, zu ihrer Initiation willkommen heißen. Nach dem Ritual würde im Dorf, das außerhalb der steinernen Mauern lag, die das königliche Areal umgaben, ein großes Fest stattfinden; man würde bis zum Morgen tanzen und Geschenke austauschen. Traditionsgemäß mussten diese Feierlichkeiten mit dem Sichtbarwerden des neuen Mondes am Nachthimmel beginnen, was nach den Berechnungen des Priesters kurz nach Sonnenuntergang der Fall sein würde. Inzwischen war es beinahe Mittag. Der Zeitpunkt für den Beginn des Männlichkeitsrituals war im Maya-Kalender ebenso präzise vorausberechnet wie der Lauf der Sonne. Wenn es so weit war, würde durch eine schmale Öffnung in der Pyramidenmauer ein Sonnenstrahl direkt auf das goldene Antlitz des Mayagottes fallen, dessen Statue auf einem Altar in der Pyramidenkammer thronte. Am allmählichen Vorrücken des Lichtstrahls konnte der Priester den nahenden Zeitpunkt erkennen und die Dorfbewohner drei Tage im Voraus über das bevorstehende Ereignis informieren. Heute war es so weit, und wenn der junge König nicht bald in den durch die Drogen hervorgerufenen Betäubungszustand fiel, würde man den Zeitpunkt versäumen.

Pupol hatte bereits zwei Herrscher überlebt, und alle kannten ihn nur als Hohepriester. Die Wohnstätten der Priester lagen gewöhnlich an abgelegenen Plätzen im Dschungel; sie verbrachten nur bestimmte Zeitabschnitte in den Heiligen Pyramidenanlagen. Die beiden ihm unterstellten Priester dienten in Dörfern, die tief im Innern des Dschungels lagen. Die wichtigsten Pflichten der Hohepriester bestanden in der Durchführung offizieller Zeremonien, der Bestattung toter Herrscher und der Beschriftung der Grabkammern.

Pupol rief sich die Aufgabe ins Gedächtnis, die unmittelbar vor ihm lag, und ermahnte den jungen König, noch mehr von dem warmen Brei zu sich zu nehmen.

Das bevorstehende Blutritual gehörte zu den wichtigsten Obliegenheiten eines Königs, denn nachdem er das Heilige Feuer mit einem Becher seines Blutes gespeist hatte, würden die Seelen seiner Ahnen durch die Flammen zu ihm sprechen. Mit ein wenig Hilfe von Seiten des Priesters, der ihm bei der Auslegung der Worte behilflich war, würde er die Weissagungen anschließend den Angehörigen seines Stammes verkünden, die am Fuß der Pyramide versammelt waren. Achthundert getreue Untertanen verharrten dort in diesem Augenblick schweigend in der schwülen Hitze des Urwaldes, die mit jeder verstreichenden Stunde zunahm und die Geduld der Wartenden auf eine harte Probe stellte. Schon in der Morgendämmerung waren sie vom dröhnenden Ruf der Tempeltrommeln aus ihrem Dorf außerhalb des Zeremonialzentrums herbeigerufen worden.

Und während der junge Herrscher noch keine Neigung verspürte, sein Blut vergießen zu lassen, waren sich Priester und Tempeltrommler der immer knapperen Zeit nur zu bewusst und wurden zunehmend besorgt.

Für den Maya-Jungen Yax war dies eine äußerst bedeutende

Zeremonie, sollte doch heute an ihm und neunundzwanzig anderen Knaben des Stammes das Männlichkeitsritual vollzogen werden. Seit über einer Woche hatte der Priester sie gelehrt, wie sie gehen, niederknien und die Stufen der Pyramide zu erklimmen hatten. Nun, da der Zeitpunkt kurz bevorstand, wurde Yax immer unruhiger.

Er war froh, das üppige Frühstück verschmäht zu haben, das die Mutter ihm zubereitet hatte, denn die schweren Speisen hätten seinem ohnehin flatternden Magen noch mehr zugesetzt. Er blinzelte, um die Schweißtropfen zu vertreiben, die ihm von den Brauen ins Auge tropften. Es war ihnen eingeschärft worden, keinen Muskel zu bewegen, geschweige denn sich zu kratzen. Mit zusammengebissenen Zähnen unterdrückte Yax den Impuls.

So bedeutend diese Zeremonie auch war, Yax war weitaus mehr an den Vorteilen interessiert, die ihm daraus erwuchsen. Als Erwachsener war es ihm endlich gestattet, sich den Fischern auf dem großen Floß anzuschließen. Yax vermochte sich nichts Ehrenvolleres vorzustellen, als an der Seite seines Vaters, eines Fischers, Jagd auf die Haie zu machen, die sich draußen außerhalb des Riffs herumtrieben. Für seinen ersten Fang würde man ihm als sichtbares Zeichen seines Mutes eine Kette aus Haifischzähnen überreichen, was ihm unter Gleichrangigen einen gewissen Status und den Respekt der Jungen einbringen würde, deren Väter nur Mais anbauten. Sein Altersgenosse Chilan war der Sohn eines Maisbauern, doch Chilan war Yax' bester Freund, und ihm gegenüber fühlte Yax keinerlei Klassenunterschied. Chilan war wie ein Bruder für ihn.

Im Innern der Kammer, die in der Spitze der Pyramide lag, unternahm der Hohepriester noch einen Versuch mit der Dolchspitze. Diesmal protestierte Uxmal nicht, als das scharfe Instrument eine Spur auf der Haut seiner Lenden hinterließ. In Erwartung dessen, was nun folgen würde, umklammerte der junge Herrscher mit beiden Händen die Seiten seines Lagers, tat einen tiefen Atemzug und gab durch ein Nicken zu verstehen, dass er bereit sei. Pupol schob das Laken zur Seite, murmelte einen kurzen Segensspruch und schob mit einer flinken Bewegung den Heiligen Stab in das Glied des Herrschers.

Er fing das hervorquellende Blut in einem Becher aus dicht geflochtenem Gras auf und stellte ihn neben dem Feuer ab. Die Zeremonie schrieb vor, dass auch auf einem Bein des Herrschers Blut sichtbar sein musste, und nachdem dieser Vorschrift Genüge getan war, band der Hohepriester den Blutstrom mit einer Aderpresse aus dünnen Reben ab.

Der Aufschrei des jungen Herrschers veranlasste die Versammelten zu befreitem Jubelgeschrei. Sie nickten einander zu, wohl wissend, was soeben geschehen war. Yax und seine Kameraden seufzten erleichtert auf. Endlich würde die Zeremonie beginnen.

In der Pyramidenkammer fachte Pupol das Feuer an und half dem König sich aufzusetzen. Dann schüttete er – wie es das Ritual vorschrieb – das Blut aus dem Gefäß ins Feuer und stimmte dabei den rituellen Gesang an, während Uxmal mit trübem Blick in die Flammen starrte und seine Hände auf den empfindlichsten Teil seines Körpers presste, der nun vor Schmerz pulsierte.

Wie in den Hieroglyphen beschrieben, die sich in der Grabkammer unter der Pyramide befanden, würde zuerst der Kopf einer Schlange über den Flammen erscheinen. Durch diese Schlange würden die Stimmen seiner Ahnen zu Uxmal sprechen und dem jungen Herrscher die Weisheit der Vergangenheit, Gegenwart und Zukunft verkünden, die er anschließend seinem Volk mitzuteilen hatte. Sollte er sich nicht genau an den Wortlaut erinnern können, würde der Priester ihm dabei behilflich sein.

Eine schwarze Rauchsäule erhob sich über der Spitze der Pyramide, das Signal für die Wartenden, dass die Speisung des Heiligen Feuers erfolgreich gewesen war und der König nun bald erscheinen würde. Erregtes Raunen wogte durch die Menge der achthundert Wartenden, bevor sie in erwartungsvollem Schweigen den Atem anhielten.

Selbst die Geräusche des Dschungels, der das königliche Areal umgab, verstummten plötzlich, als hätten Papageien und Affen auf ein verabredetes Zeichen ihr Kreischen eingestellt. Sogar die Brandung schien in ihrem fortwährenden Tosen gegen das vorgelagerte Riff innezuhalten.

Und dann, mit aller Würde, die er aufzubringen vermochte, erschien endlich der König auf der Spitze der Pyramide. Sein Haupt krönte ein Kopfschmuck aus leuchtenden Federn, eine rote Robe fiel lose von seinen Schultern herab, und seine Rechte umschloss mit festem Griff das Zepter seines Vaters: den Stab mit dem Kopf eines Jaguars. Uxmal hatte eigentlich vorgehabt, ihn gegen den Kopf eines Krokodils einzutauschen, doch es war keine Zeit mehr gewesen, eines dieser Tiere zu erlegen.

Wie bei den vorhergehenden Königen stand der Hohepriester hinter ihm, um den unsicher stehenden, noch halluzinierenden Herrscher zu stützen. Mit einem Griff von hinten schlug er die Robe des Königs zurück, um das mit getrocknetem Blut befleckte Bein des Herrschers zu präsentieren. Erneut brach die versammelte Menge in wildes Jubelgeschrei aus. Der Urwald erwachte wieder zum Leben, und auch die Brandung nahm ihr gewohntes Tosen wieder auf.

Auf Geheiß des Priesters hob Uxmal sein Zepter und brachte die Menge zum Schweigen. Nachdem der Tumult verebbt war, begann er zu sprechen.

»Ergebene Untertanen, ich habe unsere Vorfahren befragt und vieles durch sie erfahren. Tlaloc, der Regengott, wird unser Land fruchtbar halten und uns süßen Mais bescheren.«

Die Bauern brachen in Freudengeschrei aus.

»Der Gott des Meeres versprach uns reichen Fischfang und zahlreiche Haie als Beute.«

Diese Nachricht löste die Beifallsrufe der Fischer aus. Yax

widerstand der Versuchung, seine Begeisterung ebenfalls lauthals kundzutun, und biss sich auf die Zunge. Aber innerlich lächelte er zufrieden, war es doch für ihn die wichtigste Nachricht und in Wahrheit der Hauptgrund für die Teilnahme an dieser Zeremonie. Der König fuhr fort: »Kukulkan, der Schöpfergott, sprach durch die Schlange zu mir ... meine Regentschaft wird lange währen. In einem letzten Krieg werden wir unsere Feinde im Süden besiegen ... danach wird unser Dasein friedlich verlaufen.« Die Worte entfachten den Jubel sämtlicher Zuhörer.

Die Anstrengung hatte Uxmals Kräfte erschöpft, und er taumelte leicht nach hinten, wo er von den wartenden Armen des Priesters aufgefangen wurde. Die Menge jubelte und klatschte und ließ dem König Zeit, seine Haltung zurückzugewinnen und fortzufahren.

»Er prophezeite mir außerdem, dass er uns einen noch größeren Herrscher von seiner Heiligen Himmelspyramide herabsenden wird, wenn meine Zeit gekommen ist, dem Weg meines Vaters und meiner Ahnen zu folgen.«

Der erste Teil der Zeremonie war damit vorüber, und Pupol wies den jungen König flüsternd an: »Lass nun die Knaben vor mir antreten.«

Der Hohepriester gab Yax, der die Reihe der Wartenden anführte, ein Zeichen, und die Jungen begannen die Stufen zu ihrem wartenden König zu erklimmen. Die Initiationszeremonie begann.

Nach der Hälfte des Aufstiegs begannen Yax' Knie zu zittern, und mit einem Fuß hätte er um ein Haar eine Stufe verfehlt. Sein Herz hämmerte so laut, dass er fürchtete, jeder könne es hören. Er wagte nicht zurückzublicken, obwohl er nur zu gern den stolzen Blick seiner Eltern in der Menge gesehen hätte. Er rief sich die Anweisungen des Priesters ins Gedächtnis und setzte seinen Aufstieg hoch erhobenen Hauptes fort, den Blick fest auf sein Ziel geheftet.

Yax war ein kräftiger, schlanker Bursche und für seine elf Jahre hoch gewachsen. Schon jetzt überragte er seinen Vater um Haupteslänge, was ungewöhnlich unter den Mayafamilien war, und seine Mutter prophezeite sogar, dass er noch größer würde. Seine Urgroßmutter war bei einem Kriegszug gegen einen verfeindeten Stamm unbekannter Herkunft dabei gewesen, was vermutlich eine Erklärung dafür war, dass Yax' Haut heller war als die der anderen Knaben des Dorfes. Er selbst hatte es stets als Makel empfunden. Dafür aber vermochte er schneller zu laufen und zu schwimmen als alle anderen, was ihm bei seinen Altersgefährten große Achtung einbrachte.

Sein bester Freund Chilan erklomm die Stufen direkt hinter ihm. Er war einen ganzen Kopf kleiner als Yax, aber dafür von stämmigerer Gestalt. Zu behaupten, er bewundere Yax, wäre eine schlichte Untertreibung gewesen; für ihn war Yax der ältere Bruder, der ihn beschützte.

Endlich hatte Yax die Spitze der Pyramide erreicht, fiel vor seinem Herrscher auf die Knie und streckte eine Hand aus. Der Priester bedeutete ihm, die andere Hand ebenfalls auszustrecken, und Yax kam der Aufforderung eilig nach. Dann geschah alles viel zu schnell, als dass ihm Zeit für Verlegenheit geblieben wäre. Pupol ergriff seine Hand, stach kurz mit der Spitze des Heiligen Stabs in seinen Daumen und presste ihn anschließend auf das blutbefleckte Bein des Königs. Während sich das Blut der beiden vermengte, murmelte Uxmal einen Segensspruch, der im Gejohle der Menge unterging, und schon war die Zeremonie für Yax beendet.

Ein wenig benommen erhob er sich, wandte sich leicht taumelnd nach links, wie man es ihm eingeschärft hatte, fing sich aber rasch wieder und schaffte es, die Stufen wieder hinabzusteigen, ohne zu stürzen. Seine Mutter erwartete ihn strahlend und mit glänzenden Augen am Fuß der Pyramide. Sie umarmte und küsste ihn und führte ihn anschließend durch die Menge der erwartungsvoll ausharrenden Eltern zurück. Yax schwor sich, dass dies das letzte Mal gewesen sei, dass er seiner Mutter gestattete, ihn in der Öffentlichkeit zu küssen. Schließlich war er jetzt ein erwachsener Mann!

Am Abend fand wie geplant das große Fest statt. Die Sichel des Neumonds stand am Himmel, und von der Spitze der nun verlassenen Pyramide sandte Pupol ein kurzes Dankgebet an Kukulkan. Mit einem Seufzer der Erleichterung kehrte er anschließend zu seiner Nachtwache an das Lager des schlafenden Königs zurück.

Auf dem Platz in der Dorfmitte war das Fest in vollem Gange. Die Frauen tanzten, und die Männer klatschten zum Klang der Flöten und Trommeln. Die dreißig soeben in den Mannesstand erhobenen Quiché-Mayas saßen im Kreis um das Feuer, Blumengirlanden um den Hals. Jeder Vater überreichte seinem Sohn ein Geschenk, in der Regel ein Messer oder einen Speer – Dinge, die zu besitzen ihnen bisher nicht erlaubt gewesen war. Nachdem alle Geschenke überreicht waren, trugen die Frauen das Essen auf. Mais, Früchte, gebackener Fisch und geröstetes Schweinefleisch türmten sich auf den Platten, die natürlich zuerst den Ehrengästen des Festes dargeboten wurden. Alle Aufmerksamkeit galt den jungen Männern, die heute Abend die erste und letzte Gelegenheit hatten, ihren neu erworbenen Status zu genießen, denn vom nächsten Tag an würden sie arbeiten und schwitzen müssen wie alle Männer und hinter ihren Eltern zurücktreten.

Yax war besonders aufgeregt. Für ihn waren das Fischen und die Jagd auf Haie nicht gleichbedeutend mit Arbeit. Seine erste Beute zu erlegen und eine Halskette aus Haizähnen zu erhalten – dass war es, was einen Mann ausmachte! Er konnte den nächsten Morgen kaum erwarten und sah sich im Geiste schon an Bord des Floßes.

Ein Rippenstoß seines Freundes Chilan brachte ihn in die

Gegenwart zurück. Yax nahm die Kürbisflasche mit Wein von seinem Freund entgegen und tat seinen ersten Zug. Das zweite Privileg nach Vollzug des Mannbarkeitsrituals.

Das Floß

Das große Floß war ein Vorhaben des ganzen Dorfes gewesen, und es war nicht nur für die Fischer, sondern auch für die Maisbauern von Bedeutung. Die tägliche Ration an gebackenem Fisch war bereits seit Monaten ausgeblieben; ein schwerwiegendes Problem, an dessen Lösung allen Dorfbewohnern gelegen war.

Die Flut, die eine Folge des letzten großen Sturms gewesen war, an den sich alle nur zu gut erinnerten, hatte die Sandbank an der Mündung des Flusses fortgespült. Dadurch wurde nicht nur Krokodilen, sondern auch den teuflischen Piranhas der Zugang zur Lagune ermöglicht. Drei Fischer waren den Piranhas bereits zum Opfer gefallen, als ihr Kanu kenterte, und drei Kinder und ein Hund waren beim Spielen am Strand von Krokodilen erwischt worden. Ein beherzter Fischer, der sich später auf die Lagune hinauswagte, stellte fest, dass sämtliche Fische gefressen worden waren oder sich auf die andere Seite des Riffs geflüchtet hatten. Doch das Fischen auf dem offenen Meer war wegen der Haie problematisch. Die zerbrechlichen Kanus der Fischer konnten den Wellen dort draußen nicht standhalten, und die angriffslustigen Haie attackierten jeden Fisch, der an den Leinen anbiss. Inzwischen waren die Dorfbewohner des Maisbreis überdrüssig geworden.

Mit Hilfe des Hohepriesters und einiger Cocablätter hatte der Vater von Uxmal und damalige König Tulu die Vision eines riesigen Floßes. Ein Floß, das so groß war, dass es zehn Männer tragen und den tosenden Wellen standhalten konnte und überdies mit einer Plattform zum Fischen ausgestattet war. Vier Monate waren nötig, die Vision des Königs Wirklichkeit werden zu lassen. Bedauerlicherweise erlebte Tulu die Fertigstellung nicht mehr. Auch Yax und Chilan hatten beim Bau geholfen. Natürlich hatte Yax ein persönliches Interesse an diesem Floß, denn er würde später bei den Fahrten auf die andere Seite des Riffs dabei sein dürfen. Auch Chilan war mehr als zufrieden, an der Seite seines Freundes arbeiten zu können, zumal dieser ihm einen Haifischzahn versprochen hatte.

Das Floß, das allmählich Gestalt annahm, ähnelte immer mehr einem Boot. Obwohl der Boden flach war, verfügte es über einen spitzen Bug und ein breites Heck. Mächtige Bäume waren aus dem Urwald herbeigeschleppt, entrindet, in Form geschnitten und mit festen Lianen zusammengezurrt worden. Kleinere Bäume bildeten das Deck, das mit einer Matte aus geflochtenem Schilfgras bedeckt war, was den Fischern eine solide Standfläche bot und gleichzeitig durchlässig genug war, damit das Wasser hindurchspülen konnte. Seitenplanken verhinderten, dass etwas über Bord fiel. Ein geräumiger Kasten aus geflochtenem Schilf, der im Heck angebracht war, diente der Unterbringung von Speeren, Netzen, Messern und Ködern. Außerdem gab es einen Behälter für frisches Wasser.

Das Floß war für zehn Fischer entworfen, trug auf seiner Einweihungsfahrt jedoch fünfzehn Männer, einschließlich des jungen Königs. Was als vergnügliche Probefahrt geplant war, entwickelte sich rasch zu einer harten Prüfung, da von Osten plötzlich starker Wind aufkam und das Boot in den hohen Wellen hin und her geworfen wurde. Doch alles wandte sich zum Guten, als sie einen kleinen Hai erlegten und triumphierend zu den am Ufer wartenden Dorfbewohnern zurückkehrten, die sie mit lautem Beifall begrüßten. Das anschließende Fest währte die ganze Nacht.

Als der Hohepriester drei Tage zuvor den nahenden Termin des Männlichkeitsrituals verkündete, hatten einige Väter ihre Söhne zu einer kurzen Fahrt mit hinaus in die Lagune genommen. Es handelte sich um eine Übungsfahrt, bei der die Jungen lernten, wie man die Netze richtig auswarf und die Fische an Bord zog. Die Aufregung, die Yax verspürt hatte, als er an die Reihe kam, verwandelte sich rasch in Entsetzen, als ein großes Krokodil auftauchte und geradewegs auf das Floß zuschwamm, was dem Unterricht einen vorzeitigen Abbruch bescherte.

Nun, da sie mit geröteten Wangen um das Feuer saßen – denn der Wein war ein noch ungewohnter Genuss für sie –, gab Yax seinem Freund Chilan eine leicht ausgeschmückte Version seines ›Kampfes‹ mit dem ›riesigen‹ Krokodil zum Besten. Die beiden schienen nicht zu bemerken, dass ein aufkommender Wind die Funken des Feuers hoch hinauf in den Nachthimmel trug und leichter Regen eingesetzt hatte. Die Sichel des neuen Mondes verschwand hinter einer dunklen Wolke, ein erstes Anzeichen des nahenden Hurrikans.

Als das Feuer zu zischen begann, war dies das Zeichen zum Aufbruch; nach und nach verließen die nun zu Männern ernannten Knaben den Kreis der Freunde und machten sich mit ihren Eltern auf den Heimweg.

Während Yax mit seinen Eltern den Pfad zu ihrer Hütte entlangwanderte, fragte er den Vater erwartungsvoll: »Was meinst du, können wir morgen hinaus hinter das Riff fahren?«

Der Vater vermutete, dass das Meer am Morgen zu unruhig zum Fischen sein würde, wollte den Jungen aber nicht enttäuschen und antwortete ausweichend: »Wir werden den Meeresgott um ruhigeres Wetter bitten ... er wird entscheiden.«

Yax verbrachte eine unruhige Nacht. Die Aufregung, der Wein und vermutlich das Heulen des Windes ließen ihn nicht zur Ruhe kommen. Immer wieder wälzte er sich auf seiner Matte von einer Seite auf die andere und träumte im Halbschlaf davon, einen riesigen Hai an Bord zu ziehen. Als er ihn dann mit der Machete des Vaters aufschlitzen wollte, geschah etwas Merkwürdiges: Ein riesiger Vogel mit scharfen Klauen stieß vom Himmel herab und trug seine Beute davon. Als Yax hinauflangen und nach dem Hai greifen wollte, erwachte er. Sein Herz raste, und Schweiß stand ihm auf der Stirn. Er schlug die Augen auf und sah die Silhouette seines Vaters im Eingang der Hütte stehen.

»Vater«, flüsterte er, »ist der Sturm sehr schlimm?«

»Schlaf weiter, mein Sohn, die Götter sind zornig heute Nacht. Morgen sehen wir weiter.«

Yax schloss die Augen und fand sich kurz darauf im gleichen Traum wieder: Der große Vogel stieß vom Himmel herab, doch diesmal packte er Yax anstatt den Hai. Er trug ihn weit über den Urwald hinweg, geradewegs zur Spitze der Heiligen Pyramide, und ließ ihn genau vor den Füßen des Hohepriesters fallen. Yax versuchte sich aus dem Traum loszureißen, sank jedoch in eine Phase tiefen Schlafes und schlummerte friedlich bis zum nächsten Morgen. Dieser präsentierte sich zu Yax' Verdruss ebenso stürmisch wie die vergangene Nacht. Der Himmel war schwarz, und die Wolken schienen genauso zu brodeln wie das Wasser über dem Feuer, auf dem die Mutter die Morgenmahlzeit zubereitete. Zu dem Sud aus Kakaobohnen fügte sie Zuckerrohr hinzu. Darin tunkten sie ihr Maisbrot. Eine reife Mango rundete die Mahlzeit ab. Yax kaute auf dem Zuckerrohr, als seine Schüssel leer war. Er hatte rasch gegessen, eifrig bestrebt, seine erste Jagd auf den Hai anzutreten, doch der Vater dämpfte seinen Eifer. »Es ist nicht sicher genug, dass wir heute hinausfahren, mein Sohn.« Enttäuscht setzte Yax sich in den Eingang der Hütte und beobachtete trübselig, wie Regen und Wind die Palmwedel peitschten und losgerissene Blätter durch das Dorf wirbelten. Hinter der steinernen Mauer ragte die Heilige Pyramide empor, die Stufen blank gespült vom prasselnden Regen. Yax war froh, dass die Zeremonie am Tag zuvor stattgefunden hatte, aber traurig, dass die Haifischjagd ausfiel.

Am späten Nachmittag ließen Wind und Regen ein wenig nach; es sah aus, als ob der Sturm sich legte. Nach und nach kamen die Leute aus ihren Hütten, um sich ein Bild von den Schäden zu machen. Maispflanzen waren zu Boden gewalzt, Bäume umgerissen worden, und die Stätte des nächtlichen Festes hatte sich in einen morastigen Tümpel verwandelt. Sogar einige Hütten hatte der Sturm weggerissen; ihre Bewohner waren gezwungen gewesen, bei Nachbarn Schutz zu suchen. Die meisten Unterkünfte waren jedoch aus Stein, sodass nur die Strohdächer Schaden erlitten hatten.

Schlimmer jedoch war die Zerstörung innerhalb des königlichen Areals, wo das gesamte Dach des Göttertempels abgedeckt worden war. Der Altar, der anlässlich der Feierlichkeiten so sorgfältig mit Blumen und Früchten geschmückt worden war, war jetzt von einer dichten Geröllschicht bedeckt. Eine Menge Arbeit lag vor den Bewohnern des Dorfes. Doch Yax' Vater warnte sie, dass der Sturm noch nicht vorüber sei.

Yax war gerade dabei, die verwehten Zweige und Blätter aus dem Innern der elterlichen Hütte zu fegen, als Chilan am Eingang erschien.

»Heute kann das Floß nicht hinausfahren, Yax.«

»Ich weiß«, kam die verdrossene Antwort.

»Wirst du mithelfen, das Tempeldach zu reparieren?«

»Mein Vater hat mich noch nicht gefragt.«

»Unser gesamter Mais wurde durch das Unwetter niedergewalzt. Mutter sagt, wir müssen alles ausgraben und neu pflanzen.«

»Das tut mir Leid, Chilan. Ich werde dich mit Fisch versorgen.«

Chilan schwieg einen Moment. Plötzlich huschte ein Ausdruck der Besorgnis über sein Gesicht. »Was ist mit eurem Floß?«

»Ich weiß nicht ... vielleicht sollten wir zur Lagune gehen und nachsehen.«

Das war eine gute Entschuldigung, die es den Jungen erlaubte, mit den Aufräumarbeiten aufzuhören. Yax und Chilan lachten, als sie sich ihren Weg über umgestürzte Bäume und durch knöchelhohe Wasserlachen bahnten. Auf dem Rücken rutschten sie im Matsch den steilen Pfad zur Lagune hinunter, was ihnen noch ausgelasseneres Gelächter entlockte.

Doch ihr Lachen erstarb, als sie den Rand der Lagune erreichten.

»Chilan ... das Floß ... Es ist fort!« Ungläubig starrten die beiden Jungen auf den leeren Ankerplatz am Ufer. »Der Sturm muss es abgetrieben haben.«

»Dort ist es ... sieh doch!«, rief Chilan und deutete aufs Wasser. Inzwischen hatte es wieder zu regnen begonnen, und die Umrisse des Floßes waren gerade noch in der Ferne zu erkennen. Im gleichen Moment wurde Yax gewahr, dass die Ebbe einsetzte.

»Chilan, das Wasser geht zurück. Es trägt das Floß aufs offene Meer hinaus.«

»Wir sollten deinen Vater holen.«

Yax wurde plötzlich von Panik erfasst. Mit dem Verlust des Floßes schwanden auch seine Aussichten auf die ersehnte Haifischjagd. »Nein, dazu ist keine Zeit.« Und schon stürzte er sich ins Wasser und schwamm auf das davontreibende Floß zu. Chilan zögerte nur einen kleinen Augenblick, bevor er es seinem Freund gleichtat.

Sie verschwendeten keinen Gedanken an die Krokodile, ihre einzige Sorge galt dem abtreibenden Floß. Die einsetzende Ebbe erleichterte ihnen das Schwimmen, und sie erreichten das Floß, als es soeben das Riff passierte.

Keuchend und außer Atem zogen sie sich an Bord und ließen sich erschöpft fallen. Nach Luft ringend, rieben sie sich das Salzwasser aus den Augen, während der Regen auf sie herunterprasselte. Mit unruhigem Lachen fielen sie sich in die Arme. Immerhin hatten sie das Floß gerettet.

Nachdem sie ein wenig Atem geschöpft hatten, stellten die beiden Jungen sich an Bord des Floßes aufrecht hin, legten die Hände trichterförmig vor den Mund und versuchten, mit lauten Rufen die Dorfbewohner auf ihre missliche Lage aufmerksam zu machen. Doch der heulende Wind verwehte ihre Rufe hinaus aufs offene Meer. Als ihre Stimmen schließlich versagten, blickten sie einander hilflos an, und blanke Angst erfasste sie. Was, wenn niemand sie gehört hatte ... wenn niemand kam, um sie zu retten?

Yax' Vater hielt bei der Arbeit am Dach des Tempels inne. Der Sturm hatte wieder eingesetzt, ganz wie er es vorausgesagt hatte. Der Hohepriester rief ihnen von den Stufen der Pyramide aus zu: »Geht wieder nach Hause und wartet, bis der Sturm sich gelegt hat.«

Yax' Vater stolperte durch den Regen zurück zu seiner Hütte. Im Eingang blieb er stehen. »Wo ist Yax?«, fragte er.

»Ich habe ihn mit Chilan zusammen gesehen«, erwiderte seine Frau. »Vermutlich ist er in dessen Hütte untergekrochen.«

Der Ozean

Unheilvoll zuckten die Blitze vom Himmel auf das brodelnde Meer hinab, während das Floß hilflos auf den Wellen auf und ab tanzte. Yax und Chilan klammerten sich aneinander, teils aus Furcht, teils um in Regen und kühlem Wind ein wenig Wärme zu finden. Erschöpft und heiser von ihren vergeblichen Rufen gegen den Wind fielen sie schließlich in einen barmherzigen Schlaf.

Irgendwann in der Nacht erwachten sie. Vor Kälte zitternd massierten sie sich Arme und Beine mit ihren tauben Fingern, um die Blutzirkulation wieder in Gang zu bringen.

»Wo sind wir?«, flüsterte Chilan und blickte seinen Gefährten angstvoll an. Yax, der kaum zu sprechen vermochte, schüttelte nur ratlos den Kopf. Immer noch wurde der Himmel von Blitzen erhellt, inzwischen jedoch in größerer Entfernung. Die beiden Jungen schauten umher, in der Hoffnung, irgendwo die ersehnte Silhouette der vertrauten Küste zu entdecken. Doch rings um sie war nichts als der düstere, grollende Ozean.

Mit krächzender Stimme versuchte Yax seinen Freund aufzumuntern. »Wenn es hell wird, werden sie uns mit den Kanus holen kommen. Kukulkan wird uns beschützen. Das war doch die Vision des Königs, weißt du nicht mehr? Wir brauchen nur bis zum Morgen zu warten. Unsere Eltern werden bestimmt schon nach uns suchen, und wenn sie merken, dass das Floß fort ist ... werden sie uns finden.«

Chilan nickte, während seine Gedanken zurück zu der Zeremonie auf der Heiligen Pyramide wanderten. »Ja, der König hat gesagt, Kukulkan wird uns beschützen ... der Gott der Meere wird uns nicht sterben lassen ... nicht wahr?«

»Nein, bestimmt nicht. Er wird uns zurück ans Ufer treiben lassen.«

»Hast du gehört, wie mein Herz pochte, als wir die Stufen zur Pyramide hinaufgestiegen sind?«, fragte Yax seinen Freund, um ihn ein wenig abzulenken.

»Nein. Mein eigenes Herz hat so heftig geschlagen, dass ich es bis in die Ohren spüren konnte.« Sie lachten beklommen und versuchten in der Erinnerung an den vergangenen Tag ein wenig Trost zu finden.

»Wie stolz meine Mutter war! Sie hatte Tränen in den Augen.« Chilan seufzte.

»Meine auch ... sie hat mich sogar vor allen Leuten umarmt. Dabei sind wir doch keine Kinder mehr!«

»Mein Vater hat mir einen Speer geschenkt.«

»Meiner gab mir ein Messer.«

Ihr Gespräch wurde unterbrochen, als ein erneuter Blitz ganz in ihrer Nähe herabzuckte. Angstvoll klammerten die beiden sich aneinander. Eine mächtige Welle schwappte über das Floß hinweg, eine weitere ließ die Jungen vor Angst aufschreien. Glücklicherweise wirkten die Schilfbündel, die den Boden des Floßes bedeckten, wie ein Sieb, sodass das Wasser ungehindert wieder zurück ins Meer spülen konnte. Erschrocken bemerkten sie, dass irgendetwas Glitschiges an ihren Körpern klebte, beruhigten sich aber gleich darauf, als sie feststellten, dass es sich nur um Seegras und andere vom Meeresboden aufgewirbelte Pflanzen handelte. Sie entfernten die glitschigen Stränge und warfen sie zurück ins Meer. Anschließend legten sie sich eng aneinander geschmiegt hin und warteten auf die Morgendämmerung.

Yax erwachte, als das erste Tageslicht durch die trübe Wolkendecke schimmerte. Er rüttelte seinen Gefährten. »Chilan, wach auf! Es ist Morgen.«

Chilan stöhnte, während er die Arme streckte und sich aufsetzte. »Und? Kommen sie schon?«

Auf wackligen Beinen standen die Jungen auf dem Floß und suchten mit Blicken den Horizont ab. Unsicher, in welche Richtung sie schauen sollten, wandten sie sich mal hierhin, mal dorthin, doch die Wellen waren zu hoch, als dass man irgendwo einen Uferstreifen hätte ausmachen können. Sie stützten sich aneinander ab, um auf dem schwankenden Floß nicht das Gleichgewicht zu verlieren. Um sie herum war nichts als die endlose See.

»Sind wir in der Nähe des Ufers?«, fragte Chilan.

»Nein«, seufzte Yax, »ich fürchte, wir sind weit aufs Meer hinausgetrieben worden.«

»Ich habe Durst«, jammerte Chilan und fuhr sich mit dem salzverkrusteten Arm übers Gesicht.

»Ich auch«, sagte Yax, »aber wir dürfen auf keinen Fall Meerwasser trinken. Man wird krank davon und will immer mehr trinken.«

»Was sollen wir tun?«

Yax blickte sich um und entdeckte das Gefäß aus geflochtenem Schilf.

»Der Vorratsbehälter!«, rief er aufgeregt. »Darin muss etwas zu essen und zu trinken sein!«

Die beiden stürzten zu dem Behälter und ließen sich davor auf die Knie fallen. Yax lachte erleichtert. »Wieso haben wir nicht gleich daran gedacht?«

Er brauchte eine Weile, um mit seinen klammen Fingern den mit Lianen fest verzurrten Deckel zu öffnen. Als er es endlich geschafft hatte, durchwühlte er verzweifelt den Inhalt des Behälters: Fischnetze, Speere, eine Machete und eine leere Kürbisflasche. Seine Freude schlug in Enttäuschung um. »Kein Wasser, nichts zu essen ...«

»Keine Nahrungsmittel?«, schluchzte Chilan, dem jetzt die Tränen kamen.

»Nichts.« Plötzlich entdeckte Yax eine halbverzehrte Mango, die in einer Ecke unter den Netzen verborgen gewesen war. »Hier«, sagte er und reichte seinem Freund die reife Frucht. Gierig saugend ließ Chilan den Fruchtsaft seine ausgedörrte Kehle hinabrinnen.

»Lass mich auch mal«, forderte Yax und schob sich den glitschigen Stein in den Mund. Bis auf ein paar Fruchtfleischfasern war nicht mehr viel daran, aber es war allemal besser als gar nichts. Chilan nahm den Stein ebenfalls noch einmal in den Mund und wollte ihn anschließend ins Meer werfen, doch Yax hielt ihn zurück. »Warte, wir sollten ihn aufheben. Vielleicht können wir ihn noch zu irgendetwas gebrauchen.« Chilan zuckte mit den Schultern und gab Yax den Kern.

Ein wenig erfrischt, halfen sie sich gegenseitig wieder auf die Beine und erforschten erneut den Horizont. Inzwischen war es heller geworden, und wenn sich das Floß aus einem Wellental erhob, konnten sie ihre Blicke weit in die Ferne schweifen lassen, doch da war nichts als Wellen. Das Floß, das mit der Strömung trieb und durch den Wind zusätzlich geschoben wurde, trug sie immer weiter fort vom Yucatánkanal, hinaus auf einen unendlichen, gottlosen Ozean.

Nachdem sie eine Zeit lang vergeblich Ausschau gehalten hatten und ihre Beine vom Abstützen gegen die wogende See schmerzten, ließen sie sich wieder in der Mitte des Floßes nieder, um eine Weile auszuruhen.

»Was sollen wir bloß tun?«, schluchzte Chilan.

»Uns bleibt nichts weiter übrig, als zu warten, bis der Gott des Meeres sich entschließt, uns nach Hause zurückzuleiten«, erwiderte Yax entgegen seiner eigenen Zweifel. »Wir sollten abwechselnd Wache halten und nach unseren Vätern Ausschau halten«, schlug er vor. »Du schläfst ein wenig, und ich stelle mich hin und passe auf.« Chilan nickte und rollte sich auf dem Boden zusammen, während Yax sich breitbeinig über ihn stellte.

Er versuchte, die Zehen in die Schilfmatte zu graben, aber auch das bot wenig Halt gegen das unruhige Auf und Ab des Floßes. Sein Versuch, über die anschwellenden Wellen hinwegzuspähen, indem er in die Höhe sprang, endete damit, dass er das Gleichgewicht verlor und auf seinen Gefährten fiel.

»Tut mir Leid, mein Freund«, entschuldigte er sich, während er sich wieder aufsetzte. »Es hat keinen Zweck. Wir warten besser, bis das Meer sich ein wenig beruhigt hat.« Damit legte er sich neben seinen Gefährten und schmiegte sich wärmesuchend an ihn.

Im Laufe der nächsten Stunden folgte das Floß, vorangetrieben vom stürmischen Wind, in nordöstlicher Richtung der stetigen Strömung des Meeres. Jedes Mal, wenn das Gefährt zwischen die Wogen geriet, spülte ein Wasserschwall über die beiden Jungen hinweg und raubte ihnen das bisschen Wärme, das sie sich gegenseitig gespendet hatten.

Nachdem sie geraume Zeit dösend dagelegen hatten, erwachten sie von einem warmen Regenschauer. Dankbar streckten sie sich mit offenen Mündern dem herabprasselnden frischen Nass entgegen. Laut betend dankten sie dem Regengott Tlaloc für dieses heiß ersehnte Geschenk des Himmels. Erfrischt und der lästigen Salzkruste auf der Haut entledigt, standen sie wieder auf und ließen ihre Blicke erneut über den Horizont schweifen. Doch die Nacht brach an, und bald waren sie wieder von Dunkelheit umhüllt.

Am nächsten Morgen weckte sie das Kreischen eines Meeresvogels. Beide Jungen schnellten in die Höhe und versuchten in der trüben Dämmerung etwas zu erkennen. Der Vogel hatte sich auf dem Bug des Floßes niedergelassen, und als die beiden sich bewegten, flatterte er auf und ließ einen kleinen Fisch auf den Boden des Floßes fallen. Rasch kroch Yax darauf zu und packte ihn. »Der Gott des Meeres hat uns Nahrung geschickt!«, jubelte er. Der Vogel umkreiste das Floß mit einem enttäuschten Schrei, bevor er endgültig davonflog, um neue Beute zu fangen. Yax kramte die Machete aus dem Vorratsbehälter und schnitt flink zwei kleine Filets zurecht. Chilan blickte skeptisch auf die Morgenmahlzeit, die sein Freund ihm darbot. »Nimm dich in Acht vor den Gräten«, warnte ihn Yax, während er begann, das rohe Fleisch zu verzehren, »damit sie dir nicht im Hals stecken bleiben.«

Chilan schnupperte an seinem Stück. »Das riecht aber fischig.«

»Sicher ... ist ja auch Fisch. Iss schon!«, befahl Yax. »Du musst etwas essen. Halt dir einfach die Nase zu.«

Chilan schluckte. Kaum hatte er einen kleinen Bissen genommen, begann er zu stöhnen und stürzte würgend an den Rand des Floßes. Nachdem er den Fisch ausgespuckt hatte, rollte er sich zurück in die Mitte des Floßes und hielt sich den Magen. »Ich kann zwar rohen Mais essen, aber rohen Fisch ...«

»Tut mir Leid«, spottete Yax, »ich hätte wohl um Mais beten sollen.«

Yax verstaute die Machete zusammen mit den Resten des Fisches in dem Behälter. »Das bewahren wir auf. Vielleicht können wir es später als Köder für einen größeren Fisch verwenden.«

»Ich verzichte lieber auf weiteren Fisch«, erklärte Chilan. »Vielleicht finden unsere Väter uns heute und bringen Früchte mit.« Aber er glaubte selbst nicht an seine Worte.

Der Wind wehte noch immer, doch die Wolken waren nicht mehr so düster wie zuvor und ließen darauf hoffen, dass der Sturm bald vorüber sein würde. Chilan lag bäuchlings auf dem Boden des Floßes. Yax setzte seine Wache fort, obwohl auch er Anzeichen von Erschöpfung spürte. Sein Blick verschwamm, der rohe Fisch machte sich in seinem Magen bemerkbar, und er hatte das Gefühl, als ob jeder Muskel und jeder Knochen ihn schmerzten. Doch er wusste, dass er der Stärkere von beiden war. Wenn sie überleben wollten, würde er derjenige sein, der die Verantwortung trug. Er wollte sich setzen, als sein Blick plötzlich auf etwas Dunkles fiel.

»Chilan, sieh mal ... da ist etwas im Wasser!«

»Was ist es denn?«

»Ich weiß nicht. Es ist ziemlich klein ... ich hole das Netz.«

Nachdem er sich vergewissert hatte, dass die Leine sicher mit dem Netz verknüpft und das andere Ende fest um sein Handgelenk gewickelt war – genau, wie sein Vater es ihn gelehrt hatte –, warf Yax das Netz mit einer ausholenden Bewegung über das Wasser, sodass es sich in der Luft entfaltete und genau über dem gesichteten Objekt herabsenkte. Yax musste an seine ersten Wurfversuche in der Lagune denken, als plötzlich das Krokodil auf das Floß zugesteuert war. Jetzt lachte er, als er das Netz einzog und feststellte, dass es sich nur um einen Palmwedel handelte. »Ha!«, rief er. »Es war bloß ein Blatt, und da sind noch mehr. Der Sturm muss sie ins Wasser geweht haben.« Nach einigen weiteren Fischzügen hatte er sechs saftig grüne Palmwedel an Bord gezogen. »Wir müssen in der Nähe der Küste sein.«

Chilan, der sich inzwischen wieder besser fühlte, richtete sich auf.

»Die geben ein gutes Lager ab«, bemerkte Yax und verstaute das Netz wieder in dem Schilfbehälter. »Bestimmt werden wir bald Land sehen.«

Aber der Tag verstrich, ohne dass seine Prophezeiung sich bewahrheitete, und erneut sank den Jungen der Mut.

Nach einer Weile verdunkelte sich der Himmel, und eine weitere Nacht senkte sich über sie. Zwischen Phasen unruhigen Schlafes fiel Yax auf, dass der Mond ein kurzes Gastspiel zwischen den Wolken gab. Inzwischen hatte die weiße Scheibe beträchtlich zugenommen, ein Zeichen dafür, dass seit der Zeremonie bereits einige Tage vergangen sein mussten.

Am nächsten Morgen erwachte Yax von lautem Stöhnen. Als er sich im Dämmerlicht umblickte, entdeckte er, dass Chilan zusammengerollt auf der Seite lag und sich den Bauch hielt. Yax legte die Hand auf Chilans Stirn; sie fühlte sich heiß und fiebrig an.

»Ich bin krank«, flüsterte er voller Angst.

»Hast du von dem Meerwasser getrunken?«

»Nur ganz wenig ... ich war so durstig.«

»Ich habe dich doch gewarnt«, tadelte Yax, während er den Kopf des Freundes auf seinen Schoß bettete. »Jetzt willst du noch mehr trinken ... aber du darfst nicht, hörst du?«

Yax wusste, wie gefährlich es war, Meerwasser zu trinken. Als er noch klein war und Schwimmen lernte, wäre er um ein Haar ertrunken. Während er auf den Grund der Lagune sank, hatte er ein Gefühl des Friedens und der Ruhe empfunden, aber nachdem sein Vater ihn gerettet und das Meerwasser aus seinem Körper gepresst hatte, hatte er mehrere Tage mit Fieber auf seinem Lager verbracht. Dank frischen Wassers und warmer Brühe hatte er sich wieder erholt, aber hier auf dem Floß standen solche Heilmittel nicht zur Verfügung. Yax wiegte seinen Freund sacht hin und her und sang ihm ein Lied vor, das seine Mutter für ihn gesungen hatte, als er krank gewesen war. Es schien Chilan ein wenig zu beruhigen. Sein Stöhnen verebbte, doch er krümmte sich immer wieder vor Schmerzen.

Die Morgensonne ließ sich für kurze Zeit zwischen den Wolken blicken.

»Schau«, flüsterte Yax, »der Sonnengott scheint auf uns herab.«

Das warme Licht tauchte sie in ein vorübergehendes Gefühl der Behaglichkeit. Doch so plötzlich wie die Wolken aufgerissen waren, schlossen sie sich und überließen die beiden Jungen wieder dem kalten Wind. Yax bettete seinen Freund behutsam auf den Boden des Floßes, bedeckte ihn mit ein paar Palmwedeln und stellte sich hin, um wieder einmal den Horizont abzusuchen. Doch wie alle anderen Tage verstrich auch dieser, ohne ihm einen Hoffnungsschimmer zu bescheren.

An diesem Abend – Yax blickte hinaus aufs Meer – kroch Chilan zum Rand des Floßes und schöpfte sich erneut eine Hand voll Wasser in den Mund.

»Nicht!«, rief Yax, doch es war bereits zu spät, schon hatte Chilan das salzige Meerwasser geschluckt. Yax zog ihn zurück in die Mitte des Floßes und bettete den Kopf des Freundes auf seinen Schoß. Während er auf ihn hinunterblickte, schimmerten Tränen in seinen Augen.

»Oh, Chilan ... ich habe dich doch gewarnt ... ich hätte dich nicht aus den Augen lassen dürfen. Es ist mein Fehler ... ihr Götter ... wenn ihr uns nicht bald rettet, werden wir sterben ... Chilan ... Chilan.« Jetzt strömten die Tränen ungehemmt über Yax' Gesicht und benetzten seine ausgedörrten Lippen. Als er mit der Zunge darüber fuhr und sich bewusst wurde, das seine Tränen ebenfalls salzig waren, rieb er sich rasch mit dem Arm das Gesicht.

»Bitte, trink nichts mehr von dem Wasser«, flehte er.

Yax hielt den fiebernden Freund die ganze Nacht im Arm und wagte nicht einzuschlafen. Er schwor sich, Chilan keine Minute mehr aus den Augen zu lassen, und flehte Kukulkan an, ihn vor dem Einschlafen zu bewahren.

Yax' Gliedmaßen waren steif und schmerzten, als endlich der Morgen anbrach. Chilan lag immer noch fest in seine Arme geschmiegt. Langsam öffnete Yax die geschwollenen Augen, und als das Floß hoch auf einen Wellenkamm getragen wurde, durchfuhr es ihn wie ein Schock. In der Ferne konnte er die verschwommene, weiße Linie eines Ufers ausmachen: einen sandigen, mit Palmen bewachsenen Küstenstreifen. Um ganz sicher zu gehen, wartete er, bis das Floß erneut von einer Welle in die Höhe getragen wurde.

»Land! Chilan ... ich sehe Land!«

Sein Freund war kaum in der Lage, seine aufgesprungenen Lippen zu öffnen. »Wo?«

»Dort drüben ... ich kann wirklich Land sehen.«

Yax rollte Chilan behutsam von seinem Schoß und versuchte sich aufzurichten, doch seine schmerzenden und tauben Beine gaben sogleich wieder unter ihm nach, sodass er zurück auf den Boden des Floßes fiel. Mit großer Anstrengung und Entschlossenheit schaffte er es beim zweiten Versuch. »Ja ... da ist wirklich Land.«

Er beugte sich hinab und half seinem Freund auf die Beine. Als eine erneute Woge das Floß anhob, konnten sie es beide sehen. »Ja, jetzt sehe ich es auch«, bestätigte Chilan.

Doch während sie weiter in Richtung des Küstenstreifens starrten, schien dieser sich wieder zu entfernen.

»Wir treiben ab!«, schrie Yax. »Ich muss etwas tun, dass wir näher herankommen.«

Er stürzte zu dem Schilfbehälter und begann hastig und mit steifen Fingern den Deckel aufzubinden. Aufgeregt durchwühlte er den Inhalt des Behälters. »Es muss doch irgendwas geben, das ich als Paddel verwenden kann!« Als er die Speere beiseite schob, kam ihm eine Idee. »Die Speere! Ich kann sie zusammenbinden. Chilan, hörst du? Ich binde die Speere zusammen. Sie sind alles, was wir haben, aber ich glaube, es wird gehen.«

In seiner Erregung achtete er nicht auf Chilan, der geräuschlos über den Rand des Floßes glitt und mit kraftlosen Zügen versuchte, das entfernte Ufer zu erreichen.

»Ich werde die Speere mit einem der Netze umwickeln, dann geht es noch besser.« Sich der Tatsache bewusst, dass die Meeresströmung sie mit jeder Minute weiter von der ersehnten Küste forttrieb, flehte Yax den Schöpfergott Kukulkan an, ihm Kraft für den bevorstehenden Kampf gegen das Meer zu geben. »Oh, großer Herrscher, ich weiß, dass meine Arme schwach sind, doch hilf mir, das Floß näher ans Ufer zu bringen.«

Er verzurrte das Ende der Leine so fest er konnte um die in das Netz gewickelten Speere und wandte sich um, um Chilan sein Werk zu zeigen. »Geschafft! Das gibt ein hervorragendes Paddel ab ...«

Yax' Herzschlag schien einen Augenblick lang auszusetzen, als er feststellte, dass er allein auf dem Floß war.

»Chilan!«, schrie er und traute seinen Augen nicht. »Chilan, wo bist du?« In heller Aufregung eilte er von einer Seite des Floßes zur anderen und starrte ins Wasser. »Chilan! Chilan!«

Sein Blick wanderte ein wenig weiter, fort von der unmittelbaren Umgebung des Floßes, und da sah er ihn. Etwa dreißig Meter entfernt in Richtung des Ufers entdeckte er den dunklen Kopf des Freundes in den Wellen.

»Chilan!«, rief er, »komm zurück ... es ist zu weit zum Schwimmen.« Chilan war selbst im Vollbesitz seiner Kräfte kein guter Schwimmer und beim Wettschwimmen stets als Letzter ins Ziel gelangt. In seinem jetzigen, geschwächten Zustand musste er sich verzweifelt abstrampeln, um überhaupt vorwärts zu kommen.

Yax warf sein selbst gebasteltes Ruder beiseite und setzte zum Sprung ins Wasser an, um seinen Freund zu retten. Doch er erstarrte, als er etwa zehn Meter vor dem Floß die dunkle Finne eines Hais entdeckte, die das Wasser durchschnitt und direkt auf Chilan zusteuerte.

»Chilan ... ein Hai! Hör auf zu schwimmen ... lass dich auf dem Rücken treiben!«

Hilflos verfolgte er, wie die Finne sich Chilan näherte und kurz vor ihm abtauchte.

»Chilan!«, schrie er und hielt den Atem an, als sein Freund

mit um sich schlagenden Armen unter Wasser gezogen wurde. Binnen Sekunden tauchten weitere schwarze Finnen auf. Yax erstarrte vor Entsetzen. Unfähig, sich zu rühren oder zu helfen, konnte er den Blick nicht von der Stelle wenden, an der Chilan verschwunden war. Schließlich brach er auf dem Floß zusammen. »Warum? Oh, ihr Götter, warum habt ihr Chilan das angetan? Womit haben wir euch so zornig gemacht, dass ihr Chilan so schrecklich bestrafen musstet?« Zusammengekrümmt und von Weinkrämpfen geschüttelt, lag Yax auf dem Boden des Floßes, bis ihn die Erschöpfung übermannte. Seine Tränen versiegten, und er begann zu zittern. Kurz darauf fiel er in einen Zustand gnädiger Bewusstlosigkeit. Als er wieder zu sich kam, rollte er sich auf den Rücken und starrte mit leerem Blick in den Himmel, ohne wahrzunehmen, wo er sich befand. Yax glaubte, zu Hause zu sein. Er vernahm das schrille Gelächter von Kindern, doch es war nur das hungrige Geschrei von einem Dutzend Seemöwen, die das Floß aufgeregt umkreisten.

Weniger als eine Stunde war vergangen, als Yax spürte, wie irgendetwas gegen das Floß schlug. »Wollen die Haie mich etwa auch noch holen?«, fragte er sich angstvoll. Rums ... erneut vernahm er das dumpfe Geräusch.

Er hockte sich auf die Knie und blickte ängstlich über den Rand des Floßes. Sein Pulsschlag hämmerte ihm in den Ohren, und er hatte Mühe, seine geschwollenen, brennenden Augen auf einen festen Punkt zu fixieren. Rums ... jetzt kam es von der anderen Seite. Blitzschnell wandte er den Kopf in die Richtung, aus der das Geräusch gekommen war, und lachte erleichtert auf. Es war eine Kokosnuss, die mit ihrer grünen, holzigen Schale gegen das Floß schlug. Geschickt fischte Yax sie aus dem Wasser und drückte die Frucht glücklich an sich.

»Ein Geschenk des Meeresgottes«, murmelte er und bedankte sich mit einem kurzen Gebet.

Yax schüttelte die Kokosnuss, um sich zu vergewissern, dass

sie Milch enthielt. Als er aufs Wasser blickte, entdeckte er weitere Kokosnüsse. »Die muss der Wind von den Strandpalmen gerissen und ins Meer geweht haben«, sagte er sich aufgeregt. »Ich werde sie mit dem Netz herausfischen, genau wie die Palmwedel.« Rasch öffnete er den Schilfbehälter, um das Netz herauszunehmen, doch es war nicht mehr da. Erst jetzt erinnerte er sich wieder, dass er die Speere in dem Netz eingerollt hatte, und sofort hatte er das grausame Bild wieder vor den Augen. Resigniert sank er in der Mitte des Floßes zu Boden. Diesmal hatte er nicht einmal mehr die Kraft zu weinen.

So schmerzlich es auch war, Yax musste sich die Ereignisse noch einmal durch den Kopf gehen lassen. »Wahrscheinlich habe ich das Netz mit den Speeren ins Wasser fallen lassen, als ich die Haie entdeckte.« Unsicher erhob er sich und ließ den Blick verzweifelt über das Wasser gleiten.

Und tatsächlich, in ungefähr dreißig Metern Entfernung erspähte er das Bündel auf den Wellen. Doch seine Freude wurde rasch gedämpft, als er die Haie dahinter kreuzen sah.

Er konnte die Speere und das Netz abschreiben ... oder sein Leben riskieren. Bald würde es dunkel. Er musste sich rasch entscheiden.

Yax kniete auf dem Boden des Floßes nieder und sprach ein kurzes Gebet. »Ihr Götter, helft mir und beschützt mich vor den Haien. Ich muss ins Wasser und mir das Netz zurückholen, oder ich werde auf diesem Floß sterben.« Ein wenig zuversichtlicher warf er noch einmal einen prüfenden Blick aufs Wasser, sprang hinein und hielt geradewegs auf sein Ziel zu. Der Wind trieb dunkle Wolken über den ohnehin finsteren Himmel. Selbst wenn es in der Ferne ein Ufer gab, vermochte Yax nichts davon zu sehen, auch wenn er immer wieder von den Wellen emporgetragen wurde. Doch sein Ziel war ohnehin nicht das Ufer – das wäre viel zu gefährlich gewesen –, sondern das Speerbündel, das irgendwo vor ihm sein musste. Er tauchte den Kopf ins Wasser und strampelte noch kräftiger mit den Beinen. Es war ein Rennen gegen die Zeit. Seine Gebete wurden erhört, als er kurz darauf die verknüpften Maschen des Netzes an seinem Arm spürte. Rasch legte er eine Hand auf das Bündel und begann mit einem Arm dorthin zurückzuschwimmen, wo er das Floß vermutete. Diesmal kam er viel langsamer voran und bemerkte bald, dass er mit dem schweren Bündel seitwärts abgetrieben wurde. Mit den Beinen strampelnd machte er Halt und ordnete die Speere so, dass er sie vor sich herschieben konnte. Als er mit seiner Last auf einen Wellenkamm gehoben wurde, fiel sein Blick plötzlich auf das, was er in diesem Augenblick am meisten fürchtete: die schwarze Finne eines Hais, die zwischen ihm und dem Floß das Wasser durchpflügte.

Er war selbst überrascht, dass er nicht in Panik ausbrach und zu zappeln anfing wie sein Freund Chilan. Yax war sich darüber im Klaren, dass er nicht um den Hai herumschwimmen konnte; also zog er kaltblütig einen Speer aus seinem Netz und wartete.

Als die Finne des Hais näher kam, holte Yax tief Luft, packte den Speer mit beiden Händen und ließ sich unter die Wasseroberfläche sinken, um seinen Widersacher von vorn anzugreifen. Nachdem seine Augen sich an das trübe Unterwasserlicht gewöhnt hatten, sah er ihn kommen.

Der Hai war einer von denen, die kurz zuvor an der grässlichen Mahlzeit teilgenommen hatten. Noch immer erregt vom Geruch des Blutes verzichtete er darauf, sein Opfer zu umkreisen, sondern setzte sofort zum Angriff an. Yax hatte gerade noch Zeit, den Speer auf Armlänge in die ungefähre Richtung des Hais zu stoßen. Der blutrünstige Raubfisch schwamm geradewegs in den Speer hinein, dessen Spitze sich tief in sein Auge bohrte. Mit einer heftigen Bewegung scherte er nach rechts aus und riss Yax dabei den Speer aus der Hand. Blut sprudelte aus der Wunde, während das Tier, sich um die eigene Achse drehend, nach unten sank und verschwand. Yax war viel zu verängstigt, dem Hai weiter nachzublicken; seine Lungen schrien nach Sauerstoff, und er beeilte sich, wieder an die Oberfläche zu kommen. Keuchend schnappte er nach Luft und schluckte Wasser, als eine Welle über ihn hinwegspülte. Hustend, würgend und von Panik erfasst, zerrte er das Speerbündel mit sich, während er auf das sichere Floß zuschwamm. Als er es endlich erreicht hatte, beeilte er sich, an Bord zu klettern und das Bündel zu sichern.

Keuchend ließ er sich neben seinem selbst gebastelten Paddel zu Boden fallen, viel zu erschöpft, dem blutigen Schauspiel Beachtung zu schenken, das in geringer Entfernung vom Floß stattfand. Dort hatten andere Haie, vom Geruch des Blutes angelockt, sich in gieriger Raserei über den Kadaver ihres Artgenossen hergemacht.

Langsam lenkten Wind und Strömung das Floß fort vom Schauplatz dieses Spektakels, weiter auf seiner Reise in nordöstlicher Richtung über das Meer. Erschöpft fiel Yax in einen tiefen, traumlosen Schlaf, der ihm gnädiges Entrinnen vor der schmerzlichen Realität bescherte.

In dieser Nacht erwachte Yax mit schrecklichem Brennen in der Kehle. »Das Wasser«, stöhnte er, »ich habe Wasser geschluckt.« Er kroch zu dem Schilfbehälter und nahm die Machete seines Vaters heraus. Anschließend legte er die kostbare Kokosnuss auf den Boden und begann mit unsicheren Schlägen, die schützende Fruchtschale aufzuhacken. Nach mehreren vergeblichen Versuchen hielt er sich die Nuss ans Ohr und schüttelte sie besorgt. »Ja!«, rief er triumphierend, als er das vertraute gluckernde Geräusch aus dem Innern vernahm. Er musste seine ganze Geduld aufwenden, bis es ihm gelang, ein Loch in die Frucht zu bohren. Dann presste er die ausgetrockneten Lippen auf die Öffnung und saugte gierig die süße Milch heraus. Nach einer Weile fühlte er sich etwas besser, obwohl die Milch ihm ein kurzes, flaues Gefühl bescherte. Nachdem es überstanden war, erinnerte er sich an die anderen Kokosnüsse und erhob sich, um nachzuschauen, ob sie noch in der Nähe des Floßes waren. Glücklicherweise befanden sich tatsächlich noch welche in Reichweite, und nachdem Yax das Netz entwirrt hatte, gelang es ihm rasch, sechs weitere Nüsse an Bord zu ziehen. Sorgfältig verstaute er sie im Vorratsbehälter und wandte sich anschließend wieder der ersten Frucht zu, die er mit dem Griff der Machete zertrümmerte. Den Versuch, das zähe, weiße Fleisch zu kauen, gab er bald wieder auf, die Anstrengung war zu viel für seinen schmerzenden Kiefer. Er verstaute die Stücke in seinem Behälter und beschloss sie zu essen, sobald das Brennen im Hals nachgelassen hätte. Als sich die Dunkelheit herabsenkte, streckte er sich auf dem Boden des Floßes aus, deckte sich mit Palmwedeln zu und schlief ein.

Zum ersten Mal seit seiner letzten Nacht daheim träumte Yax. Es war der gleiche Traum wie beim letzten Mal. Der große Vogel trug ihn vom Floß fort und ließ ihn über der Spitze der Heiligen Pyramide fallen. Er erinnerte sich daran, wie er während des Mannbarkeitsrituals die Stufen hinaufgestiegen war, sein Blut mit dem des Königs vermischt hatte und in den Kreis der Erwachsenen des Stammes aufgenommen worden war. Und er erinnerte sich an die Worte Uxmals, der ihnen prophezeit hatte, Gott Kukulkan werde ihnen einen neuen Herrscher vom Himmel herabsenden. Aber nun war er es, Yax, der vom Himmel herabgefallen war und sich vor dem Hohepriester wieder fand. Es war ein sehr beängstigender Traum, und Yax versuchte aufzuwachen. Unruhig wälzte er sich hin und her, doch es gelang ihm nicht, dem Traum zu entfliehen.

Der Priester begann zu sprechen: »Da der König keinen Erben hinterließ, wurdest du erwählt, Yax. Wenn du ein Mann bist, wird man dir den Federschmuck des Herrschers aufsetzen. Du wirst der neue Herrscher der Quiché-Maya sein.«

Yax warf sich unbehaglich hin und her. Der Traum beunruhigte ihn zutiefst, und im Halbschlaf zog er die Palmwedel fester um seinen Körper. Er wollte aufwachen, doch nicht einmal sein eigenes, lautes Stöhnen vermochte den Traum zu verscheuchen. Seine Atmung verlangsamte sich, während die Szene immer deutlicher wurde. »Yax, du bist nicht von königlichem Geblüt«, sprach der Priester zu ihm, »doch Kukulkan hat dich erwählt. Du wirst der größte Herrscher von allen. Du wirst unser Volk durch viele Jahre des Friedens geleiten ...«

Yax lächelte im Schlaf. Wenigstens diese Worte jagten ihm keine Furcht ein, da sie mit seinem Wunsch nach Frieden übereinstimmten. Viel zu viele Männer waren in den vergangenen Jahren bei Kämpfen gegen verfeindete Stämme umgekommen. Yax sah sich im Geiste als König und stellte sich vor, wie stolz seine Mutter sein würde, wenn er ihr von der Spitze der Pyramide aus zuwinkte.

Dann aber fuhr der Priester fort: »... doch zuvor musst du eine wichtige Aufgabe erfüllen, Yax. Du musst Kukulkans Sohn ausfindig machen, den Sohn Gottes, und dein Blut muss sich mit seinem vereinen ... erst dann wirst du zum wahren Herrscher der Quiché-Maya.«

»Aber wo soll ich den Sohn Gottes finden? Wie werde ich Ihn erkennen?«, fragte Yax verunsichert.

Die Vision verblasste, und die Antwort des Priesters blieb offen. Yax glitt in einen tiefen, traumlosen Schlaf.

Azamor

Zügig glitt die Estrella durch das unruhige Wasser des Atlantiks. Drei Tage zuvor hatte das Fischerboot den Hafen von Lissabon verlassen, und zum Verdruss des Kapitäns, Pedro Fragroso, waren sie immer noch nicht auf Sardinen gestoßen. In der Regel traf man nach einem Tag in westlicher und zwei Tagen südlicher Richtung auf Sardinenschwärme, aber bisher waren noch nicht einmal Vögel oder Delfine – untrügliche Zeichen für einen Fischschwarm – aufgetaucht.

»Siehst du irgendwo Vögel?«, rief er zu seinem Sohn Joao hinauf, der im Ausguck Wache hielt.

»Nein, Vater«, kam die Antwort von der kleinen Spitze des Mastes.

Kreisende und ins Wasser herabstoßende Möwen ließen die genaue Position eines Sardinenschwarms erkennen, doch der Himmel war klar und blau, und weit und breit ließ sich keine Möwe blicken. Pedro tauchte seine Hand ins Meer. Es war immer noch kalt, also hatten sie den Golfstrom mit seinem warmen, von Westen herbeiströmenden Wasser noch nicht erreicht. Antonio, sein anderer Sohn, trat mit einem dampfenden Fischeintopf aus der Kajüte.

»Das Essen ist fertig, Vater.«

Pedro nickte und rief zum Ausguck hinauf: »Komm herunter und iss etwas.«

Joao seufzte erleichtert, froh, seinen Posten endlich verlassen und seine schmerzenden Arme wieder strecken zu können. »Gut! Man wird hungrig hier oben.«

Pedro sicherte das Ruder mit einem Seil und gesellte sich zu seinen Söhnen. Zu dritt hockten sie sich an Deck und warfen noch einen prüfenden Blick aufs Meer, bevor sie sich ihrer Mahlzeit widmeten. »Glaube nicht, dass wir heute noch auf einen Schwarm stoßen«, seufzte Joao, während er ein Stück dunkles Brot in den Topf tunkte. Die anderen nickten stumm und häuften sich den Fischeintopf auf ihre irdenen Teller.

»Erinnerst du dich noch, Vater, wie wir vor vier Jahren mal eine ganze Woche gesegelt sind, bis wir auf Sardinen stießen?«

»Ich weiß, Antonio, aber vergiss nicht, dass wir damals viel früher ausgefahren sind.«

Das Seil hatte sich vom Ruder gelöst, und das Schiff drohte vom Kurs abzukommen. Pedro sprang auf und eilte zum Achterdeck, um die Estrella wieder auf Kurs zu bringen. »Joao, bring mir den Wein, ich habe genug gegessen«, rief er seinem Sohn zu.

Als Pedro das Schiff wieder auf Kurs hatte, nahm er einen kräftigen Zug, wischte sich mit dem Ärmel den Mund ab und gab seinem Sohn die Kürbisflasche zurück. »Ich finde, wir sollten Kurs auf die afrikanische Küste nehmen. Möglicherweise suchen sich die Sardinen ihre Nahrung diesmal näher am Ufer.« Joao nickte und wandte sich zum Gehen. »Warte, gib mir noch einen Schluck Wein!«, hielt Pedro ihn zurück. Nachdem er einen weiteren Zug genommen hatte, fügte er hinzu: »Sag Antonio, dass er mit der Wache dran ist.«

Sie änderten ihren Kurs und segelten für den Rest des Tages Richtung Südost. Als die Nacht anbrach, holten sie das Segel ein und ließen sich zur Abendmahlzeit nieder, die wieder aus dunklem Brot und Fischeintopf bestand

Am nächsten Morgen erwachten sie vom Schreien der Möwen und anderer Meeresvögel, die immer wieder ins Wasser um das Boot herabstießen.

»Sardinen! Die Sardinen!«, schrie Joao und rüttelte seinen Vater. Pedro, der noch die Wirkung seines ausgiebigen Weinkonsums spürte, rollte sich auf die andere Seite. »Ist es etwa schon Morgen?«

»Ja, Vater, und wir sind auf Sardinen gestoßen. Wach auf!«

Antonio, dem man nicht sagen musste, was zu tun war, machte sich daran, das Segel zu setzen. Immer noch benommen, half Pedro seinem Sohn Joao, das Netz ins Wasser zu lassen.

»Seht nur! Das Wasser wimmelt von Sardinen!«, rief Antonio, während das Segel sich im Morgenwind blähte.

Das Netz glitt mit vertrautem Rasseln von Bord und wickelte sich hinter dem Boot im Wasser ab. Pedro lief zurück ans Ruder und steuerte die Estrella im Kreis, um die Falle zu schließen, während Antonio und Pedro die Winde drehten, um das Segel zu straffen.

Den ganzen Tag verbrachten sie mit dem Ein- und Ausholen des Netzes und vergaßen darüber sogar Frühstück und Mittagsmahlzeit. An solchen Tagen wurde das Essen zur Nebensache. Am Abend war die Arbeit getan und der Laderaum der Estrella bis zum Bersten mit Sardinen gefüllt. Ermattet ließen sie sich an Deck nieder. Zu müde, den Eintopf aufzuwärmen, verzehrten sie ihn kalt, tranken ausgiebig Wein dazu und schliefen erschöpft ein.

In der Frühe sorgte die leicht abgekühlte Luft über dem warmen Golfstrom für einen dichten Nebelteppich auf dem Wasser. Die drei Fischer erwachten fröstelnd auf dem taubedeckten Deck der Estrella. Mit steifen Schritten stapfte Pedro in die Kajüte und holte ein paar Decken, die er über seinen Söhnen ausbreitete. Er selbst, ebenfalls in eine Decke gehüllt, machte sich daran, heißes Wasser für den morgendlichen Kräutertee zu bereiten. Das heiße Gebräu half ihnen, die Kälte aus den steifen Knochen zu vertreiben.

»Kehren wir heute zurück?«, fragte Antonio.

»Ja, sobald der Nebel sich auflöst und wir unseren Kurs bestimmen können«, antwortete sein Vater.

Die Jungen kippten den Rest des Getränks herunter und machten sich daran, die Netze zusammenzulegen und das Seegras zu entfernen, das sich darin verheddert hatte. Eine leichte Brise verwirbelte den Nebel zu dichten Schwaden. Als Joao sich streckte, um seinen schmerzenden Rücken zu entspannen, machte er steuerbord einen dunklen Umriss im Wasser aus.

»Sieh nur, Vater«, flüsterte er. »Ob das ein anderes Boot ist?«

Die drei Männer eilten zur Reling. Der Nebel schien sich weiter zu verdichten; sie konnten nichts erkennen.

»Seid mal still!«, befahl der Vater, »vielleicht kann man etwas hören.«

Kurz darauf machten sie ein schwaches Geräusch aus.

»Hört ihr das?«, flüsterte Joao. »Es klingt wie Wellen, die gegen ein Boot schwappen.«

»Ja«, bestätigte Antonio, »ich höre es auch.«

»Eure Ohren scheinen besser zu sein als meine«, gestand Pedro. »Ich höre nichts.«

»Es kommt von da drüben.« Joao deutete nach links. Vergeblich versuchten sie, den Nebel mit ihren Blicken zu durchdringen.

»Rudert das Boot näher heran.« Pedro stellte sich vorn an den Bug, während die Jungen sich zu beiden Seiten des Fischerbootes in die Riemen legten und die Estrella langsam vorwärts glitt.

Als sie näher kamen, nahm der Umriss allmählich Gestalt an. Obwohl weder Mast noch Segel oder Kajüte zu erkennen waren, schien es sich tatsächlich um ein Boot zu handeln, wenn auch um ein kleineres als die Estrella.

»Sieht aus wie eine Art Floß«, mutmaßte Joao. »Es liegt ziemlich tief im Wasser.«

»Stimmt«, bestätigte Pedro. »He!«, rief er dann. »Ist jemand an Bord?«

Sein Ruf blieb unbeantwortet, und sie ruderten näher. Als sie nur noch wenige Meter von dem Gefährt trennten, warf Antonio einen Enterhaken aus, der sich ins Heck des Floßes bohrte. Zusammen mit seinem Bruder zog er das Gefährt heran, bis es Seite an Seite mit der Estrella lag. Jetzt entdeckten sie auch das Bündel in der Mitte des Floßes, das aus einem Haufen getrockneter Palmwedel und einem verhedderten Netz zu bestehen schien.

»Da liegt jemand drunter!«, rief Joao, als er ein paar Füße aus dem Haufen herauslugen sah. Sie waren geschwollen und von Schwielen übersät, aber es handelte sich eindeutig um die Füße eines Menschen. Antonio vertäute das Seil mit dem Dollbord der Estrella und kletterte vorsichtig an Bord des Floßes. Der Boden war mit zerbrochenen Kokosnuss-Schalen und Fischköpfen bedeckt, die einen durchdringenden Gestank verströmten. Wachsam näherte Antonio sich dem Bündel.

»Es ist ein Junge!«, rief er, nachdem er den Körper aufgedeckt hatte. »Er scheint tot zu sein.«

Pedro sprang hinüber auf das Floß, um sich selbst von den Worten seines Sohnes zu überzeugen. Er kniete sich hin und presste ein Ohr auf die eingefallene Brust des jungen Körpers. Die Rippen traten deutlich hervor, die Augen waren geschwollen, und die ausgetrockneten Lippen mit einer Salzkruste bedeckt.

»Der muss schon eine ganze Weile auf dem Meer treiben«, meinte Antonio. »Ein Wunder, dass die Möwen ihn nicht gefressen haben.«

»Moment mal«, flüsterte Pedro plötzlich. »Ich glaube, er lebt noch ... ich kann einen schwachen Herzschlag hören. Antonio, komm her, horch du mal!«

Antonio legte ein Ohr auf die Brust des Jungen und bestätigte die Worte seines Vaters. »Er lebt ... aber trotzdem ist er mehr tot als lebendig.« Behutsam hob er den leblosen Körper vom Boden des Floßes und reichte ihn an Joao weiter, der an der Reling der Estrella wartete. Pedro breitete eine Decke an Deck des Fischerbootes aus. »Leg ihn hierhin.«

Pedro deckte den Körper des Jungen zu, ließ den Kopf jedoch frei und starrte ihm forschend ins Gesicht. »Ein ziemlich kräftiger Bursche ... muss irgendwo aus dem Urwald im Süden kommen.«

»Aber er ist nicht schwarz«, wandte Joao ein. »Die Sklaven aus dem Urwald, die in Lissabon auf dem Markt verkauft werden, sind schwarz. Der hier hat viel hellere Haut.«

»Und außerdem«, bemerkte Antonio, »wie sollte er nach Norden abgetrieben sein, gegen die Strömung?«

»Keine Ahnung.« Sein Vater zuckte mit den Schultern. »Jedenfalls schwebt er in Lebensgefahr. Wir müssen versuchen, ihm zu helfen. Joao, hol frisches Wasser. Und du, Antonio, mach etwas Brühe heiß.«

Pedro kannte sich mit solchen Dingen aus. Er war sein Leben lang Fischer gewesen und hatte schon des Öfteren Seeleute gerettet, die nach einem Schiffbruch endlose Tage auf dem Meer getrieben waren. Daher wusste er um die Gefahr, Menschen in derartiger Verfassung zu viel Wasser zu geben, und ließ nur ein paar Tropfen auf die verdorrten Lippen des Jungen fallen. Anschließend fuhr er ihm behutsam mit dem feuchten Tuch übers Gesicht.

Yax blieb weiterhin bewusstlos, doch nach einer Stunde sorgfältiger Zuwendung durch seine Retter wurde seine Atmung ein wenig regelmäßiger.

Als die Sonne höher stand, löste der Nebel sich auf und gab den Blick auf die dunkle Küstenlinie eines entfernten Uferstreifens frei. Die Möwen kehrten zurück und nahmen unter erregtem Kreischen ihr Tun wieder auf, jetzt allerdings in größerer Entfernung vom Boot.

»Land in Sicht!«, rief Joao, der seine Aufmerksamkeit den lärmenden Möwen zugewandt hatte.

Pedro stand auf, um sich selbst zu überzeugen. Einen Moment lang studierte er das ihm bekannte Terrain.

»Azamor«, erklärte er. »Wir sind in der Nähe von Azamor.«

Azamor war ein Hafen an der Küste Marokkos, dessen Bewohner Pedro vertraut waren. Es gab ein paar Fischer darunter, aber hauptsächlich lebten die Menschen vom Dattel- und Olivenanbau, unterhielten große Ziegenherden und handelten mit Olivenöl. Azamor war eine bedeutende Zwischenstation für Karawanen in Richtung Osten und Versorgungslager für die Sklavenhändler, die hier ihre Wasservorräte auffüllten, bevor sie ihren Weg durch die Wüste, nach Karthago und zu den Bordellen von El Gem antraten.

Pedro war in der Vergangenheit ein paar Mal hier eingelaufen, wenn die subtropischen Stürme das Meer zu unsicher gemacht hatten.

»Hisst das Segel. Wir bringen den Jungen hier an Land. Er würde die Reise nach Lissabon nicht überstehen.«

»Was ist mit dem Floß?«, fragte Joao.

»Das nehmen wir mit. Mach die Leine etwas lockerer, dann ziehen wir es hinter uns her.«

Die Estrella legte nahe am sandigen Ufer an. Das Wasser war tief an dieser Stelle, und das Floß, das von den Wellen nach vorn gespült wurde, diente ihnen als Steg zum Strand. Antonio kletterte von Bord und befestigte das Tau.

Der Ziegenhirt Farouk Ben Dababi hatte soeben seine Mittagsmahlzeit beendet, als seine Frau aufgeregt nach ihm rief.

»Komm schnell ... ein Boot hat angelegt!«

Von ihrem Haus, das nördlich des Dorfes Azamor hoch oben auf einem Felsen lag, konnte man weit aufs Meer hinausblicken. Es war ungewöhnlich, dass ein Boot so weit entfernt vom Hafen anlegte. Farouk stellte seine Schale auf den Tisch, wischte sich mit dem Ärmel über den Mund, erhob sich und trat ans Fenster.

»Tatsächlich«, sagte er. »Es sind zwei Boote.« Er folgte seiner Frau aus der Tür, und zusammen liefen sie zum Strand unterhalb des Hauses. Als sie näher kamen, erkannte Farouk Pedro und seine beiden Söhne, denen er schon zweimal Herberge gewährt hatte.

Pedros Muttersprache war Portugiesisch, die von Farouk Arabisch, doch aufgrund des weit reichenden Einflusses des Römischen Imperiums waren sowohl Latein als auch Griechisch zum allgemein gültigen Verständigungsmittel geworden. Sie begrüßten sich in einem Gemisch aus beiden Sprachen und umarmten einander, und nach den üblichen Begrüßungsfloskeln lud Farouk sie zum Essen in sein Haus ein.

»Noch nicht, mein Freund«, wandte Pedro ein und deutete auf das gestrandete Floß. »Wir haben einen Jungen auf diesem Floß gefunden ... draußen auf dem Meer ... er ringt mit dem Tod.« Farouk folgte ihnen an Bord der Estrella und blickte auf Yax' bewegungslosen Körper hinab.

»Er ist sehr krank. Können wir ihn an Land schaffen?«

»Natürlich, bringt ihn hinauf zum Haus.«

Jeder der Männer ergriff eine Ecke des Lakens, auf dem Yax ruhte, und so trugen sie ihn das ansteigende Ufer hinauf.

»Wohin sollen wir ihn legen?«, fragte Pedro.

»Bringt ihn in den Stall«, erwiderte Farouk. »Meine Frau wird ihm ein Lager herrichten.«

Mahouba eilte voraus, um Stroh zusammenzuhäufen. Als die Männer den Stall erreichten, betteten sie Yax vorsichtig auf das vorbereitete Lager.

»Soll ich ihm ein wenig Ziegenmilch warm machen?«, fragte Mahouba.

»Ja«, antwortete ihr Mann. »Er sieht ziemlich ausgehungert aus.«

»Aber nicht zu viel«, wandte Pedro ein. »Es wird Tage dauern, bis er wieder richtig essen kann.«

Als die warme Milch seine Kehle hinabrann, gab Yax ein erstes Lebenszeichen von sich, indem er zu würgen und zu husten begann. Gespannt beobachteten seine Retter, wie seine Augen sich langsam unter den geschwollenen Lidern bewegten, doch er blieb weiterhin bewusstlos.

»Kommt«, forderte Farouk seine Gäste auf, »lasst uns hineingehen und essen, während er schläft.«

»Ich werde hier bleiben und bei ihm wachen«, bot Joao sich an.

Nachdem Mahouba den Männern die Mahlzeit serviert hatte, brachte sie Joao einen Teller mit Eintopf aus Ziegenfleisch, Fetakäse und grobkörniges, dunkles Brot in den Stall.

»Irgendwelche Veränderungen?«, erkundigte sie sich.

»Nichts«, antwortete Joao und nahm den Teller hungrig entgegen, denn es war bereits Nachmittag. Das Ziegenfleisch, obwohl recht scharf gewürzt, bildete eine angenehme Abwechslung zum täglichen Fisch.

Nachdem sie ihre Mahlzeit beendet hatten, dankte Pedro seinen Gastgebern und blickte Farouk fragend an.

»Wirst du den Jungen behalten?«, fragte Pedro. Als Farouk zögerte, fügte er hinzu: »Wenigstens so lange, bis er wieder auf den Beinen ist?«

Farouk schaute seine Frau an, doch deren Miene war undurchdringlich. Er dachte einen Augenblick nach. »Meine Frau ist unfruchtbar, wir sind kinderlos. Ich habe mir immer einen Sohn gewünscht ... doch Allah hat anders entschieden.« Wieder schaute er seine Frau an, doch ihr Blick war aufs Meer gerichtet. Diese Entscheidung lag allein bei ihm.

»Ich werde alt, und meine Knochen sind müde. Ich habe viele Ziegen, um die ich mich kümmern muss ... eine Hilfe wäre nicht schlecht.« Er hielt inne und kratzte sich nachdenklich den Bart.

»Aber der Junge wirkt so fremdartig. Ich fürchte, er wird im Dorf nicht willkommen sein. Doch in Allahs Namen werden wir ihn hier behalten, bis es ihm gut genug geht, dass er weiterreisen kann.«

»Mehr kann ich nicht verlangen«, seufzte Pedro erleichtert, »die Fahrt nach Lissabon würde er auf keinen Fall überstehen.«

Damit erhoben sie sich vom Tisch und begaben sich wieder zum Stall. Mahouba wandte ihren Blick vom Fenster ab und wischte sich lächelnd die Tränen vom Gesicht, bevor sie den Männern folgte.

Joao schaute auf, als sie den Stall betraten und auf den bewegungslosen Körper blickten. »Er hat sich immer noch nicht gerührt, Vater, aber sein Atem geht ein wenig fester.«

Pedro kniete sich neben Yax ins Heu und lauschte dessen Atemzügen. »Sehr gut, er wird leben. Bestimmt wird er ziemlich überrascht sein, wenn er erwacht ... aber gewiss auch dankbar.« An seine Söhne gewandt, fuhr er fort: »Farouk wird ihn hier behalten, bis er sich erholt hat. Für uns wird es jetzt Zeit, die Segel zu setzen.«

Farouk legte die Hand auf den Arm seiner Frau. »Bleib du hier bei dem Jungen, während ich unsere Freunde zu ihrem Boot begleite.«

»Ich werde das Floß hier bei euch lassen«, sagte Pedro, als sie sich dem Strand näherten. »Antonio, hol unseren Freunden einen Korb Fische«, fügte er an seinen Sohn gerichtet hinzu.

Antonio folgte der Aufforderung des Vaters und kehrte mit einem geflochtenen Korb zurück, der bis zum Rand mit Sardinen aus dem Laderaum des Schiffes gefüllt war.

»Lasst uns das Floß auf den Strand heraufziehen, damit die Flut es nicht davonspült.«

Die Männer packten das Floß an den Seiten und zogen das schwere Gefährt mit vereinten Kräften laut ächzend ein Stück durch den Sand hinauf.

»Die Flut hat ihren Höchststand noch nicht erreicht. Wir sichern es besser mit einem Seil an dem Baum dort«, sagte Pedro. An Farouk gewandt fuhr er fort: »Später, wenn das Wasser steigt, musst du das Seil nochmals anziehen.«

Farouk nickte. Die Männer umarmten sich zum Abschied, und mit Verbeugungen und Grußformeln zogen sich Pedro und seine Söhne auf ihr Schiff zurück. Farouk erwiderte ihre Gesten mit einem »Allah Akbar«, während die drei ihr Segel setzten.

Er blickte ihnen noch eine Weile nach. Die Nachmittagssonne strahlte vom Himmel, und eine steife Brise blähte die Segel der Estrella. Bis zum Abend würden sie ein gutes Stück zurücklegen können. Farouk winkte ihnen einen letzten Gruß zu, bevor er sich den Weg die Klippe hinauf zum Stall machte.

Mahouba tupfte Yax' Gesicht mit einem feuchten Tuch ab.

»Er hat Fieber, sein Körper fühlt sich ganz heiß an. Aber die Augen sind nicht mehr so geschwollen.«

»Gut ... vielleicht solltest du ihm noch etwas warme Milch geben. Er braucht Nahrung, damit er wieder zu Kräften kommt.«

Während seine Frau die Milch holte, kniete Farouk neben dem jungen Mann nieder und musterte ihn eingehend. Der Junge hatte kräftiges, schwarzes Haar, und obwohl es ihm im Augenblick feucht am Kopf klebte, war deutlich zu sehen, dass es rundum gestutzt worden war, als hätte man ihm beim Schneiden einen Topf auf den Kopf gestülpt. Sein glattes Haar unterschied sich grundlegend von den krausen Locken der Sklaven, die Farouk von den Karawanen kannte. Und noch etwas verwirrte ihn: Yax' Haut war nicht schwarz sondern eher hellolive ... dieser Junge konnte unmöglich aus dem Dschungel stammen. Erst einmal hatte Farouk solch helle Haut gesehen. Das war vor vielen Jahren gewesen, als er den Sklavenmarkt in Karthago besucht hatte.

Mahouba kehrte mit der erwärmten Milch zurück und flößte

Yax ein paar Löffel davon ein. Zuerst würgte er und hustete, aber dann schluckte er die Milch und bewegte sich leise stöhnend.

»Er wird durchkommen.« Farouk lächelte. »Jetzt muss ich mich wieder um die Ziegen kümmern. Die Arbeit wartet nicht.« Mahouba nickte und wandte ihre Aufmerksamkeit wieder dem Jungen zu. Liebevoll betupfte sie die geschwollenen Züge mit einem Zipfel ihres Gewandes. Ihr lange unterdrückter mütterlicher Instinkt war erwacht. Allah hatte ihre Gebete erhört und ihr den Sohn geschickt, nach dem sie sich all die Jahre gesehnt hatte. Sie sandte ein stummes Dankgebet zum Himmel und bat Allah darum, dass ihr Mann seine Meinung änderte und Yax bei sich behielt.

Während der nächsten drei Tage umsorgte Mahouba den Jungen, flößte ihm warme Milch ein und betupfte seinen fiebrigen Körper mit einem feuchten Tuch. Sie schlief sogar im Stall, um sofort zur Stelle zu sein, wenn er sich rührte.

Am Morgen des vierten Tages wurde ihre Mühe belohnt. Yax schlug die Augen auf. Sein Blick war noch verschwommen, und als er versuchte, den Kopf zu heben, durchfuhr ihn ein stechender Schmerz. Yax war überzeugt, sich daheim in seinem Dorf zu befinden. Er hielt Mahouba für seine Mutter und lächelte sie schwach an, bevor er wieder in den Schlaf glitt.

In der Nacht erwachte er erneut. Als es ihm gelang, die schmerzenden Lider zu heben und seine Augen sich an die Dunkelheit gewöhnt hatten, konnte er durch die offene Tür den Mond erkennen. Langsam und mit Mühe wandte er den Kopf und blickte sich um. Nichts an dieser Umgebung war ihm vertraut. Er versuchte zu rufen, doch seine Stimme war nicht mehr als ein Flüstern.

Der Versuch erschöpfte ihn. Sein ganzer Körper schmerzte, selbst das Denken bereitete ihm Mühe. Vergeblich kämpfte er darum, wach zu bleiben. Seine Augen füllten sich mit Tränen, die auf seinen geschwollenen Lidern brannten. Schließlich fiel er wieder in unruhigen Schlaf.

Am nächsten Morgen erwachte Yax vom warmen Licht der Morgensonne, das durch die Stalltür hereinfiel. Er streckte seinen geschundenen Körper. Allmählich lichtete sich der Nebel in seinem Kopf, und er wurde sich seines Zustands bewusst. Sein ganzer Körper schmerzte, ohne dass er sich den Grund dafür erklären konnte. Selbst das Luftholen bereitete ihm Schwierigkeiten, die aber nachließen, wenn er flacher atmete. Er konnte Arme und Beine bewegen, aber nur langsam und mit großer Anstrengung.

Plötzlich fiel ein Schatten auf sein Gesicht. Er hob den Kopf und versuchte etwas zu erkennen. Es war eine Frau ... seine Mutter ... sie kniete neben ihm nieder.

»Mutter«, flüsterte er heiser. »Ich fühle mich so elend ... was ist los mit mir?«

Mahouba, die seine Sprache nicht verstand, schüttelte den Kopf und antwortete in ihrer eigenen, ihm fremden Sprache.

»Wo ist meine Mutter?« Angstvoll versuchte Yax, sich aufzusetzen, doch die Frau drückte ihn sanft auf sein Strohlager zurück und sprach weiter auf ihn ein. Obwohl er sie nicht verstand, wirkten ihre sanften Worte beruhigend auf Yax. Er hatte inzwischen begriffen, dass er nicht zu Hause war; alles andere blieb ihm jedoch ein Rätsel. Jegliche Erinnerung an seine Reise auf dem treibenden Floß war aus seinem Bewusstsein gelöscht.

Eine Ziege kam in den Stall getrottet und entlockte Yax ein Lächeln ... wenigstens dieses Tier war ihm vertraut. Die Frau erhob sich und verscheuchte die Ziege. Dann wandte sie sich wieder an Yax und versuchte ihm mit den Händen etwas mitzuteilen, bevor sie den Stall verließ. Doch ihre Mühe machte Yax' Verwirrung nur noch größer. Durch die Stalltür konnte er einen kargen, trockenen Hang erkennen, eine baumlose Landschaft ... keine Palmen ... kein saftiges Grün ... und schon gar kein Urwald.

Mahouba kehrte mit einer Schüssel warmer Soße zurück, in

die sie kleine Brotstücke getaucht hatte. Sie hielt Yax die Schüssel unters Kinn und fütterte ihn mit den Brotstücken. Zuerst fiel ihm das Schlucken schwer, doch das Brot war weich und feucht und tat seiner rauen Kehle gut, sodass es mit jedem Stück besser ging. Erst jetzt spürte er seinen Hunger und versuchte gierig schneller zu essen, aber Mahouba fütterte ihn bedächtig und sprach fortwährend mit unverständlichen, aber beruhigenden Worten auf ihn ein. Als er sie anblickte, lächelte sie und legte ihm die Hand auf die Stirn. Sie war zwar nicht seine Mutter, doch sie war freundlich, und keine ihrer Gesten wirkte bedrohlich auf ihn. Yax fühlte sich in ihrer Nähe sicher. Unzählige Fragen brannten ihm auf den Lippen, aber inzwischen hatte er sich damit abgefunden, dass sie sich nicht miteinander verständigen konnten. Nachdem er seine Mahlzeit beendet hatte, dankte er ihr mit einem Lächeln. Sie streichelte seine Wange, zog die Decke über ihm zurecht und bedeutete ihm zu schlafen. Yax fühlte sich angenehm warm und gesättigt. Seine Lider waren schwer. Nachdem er sie geschlossen hatte, kam der Schlaf wie von selbst.

Am Nachmittag erwachte er von Stimmen vor der Stalltür. Eine davon war ihm vertraut ... es war die Stimme der Frau.

»Er spricht eine ganz eigenartige Sprache«, sagte Mahouba, »und er ist sehr ängstlich. Erschrick ihn nicht.«

»Ich werde ganz behutsam sein«, ertönte eine fremde, aber unverkennbar männliche Stimme.

Farouk betrat den Stall und blieb in einiger Entfernung von Yax' Lager stehen. Erst als ihre Blicke sich trafen, trat er näher und kniete neben dem Jungen nieder. Yax war ängstlich und neugierig zugleich. Er hatte noch nie einen Menschen wie Farouk gesehen, der groß und hager war und dessen Haut in vielen Jahren von der heißen Wüstensonne wie Leder gegerbt war. Seine Brauen waren weiß und buschig und verbargen fast die schwarzen, durchdringenden Augen. Das Sonderbarste aber waren die Büschel grauweißer Haare, die seine Wangen und den Mund bedeckten und von seinem Kinn herabwallten. Er trug eine Art Mantel, der aus unzähligen, farbenfrohen Stofffetzen zusammengenäht war, mit weiten, lose fallenden Ärmeln und tief geschnittenem Kragen, unter dem die braune Haut seines Brustkorbs sichtbar wurde. Seine Erscheinung wirkte sehr beeindruckend, und Yax war überzeugt, dass er einen Herrscher vor sich hatte.

Schweigend musterten sich die beiden; jeder versuchte den anderen einzuschätzen. Nach einer Weile legte sich der Mann die Hand auf die blanke Brust. »Farouk«, sagte er und sprach seinen Namen langsam und deutlich aus. Als Yax keine Reaktion zeigte, wiederholte er seinen Namen noch dreimal und deutete dabei jedes Mal auf seine Brust. Scheu hob Yax den Arm, streckte die Hand aus und berührte die Brust des Mannes. »Faruuk«, brachte er mit einem heiseren Flüstern hervor.

Der Mann nickte lächelnd. »Farouk.«

Nun war es an Farouk, Yax' Namen herauszufinden. Er streckte die Hand aus, um die von Yax zu ergreifen, aber der wich vor der Berührung zurück. Farouk wiederholte die Geste und sprach dabei beruhigend auf den Jungen ein. Diesmal ließ Yax es zu, dass Farouk seinen Finger ergriff und ihn ihm auf die Brust legte.

Yax verstand, vermochte im ersten Moment aber nicht zu sprechen. Sein Herz pochte vor Furcht ob der Berührung durch den Fremden. »Yax«, flüsterte er dann, nachdem er tief Luft geholt hatte. Als der Mann sich vorbeugte, um ihn besser verstehen zu können, wiederholte er: »Yax.«

Der Mann lachte erleichtert. »Yax ... Farouk... Yax ... Farouk.«

Die Furcht wich von Yax, und befreit fiel er in das Lachen ein.

Farouk erhob sich und lächelte unter seinem weißen Bart. »Komm, Frau ... wir haben Grund zu feiern. Bring etwas Käse und Brot für Yax ... ich glaube, er kann allmählich wieder richtig essen.«

In den darauf folgenden Tagen wurde Yax zunehmend kräftiger, und mit Hilfe Mahoubas, deren Namen er noch immer nicht auszusprechen vermochte, wagte er sogar ein paar unsichere Schritte vor die Stalltür, um dort in der Sonne zu sitzen. Sie ermunterte ihn, sie ›Mamu‹ zu nennen, und obwohl er die Bedeutung des Wortes nicht verstand, war er zufrieden, eine Verständigungsmöglichkeit zu haben und benutzte den Namen, sobald sie sich ihm näherte.

Es war eine eigenartige Welt, die Yax draußen vor dem Stall umfing. Die Hügel, die das kleine Anwesen umgaben, waren trocken und karg, doch der Himmel war strahlend blau und die Sonne, die seinen Körper wärmte, vermittelte ihm ein Gefühl friedlicher Geborgenheit. Mamu versorgte ihn mit Nahrung, und schon bald konnte er allein essen und verbrachte Stunden damit, in der Sonne zu sitzen und Farouk auf der gegenüberliegenden Anhöhe beim Hüten seiner Ziegenherde zuzuschauen. Kehrte Farouk zur Mittagszeit zum Stall zurück, hob Yax grüßend den Arm und rief: »Faruuk«, worauf dieser, ebenfalls winkend, zurückrief: »Yax!« Später saßen sie Seite an Seite in der Tür zum Stall und nahmen gemeinsam ihre Mahlzeit ein, während Mamu, die in geringer Entfernung auf dem Boden saß, sie liebevoll lächelnd betrachtete.

Farouk entwickelte aufrichtige Zuneigung zu dem jungen Yax. Bei Sonnenuntergang saßen sie nebeneinander vor dem Stall und führten lange Unterhaltungen. Natürlich konnte keiner den anderen verstehen, doch sie gestikulierten mit Händen und Füßen und lachten über ihre eigene Unfähigkeit. Ihre Stimmen waren stets sanft und freundlich, und sie bekräftigten ihre wachsende Freundschaft mit gelegentlichen Umarmungen.

Yax war fasziniert von Farouks farbenfroh leuchtendem Mantel, dessen Stoff sich so angenehm weich anfühlte. Er liebte es, nahe neben Farouk zu sitzen und den Stoff auf der Haut zu spüren. Farouk lächelte über Yax' Neugier; er tippte mit dem

Finger auf die einzelnen Farben und ließ Yax die arabischen Begriffe der Farben wiederholen. Eine Art Unterricht, die reichlich Anlass zu Gelächter gab. Wenn sie des Spiels müde wurden, saßen sie schweigend nebeneinander, bis der Mond am Nachthimmel aufging.

Eines Morgens – Yax war inzwischen sichtbar kräftiger geworden – winkte Farouk nach der Mahlzeit seinen jungen Schützling heran. »Yax, heute wirst du mich begleiten und mir bei den Ziegen helfen.« Yax, der begriff, dass etwas Neues geschehen sollte, stand eifrig lächelnd auf. Farouk deutete auf den Hügel und dann auf Yax, und das Abenteuer konnte beginnen.

Farouk drückte dem Jungen einen dicken Stock in die Hand und zeigte ihm, wie man sich darauf abstützen konnte, wenn man die steilen Bergpfade hinaufstieg. Nach einer kurzen Unterweisung bedeutete Yax mit einem Nicken, dass er bereit sei. Langsam machten sie sich auf den Weg, Farouk ging voran, Yax stolperte hinter ihm her. Als sie den steilen Hang erreichten, musste Yax mit beiden Händen den Stock umfassen, um voranzukommen. Farouk blieb jetzt hinter ihm, um ihn aufzufangen, falls er strauchelte. Als der Pfad noch steiler wurde, mussten sie mehrmals Halt machen. Völlig außer Atem erreichte Yax den Gipfel. Farouk bedeutete ihm, sich zu setzen, und bot ihm Wasser aus einer Flasche aus Ziegenhaut an. Yax nahm die Erfrischung dankbar entgegen und löschte gierig seinen Durst. Lächelnd gab er Farouk die Flasche zurück. Nachdem dieser ebenfalls einen kleinen Schluck genommen hatte, ließ er sich neben Yax auf dem Boden nieder. »Schau«, sagte er und deutete auf das unter ihnen liegende Tal. Yax stieß einen Laut der Überraschung aus und breitete die Arme aus, um seiner Begeisterung über die Größe der Herde Ausdruck zu verleihen.

Farouk lachte. »Zweihundert«, sagte er stolz auf Arabisch.

»Ich habe noch nie so viele Ziegen auf einmal gesehen«, gestand Yax in seiner Maya-Sprache.

Die beiden schienen einander zu verstehen und betrachteten eine Weile schweigend die Herde.

»Ich möchte dir noch etwas zeigen«, sagte Farouk. Er zog Yax auf die Beine, drehte ihn herum und deutete in die Ferne.

»Azamor.«

Yax beschattete seine Augen mit der Hand gegen das grelle Sonnenlicht. Er konnte die dunklen Umrisse des Dorfes erkennen, und sein Puls beschleunigte sich, als er das dahinter liegende Meer entdeckte.

»Das Meer ... das Meer!«, rief er und zeigte mit dem Finger auf das funkelnde Wasser.

Farouk vermutete den Grund für Yax' Erregung, wenn er auch die Worte nicht verstand.

»Das ist das Meer, das dich hierher gebracht hat.«

Yax stand wie angewurzelt. Ein eigenartiges Gefühl, teils Angst, teils Erregung, ergriff von ihm Besitz. Verschwommene Visionen der Vergangenheit tauchten in seinem Bewusstsein auf. Unwillkürlich setzte er sich in Bewegung, auf unerklärliche Weise angezogen vom Anblick des Meeres.

Farouk packte seinen Arm. »Komm, hier entlang ist der Weg kürzer.«

Sie wanderten über die Bergkuppe und an dem darunter liegenden Haus und dem Stall vorbei, bis sie die Klippe erreichten, an deren Fuß, zu Yax Überraschung, das Meer lag.

Seine Beine waren müde vom Laufen, aber noch etwas anderes ließ seine Knie zittern. Sein Atem beschleunigte sich und schmerzte in seiner Brust, und wenngleich er sich danach sehnte, stehen zu bleiben und auszuruhen, trieb es ihn weiter voran. Er merkte nicht einmal, dass Farouk ihn festhielt, während sie die Klippe hinabkletterten. Irgendetwas sagte ihm, dass er Ähnliches schon einmal erlebt hatte und dass jemand bei ihm gewesen war, doch die Vision verblasste so blitzartig, wie sie gekommen war. Als sie den Strand erreichten, blickte er auf den Sand, der seine Zehen bedeckte, ein Anblick, der ihm nur zu vertraut war. Dann sah er das Floß. Wie ein gestrandetes Relikt lag es dort, halb im Sand, halb im Wasser. Ein Seil, das am Bug befestigt war, sicherte es durch einen in den Sand getriebenen Pfosten.

Yax' Herzschlag schien sekundenlang auszusetzen. Reglos starrte er auf das Floß, und Trauer erfüllte ihn.

»Das Floß«, flüsterte er, und während die Erinnerung wiederkehrte, strömten die Tränen über sein Gesicht. Mit einem Aufschrei ließ er sich in den Sand fallen. Farouk wartete schweigend, während Yax bebend zu seinen Füßen hockte. Schlagartig kehrten die Bilder zurück. Der Sturm ... Chilan ... die Haie ... der Durst ... die entsetzliche Reise auf dem Floß. Verzweifelt warf Yax sich mit dem Gesicht in den Sand und schluchzte herzzerreißend.

Nach einer Weile kniete Farouk sich neben den Jungen, zog ihn an sich und murmelte Worte des Mitgefühls. Er hatte keine Ahnung, was Yax widerfahren war, doch nach dem Zustand zu urteilen, in dem man ihn gefunden hatte, musste er Furchtbares durchgemacht haben. Farouk wiegte ihn sanft hin und her, doch erst nachdem er eine Zeit lang beruhigend auf ihn eingeredet hatte, versiegten Yax' Tränen, und die unkontrollierten Schluchzer verebbten. Nach geraumer Zeit hob Yax den Kopf von Farouks Schulter, sodass dieser ihm den Sand von den tränennassen Wangen wischen konnte.

»Das Floß«, murmelte er und erhob sich schwerfällig. Farouk stützte den Jungen, während dieser mit unsicheren Schritten auf das Floß zuging. Ein Schwarm Seemöwen, die sich auf dem Heck niedergelassen hatten, flatterte ungehalten auf, als die beiden näher kamen. Yax stolperte vorwärts, klammerte sich an das Floß. Er erinnerte sich an die Schreie der Möwen während Chilans Todeskampf mit dem Hai. Erneut begann er zu zittern. Farouk legte ihm den Arm um die Schultern. Schweigend blickten sie auf das trostlose Chaos an Bord des Floßes: Fischknochen, zerbrochene Kokosnussschalen, ein verheddertes Fischernetz und vertrocknete Palmwedel erzählten eine Geschichte von Verzweiflung und Tod und weckten viele Fragen in Yax.

Wie bin ich hierher gekommen? Wie habe ich überlebt? Wie weit bin ich fort von daheim?

Fragen, die für immer unbeantwortet bleiben würden.

Eine kühle Brise kam vom Meer auf, und die Gischt senkte sich wie feiner Sprühregen auf ihre Körper. Farouk bemerkte, dass Yax nicht nur vor Erregung zitterte; er streifte seinen bunten Mantel ab und legte ihn dem Jungen um die Schultern. Der blickte dankbar zu dem Araber auf und kuschelte sich fester in den Mantel. »Komm«, drängte Farouk, »lass uns heimgehen.«

Widerstrebend ließ Yax sich fortziehen und blickte noch einmal zurück, während sie den Pfad zum Haus erklommen.

»Mamu wartet sicher schon mit dem Essen auf uns.«

Tatsächlich hatte Mahouba ein besonderes Mittagsmahl vorbereitet. Heißen Eintopf aus Ziegenfleisch mit Gemüse aus dem kleinen Garten und frisch gebackenes Brot. Farouk lächelte und rieb sich voller Vorfreude den Bauch, als er beim Eintreten in die Hütte den leckeren Duft wahrnahm. Doch Yax zog sich sogleich in den Stall zurück.

»Yax!« Mahouba wollte ihn zurückrufen, doch Farouk brachte sie mit einer Handbewegung zum Schweigen. »Lass ihn, er hat das Floß am Strand entdeckt ... er war völlig verzweifelt.«

»Ist seine Erinnerung zurückgekehrt?«

»Offenbar. Er hat geweint und sich in den Sand geworfen.«

»Ich gehe zu ihm.«

»Nein, wir sollten ihn eine Weile allein lassen. Er hat das Meer vom Berg aus gesehen und war nicht mehr aufzuhalten. Ich dachte, es sei das Beste, ihn gewähren zu lassen. Du kannst ihm etwas in den Stall bringen, wenn wir gegessen haben.«

Schweigend nahmen sie ihre Mahlzeit ein. Mahouba war als Erste fertig, und nachdem sie ihrem Mann eine Schale mit frischen Früchten zum Nachtisch hingestellt hatte, bereitete sie einen Teller für Yax zu und brachte ihn in den Stall. Yax hatte den Mantel ausgezogen; in ein Laken gehüllt lag er auf dem Strohbett und starrte an die Decke.

»Yax, ich habe dir Essen gebracht ... du musst etwas zu dir nehmen.«

Er schüttelte den Kopf und schloss die Augen, also stellte sie den Teller neben ihn. »Bitte iss, bevor es kalt wird.«

Den ganzen Tag blieb Yax liegen, ohne den Teller anzurühren. Selbst das Abendessen, das Mahouba ihm später brachte, wies er zurück. Quälende Gedanken kreisten in seinem Kopf.

Mahouba rang verzweifelt die Hände, als sie abends mit ihrem Mann sprach. »Er hat den ganzen Tag nichts gegessen. Sieh dir den Teller an ... ich habe ihm sein Lieblingsgericht gekocht, und jetzt ist alles kalt. Was sollen wir nur tun?«

»Wir können nichts tun. Er ist traurig und verzweifelt, weil er die Qualen seiner Reise noch einmal durchmacht. Und er vermisst seine Familie. Morgen geht es ihm bestimmt schon besser.«

Farouk legte den Arm um seine Frau, als sie leise zu weinen begann. »Komm, wir müssen jetzt schlafen gehen. In ein paar Tagen wird die Karawane eintreffen, und bis dahin liegt noch viel Arbeit vor mir.«

Mit tränenerfüllten Augen starrte Yax den Mond an, der hell durch die Stalltür schien. Inbrünstig betete er zu Kukulkan, den Gott der Schöpfung, ihn zu seinen Eltern zurückkehren zu lassen, in sein Dorf und in das Leben, das er so sehr vermisste. Farouk und Mahouba waren sehr freundlich, und er mochte sie, aber er liebte seine Eltern und wusste, dass sie sich Sorgen um ihn machten.

Wie soll ich ihnen bloß von Chilan erzählen?, fragte er sich immer wieder und grübelte, bis er erschöpft in einen von unruhigen Träumen geplagten Schlaf fiel.

Wieder wurde er im Traum von dem Vogel zur Spitze der Pyramide getragen. Noch deutlicher als zuvor vernahm er diesmal die Worte Pupols, des Hohepriesters: »Du wirst zum König der Quiché-Maya gekrönt werden, wenn du den Sohn Gottes findest und dein Blut sich mit seinem vereint hat.«

Die Karawane

Der Kameltreiber Rachid seufzte erleichtert, als er zurückblickte und feststellte, dass Azamor in der Ferne immer kleiner wurde. Ihr verzögerter Aufbruch am Morgen hatte ihn missgestimmt. Die Kamele waren störrisch gewesen, und die Olivenöl-Händler hatten viel zu lange gefeilscht und ihm einen überhöhten Preis abgeknöpft, sodass sein Gewinn für das Öl auf dem Markt in Karthago nur gering ausfallen würde. Doch den Hauptertrag würden ihm ohnehin wie immer die Sklaven einbringen. Zufrieden lächelnd strich er sich über seinen Spitzbart. Was das betraf, konnte er sich dieses Mal glücklich schätzen, führte er doch zwanzig Sklaven mit: fünfzehn erstklassige junge Mädchen und fünf kräftige Knaben.

Die männlichen Sklaven wurden an die Steinbrüche verkauft, um beim Bau der Aquädukte und römischen Straßen zu helfen; aber vor allem die Mädchen mit ihren festen, schwarzen Brüsten würden Höchstpreise in den Bordellen von EL Gem erzielen.

Er stieß sein Leitkamel in die Flanke und zog den Kopf des Tieres nach links, um ihm die Richtung zu ihrem letzten Lagerplatz vor der Wüste vorzugeben. Während der Rest der Karawane folgte, tätschelte er den Geldbeutel, der an seiner Hüfte baumelte, und hoffte, dass dieser letzte Kauf ihn nicht zu viel kosten würde. Habib Rachid lächelte, als ihr Ziel, die Ziegenfarm des Farouk Ben Dababi, in Sichtweite rückte.

Yax hatte in den vergangenen drei Tagen seine Zeit hauptsächlich damit verbracht, vom Felsen oberhalb des Strandes hinunter auf das Floß und das sich endlos dehnende Meer zu starren. Stundenlang harrte er dort aus und wartete vergeblich darauf, dass Kukulkan seine Gebete erhören und sein Vater mit einer Kanuflotte auftauchen würde, um ihn fort von diesem fremden Land zurück nach Hause zu bringen. Wenn seine Augen vor Anstrengung brannten und sich mit Tränen füllten, ließ er sich in den Sand fallen und erneuerte seine Gebete. Da er noch nicht einmal zum Essen ins Haus zurückkehrte, brachte Mahouba ihm seine Mahlzeiten auf einem Teller und versuchte ihn mit beruhigenden Worten zu trösten, wobei sie seinen Kopf an ihre Brust zog. Erst wenn die Dämmerung anbrach, ließ er es zu, dass sie ihn an der Hand zurück zum Stall führte. Doch noch vor Sonnenaufgang kehrte er auf seinen Posten zurück und setzte seine fruchtlose Wache fort.

Am Morgen des vierten Tages erschien Farouk im Stall, noch bevor Yax sich erhoben hatte. Er brachte ihm ein heißes Getränk und süßes Brot und bedeutete ihm mit Worten und Gesten, ihn zu begleiten und bei der Herde zu helfen. Yax nickte zustimmend; angesichts der fürsorglichen Behandlung, die ihm zuteil wurde, verspürte er seinen Wohltätern gegenüber auch eine gewisse Verpflichtung. Und außerdem, sollte sein Vater an diesem Tag eintreffen, würde er ihn von dort oben gewiss kommen sehen.

Obgleich Yax den Berg inzwischen recht gut ohne Hilfe zu erklimmen vermochte, nötigte Farouk ihn dennoch, einen Stock zu benutzen. Seine Beine waren viel kräftiger geworden, und er erreichte den Gipfel, ohne außer Atem zu geraten.

Erfreut und zugleich ein wenig ängstlich, ließ Yax sich von Farouk ein Stück hangabwärts zwischen die Herde führen, die er bisher immer nur aus der Entfernung betrachtet hatte. Noch nie war er so vielen Ziegen so nah gewesen. Er hielt sich dicht hinter

Farouk, während die Tiere vor ihnen auseinander stoben. Doch Farouk packte geschickt ein junges Zicklein am Hals, brachte es mit den Füßen zu Fall und band ihm ein Seil um den Hals.

»Hier, nimm«, sagte er zu Yax und drückte ihm das Ende des Seils in die Hand.

Yax ergriff das Seil und lachte, als das Tier sich blökend gegen seine Fessel zur Wehr setzte und seiner Mutter zu folgen versuchte. Kurz darauf kehrte Farouk mit dem nächsten Zicklein zurück, sodass Yax nun zwei Tiere an der Leine hatte.

Nach einer Stunde hatten sie zehn Ziegen beisammen. Inzwischen hatte sich die Tiere – getröstet durch die Gegenwart ihrer Leidensgenossen – ein wenig beruhigt, was Yax' Aufgabe, sie zu halten, wesentlich erleichterte. Als weniger einfach erwies es sich allerdings, die protestierenden Gefangenen kurze Zeit später den steilen Hang hinaufzuziehen.

Yax fiel mehrmals hin, als die Tiere abwechselnd in die eine, dann in die andere Richtung zu fliehen versuchten. Dennoch machte es ihm Spaß, obwohl er sichtlich erschöpft war, als sie die Anhöhe erreichten. Auf dem Bergkamm bot ein kleiner Baum eine gute Gelegenheit, die Tiere anzubinden und zu verschnaufen. Yax verknotete das Seil um den Stamm. Als er sich wieder aufrichtete und nach Farouk Ausschau hielt, fuhr ihm ein Schreck in die Glieder.

Eine Herde aus zahllosen furchteinflößenden, hochbeinigen Geschöpfen mit großen Hufen und Höckern auf dem Rücken war soeben eingetroffen und kniete nun nach und nach nieder, um die Reiter, die in ihren wallenden Gewändern gleichermaßen befremdlich wirkten, absteigen zu lassen. Es herrschte ein undurchdringliches Durcheinander aus schreienden Menschen und den seltsamen Tieren, die sonderbare Laute ausstießen. Yax rannte auf Farouk zu und klammerte sich verängstigt an dessen Arm, während er gleichzeitig versuchte, sich hinter seinem Rücken zu verstecken. Farouk lachte und tätschelte ihm beruhigend die Hand. »Alles in Ordnung, du brauchst keine Angst zu haben.« Doch seine Worte vermochten Yax' Entsetzen kaum zu lindern.

Plötzlich löste sich die kleine, beleibte Gestalt eines Mannes in weißem, schwingendem Gewand, um dessen Kopf ein Tuch geschlungen war, aus dem Getümmel und rief Farouk etwas auf Arabisch zu, während er auf sie zuschritt. Farouk befreite sich aus Yax' Umklammerung, erwiderte das traditionelle Salem aleik'um und umarmte den Ankömmling lachend. Yax blieb ein wenig abseits stehen und fühlte sich erbärmlich im Stich gelassen, während die beiden Männer ihre Bekanntschaft erneuerten und sich in rasender Geschwindigkeit unterhielten. Kurz darauf ließen sie sich zu Yax' Befremdung auf den Boden nieder, wo sie ihre Unterhaltung lachend und wild gestikulierend fortsetzten.

Indessen wich Yax' Furcht ein wenig der Neugierde. Interessiert verfolgte er das bunte Treiben. Ein paar der Männer hatten ein Feuer entfacht, und es sah aus, als ob sie beabsichtigten, Wasser darüber zu erhitzen, während die anderen sich in einem Kreis um die Feuerstelle auf dem Boden niederließen. Fasziniert studierte Yax die eigenartigen Tiere, die sie mit sich führten. Sie trugen ein bräunliches Fell und schienen mit ihren riesigen Mäulern fortwährend zu kauen, obgleich sie gar nichts fraßen. Einige waren mit umfangreichen Bündeln bepackt, die auf ihren Rücken verschnürt waren, andere hingegen trugen kleine, stuhlähnliche Gebilde auf dem Rücken, die ihren Reitern als Sitz gedient hatten. Yax stieß einen überraschten Laut aus, als sein Blick am anderen Ende des aufgeschlagenen Lagers eine Gruppe Menschen schwarzer Hautfarbe erblickte, die man aneinander gefesselt hatte wie seine Ziegen. Sie trugen schwere Ringe um den Hals, die mit kurzen Ketten aneinander befestigt waren. Bis auf eine Hand voll Knaben handelte es sich hauptsächlich um junge Mädchen, deren nackte Brüste weithin sichtbar waren.

»Yax!«, rief Farouk und winkte ihm zu. »Bring die Ziegen her.« Yax blickte fragend in Farouks Richtung. Dieser zeigte auf die zusammengebundenen Ziegen und bedeutete ihm, die Tiere zu ihm hinüberzubringen. Yax löste das Seil und zerrte die sich sträubenden Ziegen hinter sich her, bis es ihm gelang, das Ende des Seils in Farouks ausgestreckte Hand zu legen. Habib Rachid erhob sich und begann jedes Tier eingehend zu inspizieren.

Offensichtlich zufrieden, rief er kurz darauf einen anderen Mann herbei, der die blökenden und widerstrebenden Ziegen zum hinteren Teil der Karawane zog. Yax sandte stolz ein kurzes Lächeln zu Farouk hinüber, als er begriff, dass soeben ein Handel abgeschlossen worden war, zu dem auch er seinen Teil beigetragen hatte.

Als Rachid auf Yax aufmerksam wurde, stapfte er zu ihm hinüber, ergriff seinen Arm und starrte ihm eindringlich ins Gesicht. Sein Atem war heiß und roch faulig, und Yax wandte den Kopf ab und versuchte sich zu befreien. Doch Rachids Griff war unerbittlich. Er begutachtete ihn mit der gleichen Gründlichkeit wie zuvor die Ziegen.

»Lass mich los!«, rief Yax in seiner Muttersprache, doch Rachid lachte nur und zog ihn noch näher zu sich heran, während er mit den Fingern die Knochen seiner Arme und Schultern betastete.

»Viel ist nicht dran an dem Jungen. Hast du ihn nicht anständig gefüttert?«

»Er war so gut wie tot, als ein paar Fischer ihn auf dem Meer treibend auflasen«, erwiderte Farouk.

»Ein wenig Kamelmilch würde ihm gut tun«, sagte Rachid.

Er hielt Yax auf Armeslänge von sich. Nach einem erneuten, stakkatoartigen Wortwechsel auf Arabisch zwischen ihm und Farouk griff er unter sein Gewand und warf Farouk seinen Geldbeutel zu. Der fing ihn auf und wiegte ihn prüfend in der Hand. Mit zunehmender Furcht und zitternden Knien verfolgte Yax, wie Farouk jede Münze abzählte, abwägend auf den glänzenden Haufen starrte und – nach einer Ewigkeit, wie es Yax schien – zustimmend nickte.

Rachid grunzte zufrieden und rief den Männern, die um das Feuer saßen, etwas zu. Der gleiche Mann, der zuvor die Ziegen fortgeführt hatte, eilte herbei und packte Yax' Arm, nachdem Rachid ihn aus seinem Griff entlassen hatte. Yax warf Farouk einen flehenden Blick zu, doch der wandte den Kopf ab.

Der Mann zerrte ihn zum Ende der Karawane. »Faruuk«, schrie Yax in panischer Angst und versuchte sich aus der eisernen Umklammerung der Finger zu befreien, die seinen Arm festhielten. In dem Bemühen zu entkommen ließ er sich zu Boden fallen, aber der Mann packte ihn kurzerhand mit beiden Armen und hob den um sich tretenden Jungen mühelos hoch. »Faruuk ... hilf mir!«

Farouk wandte sich um. »Warte!«, rief er.

Der Mann blieb stehen, ohne von Yax abzulassen. Tränen strömten über Yax' Gesicht, als er Farouk auf sich zukommen sah. »Bitte, Farouk, lass nicht zu, dass sie mich mitnehmen«, flehte er.

Farouk machte keine Anstalten, ihm zu helfen, sondern streifte seinen farbenfrohen Mantel ab und legte ihn Yax um die Schultern.

»Hier, nimm. Er wird dich vor den heißen Strahlen der Wüstensonne schützen und dich nachts wärmen,« sagte er und mied dabei Yax' flehenden Blick. Dann wandte er sich ab und ging.

Als Yax Farouk davongehen sah, wich jeglicher Widerstandswille aus ihm. Resigniert ließ er sich von dem Mann davonzerren. In seiner Benommenheit nahm er nicht einmal wahr, wie man ihm einen Eisenring um den Hals legte und das Ende der Sklavenkette daran befestigte. Teilnahmslos ließ er zu, dass der Mann ihm die Arme in den Mantel steckte und die Schärpe um seine Taille verschnürte. Von nun an war er ein Sklave.

Weiter vorne, am Kopfende der Karawane, brüllte Rachid einen Befehl. Die Männer stiegen auf ihre Kamele, die sich unter lautstarkem Protest erhoben, und die Karawane setzte sich in Gang. Ein Tier reihte sich hinter dem anderen ein. Als das letzte Kamel lostrottete, fuhr ein unsanfter Ruck durch die aneinander geketteten Sklaven, und Yax folgte, unfreiwillig vorwärts stolpernd, den schwarzen Gestalten, die vor ihm waren. Die Kette zwischen ihnen spannte sich und zerrte unsanft an den Ringen um ihre Hälse.

Als Yax die Stelle passierte, an der Farouk gestanden und das Geld gezählt hatte, blickte er suchend umher, doch Farouk war nirgends zu sehen.

»Faruuk«, rief er schluchzend, doch seine Stimmte verhallte ungehört. Er blieb stehen, um nach seinem Freund Ausschau zu halten, doch die Kette sorgte mit einem klirrenden Ruck dafür, dass er zurück in die Reihe trat. Als er an dem Baum vorbeiging, an dem er kurz zuvor noch voller Stolz und Befriedigung die Ziegen angebunden hatte, begann er erneut zu rufen.

»Faruuk ... Faruuk!«

Farouk, der die bittende Stimme von weitem vernahm, beschleunigte seine Schritte, bestrebt, sich möglichst rasch zu entfernen. Auf halber Höhe hügelabwärts blieb er noch einmal stehen und blickte zurück. Die Karawane verschwand soeben hinter dem letzten Hang. Seine Augen füllten sich mit Tränen. »Allah Akbar«, rief er und winkte in Yax' Richtung. Dann ließ er sich schluchzend zu Boden sinken. Als er sich vorbeugte und schuldbewusst das Gesicht in den Händen barg, öffnete sich der Geldbeutel, und die Münzen fielen in den Sand.

Kurz nach Mittag legte die Karawane eine Rast in den Dünen ein. Einer der Männer zeigte Erbarmen und verteilte einen Becher Wasser an jeden der Sklaven. Es war warm, aber wenigstens war es Flüssigkeit, und Yax trank gierig. Dann wurde noch eine Hand voll Feigen an die Sklaven verteilt, und kurz darauf zerrte die Kette sie erneut vorwärts.

Die Sonne brannte erbarmungslos, und obwohl Yax voller Bitterkeit an Farouk dachte, war er doch dankbar für den Mantel, der ihn vor den glühenden Strahlen schützte. Auch die Sandalen, die Mamu für ihn gefertigt hatte, kamen ihm jetzt zugute, denn so vermochte der heiße Sand ihm lediglich die Zehenspitzen zu verbrennen. Er fragte sich, wie die anderen Gefangenen, die lautlos vor ihm her trotteten, die Hitze aushielten. Er beobachtete, dass sie die nackten Füße beim Gehen nachzogen, und als er es ihnen gleichtat, stellte er fest, dass der Sand unter der Oberfläche weniger heiß war.

Meile für Meile legte er an diesem Tag zurück. Manchmal trottete er mit geschlossenen Augen dahin, geführt durch die kurze Kette, die ihn mit den anderen verband. Kurz vor Anbruch der Nacht schlug die Karawane ihr Lager auf, und wieder war Yax dankbar für den Mantel, da die Luft inzwischen empfindlich kalt geworden war. Eine der Ziegen wurde geschlachtet und über dem Feuer gegrillt. Nachdem die Männer sich satt gegessen hatten, wurden die Reste an die Sklaven verteilt.

Fünf Tage zog Yax mit der Karawane durch die Wüste. Jeder Tag war eine Wiederholung des vorherigen. Es gab Wasser und Datteln zum Frühstück, Wasser und Feigen zum Mittagessen und Wasser und Ziegenfleisch am Abend. Das Ziegenfleisch schmeckte verbrannt und ähnelte in nichts den Mahlzeiten, die Mamu für ihn zubereitet hatte. Sehnsüchtig dachte Yax an sein Strohlager im Stall. Seine schwarzen Schicksalsgefährten mieden ihn, saßen abends mit dem Rücken zu ihm und flüsterten miteinander. Yax fühlte sich zwar einsam, doch da er ihre Sprache ohnehin nicht verstand, suchte er Trost in Gedanken an seine Eltern und seinen Heimatort. Nur wenn er daran dachte, was sein Freund Farouk ihm angetan hatte, weinte er stumm vor sich hin.

Eines Abends, am sechsten Tag, begannen die Kamele laut zu brüllen, als sie das Wasser einer vor ihnen liegenden Oase witterten. Sie beschleunigten das Tempo, und Yax musste rennen, um mit dem Zug Schritt zu halten. Vergeblich zerrten die Reiter an den Zügeln der vorwärts strebenden Tiere. Als das Ende der Karawane die Spitze einer Düne erreichte, nahm Yax entzückt den Anblick in sich auf, der sich ihm bot. In dem Tal unter ihm flackerten die Lichter unzähliger Lagerfeuer, in deren Zentrum das saftige Grün eines Palmenhains leuchtete. Die Lagerfeuer gehörten zur Hundertschaft einer Römischen Legion, die hier in der Wüste unter dem Kommando des Oberbefehlshabers der Kaiserlichen Römischen Armee, dem Feldherrn Tiberius Claudius, ihr Lager aufgeschlagen hatte.

Tiberius Claudius war der zweitmächtigste Mann des Römischen Reiches und unterstand allein dem Befehl des Kaisers Augustus. Tiberius und sein Bruder Drusus waren die beiden wichtigsten Männer nächst dem Kaiser. Augustus hatte auch in dritter Ehe noch keinen Erben gezeugt, und die wachsenden Spekulationen, dass Tiberius eines Tages seinen Platz einnehmen würde, verstärkten die Macht des Feldherrn noch.

Doch zu der Zeit – man schrieb das Jahr 5 n. Chr., und Tiberius war siebenundvierzig Jahre alt –, langweilte ihn das Leben am kaiserlichen Hof. Da er unlängst den jungen Soldaten Aelius Sejanus in den Rang eines Zenturio erhoben hatte und es ihn nach einer Abwechslung verlangte, entschloss er sich, die Truppenübungen in der Wüste außerhalb Karthagos persönlich zu überwachen. Eine Abwechslung im täglichen Einerlei kam für ihn einer Erholung gleich, und er freute sich darauf wie auf ein bevorstehendes Abenteuer.

Abenteuerlich drohte es in der Tat zu werden, als die Kamele, die jetzt ein beachtliches Tempo an den Tag legten, die schwach protestierenden Wachposten passierten. Deren Aufforderung »Stehenbleiben! Im Namen des Kaisers!« verhallte unbeachtet und diente lediglich dazu, die Soldaten zu warnen, die direkt im Weg der vorwärts preschenden Kamele saßen. Es blieb ihnen gerade noch Zeit, sich in Sicherheit zu bringen.

In einer Wolke aus Staub und Sand kamen die Tiere in der Mitte des Lagers an einem Wasserbecken zum Stehen und begannen geräuschvoll zu saufen. Ihre Reiter hatten sie beim Hinabstürmen des Hanges abgeworfen, und bis auf ein Tier waren sie inzwischen alle in der Oase eingetroffen. Das unglückselige Kamel war das letzte in der Karawane gewesen und hatte die Kette mit den Sklaven hinter sich hergezogen. Sein Reiter war es kurz zuvor leid gewesen, die Kette festzuhalten, und hatte sie kurzerhand um den Hals des Kamels geschlungen. Als das Tier losgaloppierte, waren die Sklaven gestolpert und gestürzt, wodurch der Hals des Kamels ruckartig nach hinten gezogen wurde. Die Kette hielt, der Hals des Tieres unglücklicherweise nicht, sodass sein Reiter gezwungen war, seinem erbärmlichen Gebrüll mit dem Schwert ein Ende zu setzen.

Sejanus trat aus seinem Zelt und betrachtete mit finsterem Blick das Chaos, das in der Oase ausgebrochen war.

»Wer ist der verantwortliche Führer dieser Karawane?«, rief er mit gellender Stimme.

Habib Rachid klopfte sich den Sand vom Gewand, trat ehrerbietig vor und verbeugte sich.

»Ich, Kaiserliche Erhabenheit.«

Sejanus musterte die kriecherische Gestalt mit verächtlichem Blick. Er schäumte vor Wut.

»Ich sollte euch alle mit dem Tod bestrafen.«

»Es ist nicht meine Schuld, großer Soldat des mächtigen Rom. Die Kamele waren durstig und ließen sich nicht mehr aufhalten.«

»Schweig! Erspar mir deine Ausflüchte. Schafft eure Biester fort und schlagt euer Lager oben auf dem Hügel auf, während ich über euer Schicksal entscheide.«

Rachid verbeugte sich erneut und entfernte sich rückwärts gehend. »Natürlich werden wir dich für diesen unglückseligen Zwischenfall entschädigen.«

»Geh!«, fuhr Sejanus ihn an.

Während die Araber ihre Kamele zusammentrieben und sich auf den Hügel zurückzogen, schritt Sejanus durch das Lager, um den Schaden zu begutachten. Viel war nicht passiert. Ein paar Zelte waren niedergetrampelt, einige Utensilien verstreut, doch es war niemand verletzt. Zum Glück, dachte Sejanus. Feldherr Tiberius war nach Karthago aufgebrochen und wurde nicht vor dem späten Abend zurückerwartet. Dennoch würde der Zwischenfall den gerade erst zum Zenturio ernannten Sejanus nicht gut dastehen lassen. Seine Wachen nahmen Haltung an, als er in sein Zelt zurückkehrte, das ein wenig abseits vom Zentrum des Geschehens stand.

»Ruft mir den Hauptmann herbei!«

Mit einem tiefen Seufzer ließ er sich auf sein Feldbett sinken, schloss die Augen und fragte sich beunruhigt, was nun am besten zu tun sei. Dies war sein erstes Kommando, und wenn auch der Feldherr der eigentliche Befehlshaber war, konnte dieser Zwischenfall seine Karriere ernsthaft gefährden. Sejanus' Gedanken wurden unterbrochen, als sein Wachposten ihn durch den Zelteingang hindurch anrief.

»Herr ... der Kameltreiber ist hier und wünscht dich zu sprechen.«

Sejanus zögerte einen Moment, bevor er brummend antwortete: »Lass ihn eintreten.«

Rachid betrat das Zelt und verbeugte sich tief. »Ich bitte tausendmal um Vergebung, edler Herr, aber meine Männer haben dir zu Ehren ein Kamel geschlachtet, und ich habe frisches Fleisch für dein Lager. Das Tier war noch sehr jung, sein Fleisch ist süß und zart.«

Mit einem missbilligenden Schnaufen schwang Sejanus die

Beine über die Kante seines Lagers und richtete sich auf. Rachid war auf die Knie gesunken und hielt den Kopf tief gebeugt. Sejanus zögerte, bevor er sich zu einer Erwiderung herabließ. Seine Männer mussten sich auf dieser Reise mit knappen Rationen begnügen, und frisches Fleisch wäre eine willkommene Abwechslung. Als er zustimmend nickte, fuhr Rachid eifrig fort: »Und für dich, edler Heerführer, habe ich einen Krug des erlesensten Weines aus den Gärten von Azamor mitgebracht.«

»Lass den Wein hier«, befahl Sejanus, »und verteile das Fleisch. Und jetzt verschwinde, bevor ich deinen Kopf fordere.« Während Rachid sich unterwürfig zurückzog, fügte er hinzu: »Ich führe fünfzehn makellos gewachsene Jungfrauen aus dem Süden in meiner Karawane. Du kannst für heute Nacht unter ihnen wählen.«

»Ich werde darüber nachdenken ... und jetzt scher dich fort.«

Der Kameltreiber verschwand in der Dunkelheit. Sejanus rief nach seinem Wachposten. »Wo bleibt der Hauptmann?«

»Hier bin ich, Zenturio«, erklang die Antwort vom Eingang des Zeltes.

»Tritt ein und setz dich.«

Sejanus öffnete den Wein, schenkte zwei Becher ein und reichte einen davon dem Hauptmann. »Ich bin noch im Dienst, Herr.«

»Ist schon gut. Leiste mir bei einem Becher Gesellschaft. Die Araber bringen uns frisches Fleisch. Sorg dafür, dass es unter den Männern verteilt wird und dass keiner vor dem Feldherrn etwas über den Zwischenfall verlauten lässt. Andernfalls sorge ich dafür, dass du als Mitglied des Hilfstrupps nach Rom zurückkehrst.«

Der Hauptmann deutete ein Lächeln an und verließ salutierend das Zelt. Wie versprochen hatten die Araber inzwischen das Fleisch geliefert. Es war nicht einfach, hundert hungrige Männer zu füttern, aber an jedem der zehn Lagerfeuer wurde eine kleine Portion des unglückseligen Kamels verteilt, sodass alle zumindest einen Bissen bekamen.

Nach seinem vierten Becher Wein vernahm Sejanus das heitere Gelächter der Männer, die über der kärglichen Mahlzeit miteinander scherzten.

»Geht und besorgt euch auch etwas Fleisch«, rief er seinen Wachen zu. »Ich brauche euch heute Abend nicht mehr.«

Dies verstieß gegen die Regeln des Heeres, und die Männer zögerten. Doch in Anbetracht des verlockenden Duftes und der vergnügten Stimmung an den Lagerfeuern bedurfte es keiner weiteren Aufforderung. Sejanus füllte seinen Becher ein fünftes Mal. Inzwischen fühlte er sich etwas entspannter und war zuversichtlich, dass er den Zwischenfall vor dem Feldherrn verheimlichen konnte. Kurz vor Mitternacht trat er aus dem Zelt, um sich zu erleichtern, und bemerkte die Lagerfeuer der Karawane auf dem Hügel. Der Weinkrug war mittlerweile leer, und Sejanus beschloss, sich einen weiteren Krug zu holen.

Er stolperte und fiel zweimal hin, bevor er endlich das Lager der Araber erreichte, wo er von einem lächelnden Habib Rachid empfangen wurde.

»Willkommen, Befehlshaber ... lass mich dir die Mädchen vorführen.« Rachid weckte die schlafenden Sklaven und befahl ihnen, sich hinzustellen, während er den wankenden Zenturio zwischen ihnen hindurchführte.

Sejanus hatte nicht die Absicht, sich ein Mädchen auszusuchen, doch er ließ es zu, dass Rachid ihm eine nach der anderen vorführte.

»Fühl ihre Brüste«, pries er sie an. »Reif und fest. Bald werden sie in den Bordellen von El Gem dienen.«

Als Yax die Stimmen vernahm, erwachte er und richtete sich auf, blinzelnd im dämmrigen Licht. Er erkannte Rachid. Der andere Mann hatte weiße Haut, war ganz anders gekleidet als die Araber und schüttelte immer wieder den Kopf, während Rachid mit schmeichelnden Worten auf ihn einredete. Yax setzte sich in eine aufrechtere Position, um die merkwürdige Szene besser verfolgen zu können. Dabei gab seine Kette ein rasselndes Geräusch von sich. Der Mann wandte sich um und blickte ihm direkt ins Gesicht. Yax' helle Haut und die gemeißelten Züge standen in krassem Kontrast zu den dunklen Gesichtern um ihn herum, und der Mann trat näher, um ihn genauer zu studieren.

Sejanus stieß scharf den Atem aus, als er das Verlangen spürte, das seine Lenden durchzuckte. Er wandte sich zu Rachid um. »Lass mir den Jungen bringen!«, flüsterte er heiser.

Rachid hob die Augenbrauen und zögerte einen Augenblick. Damit hatte er nicht gerechnet, aber da er den Zenturio um keinen Preis verärgern wollte, zuckte er mit den Schultern und rief einen seiner Männer heran. »Nimm dem Jungen die Fessel ab.«

Yax' Herz machte einen erschreckten Hüpfer, als er auf die Füße gezerrt wurde, obwohl er dankbar registrierte, dass man ihm den Eisenring um den Hals entfernte.

Schweigend führte einer der Araber Yax den Hügel hinunter und schob ihn durch den Eingang von Sejanus' Zelt. Als er beim Eintreten leicht stolperte, fing die Hand des römischen Zenturio ihn auf. Beinahe ebenso rasch stieß sie ihn wieder von sich. »Du stinkst nach Kameldung.«

Yax blinzelte. Im trüben Licht der Talglampe blickte er auf den Mann, der nicht viel größer war als er und eine mit Leder und Metall besetzte Uniform trug. Es war der gleiche Mann, der ihn zuvor im Lager der Araber so intensiv gemustert hatte. Jetzt streifte er ihm den Mantel von den Schultern und warf ihn durch die Zeltöffnung nach draußen. Nackt und zitternd stand Yax vor ihm. Sejanus ließ seinen Blick einen Moment lang über den Körper des Jungen gleiten und deutete auf einen Bottich mit Wasser, der an der Seite der Zeltwand stand. »Steig hinein und nimm ein Bad«, forderte er ihn auf, jetzt in deutlich sanfterem Tonfall.

Seine Sprache klang in Yax' Ohren noch befremdlicher als die der Araber. Doch als er den Wasserbottich sah, begriff er die Aufforderung des Mannes und folgte ihr, begierig, den Schmutz der Wüste von seiner Haut zu waschen.

Das Wasser war kühl und erfrischend. Der furchtsame Ausdruck in Yax' Gesicht wich einem scheuen Lächeln, das jedoch erstarb, als der Soldat neben dem Bottich niederkniete und seinen Körper abzureiben begann. So etwas hatte seine Mutter mit ihm getan, allerdings war er damals noch ein kleiner Junge gewesen. Er wand sich und versuchte den forschenden Fingern auszuweichen. Lachend trat der Mann zurück und ließ Yax, der jetzt entschieden weniger Gefallen an dem Bad fand, die Prozedur allein beenden.

»Genug jetzt«, sagte Sejanus schließlich. Er packte Yax' Arm und zog ihn aus dem Bottich. Die Nachtluft fühlte sich kühl auf seiner feuchten Haut an, aber es war mehr die Angst, die ihn frösteln ließ. Sejanus warf Yax ein Handtuch zu, das dieser sich eng um den Körper wickelte, während der Römer begann, ihm Arme und Rücken zu massieren.

»Jetzt riechst du schon besser«, sagte er zu ihm.

Das Bad gehörte zum täglichen Ritual im Römischen Reich, doch während der Truppenübungen stand dieser Luxus nur den Offizieren zur Verfügung. Den Fahnenträgern, Legionären und Hilfstruppen war ein Bad lediglich gestattet, wenn man das Lager am Ufer eines Sees aufschlug; hier in der Wüste mussten die Männer sich damit begnügen, sich nur Gesicht und Hände zu waschen. Sejanus verfügte in seinem Offizierszelt über die gesamte Ausstattung eines römischen Bades, einschließlich einer Auswahl duftender Öle aus dem Orient.

Sanft drückte er Yax, der das Handtuch noch enger um sich zog, auf sein Lager, nahm eine Flasche des von ihm bevorzugten Sandelholzöls und begann Yax' Füße zu massieren. Es war ein angenehmes Gefühl, und der durchdringend süße Duft benebelte seine Sinne. Yax wurde erst wieder wachsam, als er den weinschwangeren Atem des Zenturio auf dem Gesicht spürte. Das Handtuch war auseinander gerutscht. Yax schrie entsetzt und wollte aufspringen, doch das Gewicht des über ihm liegenden Körpers hielt ihn gefangen. Sejanus umfasste seine Handgelenke mit entschlossenem Griff, sodass Yax keine Chance hatte zu entkommen. Er spürte das warme Fleisch von Sejanus nackter Brust auf seiner. Sein Bedränger verlagerte sein Gewicht ein wenig und gab Yax' Hände frei, um den Rücken des Jungen mit beiden Armen zu umschließen. Yax' freier Arm flog zur Seite, und seine Hand schlug auf den Schemel, der neben dem Lager stand. Während das Möbel umfiel, fühlte Yax, wie seine Finger sich um den Dolch schlossen, den Sejanus dort zusammen mit seiner Tunika abgelegt hatte.

Mit einer Aufwärtsbewegung schnellte Yax' Arm zurück. Die Klinge landete im Gesicht seines Widersachers und fügte ihm eine offene Wunde vom Kinn bis zum Ohr zu.

Mit einem überraschten Schmerzensschrei rollte der Soldat sich zur Seite und fiel von seinem Lager. Yax sprang auf und rannte aus dem Zelt.

Rachid, der von seinem Lager auf dem gegenüberliegenden Hügel ein wachsames Auge auf das Zelt des Zenturio gehalten hatte, hörte dessen Schmerzensschrei von weitem. Er stand auf, um besser sehen zu können, und beobachtete im hellen Licht des Wüstenmondes zwei Gestalten, die über den Sand rannten: eine kleine, nackte, schluchzende und eine andere, ebenfalls nackte, die laut fluchte.

Nach einem kurzen Stück vermochten Yax' zitternde Knie ihn nicht mehr zu tragen, und er fiel erschöpft in den Wüstensand. Binnen Sekunden hatte Sejanus ihn eingeholt. Er hob sein Schwert und setzte dazu an, Yax' junges Leben auszulöschen.

Das scharfe Echo von aufeinander prallendem, kaltem römischem Stahl durchschnitt die stille Wüstennacht. Funken blitzten auf und erloschen ebenso schnell wieder in der Dunkelheit.

»Zenturio, heb dein Schwert auf!«, befahl Tiberius, während er sich zwischen Sejanus und sein Opfer stellte. »Was ist hier los?«, fragte er, nachdem er sein eigenes Schwert zurück in die Scheide gesteckt hatte.

Überrascht durch das plötzliche Auftauchen seines Feldherrn taumelte Sejanus einen Schritt zurück. »Der Junge ist ein Dieb aus der Karawane«, stammelte er. »Ich habe ihn erwischt, als er sich in meinem Zelt herumtrieb.«

Tiberius musterte den ihm untergebenen Offizier eingehender und bemerkte das Blut auf dessen Gesicht und Brust.

»Du bist verwundet … da ist ein Schnitt auf deiner Wange.«

»Ich weiß, Feldherr. Als ich erwachte und ihn aufhalten wollte, hat er mich mit einem Messer verletzt.«

»Wo waren die Wachen?«

»Sie haben mit den Soldaten ihre Mahlzeit eingenommen.«

»Du solltest sie zu Hilfssoldaten degradieren … jetzt such den Heeresarzt auf, damit er sich um deine Wunde kümmert.«

Tiberius stieß den schluchzenden Jungen vor sich her und den Hügel hinauf zum arabischen Lager. Auf halbem Wege begegnete er der sich verbeugenden Gestalt Rachids.

»Nimm diesen kleinen Dieb zurück und lass ihn auspeitschen!«

»Sehr wohl, Erhabener Herr«, erwiderte Rachid. »Wie du befiehlst.«

Mit diesen Worten packte er Yax' Arm und zog ihn mit sich den Rest des Hügels hinauf, während er mit erbosten arabischen Worten auf ihn einredete. Im Lager angekommen, rief er nach einem seiner Männer. »Bring mir eine Peitsche«, befahl er ihm. »Und dann gehst du zurück und versuchst, seinen Mantel dort unten in der Nähe des Zeltes zu finden. Der Junge ist nackt und hat sonst nichts anzuziehen.«

Yax wurde wieder auf seinen Platz in der Reihe der Sklaven

zurückgeführt und erneut an die Kette gelegt. Er hätte sich nicht träumen lassen, einmal glücklich zu sein, wieder an die Kette gelegt zu werden. Aber nach seinem beinahe tödlichen Ausflug war dies zweifellos das kleinere Übel.

Nach ein paar Minuten kehrte einer der Männer zurück und warf seinen Mantel vor ihn hin. Das Kleidungsstück verströmte wahrhaftig einen widerwärtigen Geruch, doch Yax war froh, den Mantel zurückzuhaben, und streifte ihn dankbar über. Er sandte ein stummes Dankgebet an Kukulkan, weil dieser ihn beschützt und sein Leben verschont hatte. Dann rollte er sich im Sand zusammen und versuchte zu schlafen.

In der Dunkelheit, abseits vom Licht der Lagerfeuer, ließ Habib Rachid seine Peitsche zwanzig Mal durch die Luft knallen. Das Geräusch wurde von den Dünen zurückgeworfen und hallte bis hinunter ins römische Lager, wo Feldherr Tiberius die Schläge mitzählte und zufrieden nickte. Der Gerechtigkeit war Genüge getan.

Karthago

Am nächsten Tag – die Wüstensonne war soeben hinter dem Horizont verschwunden – näherte sich die Karawane den Außenbezirken der Stadt Karthago.

»Hier schlagen wir unser Lager auf!«, rief Rachid und brachte sein Kamel zum Stehen. »Füttert die Sklaven und sorgt dafür, dass sie ein Bad nehmen. Anschließend reibt ihr sie mit Eukalyptusöl ein, denn morgen früh geht es auf den Markt.«

Yax erhielt eine Mahlzeit; die Tortur, in einen kalten Wasserbottich getaucht zu werden, blieb ihm erspart, da er in den Augen der Männer bereits hinreichend für die Vorführung auf dem Versteigerungsblock vorbereitet worden war. Selbst sein farbenfroher Mantel roch nach dem schweren Duft des Sandelholzes.

Am Morgen lockte die Kunde von der eingetroffenen Karawane eine große Menschenmenge auf den Marktplatz. In vorderster Reihe hatten sich die Bordellbesitzer von El Gem versammelt, um ihre Gebote für die frische Lieferung schwarzen Fleisches hinauszuschreien. Gleich neben ihnen warteten die Steinmetze auf neue Kräfte für ihre Arbeitskolonnen. Als man Yax auf dem Podium den Käufern vorführte, war es bereits Mittag, und die Menge löste sich allmählich auf.

»Dreißig Sesterzen!«, bot ein Ladenbesitzer lauthals.

»Ich habe weit mehr als das in Azamor gezahlt«, erwiderte Rachid. »Beachte die feinen Züge und die helle Haut des Knaben ... und er ist kräftig und wird dir viele Jahre zu Diensten sein können.«

»Hundert Sesterzen!«, ertönte es aus den hinteren Reihen. Die Käufer drehten neugierig die Köpfe, um herauszufinden, wer so viel für diesen fremdartig aussehenden Jungen bot.

»Verkauft!«, rief Rachid erleichtert, als er die Gestalt des Zimmermanns Demetrius erkannte.

Demetrius war in Karthago weithin bekannt, verdankten seine wohlhabenden Kunden seinen Fähigkeiten doch zahlreiche erlesene Tische und Stühle aus feinstem Teakholz. Einige seiner Möbel hatten ihren Weg sogar bis nach Rom gefunden.

Lächelnd trat Demetrius nach vorn und zählte die Münzen in Rachids gierig ausgestreckte Hand ab. Anschließend bedeutete er Yax, ihm zu seinem Wagen zu folgen. Yax, dem klar wurde, dass er soeben von Rachid verkauft worden war – genau wie zuvor von Farouk –, stieg nur zögernd vom Podium herunter. Rachid schob ihn auf seinen neuen Besitzer zu, der Yax die Hand entgegenstreckte. »Komm, Junge, wir haben eine lange Fahrt vor uns«, ermunterte er ihn lächelnd. Yax stolperte neben ihm her, nahm hinten auf dem Wagen Platz und ergab sich resigniert in sein neues Schicksal.

Der Weg war lang und holprig. Nachdem sie das andere Ende Karthagos erreicht hatten, gelangten sie auf eine schmale Landstraße. Zusammengekauert hockte Yax zwischen einem Teakbaum und der Palme, die Demetrius zuvor bei einem Holzhändler erstanden hatte, und war froh, als sie endlich ihr Ziel erreichten.

»Das ist dein neues Zuhause«, verkündete Demetrius ihm strahlend.

Yax seufzte innerlich, als er zu einem Stall geführt wurde, ähnlich dem, den er in Azamor kennen gelernt hatte. Er wartete, während Demetrius das Pferd in die Box führte. Nachdem der Tischler den Stall verlassen und die Tür hinter sich verschlossen hatte, blickte Yax sich in seiner neuen Behausung um. Es gab nicht viel Platz und erst recht kein Strohlager.

Er ließ sich zu Boden sinken, verbarg den Kopf in den Armen und sandte ein stummes Gebet an seinen Gott.

Einige Zeit später, die Nacht war inzwischen angebrochen, öffnete sein neuer Besitzer die Stalltür und forderte ihn auf, herauszukommen. Yax, der eingenickt war, erhob sich mit steifen Gliedern. Er schüttelte seine taub gewordenen Arme und stolperte hinaus in die feuchte Abendluft.

Demetrius führte ihn zum Haus. Als Yax zögernd im Türrahmen stehen blieb, ergriff Demetrius sanft seinen Arm und zog ihn mit sich. Das Haus war viel vornehmer als das seines Freundes Farouk und dank der zahlreichen Talglampen auch viel heller. Es gab einen von Bäumen und Blumen gesäumten Innenhof, der in eine hohe, marmorgetäfelte Eingangshalle führte. Staunend betrachte Yax den großzügig gestalteten Raum. Der Durchgang zu einer weiteren, noch größeren Halle wurde von drei Marmorstatuen bewacht, die Yax im Vorbeigehen verstohlen musterte. Möglicherweise stellten sie Götter dar, rätselte er. Die Erfahrung mit Sejanus noch lebhaft in Erinnerung, wich Yax zurück, als er beim Betreten des zweiten Raumes ein großes, in den Boden eingelassenes Becken erblickte, das mit schaumglänzendem Wasser gefüllt war.

Demetrius spürte, dass Yax sich vor dem Wasser fürchtete, und drängte ihn nicht, näher an das Becken heranzutreten. Stattdessen führte er ihn ans andere Ende des Raumes. Wie ein Reiseführer begann er Yax die Ausstattung des Raumes zu erläutern, indem er auf jedes Einrichtungsstück deutete und dazu eine Erklärung abgab. Yax, der natürlich kein Wort Griechisch verstand, folgte seinen Ausführungen mit aufgerissenen Augen.

»Das Becken bietet sechs Personen Platz und ist mit Kacheln

aus meiner griechischen Heimat getäfelt. Die sechs Säulen, die das Dach tragen, wurden aus Marmor aus den Steinbrüchen vor Athen gefertigt.« Demetrius beobachtete lächelnd, wie Yax ehrfürchtig über die Oberfläche der Säulen strich und dabei nickte, als verstünde er jedes Wort. »Diese Wand führt auf einen Hof hinaus, damit man sich an heißen Tagen direkt von der Sonne trocknen lassen kann. Und hier«, fuhr Demetrius fort und deutete auf drei Diwane, die längsseits des Beckens aufgestellt waren, »hier kann man sich nach dem Bad entspannen und seine Mahlzeiten einnehmen.«

Yax zwang sich zu einem Lächeln und nickte erneut. Allmählich wich seine Furcht, denn von Demetrius schien keine Bedrohung auszugehen.

»Hier findest du ein Handtuch und frische Kleidung, die du nach dem Bad anlegen kannst«, sagte Demetrius und ging hinüber zu einem der drei Diwane. »Die Tunika gehört eigentlich meiner Tochter, aber sie lebt in Rom. Ich werde dir morgen eigene Kleidung besorgen.« Demetrius hielt die Kleidungsstücke in die Höhe. »Das ist eine Toga ... sie darf eigentlich nur von den Bürgern Roms getragen werden, aber heute Abend wird es schon gehen, da außer uns niemand hier ist.« Yax befühlte den Stoff des weichen Gewandes, das in der Taille von einer Kordel gehalten wurde. Lächelnd nickte er. Nur zu gern würde er frische Kleidung anlegen.

»Dein Mantel ist zwar sehr schön, aber ziemlich schmutzig. Ich werde ihn für dich waschen und ihn dir morgen zurückgeben.« Demetrius deutete auf das Wasser. »Nun steig hinein und wasch dich. Ich werde in der Zeit unsere Abendmahlzeit vorbereiten.«

Yax, obgleich ein wenig verdutzt, verstand die Aufforderung. Nachdem Demetrius den Raum verlassen hatte, stieg er zaghaft in das Becken. Das Wasser war warm, und er schrubbte sich energisch ab, eifrig bemüht, den aufdringlichen Sandelholzgeruch und die damit verbundenen unangenehmen Erinnerungen loszuwerden. Anschließend stieg er aus dem Wasser und rieb sich rasch mit dem bereitgelegten Handtuch trocken. Es dauerte ein paar Minuten, bis es ihm gelang, die Toga richtig anzulegen und die Kordel um seine Taille zu befestigen.

Yax hörte Demetrius in einem anderen Teil des Hauses singen und mit Geschirr hantieren. Es setzte sich auf den Diwan und lauschte. Es war eine Ewigkeit her, dass er das letzte Mal ein solches Gefühl der Geborgenheit empfunden hatte, und er ließ seine Gedanken zurückwandern zu der Zeit, da dieses Gefühl ihm vertraut gewesen war, zurück zu seinen Eltern und seinem Heimatort.

Er vermochte sich nicht vorzustellen, was für eine Strecke er zurückgelegt hatte, seit er mit Chilan auf dem Floß abgetrieben war. Er rief sich die Ereignisse ins Gedächtnis zurück: den Hai, Farouk, den endlosen Marsch in der Karawane. Es waren keine angenehmen Gedanken. Er erinnerte sich an die Zeremonie und die Worte des Königs, als dieser von seiner Zukunftsvision sprach. Selbst der Hohepriester würde keinen Ort wie diesen hier kennen. Yax betete leise zu Kukulkan, um den Gott über seinen Aufenthaltsort in Kenntnis zu setzen. Vielleicht würde er dem König eine neue Vision schicken.

Immer noch singend, betrat Demetrius den Raum. Yax sah ihm zu, wie er ein großes Tablett mit Früchten auf einem niedrigen Tisch zwischen den beiden Liegen abstellte.

»Greif zu, mein Freund.«

Während Yax näher rückte, brach Demetrius ein Stück aus einem schweren Laib dunklen Brotes heraus, tunkte es in eine Schale und bedeutete Yax, es ihm gleichzutun.

Yax, der seit dem Vorabend nichts mehr gegessen hatte, wurde sich plötzlich seines Hungers bewusst und stopfte sich so viele Früchte wie möglich auf einmal in den Mund.

»Du bist wahrhaftig ein kleiner Wilder«, bemerkte Demetrius, »aber ich werde dich die Feinheiten der römischen Tischsitten ein anderes Mal lehren.«

Nachdem sein Hunger gestillt war, wischte Yax sich das Kinn mit dem Ärmel ab und lächelte seinen Gastgeber verlegen an.

»Danke«, sagte er in seiner Muttersprache. »Ich war sehr hungrig.«

Demetrius verstand und tätschelte Yax' Arm. »Du hast vermutlich eine schwere Zeit hinter dir.«

Yax' erster Impuls war, vor der Berührung zurückzuweichen, aber irgendwie spürte er, dass dieser Mann ihm freundlich gesonnen war, also erwiderte er die Geste mit einem Lächeln und einem Nicken.

Als Demetrius zu plaudern begann, ließ Yax sich auf dem Diwan zurücksinken und hörte ihm aufmerksam zu. Es erinnerte ihn an die Gespräche mit seinem Freund Farouk, dessen Worte er ebenfalls nicht verstanden hatte, die aber angenehm beruhigend in seinen Ohren geklungen hatten.

»Ich bin ein sehr wohlhabender Mann, zumindest am Standard hier in Karthago gemessen. Mein Ruf als Zimmermann und Tischler ist weithin bekannt; ich fertige viele erstklassige Möbelstücke in meiner Werkstatt an, von denen sich einige sogar im Besitz des Kaisers Augustus befinden. Leider lebe ich allein, da meine Frau vor vielen Jahren bei der Geburt meiner Tochter Daphne starb.

Daphne lebt inzwischen in Rom. Sie studiert im Palast der Schönen Künste und möchte Schauspielerin werden – gegen meinen Willen, übrigens. Doch sie hat den gleichen Dickschädel wie ihre Mutter und ist mein einziges Kind ... also füge ich mich, da es sie offenbar glücklich macht ...« Demetrius setzte seinen Monolog fort, ohne zu bemerken, dass Yax längst eingeschlafen war.

»Ich habe dich heute auf dem Sklavenmarkt gekauft ... nicht, dass ich unbedingt einen Sklaven brauche. Aber ich werde allmählich alt und brauche jemanden, der mir beim Heben des schweren Teakholzes hilft und in der Werkstatt Ordnung hält. Wenn du dich allerdings geschickt anstellst, wovon ich ausgehe, werde ich dich in mein Handwerk einführen.« Demetrius hielt inne, wie um die Wirkung seiner Worte auf seinen jungen Schützling zu erforschen. Er lächelte, als ihm bewusst wurde, dass er lediglich laut gedacht hatte. Mit steifen Gliedern erhob er sich von seinem Lager, löschte die Talglampe und überließ den Jungen seinem wohlverdienten Schlaf.

Am nächsten Morgen erwachte Yax vom Duft frisch gebackenen Brotes. Mit einem Ruck setzte er sich auf, blickte sich um und stellte verwundert fest, dass er die Nacht auf einem Diwan verbracht hatte. Er versuchte sich zu erinnern, wie er dorthin gelangt war, als Demetrius den Raum mit einem Tablett betrat.

»Guten Morgen. Du warst so müde, dass ich es nicht übers Herz gebracht habe, dich zu wecken. So, jetzt wird gefrühstückt, und dann machen wir uns an die Arbeit.«

Yax rieb sich die Augen, strich seine Toga glatt und nahm sich ein Stück Brot von dem Tablett. Die heiße Milch, die es dazu gab, war mit Honig gesüßt und vertrieb seine Schläfrigkeit.

Nachdem sie ihr Frühstück beendet hatten, bedeutete Demetrius dem Jungen, dass er ihm folgen solle. Zusammen traten sie hinaus in die Morgensonne. Demetrius' Werkstatt lag hinter dem Haus neben dem Stall. Die Eingangstür, die zum Hof führte, stand offen und gab den Blick auf eine Werkbank frei, auf der zahlreiches Handwerkszeug lag. Zunächst aber führte Demetrius den Jungen in ein kleines, an die Werkstatt angrenzendes Hinterzimmer. Auf dem schmalen Bett, das an der Wand stand, lag frisch gereinigt Yax' leuchtend bunter Mantel. Erfreut ging Yax zum Bett und befühlte das sauber duftende Kleidungsstück, das noch ein wenig feucht war.

»Häng ihn dort auf«, sagte Demetrius und zeigte auf einen

hölzernen Haken an der Wand. Yax blickte in die Richtung, in die Demetrius' Finger deutete, und verstand.

»Hier wirst du schlafen. Das ist von nun an dein Zimmer«, gab Demetrius ihm mit Worten und Gesten zu verstehen. Yax wirbelte im Kreis herum und ließ sich lachend auf das Bett fallen. Es war sein erstes Lachen seit Monaten und überraschte ihn selbst. Demetrius fiel in das Lachen ein.

»Jetzt komm«, sagte er, »nun geht es an die Arbeit, damit du dir deine Mahlzeiten auch verdienst.«

Der Hauptteil der Werkstatt diente der Holzverarbeitung. Zwei stabile Werkbänke standen in der Mitte des Raumes, dessen Boden von Holzspänen und abgeschnittenen Holzteilen übersät war. Der Geruch der Sägespäne erinnerte Yax an die vielen Monate, die er damit verbracht hatte, beim Bau des Floßes zu helfen. Die Tatsache, dass er dabei mithelfen durfte, hatte ihn damals mit Stolz und Befriedigung erfüllt, und nun kehrte er zu ähnlichen Aufgaben zurück. Im Vergleich zu den Werkzeugen, die der Zimmermann ihm nun zeigte, waren seine Arbeitsmittel primitiv gewesen, und es würde einige Zeit vergehen, bevor ihm gestattet würde, sie zu benutzen.

Demetrius zeigte ihm, worin vorerst seine Arbeit bestehen würde: Ordnung machen, den Boden fegen und putzen. Yax begriff und macht sich ohne weitere Aufforderung ans Werk. Er erwies sich als fleißig und lernfreudig und war eifrig bestrebt, seinen Herrn zufrieden zu stellen. Der Vormittag verging wie im Fluge. Mittags unterbrachen sie die Arbeit für eine rasche Mahlzeit, die aus Früchten, Brot und Honig bestand. Kurz darauf brachte Demetrius Yax seinen bunten Mantel, der inzwischen vollständig trocken war, und forderte ihn auf, diesen gegen die Toga auszuwechseln. »Jetzt fahren wir auf den Markt und besorgen dir anständige Arbeitskleidung«, erklärte Demetrius.

Auf der Fahrt nach Karthago durfte Yax vorne neben Demetrius sitzen. Diesmal war die Fahrt wesentlich angenehmer als am Vortag. Doch Yax' Herz begann zu hämmern, als sie sich dem Sklavenmarkt näherten, und beruhigte sich erst wieder, nachdem sie den unerfreulichen Ort hinter sich gelassen hatten. Vor einem Stand mit Bekleidung brachte Demetrius den Wagen zum Stehen. Er bedeutete Yax, sitzen zu bleiben, während er selbst einige Kleidungsstücke und ein Paar Ledersandalen für den Jungen aussuchte.

Ihr nächstes Ziel war der Stand eines Teakholzhändlers, und Yax kam sich sehr wichtig vor, als er beim Beladen des Wagens mithelfen durfte.

Auf der Rückfahrt hielt Yax seine neuen Kleider fest an sich gedrückt, während Demetrius sang und hin und wieder einen Schluck aus dem Weinkrug nahm, den er beim Weinhändler erstanden hatte. Als sie endlich nach Hause kamen, war es bereits dunkel.

»Hilf mir, das Pferd in den Stall zu bringen, wir laden den Wagen morgen ab«, sagte Demetrius. Yax war nicht ganz sicher, was von ihm erwartet wurde, war aber umsichtig genug, zumindest die Stalltür zu schließen, als das Tier in der Box stand. Demetrius verschwand im Haus und tauchte nicht mehr auf, also ging Yax in seine neue Behausung und ließ sich aufs Bett fallen. Trotz leerem Magen schlief er rasch ein. Es war nicht das erste Mal, dass er ohne Essen schlafen ging. Diesmal stellten sich im Traum angenehme Bilder von seiner Mutter und dem heimatlichen Dorf ein, und der süße Geruch des Sägemehls erweckte freundliche Erinnerungen an sonnige Tage am Strand, während deren er zusammen mit seinem Vater an dem Floß gearbeitet hatte. Erst als der Traum mit dem riesigen Vogel und die Szene vor dem Hohepriester, der wieder und wieder dieselben Worte zu ihm sprach, sich erneut einstellte, begann Yax sich unruhig hin und her zu werfen.

»Du wirst zum König der Quiché-Maya gekrönt werden, wenn du den Sohn Gottes gefunden hast und dein Blut sich mit seinem vereint hat ...«

Am nächsten Tag wurde Yax von den Strahlen der Morgensonne geweckt, die durchs Fenster fielen. Demetrius erschien mit dem Frühstück; anschließend entluden sie den Wagen und machten sich an ihre morgendlichen Pflichten.

Tage und Wochen verstrichen, und Yax gewöhnte sich an sein neues Leben. Die Arbeit in der Werkstatt war leicht, und allmählich lernte er auch ein paar Wörter der neuen Sprache. War ein Möbelstück fertig gestellt, luden sie es auf den Wagen und traten den langen Weg nach Karthago an, wo es auf dem Markt verkauft wurde. Yax genoss diese Fahrten, boten sie ihm doch Gelegenheit, die große, von Menschen wimmelnde Stadt näher kennen zu lernen. Er fürchtete sich längst nicht mehr, wenn sie am Sklavenmarkt vorüberkamen, aber die fremdartigen Bilder und Gerüche erfüllten ihn immer wieder aufs Neue mit Staunen.

Eines Tages – sie hatten soeben einen Tisch verkauft – geschah etwas Unerwartetes. Sie verließen den Markt und schlugen anstelle des vertrauten Heimwegs eine andere Strecke ein, die sich kurvenreich durch die Landschaft schlängelte, als sich Yax ein wundervoller Anblick bot: der Hafen von Karthago. Yax war hingerissen und starrte staunend auf die zahlreichen großen Schiffe, die am Pier lagen. Obgleich sie ihn an das Floß und die schreckliche Reise über den Ozean erinnerten, war er fasziniert von der Zahl stattlicher Schiffe, deren Segel sich in allen Farben im Wind blähten. Die Schreie der Möwen verschmolzen mit den Rufen der Fischer, die die Seevögel von den mit Fischen beladenen Körben verscheuchten, die auf dem Pier abgestellt waren. Yax blickte Demetrius beunruhigt an, als dieser vom Wagen stieg. »Warte hier«, sagte er zu dem Jungen und drückte ihm die Zügel in die Hand.

Es war durchaus nicht ungewöhnlich, dass Yax aufgefordert

wurde, beim Wagen zurückzubleiben, aber dieser sonderbare Ort erfüllte ihn gleichermaßen mit Furcht und Erregung.

Mit aufgerissenen Augen verfolgte er, wie Demetrius sich entfernte, und musste schließlich sogar aufstehen, um seinen Herrn nicht aus den Augen zu verlieren. Als dieser dennoch in der Menge verschwand, vergingen einige angstvolle Minuten, bis er endlich wieder auftauchte.

Als Demetrius zurückkehrte, war er nicht allein. Er hatte den Arm um ein junges Mädchen gelegt. Angeregt miteinander plaudernd und lachend näherten sich die beiden dem Wagen.

»Daphne ... das ist mein neuer Helfer.« Demetrius wedelte mit der Hand in Yax' Richtung.

Das Mädchen blickte Yax an und lächelte. Yax, der sichtlich verlegen war und keine Ahnung hatte, wie er sich verhalten sollte, reichte Demetrius rasch die Zügel und sprang auf die Ladefläche des Wagens. Zwar hatte er sich an die neugierigen Blicke und das Gekicher der schwarzen Sklavenmädchen in der Karawane gewöhnt, aber dieses Mädchen war vollkommen anders. Sie war eine Schönheit, voller Grazie. Sie hatte irgendetwas Hoheitsvolles an sich. Yax war überzeugt, dass es sich um eine Prinzessin handeln musste. Sie lachte über seine Verlegenheit, während ihr Vater ihr auf den Wagen half.

Auf der Heimfahrt plapperten Daphne und ihr Vater aufgeregt miteinander, während Yax sich an der Seitenwand des Wagens festklammerte und das schwarze Haar des Mädchens bestaunte. Ihre Schönheit war unvergleichlich, und Yax lauschte fasziniert ihrer melodischen Stimme. Wenn sie gelegentlich einen Blick nach hinten warf, brachte er nur ein verlegenes Lächeln zustande und schaute rasch fort.

Zu Hause angekommen, verschwanden Vater und Tochter sogleich im Haus und überließen es Yax, dem Pferd das Geschirr abzunehmen und es in den Stall zu führen.

An diesem Abend musste Yax hungrig schlafen gehen, da Demetrius versäumte, ihm sein Abendessen zu bringen, denn er war vom Besuch seiner Tochter in Anspruch genommen. Umso überraschter war Yax, als Daphne am nächsten Morgen mit einem Tablett mit Früchten und Brot in der Tür erschien. Sie schenkte ihm ein strahlendes Lächeln, das ihre makellos weißen Zähne zur Geltung brachte.

»Ich bin Daphne«, sagte sie und tippte sich mit ihren schlanken Fingern auf die Brust. »Daphne.« Yax war diese Art der Vorstellung noch von seiner ersten Begegnung mit Farouk in Erinnerung, und er erwies sich als entsprechend gelehrig.

»Daphee«, brachte er etwas mühsam hervor. Lachend legte sie ihre Hand auf seine Brust und blickte ihn fragend an. »Yax«, erwiderte er.

Sie wandte sich zu ihrem Vater um, der inzwischen im Türrahmen erschienen war. »Er heißt Yax«, klärte sie ihn auf.

»Oh«, gestand Demetrius, »ich habe gar nicht daran gedacht, mich danach zu erkundigen, ob er einen Namen hat.«

»Jeder hat einen Namen. Wie verständigt ihr euch miteinander?«

»Mit einer Art Zeichensprache.«

»Nun, ich bin einen Monat hier ... ich werde ihn Latein lehren.«

»Bring ihm lieber Griechisch bei.«

»Ich lehre ihn beides.«

Während der nächsten Wochen verbrachte Daphne auf Drängen ihres Vaters täglich zwei Stunden nach dem Abendessen damit, Yax die Grundlagen der griechischen Sprache beizubringen. »Latein ist die Sprache der freien Männer, die das Imperium bereisen ... die Welt des Jungen dagegen ist meine Werkstatt«, erklärte Demetrius. »Außerdem habe ich bereits Pläne, was seine Ausbildung betrifft.«

»Wirst du ihn das Handwerk des Zimmermanns lehren?«

»Natürlich ... mit einer Schauspielerin kann ich ja nichts anfangen.«

Daphne warf ihm einen düsteren Blick zu, und Demetrius bereute seine Bemerkung sofort.

»Es tut mir Leid, Tochter, ich wollte nicht an alte Wunden rühren. Ich bin sicher, deine Mutter wäre stolz auf dich gewesen.«

»Und du bist es nicht, Vater?«

»Aber natürlich ... eines Tages werde ich nach Rom kommen und dich in einer Aufführung bewundern.«

»Das wird noch einige Jahre dauern, Vater. Ich muss noch viel lernen.«

Am nächsten Morgen segelte Daphne zurück nach Rom. Yax war betrübt über ihren Abschied. »Auf Wiedersehen«, brachte er in seinem besten, wenn auch noch immer stockenden Griechisch hervor.

Yax begleitete Vater und Tochter nicht nach Karthago. Als der Wagen hinter dem Hügel verschwunden war, kehrte er in die Werkstatt zurück. Er hatte heimlich begonnen, an einer Maya-Statue zu arbeiten, die den Schöpfergott Kukulkan darstellte, und er beabsichtigte, ihn unter seinem Kopfkissen aufzubewahren und jeden Abend zu ihm zu beten. Er war so vertieft in seine Arbeit, dass er gar nicht hörte, wie Demetrius, der inzwischen zurückgekehrt war, die Werkstatt betrat. Rasch versuchte er die Holzschnitzarbeit hinter seinem Rücken zu verbergen.

Doch er war nicht schnell genug. »Her damit«, forderte Demetrius barsch. Yax händigte ihm die Arbeit aus.

»Es ist ein altes Stück Holz«, entschuldigte er sich, wobei er die wenigen griechischen Worte benutzte, die er gelernt hatte. Seine Aussprache war noch längst nicht einwandfrei, doch Demetrius verstand. Er trat mit der Statue ins Sonnenlicht hinaus und studierte sie eingehend, wobei er sie langsam in seinen schwieligen Händen hin und her drehte.

»Das ist eine schöne Arbeit ... außergewöhnlich schön sogar«, sagte er und blickte Yax nachdenklich lächelnd an.

Er hatte ähnliche Holzarbeiten auf dem Markt gesehen, Juno und Jupiter und importierte ägyptische Statuen der Göttin Isis. Aber keines dieser Stücke war so kunstvoll und geschickt gearbeitet gewesen wie das seines jungen Schützlings. Er gab Yax die Statue zurück.

»Du kannst das später fertig machen ... jetzt geh wieder an deine Arbeit.«

Yax nickte, dankbar, dass er nicht gescholten wurde, und machte sich schleunigst daran, herumliegende Holzstücke zu stapeln und den Boden zu fegen.

An diesem Abend lud Demetrius Yax wieder ein, mit ihm im Haus zu essen. Es war das erste Mal seit jener Nacht, die er auf dem Diwan neben dem Wasserbecken verbracht hatte.

Demetrius war in Plauderstimmung und setzte nach einigen Bechern Wein zu einer einseitigen Konversation an. Yax verstand natürlich kein Wort, wenn man in normaler Geschwindigkeit mit ihm sprach, war aber zufrieden, die Rolle des interessierten Zuhörers übernehmen zu dürfen. Der Diwan war angenehm weich, die Mahlzeit üppig, und dieses Mal dachte er sogar daran, mit der angemessenen Bedächtigkeit zu essen. Zwischen den einzelnen Bissen nickte er und legte hin und wieder ein beipflichtendes »Ja« ein, wenn Demetrius innehielt und seinen Gedanken nachhing.

»Heute ist meine Tochter unter Tränen wieder abgereist. Nicht etwa, weil sie traurig über den Abschied war, sondern wegen der Dinge, die ich gesagt habe. Ich kann einfach nicht anders ... ich bin doch ihr Vater und mache mir Sorgen ... ernste Sorgen ...« Er verstummte, und Yax hielt in seiner Mahlzeit inne und nickte mit dem Kopf. »Sie ist noch so jung, gerade mal sechzehn Jahre ... viel zu jung für ein Mädchen alleine in Rom.«

Demetrius nahm wieder einen tiefen Schluck Wein, um seiner zitternden Stimme Herr zu werden.

»Sie ist so unschuldig und schön ... ich hatte nie die Zeit oder den Mut, ihr Ratschläge zu geben. In Rom lebt sie wie ein Lamm unter Wölfen, und ich habe ganz und gar kein Vertrauen in ihre Schauspielkollegen.« Er warf Yax einen finsteren Blick zu, wie um seine Worte zu unterstreichen, und Yax antwortete erneut mit einem ernsthaften Nicken.

»Ihre Lehrer sind viel zu beschäftigt, um darauf zu achten, was außerhalb des Theaters vor sich geht. Ich habe versucht, sie vor diesen Dingen zu warnen, aber sie will nichts davon hören und ist an Bord des Schiffes gegangen, ohne mir die Möglichkeit zu geben, sie noch einmal zu umarmen ... oder zumindest auf Wiedersehen zu sagen.«

Demetrius wischte sich die Tränen aus den Augenwinkeln und nahm einen weiteren Zug.

Erst nach einer ganzen Weile des Schweigens, die plötzlich von lautem Schnarchen unterbrochen wurde, bemerkte Yax, dass sein Herr eingeschlafen war. Rasch machte er sich über die Reste auf dem Tablett her, deckte Demetrius mit einem Handtuch zu und kehrte in sein Zimmer hinter der Werkstatt zurück.

Die Sonne stand schon hoch am Himmel, als Demetrius am nächsten Morgen erschien.

»Guten Morgen ... guten Morgen, mein junger Freund. Ich habe wundervoll geschlafen, nur zu lange, fürchte ich. Aber ich hatte einen herrlichen Traum ... wir werden prachtvolle Möbel tischlern, wie man sie im ganzen Römischen Reich noch nicht gesehen hat ... und du, mein Freund, wirst mir dabei helfen.«

Er legte Yax die Hand auf die Schulter und lachte.

Yax, der begriff, dass es um etwas Wichtiges ging, wusste nicht recht, was er sagen sollte, und blickte seinen Herrn fragend an.

»Bring mir deine Holzarbeit ... die Figur.«

Yax verstand nur ›bring mir‹; die anderen Worte waren ihm unbekannt. Demetrius beschrieb mit den Händen Größe und Umriss der Figur und deutete dabei Schnitzarbeiten an.

»Ja!«, platzte Yax heraus, als er endlich begriff, und stürmte in sein Zimmer, wo er Kukulkan unter dem Kopfkissen hervorzog.

»Wen stellt das dar?«

Yax strahlte vor Stolz und deutete mit dem Finger nach oben in die Luft.

»Kukulkan ... Gott im Himmel.«

»Ich möchte, dass du eine große Figur schnitzt«, sagte Demetrius, hob ein Stück Teakholz auf und hielt es an die kleine Holzarbeit.

»Wir werden Tischbeine daraus machen ... einzigartige Tische aus Teakholz, die uns Höchstpreise bringen ... der Name Demetrius wird überall bekannt.«

Um Yax seine Idee zu verdeutlichen, griff er nach einem Stück Holzkohle, das er gewöhnlich zum Markieren von Abmessungen verwendete, und begann einen Entwurf auf ein Stück Pergament zu zeichnen. Yax blickte ihm aufmerksam über die Schulter. Als die Tischbeine Gestalt annahmen, verstand er, was Demetrius vorschwebte, und lächelte.

»Ich?«, fragte er und tippte mit dem Finger auf die Zeichnung.

»Ja, die Beine machst du.«

»Ich mache Beine!«

Eine neue Stilrichtung war geboren.

An diesem Tag arbeiteten sie bis tief in die Nacht und unterbrachen ihre Tätigkeit nur für eine rasche Mahlzeit. Nachdem die vier Tischbeine auf die richtige Länge und den erforderlichen Durchmesser zugeschnitten waren, legten sie sie nebeneinander auf die Werkbank.

»Jetzt bist du an der Reihe«, sagte Demetrius und legte die

kleine Figur auf die duftenden, frischen Teakholzstücke. »Vollbringe ein Meisterwerk.«

Yax lächelte und begutachtete die Tischbeine. Das Holz war sehr hart. Als er den Daumennagel an einer Kante hineindrückte, blieb kaum eine Kerbe zurück. Das Holz, das er für seine Figur verwendet hatte, war viel weicher gewesen. Das hier wird sehr viel schwieriger, überlegte er, aber dafür werden die Schnitte viel feiner sein. Lächelnd blickte er den strahlenden Demetrius an.

»Ja ... ich gut machen.«

»Jetzt gehen wir zu Bett, und morgen machen wir uns mit frischen Kräften ans Werk.«

Als Yax im Bett lag, hielt er die Figur von Kukulkan fest an sich gedrückt. »Bitte, großer Gott, hilf mir bei dieser Arbeit ... führe meine Finger, auf dass sie stark und geschickt sind, wenn ich dein Bildnis in diesem Holz verewige.« Er hielt kurz inne, als ihm ein neuer Gedanke kam. »Bitte schick mir eine Vision deines Sohnes ... den, den ich finden soll und doch noch nie gesehen habe. Ich werde IHN in deinen Armen ruhend in das Tischbein schnitzen. Und Tlaloc werde ich ebenfalls darstellen.«

Zuversichtlich, dass sein Gott ihn erhören würde, verstaute Yax die Figur wieder unter dem Kopfkissen und schlief ein.

Demetrius, obgleich ebenfalls rechtschaffen müde, lag noch eine Zeit lang wach. In Gedanken war er mit dem Tisch beschäftigt, schmirgelte und polierte das Holz, bis es glänzte. Als er einschlief, träumte er, dass er seinen Tisch im kaiserlichen Palast in Rom ablieferte und von Kaiser Augustus persönlich für seine Arbeit gelobt wurde. Selbst Daphne erschien in seinem Traum und umarmte, küsste ihn angesichts des großartigen Werkes, das er geschaffen hatte, und versicherte ihm, wie sehr sie ihn liebte. Es war ein schöner Traum. Demetrius schlief gut in dieser Nacht, zuversichtlich, dass sein neues Projekt seinem Geschäft Auftrieb verleihen und die Beziehung zu seiner Tochter verbessern würde.

Am nächsten Morgen erschien er spät in der Werkstatt und entschuldigte sich, dass er verschlafen hatte. Er war ebenso enthusiastisch wie am Tage zuvor. Die Sonne strahlte vom klaren, blauen Himmel, und er freute sich darauf, voller Schwung an die Arbeit zu gehen.

»Guten Morgen, Yax.« Es war das erste Mal, dass er Yax bei seinem Namen nannte. »Tut mir Leid, dass ich so spät dran bin ... ich habe uns Frühstück mitgebracht.« Yax war in der Tat erstaunt, seinen Namen aus Demetrius' Mund zu hören. »Guten Morgen, Demetus«, bemühte er sich ebenbürtig zu antworten.

Demetrius lachte. »Ich werde schon noch einen richtigen Griechen aus dir machen. Lass sehen, wie weit du gekommen bist.«

Obwohl Yax sich schon in aller Frühe ans Werk gemacht hatte, gab es erst wenig vorzuweisen. Das Teakholz war in der Tat sehr hart und das Messer, mit dem Yax arbeitete, war stumpf. Demetrius schnaufte verächtlich, als er mit dem Finger die Klinge entlangfuhr. »Dieses Messer taugt höchstens für ein altes Weib zum Speck schneiden. Warte ... ich gebe dir ein Werkzeug, das einem Künstler gebührt.«

Mit stolzem Blick wickelte er ein Stück Ziegenleder auf und brachte vier Holzschnitzmesser zum Vorschein. Die Griffe waren mit Leder umwickelt, und die Klingen aus poliertem Schmiedeeisen funkelten, als sich das Sonnenlicht darin spiegelte. Yax stieß überrascht den Atem aus, als seine Finger ein Messer nach dem anderen berührten.

»Die sind für dich, mein Freund.«

Vorsichtig und voller Ehrfurcht nahm Demetrius das kleinste Werkzeug auf und drehte es in seiner Hand.

»Es ist sehr scharf.« Um seine Warnung zu unterstreichen, ließ Demetrius das Messer leicht über die Oberfläche der Werkbank gleiten. Eine winzige Holzspirale ringelte sich vor der Klinge. Yax ließ ein anerkennendes Murmeln hören.

»Diese Werkzeuge wurden aus dem feinsten Metall der römischen Schmieden gefertigt; jedes der Messer macht größere Kerben als das jeweils kleinere.«

Er berührte jedes Werkzeug liebevoll mit der Hand.

»Bevor meine Hände alt und meine Finger steif wurden, habe ich wunderbare Arbeiten gefertigt.« Demetrius blickte einen Augenblick wehmütig drein. »Ab jetzt wirst du meine Hände für mich sein ... ich mache das, was ich noch kann, aber du, mein Freund ... du wirst die Schönheit aus unseren Werken herausholen.«

Yax verstand zwar nur ein paar Worte, aber in Anbetracht des feierlichen Tonfalls, in dem sein Herr gesprochen hatte, war ihm klar, dass dies ein bedeutender Moment war. Ganz behutsam nahm er die Werkzeuge in die Hand und nickte dabei heftig.

»Nun lass uns frühstücken.«

Demetrius knabberte gedankenverloren an einem Stück Honigbrot, während Yax seines rasch herunterschlang, begierig darauf, endlich mit dem glänzenden neuen Handwerkszeug ans Werk zu gehen.

»Yieeh!«, rief er begeistert, als die scharfe Klinge sich in die harte Oberfläche des Teakholzes bohrte. Dann erinnerte er sich wieder an sein Griechisch. »Werkzeug sehr gut!«, bemerkte er lächelnd.

»Stimmt«, erwiderte Demetrius. »Aber sei vorsichtig ... es ist sehr, sehr scharf.«

Es dauerte drei Wochen, bis Yax das erste Bein fertig geschnitzt hatte. Tagelang hatte er gehofft, dass Kukulkan ihm die erbetene Vision sandte, als diese jedoch ausblieb, entschloss er sich, den Sohn als eine kleinere Version des Kukulkan darzustellen. In den freien Platz am Fußende des Tischbeins schnitzte er die Maya-Symbole für Frieden und Liebe. Ein paar Mal war Demetrius ungeduldig mit seinem jungen Künstler geworden und hatte versucht, ihn zu rascherem Arbeiten zu drängen. Doch als die letzte Kerbe vollendet, der letzte Holzspan zu Boden gefallen war, weinte er beinahe vor Freude angesichts der Schönheit von Yax' Werk.

»Jetzt musst du dir die anderen Beine vornehmen. Ich fange inzwischen an, Öl hineinzureiben, damit es schön glänzt.«

Yax war inzwischen vertrauter mit der Materie; er kam schneller voran und benötigte weniger Zeit zum Überlegen, sodass er für die übrigen drei Beine nur halb so viel Zeit brauchte. Demetrius machte sich in der Zwischenzeit ein paar Mal mit kleineren Tischen und Stühlen, die er allein angefertigt hatte, auf den Weg zum Markt. Bei diesen Gelegenheiten schwärmte er den anderen Händlern und den Kunden von dem großartigen Werk vor, das er ihnen demnächst präsentieren würde.

Endlich war es so weit. Der große Tag war gekommen. Doch Yax' und Demetrius stolze Mienen verflüchtigten sich, als sie festellten, dass der Wagen für den Transport eines so großen Tisches zu klein war. Die Ladefläche war zwar lang genug, reichte jedoch in der Breite nicht aus.

»Wir können die Beine erst auf dem Markt am Tisch befestigen, sonst bekommen wir den Tisch nicht von hier weg«, sagte Demetrius. Yax verstand und sammelte die Beine ein.

Auf der Fahrt nach Karthago saß Yax hinten auf der Ladefläche, um den Tisch auf der holprigen Straße vor Stößen zu bewahren. Wie immer betrachtete er das bunte Treiben der Stadt mit weit aufgerissenen Augen. Am späten Vormittag erreichten sie den Marktplatz. Wie üblich herrschte dichtes Gedränge und die Stimmen der Händler, die lauthals ihre Waren feilboten, waren weithin hörbar.

»Demetrius!«, rief einer der Händler. »Wieso sitzt dein junger Sklave hinten auf dem Wagen?«

»Was geht dich das an, Marcellus?«

»Weißt du denn nicht, was für ein Tag heute ist?«

»Und ob! Heute ist der Tag, an dem ich mein Meisterwerk verkaufen werde.«

»Kann schon sein, aber heute ist auch das Fest des Saturnus.«

»Oh!«, erwiderte Demetrius und kratzte sich am Kopf. »Das habe ich ganz vergessen.«

Das Fest des Saturnus fand jedes Jahr im Dezember statt, und gemäß dem römischen Brauch tauschten Sklaven und Herren an diesem Tag ihre Rollen. Im gesamten Römischen Reich verrichteten die Herren an diesem Tag die Arbeit ihrer Sklaven, während diese feine Gewänder anlegen, im Schatten sitzen und sich bedienen lassen durften.

»Dann werde ich mich auf der Rückfahrt nach hinten setzen.«

»Dann ist es ja gut ... und dass du ihn anständig fütterst!«

Demetrius nickte, und sie bahnten sich weiter ihren Weg durch die Menge bis zu Demetrius' Stand. Sie hatten kaum die Beine am Tisch befestigt, da erschien bereits ein Käufer in edlem Gewand und winkte mit einem Beutel Münzen.

»Demetrius ... Demetrius ... ich habe schon von diesem Tisch gehört ... ja, er ist wahrhaftig wundervoll! Wie viel verlangst du dafür?«

»Nun, dein Geldbeutel dürfte gut gefüllt sein ... wie ist dein Name?«

»Ich bin Theodus. Mir gehört ein kleiner Olivenhain an der Straße nach El Gem. Meine Frau hat mir eingeschärft, ja nicht ohne diesen großartigen Tisch heimzukehren.«

Demetrius ließ seine Finger liebevoll über die Tischplatte und die kunstvoll geschnitzten Beine gleiten.

»Sieh nur, wie fein die Schnitzereien sind. Monatelange, unermüdliche Arbeit war vonnöten, dieses Stück zu vollenden ... für siebenhundert Sesterzen gehört dieses Meisterwerk dir.«

»Bei den Göttern!« Theodus schnappte nach Luft. »Das ist ja eine Summe, die dem Kaiser würdig wäre!«

»Stimmt«, erwiderte Demetrius lächelnd. »Es ist ja auch ein Tisch, der dem Kaiser würdig wäre.«

In diesem Augenblick blieb ein weiterer Kunde stehen und musterte den Tisch interessiert. »Was kostet dieses Stück?«

»Zu spät«, erwiderte Theodus hastig. »Ich habe den Tisch soeben gekauft.«

Rasch öffnete er seinen Geldbeutel und zählte den Betrag in Demetrius' Hand ab.

»Ich komme in einer Stunde mit meinem Wagen.«

Der zweite Interessent seufzte enttäuscht und wandte sich an Demetrius. »Wie lange brauchst du, um mir ebenso einen Tisch zu machen?«

Das Gesicht des Zimmermanns rötete sich vor Eifer über die Entwicklung der Dinge, und er warf einen raschen Blick zu Yax hinüber, der mit breitem Lächeln neben dem Tisch stand.

»Was meinst du, mein Freund? Bist du bereit für neue Schnitzereien?«

Yax war nicht ganz sicher, was von ihm erwartet wurde, aber er strahlte weiter. »Ja!«, verkündete er mit seinem eigenwilligen Maya-Akzent.

»Dieser Junge ... macht er die Schnitzarbeiten?«

»O ja, sie stellen seine Götter dar. Er kommt aus einem fernen Land.«

Der Mann ließ die Finger über die Figur des Kukulkan gleiten.

»Eine sehr fremdartige Arbeit, aber äußerst geschickt und sauber ausgeführt. Betet er zu seinem Gott?«

»Jeden Abend ... Er verleiht seinen Händen die Geschicklichkeit ...«

Der Mann nickte. »Es muss sich um einen sehr begabten Gott handeln. Vielleicht ein Abkömmling unseres Jupiter ... wie lange wird es dauern, mir einen solchen Tisch fertig zu stellen?«

»Soll er ebenso groß sein?«

Der Mann dachte einen Augenblick nach. »Vielleicht zwei Hand breiter, ich brauche Platz für viele Bücher. Und etwa so ein Stück länger.« Er deutete die Länge mit einer ausholenden Bewegung der Arme an.

Demetrius kratzte sich nachdenklich am Kopf.

»Wenn wir die Tischplatte in zwei Teilen anfertigen könnten, wäre es wesentlich einfacher.«

»Das ist in Ordnung.«

»Nun ... dann etwa drei Monate.«

»Einverstanden«, erwiderte der Mann und zog einen Geldbeutel aus seinem Gewand. »In drei Monaten komme ich wieder her. Hier ist eine Anzahlung von fünfhundert Sesterzen.«

Demetrius lächelte und nahm das Geld mit einer Verbeugung entgegen.

»Und wie ist dein Name, edler Herr? Ich habe es mir zur Angewohnheit gemacht, den Namen des Eigentümers in die Unterseite des Tisches zu schnitzen, da wir häufig mehrere Exemplare in der Werkstatt stehen haben.«

»Mein Name ist Annaeus Seneca. Ich arbeite als Rechtsgelehrter in Rom und verfasse Bücher. Dieser Tisch ist genau auf meine Bedürfnisse zugeschnitten.«

Damit wandte er sich um und verschwand in der Menge.

»Jetzt müssen wir Holz besorgen«, verkündete Demetrius und tätschelte seinen prall gefüllten Geldbeutel. »Du bleibst hier und passt auf den Tisch auf, während ich edles Teak für den Tisch unseres neuen Kunden kaufen gehe.«

Als er kurze Zeit später zurückkehrte, fand er Yax umringt von drei weiteren potenziellen Kunden.

»Gut, Demetrius ist zurück«, sagte einer von ihnen, da sie vergeblich versucht hatten, sich mit Yax zu verständigen. »Bitte nennt uns den Preis für diesen großartigen Tisch, der Junge spricht eine uns unverständliche Sprache.«

»Leider habe ich den Tisch soeben verkauft, aber ich bin gerne bereit, weitere anzufertigen ... was sind eure Wünsche?«

»Ich hätte gern den gleichen Tisch, nur halb so groß.«

»Für mich ebenso.«

»Und ich benötige einen niedrigeren«, sagte der Dritte.

»Gut«, erwiderte Demetrius. »Gebt mir eure Maße, und in fünf Monaten sind eure Tische fertig.«

»Weshalb dauert es so lange?«

»Wünscht ihr die gleichen feinen Schnitzarbeiten an den Beinen?«

»Ja, die sind das Beste an dem Stück.«

»Nun, dann müsst ihr Geduld haben, meine Freunde. Eine solche Arbeit erfordert Zeit. Gebt mir das Geld und kommt im Mai wieder her.«

Alle drei waren wohlhabende Tuchhändler und akzeptierten den Preis ohne Protest. Nachdem Demetrius das Geld kassiert und sich die gewünschten Maße notiert hatte, verabschiedeten sie sich mit einem Händeschütteln.

Inzwischen war auch Theodus mit seinem Wagen zurückgekehrt. »Ich habe ein paar Decken mitgebracht.«

»Gute Idee. Die Straße nach El Gem könnte wahrhaftig einige Ausbesserungsarbeiten vertragen.«

»Das ist leider nur zu wahr«, seufzte Theodus. »Der Statthalter hat zwar jede Menge Versprechungen gemacht, doch bisher ist nichts geschehen. Dabei bereisen Jahr für Jahr unzählige Menschen diese Straße, um die Wettkämpfe zu besuchen.«

»Mir steht kaum der Sinn danach, den Gladiatorenkämpfen beizuwohnen oder zuzusehen, wie die Löwen über diese armen Geschöpfe herfallen«, erwiderte Demetrius schaudernd.

»Du sprichst mir aus der Seele ... dennoch ziehen die Spiele unzählige Zuschauer an.«

Demetrius nickte ernst, während er mit Yax den Tisch auf Theodus' Wagen lud. Nachdem sie ihn sorgsam abgedeckt hatten, winkten sie Theodus zum Abschied zu.

»Gute Fahrt.«

»So, mein Freund«, wandte Demetrius sich an Yax. »Jetzt besorgen wir Früchte und Gemüse für heute Abend. Schließlich haben wir Grund zu feiern.«

Als sie die Randgebiete Karthagos erreichten, drückte Demetrius Yax die Zügel in die Hand.

»Heute fährst du den Wagen nach Hause. Und wenn wir angekommen sind, werde ich das Pferd in den Stall bringen ... und du wirst aufpassen, dass ich alles richtig mache.«

Yax übernahm lächelnd die Zügel. »Du kannst es natürlich nicht wissen«, fuhr Demetrius fort, »aber heute begeht man überall im Römischen Reich einen ganz besonderen Tag. Bis Mitternacht werde ich der Sklave sein und du mein Herr.«

Wie gewöhnlich begriff Yax nichts von dem, was Demetrius ihm erzählte. Aber er freute sich, dass er den Wagen lenken durfte.

Am Abend wurde Yax zu seiner Überraschung aufgefordert, das Wasserbecken zu benutzen. Die Straße war sehr staubig gewesen und er war froh, den Schmutz abwaschen und sich erfrischen zu dürfen. Das Wasser war zuvor erhitzt worden, und als Demetrius ihm sogar eine Auswahl an Duftölen anbot, entschied Yax sich für das Eukalyptusöl, das angenehm in der Nase prickelte und den Kopf frei machte. Nach dem Bad streckte er sich auf dem Diwan aus, und Demetrius brachte ihm einen Becher Wein. Er war nur halb voll und mit Wasser verdünnt, aber es reichte, in Yax Erinnerungen an die letzte Nacht in seinem Heimatdorf wachzurufen, in der sie alle um das Feuer gesessen hatten. Tränen traten ihm in die Augen, als er an seine Eltern und Chilan und den entsetzlichen Vorfall mit dem Hai dachte. Yax war froh, dass Demetrius den Raum verlassen hatte, und trocknete sich die Tränen rasch mit einem Handtuch.

Die abendliche Mahlzeit fiel außergewöhnlich üppig aus, und Yax bestaunte die große Auswahl. Er aß, bis er nicht mehr konnte, und diesmal war Yax derjenige, der einschlief, während Demetrius zu seiner einseitigen Unterhaltung ansetzte.

»Heute haben wir Gewinn für ein ganzes Jahr gemacht ... dabei hat das Jahr gerade erst begonnen.« Er goss sich einen Becher Wein ein. »Einen großen Tisch müssen wir für den Rechtsgelehrten anfertigen und drei kleinere für die Tuchhändler. Ich fürchte, wir haben noch nicht genug Teakholz für all die Tische, aber nächsten Monat mache ich mich noch einmal auf den Weg zum Markt. Ich bin sicher, wir haben über den Sommer reichlich Arbeit. Wenn eine Fahrt nach Karthago uns bereits drei Aufträge eingebracht hat, werden weitere drei oder vier Fahrten uns noch mehr einbringen.«

Demetrius gab einen schwermütigen Seufzer von sich und nahm einen weiteren Schluck Wein.

»Und wenn die Götter mir wohlgesonnen sind ... wird Daphne uns im August wieder einen Besuch abstatten.«

Als der August anbrach, fuhren sie jeden Tag zum Hafen von Karthago hinunter und beobachteten gespannt die Schiffe, die dort anlegten. Doch auch nach einer Woche war noch kein Zeichen von Daphne in Sicht.

»Wahrscheinlich kommt sie nicht«, seufzte Demetrius.

Yax, der in den vergangenen Monaten gelernt hatte, ein paar Sätze zu formulieren, versuchte ihn zu trösten. »Sie kommt bestimmt bald.«

Eines Abends – es war der zehnte Tag des August, und sie waren gerade dabei, ihren Stand auf dem Markt zu schließen – stieß Yax einen aufgeregten Ruf aus. »Daphee ... sie kommt.«

Demetrius eilte auf die Straße, als er die Kutsche erblickte, die sich ihren Weg durch die Menge der Käufer bahnte.

Daphne stieg aus, dankte dem römischen Soldaten dafür, dass er sie mitgenommen hatte, und flog in die ausgebreiteten Arme ihres Vaters.

»Daphne ... Daphne ... ich hatte schon gedacht, du kommst dieses Jahr nicht.«

Daphne ließ ihr melodisches Lachen ertönen.

»Aber Vater, du solltest doch wissen, dass ich deinen Geburtstag nicht versäume.«

»Ich bin so froh, dass du hier bist, meine Tochter.«

Als sie sich zum Wagen begaben, erblickte sie Yax, der sich hinter dem Pferd verborgen hatte.

»Da ist ja mein Griechisch-Schüler. Freust du dich, Daphne wiederzusehen?«, fragte sie ihn.

Yax brachte nur ein verlegenes Lächeln zustande und nickte.

»Er hat schon eine ganze Menge mehr Wörter gelernt«, kam Demetrius ihm zu Hilfe, »und sich außerdem zu einem hervorragenden Holzschnitzer entwickelt. Warte nur, bis du seine Arbeiten siehst.«

»Ihr müsst mir mehr darüber erzählen.« Sie streckte Yax die Hand entgegen. »Komm, hilf mir auf den Wagen.«

Die Fahrt nach Hause verlief ebenso wie bei Daphnes letztem Besuch. Demetrius und Daphne unterhielten sich angeregt vorne auf dem Wagen, während Yax von hinten ihr langes, schwarzes Haar bewunderte. Zu Hause angekommen, versorgte Yax das Pferd, wie es seine Aufgabe war, und Vater und Tochter verschwanden im Haus.

Der Tisch für den Rechtsgelehrten Seneca war termingemäß geliefert worden, ebenso wie die drei Tische der Tuchhändler. Doch inzwischen standen vier weitere Tische in verschiedenen Stadien der Vollendung auf der Werkbank und auf dem Boden. Daphne ließ sich auf die Knie sinken, um die Schnitzereien an den Beinen zu begutachten.

»Und das hat Yax gemacht?«

»Ja, der Junge verfügt über ein besonderes Talent.«

»Was für fremdartige Entwürfe ... aber sie sind wunderschön und so vollendet gearbeitet. Diese hier sehen wie Gesichter aus. Wen stellen sie dar?«

»Das sind Bilder seiner Götter, aus einem Land jenseits des Ozeans.«

»Ich muss ihm unbedingt noch mehr Griechisch beibringen, damit er mir davon erzählen kann.«

»Und schau dir diese Stühle an«, sagte Demetrius voller Stolz, »die Rückenlehnen stammen ebenfalls von ihm.«

»Du hast ihn gut ausgebildet, Vater.«

»Ja, er lernt rasch.«

Als Yax die Werkstatt betrat, wurde er sofort von Daphne bestürmt.

»Yax. Du musst mir unbedingt auch eine Schnitzarbeit machen, bevor ich nach Rom zurückkehre.«

Yax nickte und lächelte nervös.

»Yax ... du hast noch kein einziges Wort mit mir gesprochen ... komm, sprich mir nach ... ja, Daphne, das tue ich gern.«

Sie wiederholte die Worte, diesmal etwas langsamer. Yax blickte zu Boden.

»Ja, Daphne ... das tue ich«, flüsterte er.

Sie lachte und ergriff seine Hand. »Wir haben eine Menge Arbeit vor uns. Morgen werden wir deinen Sprachunterricht fortsetzen.«

»Komm«, forderte Demetrius seine Tochter auf, »wir müssen ein fürstliches Mahl zu Ehren deiner Rückkehr bereiten.«

Da Demetrius Yax mehr und mehr wie einen Familienangehörigen als wie einen Sklaven behandelte, wurde er an diesem Abend ins Haus eingeladen, und sie nahmen ihr Mahl gemeinsam ein. Yax' Manieren hatten sich im vergangenen Jahr deutlich verbessert; er aß langsam und nahm sich erst von den Speisen, nachdem Daphne und Demetrius sich bedient hatten.

Im Laufe der Mahlzeit wich seine Befangenheit ein wenig, und er beteiligte sich sogar mit ein paar Sätzen an der Konversation. Demetrius lächelte stolz, als Daphne ihm einen anerkennenden Blick zuwarf. Als sie fertig waren, bedankte Yax sich bei seinem Herrn und dessen Tochter und zog sich auf sein Zimmer zurück, während die beiden noch bis spät in die Nacht plauderten.

Der Monat verging wie im Flug, und bald war es Zeit für Daphne, nach Rom zurückzukehren. Viel zu schnell für Yax, der das Mädchen inzwischen lieb gewonnen hatte. Sie war eine geduldige Lehrerin gewesen, und als williger Schüler hatte er beachtliche Fortschritte erzielt.

Inzwischen verständigten sich die beiden hauptsächlich mit Worten und weniger mit Zeichensprache, und Yax hatte Vertrauen in seine neu erworbenen Fähigkeiten entwickelt. Bevor Daphne das Segelschiff nach Rom bestieg, überreichte Yax ihr eine kleine Teakstatue seines Gottes Kukulkan.

Daphne nahm das Geschenk mit Tränen in den Augen entgegen und dankte Yax mit einem schüchternen Kuss auf die Wange. Anschließend umarmte sie ihren Vater und eilte an Bord des Schiffes, da die Seeleute bereits dabei waren, die Leinen zu lösen.

»Meine Tochter mag dich«, bemerkte Demetrius und versetzte Yax einen Knuff in den Rücken, »aber denk dran ... du bist immer noch ein Sklave!«

Yax nickte ernst. »Ich bin doch bloß ein Junge.«

Sie warteten am Pier, bis das Schiff aufs Meer hinaussegelte. »Eines Tages reisen wir nach Rom und besuchen ihre Vorstellung im Theater ... ich bin sehr stolz auf sie.«

Es war fast schon Mittag, als sie zum Markt zurückkehrten, wo sie bereits ein neuer Kunde erwartete.

»Deine Geschäfte müssen gut laufen, Demetrius, wenn du dir erlauben kannst, erst zu dieser Stunde deinen Stand zu öffnen.«

»Die Geschäfte laufen tatsächlich gut. Aber heute musste ich meine Tochter zum Schiff geleiten.«

»Nun, dann sei dir vergeben ... mein Name ist Claudius Magnus. Ich bin Magistrat in Rom und sah im Haus meines Freundes Annaeus Seneca einen bemerkenswerten Tisch. Er sagte mir, dass du der Handwerker bist ... ist das wahr?«

»So ist es.«

»Ich hätte ebenfalls gern einen solchen Tisch, vielleicht ein wenig größer. Es wäre unschicklich, wenn ich mir das gleiche Exemplar zulegte.«

»Ich habe noch zwei Aufträge vor dem deinen zu beenden, Magistrat, aber zu den Iden des März* könnte dein Tisch fertig sein.«

»Fein, das wäre ein passender Anlass, damit den Todestag des Julius Caesar zu begehen. Könntest du den Tisch ins Forum Romanum liefern?«

Demetrius kratzte sich nachdenklich am Kopf. »Das gäbe mir Gelegenheit, einmal eine Aufführung meiner Tochter in Rom zu besuchen«, murmelte er. »In Ordnung, ich werde den Tisch persönlich in deiner Kanzlei abliefern.«

»Sehr gut«, erwiderte der Magistrat. »Und dein Preis?«

»Zweitausend Sesterzen, Herr.«

»Abgemacht.«

Nachdem Demetrius eine Vorauszahlung entgegengenommen hatte, machte er sich Notizen, wo genau der Tisch abzuliefern sei, und fügte hinzu: »Ich werde meinen Gehilfen mitbringen, damit er mir nach unserer Ankunft beim Zusammensetzen des Tisches helfen kann.«

»Ich werde alles Notwendige für den Transport veranlassen«, versprach Magnus. Er gab den beiden Liktoren, die ihn begleiteten, ein Zeichen, und verabschiedete sich.

»Was waren das für Männer?«, erkundigte sich Yax.

»Man nennt sie Liktoren. Hast du die Beile gesehen, die sie in der Hand trugen? Das sind die Fasces**, ein Zeichen ihrer Amtsgewalt. Es kommt vor, dass sie Menschen töten. Du hast vermutlich bemerkt, dass ich es vermieden habe, sie anzusprechen?«

---

* Im röm. Kalender der 15. März (Anm. d. Übersetzers)
** Rutenbündel, mit einem herausschauenden Beil, die den höchsten Magistraten von den Liktoren als Symbol der Strafgewalt vorangetragen wurden (Anm. d. Übersetzers)

Yax verstand nicht ganz. »Sind diese Männer Wächter?«
»Ja.« Demetrius nickte. »Eine Art Leibgarde.«

Yax erinnerte sich an seine Wächter in der Karawane. Die waren freundlich zu ihm gewesen und hatten ihm zu essen und zu trinken gegeben. Er war froh, dass nicht solche Männer ihn bewacht hatten.

»Komm«, sagte Demetrius, »wir müssen neues Teakholz kaufen. Die Arbeit wartet.«

Die Monate verstrichen rasch. Die beiden Tische wurden fertig gestellt und ausgeliefert, und ehe sie sich versahen, brach der März an. Eines Morgens, am fünften Tag des März, kam eine Kutsche, die eine dichte Staubwolke hinter sich aufwirbelte, vor der Werkstatt zum Stehen.

»Ich suche Demetrius, den Zimmermann!«, rief ein römischer Soldat, während er versuchte, die tänzelnden Pferde im Zaum zu halten.

»Das bin ich«, erwiderte Demetrius.

»Der Magistrat Claudius Magnus übersendet dir seinen Gruß aus Rom und lässt fragen, ob sein Tisch bereit ist. Hast du alles entsprechend den Vereinbarungen fertig gestellt?«

»Die letzte Ölpolitur zieht gerade ein. Morgen früh ist er fertig.«

»Bring den Tisch zum Hafen, bevor die morgendliche Flut einsetzt. Eine Galeere liegt dort vor Anker. Der Kapitän wird dich nach Ostia mitnehmen, von wo du mit dem Wagen in die Hauptstadt gebracht wirst.«

»Ich danke dir«, erwiderte Demetrius lächelnd. »Darf ich dir meine Gastfreundschaft anbieten?«

»Ich muss zu meiner Einheit zurück. Aber wenn du etwas Wasser für die Pferde hättest ...?«

Da die Unterhaltung auf Latein geführt wurde, konnte Yax nur vermuten, dass es um Wasser ging, weil der Soldat auf den Brunnen deutete.

Demetrius wechselte ins Griechische über. »Yax, bring Wasser für die Pferde.«

Yax zog zwei Eimer Wasser aus dem Brunnen und stellte sie vor die beiden prachtvollsten Pferde, die er je zu Gesicht bekommen hatte.

Die Tiere fanden kaum Zeit, ihren Durst zu stillen, da der Soldat schon wieder an den Zügeln zog, nach einem Abschiedssalut den Wagen drehte und davongaloppierte.

»Wir reisen nach Rom?«, fragte Yax.

»Jawohl, mein Freund, wir reisen nach Rom.«

In dieser Nacht konnte Yax vor Aufregung nicht schlafen, und am nächsten Morgen war er fertig angekleidet, lange bevor Demetrius erschien. Während sie den Wagen in der Morgendämmerung vorsichtig um die vielen Schlaglöcher herumführten, erkundigte sich Yax: »Wo werden wir das Pferd in der Zwischenzeit lassen?«

»Wenn wir den Markt erreicht haben, bitte ich Marcellus, das Tier während unserer Abwesenheit bei sich unterzustellen und zu versorgen.«

Yax nickte. »Und Daphne ... werden wir sie in Rom treffen?«

»Natürlich, wir werden eine ihrer Vorstellungen besuchen. Sie wird Augen machen, uns zu sehen.«

An der Anlegemole verabschiedeten sie sich von Marcellus mit dem Versprechen, ihm für seine Gefälligkeit ein Geschenk mitzubringen.

»Oh, ich brauche nichts aus Rom«, erwiderte er, »aber wenn du mir einen kleinen Tisch für meine Frau anfertigen könntest, die nächsten Monat Geburtstag hat, würde ich mich als reichlich entlohnt betrachten.«

»Abgemacht«, erklärte Demetrius und fügte hinzu: »Für unsere Rückreise wird uns die römische Flotte vermutlich nicht mehr zur Verfügung stehen.«

Alle drei richteten ihren Blick auf die Galeere, die am Pier vor Anker lag.

»Es ist tatsächlich ein Kriegsschiff«, bestätigte Marcellus. »Seht ihr den Rammbock vorn am Bug, genau über der Wasserkante?«

Demetrius kniff die Augen zusammen. »Ja ... sieht aus wie ein breites Holzbrett mit Eisenbeschlag.«

»Stimmt«, sagte Marcellus. »Wenn sie einen Trupp Soldaten an Bord haben, liegt der Rammbock unterhalb der Wasseroberfläche. Damit können sie einem feindlichen Schiff schlimmen Schaden zufügen.«

»Wieso kennst du dich so gut damit aus?«

»Mein Vater war Seemann. Als er jung war, kämpfte er in der Schlacht von Actium. Das war, als sie die Flotte von Caesar und Cleopatra besiegten.«

Ein Boot mit zehn Ruderern brachte Yax, Demetrius und den Tisch kurz darauf zur Galeere hinüber. Als sie an Bord gingen, bedeuteten Trommelschläge den Ruderern, sich unter Deck zu begeben. Yax konnte nicht so weit zählen, aber er starrte mit ungläubigem Blick auf die vielen Männer, die im Gleichtakt die schweren Ruder bewegten. Nachdem sie sich ein Stück von der Anlegestelle entfernt hatten, wurden die beiden gewaltigen Segel gehisst, und der Wind trieb sie hinaus aufs Meer. Für Yax war es die erste Seereise seit seiner schicksalhaften Überfahrt mit dem Floß, doch auf diesem großen Schiff fühlte er sich sicher.

Ein Offizier geleitete sie zu einer Kabine, wo ihnen Früchte und gewürzter Wein angeboten wurden.

»Ihr müsst eine sehr bedeutende Fracht mit euch führen«, meinte er, »da der Kaiser persönlich Order für diese Fahrt gab.«

»Ich fühle mich äußerst geehrt«, antwortete Demetrius. »Der Tisch ist für die Amtsräume eines Magistrats im Forum bestimmt.«

»Es muss sich um einen Günstling des Kaisers handeln ...

eigentlich war unser Ziel unser Heimathafen in Misenum, doch jetzt haben wir Order, in Ostia anzulegen.« Bevor er sich zurückzog, fügte er hinzu: »Der Kapitän wünscht, dass ihr bis zu unserer Ankunft hier unten bleibt.«

Demetrius nickte.

»Wir haben alles, was wir brauchen. Danke.«

Demetrius blickte sich in der Kabine um, die mit zwei Kojen, zwei Stühlen und einem Tisch sowie einem kleinen Fenster ausgestattet war. Das hölzerne Gebälk krachte und ächzte, während das Schiff sich seinen Weg durch die Wellen bahnte.

»Am besten legen wir uns hin und ruhen ein wenig aus«, seufzte Demetrius. Er ließ sich auf der unteren Koje nieder und bedeutete Yax, in die obere zu klettern.

Der Schiffskoch versorgte sie mit Speisen und Getränken, und außer essen, trinken und schlafen blieb ihnen während der Reise nichts zu tun.

Bei der Ankunft in Ostia erwartete sie bereits ein Wagen mit Pferden und Kutscher. Während sie den Tisch aufluden, sahen sie sich plötzlich von sechs Streitwagen umringt, die von römischen Soldaten gelenkt wurden.

»Wir gehören zur Kaiserlichen Prätorianergarde*«, erklärte ihr Hauptmann, »und haben Befehl, euch sicher in die Hauptstadt zu begleiten.«

Yax warf Demetrius einen besorgten Blick zu. »Sind das Wächter?«

»Ja, genau, Wächter«, bestätigte der Kutscher, der Griechisch verstand, während er die Kutsche in Gang setzte. »Auf den Straßen nach Rom wimmelt es von Wegelagerern. Diese Soldaten werden uns und unsere wertvolle Fracht bewachen.«

Sie erreichten das Forum ohne Zwischenfall, da die Soldaten sie bis zu ihrem endgültigen Ziel eskortierten. Dort stieg der

---

* Leibwache des Kaisers(Anm. d. Übers.)

Hauptmann von seinem Wagen. »Wartet hier, ich sehe nach, ob der Magistrat euch empfangen kann.«

Yax war vollkommen sprachlos. Die Fahrt selbst hatte sich nicht wesentlich von ihren vielen Ausflügen nach Karthago unterschieden, doch jetzt blieb ihm beim Anblick der prachtvollen Architektur mit ihren auf Marmorsäulen ruhenden Bögen vor Staunen der Mund offen stehen. Demetrius hatte ihm absichtlich nichts davon erzählt und gespannt auf die Reaktion des jungen Künstlers gewartet. Er wurde nicht enttäuscht.

Er legte Yax den Arm um die Schultern. »Hier befindest du dich im Zentrum des Römischen Reiches ... der größten Stadt der Welt.«

Yax nickte stumm.

Kurz darauf erschien Claudius Magnus in Begleitung des Hauptmanns am Kopfende der Treppe. »Willkommen in Rom, Zimmermann. Ich hoffe, du hattest eine angenehme Reise.«

»Ja, vielen Dank, Magistrat ... und eine sehr lange. Aber dein Tisch ist wohlbehalten angekommen.«

»Gut ... und zur vereinbarten Zeit.«

Caudius wandte sich an den Hauptmann. »Lass die Männer den Tisch in meinen Amtsraum bringen.«

Demetrius und Yax warteten und folgten dann den Soldaten in die Basilika. Beide waren beeindruckt von der Erhabenheit des Gebäudes. In einem weitläufigen, von Marmorsäulen flankierten Gang, blieben sie ein Stück zurück.

»Diese Vorhalle führt zur Kanzlei«, erklärte Magnus mit einer ausholenden Bewegung seines Armes. »Hier verkündet der Quästor* die Auspizien**, und dort sitzen die zwölf Geschworenen, wenn sie ihr Urteil verkünden.«

---

  * Verwaltungsbeamter, auch richterlicher Funktion (Anm. d. Übers.)
 ** Brauch der Römer, durch Beobachtung der Natur, v.a. des Vogelfluges (Gekreisch, Richtung u. Begleitumstände) den Willen der Götter vorherzusagen, (Anm. d. Übers.)

Demetrius nickte interessiert, während Yax sich nur staunend an seinem Arm festhielt.

»Hier ist mein Amtsraum. Ihr könnt den Tisch dort abstellen.«

Die Soldaten setzten die Teile vorsichtig auf dem Boden ab, salutierten vor dem Magistrat und kehrten zu ihren Wagen zurück. Magnus nahm eines der Tischbeine in die Hand und ließ seine Finger über die Schnitzarbeiten gleiten.

»Du hast hervorragende Arbeit geleistet, Demetrius.«

»Ich habe nur geringen Anteil daran. Die Feinarbeiten stammen von Yax.«

Der Magistrat legte Yax die Hand auf die Schulter und lächelte.

»Ihr beide seid heute die Ehrengäste in meiner Villa. Es werden einige Leute dort sein, die begierig darauf sind, euch kennen zu lernen. Ein paar von ihnen hatten bereits Gelegenheit, Senecas Tisch zu bewundern, und können es kaum erwarten, meinen zu sehen. Es werden zweifellos einige neue Kunden für euch darunter sein. Ich stelle euch mein Gästehaus zur Verfügung ... aber zuerst einmal habe ich einen Wagen bestellt, der euch zu den Bädern bringen wird. Ich weiß, dass ihr auf unserem Kriegsschiff auf derlei Annehmlichkeiten verzichten musstet. Doch zuerst setzt bitte meinen Tisch zusammen.«

Die Bäder lagen in unmittelbarer Nähe zum Forum. Doch als Demetrius und Yax eintreten wollten, wurde ihnen der Zugang von einem Wärter versperrt.

»Diese Bäder sind Privateigentum und ausschließlich den Beamten des Forums und der Basilika vorbehalten«, erklärte er ihnen und musterte sie geringschätzig. Der Liktor des Magistrats, der sie mit dem Wagen hergebracht hatte, kam ihnen zu Hilfe.

»Tritt zur Seite, Plebejer!«, forderte er ihn mit herrischer Stimme auf. »Diese edlen Leute sind Gäste des Magistrats Claudius Magnus ... du wirst ihnen die Bäder zeigen und ihnen zu Diensten sein!«

Der Wärter schluckte überrascht und verbeugte sich.

»Sehr wohl, Liktor, mit Vergnügen.« Er geleitete seine Gäste in die Eingangshalle. »Die Bäder bestehen aus drei verschiedenen Becken«, murmelte er, immer noch erschrocken über den Zusammenstoß mit dem Liktor des Magistrats. »Im Calidarium ist das Wasser am heißesten ... danach kommt das Tepidarium und, sofern ihr es wünscht, das Frigidarium.«

»Wir beschränken uns auf das Tepidarium«, entschied Demetrius.

Nach dem warmen Bad legten sie die frischen Gewänder an, die Demetrius in weiser Voraussicht mitgebracht hatte, und kehrten zu dem wartenden Gefährt zurück.

»Die Villa des Magistrats liegt auf dem Palatin«, erklärte ihr Führer. »Von dort hat man einen hervorragenden Blick auf den Circus Maximus. Allerdings findet heute keine Vorstellung statt.«

In der Villa angekommen, wies ihnen ein Diener den Weg zum Gästehaus, das am Ende des Grundstücks lag.

»Morgen kehre ich zurück«, sagte der Liktor, »und werde euch die Stadt zeigen. Gibt es irgendetwas, das ihr zuerst zu sehen wünscht?«

»Ich möchte eigentlich nur meine Tochter sehen, sie ist Darstellerin am Marcellustheater ... sofern es eine Aufführung gibt.«

»Ich glaube, es gibt eine griechische Tragödie ... ich werde mich erkundigen. Sofern ein Stück aufgeführt wird, beginnt es nach Sonnenuntergang.«

Demetrius dankte ihm, und sie verabschiedeten sich, bevor sie das Gästehaus betraten. Sowohl Demetrius als auch Yax sehnten sich nach einer Ruhepause, und die beiden Betten boten einen verlockenden Anblick.

Erschöpft von der Reise und dem Besuch des Bades schliefen sie fest ein. Nach zwei Stunden weckte sie das Klopfen eines Dieners an der Tür.

»Mein Herr bittet euch zum Essen.«

»Warte einen Moment«, antwortete Demetrius und schüttelte den schlafenden Yax.

»Los, wasch dir das Gesicht mit kaltem Wasser und wach auf. Wir müssen anständig aussehen.«

Der Diener führte sie durch ein geräumiges, mit Blumen und Bäumen bepflanztes Atrium. In einem kleinen Teich tummelten sich leuchtend orangefarbene Fische. Yax blieb stehen, um sie genauer zu betrachten, aber Demetrius zog ihn am Arm. »Komm, wir dürfen unseren Gastgeber nicht warten lassen.«

Magnus saß gemeinsam mit seiner Gattin und fünf Männern an einem großen Marmortisch. Alle erhoben sich, als die Ehrengäste den Raum betraten.

»Ah ... gestattet mir, euch den berühmten Hersteller der großartigen Tische vorzustellen«, sagte Magnus lächelnd und begann, den beiden die Anwesenden einzeln vorzustellen.

»Dies ist meine Frau Octavia ... Senator Titus ... Senator Septimus ... Senator Flavius ... Magistrat Cocceius ... und ... der von uns allen geschätzte und geliebte Oberbefehlshaber der Kaiserlichen Armee, Feldherr Tiberius.«

Demetrius verbeugte sich und stubste Yax an, es ihm nachzutun.

Der Feldherr musterte Yax eindringlich und setzte zu einer Bemerkung an. Dieser Yax erinnerte ihn an den Jungen aus der Karawane. Doch es war dunkel gewesen in jener Nacht, und vielleicht irrte er sich. Also verzichtete er darauf, eine womöglich peinliche Frage zu stellen, und verwarf den Gedanken rasch wieder.

»Lasst mich einen Trinkspruch auf unsere Gäste ausbringen«, sagte Magnus.

Die Diener füllten die Weinkelche, und nach dem Trinkspruch wurden die Speisen aufgetragen. Yax, der neben Demetrius saß, aß nur wenig von dem üppigen Angebot vorzüglich schmeckender Köstlichkeiten. Er war unruhig und befangen und verstand kein Wort von der Unterhaltung, die ausschließlich auf Latein geführt wurde. Demetrius beantwortete an Yax gerichtete Fragen an dessen Stelle, während dieser sich darauf beschränkte, jedes Mal, wenn sein Name fiel, zu nicken und zu lächeln. Er war froh, als die Mahlzeit vorüber war und sie in ihr Gästehaus zurückkehren konnten.

»Das war ein äußerst lukrativer Abend«, sagte Demetrius, während er die Talglampe löschte. »Zwei weitere Aufträge von den Senatoren ... und der Feldherr bekundete ebenfalls Interesse.«

Am nächsten Morgen holte der Liktor sie wie versprochen mit dem Wagen ab. »Heute zeige ich euch die Sehenswürdigkeiten Roms ... übrigens habe ich mich erkundigt, es gibt heute Abend eine Vorstellung ... ich werde Sorge tragen, dass ihr rechtzeitig dort eintrefft.«

Als Erstes hielten sie am Forum Holitorium. »Dies ist der größte Viktualienmarkt Roms. Hier findet man Speisen aus dem gesamten Römischen Reich. Frachtschiffe bringen täglich Nachschub an frischen Früchten, Fleisch und Fisch. Selbst Kaiser Augustus lässt es sich nicht nehmen, hier seine Lieblingsfrüchte einzukaufen.«

»Hat er keine Furcht, sich unter all diese Menschen zu begeben?«

»Oh, er kommt nicht allein. Er ist stets in Begleitung der gesamten Prätorianergarde.«

Als Nächstes hielten sie vor dem Amphitheater, einem kühlen, wenig anziehend wirkenden Bau.

»Das Gebäude wurde vor über sechsunddreißig Jahren von Statilus Taurus errichtet. Es besteht ausschließlich aus Steinen aus den Steinbrüchen im Norden.«

»Werden hier auch blutige Kämpfe gezeigt, wie in El Gem?«

»O ja. Gladiatoren, Raubtiere und Feinde des Reiches, sie alle finden hinter diesen Mauern den Tod. Wollt ihr einen Blick hineinwerfen?«

Demetrius schauderte. »Fahren wir lieber weiter, ein solcher Ort übt wenig Anziehungskraft auf mich aus.«

»Was ist das für ein Ort?«, erkundigte sich Yax.

»Der wird dir gewiss nicht gefallen, mein Freund. Hier betrachtet man es als sportliches Ereignis, wenn Löwen Menschen zerfleischen.«

»Fidenae arbeitet zurzeit am Bau eines neuen Amphitheaters«, berichtete der Lictor, während er wieder die Pferde anspornte. »Es wird noch größer und soll ganz aus Holz bestehen. Wie es heißt, sollen einmal über fünfzigtausend Zuschauer Platz darin finden.«

Sie hatten nun beinahe das Ende ihrer Rundfahrt erreicht und kehrten zum Zentrum des Forums zurück, wo sie am Vortag angekommen waren. »Das da ist der Augustusbogen, und dort drüben liegt der Tempel des Castor.« Vor dem Tempel des Göttlichen Julius brachte der Lictor den Wagen kurz zum Stehen.

»Hier wurde der Leichnam Caesars verbrannt und begraben.«

Schließlich standen sie wieder vor der Basilika.

»Ich werde mich erkundigen, ob der Magistrat euch ins Theater begleiten möchte.«

Nach ein paar Minuten kehrte ihr Führer zurück. »Er lässt sein Bedauern ausrichten, aber er ist heute Abend beschäftigt.«

»Oh«, erwiderte Demetrius enttäuscht. »Dann gehen wir also allein ... wo sollen wir warten?«

»Es ist alles arrangiert. Ich werde euch hinbringen.«

Überrascht registrierten die beiden, dass ihr Führer sie wieder zu den Bädern geleitete.

»Der Magistrat hat euch einen privaten Raum reservieren lassen. Ihr könnt dort ein Bad nehmen, sofern ihr es wünscht, und seine Diener haben für Speisen und Getränke gesorgt.«

»Wirst du uns Gesellschaft leisten?«, fragte Demetrius, als sie aus dem Wagen stiegen.

»Nein, ich habe noch zu tun. Aber ich hole euch in zwei Stunden ab und fahre euch zum Theater.«

Nachdem sie gespeist und sich ausgeruht hatten, kehrte der Lictor mit einem der Senatoren zurück, die sie am Vorabend kennen gelernt hatten.

»Guten Abend Demetrius, ich bringe dir Information über das Stück und Karten für die Vorstellung, mit den besten Wünschen des Magistrats.«

»Vielen Dank, das ist sehr großzügig vom Magistrat. Darf ich dir einen Becher Wein anbieten?«

»Danke, nein. Ich muss zu einer Zusammenkunft des Senats. Genießt das Stück heute Abend. Wie ich hörte, handelt es sich um die moderne Version einer griechischen Komödie von Plautus. Es soll eins seiner besten Stücke sein. Der Titel lautet ›Bacchides‹.«

»Wir freuen uns schon auf die Vorstellung. Bitte überbringe dem Magistrat unseren Dank für seine Freundlichkeit und Großzügigkeit.«

»Das werde ich. Und ich kann es kaum erwarten, bald stolzer Besitzer eines deiner großartigen Tische zu sein.«

Demetrius und Yax waren beeindruckt von der Vorstellung. Zwar wurden auf dem Markt in Karthago des Öfteren Theaterstücke von fahrenden Schaustellergruppen aufgeführt, aber keines davon reichte auch nur annähernd an diese prunkvolle Darbietung heran. Leider befanden sich ihre Plätze nicht so nah an der Bühne, wie Demetrius es sich gewünscht hätte. Angesichts der stark geschminkten, kostümierten Darsteller, deren Stimmen durch die Begleitmusik noch verfälscht wurden, war es schwer zu beurteilen, ob Daphne sich unter ihnen befand oder nicht. Aber Demetrius genoss das Stück, da es reichlich Anlass zu Erheiterung bot. Yax dagegen begann sich nach einer halben

Stunde zu langweilen, da er der Handlung nicht folgen konnte und die Faszination des ersten Eindrucks inzwischen verblasst war.

Er war froh, als die Aufführung endlich zu Ende war und sie sich hinunter auf die Bühne begeben konnten, um Daphne zu suchen. Wie üblich mischten sich die Schauspieler nach der Darbietung für ein paar Minuten unter die Zuschauer. Daphne entdeckte ihren Vater zuerst.

»Vater ... Vater ... du bist hier! Und Yax auch ... was für eine Überraschung!« Sie fiel Demetrius um den Hals. »Seit wann seid ihr in Rom?«

»Erst seit gestern. Wir sind hier, um einen Tisch abzuliefern ... und um dich zu sehen.«

»Das Stück ... hast du mich gesehen, Vater?«

»Natürlich«, log er. »Du warst wunderbar.«

»Ich war eins der Sklavenmädchen an der Seite von Chrysalus ... es war natürlich nur eine kleine Rolle ... aber in der nächste Aufführung darf ich schon einen größeren Part übernehmen.«

»Du warst wundervoll, mein Kind. Ich bin sicher, dass du eines Tages die berühmteste Schauspielerin Roms sein wirst.«

Daphne lächelte und legte den Arm um Yax. »Und du? Hat dir das Stück auch gefallen?«

»Ja, Daphee ... aber ich habe die Worte nicht verstanden.«

»Wir werden unseren Unterricht bald fortsetzen.« Sie wandte sich wieder ihrem Vater zu. »Ich muss jetzt zurück zu den anderen Schauspielern. Aber morgen können wir den Tag zusammen verbringen.«

»Wir reisen morgen früh schon zurück nach Karthago. Wann kommst du das nächste Mal nach Hause?«

»Bald, Vater ... vielleicht in ein paar Monaten.«

Demetrius umarmte seine Tochter und küsste sie auf die Wange. »Ich werde die Tage zählen.«

Beim Verlassen des Theaters erwartete sie bereits ihr Fahrer mit dem Wagen.

»Ihr werdet in dieser Nacht in einem eigens für euch reservierten Raum in den Bädern übernachten. Morgen früh hole ich euch ab.«

Am nächsten Morgen, die Sonne erhellte gerade erst den östlichen Himmel, traf der Wagen ein, um sie zu ihrem Schiff zu bringen. So früh am Morgen war die Luft noch feucht und kühl, und während sie durch die verlassenen Straßen rollten, bereute Yax, dass er seinen bunten Mantel nicht mitgenommen hatte.

»Ihr werdet nicht in Ostia ablegen«, erklärte der Liktor. »Dieses Schiff ist kleiner als die Galeere, mit der ihr gekommen seid. Es wartet am Ufer des Tiber auf euch.«

»Oh!«, rief Demetrius mit gespielter Enttäuschung. »Dann reisen wir also diesmal ohne Marine-Eskorte?«

»Ganz recht ... es handelt sich um ein Fracht- und Passagierschiff ... ein Dreimaster. Damit legt ihr die Strecke in der Hälfte der Zeit zurück.«

»Das ist gut, wir sind beide nicht besonders seefest.«

Während sie den Tiber überquerten, machte ihr Begleiter sie noch auf eine letzte Sehenswürdigkeit aufmerksam.

»Dort drüben seht ihr, was noch von den Gärten des Caesar übrig ist. Allerdings wirken sie jetzt ziemlich vernachlässigt. Im Sommer sehen sie schöner aus, aber bis dahin ist noch eine Menge Arbeit nötig.«

»Rom ist wahrlich eine großartige Stadt. Ich werde mich noch lange an diesen Besuch und an deine freundliche Führung erinnern.«

»Nur gut, dass ich euch die Elendsviertel hinter den Stadtmauern nicht gezeigt habe. Die hätten euren Eindruck vermutlich arg getrübt.«

Vom Deck aus winkten sie ihrem Stadtführer und Fahrer

zum Abschied noch einmal zu, während das Schiff durch den Kanal auf die sanften Wellen der offenen See hinausglitt.

»Das, mein Freund, war Rom.«

Nach Verlassen des Schiffes im Hafen von Karthago mietete Demetrius ein Gefährt, das sie zum Markt brachte.

»Ihr seid früher zurück, als ich erwartet habe«, bemerkte Marcellus, als er ihnen das Pferd wieder übergab.

»Rom ist viel zu groß und betriebsam für unsereins. Natürlich war es ein unvergleichliches Erlebnis, und es gab viel zu sehen, aber wir sind beide froh, wieder daheim zu sein.«

»Hast du eine Aufführung deiner Tochter gesehen?«

»Ja, das Stück war großartig. Aber jetzt lass mich dich für die Pflege des Pferdes entlohnen.«

»Aber nein, Demetrius ... nur den Tisch ... du erinnerst dich doch?«

Auf dem Heimweg passierten sie eine Gruppe von Bäumen, die sich am Straßenrand reihten.

»Schau!«, rief Yax, »können wir kurz anhalten?«

Demetrius zog an den Zügeln. Yax sprang vom Wagen und rannte auf die Bäume zu. Um den Stamm eines ausladenden Lorbeerbaums waren einige Jungpflanzen ausgetrieben.

»Können wir den hier mitnehmen?«

Auf Demetrius' zustimmendes Nicken hin zog Yax die Pflanze vorsichtig aus dem Boden.

»Was hast du damit vor?«, erkundigte sich Demetrius, als sie ihre Fahrt fortsetzten.

Yax suchte einen Moment nach den richtigen Worten.

»Zu Hause in meinem Dorf ... wir pflanzen jungen Baum in die Erde ... er ist Haus für Seele. Wenn der Baum gut gedeiht ... Seele auch gut gedeiht.«

»Wessen Seele?«

»Daphee.«

Zu Hause angekommen, machte Demetrius sich daran, das Essen vorzubereiten, während Yax sich nach einem geeigneten Platz für seinen Baum umsah. Nach langem Überlegen entschied er sich schließlich für eine Stelle innerhalb des kleinen Hofes, die man vom Bad aus genau im Blickfeld hatte. Dort würde der Baum in den Genuss der warmen Morgensonne kommen, jedoch vor den sengenden Strahlen der Nachmittagssonne geschützt sein. Demetrius trat hinaus und begutachtete Yax' Werk, als dieser gerade die letzte Erde um den Stamm festklopfte.

»Jetzt musst du ihm noch Wasser geben.«

»Nein, ich gieße ihn nur, wenn der Mond am Himmel steht ... dann wird der Mondgott ihm Kraft geben.«

»Ich verstehe. Euer Mondgott muss der Gleiche sein wie unsere Göttin Luna. Sie alle werden von Jupiter beherrscht.«

Während Wochen und Monate verstrichen, verwandelte Yax sich allmählich in einen jungen Mann. Weder Demetrius noch er selbst waren sich dieser Wandlung wirklich bewusst, da sie einander täglich sahen und es keinen Spiegel im Haus gab. Doch längst schon hatte Yax sich aus dem dürren zwölfjährigen Kind, das die Sardinenfischer auf dem treibenden Floß gefunden hatten, in einen ansehnlichen jungen Mann verwandelt. Er war gewachsen, und sein Körper war geschmeidig und muskulös geworden. Sein Haar, das ihm fast bis auf die Schultern reichte, begann sich leicht zu wellen. Und auch seine Stimme war nicht mehr die eines Knaben, sondern hatte einen dunklen, wohltönenden Klang angenommen.

Wenn Yax sich der Veränderung, die mit ihm vorgegangen war, auch nicht bewusst war, so registrierte er sehr wohl, dass die Töchter der Händler auf dem Markt ihm inzwischen viel mehr Aufmerksamkeit schenkten als zuvor.

Anfangs begnügten sie sich noch damit, paarweise an Demetrius' Laden vorüberzuschlendern und Yax verstohlene Blicke zuzuwerfen, doch mit Fortschreiten des Sommers wagten sie sich unter dem Vorwand, die Tische zu begutachten, bereits herein.

Zuerst hielt Yax die Mädchen für Kundinnen und gab sich alle Mühe, ihnen die Verarbeitung der Tische zu erklären, aber da sie immer nur dann auftauchten, wenn Demetrius nicht anwesend war, wurde ihm allmählich klar, dass sie aus einem anderen Grund kamen. Nach und nach überwand er seine Schüchternheit und genoss ihre Besuche und die kleinen Neckereien. Und es dauerte nicht lange, bis auch Demetrius Wind davon bekam.

»Sind die Mädchen hier, um etwas zu kaufen oder um dich zu sehen?«

»Ich glaube, sie erkundigen sich für ihre Väter nach unseren Tischen«, erwiderte Yax verlegen.

»O ja«, erwiderte Demetrius lachend. »Ich bin überzeugt, sie kommen aus rein geschäftlichen Gründen.«

Im August reichte der Lorbeerbaum Yax bereits bis zur Schulter. Er hatte ihm den Namen Daphne gegeben. Jeden Abend, wenn er ihn wässerte, bat er den Mondgott, Daphne zu beschützen. Von Demetrius wusste er, dass Daphne nun bald eintreffen würde, und konnte es kaum erwarten, ihr ihren Namensvetter vorzustellen.

Am zehnten Tag des Monats segelte ihr Schiff in den Hafen ein. Yax erblickte es als Erster.

»Das ist das gleiche Boot, mit dem wir von Rom gekommen sind«, rief er aufgeregt.

»Ja, ich glaube, du hast Recht«, erwiderte Demetrius und beschattete die Augen mit der Hand.

Daphne war die Erste, die das Schiff verließ, kaum dass die Matrosen die Leinen am Kai befestigt hatten. Freudestrahlend flog sie ihrem Vater in die Arme und küsste ihn. Erst als sie einen Schritt zurücktrat und sich das Haar aus dem Gesicht strich, fiel ihr Blick auf Yax.

»Du liebe Güte ... du bist aber gewachsen, seit ich dich das letzte Mal in Rom sah«, rief sie überrascht aus, während ihr Blick prüfend über den jungen Mann glitt, der ihr nun gegenüberstand. »Sag, ist er nicht groß geworden, Vater?«

»Ja, Tochter, das ist wohl wahr«, bestätigte Demetrius mit kaum verhohlener Reserviertheit.

»Ich freue mich, dass du wieder da bist, Daphee.«

Dieses Mal bestand Daphne darauf, dass Yax auf der Heimfahrt vorn auf dem Wagen saß. »Weshalb soll er denn hinten sitzen?«, fragte sie schmollend. »Vorn ist doch genügend Platz.«

Demetrius zuckte gleichgültig mit den Schultern, und Yax kletterte auf den Sitz neben Daphne, die in der Mitte saß. Die Straße war holprig wie eh und je, und jedes Mal wenn sie ein Schlagloch durchquerten, prallten ihre Körper gegeneinander. Yax nahm den zarten Duft ihres Parfüms und den sanften Druck ihrer Hüften wahr, während Daphne vorgab, nichts zu bemerken, angeregt mit ihrem Vater plauderte und Yax völlig ignorierte. Ein eigentümliches, bis dahin unbekanntes Gefühl der Erregung ergriff von Yax Besitz, das ihm zwar keineswegs unangenehm war, ihn jedoch veranlasste, während der gesamten Fahrt zu schweigen. Daphne dagegen plauderte, lachte ihr melodisches Lachen und schien seine Anwesenheit vollkommen vergessen zu haben.

Nachdem sie in den Hof eingerollt waren, sprang Yax vom Wagen, um das Pferd auszuspannen. Daphne hielt ihn zurück. »Yax, hilf mir hinunter«, flüsterte sie ihm zu. Als sie sich vorbeugte, drohte sie ihr Gleichgewicht zu verlieren, und Yax blieb nichts anderes übrig, als sie mit beiden Armen aufzufangen. Ihre Körper berührten sich einen Sekundenbruchteil, und Yax spürte, wie ein Gefühl der Hitze ihn durchflutete.

»Danke«, murmelte sie, »beinahe wäre ich gefallen.«

Demetrius, der sich auf der anderen Seite des Wagens zu schaffen machte, hatte den kleinen Zwischenfall nicht bemerkt.

»Soll ich dir vor dem Essen ein heißes Bad bereiten?«

»Nein, danke, Vater. Ich nehme lieber ein Bad vor dem Zubettgehen.«

Als Yax aus dem Stall trat, wo er das Pferd versorgt hatte, wartete Demetrius auf ihn.

»Willst du Daphne jetzt den Baum zeigen?«

»Ja«, erwiderte Yax aufgeregt.

»Daphne, bevor du ins Haus gehst, möchte Yax dir gern etwas zeigen.«

»Was ist es denn, Vater?«

Gemeinsam führten sie Daphne um das Haus herum in den kleinen Hof. Vor dem jungen Baum blieben sie stehen.

»Den Baum?«, fragte sie.

»Ja, er hat einen Namen. Sag du es ihr, Yax.«

»Er heißt Daphee.«

»Ich werde es dir erklären«, sagte Demetrius und ergriff die Hand seiner Tochter. »Es ist ein Lorbeerbaum ... dein Namensvetter. In Yax' Heimatdorf gibt es einen Brauch. Man pflanzt einen Baum für eine bestimmte Person und bittet die Göttin Luna, die in dem Baum wohnende Seele der betreffenden Person zu beschützen. In dem Maße, in dem der Baum wächst und gedeiht, gedeiht auch die Seele des Menschen und genießt den Schutz der Göttin. In diesem Fall also deine Seele.«

»Das ist ein wundervoller Brauch«, rief sie entzückt und ließ sich vor dem Bäumchen auf die Knie sinken. »Ich danke dir, Yax.«

Yax errötetete verlegen.

»Ich werde dir ein besonderes Willkommensessen zubereiten«, sagte Demetrius, »... und du, Yax, bitte reib das Pferd noch ab, die Straße war heute besonders staubig.«

Demetrius wandte sich ab und steuerte auf das Haus zu. Yax

nickte und wollte gerade wieder im Stall verschwinden, als Daphne ihn zurückhielt. »Yax, warte einen Augenblick, ich möchte dir danken.«

Sie schlang ihre Arme um ihn, und er fühlte den Druck ihrer festen Brüste. Als sie sich auf die Zehenspitzen stellte, um ihn zu küssen, glitt ihr Körper leicht aufwärts und durch das dünne Material des Gewandes spürte er, wie ihre Brustwarzen sich sanft an ihm rieben. Er taumelte ein wenig. Bei dem Versuch, das Gleichgewicht nicht zu verlieren, geriet sein Bein versehentlich zwischen die ihren, und sie hielt es mit ihren Schenkeln fest, während sie ihre vollen Lippen auf seinen Mund presste.

Yax wurde es heiß, und sein Puls dröhnte in seinen Ohren. Er empfand die gleiche angenehme Erregung wie schon zuvor auf dem Wagen, nur noch stärker. Ehe er sich versah, lief Daphne schon auf das Haus zu und ließ Yax benommen neben dem Baum zurück. Mit unsicheren Schritten begab er sich in den Stall und machte sich daran, das Pferd abzureiben, doch in Gedanken war er nicht bei der Sache. Er liebte Daphne schon lange, aber jetzt schien diese Liebe außer Kontrolle zu geraten. Anstatt sie wie bisher aus der Ferne zu verehren, spürte er auf einmal das brennende Verlangen, ihren Körper zu fühlen.

Gemeinsam, wie eine Familie, nahmen sie an diesem Abend die Mahlzeit ein, doch Yax stocherte nur auf seinem Teller herum.

»Bist du gar nicht hungrig heute?«, wunderte sich Demetrius. »Du hast doch viel gearbeitet.«

»Ich fühle mich nicht ganz wohl«, erwiderte Yax.

»Das muss die Aufregung über deine Rückkehr sein«, bemerkte Demetrius zu Daphne gewandt. »Das Essen ist doch gut, oder?«

»Ja, Vater, es ist vorzüglich.«

»Vielleicht solltest du einen Becher Wein trinken«, schlug

Demetrius vor, der seinen eigenen Becher gerade zum vierten Mal füllte.

»Nein, ich werde zu Bett gehen«, seufzte Yax.

Einige Zeit später erwachte Yax vom Mondlicht, das durchs Fenster fiel. Er richtete sich verschlafen auf.

»Oh, der Baum«, murmelte er, »ich habe vergessen, ihn zu gießen.« Benommen stieg er aus dem Bett. »Ich muss Wasser holen.«

Im Haus war Daphne damit beschäftigt, ihrem Vater, der nach acht Bechern Wein ein Stadium seliger Trunkenheit erreicht hatte, ins Bett zu helfen. Sie hielt es für angebracht, solange er noch gehen konnte. Als Demetrius wohlbehalten im Bett lag, deckte sie ihn zu und küsste ihn auf die Wange. Kaum dass sein Kopf das Kissen berührt hatte, begann er auch schon zu schnarchen.

Daphne begab sich in den Baderaum. Sie steckte einen Zeh ins Wasser und stellte erfreut fest, dass das Wasser immer noch warm war. Es war eine gute Idee gewesen, das Bad bis vor dem Zubettgehen aufzuschieben. Sie gab ihren Lieblingsduft hinzu, Eukalyptusessenz, streifte ihr Gewand ab und ließ sich in das duftende, schäumende Nass gleiten.

In der Zwischenzeit hatte Yax einen Eimer Wasser aus dem Brunnen geholt und trottete ums Haus, um sein allabendliches Ritual zu vollziehen. Er wunderte sich, dass noch Licht durch den Torbogen fiel, der zum Bad führte. Beim Näherkommen hörte er leises Geplätscher. Hinter dem kleinen Baum, der seine Gestalt kaum verbarg, blieb Yax stehen und spähte ins Haus hinein.

Sein Puls raste, als er Daphnes vollkommene, nackte Gestalt erblickte. Das lange schwarze Haar floß ihren Rücken hinab, und einzelne nasse Strähnen klebten auf ihrer Brust. Yax sog überrascht die Luft ein und gab einen Laut von sich, während er Halt an dem schmalen Stamm des Bäumchens suchte.

Daphne drehte sich langsam um und blickte in seine Richtung.

»Yax, bist du da draußen?«

Er stand wie angewurzelt, unfähig sich zu rühren.

»Yax, komm herein. Komm zu mir ins Wasser.«

Er stolperte vorwärts und stieß dabei den Wassereimer um. Daphne ließ ihr melodisches Lachen ertönen.

»Komm schon, hab keine Angst ... mein Vater ist betrunken und schläft.«

Zögernd näherte er sich dem Rand des Beckens.

»Komm, steig ins Wasser.«

Er streifte seine Kleider ab und stieg zu ihr in das Becken, wobei er sich leicht seitwärts hielt, um seine wachsende Erregung vor ihr zu verbergen. Daphne kam auf ihn zu, ergriff seine Hand und legte sie sich auf die Brust. Ihre andere Hand glitt unter Wasser und umfasste mit sanften Fingern sein Geschlecht.

Er stöhnte überrascht auf.

Langsam zog sie ihn zu sich heran, wobei sie mit den Fingern einen wunderbaren, zärtlichen Druck ausübte. Sie waren kurz davor, sich zu vereinigen, als ein zorniger Aufschrei sie auseinander fahren ließ. Demetrius, immer noch betrunken, stolperte in den Raum.

»Was geht hier vor sich?«, brüllte er.

Alles Verlangen wich aus Yax, und Daphnes Gesicht wurde weiß, während ihre Augen sich angstvoll weiteten.

»Vater! Wir haben nur ...«

»Schweig! Glaubst du, ich sehe nicht, was sich hier abspielt?«

Yax kletterte verstört aus dem Becken und wollte eben nach seinen Kleidern greifen, um damit seine Blöße zu bedecken, als Demetrius' Gürtel erbarmungslos über seinen Rücken zischte.

Tiberius Claudius

Während die Seeleute die Taue verzurrten, ging Tiberius über die Anlegebrücke von Bord.

Es war ein herrlicher Vormittag. Die Sonne strahlte vom klaren, blauen Himmel; der Nebel, der die Bucht von Karthago gewöhnlich in den Morgenstunden einhüllte, hatte sich bereits aufs Meer zurückgezogen. Obgleich der Feldherr seine Uniform trug und von einem Zenturio und fünf Legionären begleitet wurde, war er nicht in Belangen des Heeres unterwegs. Dieser Besuch in Karthago war eine private Einkaufsreise, und die Soldaten dienten ihm als Leibwache.

Die örtliche Verwaltung hatte ihm einen Planwagen sowie drei Streitkarossen zur Verfügung gestellt, die am Pier bereitstanden. Nach dem üblichen Austausch von Begrüßungsfloskeln erkundigte sich der Kutscher: »Wohin beliebst du als Erstes zu fahren, Herr?«

»Zum Markt ... zu jenem, wo der Zimmermann Demetrius seine viel gerühmten Tische zum Kauf anbietet.«

»Jawohl, Feldherr, ich kenne ihn. Er liegt auf der anderen Seite Karthagos, in der Nähe des Sklavenmarktes.«

Er schnalzte laut mit der Zunge, und die Pferde setzten sich in Bewegung. Die drei Streitwagen folgten ihnen hintereinander.

»Wenn ich mir die Bemerkung erlauben darf, mein Feldherr ... ich habe einen dieser Tische gesehen ... eine wirklich erstklassige Arbeit. Sein junger Gehilfe, ein Sklave, soviel ich weiß, führt die Schnitzarbeiten aus.«

»Ja«, antwortete Tiberius, »ich habe die beiden kennen gelernt. Es sind brave Leute, und ihre Arbeit ist einzigartig.«

Auf dem Marktplatz wimmelte es wie immer von Menschen. Sie mussten mehrmals anhalten, um Fußgänger passieren zu lassen, bevor sie endlich den Stand des Zimmermanns erreichten. Doch allem Anschein nach war er geschlossen. Die Fensterläden waren heruntergelassen, die Markisen zurückgebunden, und im Gegensatz zu allen anderen Marktständen, an denen sich die Käufer drängten, war dieser verlassen.

»Zenturio, schick einen deiner Männer los, und erkundige dich bei den anderen Händlern«, befahl Tiberius mit einem enttäuschten Seufzer.

Nach wenigen Minuten kehrte der Soldat mit Marcellus zurück, der den Laden neben Demetrius führte.

»Es tut mir Leid, Feldherr, aber der Zimmermann Demetrius ist heute nicht erschienen.«

»Wird er noch kommen?«

»Ich fürchte nein, Herr. Seine Tochter weilt zu Besuch aus Rom hier. Vermutlich hält er sich in seinem Haus auf. Dort ist auch seine Werkstatt.«

Tiberius wandte sich an seinen Kutscher.

»Kennst du den Weg?«

»Ja, Feldherr. Ich war bereits einmal dort und habe Anweisungen bezüglich der Lieferung des Tisches für den Magistrat Claudius Magnus ausgerichtet.«

»Sehr gut. Dann fahren wir also zur Werkstatt hinaus.«

Marcellus trat zurück und winkte, während der Wagen umdrehte und, gefolgt von den Soldaten, langsam den Marktplatz verließ.

»Wie weit ist es bis zu seinem Haus?«, fragte Tiberius.

»Wir werden in einer Stunde dort sein, Feldherr.«

Als sie die Randgebiete Karthagos erreicht hatten, wandte der Kutscher sich zu Tiberius um.

»Hast du den Zimmermann schon einmal getroffen, Feldherr?«

»Ja, kurz, bei einem Abendessen. Den Jungen fand ich äußerst interessant. Er hat bemerkenswertes Talent und kommt aus einem unbekannten Land. Nicht einmal Demetrius weiß, wo es liegt.«

»Erlaubst du, dass ich dir erzähle, was ich über den jungen Holzschnitzer weiß?«

»Gern, ich bitte darum.«

»Er traf vor etwa drei oder vier Jahren hier ein ... als ... ich bin mir nicht mehr ganz sicher, aber ich glaube, er kam mit einer Sklavenkarawane aus Azamor. Demetrius hat ihn gekauft, weil er einen Gehilfen in der Werkstatt brauchte. Es begann damit, dass der Junge Schnitzereien von den Göttern seiner fernen Heimat anfertigte ... als sie diese Motive in den Tischbeinen verarbeiteten, verbreitete ihr Ruf sich in Windeseile. Selbst der Tribun Gallienus erstand letztes Jahr ein kleines Exemplar.«

Tiberius lachte in sich hinein. »Ich wusste doch, dass ich den Jungen schon mal gesehen hatte!«

»Verzeihung, Feldherr, hast du etwas gesagt?«

»Nein, nein, ich habe nur laut gedacht«, erwiderte Tiberius. Leise zu sich selbst murmelnd, fügte er hinzu: »Nur gut, dass Sejanus keine Ahnung davon hat.« Er schlug sich mit der Hand auf die Knie und lachte erneut, als er sich an die kleine Episode damals in der Wüste erinnerte. Obgleich es niemals einen offiziellen Bericht darüber gegeben hatte, war ihm die Geschichte mit den durchgehenden Kamelen Monate später zu Ohren gekommen, und er hatte damals beschlossen, ein wachsames Auge auf Aelius Sejanus zu halten.

Den Rest der Strecke legten sie schweigend zurück. Die Stille wurde lediglich von einem gelegentlichen Auflachen Tiberius' unterbrochen, der offensichtlich seinen eigenen Gedanken nachhing. Als plötzlich, einer Oase gleich, das Haus auf dem Hügel vor ihnen auftauchte, deutete einer der Soldaten mit dem Finger darauf. »Dort liegt unser Ziel, Feldherr.«

In einer Wolke aus Staub brachten die Soldaten auf Demetrius' Hof die Pferde zum Stehen. Der Zenturio stieg vom Wagen. »Wir sind gekommen, Demetrius, den Zimmermann aufzusuchen!«, rief er in Richtung des Hauses.

Nachdem sie eine Weile unverrichteter Dinge gewartet hatten, ging der Soldat auf das Haus zu und klopfte an die Tür. Erst nach geraumer Zeit öffnete sich die Tür, und die korpulente, ramponiert wirkende Gestalt eines Mannes blickte ihnen mit blutunterlaufenen Augen entgegen.

»Ich bin Demetrius ... was willst du?«

Tiberius musterte mit verwundert erhobenen Brauen den Mann, der entweder betrunken war oder noch unter den Nachwirkungen eines Weingelages litt.

»Bist du der Handwerker, den ich in Rom kennen lernte ... der die herrlichen Tische fertigt, die im ganzen Reich gerühmt werden?«

»Nicht mehr, Soldat Roms.«

Der Zenturio trat vor und legte die Hand drohend auf den Griff seines Schwertes.

»Begegne dem Feldherrn mit dem gebührenden Respekt, Plebejer, oder ich helfe deiner Zunge nach.«

Tiberius beruhigte ihn mit einer Handbewegung.

»Wo ist dein junger Holzschnitzer?«

Demetrius tat einen zögernden Schritt nach vorn und holte tief Luft.

»Ich habe ihn eingesperrt, den betrügerischen ausländischen Verführer ... im Stall ... und heute werde ich ihn auf dem Sklavenmarkt in Karthago verkaufen«, verkündete er stockend.

Tiberius sprang vom Wagen und schritt auf Demetrius zu.

»Erkläre dich! Weshalb sagst du solche Dinge?«

Demetrius ließ sich auf die Knie sinken und hämmerte, unkontrolliert schluchzend, mit der Faust auf den staubigen Boden. Tiberius trat zu ihm und legte ihm die Hand auf die Schulter.

»Hör auf mit dem Gejammer und gib mir eine Erklärung!«

Demetrius blickte mit tränenerfüllten Augen zu ihm auf. »Er hat Schande über mein Haus gebracht. Ich will ihn hier nicht länger haben.«

»Lass den Jungen aus dem Stall holen«, befahl Tiberius dem Zenturio. Zwei Soldaten entfernten den Querbalken, der die Tür zum Stall verriegelte. Beide stießen einen Laut der Überraschung aus, als sie die Tür öffneten und hineinblickten.

»Feldherr, das solltest du dir selbst ansehen«, sagten die Soldaten, als sie die zusammengekrümmte, blutüberströmte Gestalt auf dem Boden liegen sahen.

»Er scheint tot zu sein.«

Der Soldat legte seine Hand an Yax' Hals und fühlte seinen Puls. »Nein, Feldherr, er lebt noch.«

Tiberius eilte in den dunklen Stall. »Zenturio, du hast medizinische Erfahrung ... sieh nach, ob du hier etwas ausrichten kannst.«

Der Zenturio verschaffte sich einen kurzen Überblick und wandte sich dann an die anderen Soldaten draußen im Hof: »Bringt mir heißes Wasser, ein paar Laken ... und reißt ein paar Stoffbahnen zurecht, damit ich sie als Verbände benutzen kann.« An Tiberius gewandt, fügte er hinzu: »Ich muss zuerst die Wunden reinigen. Dann stelle ich fest, ob er Knochenbrüche davongetragen hat.«

»Man sollte ihn besser nicht bewegen«, warnte Tiberius.

Der Zenturio beugte sich über Yax und legte sein Ohr auf dessen blutverkrusteten Rücken. »Ich kann seinen Herzschlag hören ... schwach, aber regelmäßig.«

Einer der Soldaten kehrte mit einem Eimer Wasser zurück. »Es gibt kein heißes Wasser, aber der Eimer hier hat in der Sonne gestanden und ist lauwarm.«

Ein anderer Soldat hatte ein Laken aufgetrieben.

»Das wird für den Augenblick genügen. Geht und fragt den Alten, ob er einen Eimer Fett hat ... irgendwo muss so etwas sein.«

Nach einer Stunde hatten sie das getrocknete Blut abgetupft, die Striemen mit Fett eingerieben und Yax' Oberkörper mit den Stofffetzen verbunden.

»Arme und Beine scheinen heil zu sein, aber auf der Brust, wo er getreten wurde, haben sich Blutergüsse gebildet, und wahrscheinlich sind ein paar Rippen gebrochen. Ein Auge ist geschwollen, und möglicherweise ist die Nase gebrochen«, fügte der Zenturio hinzu.

»Du hast dein Bestes getan«, lobte ihn Tiberius.

Yax hatte auf die Bemühungen seiner Retter mit gemurmelten Worten in seiner Maya-Sprache reagiert und ihnen dadurch Hoffnung gemacht.

»Und jetzt zu dem Alten«, sagte Tiberius, während er sich wieder aufrichtete und seine Tunika abklopfte.

Demetrius hatte sich während der vergangenen Stunde vorsichtig im Hintergrund gehalten und abgewartet, an die Wand seines Hauses gelehnt.

Tiberius zog sein Schwert und richtete es auf Demetrius' fetten Bauch. »Kein Magistrat in Rom würde mich verurteilen, wenn ich mein Schwert in deinen widerlichen Wanst stoße.«

Demetrius glitt zu Boden und streckte flehend die Arme aus.

»Bitte, verschone mich, Feldherr ... ich hatte guten Grund, meinen Sklaven zu züchtigen.«

»Schweig! Deine Gründe interessieren mich nicht. Du hast einem begabten Künstler schlimmen Schaden zugefügt. Allein der Gnade Jupiters hast du es zu verdanken, dass ich zögere, deinem jämmerlichen Leben ein Ende zu setzen. Wie viel hast du für den Jungen bezahlt?«

»Ich ... tausend Sesterzen.«

»Ich bezweifle, dass du die Wahrheit sagst. In seinem jetzigen Zustand würde er dir jedenfalls nicht einmal hundert einbringen.«

Tiberius löste den Geldbeutel, der an seinem Gürtel hing, und warf dem zu Kreuze kriechenden Zimmermann ein paar Münzen vor die Füße.

»Das sind vierhundert. Betrachte seine Schuld an dir als getilgt. Und solltest du dich jemals in Rom blicken lassen, sorge ich dafür, dass man dich den Löwen vorwirft.«

Tiberius drehte sich auf dem Absatz um und ließ sein Schwert zurück in die Scheide gleiten.

»Zenturio, lass die Soldaten den Jungen in den Wagen legen ... aber vorsichtig, und deckt ihn zu. Verschwinden wir von hier, bevor ich meine Meinung ändere und diese Kreatur erschlage.«

Er drehte sich noch einmal um, setzte seine Fußspitze auf Demetrius' Schulter und stieß ihn rückwärts in den Staub. Anschließend kletterte Tiberius zu Yax auf den Wagen.

»Ich fahre hinten bei dem Jungen mit. Fahr langsam und versuch den Schlaglöchern auszuweichen«, wies er den Kutscher an.

»Jawohl, Feldherr«, antwortete der Mann.

Yax sah von seinem Lager zu Tiberius auf. »Danke«, flüsterte er auf Griechisch. Er hatte Tiberius' zornige Stimme und Demetrius' flehentliches Wimmern weitgehend mitbekommen. Da Latein gesprochen wurde, konnte er nur ahnen, was sich abgespielt hatte. Als der Wagen sich auf der holprigen Straße in Bewegung setzte, drohte er erneut in Bewusstlosigkeit zu versinken.

Yax versuchte sich die Ereignisse des vergangenen Abends ins Gedächtnis zurückzurufen, doch sein ganzer Körper schmerzte, und es fiel ihm schwer, einen klaren Gedanken zu fassen. Er entsann sich, dass er zu Daphne in das Wasserbecken gestiegen war – die Empfindung dieses Augenblickes würde für immer unauslöschlich bleiben –, doch an die Schläge mit Demetrius' Gürtel konnte er sich nur verschwommen entsinnen.

Als der Wagen durch ein Loch rollte, schrie er gequält auf.

»Achte auf die Straße!«, rief Tiberius dem Kutscher ungehalten zu.

»Tut mir Leid, Herr, ich habe nur versucht, ein tieferes Loch zu umfahren.«

Tiberius drückte Yax ein feuchtes Tuch auf die Stirn.

»Bald sind wir in Karthago«, tröstete er ihn auf Griechisch, da er inzwischen bemerkt hatte, dass der Junge kein Latein verstand. »Dort wirst du dich auf einem bequemeren Lager erholen können. Weißt du, wer ich bin?«

Yax nickte. Und ob er es wusste ... es war derselbe Soldat, der ihn in der Wüste vor dem sicheren Tod gerettet und der in Rom am Abendessen des Magistrats teilgenommen hatte.

»Ja, du bist ein Feldherr des römischen Heeres.«

Tiberius lächelte. »So ist es. Ich habe dich Demetrius abgekauft. Von heute an stehst du unter meinem Schutz. Es dauert zwanzig Jahre, bis man zum Bürger Roms wird, aber dich werde ich in fünf Jahren zu einem freien Mann machen.«

Yax verstand nur einen Teil der Worte, aber er lächelte und schloss die Augen. Das stetige Schaukeln des Wagens wiegte ihn in den dringend nötigen Erholungsschlaf.

In Karthago steuerte der Wagen auf direktem Weg den Hafen an, wo das Schiff des Feldherrn noch vor Anker lag. Yax wurde mit einer Tragbahre an Bord gebracht und in der Kabine des Kapitäns einquartiert.

»Wir sind noch nicht bereit zum Ablegen, Feldherr«, meldete der Kapitän. »Ein paar Männer haben Landurlaub genommen. Wir dachten, dass wir hier einige Tage vor Anker liegen.«

»Ich habe meine Pläne geändert. Wir müssen uns beeilen und

diesen Jungen nach Rom bringen, damit er medizinische Hilfe bekommt.«

»Ich werde sofort nach den Männern schicken lassen.«

»Wenn sie in einer Stunde nicht an Bord sind, segeln wir ohne sie«, verkündete Tiberius.

»Wie du befiehlst, Feldherr.«

»Lass zuerst den stärksten Wein bringen, den wir an Bord haben. Der Junge hat Schmerzen ... und für mich auch einen Becher. Nach den Ereignissen dieses Tages können wir beide eine Stärkung gebrauchen.«

Die Seeleute wurden in einem örtlichen Bordell ausfindig gemacht, und nachdem alle wieder an Bord waren, konnte das Schiff noch vor der festgesetzten Zeit ablegen.

Ein sternklarer Himmel wölbte sich über der Hauptstadt des Römischen Reiches, als das Schiff die Mündung des Tiber passierte. Die Schönheit des Anblicks blieb Yax jedoch verwehrt, da er inzwischen wieder bewusstlos war. Ein einsamer Posten hielt am Pier Wache; sein Wagen wurde kurzerhand von Tiberius beschlagnahmt.

»Ich benötige dieses Gefährt, Soldat ... wenn ich das Hauptlager erreicht habe, lasse ich es zurückbringen.«

Dann wandte er sich an den Zenturio und dessen Männer, die ihn auf der Reise begleitet hatten. »Es ist nicht nötig, dass du mit den Männern marschierst ... ich schicke dir einen Wagen.«

»Habt Dank, Feldherr«, erwiderte der Zenturio und salutierte sichtlich erleichtert.

Man platzierte Yax' Tragbahre so in der Mitte des Wagens, dass Tiberius sich über ihn stellen konnte, jeweils ein Bein rechts und links des Körpers.

Die beiden Posten, die das Tor zum Hauptlager bewachten, blickten sich verständnislos an, als sie das donnernde Hufgetrappel vernahmen und kurz darauf der Wagenlenker so heftig an den Zügeln riss, dass die beiden Pferde sich wiehernd aufbäumten und die Karosse abrupt vor ihnen zum Stehen kam.

»Nun öffnet schon das Tor, ihr Narren ... ich habe keine Zeit zu verlieren.«

Während er durchs Tor rollte, rief Tiberius dem Posten, der ihm am nächsten stand, zu: »Schick den Feldarzt ins Lazarett, und beeile dich!«

Yax, der während der wilden Fahrt über das Kopfsteinpflaster vor Schmerz die Zähne zusammengebissen hatte, seufzte erleichtert auf, als der Wagen vor dem Lazarett zum Stehen kam.

Tiberius half Yax auf die Beine und führte ihn durch den Eingang zur nächststehenden Liege.

»Leg dich hin und ruh dich aus. Der Arzt wird gleich hier sein.«

Dieser war wenig erbaut über die nächtliche Störung. »Ich hoffe nur, dass es sich um etwas Wichtiges handelt,« schimpfte er.

»Bestimmt, denn der Befehl erging vom Feldherrn Tiberius.«

Der Arzt verstummte augenblicklich und machte sich eilig auf den Weg zum Lazarett.

»Feldherr ... was für eine freudige Überraschung, dich hier zu sehen ... und so früh am Tag.«

»Dieser Junge befindet sich in meiner Obhut. Er wurde übel zugerichtet und benötigt deine Hilfe.«

Der Arzt kniete neben Yax nieder und fühlte seinen Puls.

»Der Puls ist stabil, Feldherr.«

»Das sollte er auch. Ich gab ihm Wein, um den Schmerz zu betäuben, während wir von Karthago hierher segelten.«

Der Arzt legte Yax die Hand auf die Stirn.

»Er hat Fieber. Du hast ihn sehr fest einwickeln lassen. Ist er verwundet?«

»Ja, er hat mehrere Wunden auf dem Rücken.«

Jetzt wandte der Arzt sich direkt an Yax. »Hast du Schmerzen?«

»Er spricht nur Griechisch ... ja, er hat Schmerzen.«

In diesem Augenblick eilte der Kommandant der Truppe in den Raum. »Ich bin untröstlich, Feldherr, ich hörte gerade erst von deiner Anwesenheit ... wie lauten deine Befehle?«

»Deine Wachen am Tor waren beinahe eingeschlafen. Du solltest ihnen eine Sonderschicht auferlegen. Schick einen Wagen für meinen Zenturio zum Hafen ... ach ja, und sorg dafür, dass jemand dem Posten dort die Karosse zurückbringt.«

Der Befehlshaber schluckte nervös, während er salutierte.

»Jawohl, Feldherr. Hast du sonst noch Befehle?«

»Ja. Einer von deinen Leuten soll mich nach Hause fahren.«

Bevor er aufbrach, beugte Tiberius sich noch einmal zu Yax hinab. »Du bleibst hier in der Obhut des Arztes und ruhst dich aus. Ich komme zurück, wenn du wieder gesund bist.«

Yax versuchte sich aufzurichten, sank jedoch mit schmerzverzerrtem Gesicht auf sein Lager zurück. »Danke, Feldherr«, flüsterte er.

Yax verbrachte zwei Wochen im Lazarett des Hauptlagers. Nach der ersten Woche durfte er aufstehen und herumlaufen. Sein Rücken war weitgehend verheilt, nur in der Brust verspürte er noch Schmerzen.

»Links sind zwei Rippen verletzt, aber nicht gebrochen«, erklärte ihm der Arzt, während seine Finger die noch empfindliche Haut abtasteten. »Dein Auge sieht schon besser aus, nur was deine Nase betrifft, kann ich nicht viel machen ... sie ist gebrochen und wird dein Leben lang ein wenig krumm bleiben.«

Yax nickte. »Sie tut weh.«

»Auch das wird noch eine Weile so bleiben.«

In der zweiten Woche durfte Yax auf dem Gelände herumgehen, und die warmen Sonnenstrahlen trugen dazu bei, dass es ihm bald besser ging.

»Der Feldherr übersendet dir Grüße und bedauert, dass er dich im Augenblick nicht besuchen kann, aber ich schicke ihm täglich einen Bericht über deine Fortschritte«, erklärte der Arzt.

Yax lächelte und nickte.

»Verstehst du eigentlich, was ich sage?«, fragte der Arzt. »Du sprichst nicht sehr viel, und mein Griechisch ist nicht besonders gut.«

»Ich verstehe«, antwortete Yax. »Daphee ... sie hat mich ein paar Worte gelehrt.«

»Verstehst du das Wort ›Krieg‹?«

»Ja, in meinem Dorf gab es Krieg ... viele Leute gestorben.«

»Nun, in Rom herrscht ebenfalls Krieg ... die Armee befindet sich im Norden, im Kampf gegen die Cherusker, und der Feldherr ist sehr beschäftigt. Aber er wird bald nach dir sehen.«

Yax nickte verständnisvoll. »Feldherr beschäftigt mit Krieg.«

Fünf Tage später erschien Tiberius im Hauptlager. »Yax, mein Freund, jetzt wirst du mich in meine Villa begleiten.«

Während sie durch die Straßen ritten, blickte Yax den Feldherrn forschend an. »Arzt erzählen, du führen Krieg?«

»Ja«, seufzte Tiberius, »und ich fürchte, die Dinge stehen nicht besonders gut.«

»Viele Menschen sterben?«

»Ja, viele Menschen sterben.«

Yax klammerte sich an der Seitenwand des Wagens fest, während sie den letzten Hügel hinauffuhren, der zu Tiberius' Villa führte. Als sie in den Vorhof rollten, salutierten die Soldaten, die ihnen in diskretem Abstand gefolgt waren, wendeten ihre Streitwagen und kehrten zum Hauptlager zurück. Tiberius' Villa unterschied sich nicht wesentlich von der des Magistrats, die Yax von seinem ersten Aufenthalt in Rom kannte. Nur standen hier bewaffnete Posten vor dem Tor und hielten Wache. Sie stiegen vom Wagen. Ein weiterer Soldat erschien und übernahm das Pferd.

»Willkommen in deinem neuen Zuhause, junger Freund.«

Tiberius führte Yax zu einem Gebäude, das offenbar soeben

erst fertig gestellt worden war, da noch Mörtel und Steine auf dem Gelände lagen.

»Das habe ich eigens für dich bauen lassen«, erklärte Tiberius, während er Yax ins Innere des Hauses schob, das beinahe eine genaue Nachbildung von Demetrius' Werkstatt darstellte, mit angrenzendem Schlafraum und einer hölzernen Werkbank, auf der sämtliche Schreinerwerkzeuge lagen. Yax' Augen weiteten sich vor Überraschung.

»Ich kann hier weiter Tische bauen?«, fragte er staunend.

»So ist es«, erwiderte Tiberius stolz, »du führst dein eigenes Geschäft und kannst deine künstlerische Arbeit fortsetzen.«

Sprachlos ging Yax zu der Werkbank und betrachtete die Ansammlung der Geräte. Er drehte sich um und wollte seinem Wohltäter danken, als ein weiterer Mann die Werkstatt betrat.

»Drusus ... ich möchte dir einen großartigen jungen Künstler vorstellen.«

Yax' Blick fiel auf den Soldaten, der die gleiche Uniform trug wie Tiberius.

»Drusus, das ist Yax, ein begnadeter Schreiner und Holzschnitzer.«

Drusus streckte ihm lächelnd die Hand entgegen.

»Yax, das ist mein Bruder Drusus. Er ist ebenfalls Feldherr in der Armee.«

»Freut mich, dich kennen zu lernen«, sagte Drusus. »Leider beherrsche ich die griechische Sprache nicht so perfekt wie mein Bruder.«

Yax schüttelte die dargebotene Hand und verbeugte sich. »Ich verstehe dich sehr gut. Es ist mein Griechisch, das zu wünschen übrig lässt.«

»Du solltest einen Lehrer einstellen, Tiberius, der dem jungen Mann Latein beibringt«, meinte Drusus.

»Du hast Recht. Wenn er in Rom lebt, muss er unsere Sprache sprechen. Gibt es Neuigkeiten aus dem Krieg?«

»Ja, und leider keine sehr guten. Wir haben viele Männer durch diese Barbaren verloren. Die Katapulte müssen dringend repariert werden, und fähige Arbeiter sind schwer zu finden.«

»Wann wirst du an die Front zurückkehren?«

»Ich breche in zwei Tagen auf ... mit weiteren fünftausend Soldaten, allerdings nur mit zehn Zimmerleuten.«

Die beiden Männer schwiegen einen Augenblick und dachten über die verfahrene Situation nach.

»Wie trägt es Antonia, dass du in die Schlacht zurückkehrst?«, erkundigte sich Tiberius.

»Nun ... natürlich ist sie alles andere als glücklich darüber und fragt, warum ich nicht Quintilus Varus an meiner statt schicke ... aber wir beide wissen, dass ich mehr Erfahrung mit diesem Verräter Arminius habe.«

»Ja, ich weiß, du hast ihn ausgebildet, war es nicht so?«

»Nicht nur das. Ich erhob ihn sogar nach nur fünf Jahren Dienstzeit in den Rang des Equites*. Kaum dass wir ihm die römische Staatsbürgerschaft zugebilligt hatten, lief er zu diesem Barbarenstamm jenseits der Elbe über. Ich glaube, sie haben ihn zum Prinzen gemacht.«

»Nun, jetzt ist er ein Feind des Reiches, und römische Soldaten müssen gegen einen Soldaten kämpfen, der in der römischen Kriegskunst geschult ist.«

Da die Unterhaltung auf Latein geführt wurde, beschäftigte Yax sich mit den Schnitzwerkzeugen, die von außergewöhnlicher Qualität und viel neuer waren als die von Demetrius.

»Gefällt dir das Handwerkszeug?«, erkundigte sich Tiberius, indem er ins Griechische wechselte.

»Es gefällt mir sehr gut ... aber es gibt kein Holz, um Tische zu machen.«

---

* Ritterstand im alten Rom (Anm. d. Übers.)

»Ich weiß, aber ich wollte, dass du dich erst mit allem vertraut machst. Morgen wird dich jemand zum Markt begleiten.«

»Danke, Feldherr.«

Tiberius wandte sich an seinen Bruder. »Komm, Drusus, gehen wir ins Haus. Es gibt viel zu besprechen. Yax, du bleibst hier und ruhst dich in deinem neuen Heim aus. Ein Diener wird dir etwas zu essen bringen.«

Yax ging in sein Schlafgemach und betrachtete sein neues Domizil. Das Bett war größer als sein vorheriges, und die Laken und Kissen waren viel weicher. Mit einem entzückten Seufzer legte er sich nieder und hoffte, der stechende Schmerz in seiner Brust würde ihn nicht am Schlafen hindern.

Derweil betraten die beiden Brüder Tiberius' Arbeitszimmer. »Trinken wir einen Becher Wein, während wir die Lage erörtern«, schlug Drusus vor.

»Gute Idee«, erwiderte Tiberius und rief nach dem Hausdiener. Die beiden Männer ließen sich an Tiberius' Schreibpult nieder, das in der Mitte des Raumes stand. »Ich habe vor, den Jungen zu beauftragen, einen neuen Tisch zu fertigen ... einen viel größeren als diesen hier.«

Drusus nickte. »Das wird ihn in seiner neuen Umgebung beschäftigen.«

»Jetzt berichte mir von den Problemen mit den Katapulten.«

»Zu Beginn des Krieges, kurz nach der Überquerung des Rheins, kämpften wir auf offenen Schlachtfeldern, weißt du noch?«

Tiberius nickte. »Man konnte mitten in den Verbund des Feindes zielen und sicher sein, diese Barbaren auch zu treffen.«

»Ja, und wie du dich sicher erinnerst, von weit außerhalb der Reichweite ihrer Bögen.«

»Genau, wir haben sie kurzerhand über die Elbe zurückgetrieben.«

»Nun, inzwischen sieht die Sache ganz anders aus. Die Barbaren verbergen sich im Teutoburger Wald. Die Wurfweite unserer Speere ist dort zu gering, also müssen wir näher an den Feind heran. Dabei aber treffen ihre Pfeile unsere Pferde, die die Wagen mit den Wurfgeschossen ziehen. Wenn es so weiter geht, habe ich bald keine Pferde mehr.«

»Hast du schon mit dem Konstrukteur unserer Kriegsmaschinen gesprochen?«

»Das habe ich, und genau da liegt das Problem.«

»Was hat er gesagt?«

»Wir brauchen mehr von den ›Scorpius‹-Katapulten. Sie können von einem Mann betätigt werden, und wir kommen damit näher an den Feind heran und können die Geschosse in Hüfthöhe abschießen.«

»Dann beschaffe welche.«

»Dazu brauche ich mehr Zimmerleute.«

»Wie viele hast du im Augenblick?«

»Weniger als fünfzig ... der Rest ist gefallen.«

Die beiden Feldherren nippten schweigend am Wein.

»Wir müssen diesen Krieg gewinnen«, seufzte Tiberius verzagt. »Wieso können unsere Soldaten nicht die Scorpius-Katapulte anfertigen?«

»Sie haben es versucht, aber die Zielrille muss genau ausgerichtet und die Holzfedern exakt gearbeitet sein. Die Männer tun ihr Bestes, aber sie sind nun einmal nicht dafür ausgebildet. Zu viele Geschosse verfehlen ihr Ziel.«

»Ich werde über das Problem nachdenken«, versprach Tiberius. »Inzwischen solltest du weitere Rüstungen für die Pferde bestellen.«

»Ist bereits geschehen.«

Es war schon dunkel, als Yax durch einen Diener geweckt wurde, der ihm ein Tablett mit Speisen brachte: über dem Feuer geröstetes Hühnchen, Früchte, grobkörniges Brot und sogar einen kleinen Krug Wein. Die Mahlzeit erinnerte Yax an das

Abendessen im Hause des Magistrats. Hungrig machte er sich über die Speisen her, die wesentlich besser schmeckten als das Essen im Lazarett.

Da der Feldherr ihn an diesem Abend nicht mehr aufsuchte, sprach Yax ein Gebet zu Kukulkan, legte sich nieder und schlief erneut ein.

Die Brüder hatten ihre Unterhaltung bis tief in die Nacht fortgesetzt. Yax erwachte in der Morgendämmerung vom Lärm zahlreicher Streitwagen und Soldaten, die sich draußen auf dem Hof versammelt hatten. Als er durch die Tür der Werkstatt hinausblickte, sah er, wie Tiberius seinem Bruder nachwinkte, der schon wieder an die Front aufbrach – eine Reise, von der er niemals wiederkehren sollte.

Ein Kurier überbrachte die Nachricht von Drusus' Tod einen Monat später. Der Mann traf zu Fuß ein, da sein Pferd vor Erschöpfung zusammengebrochen war. Sieben Tage hatte er für die Strecke gebraucht. Das Maultier eines Bauern, das er zwischendurch beschlagnahmte, erwies sich als zu langsam, woraufhin er kurzerhand seine Uniform abgestreift und die verbleibenden drei Tage barfuß und im Laufschritt zurückgelegt hatte. Tiberius eilte an sein Lager im Lazarett, um die genauen Einzelheiten zu erfahren.

»Sag, wie ist er gestorben«, fragte er ihn und kniete am Bett des Soldaten nieder.

»Feldherr Drusus befand sich zu Pferde ... weit außerhalb der Reichweite der feindlichen Speere. Er beaufsichtigte die Befeuerung der Onager-Geschosse, als eine Spannfeder so laut brach, dass sein Pferd sich vor Schreck aufbäumte, den Feldherrn abwarf und unter sich begrub.« Der Soldat schluckte und schwieg einen Augenblick, um seiner bebenden Stimme Herr zu werden.

»Die Ärzte taten ihr Bestes, aber am nächsten Morgen erlag der Feldherr seinen Verletzungen.« Tränen standen in seinen Augen, als er fortfuhr. »Der Arzt sagte ... es waren innere Blutungen.«

»Ich danke dir, Soldat. Du bist zwar der Überbringer einer schlechten Nachricht, aber ich schätze deinen Mut und deinen Einsatz«, sagte Tiberius, während er sich erhob. »Ich werde den Befehl erteilen, dich in den nächsthöheren Rang zu erheben. Aber vorerst bleib hier, bis deine geschwollenen Füße sich erholt haben.«

»Jawohl, Feldherr. Es tut mir aufrichtig Leid.«

Tiberius tat sein Bestes, seine Trauer zu verbergen, während sein Adjutant den Streitwagen langsam durch die Straßen zum Palast lenkte. Er war froh, dass er nicht selbst die Zügel führen musste, da sein Blick von Tränen getrübt war.

Augustus nahm die Nachricht vom Tod seines Adoptivsohnes voller Gram auf. »Ach, Tiberius«, seufzte er, »ich bin ein alter Mann ... seit 72 Jahren weile ich auf dieser Erde und habe keinen leiblichen Sohn. Meine Familie ist tot ... Agrippa ... mein Schwiegersohn, der so jung starb und heute ebenso alt wäre wie ich ... und jetzt auch noch Drusus. Ich werde bald sterben, aber ich kann doch Rom nicht zurücklassen, ohne den Namen meines Nachfolgers bekannt zu geben.«

Der Kaiser schloss die Augen und ließ sich auf seinem Ruhesofa zurücksinken. Er schwieg eine Weile, und es schien, als wäre er eingeschlafen. Doch plötzlich schlug er die Augen wieder auf und griff nach Tiberius' Hand.

»Da du mein einziger Adoptivsohn und Erbe bist, habe ich beschlossen, dich zu meinem Nachfolger zu ernennen. Morgen werde ich es offiziell bekannt geben.«

Tiberius kämpfte mit zwiespältigen Gefühlen. Auf der einen Seite erfüllten ihn die Worte des Herrschers mit Stolz, gleichzeitig fürchtete er sich vor dem Augenblick, da er Antonia und Drusus' Sohn Claudius die Todesnachricht überbringen musste.

Als Tiberius sich anschickte, den Raum zu verlassen, hielt Augustus ihn mit einer Handbewegung zurück.

»Wen wirst du nun zum Anführer des Heeres ernennen?«

»Ich habe nur eine Wahl. Quintilus Varus.«

»Dann eile, mein Sohn ... aber eile mit Bedacht.«

Es dauerte nur fünf Tage, bis die nötigen Vorbereitungen getroffen waren und Tiberius Claudius Nero Caesar zum Mitregenten an der Seite des Kaisers Augustus ausgerufen wurde und Anteil an der prokonsularischen und der tribunizischen Amtsgewalt erhielt.

Yax bekam von all dem nichts mit. Er war mit der Arbeit an einem Tisch für seinen neuen Wohltäter beschäftigt. Außerdem war ihm ein Lehrer zugewiesen worden, ein griechischer Gelehrter, der ihm täglich Unterricht in Latein erteilte. Obgleich die Worte für Yax schwierig auszusprechen waren, entdeckte er bald Gemeinsamkeiten zum bis dahin erlernten Griechisch. Und als eifriger Schüler erfasste er bald Sinn und Notwendigkeit des Lernens.

Eines Morgens wurde der Unterricht unterbrochen, denn Tiberius stattete der Werkstatt einen unerwarteten Besuch ab.

»Guten Morgen«, begrüßte er Yax auf Griechisch.

»Guten Morgen«, erwiderte dieser auf Latein.

»Wie ich höre, macht unser Schüler Fortschritte.«

»In der Tat«, bestätigte der Lehrer. »Er lernt schnell. Nur die Aussprache bereitet ihm noch Schwierigkeiten. Er hat einen starken Akzent.«

»Ich bin sicher, das wird sich mit der Zeit verlieren. Würdest du uns allein lassen? Ich möchte unter vier Augen mit Yax sprechen.«

»Selbstverständlich, Feldherr. Es ist ohnehin Zeit für eine Pause.«

»Yax. Du hast mir einmal erzählt, dass du die Bedeutung des Krieges begreifst und dass die Menschen in deinem Dorf ebenfalls Krieg führen.«

»Ja, Herr, wir führen Krieg ... aber ich nicht gekämpft ... nur die erwachsenen Männer des Dorfes.«

»Wie kämpfen sie?«

»Mit Pfeil und Bogen und Steinen.«

»Und was tun sie, wenn der Feind sich zwischen den Bäumen verbirgt?«

»Sie verbrennen Bäume, Herr. Sie schießen Feuer.«

»Genau ... das ist es!«, rief Tiberius und verließ überstürzt den Raum. Yax starrte ihm verdutzt hinterher und wandte sich dann der Schnitzerei am ersten Tischbein für Tiberius' Schreibpult zu.

Draußen rief Tiberius derweil dem erstbesten Soldaten, der in Sicht kam, zu: »Rasch, eile zum Hauptlager und rufe den Feldherrn Quintilus Varus her.«

Nachdem dieser eingetroffen war, zog Tiberius sich mit ihm in seinen Arbeitsraum zurück, so wie er es bisher mit seinem Bruder Drusus gehalten hatte. Auf dem Schreibpult lag eine ausgebreitete Karte des Kriegsgebietes.

»Wie schnell bist du zum Aufbruch bereit?«

»Die Zimmerleute arbeiten noch an den dreihundert Scorpius-Katapulten, die du in Auftrag gegeben hast ... ich denke, es wird noch eine Woche dauern.«

»Und wie viele Männer hast du insgesamt?«

»Fünf Hundertschaften neuer Rekruten.«

»Dann brecht sofort auf ... mit den Katapulten, die bereits fertig gestellt sind. Wir werden eine neue Kriegstaktik anwenden.«

Tiberius deutete erregt mit dem Finger auf einen Punkt der Karte. »Drusus hat diese Stelle markiert, oberhalb der Elbe, wo eine Teerlache aus dem Sand aufsteigt. Befehlt den Waffenschmieden, die Onager umzubauen, sodass sie anstelle von Speeren Steine schleudern. Allerdings wirst du keine Steine verwenden.«

»Wovon redest du, Feldherr?«, fragte Quintilus und zog verwundert die Brauen in die Höhe.

»Vermischt den Teer mit Lehm aus dem Fluss ... formt Bälle

daraus, vielleicht solltet ihr noch Holzspäne darunter mischen, dann lasst das Ganze trocknen, bis es hart ist.« Mit Überzeugung in der Stimme fügte er hinzu: »Dann zündet ihr sie an und katapultiert sie in die Wälder. Wir werden die Cherusker in ihren Verstecken ausräuchern.«

»Deine Idee ist brillant, Tiberius. Dieser Krieg wird in kürzester Zeit beendet sein.«

»Genau, mein Freund ... Arminius wird dafür büßen, dass er zum Verräter an Rom wurde.«

Fünf Monate später trafen die Überlebenden der Schlacht im Teutoburger Wald müde und erschöpft in Rom ein. Drei Legionen der kaiserlichen Armee, 20.000 Mann, waren von den Cheruskern geschlagen und der Rest über den Rhein zurückgetrieben worden. Kaiser Augustus erlitt einen Schwächeanfall, als er die Nachricht von der Niederlage vernahm. Er klagte über stechende Schmerzen in der Brust, brach zusammen und wurde von seinen Ärzten zur Bettruhe genötigt. Erst nach drei Tagen völliger Ruhe wurde es Tiberius gestattet, dem Kaiser die Einzelheiten der Schlacht mitzuteilen, und dies nur unter den argwöhnischen Augen des Leibarztes.

Tiberius ließ sich am Bett seines Stiefvaters nieder und erstattete ihm Bericht.

»Der Wald wurde in Brand gesteckt ... entsprechend meinen Anweisungen. Aber ein kleiner Trupp der Barbaren leistete erbitterten Widerstand. Quintilus hatte zuvor seine Soldaten in den umliegenden Dörfern verteilt, da diese uns ihre Unterstützung zugesagt hatten, aber sie verrieten uns und töteten die Soldaten einen nach dem anderen. Da Quintilus sich auf ihre Hilfe verlassen und unsere Legionen nicht zusammengehalten hatte, saßen sie in der Falle und wurden umgebracht.«

Augustus seufzte.

»Oh, wenn doch Drusus noch am Leben wäre ... er hätte so etwas niemals zugelassen.«

Augustus sollte sich von diesem Schlag nicht mehr erholen. Am 19. August im Jahre 14 des Herrn verschied der Kaiser in seiner Sommerresidenz in Nola. Der Senat bestätigte Tiberius Claudius Nero Caesar als neuen Herrscher Roms.

El Gem

Am 17. Dezember des Jahres 14, dem Tag des Saturnusfestes, erschien Tiberius überraschend in Yax' Werkstatt.

»Guten Morgen, Imperator Tiberius«, begrüßte Yax ihn erstaunt und verbeugte sich.

»Guten Morgen, Yax. Ich bin gekommen, den Dies feriate* mit dir zu begehen. Du erinnerst dich doch, was für ein Tag heute ist?«

»Ja, Herr, der Ehrentag des Saturnus, des Gottes der Aussaat. Herr und Sklave wechseln heute die Rollen und tauschen Geschenke aus.«

»Nun, da ich inzwischen der Herrscher Roms bin, wäre ein Rollentausch vielleicht nicht angebracht, aber dafür habe ich ein Geschenk für dich.«

»Ich danke dir, Herr, doch du hast schon genug für mich getan. Mehr könnte ich nicht verlangen.«

»Wie alt bist du jetzt, Yax?«

»Ich kann es natürlich nicht genau sagen, Herr, aber ich glaube, ich müsste mein 21. Lebensjahr erreicht haben.«

»Vor fünf Jahren habe ich dich aus den Händen dieses Schurken Demetrius befreit ... ich versorgte deine Wunden und wachte während der Fahrt zum Hafen an deiner Seite. Damals habe ich dir ein Versprechen gegeben.«

---

* Feiertag (Anm. d. Übers.)

»Ich erinnere mich kaum an diese Reise, ich war zu krank.«

»Ja, du hattest große Schmerzen. Seither hast du mir brav gedient. Du warst ein fleißiger Schüler und beherrschst das Latein jetzt beinahe fließend und nahezu akzentfrei. Deine Werkstatt floriert ... ich habe allen Grund, stolz auf dich zu sein.«

Yax senkte bescheiden den Kopf.

»Und nicht zuletzt hast du mir eine kluge Kriegstaktik verraten, die Rom im Krieg gegen die Cherusker zwar nicht zum Sieg führte, uns aber in vielen anderen Schlachten von Nutzen war. Und nun ist es an mir, dir etwas zu schenken.« Er händigte Yax eine Schriftrolle aus. »Lies.«

Yax öffnete das Dokument und las laut vor.

»Hiermit sei jedermann verkündet, dass ich, Tiberius Claudius, Imperator Roms, dem Zimmermann Yax den Status eines freien Mannes verleihe und ihn als solchen unter meinen persönlichen Schutz stelle.«

Yax sank auf die Knie, Tränen strömten ihm übers Gesicht. Tiberius trat auf ihn zu und zog ihn am Arm hoch.

»Steh auf. Du bist kein Sklave mehr. Steh aufrecht ... als freier Mann.«

»Ich weiß gar nicht, wie ich dir danken soll«, stammelte Yax.

»Sag nichts ... du hast es verdient. Und jetzt komm mit hinüber in mein Haus, ich möchte dir jemand vorstellen.«

Beim Betreten des Hauses trafen sie auf einen kleinen Jungen von etwa zwei Jahren, der im Schuhwerk seines Vaters umherschlurfte. Als der Kleine hinfiel, reichte Yax ihm die Hand und half ihm auf.

»Diese Schuhe sind wohl noch ein wenig zu groß für dich. Bist du ein kleiner Soldat?«

Der Junge lachte und tappte aus dem Raum.

»Das ist Gaius, der Sohn meines Neffen. Er hat einen Narren an den Soldatenstiefeln seines Vaters gefressen«, erklärte ihm Tiberius. »Komm, ich möchte, dass du seinen Vater kennen lernst.«

Im Nebenraum erwartete sie ein Soldat auf Strümpfen.

»Germanicus, das ist Yax, der Zimmermann des Palastes und Erfinder unserer Feuerball-Waffen.«

Yax lächelte verlegen angesichts der Vorstellung.

»Es ist mir eine Ehre, dich kennen zu lernen, Herr, aber ich bin durchaus nicht der Erfinder ...«

Germanicus fiel ihm ins Wort.

»Ich bin es, der sich geehrt fühlen muss. Arminius und seine Männer wären zweifellos besiegt worden, hätte mein Vater diese Taktik gekannt und vor seinem Tod eingesetzt.«

»Yax, du erinnerst dich doch an den Feldherrn Drusus? Du hast ihn an deinem ersten Tag hier kennen gelernt, nicht wahr?«, beeilte sich Tiberius zu erklären.

»Ja«, erwiderte Yax.

»Germanicus ist sein Sohn.«

»Oh«, sagte Yax und verstand. »Der Tod deines Vaters hat mich sehr betrübt.«

»Danke ... inzwischen kämpfen wir wieder am Rhein und haben diese Wilden mit unseren Feuerbällen zurück in die Wälder getrieben.«

Tiberius nickte bestätigend und fügte hinzu: »Mein Neffe befindet sich auf einem wohlverdienten Urlaub von den Schlachtfeldern, und ich beabsichtige, ihn auf eine Inspektionsreise nach Utica zu senden. Da es nicht weit von Karthago liegt, dachte ich, du würdest ihn vielleicht gern begleiten.«

Yax dachte einen Moment nach. Der Gedanke, nach Karthago zurückzukehren, erweckte gemischte Gefühle in ihm. Einerseits verspürte er keinerlei Verlangen, Demetrius wieder zu begegnen, anderseits hatte er Sehnsucht nach Daphne. Diskrete Erkundigungen beim Theater hatten ergeben, dass sie seit jenem letzten Besuch bei ihrem Vater, vor vielen Jahren, nicht wieder aufgetaucht war. Oft hatte Yax in der Vergangenheit im Traum die Begegnung im Bad noch einmal durchlebt.

»Nun, wie sieht es aus?«, fragte Tiberius. »Hast du Lust, ihn zu begleiten?«

»O ja, Herr. Ich bitte um Verzeihung ... ich dachte gerade an die Ereignisse von damals.«

»Mach dir deswegen keine Gedanken. Ihr werdet von meiner Prätorianergarde begleitet. Außerdem verfügt Utica über einen eigenen Hafen. Du brauchst also nicht einmal in die Nähe seines Ladens zu gehen.«

»Wann brechen wir auf?«, fragte Germanicus.

»Das kann ich noch nicht sagen«, antwortete Tiberius. »Ich warte auf die Ankunft meines Baumeisters. Er soll euch begleiten. Es gibt Probleme beim Bau eines Aquädukts im Norden des Reiches, das ursprünglich vor vielen Jahren von Agrippa in Auftrag gegeben wurde. Ich habe seine Fertigstellung angeordnet, und der Baumeister wünscht sich ein ähnliches Bauwerk in Utica anzusehen.«

Der Hafen von Utica war eine herbe Enttäuschung für Yax. Keine fröhlichen Fischer, keine leuchtend bunten Segel, kein geschäftiges Gedränge der Händler, die ihre Waren ausriefen. Utica war ein Handelshafen, Umschlagplatz für Getreide und Waren aus Nordafrika. Die Barkassen wirkten alt und heruntergekommen, und das verschmutzte Wasser verströmte einen penetranten Geruch.

»Wir werden uns nicht lange hier aufhalten«, versprach Germanicus naserümpfend.

»Was werden wir hier tun?«, fragte Yax. »Der Baumeister sagte, er benötige mehrere Tage zur Begutachtung der Aquädukte.«

»Möchtest du ihn begleiten?«

»Ich denke, ein Tag wird meine Neugier befriedigen.«

»Dann habe ich eine bessere Idee ... bist du jemals in El Gem gewesen?«, fragte Germanicus mit leicht verschlagenem Lächeln.

»Nein«, erwiderte Yax, »aber ich habe einiges darüber gehört.«

Germanicus wandte sich an die vier Soldaten der Prätorianergarde. »Werdet ihr mit uns nach El Gem kommen?«

»Jawohl, Herr«, antworteten sie und warfen einander wissende Blicke zu.

Den Rest des Tages verbrachten sie damit, den Baumeister zu begleiten, der sich eifrig Notizen zum Hauptaquädukt der Stadt Utica machte.

»Es werden mindestens fünf Tage nötig sein, Trägersäulen und Bögen auszumessen und die Dichte des Mörtels zu berechnen«, grübelte er. »Eine exzellente Konstruktion, das muss ich schon sagen.«

Sie schritten die gesamte Länge des Aquädukts ab, bis zu der Stelle, wo das Wasser für die Stadt abgeleitet wurde. Als sie den See erreichten, der weit oberhalb von Utica lag, registrierte Yax erleichtert, dass Germanicus einen Wagen geordert hatte, der sie in die Stadt zurückbringen sollte, denn er verspürte wenig Verlangen, den weiten Rückweg im Dunkeln ebenfalls zu Fuß hinter sich zu bringen.

Für Yax war dieser Ausflug eine lehrreiche Erfahrung, denn während die anderen im Schatten dösten, führte er mit dem Baumeister eine aufschlussreiche Unterhaltung über die Konstruktion von Aquädukten. Die Kenntnisse, die er dabei vermittelt bekam, sollten ihm in einer fernen Zukunft von Nutzen sein.

Am Nachmittag des folgenden Tages trafen sie in El Gem ein.

»Wir sollten zuerst das Amphitheater besuchen«, schlug Germanicus vor. »Wir würden noch rechtzeitig eintreffen, um uns die letzten Wettkämpfe anschauen zu können. Anschließend besuchen wir die Bäder, genehmigen uns einen Becher Wein, und dann ...« Er ließ den Rest offen, da einer der vier Soldaten in viel sagendes Gelächter ausbrach. Yax war nicht sicher, ob er tatsächlich den Wunsch verspürte, das Amphitheater zu besuchen, und erst nach einigem guten Zureden von Seiten Germanicus' erklärte er sich bereit, die anderen zu begleiten.

»Hier geht es auch nicht anders zu als im römischen Amphitheater«, versicherte ihm Tiberius.

»Ich weiß, aber auch das habe ich nie besucht.«

»Dieses Gebäude ist ungefähr genauso groß wie das in Pompeji«, erklärte einer ihrer Bewacher. »Es bietet ungefähr 20.000 Besuchern Platz. Ich bin schon einmal hier gewesen.«

Am Eingang des Theaters stellte Germanicus sich als Tiberius' Neffe vor, und sogleich wurden sie zur ›Pulvinaria‹ geleitet, einer für hochrangige Besucher reservierten Tribüne. Yax nahm auf der marmornen Bank neben Germanicus Platz, während dieser ihm das bevorstehende Spektakel erläuterte. Zuerst musste Germanicus sich jedoch nochmals erheben, um den Salut der Adeligen und hochrangigen Staatsdiener zu erwidern, die um sie herum respektvoll aufgestanden waren, und sie anschließend mit einer Handbewegung aufzufordern, ihre Plätze wieder einzunehmen. Die Nachricht von der Anwesenheit des Neffen von Tiberius verbreitete sich wie ein Lauffeuer. Als die Gladiatoren für das nächste Spektakel die ›cavea‹* hinabmarschierten und die Trompeten das Signal zum Beginn des Kampfes bliesen, salutierten sie zu Germanicus hinauf.

Yax blickte in die Arena hinunter. Ihre Tribüne lag oberhalb einer hohen Mauer.

»Die soll uns vor den Löwen schützen, die zum Schluss in die Arena gelassen werden«, erklärte Germanicus.

Das Amphitheater war ein ovales Bauwerk mit drei Sitzplatzrängen. Soweit Yax es beurteilen konnte, waren alle Plätze besetzt. Acht Gladiatoren betraten die Arena. Einige hielten Schwerter und Schilde in der Hand, andere Netze und Dreizackspeere.

* halbkreisförmiger, ansteigender Zuschauerraum (Anm.d.Ü.)

»Werden sie um Leben und Tod kämpfen?«, fragte Yax.

»So ist es«, erwiderte Germanicus. »Diese Männer sind durchweg Verbrecher, die von den Richtern zum Tode verurteilt wurden.«

»Aber weshalb sind sie dann hier?«

»Sie wurden vor die Wahl gestellt, zu kämpfen und zu siegen, und somit die Freiheit wieder zu erlangen, oder im Kampf zu sterben, da sie ohnehin zum Tode verurteilt sind. Doch um zu überleben, müssen sie einen großen Kampf liefern, was für Spannung sorgt. Du wirst schon sehen.«

Während die Gladiatoren einander lauernd umkreisten, deutete Germanicus auf einen von ihnen, der einen Dreizackspeer und ein Netz in den Händen hielt.

»Siehst du diesen Mann?«

Yax nickte.

»Er ist der berühmteste Gladiator hier. Sein Name ist Decimus Quintus. Selbst wenn er siegt, was bisher immer der Fall war, wird er niemals frei gelassen.«

»Weshalb nicht?«

»Er ist der hinterhältigste Mörder seit Caesars Zeiten.«

Ein Aufschrei ging durch die Menge und lenkte ihre Aufmerksamkeit auf das gegenüberliegende Ende der Arena, wo Decimus soeben seinen Dreizackspeer aus dem Körper seines ersten Opfers zog.

»Ich wette, dass innerhalb einer Stunde außer ihm keiner mehr übrig sein wird«, orakelte Germanicus.

Yax versuchte, den Anblick der Leiche des Unterlegenen zu meiden, während er den Sieger musterte. Er war klein und stämmig, mit kräftigen, muskulösen Armen und breiten Schultern. Seine Augen lagen tief unter den dunklen, buschigen Brauen verborgen, und das Haar hing ihm in wirren Strähnen bis auf die Schultern.

Er sieht wahrhaftig wie ein Mörder aus, dachte Yax bei sich.

Beifallsgeschrei ertönte auf der oberen Tribüne, dem maenianum, wo das einfache Volk seine Plätze hatte.

»Das müssen seine Anhänger sein«, vermutete Germanicus, während der Sieger sein Schwert zum Salut hob.

»Gehen wir«, sagte Yax angewidert. »Ich habe genug gesehen.«

»Nein, warte noch«, sagte Germanicus. »Es wird bald vorüber sein. Außerdem würden wir dich nachher in der Menge nicht wieder finden.«

Resigniert ließ Yax sich wieder auf seinen Platz sinken und vermied es, den Blick auf das Geschehen zu seinen Füßen zu richten. Ein Diener erschien mit einem Krug Wein, und Yax kippte hastig einen Becher hinunter, um die Beklommenheit abzuschütteln, die ihn erfasst hatte. Die Sonne war inzwischen zur gegenüberliegenden Seite des Theaters gewandert und schien genau auf ihre Loge, sodass es unangenehm heiß wurde. Yax hielt dem Diener erneut seinen Becher entgegen. Germanicus drehte sich um und gab zwei Männern, die im Hintergrund standen, einen Wink. Diese eilten sofort herbei, um die ›Vela‹ auszurollen, ein aus leuchtenden Stoffbahnen gefertigtes Sonnensegel, das sich mit Hilfe eines Seil- und Rollensystems bewegen ließ und die sengenden Sonnenstrahlen fernhielt.

»So ist es besser.« Germanicus seufzte zufrieden.

Kurze Zeit später war der Kampf vorüber. Wie Germanicus vorhergesagt hatte, stand Decimus Quintus als Einziger noch aufrecht in der Arena. Er stieg über den Körper seines letzten Widersachers hinweg, schritt direkt auf die Mauer unterhalb der kaiserlichen Tribüne zu und erhob sein Schwert zum triumphierenden Salut, während einige Zuschauer Blumen auf den Boden der ›cavea‹ warfen. Germanicus erwiderte den Salut mit einer Handbewegung, die mehr ein Abwinken denn eine Gratulation war.

»Ich hatte gehofft, er würde diesmal verlieren, damit wir ihn endlich los wären«, raunte er Yax zu, während er sich wieder setzte.

»Er sieht ausgesprochen bösartig aus«, bemerkte Yax.

»Er *ist* ausgesprochen bösartig. Es hat fünf Jahre gedauert, bis unsere Soldaten ihn endlich gefasst hatten.«

»Was hat er getan?«

»Nun, zuerst einmal hat er seine Mutter erdrosselt.«

»Seine eigene Mutter ...?«

»Sie war eine Prostituierte. Als er alt genug war zu begreifen, womit sie das Geld verdiente, um ihn großzuziehen, rannte er von zu Hause fort. Von da an trieb er sich in den Hinterhöfen Roms herum. Wir wissen nicht, was er durchgemacht hat ... Schlägereien ... Hunger ... jedenfalls wurde er wirr im Kopf. Eines Nachts drang er bei seiner Mutter ein, erstach den Mann, der bei ihr war, und erdrosselte anschließend sie.«

Yax schauderte. »Wie furchtbar ... seine eigene Mutter.«

»Das war nur der Anfang«, fuhr Germanicus fort. »Während der darauf folgenden fünf Jahre tötete er weitere zwanzig Prostituierte, bis unsere Soldaten ihn schnappten.«

Ihre Unterhaltung wurde vom Gejubel der Zuschauer unterbrochen, als ein Karren in die Arena gezogen wurde, auf den man die Körper der toten Gladiatoren lud.

»Können wir jetzt gehen?«, fragte Yax.

»Noch nicht. Ein Spektakel steht noch aus ... das große Finale.«

»Ich genehmige mir lieber noch einen Becher Wein. Ich fürchte, dass ich weitere Gemetzel nicht mit ansehen kann.«

»Jetzt kommt etwas ganz Besonderes«, versicherte Germanicus.

Der Tumult der Zuschauer verebbte, als sich ein Tor öffnete und vier Menschen – drei Männer und eine Frau in weißen, fließenden Gewändern – in die Arena gestoßen wurden. Wächter trieben sie mit Stöcken vorwärts, bis sie die Mitte der Arena erreicht hatten. Die Frau stolperte und fiel zu Boden, doch einer der Männer half ihr rasch wieder auf. Gespannte Stille senkte sich über das Amphitheater. Nur das leise Flattern des Sonnensegels war zu vernehmen. Erst nachdem die Wächter das Tor wieder hinter sich geschlossen hatten, ertönte das quietschende Knirschen eines Eisengatters, das jetzt am gegenüberliegenden Ende der Arena hochgezogen wurde. Minutenlang geschah nichts. Die vier Menschen in der Arena waren auf die Knie gesunken und beteten.

Langsam, beinahe zögernd, schritten drei Löwen aus der Dunkelheit ihres Käfigs ins gleißende Sonnenlicht hinaus. Kein Laut entschlüpfte den 20.000 Zuschauern, die gemeinsam den Atem anhielten.

Auch Yax stockte der Atem, als die Löwen majestätisch die Arena umkreisten. Er hatte bereits Berichte von dieser Art Menschenopfer gehört, diesem Sport, wie die Römer es nannten, aber nie war sein Entsetzen dabei so groß gewesen wie in diesem Augenblick.

Die Frau schrie beim Anblick der Löwen auf und begann zu laufen. Eine der Raubkatzen setzte mit bedrohlichem Knurren zum Sprung an. Sekundenbruchteile später war das Tier über der Frau und brach ihr mit einem Schlag der mächtigen Pranke das Genick. Jetzt begannen auch die Männer um ihr Leben zu rennen, doch binnen Minuten lagen alle tot auf dem Boden der Arena.

Noch immer vernahm man keinen Laut von den 20.000 Zuschauern, die wie hypnotisiert auf das Blutbad starrten.

Plötzlich ertönte der Stoß einer Trompete, und ein Wildschwein wurde in die Arena gejagt. Beim Anblick der drei Löwen begann es voller Panik zu quieken und raste auf die einzige Öffnung in der Mauer zu, den Eingang zum Löwenkäfig.

Der Bann war gebrochen. Die Tribünen erbebten unter dem Tosen der Zuschauer. Die Löwen ließen von den menschlichen Körpern ab und jagten ihrer natürlichen Beute hinterher. Krachend fielen die Eisentore hinter ihnen ins Schloss.

Yax hatte es die Sprache verschlagen. Auf einmal fielen ihm die Worte von Demetrius wieder ein, als sie vor vielen Jahren das Amphitheater in Rom passiert hatten. »Dort wirst du bestimmt nicht hineinwollen«, hatte er gesagt. Jetzt wusste Yax, was Demetrius damit gemeint hatte.

Germanicus zog ihn auf die Füße. »Komm, es ist Zeit zu gehen.«

Yax hielt es nicht lange im heißen Becken des römischen Bades aus, doch es reichte, die Benommenheit zu vertreiben, die er noch kurz zuvor verspürt hatte. Vielleicht hatte es an dem Gemetzel gelegen oder dem zu rasch heruntergekippten Wein. Nun, da er bis zur Hüfte im lauwarmen Nass des ›Tepidarium‹ verharrte, fühlte er sich schon wesentlich besser. Er watete zu Germanicus hinüber, der am Rand des Beckens saß und die Beine ins Wasser baumeln ließ.

»Warum sind diese Leute in den Tod geschickt worden ... wer waren sie?«

»Nun, ich kenne natürlich nicht ihre Namen. Aber offensichtlich handelte es sich um Mitglieder einer Verschwörergruppe, die sich des Sakrilegs und des Verrats gegen den Staat schuldig gemacht haben.«

»Waren es Verbrecher?«

»Schlimmer als das ... Feinde des Volkes.«

»Haben sie Menschen getötet?«

»Das nicht ... aber sie vergiften das Bewusstsein der Menschen. Wahrscheinlich wurden sie verurteilt, weil sie die Plebejer aufgewiegelt haben. Sie halten Schmähreden gegen den Kaiser und schüren Misstrauen, indem sie die Würde und die Werte des römischen Volkes infrage stellen. Der Kaiser verfügt über zahlreiche Informanten, die dafür entlohnt werden, dass sie diese Leute anzeigen. Sie erhalten Geld und Land für diesen

Dienst, und die Liste wird mit jedem Tag länger. Tiberius hat viele Feinde. Sie müssen aufgespürt und vernichtet werden.«

Yax stemmte sich aus dem Becken und setzte sich neben Germanicus.

»Waren sie alle Feinde Roms?«

»Ich weiß es nicht genau. Vielleicht waren auch Feinde des Herodes Antipas darunter, des Tetrarchen von Judäa. Unsere Regierung arbeitet mit den Juden zusammen. Aus diesem Grund wird jeder ihrer Feinde, der auf römisches Staatsgebiet flüchtet, entweder bei uns vor Gericht gestellt oder zurückgeschickt. Unsere Volkszähler erfassen jeden Juden, der sich auf unserem Gebiet niederlässt, und Herodes vergleicht die Namen mit einer Liste der Feinde Judäas. Auch seine Feinde sind weit versprengt ... die Statthalter unserer östlichen Provinzen haben uns sogar Berichte über Juden in Capernaum gesandt. Selbst am See Genezareth, in Sardis, Galatien und Bithynien scheinen sie sich aufzuhalten.«

»All diese Orte kenne ich gar nicht«, sagte Yax, während er sich mit einem Handtuch das Gesicht abtrocknete.

»Nun, sie würden dir vermutlich ohnehin nicht zusagen.«

Sie schwiegen eine Weile, und Yax sann über die Bedeutung der Worte des Tiberius nach.

»Genug jetzt von diesem Pöbel. Wir sind hier, um uns zu vergnügen. Genehmigen wir uns noch einen Becher Wein und machen anschließend einen Spaziergang.«

Ihre Begleitgarde erwartete sie bereits vor dem Bad.

»Kommt«, sagte Germanicus und bedeutete den Männern mit einer Handbewegung, ihm zu folgen. »Entdecken wir die Attraktionen von El Gem!«

Die ›Attraktionen‹, die Germanicus im Sinn hatte, waren in einem beeindruckenden Gebäude untergebracht, das auf dem Weg von den Bädern zum Amphitheater lag. Ein Türwächter mit gefiedertem Kopfschmuck und farbenprächtigem Gewand öffnete ihnen die Tür und führte sie durch einen üppig bepflanzten, mit zahlreichen Springbrunnen und kleinen Teichen ausgestatteten Garten.

»Er ist ein nubischer Sklave«, sagte Germanicus zu Yax, »vermutlich aus Ägypten oder Abessinien.«

Yax nickte, ohne wirklich zu verstehen. Der Wein verlieh ihm erneut ein Gefühl der Unbeschwertheit, und der Sklave interessierte ihn ohnehin nicht wirklich. Allerdings war er noch nüchtern genug, die leicht bekleideten, dunkelhäutigen Mädchen zur Kenntnis zu nehmen, die ihnen beim Betreten des Innenhofes Luft zufächelten.

»Die müssen bei der Karawane dabei gewesen sein«, murmelte er.

»Was hast du gesagt?«, fragte Germanicus, der drei Schritte vor ihm ging.

»Ach, nichts«, erwiderte Yax, während er mit aufgerissenen Augen die Szene bestaunte, die sich ihnen präsentierte.

Inzwischen hatten sie einen weitläufigen, von hohen Marmorsäulen gestützten Raum betreten. Über ein paar Stufen gelangte man zum Rand eines Wasserbeckens, das beinahe den ganzen Raum einnahm und um das zahlreiche Diwane und Ruhesofas gruppiert waren. Gedämpfte Musik vermischte sich mit Gesprächsfetzen und herzhaftem Gelächter. Ein Duft von Weihrauch und Eukalyptusöl umhüllte sie und stieg Yax augenblicklich zu Kopf. Er wankte leicht und griff haltsuchend nach Germanicus' Arm.

»Fall mir nicht um, Junge. Das Beste kommt erst noch.«

»Was ist das für ein Ort?«, fragte Yax fasziniert und neugierig.

»Oh, es handelt sich um einen sehr alten Brauch, der dem Vergnügen dient. Wart's ab, du wirst die Antwort bald herausfinden.«

»Guten Abend, meine Herren ... Willkommen in unserem

bescheidenen Palast. Ihr seid Soldaten Roms, wie ich sehe, und begehrt gewiss das Beste, das unser Haus zu bieten hat.«

Der Mann, der sie begrüßte, war ein kleiner, rundlicher Araber, der Yax sofort an Habib Rachid erinnerte. Er verbeugte sich tief vor ihnen und wies mit dem Arm auf einige unbesetzte Diwane.

»Kommt, nehmt Platz ... ich werde euch Wein servieren lassen.«

Yax und die Soldaten der Prätorianergarde steuerten in die ihnen gewiesene Richtung. Germanicus blieb zurück und wechselte mit gedämpfter Stimme noch ein paar Worte mit dem Araber.

»Ich möchte dein bestes Mädchen für meinen jungen Freund dort ... aber sie darf nicht zu alt sein.«

»Gewiss doch, Tribun. Wir haben junge Mädchen aus aller Herren Länder ... schwarz ... weiß ... Asiatinnen ... Ägypterinnen ... Was immer du wünschst!«

»Ich nehme an, dass er noch unerfahren ist. Was schlägst du vor?«

»Ich kann dir eine bezaubernde junge Griechin empfehlen, mit langem schwarzem Haar und verlockenden Brüsten. Ihre Brustwarzen sind süß wie ...«

»Erspar mir die Einzelheiten«, unterbrach ihn Germanicus, »sie wird gewiss die Richtige sein. Aber sieh zu, dass wir vorher den Wein bekommen.«

Als Germanicus sich wieder zu den anderen gesellte, fand er diese schon in Gesellschaft von fünf Mädchen vor. Eine von Ihnen, eine bezaubernde kleine Asiatin, hatte den Arm um Yax' Schulter gelegt.

»Lass uns allein«, forderte Germanicus sie auf und bedeutete ihr mit einer Handbewegung, zu verschwinden.

Das Mädchen erhob sich widerstrebend, zog einen Schmollmund und entfernte sich.

»Ich habe bereits Vereinbarungen für etwas Besseres getroffen«, sagte Germanicus zu Yax.

»Vielen Dank, Germanicus«, erwiderte Yax, »aber ich glaube nicht ...«

»Vergiss, was du denkst. Diese Nacht wirst du nicht vergessen. Denk daran, du könntest noch immer in Utica sein und Aquädukte ausmessen.«

Ein schwarzhäutiges Mädchen servierte ihnen ein Tablett mit Wein und Trauben, das sie vor den Männern auf einem niedrigen Tisch absetzte.

»Hier«, Germanicus reichte Yax einen Becher Wein, »trink einen Schluck. Gleich wird der Araber kommen und dich mit den Annehmlichkeiten dieses Etablissements bekannt machen.«

Der Tribun musste Yax eigenhändig vom Diwan hochziehen und ihm aufmunternd auf den Rücken klopfen, bevor dieser ihm und dem Araber zögernd durch einen langen Flur folgte, der an einer Reihe kleiner Gemächer vorbeiführte. Vor einem der zugezogenen Vorhänge blieben sie stehen, und der Araber bedeutete Yax einzutreten. Germanicus schob ihn hinein und entfernte sich dann lachend mit dem Araber.

In dem von Kerzenlicht beleuchteten Raum schwebte der schwere Duft nach Weihrauch. Eine weibliche Gestalt, durch das kurze Gewand kaum verhüllt, erhob sich vom Bett und näherte sich Yax. Unsicher, was von ihm erwartet wurde, blieb er stehen und blickte dem Mädchen entgegen, das im Halbdunkel des Raumes auf ihn zukam. Ohne ein Wort zu sagen, ergriff sie seine Hand und legte sie auf ihre Brust.

»Keine Angst, ich tue dir nichts«, sagte sie zu ihm und ließ ein melodisches Lachen ertönen.

»Daphee?«, stammelte er.

Augenblicklich ließ sie seine Hand los und wich zurück zur Wand. Sie schlug die Hände vors Gesicht und begann zu weinen.

Yax trat zu ihr hin und legte die Arme um sie.

»Daphee ... ich bin es, Yax.«

Sie versteifte sich unter seiner Umarmung.

»Ich weiß, Yax. Bitte geh.«

Unbewusst wechselte Yax ins Griechische, die Sprache, in der sie sich stets miteinander unterhalten hatten.

»Daphee ... ich suche dich seit Ewigkeiten ... ich liebe dich.«

»Nicht, Yax«, schluchzte sie. »Es ist zu spät ... alles hat sich geändert.«

Yax legte die Hand auf ihre Schulter und blickte ihr ins Gesicht. Sie wandte den Kopf ab.

»Daphee ... warum bist du aus Rom fortgegangen? Ich dachte, du wolltest Schauspielerin werden?«

»Geh, Yax.« Daphne schrie jetzt. Sie stieß ihn von sich und floh aus dem Raum.

Yax blieb wie vom Donner gerührt zurück. Seine Knie begannen zu zittern, und er ließ sich schwer auf das Bett sinken. Sein Inneres krampfte sich zusammen, und ein stechender Schmerz in seiner Brust raubte ihm den Atem. Er schlug die Hände vors Gesicht und ließ den Oberkörper nach vorn auf die Knie sinken. Ein paar Minuten verharrte er in dieser Haltung. Als sein Atem wieder gleichmäßiger ging, erhob er sich wankend und verließ mit schweren Schritten den Raum.

Im Gang kam der Araber zu ihm gerannt.

»Was hast du Sasha angetan?«, wollte er wissen. »Sie war in Tränen aufgelöst.«

»Ihr Name ist nicht Sasha«, rief Yax und stieß den Mann unsanft zu Seite.

Er stürmte in den Hauptraum, wo er sich erst zur einen und dann zur anderen Seite wandte. Als er ein Mädchen mit langem schwarzem Haar erblickte, das auf das Wasserbecken zuschritt, stürzte er auf sie zu. Doch als sie sich auf seinen Ruf hin zu ihm umblickte, war es eine andere.

In diesem Augenblick holte ihn der Araber ein, der in Begleitung eines hoch gewachsenen schwarzen Wärters war. Der Schwarze packte Yax am Arm.

»Zeit für dich zu gehen, Bürschchen«, zischte der Araber; dann wandte er sich an den Schwarzen. »Schaff ihn hier raus!«

Der Wärter verstärkte seinen Griff und zog Yax mit sich. Da sah er sie.

Daphne lag auf einem Diwan und blickte lächelnd zu Yax auf. Dann wandte sie sich rasch ab, um den Mann neben sich zu küssen. Blinde Wut erfasste Yax. Er schüttelte den Schwarzen ab und stieß ihn rückwärts in das Wasserbecken.

»Daphee ... komm mit mir!«

Lachend hob sie den Kopf und legte ihre Hand zwischen die Beine des Mannes.

»Geh, Yax. Du siehst doch, dass ich beschäftigt bin.«

Tränen stiegen Yax in die Augen, während sein Herz sich zu verkrampfen schien. Derweil begann der Wärter fluchend aus dem Wasser zu klettern. Yax setzte seinen Fuß auf den Kopf des Mannes und drückte ihn erneut unter Wasser. Er warf Daphne noch einen letzten, gebrochenen Blick zu und verließ blind vor Tränen das Freudenhaus von El Gem.

Die Brüder

Isaak und sein Bruder Joash brachten ihren Wagen am Südeingang des Amphitheaters zum Stehen. Schweren Herzens blickten sie der Aufgabe entgegen, die vor ihnen lag. Beim Rattern der Wagenräder öffnete der alte Nachtwächter, wie so oft in der Vergangenheit, das schwere Eisentor.

»Ihr kommt wegen der Leichen?«

»Ja«, erwiderte Isaak seufzend.

»Fahrt den Wagen in die Cavea, aber beeilt euch. Die Soldaten werden bald wieder Streife gehen.«

Der Alte streckte fordernd die Hand aus.

»Das Geld?«

Isaak warf dem Nachtwächter einen Beutel mit Münzen zu, den dieser abschätzend in der Hand wog, bevor er sie vorbeiwinkte.

Behutsam legten die Brüder die toten Körper auf den Wagen und breiteten eine Decke über sie. Aus dem Käfig ertönte das Brüllen eines Löwen, sodass der Esel keines weiteren Ansporns bedurfte, den Wagen eilig wieder aus der Arena zu ziehen. Als sie das Tor passiert hatten, wären sie beinahe über die Gestalt eines Mannes hinweggerollt, der direkt vor ihnen auf der Straße lag.

Der Wächter eilte zu ihnen hinaus. »Ich habe genau gesehen, was passiert ist. Zwei Diebe knüppelten ihn nieder und haben ihn ausgeraubt. Das Geräusch eures Wagens hat sie in die Flucht geschlagen.«

Isaak sprang vom Wagen und beugte sich über den leblosen Körper.

»Ist er tot?«, fragte Joash.

Sein Bruder legte die Finger auf Yax' Halsschlagader.

»Nein, sein Herz schlägt noch. Aber er blutet am Kopf.«

»Verschwindet besser«, flüsterte der Wächter. »Die Patrouille muss jeden Moment hier sein.«

»Zieh ihn aus dem Weg«, drängte Joash.

»Wir können ihn doch nicht einfach hier liegen lassen ... er könnte sterben.«

»Ist er Römer?«

»Nein, eher Ägypter ... oder Araber, keine Ahnung.«

»Wenn das so ist ...« Joash sprang nun ebenfalls vom Wagen. »Wir müssen sehen, dass wir hier fortkommen ... wir nehmen ihn mit.«

Sie legten Yax auf die Decke neben die Leichen und gaben dem Esel die Peitsche. Aus der Ferne ertönte jetzt das Stampfen sich nähernder Soldatenstiefel.

Irgendwann in dieser Nacht erwachte Yax. Als er die Augen aufschlug, glaubte er das Gesicht einer Frau zu sehen, die auf ihn hinabblickte. Stöhnend versuchte er den Kopf zu heben, doch ein stechender Schmerz hinderte ihn daran. Erneut versank er in Bewusstlosigkeit.

Das Erste, was er am nächsten Morgen beim Erwachen spürte, war ein schreckliches Hämmern im Kopf. Er blickte sich um und stellte fest, dass er sich in einem Stall befand. In seiner Verwirrung wähnte er sich wieder in Azamor und wollte gerade nach Farouk rufen, als eine Frau neben seinem Lager niederkniete.

»Sprichst du Griechisch? Oder Latein?«, fragte sie ihn.

»Beides«, flüsterte Yax. »Wo bin ich?«

»In Sicherheit«, erwiderte sie. »Mein Mann fand dich auf der Straße. Man hat dich niedergeschlagen und ausgeraubt.«

Yax konnte sich an nichts erinnern, aber der Schmerz in seinem Kopf ließ darauf schließen, dass die Frau die Wahrheit sagte.

»Hier«, sagte sie, »trink einen Schluck Wasser.« Sie führte einen Becher an Yax' Lippen und rief nach ihrem Mann.

»Joash, komm. Er ist wach.«

Ein hoch gewachsener Mann mit schwarzem Bart eilte in den Stall und an Yax' Lager.

»Ah, mein Freund, wie ich sehe, bist du erwacht. Du hast eine anstrengende Nacht hinter dir.«

Yax bedachte ihn mit einer ironischen Grimasse.

»Wir hielten dich schon für tot.«

»Vielen Dank, dass ihr mir geholfen habt«, sagte Yax. »Aber wo habt ihr mich überhaupt gefunden?«

»Ich werde es dir erzählen. Aber sag, willst du nicht zuerst etwas zu dir nehmen?«

»Ich weiß nicht ... ich fühle mich noch ziemlich benommen.«

»Dann ist ein Bissen Brot mit Honig und ein heißer Kräutersud genau das Richtige.«

Joash half Yax auf die Beine und stützte ihn, während er mit ihm zum Haus hinüberging. Als sie gemeinsam am Tisch saßen, stellte er Yax seine Frau vor.

»Das ist Leah, meine Gemahlin ... sie hat deine Wunde versorgt und dir den Kopf verbunden.«

»Oh.« Yax fuhr mit der Hand zum Kopf. Er hatte noch gar nicht bemerkt, dass er einen Verband trug. »Danke.«

Während Yax sein Brot verzehrte, schilderte ihm Joash die Ereignisse der vergangenen Nacht.

»Mein Bruder Isaak und ich machten uns auf den Weg zum Amphitheater, um unsere getötete Schwester und die anderen zu holen, und ...«

»Eure Schwester?«, unterbrach ihn Yax. »Ich war dort mit einem Freund ... es war grauenhaft.«

»Du hast sie sterben sehen? Sag, musste sie sehr leiden?«

»Nein, sie war auf der Stelle tot ... im Gegensatz zu den beiden Männern. Die erlitten einen furchtbaren Tod.«

Leah begann lautlos zu weinen, und Joash schwieg eine Weile, bevor er fortfuhr.

»Wir haben ihre sterblichen Überreste letzte Nacht oben in den Hügeln bestattet. Nachdem wir dich zuerst hierher gebracht hatten, damit Leah deine Blutung stillen konnte.«

»Germanicus sagte mir, es handele sich um Feinde des Reiches, die wegen Verrats zum Tode verurteilt wurden. Was hat eure Schwester verbrochen, dass sie eine solche Strafe verdiente?«

»Meine Schwester hatte nichts mit den beiden anderen zu tun. Sie mögen Feinde des Kaisers gewesen sein, aber Rebecca war ganz gewiss keine Feindin Roms.«

Joashs Stimme zitterte, und er bemühte sich, den aufwallenden Zorn zu unterdrücken. »Leah, bring mir noch Kräutersud, vielleicht wird der mich ein wenig beruhigen.«

Stumm nippte er an seinem Becher und wartete, bis sein Zorn verraucht war.

»Die Soldaten tauchten vor ein paar Tagen hier auf und nahmen Rebecca und ihren Sohn David mit. David war achtzehn Jahre alt. Als er sich zur Wehr setzte, töteten sie ihn. Wir fanden seinen Körper auf der Straße. Er liegt ebenfalls in den Hügeln begraben.«

»Aus welchem Grund sollten die Soldaten so etwas tun?«, fragte Yax.

Joash setzte gerade zu einer Antwort an, als ein weiterer Mann den Raum betrat.

»Ah, du siehst schon wesentlich besser aus als vergangene Nacht. Wie geht es deinem Kopf?«

»Er tut immer noch weh.«

»Das wundert mich nicht. Du kannst von Glück reden, dass wir kamen und die Männer die Flucht ergriffen. Wenn mich nicht alles täuscht, sah ich bei einem von ihnen ein Messer aufblitzen. Sie hätten dir weit mehr antun können, als nur deinen Geldbeutel zu rauben.«

»Das ist mein Bruder Isaak«, fiel Joash ihm ins Wort, »aber ich habe dich noch gar nicht nach deinem Namen gefragt.«

»Mein Name ist Yax. Ich bin ein Zimmermann aus Rom.«

»Aber du bist kein Römer. Woher kommst du?«

Yax schwieg einen Moment. »Es mag sich merkwürdig anhören, aber ich weiß es selbst nicht. Mein Volk gehört den Quiché-Maya an ... wir besitzen eine heilige Pyramide ... aber keine, wie es sie in Ägypten geben soll. Ich wurde auf einem Floß über den großen Ozean getrieben und landete in Azamor. Nicht einmal Tiberius kann den Ort, aus dem ich komme, auf seinen Karten entdecken.«

»Tiberius?«, echoten die beiden Brüder.

Yax nickte. »Ja, als der Kaiser noch Feldherr war, kaufte er mich als Sklaven. Heute bin ich ein freier Mann.«

»Ich bin schon viel herumgekommen«, grübelte Isaak, »aber von einem solchen Ort habe auch ich noch nie gehört. Vielleicht liegt er irgendwo in den Urwäldern des Südens ... aber andererseits, du bist kein Schwarzer.«

»Ich bin sicher, dass ich eines Tages den Weg nach Hause finden werde.«

»Ich war gerade dabei, diesem jungen Mann den Grund für die Hinrichtung unserer Schwester zu erklären. Aber da du der Ältere bist, erzähl du es ihm.«

»Bevor ich damit anfange, brauche ich etwas Stärkeres«, seufzte Isaak. »Möchtest du auch einen Becher Wein, Yax?«

Yax nickte. »Er wird vielleicht helfen, die Schmerzen in meinem Kopf zu lindern. Obwohl man annehmen sollte, dass ich gestern Abend genug Wein getrunken habe.«

Die beiden Brüder lächelten verständnisvoll, während Leah den dreien Wein einschenkte.

Nachdem sie einen Zug genommen hatten, räusperte sich Isaak und begann mit seiner Geschichte.

»Wir sind Juden, Nachkommen Abrahams, und unser Volk kann auf eine lange Geschichte zurückblicken. Ein Mann namens Moses, der mit Gott sprach, brachte uns die zehn Gebote, nach denen wir leben. Moses führte unser Volk aus der Unterjochung ... aus Ägypten heraus. Unsere Geschichte ist geprägt von vielen Jahren der Unterdrückung.«

Er hielt kurz inne und nippte an seinem Wein.

»Anders als die Römer, die zahlreiche Götter und Götzen anbeten, denen sie Opfer bringen, wie inzwischen sogar deinem Kaiser Tiberius, glauben wir nur an einen einzigen Gott.«

Yax nickte verstehend. »In meinem Heimatdorf haben wir auch viele Götter ... den Gott des Regens, den Maisgott und den Gott der Meere. Aber der größte von allen ist Kukulkan.«

»Nun, vielleicht glaubst du ja an den gleichen Gott ... es gibt nur einen wahren Gott ...«

Gebannt lauschte Yax Isaaks Worten, wenn dessen Geschichte auch nicht mit seinem eigenen Glauben übereinstimmte.

»... die Propheten haben uns die Ankunft des Messias verkündet, eines Boten Gottes, der unser Volk aus der Unterjochung befreien und Ordnung und Gerechtigkeit über uns bringen wird. Wir alle blickten seiner Ankunft ungeduldig entgegen. Viele nahmen an, dass er in Gestalt eines mächtigen militärischen Führers erscheinen würde, der die Römer aus dem Land verjagt. Als die Propheten uns jedoch verkündeten, dass der Messias eingetroffen sei ... nicht als Mann, sondern als Neugeborenes, waren wir ziemlich verwirrt. Es hieß, dass er zum König der Juden heranwachsen würde.«

Leah füllte die Becher nach. In ihren Augen standen Tränen, als sie die alte Geschichte wieder hörte.

»Wir lebten damals in Judäa, in einem kleinen Dorf namens Bethlehem. Herodes war Tetrarch von Judäa, und als er von der

Geburt des neuen Königs hörte, gab er Befehl, alle Neugeborenen töten zu lassen. Rebecca hatte gerade ihrem Sohn David das Leben geschenkt, also flohen wir, wie viele andere auch. Wir suchten Zuflucht in Höhlen in den Bergen. Dabei stürzte ihr Mann in den Tod. Doch schließlich gelang uns die Flucht über Ägypten, entlang der Küste nach Karthago und weiter hierher nach El Gem.«

Yax hielt seinen Becher hoch und bat um mehr Wein. Allmählich wich der Schmerz aus seinem Kopf.

»Das muss eine ziemlich beschwerliche Reise gewesen sein.«

»In der Tat, aber es war die Mühe wert. Nachdem wir uns hier niedergelassen hatten, begannen wir mit dem Bau dieses Hofes«, berichtet Joash. »Meine Frau Leah, Isaak, Rebecca und ihr kleiner Sohn David.«

Isaak nahm noch einen Schluck Wein.

»Aber leider«, fuhr er fort, »ist das Problem, das wir hinter uns zu lassen glaubten, uns inzwischen bis hierher gefolgt.«

»Von welchem Problem sprichst du?«

»Vom Zensus, der Volkszählung, die seinerzeit, als Publius Quirinius Statthalter in Syrien war, von Augustus angeordnet wurde, damit alle Bewohner des Reiches in Steuerlisten eingetragen werden konnten. Wie wir später hörten, wurden beinahe fünf Millionen Namen zusammengetragen. Natürlich vermerkten die Soldaten auch unsere Namen und den von Rebecca und ihrem neugeborenen Sohn. Wir hielten die Befragung damals für eine harmlose Verwaltungsangelegenheit, doch sie sollte Rebeccas Todesurteil bedeuten.«

»Rebeccas Todesurteil?«, fragte Yax verständnislos.

»Ja ... dadurch wurde die Geburt ihres Sohnes registriert. Und als Herodes befahl, alle Neugeborenen zu töten, flüchteten wir, wie viele andere Familien auch. Herodes sollte nie erfahren, ob er in seinem Bestreben, den neuen König der Juden zu töten, erfolgreich gewesen war, da man unzählige Kleinkinder aus Bethlehem herausschmuggelte. Wir waren außer uns vor Freude, als wir vom Tod des Herodes erfuhren und die Verfolgung eingestellt wurde.«

»Wurde sie denn wirklich eingestellt?«

»Nur für kurze Zeit«, warf Joash ein. »Herodes hatte viele Frauen ... zehn, so viel ich weiß ... und zahlreiche Kinder. Einer seiner Söhne, Herodes Antipas, übernahm die Herrschaft in Judäa. Da auch er zum König der Juden gekrönt werden wollte, bediente er sich der Angaben der Volkszählung, um all jene aufzuspüren, die damals entkommen waren.«

»Die Römer«, fuhr Isaak fort, »führen alle vierzehn Jahre einen Zensus durch. Und eines Tages – wir waren gerade mit unserem Gemüse auf dem Weg zum Markt – wurden wir an einer Wegezoll-Station auf der Straße nach El Gem in ihrer neuen Zählung erfasst. Wir befanden uns alle zusammen auf dem Wagen, und als man David nach seinem Geburtsort fragte, gab er Bethlehem an. Es war zu spät, etwas anderes zu behaupten. Natürlich konnten wir dem Jungen, der in seiner Unschuld nur die Wahrheit gesagt hatte, keinen Vorwurf machen, aber wir lebten noch Jahre danach in Furcht, bis wir die Sache irgendwann vergaßen.«

»Bis letzte Woche«, seufzte Joash, »die Soldaten kamen und Rebecca und David mitnahmen.« Bitterkeit lag in seiner Stimme.

»Siehst du«, fuhr Isaak schwermütig fort, »wir hatten keine Ahnung, dass zwischen Herodes und Rom ein Abkommen bestand, dass man ihm Informationen über alle in Bethlehem gebürtigen Juden lieferte.«

»Wollt ihr damit sagen, dass er nach all den Jahren immer noch die Ankunft des Messias fürchtete und seinen Tod wünschte?«

»Wir haben sogar gehört, dass er Tiberius um den Titel des Königs von Judäa gebeten hat. Aber sein Anliegen wurde abgelehnt.«

»Weiß Tiberius von diesem König der Juden?«

»Wahrscheinlich nicht ... das Ganze hat nichts mit dem römischen Imperium zu tun. Herodes Antipas wurde in Rom erzogen und ist mit der Tochter eines arabischen Königs verheiratet. Die Weitergabe der Namen der Volkszählung war vermutlich nichts als eine Geste politischen Entgegenkommens.«

»Und weshalb sind die Soldaten dann hier aufgetaucht?«, fragte Yax in dem Bestreben, die Beteiligung Roms in dieser Sache zu begreifen.

»Aus rein politischen Gründen«, erwiderte Isaak. »Vor über fünfzig Jahren unterstützten die Römer Herodes' Vater bei der Machtübernahme in Jerusalem. Es besteht eine historische Tradition zur Zusammenarbeit zwischen Rom und Jerusalem, um den Frieden aufrechtzuerhalten. Das Ganze ist ein politisches Bündnis.«

»Und was ist mit dem Messias? Lebt er, oder wurde er getötet?«

»Wir wissen es nicht ... wir können nur hoffen, dass er lebt. Aber wenn, muss er noch ein Knabe sein, etwa im gleichen Alter, wie David es war.«

»Was für eine traurige Geschichte«, sagte Yax. »Ich hoffe, dass er diesen Herodes zur Verantwortung zieht, wenn er erwachsen ist!«

»Das hoffen wir auch«, seufzte Joash, »falls Herodes ihn nicht zuerst zu fassen bekommt.«

Die Sonne brannte vom Nachmittagshimmel, als die Brüder Yax zurück in den Stall begleiteten. »Du ruhst dich besser noch etwas aus. Vielleicht solltest du noch eine Nacht hier verbringen.«

»Ich muss zurück nach Utica, dort wartet das Schiff, das mich wieder nach Rom bringen soll, zusammen mit Germanicus und den Prätorianersoldaten.«

Isaak hob die Augenbrauen. »Du reist in sehr vornehmer Gesellschaft. Ist Germanicus nicht mit dem Kaiser verwandt?«

»Ja, er ist sein Neffe. Wir wurden beauftragt, uns die Aquädukte anzusehen. Ich fürchte, sie werden ohne mich heimwärts segeln.«

»Wir können heute Abend aufbrechen. Du kannst hinten auf dem Wagen schlafen, und wir werden spätestens bei Sonnenaufgang dort sein«, versicherte ihm Joash.

Wie versprochen, rollte der Wagen in die Docks von Utica ein, als die ersten Sonnenstrahlen sich über die fernen Hügel tasteten. Yax sah erleichtert, dass das Schiff noch immer am Pier schaukelte, so, wie sie es vor ein paar Tagen zurückgelassen hatten.

»Wir kommen gerade rechtzeitig«, sagte Joash, müde von der nächtlichen Fahrt. »Hast du ein wenig schlafen können, mein Freund?«

»Es geht«, erwiderte Yax. »Die Schmerzen in meinem Kopf haben mich die meiste Zeit wach gehalten.«

»Nun, vielleicht wird das sanfte Schaukeln des Meeres dir ein wenig Linderung verschaffen ... es sieht recht friedlich aus.«

Der Kapitän begrüßte sie, während die Brüder Yax über den Anlegesteg an Deck halfen.

»Ihr scheint einen kurzweiligen Aufenthalt verbracht zu haben. Die anderen sind noch nicht eingetroffen. Wird man sie auf Tragbahren bringen?«

Yax quittierte die Bemerkung mit einem gequälten Lächeln.

»Ich wurde ausgeraubt, Kapitän. Diese Männer haben mir geholfen ... gebt ihnen einen angemessen Lohn dafür.«

»Nein, nein«, widersprachen die beiden wie aus einem Munde. »Wir nehmen kein Geld an. Wir sind froh, dass wir diesem Mann in der Not beistehen konnten.«

»Ich danke euch«, sagte Yax zu ihnen und umarmte die Brüder. »Ich verdanke euch mein Leben.«

»Möge Gott dich beschützen«, sagte Isaak, bevor sie das Schiff verließen.

Der Kapitän begutachtete den Verband um Yax' Kopf. »Ich werde nach einem Arzt schicken. Ruh dich am besten in meiner Kabine aus.«

Der Arzt legte gerade letzte Hand an den neuen Verband um Yax' Kopf, als Germanicus, gefolgt vom Kapitän, in die Kabine stürzte.

»Yax! Was ist mit dir passiert? Wir haben ganz El Gem nach dir abgesucht!«

»Er braucht Ruhe«, sagte der Arzt mit Bestimmtheit. »Er hat eine ernste Wunde am Kopf, und ich habe ihm ein Beruhigungsmittel gegeben, damit er schläft.«

»Mir geht es gut«, murmelte Yax benommen. »Ich werde später alles erzählen.«

»Der Baumeister ist jetzt an Bord«, meldete der Kapitän. »Wir können ablegen, sobald der Arzt mit seiner Arbeit hier fertig ist.«

»Gut«, erwiderte Germanicus. »Ich bleibe hier bei Yax.«

Als der Arzt sich erhob, flüsterte er Germanicus zu: »Lass ihn ruhen, Tribun. Wenn er erwacht, wird noch Zeit genug sein, dir alles zu erzählen.«

Das sanfte Schaukeln des Schiffes lullte Yax in tiefen Schlaf. Nach ein paar Stunden, als die Wirkung des Schlafmittels nachzulassen begann, glitt er ins Träumen hinüber und erlebte noch einmal die Unterhaltung mit den beiden Brüdern. Eine lange vergessene Vision fand den Weg zurück in sein Bewusstsein: Die heilige Pyramide und der Hohepriester erschienen in seinem Traum. Erneut wiederholte Pupol die rätselhaften Worte: »Wenn du den Sohn Gottes gefunden und dein Blut sich mit seinem vereint hat, wirst du zum König der Quiché-Maya gekrönt.«

Yax gab ein dumpfes Stöhnen von sich, und Germanicus eilte sofort an sein Lager.

»Yax, bist du wach?«

»Ja, ich glaube ... wo sind wir?«

»Du hast eine Ewigkeit geschlafen. Wir sind fast zu Hause. Vor kurzem haben wir die Küste von Ostia passiert.«

»Meine Kehle ist so trocken ... gibt es hier Wasser?«

Germanicus half Yax sich aufzusetzen und führte einen Becher an seine Lippen.

»Kannst du mir jetzt erzählen, was passiert ist?«

»Ja«, erwiderte Yax und schwang die Beine über den Rand seines Lagers. Er schwieg einen Augenblick, um seine Gedanken zu ordnen, und fragte dann: »Hast du jemals vom König der Juden gehört?«

»Nun, Herodes Antipas hat um diesen Titel gebeten, aber er hat nicht das Zeug zum König. Er hat das Tetrarchat von Galilea und Perea geerbt und wurde Herrscher von Judäa, doch er ist nicht als König anerkannt. Weshalb fragst du?«

Yax begann mit seiner Geschichte, und gerade als er fertig war, erreichte das Schiff die Einfahrt zum Tiber.

»Komm«, sagte Germanicus zu ihm, »machen wir uns fertig, von Bord zu gehen. Ich bin froh, dass du das alles gut überstanden hast. Ich hätte ernsthafte Schwierigkeiten bekommen, wenn ich ohne dich zurückgekehrt wäre. Tiberius hätte gewiss die gesamte Prätorianergarde losgeschickt, um dich aufzuspüren. Was diese Geschichten von einem Messias angeht, so kümmere dich nicht weiter darum. Das ist nichts als religiöses Geschwafel, das jeglicher Grundlage entbehrt.«

Es dauerte fast einen Monat, bis Yax sich vollkommen von seiner Kopfverletzung erholt hatte. Jedes Mal, wenn er versuchte, sich den Schnitzereien an dem neuen Tisch zu widmen, fing sein Kopf zu dröhnen an, und alles verschwamm ihm vor den Augen. Der Palastarzt, der sich um ihn kümmerte, war zu dem Schluss gekommen, dass Yax eine schwere Gehirnerschütterung davongetragen habe, die nur durch Bettruhe mit der Zeit ausheilen würde. Folglich geriet er mit seinen Aufträgen in Verzug. Einer dieser Aufträge bestand in einem weiteren Tisch für Seneca, den Älteren, der seinen ersten Tisch vor vielen Jahren erworben hatte, noch von Demetrius in Karthago.

»Wie lange wird es noch dauern?«, erkundigte sich Annaeus Seneca beim Betreten der Werkstatt.

»Ich fürchte, länger als geplant, Herr, da es mir in den vergangenen Wochen nicht besonders gut ging.«

»Dann könntest du vielleicht jemanden gebrauchen, der dir hilft, damit es ein wenig schneller geht.«

»Ja«, seufzte Yax, »das Schmirgeln und Polieren der Tischplatte erfordert viel Zeit und Mühe. Bisher habe ich all meine Zeit mit den Schnitzereien an den Beinen verbracht.«

»Dann habe ich einen Vorschlag. Mein Sohn Lucius ist aus Alexandria zurückgekehrt, wo er sich fünf Jahre lang seinen Studien widmete. Jetzt will er Rechtsgelehrter werden. Er verbringt seine ganze Zeit mit Büchern und Aufzeichnungen, und ich bin der Meinung, eine Pause würde ihm gut tun. Wenn du einverstanden bist, schicke ich ihn für einen Monat zu dir.«

Lucius Annaeus Seneca

Am vereinbarten Tag lieferte Seneca der Ältere seinen Sohn in Yax' Werkstatt ab.

»Yax, das ist mein Sohn Lucius.«

Yax legte sein Schnitzwerkzeug auf die Werkbank, wischte sich die Hände an seinem Arbeitshemd ab und blickte dem jungen Mann entgegen, der ein wenig größer als er selbst und von schlankerer Gestalt war. Der Vater schob ihn ein wenig nach vorn, und der junge Bursche ging schüchtern auf Yax zu.

»Ich freue mich, dich kennen zu lernen, Meister Yax«, sagte er.

Yax lachte auf. »Ich bin alles andere als ein Meister. Mein Lehrer war Zimmermanns-Meister, ich bin bloß Holzschnitzer.«

»Nein, nein«, verbesserte ihn der ältere Seneca. »Yax ist sehr wohl ein Meister seines Fachs. Seine Tische sind wahre Kunstwerke.«

Yax streckte dem Jungen lächelnd die Hand entgegen. »Willkommen in meiner Werkstatt. Wenn ich es recht verstanden habe, bist du hier, um mir bei der Arbeit am Tisch deines Vaters zu helfen.«

»So ist es«, bestätigte Seneca der Ältere, »ich möchte, dass er so lange bleibt, bis der Tisch fertig ist. Natürlich werde ich für seinen Aufenthalt bezahlen.«

Yax zögerte einen Augenblick, und Lucius warf ihm ein verlegenes Lächeln zu.

»Eine sehr gute Idee. Dann werden wir uns als Erstes daran machen, ihm ein Bett zu bauen. Hier ist genug Platz für zwei.«

Am Nachmittag war das zweite Bett fertig gestellt, und die beiden jungen Männer hatten sich lange genug unterhalten, um einander kennen zu lernen und sich sympathisch zu finden.

»Sag, bist du eigentlich auf eigenen Wunsch hier oder eher auf Drängen deines Vaters?«, erkundigte sich Yax.

»Nun ja, um ehrlich zu sein, habe ich mich nur ungern von meinen Studien getrennt, aber jetzt, wo ich hier bin, glaube ich, dass die Arbeit mir gefallen wird.«

»Schön. Deinem Vater liegt sehr viel an diesem Tisch, und ich bin ein wenig in Verzug geraten. Aber keine Angst, wir werden nicht nur arbeiten, sondern auch unseren Spaß haben.«

»Oh, ich fürchte mich nicht vor Arbeit ... ich bin daran gewöhnt und brenne darauf, das Schnitzerhandwerk von dir zu lernen.«

»Und ich brenne darauf, alles über deine Ausbildung in Ägypten zu erfahren. Ich glaube, wir werden reichlich Gesprächsstoff haben. Aber jetzt bin ich erst einmal hungrig. Gehen wir ins Haupthaus, etwas essen.«

»Der Imperator kommt nicht oft hierher«, erklärte Yax, als sie den Hof überquerten. »Meistens hält er sich im kaiserlichen Palast auf. Aber ich habe hier mein Zuhause und meine Arbeit. Meine offizielle Funktion ist die des Haushüters und ›Palast-Zimmermanns‹, aber in Wahrheit habe ich dort recht wenig zu tun.«

»Du hast eine sehr bevorzugte Stellung. Mein Vater erzählte mir, dass du früher Sklave warst. Ist das wahr?«

»Ja, das stimmt. Tiberius kaufte mich, als er noch Feldherr der kaiserlichen Armee war. Nach seiner Ernennung zum Imperator schenkte er mir die Freiheit. Ich stehe unter seinem Schutz.«

Bei einem zweiten Becher Wein erzählte Yax seinem neuen Freund, so weit er es vermochte, seine Geschichte.

»Dann hast du also überhaupt keine Vorstellung, wo das Dorf liegen könnte, aus dem du kommst?«

»Nein, nicht einmal der Kartograph der kaiserlichen Armee konnte es mir mit Sicherheit sagen.«

»Ich werde dir vermutlich auch keine große Hilfe sein. Abgesehen von Ägypten habe ich bisher nur Judäa und Persien bereist.«

»Erzähl mir von Ägypten«, bat Yax eifrig. »Wie ich gehört habe, sind die Pyramiden dort noch größer als in meinem Heimatdorf.«

Sie plauderten bis tief in die Nacht. Nach zahlreichen Bechern Wein fielen sie in ihre Betten und schliefen schnarchend ein. Sie erwachten erst, als die Sonne bereits hoch am Himmel stand.

»Heute ist mir wahrlich nicht nach Arbeit zumute«, stöhnte Yax, während er sich ächzend erhob und sich die Augen rieb.

»Mir auch nicht«, erwiderte Lucius. »Übrigens brauchen wir heute nicht zu arbeiten, es ist Sabbat.«

»Sabbat?«

»Ja, das ist ein Brauch, den ich in Alexandrien kennen gelernt habe ... an einem Tag der Woche soll man ruhen und die Arbeit niederlegen.«

»Fein, feiern wir also den Sabbat und besuchen die Bäder.«

»Gute Idee, ich könnte eine Massage vertragen.«

»Ich lasse einen Wagen rufen.«

Als der Wagen sie vor den Bädern gegenüber der Basilika absetzte, legte Lucius Yax seine Hand auf die Schulter.

»Hier lässt man uns gewiss nicht ein, denn es sind keine öffentlichen Bäder. Nicht einmal mein Vater wird hier eingelassen, obwohl er es schon mehrmals versucht hat.«

»Ja.« Yax lächelte. »Diese Bäder sind den Magistraten, Senatoren und anderen Mitgliedern der Regierung vorbehalten, aber ich komme immer hierher.«

»Ich fasse es nicht«, murmelte Lucius, als der Türwächter sie lächelnd vorbeiwinkte. »Wenn ich das meinem Vater erzähle ...«

Sie verweilten nur kurz im Caldarium, dem Heißwasserbecken.

»Es ist viel zu heiß hier drin«, stöhnte Lucius.

»Ganz meine Meinung«, erwiderte Yax. »Sie müssen die Kohlen frisch angeheizt haben. Berühre bloß nicht die Seitenwände, sie glühen beinahe.«

Im Tepidarium war es schon angenehmer. Nach kurzem Eintauchen in das kalte Becken trocknete Yax sich ab, während Lucius sich eine Massage gönnte.

»Fühlst du dich jetzt besser?«, fragte Yax, während sie sich dem Ausgang zuwandten.

»Ja, jetzt könnte ich etwas zu essen vertragen.«

Sie waren gerade im Begriff, das Badehaus zu verlassen, als der Wärter einen neuen Gast willkommen hieß, der beim Hereineilen mit Yax zusammenprallte. Eine Entschuldigung brummend, wandte der Man sich um und blieb bei Yax' Anblick abrupt stehen. Sekundenlang musterte er dessen Gesicht.

»Verzeihung, ich glaubte dich zu kennen«, murmelte er, raffte sein Gewand zusammen und setzte seinen Weg fort.

»Ein ziemlich rüder Kerl«, bemerkte Lucius. »Kanntest du ihn?«

»Ich bin nicht sicher«, erwiderte Yax ausweichend.

»Ich bitte um Nachsicht«, sagte der Türwärter, der den Zwischenfall beobachtet hatte. »Der Mann ist ein neues Mitglied bei uns und hält sich für ausgesprochen wichtig.«

»Und wer ist er?«, erkundigte sich Lucius.

»Er wurde vor kurzem zum Präfekt der Prätorianergarde ernannt. Sein Name ist Aelius Sejanus.«

Yax fuhr zusammen. »Dachte ich's mir doch«, murmelte er und schob Lucius hinaus auf die Straße. »Komm, fahren wir nach Hause.«

Auf der Heimfahrt war Yax ungewohnt in sich gekehrt. In Gedanken durchlebte er noch einmal die schreckliche Nacht in der Oase. Lucius versuchte ein paar Mal eine Unterhaltung zu beginnen, doch als er keine Antwort von seinem Freund erhielt, verstummte er ebenfalls. Schweigend legten sie die Fahrt zur Werkstatt zurück.

»Ich bin müde und werde mich hinlegen«, seufzte Yax und ließ sich aufs Bett sinken.

»Mach dir meinetwegen keine Gedanken«, erwiderte Lucius. »Ich habe meine Bücher mitgebracht und werde den Nachmittag mit Lektüre verbringen.«

Als Lucius am nächsten Morgen erwachte, arbeitete Yax bereits an einem Tischbein.

»Du musst aber früh aufgestanden sein«, bemerkte Lucius und rieb sich gähnend die Augen.

»Ich habe nicht besonders gut geschlafen letzte Nacht«, erwiderte Yax.

»Dieser Mann, Sejanus ... der Zusammenstoß mit ihm hat dich ziemlich aus der Fassung gebracht, nicht wahr?«

Yax nickte stumm. Einen Augenblick spielte er mit dem Gedanken, Lucius von der Sklavenkarawane und dem Zwischenfall mit Sejanus zu erzählen, entschied sich dann aber dagegen.

»Ich habe ihn vor vielen Jahren einmal kennen gelernt und mag ihn nicht besonders.«

»Glaubst du, er hat dich wieder erkannt?«

»Vielleicht, vielleicht auch nicht. Ich wahr damals viel jünger und kleiner.«

»Gibt es Frühstück?«

»Ja, es steht auf der Werkbank. Ein paar Früchte und süßes Brot. Ich glaube, ich lege eine Pause ein und leiste dir beim Frühstücken Gesellschaft.«

Yax nippte an seinem Getränk und beobachtete, wie Lucius sich über das Tablett hermachte.

»Du warst wohl ziemlich ausgehungert?«

»Jetzt ist es schon besser ... immerhin hatten wir gestern kein Abendbrot.«

»Oh, tut mir Leid, ich vergaß, dem Diener Bescheid zu geben.«

»Kein Problem«, erwiderte Lucius, »jetzt bin ich gesättigt und bereit für die Arbeit. Sag mir, was ich tun soll.«

»Ich zeig es dir«, sagte Yax und reichte ihm ein Arbeitshemd.

Sie arbeiteten, ohne viele Worte zu wechseln, bis der Diener ihnen das Mittagsmahl auftrug. Lucius wischte sich mit dem Ärmel seines Hemdes den Schweiß von der Stirn.

»Puh, ich würde es vorziehen, wenn du mir das Schnitzen beibrächtest, anstatt mich diese Tischplatte polieren zu lassen ... das ist ja Schwerstarbeit.«

»Komm, setz dich und iss etwas ... du hast dir eine Pause verdient.«

Die beiden jungen Männer setzten sich und widmeten sich ein paar Minuten stumm ihrer Mahlzeit. »Wir sollten heute Abend wieder die Bäder besuchen, ich könnte noch eine Massage vertragen.«

»Ich glaube nicht, dass ich noch einmal dorthin gehe«, antwortete Yax, »ich habe keine Lust, diesem Mann noch einmal über den Weg zu laufen.«

»Das kann ich verstehen. Er sah wahrhaftig nicht vertrauenerweckend aus. Hast du die Narbe auf seiner Wange bemerkt?«

»Hier, nimm den Rest vom Hühnerfleisch«, erwiderte Yax ausweichend. »Ich habe genug.«

»Du willst nicht über ihn reden, stimmt's?«, fragte Lucius zwischen zwei Bissen.

»Nein, ich würde ihn lieber vergessen!«

»Na gut«, lenkte Lucius ein und spülte die Reste seiner Mahlzeit mit einem Schluck Wein hinunter, »dann erzähl mir etwas über deine Schnitzereien. Wen stellen diese Gesichter dar?«

»Es sind die Götter meines Volkes«, antwortete Yax und nahm ein fertiges Tischbein zur Hand. »Das hier ist Kukulkan, der Gott der Schöpfung, der mächtigste unter den Göttern. Das hier, unter ihm, ist sein Sohn, der eines Tages seinen Platz einnimmt. Ich weiß nicht, wie er aussieht, deshalb habe ich ihn als kleinere Version seines Vaters dargestellt.«

Yax deutete auf die dritte Figur. »Dieser hier ist Auhau, der Gott des Windes, und das ist Zin, der Gott der Zeit. Der große hier unten stellt Chan Zom dar, den Bewahrer der Geheimnisse, der die Sprache der Sterne und die Zeichen der Natur versteht.«

»Das klingt sehr interessant«, bemerkte Lucius nachdenklich, während er das Tischbein in der Hand drehte. »Deine Götter sehen ziemlich fremdartig aus.«

»Nicht fremdartiger als die Götter Roms«, erwiderte Yax, »oder die der Ägypter mit ihren Tierköpfen.«

»Tut mir Leid«, erwiderte Lucius, »ich wollte nicht herablassend klingen. Es scheint, dass jedes Volk seine eigenen Götter hat, und doch stimmen alle darin überein, dass es nur einen Hauptgott gibt, der über die anderen herrscht.«

»Stimmt ... ein einziger Gott wäre vermutlich überfordert.«

»Und wenn es doch nur einen einzigen Gott gäbe? Einen, der alles vermag?«

»Ich habe von einem solchen Gott gehört.«

»Wo? Hier in Rom?«

»Nein, von zwei Brüdern, die ich in El Gem traf.«

»Waren es Priester?«

»Nein, sie sind Bauern ... Isaak und Joash. Sie erzählten mir von ihrem einzigen Gott in Judäa.«

»Dann sind sie Juden.«

»Stimmt. Aber genug jetzt von Göttern. Machen wir uns wieder an die Arbeit.«

Den Rest des Tages arbeiteten sie schweigend Seite an Seite,

Yax an seiner Schnitzarbeit, Lucius an der Politur der Tischplatte. Am Abend begutachtete Yax zufrieden ihr Tagewerk.

»Ich glaube, der Tisch deines Vaters wird doch früher fertig. Noch zwei Wochen vielleicht.«

»Bin ich denn nicht schon so gut wie fertig mit der Politur?«

»Keineswegs, mein Freund. Die Oberfläche muss vollkommen getrocknet sein, bevor man die nächste Schicht auftragen kann. Danach kannst du dir diese beiden Beine vornehmen ... nicht zu vergessen die beiden, an denen ich zurzeit noch arbeite.«

»Nun«, seufzte Lucius, »mein Vater sagte bereits, dass es mindestens einen Monat dauern würde.«

»Bist du enttäuscht, dass noch so viel Arbeit vor uns liegt?«

»Das nicht. Ich kann es nur nicht erwarten, zu meinen Büchern zurückzukehren.«

»Für heute machen wir Schluss. Wir werden zu Abend essen, und du erzählst mir von deinen Studien, die dich so fesseln.«

Nach dem Essen holte Yax einen Krug Wein und zwei Becher.

»So, mein Freund, jetzt erzähl mir, womit du dich in Alexandrien beschäftigt hast. Bestimmt weißt du viel mehr von dieser Welt, als ich in meiner kurzen Zeit hier lernen konnte.«

»Nun«, begann Lucius vorsichtig, »was ich gelernt habe, beruht auf den Weisheiten der griechischen Philosophie und steht in direktem Kontrast zu deinem Glauben an jene Götter, die du in deinen Tischbeinen verewigst.«

»Ich habe diesen Glauben von meinen Eltern übernommen. Der alte König Uxmal und der Hohepriester predigten uns von der Heiligen Pyramide herab, wie wir zu leben hatten und wie man zu den Göttern betet, die unser Leben lenken. Wir haben ihnen Opfer gebracht, damit der Mais gedieh und unsere Fischnetze niemals leer blieben. Doch die Götter des Meeres haben zugelassen, dass Chilan starb, und der Gott des Windes hat mich von meinem Dorf fortgetrieben. Und Kukulkan hat mich nicht vor meinen Feinden beschützt. Heute lebe ich in einem fremden Land, mit vielen neuen, mir fremden Göttern und ... nun ja, ich muss gestehen, dass ich oft nicht mehr weiß, an wen ich meine Gebete richten soll.«

Lucius nahm einen Schluck Wein und schwieg nachdenklich.

»Auch ich habe viel über diese Dinge nachgedacht und zahlreiche Kämpfe in meinem Innern ausgefochten. Aber in Alexandrien hatte ich einen Lehrer, einen jüdischen Philosophen namens Philo Judaeus*, der mir die Antworten auf all meine Fragen gab.«

»Hm«, machte Yax und nippte ebenfalls an seinem Kelch, »dann kannst du mir also sagen, was ich glauben soll?«

»Nein, ich kann dir nicht sagen, was oder woran du glauben sollst, aber ich werde dir sagen, was ich heute weiß ... und es ist die Wahrheit!«

Yax musterte seinen jungen Gehilfen neugierig. Konnte es wirklich sein, dass dieser Junge, der mit seinen achtzehn Jahren noch jünger war als er selbst, über eine Weisheit verfügte, die sogar jene des Hohepriesters übertraf? Einerseits zweifelte er daran, aber andererseits ... nichts von dem, was er selbst wusste, hatte ihn bisher weiter gebracht. Möglicherweise gab es da noch irgendetwas ... natürlich wagte er nicht von seinem Traum zu erzählen, aber vielleicht konnte Lucius ihm eine Information geben, die ihm bei seiner Suche von Nutzen war.

»Vielleicht kann das, was du mir erzählst, nichts an meinem Glauben ändern, aber nach allem, was mir widerfahren ist, höre ich dir gern zu. Doch zuerst lass uns noch einmal die Becher füllen.«

Der Mond war am Abendhimmel aufgegangen und warf sein

---

* Philon v. Alexandrien (13v.Chr.-45/50n.Chr.) jüd.hellen. Religionsphilosoph, der versuchte seinen heidn. Zeitgenossen d. Kenntnisse d. Judentums zu vermitteln u. zu beweisen, dass die fünf Bücher Mose sich mit den Erkenntnissen d. Philosophie vereinbaren lassen (Anm. d. Ü.)

fahles Licht durch das Fenster direkt auf eines der Tischbeine. Im Halbdunkel ruhte der Blick der beiden jungen Männer wie prüfend auf den Zügen des Kukulkan.

»Dein Gott, den du Kukulkan nennst«, begann Lucius, während er sich räusperte und einen Schluck Wein nahm, »ist der Gleiche, den ich kenne und den ich einfach Gott nenne. Er ist der Schöpfer aller Dinge. Durch die Ordnung der Natur lenkt er die Struktur des menschlichen Daseins. Die Welt und alles, was in ihr ist, folgt einem höheren Sinn. Der Mensch ist das Ebenbild Gottes ... Gottes Anwesenheit in uns nennt man Seele, und die Seele ist wichtiger als der Körper.«

Lucius schwieg einen Augenblick, ehe er fortfuhr: »Das sind nicht meine Worte, sondern die eines griechischen Philosophen namens Plato, der sie vor über dreihundertfünfundsiebzig Jahren niederschrieb. Es sind seine Arbeiten, die ich in Alexandrien mit dem Gelehrten Philo studiert habe.«

»Er muss ein sehr weiser Mann gewesen sein«, erwiderte Yax. »Hat Philo jemals mit Gott gesprochen?«

»Nein, ich glaube nicht, aber Philo hat die Schriften Platos mit denen eines Mannes verglichen, der das von sich behauptet.«

»Ich weiß«, unterbrach ihn Yax eifrig, »lass mich einen Moment nachdenken ... das war Moses!«

»Richtig«, bestätigte Lucius überrascht. »Woher weißt du das?«

»Isaak hat mir in El Gem davon erzählt.«

»Was hat er noch erzählt?«

»Nicht sehr viel, aber er sagte, dass Moses mit Gott gesprochen habe und dieser ihm Gesetze verkündete, nach denen sie seither leben.«

»Das ist im Grunde das, woran auch ich glaube«, bestätigte Lucius erregt, »und genau das habe ich bei Philo gelernt, der die Gesetze Mose mit den Schriften Platos verglich.«

»Jetzt hast du mich ein wenig verwirrt. Als dein Vater dich zu mir brachte, erwähnte er mit keinem Wort, dass du studierst, um Priester zu werden ... er sprach davon, das du Rechtsgelehrter werden willst. Oder willst du beides?«

»Nein. Bevor ich nach Alexandrien ging, wusste ich noch gar nicht, was ich werden wollte ... vielleicht Gelehrter und Lehrer. Ich studierte Geschichte und später Philosophie, wodurch ich Philo Judaeus und seine Arbeit kennen lernte. Das erweckte mein Interesse an der Religion, ich begann mich mit dem Alten Testament zu beschäftigen, was mich wiederum auf die Rechtswissenschaften brachte.«

Yax unterdrückte ein Gähnen. »Verzeih, Lucius, aber ich bin rechtschaffen müde. Ich brenne darauf, mehr von deiner Geschichte zu hören, aber heute kann ich die Augen nicht mehr aufhalten. Reden wir morgen weiter. Sogar der Mond ist schon schlafen gegangen.«

Am Morgen erwachten sie von lautem Donnern, das von heftigem Regengeprassel begleitet wurde. Yax setzte sich abrupt auf, da ihn augenblicklich die Vision eines sturmgepeitschten Floßes auf hoher See heimsuchte. Sein Gesicht war feucht vom Sprühregen, der durchs geöffnete Fenster hereinwehte, und er bemühte sich vergeblich, den Fensterladen zu schließen, der immer wieder von außen gegen die Mauer schlug.

»Lucius ... bist du wach?«

»Ja«, kam die verschlafene Antwort, »bei dem Lärm bekommt man ja kein Auge zu.«

»Dann steh auf und hilf mir. Ich muss nach draußen und den Fensterladen befestigen.«

Tropfnass kehrte Yax zurück.

»Lucius, zünde das Feuer im Ofen an, ich suche mir inzwischen etwas Trockenes zum Anziehen. Aber verbrenne nicht das teure Teakholz!«

In seinen farbenfrohen Mantel gehüllt, kehrte Yax in die Werkstatt zurück.

»Du siehst aus wie ein arabischer Ziegenhirt.« Lucius grinste, während er der schwachen Glut weitere Späne zufügte.

»Stimmt, der Mantel gehörte tatsächlich einmal einem arabischen Ziegenhirten. Er hat mir das Leben gerettet ...«, Yax legte eine nachdenkliche Pause ein. »Aber später hat er mich an eine Sklavenkarawane verkauft.«

Lucius lachte. »Nun, in Judäa würdest du damit kaum auffallen.«

»Vielleicht sollte ich mich dorthin begeben ... wenigstens würde ich dort nicht ausgelacht!«

Nach einer Weile hatte das Feuer im Ofen die morgendliche Feuchtigkeit aus dem Raum vertrieben. Yax legte gerade einen Holzscheit nach, als ein lautes Pochen an der Tür ertönte.

»Sehr gut, das muss der Diener mit dem Frühstück sein.« Lucius öffnete eilig die Tür und stand einem Soldaten der Prätorianergarde gegenüber, der sich in Begleitung eines weiterem Mannes befand, dessen Kopf mit einem weißen Tuch umhüllt war.

»Ist das die Werkstatt, in der die kunstvollen Tische angefertigt werden?«, fragte der Soldat.

»Ja, das ist richtig, komm herein«, erwiderte Lucius.

Der Soldat salutierte lächelnd, als er Yax erkannte. »Schön, dich wieder zu sehen. Erinnerst du dich? Ich habe dich und den Tribun Germanicus nach El Gem begleitet.«

»Ja, natürlich«, antwortete Yax und trat aus dem Halbdunkel in den Schein des Feuers.

»Ich bringe dir einen neuen Kunden. Darf ich vorstellen, der Kommandeur der Prätorianergarde ... Präfekt Aelius Sejanus.«

Sejanus zog das Tuch von seinem Kopf und starrte Yax an. Das Blut schoss ihm ins Gesicht, sodass die Narbe auf seiner Wange aufleuchtete. Zornbebend deutete er mit dem Finger auf Yax. »Also bist du es doch! Ich erinnere mich an den Mantel.

Du bist der Kerl, dem ich das hier zu verdanken habe!« Mit vorgestrecktem Kinn und zusammengebissenen Zähnen deutete er auf seine Wange.

»Soldat! Verhafte diesen Mann und wirf ihn ins Gefängnis!«

Stille senkte sich über den Raum, nur das leise Knistern des Feuers war zu hören. Selbst Regen und Wind schienen in ihrem Toben innezuhalten. Die Spannung war beinahe mit den Händen zu greifen.

Lucius blickte Yax an, der wie erstarrt in Sejanus' hasserfüllte schwarze Augen blickte.

Der Soldat brach als Erster das Schweigen. »Aber, Herr ...« stammelte er verwirrt, »ich kann deinem Befehl unmöglich Folge leisten. Der Zimmermann Yax steht unter dem persönlichen Schutz des Imperators Tiberius!«

»Das werden wir noch sehen!«, zischte Sejanus, machte auf dem Absatz kehrt und stürmte aus der Tür. »Bring mich sofort zum Palast!«

Der Soldat warf Yax ein verlegenes Lächeln zu und folgte dem Präfekten in den Regen hinaus, der jetzt wieder mit unverminderter Heftigkeit vom Himmel prasselte. Lucius schloss die Tür hinter dem Mann und lehnte sich mit zitternden Knien dagegen, während Yax sich zu Boden sinken ließ. Schweigend verharrten sie ein paar Minuten lang.

»Was geschieht nun? Wird man dich ins Gefängnis sperren?«

»Nein«, seufzte Yax und stand langsam auf. »Der Imperator weiß Bescheid. Mir wird nichts geschehen.«

»Aber du hast einen nicht zu unterschätzenden Feind. Dieser Mann wird nicht ruhen, bis er sein Ziel erreicht hat.«

»Ich weiß. Aber solange Tiberius lebt, werde ich vor ihm sicher sein.«

»Der Imperator wird alt. Was ist, wenn er eines Tages stirbt?«

»Dann«, erwiderte Yax, »werde ich diesen Mantel überziehen, nach Judäa fliehen und Ziegenhirt werden.«

Die beiden jungen Männer brachen in befreites Gelächter aus, und die Spannung fiel von ihnen ab.

»Ich glaube, jetzt haben wir uns einen Schluck Wein verdient«, meinte Lucius.

»Es ist zwar erst Vormittag, aber ich fürchte, meine Hände sind im Augenblick ohnehin nicht ruhig genug, um mit der Arbeit weiterzumachen. Ich hole den Wein. Leg inzwischen noch etwas Holz nach ... aber denk daran, nicht das Teak zu verfeuern.«

Draußen blies der Sturm ohne Unterlass, doch in der Werkstatt war es behaglich warm, und nach dem ersten Becher Wein vergaßen die beiden den morgendlichen Schrecken.

»Erzähl mir mehr von deinen Studien in Alexandrien. Ich finde diese Theorie über den einen Gott sehr interessant.«

»Nicht wahr?«, erwiderte Lucius, und der Eifer kehrte in seine Stimme zurück. »Das Studium von Philo Judaeus' Schriften erweckte mein Interesse an der Religion, da sich seine Theorien gänzlich von denen unterschieden, die man mich hier in Rom lehrte. Plötzlich war da ein jüdischer Philosoph, der sich hervorragend in jüdischer Religion auskannte und die Schriften des Alten Testaments mit denen des griechischen Philosophen Plato verglich.«

»Was ist das Alte Testament?«, erkundigte sich Yax.

Lucius schenkte sich noch etwas Wein nach. »Du sagtest letzte Nacht, dass du von Moses gehört hast ... stimmt's?«

»Ja. Isaak erzählte mir von Moses, der mit Gott gesprochen hatte.«

»Richtig. Moses schrieb eine Reihe von Abhandlungen über Gott. Darüber, wie die Welt entstand ... über sein Leben in Ägypten und seine Begegnung mit Gott, der ihn die Gesetze der Menschheit lehrte, und wie wir Menschen nach diesen Gesetzen leben sollen. Die griechische Bezeichnung für diese Schriften lautet Pentateuch. Die Juden nennen sie Thora.«

»Und du nennst sie Altes Testament?«

»Ja. Die Schriften sind in fünf Bücher unterteilt, die den ersten Teil des Alten Testaments bilden.«

»Also gibt es noch mehr Bücher?«

»Richtig, aber die wurden erst später und von anderen Leuten verfasst. Ich habe mich nur mit den ersten fünf Büchern beschäftigt, die das Gesetz Mose genannt werden.«

»Und nun willst du Rechtsgelehrter werden, kein Priester?«

»Nun ja, in gewisser Weise ... es ist so, dass ich viele der Gesetze, die von Moses niedergeschrieben wurden, für gerechter halte als unsere römischen Gesetze.«

»Und du möchtest ein paar Änderungen vornehmen?«

»Ich selbst kann natürlich nicht einfach die Gesetze ändern, aber als Anwalt könnte ich vielleicht die Unterstützung anderer in diesem Bestreben gewinnen.«

»Und was steht in diesen Büchern Mose?«

Lucius sann einen Moment nach. »Möchtest du noch Wein?«

»Ja, aber nach diesem Becher machen wir uns wieder an die Arbeit. Der Abgabetermin für den Tisch deines Vaters rückt immer näher.«

»Von den Büchern Mose finde ich das Fünfte, das Deuteronomium, am interessantesten. Darin geht es um Gesetze und Rechtsvorschriften für Regierungsbeamte, wie sie von Richtern, Priestern und Königen befolgt werden sollen. Es gibt Gesetze zur Bestrafung von Verbrechen, zur Befreiung frisch Vermählter vom Heeresdienst ... zum Beispiel wird berücksichtigt, ob ein Mann sich soeben ein Haus gebaut hat oder sich vor dem Kampf fürchtet. Selbst die Behandlung von Sklaven ist festgelegt, die Unterstützung Mitteloser, Verwitweter und vaterloser Familien.«

»Nun, ich kenne mich zwar in der römischen Gesetzgebung nicht aus, aber das hört sich an, als ob du dir einiges vorgenommen hättest.«

»Ja.« Lucius seufzte. »Aber wenn ich erst einmal Rechtsgelehrter bin, kannst du mir vielleicht dabei helfen, die Unterstützung des Imperators zu gewinnen.«

»Ich werde tun, was ich kann, sobald die Zeit gekommen ist. Aber jetzt müssen wir uns wieder der Arbeit widmen. Ich bin immer noch nicht so recht überzeugt von der Theorie eines einzigen Gottes. Darüber müssen wir uns noch einmal unterhalten ... später.«

Die Sonne gab ein kurzes Gastspiel am Nachmittagshimmel und sandte einen Strahl direkt auf die Platte des neuen Tisches.

»Siehst du!«, rief Yax. »Dein Gott erinnert dich gerade an deine Arbeit. Mach dich ans Ölen und Polieren.«

Während der darauf folgenden Tage setzte Lucius die Bearbeitung der Tischplatte fort, und Yax beendete die Schnitzarbeiten an den Beinen. Abends diskutierten sie das Alte Testament, die Philosophie Platos und Philos Interpretation über den Zusammenhang beider Werke.

»Natürlich sind seine Erkenntnisse nicht unumstritten«, räumte Lucius ein. »Auf der einen Seite steht das übermäßige Vertrauen in die menschliche Vernunft, andererseits entbehren sie jeglicher dogmatischer Religiosität.«

»Ich verstehe nicht ... was bedeutet das?«, fragte Yax.

»Im Wesentlichen stimmen beide darin überein, das der Mensch als Ebenbild Gottes geschaffen wurde und sich dem Willen Gottes unterwerfen soll ... und doch sollen wir das geschriebene Wort nicht blind befolgen, sondern unseren Verstand dabei benutzen und unsere Handlungen vor uns selbst begründen. Wahre Seligkeit entsteht aus dem Streben nach Weisheit und dem Erlangen von Tugend, und die vier höchsten Tugenden sind Weisheit, Gerechtigkeit, Mut und Mäßigung.«

»Also sollen die Menschen mehr denken?«

»Wir sollen nach Weisheit streben. An oberster Stelle steht Gott, unabhängig von allen Kräften. Er weiß um die Belange der Menschen und sorgt sich um sie. Aber der Mensch ist von Natur aus ein Gemeinschaftswesen und kann seine grundlegenden Bedürfnisse nicht ohne die Hilfe seiner Mitmenschen befriedigen.«

»Nun, wenn es stimmt, was du sagst, wie erlange ich dann diese Weisheit?«

»Du hast nie lesen gelernt, stimmt's?«, fragte Lucius.

»Nein, ich habe eure Sprache nur sprechen gelernt, lesen kann ich sie nicht.«

Lucius überlegte einen Moment. »Hm ... das Alte Testament wurde in Hebräisch geschrieben, aber du sprichst Griechisch!«

»Aber nicht besonders gut.«

»Die Schriften Platos sind auf Griechisch verfasst ... was, wenn du Griechisch lesen lernen würdest? Was hast du denn sonst zu tun, außer deine Tische anzufertigen?«

»Das ist wahr. Der Imperator sandte mir einen Lehrer, der mir Latein beibrachte. Er erteilte mir ein Jahr lang Unterricht.«

»Dann hast du also schon bewiesen, dass du lernfähig bist. Du brauchst nur einen anderen Lehrer, einen, der dich Griechisch lesen lehrt!«

Yax nickte nachdenklich. »Ja, es wird einige Zeit in Anspruch nehmen, aber wenn auch ich Weisheit erlangen will, bleibt mir wohl nichts anderes übrig.«

»Dann ist es also beschlossene Sache.« Lucius lächelte und klopfte Yax auf den Rücken. »Ich besorge dir einen Lehrer, und wenn du so weit bist, leihe ich dir meine Bücher.«

»Und dann werde ich weise?«

»Und ob.«

Sardis

Früh am nächsten Morgen fuhr ein Wagen vor der Werkstatt vor, und ein Soldat der Prätorianergarde klopfte an die Tür. Yax und Lucius waren bereits seit einer Stunde bei der Arbeit und legten gerade eine Frühstückspause ein.

»Bist du Yax, der Zimmermann?«

»Ja, der bin ich. Was wünschst du?«

»Imperator Tiberius hat mich beauftragt, dich zu ihm zu bringen.«

Yax klammerte sich an den Seiten des Wagens fest, während das Gefährt sich seinen Weg durch die schmalen Straßen des Clivius Palatin zur Via Sacra bahnte.

»Auf dieser Strecke kommen wir schneller voran«, erklärte der Soldat, »obwohl es der längere Weg ist. Heute ist Markttag, und die Straßen zum Forum Romanum sind von den Händlern und ihren Karren hoffnungslos verstopft.«

»Fahren wir zum Palast?«

»Nein, der Imperator hat sich zum Tempel der Vesta begeben und erwartet dich dort.«

Als sie sich dem Augustusbogen näherten, passierten sie einen Soldatentrupp.

»Eine Sicherheitsmaßnahme«, erklärte Yax' Begleiter. »Alle Straßen, die zum Haus der Vestalinnen führen, wurden abgesperrt, da der Imperator beabsichtigt, eine größere Menge Geld aus der Schatzkammer zu entnehmen.«

»Ich dachte, das Geld wird im Palast aufbewahrt?«

»So ist es auch, aber ausländische Zahlungsmittel und wichtige Dokumente werden in den Gewölben des Vestatempels verwahrt. Diese Gewohnheit stammt noch aus den Zeiten Cäsars, dessen letzter Wille ebenfalls dort aufbewahrt wurde.«

»Aber wie sollen Mädchen und Frauen so wichtiges Gut vor Dieben schützen?«

»Das müssen sie nicht. Zwar wachen die Jungfrauen darüber, dass das Heilige Feuer nicht erlischt, und sie hüten die Unterlagen, aber es sind auch viele männliche Wächter dort, die das Haus von innen und außen bewachen.«

Als sie am Tempel der Vesta vorfuhren, gebot ein Hauptmann ihnen Halt.

»Wartet hier. Der Imperator weilt zum Gebet im Tempel und wird anschließend herauskommen.«

Yax stieg vom Wagen und betrachtete das Gebäude. Er hatte öfters von diesem Tempel gehört, der den Gläubigen offen stand; da er jedoch zu seinen eigenen Göttern betete, hatte er nie das Bedürfnis verspürt, diesen Ort aufzusuchen.

Breite Stufen führten zum Eingang des großen Rundbaus. Im Innern des Tempels wurde die Ewige Flamme gehütet, das Herdfeuer des Reiches, Symbol für die Unvergänglichkeit des Römischen Staates. In der römischen Tradition bedeutete ein kalter Herd ein unbewohntes Haus, weshalb die Flamme nie verlöschen durfte. Die Hauptaufgabe der Vestalinnen bestand darin, das Feuer in Gang zu halten, was in den zugigen Mauern des alten Tempels durchaus keine einfache Aufgabe war. Ging die Flamme gelegentlich dennoch aus, wurde das unglückselige Mädchen, das dafür verantwortlich war, von der Hohepriesterin mit Geißelhieben bestraft. Außerdem bewachten die Mädchen den Schrein, der die heiligen Symbole der Macht und Ewigkeit des Römischen Reiches barg. Darunter befand sich, in einer hölzernen Urne verborgen, das Heilige Palladium, das

Bildnis der Pallas Athene, das aus den Flammen Trojas gerettet worden war und ausschließlich von der Hohepriesterin berührt werden durfte. Das Palladium galt als Glücks- und Schutzsymbol Roms.

Der Imperator erschien auf den Stufen des Tempels und eilte auf Yax zu, der ihn mit einer tiefen Verbeugung begrüßte. Tiberius legte seine Hand auf Yax' Schulter. »Sei gegrüßt, junger Zimmermann. Komm, begleite mich ins Atrium Vestae, ich muss mit dir reden.«

Ein Trupp von zehn Soldaten marschierte hinter ihnen her, während sie die kurze Strecke zum Haus der Vestalinnen zurücklegten.

»Du hast einen Feind in Rom«, verkündete Tiberius mit gedämpfter Stimme. »Nach dem Besuch, den Sejanus dir abstattete, eilte er stehenden Fußes zu mir und verlangte, dass ich dich für die Narbe, die du ihm vor Jahren zugefügt hast, ins Gefängnis werfen lasse.«

Yax' Herz machte einen erschreckten Satz, und er blickte seinem Wohltäter forschend ins Gesicht. »Ich habe schon von dem Gefängnis auf dem Clivius Argentarius gehört ... es muss ein grauenvoller Ort sein.«

»Stimmt, aber ich habe nicht die Absicht, Sejanus' Aufforderung Folge zu leisten. Ich kenne den Grund eurer Auseinandersetzung damals in der Wüste.« Tiberius schwieg einen Augenblick, als er sich die Einzelheiten jener Nacht ins Gedächtnis zurückrief. »Wäre ich nicht rechtzeitig erschienen, hätte er nicht gezögert, dich zu töten.«

»Ich weiß ... ich verdanke dir mein Leben.«

»Nun, das liegt lange zurück. Inzwischen ist Sejanus ein tüchtiger Mann, der mir gute Dienste leistet. Aber ich werde ihn im Auge behalten. Allerdings kann ich das nicht, solange ich auf Capri weile, und ich werde in drei Tagen aufbrechen.«

»Wie lange wirst du fort sein?«, fragte Yax.

»Bis ich mich besser fühle. Vielleicht zwei, drei Monate. Mein Arzt besteht darauf, dass ich eine Ruhepause von den Staatsgeschäften mache.«

»Glaubst du, Sejanus wird mich während deiner Abwesenheit verfolgen?«

»Nun, vielleicht nicht. Ich sagte ihm, dass du unter meinem Schutz stehst ... aber«, er zögerte einen Augenblick, »er könnte jemand auf dich ansetzen.«

»Du meinst, er könnte jemanden beauftragen, mich zu töten?«

Inzwischen hatten sie das Atrium des Hauses der Vestalinnen erreicht. Tiberius gab Yax ein Zeichen zu schweigen. Die Soldaten nahmen am Eingang Haltung an, als der Imperator mit Yax eintrat. Zwei Gestalten lösten sich aus der Dunkelheit des inneren Heiligtums.

»Guten Morgen. Willkommen, erhabener Tiberius«, erklang es wie aus einem Munde.

»Seid gegrüßt«, erwiderte Tiberius. »Yax, darf ich dir die beiden ehrwürdigsten Damen Roms vorstellen ... Occia und Junia dienen dem Orden schon seit über fünfzig Jahren.«

Yax verneigte sich.

»Sechsundfünfzig Jahre, Imperator«, sagte Occia. »Du warst noch ein Säugling, als wir begannen, die Flamme zu hüten.«

»Dein Gedächtnis ist noch ebenso flink wie deine Zunge«, lächelte Tiberius.

»Wir haben das Geld bereits abgezählt, Imperator Tiberius«, sagte Junia. »Zehn Millionen Drachmen stehen in vier Kisten in der Schatzkammer bereit.«

»Gut, ich unterschreibe den Erhalt und lasse meine Soldaten die Kisten abtransportieren.«

Plötzlich zerriss der schrille Schrei einer Frau, der aus dem Innern des Tempels ertönte, die Stille des alten Gemäuers; dann folgten die dumpfen Geräusche eines Handgemenges und schließlich ein ersticktes Stöhnen.

»Was geht da vor sich?« Tiberius hielt beim Unterschreiben der Quittung inne.

»Achte nicht darauf, Imperator«, erwiderte Occia. »Eines unserer Mädchen wurde vergangene Nacht bei einer Liaison mit einem der Wärter ertappt. Jetzt wird sie von den Wächtern entfernt.«

»Sie ist der Stellung einer Vestalin nicht mehr würdig«, fügte Junia bedauernd hinzu.

Als Yax und Tiberius vor dem Tempel warteten, dass die Soldaten die Kisten mit dem Geld heraustrugen, fragte Yax: »Was geschieht nun mit dem Mädchen? Ich nehme an, sie muss den Tempel verlassen?«

»Nicht nur das. Sie wird mit dem Leben dafür bezahlen.«

»Und der Mann?«

»Er wird zu Tode gepeitscht ... wahrscheinlich vor den Pforten des Cäsartempels. Das Mädchen ist vermutlich schon auf dem Weg zum Friedhof der Verbrecher am Nordtor der Stadt, wo man sie lebendig begraben wird.«

Stumm vor Entsetzen schaute Yax zu, wie die Männer die Kisten auf den Wagen am Fuß der Treppe verluden.

»So sieht also das römische Gesetz aus«, murmelte er. Und als sie aufbrachen, erkundigte er sich: »Wirst du das ganze Geld mit nach Capri nehmen?«

»Nein ... das war es übrigens, worüber ich mit dir reden wollte.« Tiberius seufzte. »Es gab eine Katastrophe ... ein Erdbeben in einer unserer östlichen Provinzen in Kleinasien. Die Stadt Sardis wurde zerstört. Das Geld ist für den Wiederaufbau bestimmt. Außerdem habe ich sämtliche Steuern für mehrere Jahre ausgesetzt. Germanicus wird das Geld in meinem Auftrag dorthin bringen, da ich ihn ohnehin in einer diplomatischen Mission nach Alexandrien beordert habe. Sardis bedeutet nur einen kleinen Umweg. Ich möchte, dass du ihn nach Sardis begleitest ... zumindest bis zum Hafen von Smyrna. Anschließend kannst du mit ihm in Alexandrien bleiben, solange es dir beliebt. Rom wird für alle Kosten aufkommen.«

Yax dachte einen Moment schweigend nach. Das würde nicht nur bedeuten, dass er Rom verlassen musste, sondern auch seine Werkstatt. Der Tisch für Seneca war so gut wie fertig und konnte am übernächsten Tag ausgeliefert werden. Aber die anderen? »Ich bin mit mindestens zehn Tischen im Rückstand«, murmelte er.

»Nun?«, fragte Tiberius erwartungsvoll. »Ich nehme an, du machst dir Gedanken wegen deiner Aufträge. Aber was ist wichtiger, dein Leben oder die Tische?«

»Du machst mir die Entscheidung wahrlich einfach, Herr. Natürlich erachte ich mein Leben für wichtiger ... es ist schon eigenartig. Erst gestern fasste ich den Entschluss, Griechisch zu lernen, und machte mir Gedanken, woher ich die Zeit nehmen sollte.«

»In Alexandrien wirst du den besten Lehrer und alle Zeit haben, die du benötigst«, sagte Tiberius. »Dann ist es also abgemacht. Du segelst mit mir bis Capri, und dann reist ihr beide, du und Germanicus, mit dem Schiff weiter.«

Yax nickte und brachte ein schwaches Lächeln zu Stande. Tiberius gab dem Wächter ein Zeichen, seinen Wagen vorfahren zu lassen.

»Bringe den Jungen zu seiner Werkstatt!«, befahl er, »und sag dem Präfekten kein Wort von dem, was du hier gehört oder gesehen hast.« Dann wandte er sich noch einmal Yax zu. »Ich schicke dir heute in drei Tagen in den frühen Morgenstunden einen Wagen. Regle deine Angelegenheiten, schließ die Werkstatt und halte dich bereit.«

»Ich werde bereit sein, Imperator. Und ich danke dir, dass du meiner gedacht hast.«

»Du bist ein freier Mann, Yax, aber du stehst immer noch unter meinem Schutz.«

Germanicus und Yax winkten Imperator Tiberius ein letztes Mal zu, als dessen Boot sich vom Schlachtschiff entfernte. Während die Ruderer sich zum Klang der Trommeln im Gleichtakt in die Riemen legten, verschwand der Hafen von Capri allmählich in der Ferne, und auch das Boot des Imperators war bald außer Sichtweite. »Möchtest du hinunter gehen oder lieber hier an Deck bleiben?«, fragte Germanicus.

»Es ist ein schöner Tag, und die Brise ist angenehm. Ich glaube, ich werde noch eine Weile an Deck bleiben«, erwiderte Yax.

»Dann bleibe ich mit dir hier oben. Vielleicht sehen wir Delfine oder sogar Wale.« Die beiden Männer standen an der Reling, blickten hinaus auf das blaue Mittelmeer und betrachteten das Spiel der Wellen.

»Was weißt du von Sardis?«, fragte Germanicus nach einer Weile.

»Nichts«, erwiderte Yax, »ich habe bis vor kurzem noch nicht einmal davon gehört.«

»Dann gebe ich dir eine kurze Zusammenfassung über die Geschichte der Stadt. Sardis ist hauptsächlich deshalb so wichtig für Rom, weil es an der bedeutendsten Karawanenroute nach Persien liegt. Vor über hundertfünfzig Jahren wurde es zur römischen Provinz, davor aber wurde es in unzähligen Kriegen und Schlachten zwischen Griechen und Persern niedergebrannt und wieder aufgebaut, zerstört und wieder aufgebaut. Ein großer Heerführer namens Alexander war der Letzte, der Sardis wieder aufbaute und dort den Altar des Zeus errichtete. Allerdings wird nach dem Erdbeben nichts mehr davon übrig sein, und dieses Mal wird Tiberius es sein, der die zerstörte Stadt erneut aufbaut.«

Plaudernd und das Meer beobachtend, verweilten sie an Deck, bis die Sonne am Horizont verschwand.

»Gehen wir hinunter«, schlug Germanicus schließlich vor, »der Koch hat gewiss schon das Abendessen vorbereitet.«

Ohne nennenswerte Ereignisse setzten sie ihre Reise fort,

vorbei an den unzähligen, der griechischen Küste südlich von Athen vorgelagerten Inseln. Germanicus unterhielt Yax mit Geschichten aus der griechischen Mythologie. Und die Geschichte des Ikarus, der bei seinem Flugversuch zu nahe an die Sonne geriet, sich die Flügel verbrannte und ins Meer stürzte, war vermutlich Anlass für den Traum, der Yax heimsuchte, als sie im Hafen von Smyrna vor Anker lagen.

Wieder trug der mächtige Vogel ihn vom Floß hoch durch die Lüfte zur Spitze der großen Pyramide, und wieder prophezeite ihm der Priester feierlich: »... du wirst zum König der Quiché-Maya gekrönt werden, wenn du den Sohn Gottes gefunden und dein Blut mit dem seinen vereint hast.«

Als Germanicus am nächsten Morgen mit den Kisten voll Geld an Land ging, blieb Yax an Bord.

»Wir können nicht bis Sardis reisen«, erklärte Germanicus. »Die Zerstörungen sind schlimmer, als wir dachten. Die Stadt ist in Schutt und Asche. Der Wiederaufbau wird von Smyrna aus organisiert, und das Geld wird dort verwahrt. Ich werde heute den ganzen Tag im Auftrag des Imperators unterwegs sein.«

Yax trollte sich zufrieden in seine Schlafkabine unter Deck.

Am späten Nachmittag kehrte Germanicus in Begleitung des Schiffskochs und dessen Gehilfen zurück, die den Tag genutzt hatten, die Vorräte wieder aufzufüllen. Während der Abendmahlzeit berichtete Germanicus Yax und den Offizieren vom Ausmaß der Zerstörung in Sardis.

»Es ist unglaublich, was für ein verheerender Schaden durch das Erdbeben angerichtet wurde. Als die Akropolis herabstürzte, wurde ein Großteil der Stadt und Tausende Menschen drei bis vier Meter tief unter den Trümmern begraben.«

Schweigend leerten sie ihre Teller. Angesichts dieser Katastrophe erschien ihnen jede weitere Unterhaltung taktlos.

Schließlich erhob sich der Kapitän und signalisierte damit das Ende der Mahlzeit. »Gleich morgen früh laufen wir aus.«

Alexandrien

Schon bevor das Schiff in den Hafen von Alexandrien einlief, waren in der Ferne die beiden Obelisken zu sehen, die den Tempel des Göttlichen Caesar bewachten.

»Ursprünglich wurden sie in Heliopolis gebaut, der heiligen Stadt des Sonnengottes«, berichtete Germanicus und deutete auf die beiden Zwillingstürme. »Der Imperator Augustus ließ sie auf einer Barkasse über den Nil hierher bringen und vor dem Cäsartempel in Alexandrien wieder aufbauen.«

»Bestimmt waren viele Männer nötig, um diese Menge an Steinen zu bewegen«, bemerkte Yax.

»Das ist noch gar nichts im Vergleich zu den Pyramiden. Wenn wir erst in Gizeh sind, kannst du wahre Steinmonumente bewundern.«

Wie gewohnt musste das Kriegsschiff in der Bucht vor Anker gehen, und ein kleineres Transportschiff brachte die Reisenden an Land, wo sie von einem Hauptmann und einem Trupp Soldaten der Hauptkohorte zum Haus des Aemilius Titus geleitet wurden, dem römischen Legaten in Ägypten. Dieser hatte zwar nicht die gleiche Macht inne wie der Statthalter von Alexandrien, vertrat Imperator Tiberius jedoch in allen Staatsangelegenheiten.

»Willkommen, Germanicus. Ich habe euch beide bereits erwartet.«

»Woher wusstest du von unserer Ankunft?«, fragte Germanicus.

»Nun«, erwiderte Titus mit viel sagendem Lächeln, »während du dich noch in Sardis aufhieltest, traf ein Kurier mit einem Schiff aus Capri hier ein, wo der Imperator zurzeit weilt, wie es heißt. Steht es in Sardis wirklich so schlimm, wie allseits behauptet wird?«

»Man kann das Elend und die Zerstörung, die durch das Erdbeben angerichtet wurden, kaum beschreiben«, bestätigte Germanicus und berichtete Titus, was er mit eigenen Augen gesehen hatte.

Titus seufzte. »Lasst uns zuerst eine Mahlzeit einnehmen, danach wenden wir uns den Staatsgeschäften zu.«

Nach dem Essen begaben sie sich mit ihren Weinkelchen auf die Terrasse, von wo sich ihnen ein herrlicher Blick auf die Stadt Alexandrien und das Meer bot.

»Und jetzt erzähle«, forderte Germanicus ihren Gastgeber auf. »Was gibt es so Wichtiges, dass mein Stiefvater dir einen Kurier sandte?«

Tiberius händigte Germanicus eine Schriftrolle aus. »Es hat Probleme gegeben, und Tiberius erteilte dir Befehlsgewalt über die Statthalter.«

Germanicus las die Nachricht, die in Tiberius' Handschrift verfasst war:

»*Decreto patrum permissae Germanico provinciae quae mari dividuntur, maiusquem, quoquo adisset quam iis qui sorte aut missu principis obtinerent.*«

In dem Schreiben stand, dass Silanus, der Statthalter Syriens, nach Rom zurückberufen worden war und Tiberius ihn, wenn auch widerstrebend, durch Calpurnius Piso ersetzt hatte.

»... doch behalte ihn gut im Auge, denn Piso ist ein Mann von herrschsüchtigem und starrsinnigem Charakter: »*... ingenio violentum et obsequii ignarium.*«

Germanicus wurde außerdem beauftragt, nach Griechenland zu reisen, wo er sich um verschiedene Staatsangelegenheiten zu kümmern hatte. Im Anschluss daran würde er sich dann nach Syrien begeben, um sich ein Urteil über Calpurnicus zu bilden.

»Über Yax wird in dem Schreiben nichts erwähnt«, sagte Germanicus, nachdem er die Nachricht zu Ende gelesen hatte, und Yax blickte erwartungsvoll von einem zum anderen.

»Yax steht unter dem Schutz des Tiberius. Rom trägt die Kosten für seine Ausbildung, solange er sich hier in Alexandrien aufhält.«

»Das wird kein Problem sein«, erwiderte Titus. »Er kann in meinem Haus wohnen, und ich kümmere mich darum, dass er in der Schule von Alexandrien eingeschrieben wird.«

Yax strahlte übers ganze Gesicht. »Wie lange wirst du fort bleiben?«, erkundigte er sich bei Germanicus.

»Ein paar Monate. Aber wenn ich zurückkehre, treten wir die versprochene Reise zu den Pyramiden von Gizeh an.« Germanicus wandte sich wieder an Titus und fügte hinzu: »Wir sollten den Kapitän unseres Schiffes informieren, dass er mich nach Griechenland bringen muss.«

»Ich schicke sofort einen Boten.«

Am Nachmittag führte Titus seine Gäste durch Alexandrien. Als sie an der neu eröffneten Schule vorüberkamen, machte er Yax darauf aufmerksam und fragte ihn: »Welches Fach möchtest du studieren?«

Yax errötete und zögerte einen Augenblick. »Ich möchte Lesen und Schreiben lernen.«

»Das ist sehr lobenswert«, bemerkte Titus. »Viele Leute sind der lateinischen Schrift und Sprache nicht mächtig.«

»Ich will die griechische Sprache lernen.«

»Weshalb Griechisch?«

»Weil ...«, wieder zögerte Yax, »ich möchte die Schriften Philos lesen.«

»Also willst du Religion studieren.« Titus hob die Augenbrauen und warf Germanicus einen verwunderten Blick zu. »Wusstet du, dass der junge Schützling des Imperators Hebräer werden will?«

»Darum geht es nicht«, verteidigte sich Yax. »Ich interessiere mich lediglich für Philosophie ... und Plato«, fügte er nach kurzem Zögern hinzu.

»Oh!« Titus lachte auf. »Wir wollen also Gelehrter werden! Nun, das ist etwas anderes ... dann bist du hier genau richtig.« Er streckte die Hand aus und tätschelte Yax' Arm. »Ich werde dafür Sorge tragen, dass du den besten Lehrer in ganz Alexandrien bekommst.«

»Ich danke dir«, erwiderte Yax, dessen Wangen vom Eifer, seine Absichten begründen zu müssen, noch immer leicht gerötet waren.

Nachdem sie Germanicus am nächsten Morgen zum Pier begleitet hatten, brachte Titus Yax in seine Schule und schrieb ihn für einen Lese- und Schreibkurs in griechischer Sprache ein.

Germanicus blieb zehn Monate fort. Sein Weg führte ihn zuerst nach Griechenland, Troja und Rhodos und zuletzt nach Syrien, wo er sich persönlich über die Machenschaften des Calpurnius Piso informierte.

»Und? Welche Geschäfte verschaffen uns die Ehre deines Aufenthalts hier?«, fragte ihn Piso herausfordernd, wobei seine buschigen Brauen sich über dem finsteren Gesicht zu einem dunklen Bogen zusammenzogen. »Oder sollst du mich ausspionieren?«

»Ganz im Gegenteil, verehrter Piso«, erwiderte Germanicus glatt, was sein Gegenüber noch mehr verärgerte. »Mein Vater, der Imperator, sandte mich eigens hierher, dir in deiner neuen Position in jeder Hinsicht zur Seite zu stehen.« Dabei legte er besondere Betonung auf die Worte ›neue Position‹ und berührte mit gespielter Beschwichtigung Pisos Arm. Dieser zog den Arm augenblicklich zurück und stapfte erbost aus dem Raum.

»Ich bedarf keiner Unterstützung, und deiner schon gar nicht!«

Germanicus unterdrückte ein Lächeln. »Das wird keine einfache Aufgabe«, murmelte er vor sich hin.

Nachdem Germanicus zwei Monate lang beobachtet hatte, wie der neue Statthalter mit Regierungsbeamten, Armeeangehörigen, ausländischen Würdenträgern und den Bürgern der Stadt verfuhr, sandte er dem Imperator, der inzwischen wieder in Rom weilte, einen Bericht.

»Nach meiner Einschätzung ist Calpurnius Piso nicht der geeignete Mann, die römischen Interessen in Syrien zu vertreten. Er ist herrschsüchtig, ungerecht in seinen Urteilen und selbstsüchtig. Während der zwei Monate, in denen er die Position des Statthalters innehat, verursachte er mehr Feindseligkeiten und Probleme als Silanus während seiner gesamten Amtszeit.«

Tiberius reagierte mit der umgehenden Aufforderung an Piso, sich auf den Weg nach Rom zu begeben und sich dort zu einer Unterredung im kaiserlichen Palast einzufinden. Derweil machte Germanicus sich wieder auf den Weg nach Alexandrien.

Erfreut lief Yax seinem Freund entgegen, als dieser ihn nach dem Unterricht an den Pforten der Schule erwartete.

»Du warst viel länger fort als geplant.«

»Ich weiß. Ich musste in Athen eine Zeit lang die Aufgaben eines Konsuls übernehmen, und dann gab es noch ein paar Probleme in Syrien. Aber genug von mir ... wie kommst du mit deinem Unterricht voran?«

»Na ja.« Yax seufzte. »Ich spreche jetzt zwar besser Griechisch, aber das Lesen fällt mir ziemlich schwer, und meine Briefe lassen auch noch zu wünschen übrig.«

»Und wie kommst du mit deinem Lehrer zurecht?«

»Oh, er ist das Beste an der ganzen Sache«, strahlte Yax. »Er hat die Schriften des Philo studiert ... er kennt ihn sogar und hat mich schon viel gelehrt.«

»Nun, du kannst mir alles ausführlich während unserer Fahrt den Nil herauf erzählen, wenn wir nach Gizeh und zu den Pyramiden reisen. Du willst doch noch immer mitkommen, oder?«

»Oh, natürlich, aber ich muss erst eine Genehmigung einholen, von der Schule fernzubleiben.«

»Mach dir deswegen keine Gedanken, darum wird sich Titus kümmern.«

Als sie gemeinsam beim Abendessen saßen, schilderte Germanicus Titus die Probleme mit dem neuen Statthalter von Syrien und berichtete ihm von seinem Brief an Tiberius.

»Ich bin sicher, du hast die richtige Entscheidung getroffen. Ich kenne Piso seit zwanzig Jahren, damals war er noch Konsul. Er kann ausgesprochen gefährlich werden. Augustus gegenüber war er zwar immer treu und ergeben, aber ich hörte, dass er übel über Tiberius spricht.«

»Davon wusste ich gar nichts«, erwiderte Germanicus nachdenklich, »aber seine Reaktion auf den Befehl des Imperators fiel geradezu feindselig aus. Jetzt, wo wir davon sprechen ... er verschwand kurz darauf für ein paar Tage und soll Damaskus verlassen haben. Was glaubst du? Traf er sich mit der syrischen Armee?«

»Wie ich hörte, befindet sich nur eine römische Kohorte in Damaskus. Ist das richtig?«

»Das stimmt. Bist du der Meinung, wir sollten unsere Truppen dort verstärken?«

»Nun«, erwiderte Titus, nachdem er einen Moment nachgedacht hatte, »die III. Legion Augusta befindet sich zurzeit hier vor Ort und soll in drei Monaten nach Rom verlegt werden. Dann bliebe uns noch die XXII. Legion Deiotariana. Warum stationierst du nicht die Augusta in Syrien, bis du den Statthalter durch einen anderen ersetzt hast? Sie wären sofort marschbereit!«

»Keine schlechte Idee. Ich werde auf unserer Reise nach Gizeh darüber nachdenken. Wir wollen dort die Pyramiden besichtigen. Könntest du seine Abwesenheit von der Schule erwirken?«

»Aber natürlich.« Titus lächelte. »Der Junge hat hart genug gearbeitet, obwohl es nicht leicht für ihn war.«

»Das kann ich gut nachfühlen«, sagte Germanicus. »Ich beherrsche die griechische Schrift selbst nicht.«

»Auch meine Kenntnisse sind ziemlich begrenzt«, erwiderte Titus und richtete den Blick auf Yax. »Aber du, mein Junge, bist dafür bestimmt, einmal Plato zu lesen.«

»Nicht nur Plato«, kam die prompte Antwort von Yax, der darauf brannte, sich an der Unterhaltung zu beteiligen, »auch Philo!«

»Ach ja, Philo!«, seufzte Titus. »Germanicus, du musst dir von Yax über Philo berichten lassen. Er hat mich so manche Nacht um den Schlaf gebracht, weil er mich unbedingt zum Gott der Juden bekehren wollte.«

»Willst du damit sagen«, erwiderte Tiberius gedehnt, wobei er Yax mit hochgezogenen Brauen musterte, »dass unser junger Freund sich von den Göttern seines Dorfes losgesagt hat?«

»Nein!«, rief Yax erregt und merkte gar nicht, dass die beiden ihn nur neckten. »Natürlich habe ich mich nicht von meinen Göttern losgesagt! Mir ist nur klar geworden, dass wir alle vielleicht an ein und denselben Gott glauben ... und ihn nur bei verschiedenen Namen nennen.«

»Eine edle Theorie«, bemerkte Titus, »aber ich kann mir einfach nicht vorstellen, dass der einbalsamierte Gott der Ägypter, der Schakalgott Anubis, unsere Göttin Luna, dein Kukulkan, unser Jupiter und der griechische Zeus ein und derselbe Gott sein sollen.«

»Das ist so, als behaupte man, die Eingeweide eines Schafes vermöchten uns nicht den Ausgang einer Schlacht zu verraten«, seufzte Germanicus. »Alles purer Unsinn ... aber sollen die Juden ruhig an ihren einen Gott glauben.« Seine Augen leuchteten auf, als ihm eine Idee kam. »Wenn du mehr über diese jüdischen Theorien hören willst, dann schließ dich mir an, wenn ich nach Syrien zurückkehre. Ich werde dich mit einer Gruppe religiöser Eiferer zusammenbringen, die sich die ›Lehrer der Gerechtigkeit‹ nennen. Es handelt sich um eine Gemeinde in Qumran, das auf meinem Weg nach Syrien liegt. Sie leben in einfachsten Verhältnissen, aber dort wirst du alles über diesen ganzen Unsinn erfahren!«

»Ich habe schon von ihnen gehört«, sagte Yax. »Mein Lehrer erzählte mir, dass sie das Ende der Welt verkünden und dass für uns alle das Jüngste Gericht naht.«

»Ja.« Titus lachte. »Dann sieh nur zu, dass du bald dorthin kommst, sonst ist es womöglich zu spät.«

»Lasst uns noch einen Becher Wein trinken«, schlug Germanicus vor. »Diese Unterhaltung hat mich durstig gemacht.«

Während Titus den Wein nachschenkte, blickte er Germanicus forschend an.

»Sag, willst du die ganze Reise per Schiff zurücklegen?«

»Natürlich. Die Strecke vom Nilufer bis zur Stätte der Pyramiden ist mehr als genug auf dem Rücken eines Kamels.«

»Ich mag keine Kamele«, warf Yax ein, der sich noch lebhaft an seine abenteuerliche Tour mit der Karawane erinnerte und sich geschworen hatte, nie wieder eine derartige Reise zu unternehmen. »Gibt es dort keine Pferde?«

»Doch, es werden Pferde dort sein«, versicherte ihm Titus.

»Bei Memphis liegt eine Garnison der III. Legion Augusta. Von dort können gegebenenfalls Pferde per Schiff den Nil hinabtransportiert werden.«

»Wir werden zu fünft sein: Yax, ich und die drei Soldaten der Prätorianergarde, die mich nach Syrien begleiteten. Yax, erinnerst du dich noch an Clodius, den Hauptmann, der mit uns in El Gem war?«

Yax nickte und verzog unmerklich das Gesicht, als eine andere Erinnerung ihn streifte, die er lieber vergessen hätte. In der Hoffnung, Daphnes Bild rasch wieder aus seinen Gedanken zu verbannen, kippte er hastig seinen Wein hinunter.

Früh am nächsten Morgen setzten sie die Segel.

»Wir befinden uns jetzt an der Mündung des Nils«, informierte ihn Germanicus, als das Schiff Kurs nach Süden nahm.

»Wie groß der Fluss ist«, rief Yax erstaunt. »Man kann nicht einmal bis zum anderen Ufer schauen!«

»Ja, an dieser Stelle ist er sehr breit, aber im Verlauf unserer Reise wirst du auch das Ufer sehen können. Der Fluss teilt sich in zahlreiche Nebenarme, aber kurz vor Gizeh vereinen sie sich wieder.«

Die Farbe des Wassers hatte sich vom tiefen Blau des Mittelmeers in ein schmutziges Braun verwandelt, ein Beweis dafür, dass sie sich jetzt tatsächlich auf dem Nil befanden.

»Gibt es hier Fische, die Menschen fressen?«, fragte Yax, der sich plötzlich an den Fluss in seinem Heimatdorf erinnerte.

»Nein.« Germanicus lachte. »Aber weiter flussaufwärts gibt es Krokodile!«

»In meinem Heimatdorf haben die Krokodile einmal zwei Kinder und einen Hund gefressen«, erzählte ihm Yax, während er ins Wasser starrte.

»Wo ist dein Dorf?«

»Ich weiß nicht ... irgendwo.« Er deutete vage nach Westen.

Gedankenverloren schwiegen sie, während das Boot sich träge seinen Weg gegen den Strom bahnte.

»Werden wir auf die Garnison in Memphis stoßen?«, fragte Yax nach einer Weile des Schweigens.

»Nein, das liegt viel weiter südlich, wir fahren bis Gizeh.«

Gizeh

Der Hafen von Gizeh, am Westufer des Nils gelegen, war für Yax eine herbe Enttäuschung. Wie das dazugehörige kleine Dorf konnte man den Hafen, jedenfalls im Vergleich mit Alexandrien, nur als bescheiden bezeichnen. Des Weiteren standen keine Pferde, sondern lediglich Maultiere und Kamele zur Verfügung. Clodius, der Hauptmann der Garde, berichtete ihnen nach einem kurzen Erkundungsrundgang, dass der Weg zu den Pyramiden zu lang sei, um ihn zu Fuß zurückzulegen, und dass man mit Maultieren zu langsam vorwärts kommen würde. Also waren Kamele die einzige Ausweichmöglichkeit.

Yax nickte angesichts dieser Nachricht resigniert. Germanicus blickte zum Himmel hinauf.

»Wir sollten bis morgen warten und in aller Frühe aufbrechen ... es sei denn, du möchtest die Nacht im Sand am Fuße der Pyramiden verbringen«, sagte er zu Yax.

Die Soldaten schüttelten entsetzt den Kopf. »Angeblich wimmelt es dort von Spinnen und Skorpionen«, bemerkte Clodius.

»Ich übernachte lieber auf dem Boot«, erklärte Yax, den die Aussicht auf eine Nacht im Sand zwischen Skorpionen erschaudern ließ.

»Also gut«, willigte Germanicus mit gespielter Enttäuschung ein. »Die Männer sollen uns etwas zu essen und zu trinken besorgen. Wir verbringen die Nacht an Bord.«

Als sie sich wieder auf den Weg zum Boot machten, nahm

Yax eine Hand voll Sand auf. »Dafür, dass es hier nur Wüste geben soll, scheint es ein üppiges Land zu sein«, bemerkte er, während er sich umschaute.

»So ist es«, erwiderte Germanicus. »Dieser Teil des Landes wird das Nildelta genannt. Im August und September überflutet der Fluss weite Teile des Gebietes.«

»Jedes Jahr?«

»Ja, seit Anbeginn der Zeit. Mit dem Wasser strömt frische Erde aus den Wäldern des Südens herbei, und wenn die Flut abschwillt, bleibt der fruchtbare Boden zurück und wird mit Weizen besät. Der größte Teil des Weizens, der nach Rom geliefert wird, stammt von hier.«

Yax wusch sich die Hände im Fluss, bevor sie wieder an Bord gingen. »Kann man das Wasser trinken?«

»Nein, warte lieber, bis die Soldaten zurückkehren. Ich habe ihnen befohlen, Wein mitzubringen.«

»In meinem Heimatdorf durfte man das Wasser auch nicht trinken«, bemerkte Yax, der sich unvermittelt an die Vergangenheit erinnerte. »Das Wasser der Lagune war zu salzig und der Fluss zu lehmhaltig. Die Dorfbewohner mussten das Trinkwasser aus einem See heranschleppen, der weit im Innern des Dschungels lag.«

»Wie kommst du jetzt darauf?«

»Ich weiß auch nicht, ich musste auf einmal daran denken.«

»Was ihr gebraucht hättet, war ein Aquädukt, wie wir in Utica besichtigten, erinnerst du dich?«

»Ja, es leitete das Wasser vom See in die Stadt. Wenn ich einmal in meine Heimat zurückkehre, werde ich meine Leute lehren, ein solches Aquädukt zu bauen!«

Die Sonne tauchte die Pyramiden in goldenes Licht, als die kleine Gruppe am nächsten Morgen den Rand der Sahara erreichte.

Ihr Führer Ali brachte sein Kamel zum Stehen und deutete mit einer ausholenden Geste auf die ferne Szenerie.

»Die Pharaonen der alten Königsdynastie waren hervorragende Pyramidenbauer. Die größte Pyramide, ›Khufu‹, wurde von Cheops errichtet. Chephren ließ ›Kha-ef-Re‹ erbauen, die mittlere, und Mykerinos ›Men-kau-Re‹. Wenn wir näher kommen, wirst du auch die Sphinx erblicken, die die Pyramiden vor bösen Geistern beschützt.«

»Wann wurden diese Pyramiden erbaut?«, fragte Yax staunend, als sie am Fuße der Khufu-Pyramide standen.

»Vor zweitausend Jahren«, antwortete Germanicus.

»Vor noch längerer Zeit«, verbesserte ihr Führer, »vor mehr als zweitausendfünfhundert Jahren.«

Ali ließ sein Kamel in die Hocke gehen und sprang aus dem Sattel, um den anderen beim Absteigen behilflich zu sein. Yax war froh, endlich von dieser Kreatur herunterzukommen, die ihm nach wie vor nicht geheuer war, und murmelte etwas davon, den Rückweg lieber zu Fuß zurückzulegen.

»Wollt ihr das Innere der Pyramide sehen?«

Germanicus, der darauf brannte, die Pyramide zu inspizieren, stimmte sofort zu. Yax war nicht sicher, aber er folgte den anderen, die sich zum nördlich gelegenen Eingang begaben.

»Ihr müsst euch bücken. Zu Beginn ist der Gang sehr eng und niedrig, aber wenn wir die Grabkammer erreicht haben, wird es breiter.«

Ali beförderte ein paar Kerzen aus seinem Beutel zu Tage und händigte jedem eine davon aus.

Mit wachsendem Widerwillen folgte Yax der kleinen Expedition. In dem schmalen Gang herrschte undurchdringliche Finsternis, und das kärgliche Licht der flackernden Kerzen vermochte sein Unbehagen und Frösteln auch nicht zu mindern. Die tanzenden Schatten an den Wänden muteten ihn wie teuflische Dämonen an, und sein Herzschlag beschleunigte sich. Von der Spitze des kleinen Trupps ertönte ein überraschter Ausruf, als der enge Gang unvermittelt in eine geräumige Kammer mündete. Erleichtert, wieder aufrecht stehen zu können, streckten sie sich. Es war kühl in dem Raum, und ein penetranter Geruch lag in der Luft.

»Wonach riecht es hier?«, fragte Germanicus naserümpfend.

»Das kommt von den Fledermäusen«, antwortete Ali, »der Geruch stammt von ihrem Kot auf dem Boden. Achtet darauf, wohin ihr tretet, ab jetzt geht es bergauf.«

»Wozu sind die vielen Löcher in der Wand?«, fragte Clodius, während sie den ansteigenden Gang erklommen.

»Wenn wir die Grabkammer erreicht haben, werdet ihr den Sarkophag sehen, in dem der König ruhte. Er ist außergewöhnlich groß und schwer, und da dieser Gang sehr steil ist, kamen die Sargträger nur entsprechend langsam voran. Um zu vermeiden, dass der Sarg zurückglitt, verkeilte man Holzpflöcke in den Löchern.«

Auf Yax' Stirn bildete sich kalter Schweiß, und er rang nach Atem.

»Ich kann nicht mehr weiter«, erklärte er.

Ohne eine Erwiderung seiner Kameraden abzuwarten, machte er kehrt und kroch durch den schmalen Gang zurück. Erleichtert stolperte er ins Sonnenlicht hinaus und ließ sich vor dem Eingang der Pyramide in den Sand fallen. Japsend wischte er sich den Schweiß aus dem Gesicht und wartete, bis sein Atem sich wieder normalisierte und seine Hände zu zittern aufhörten.

»Eigenartig«, murmelte er vor sich hin, da ihm so etwas noch nie zuvor passiert war. Nicht einmal beim Angriff des Hais hatte er solche Panik verspürt. Nach einer Weile erhob er sich und schlenderte langsam um die Pyramide herum zu der Stelle, wo die Kamele im Sand dösten.

»So«, verkündete er den gleichgültig dreinschauenden Tieren, »ihr Biester könnt mich jetzt nicht mehr schrecken. Ich habe etwas gefunden, was ich noch mehr hasse: Pyramiden!«

Mehr als eine Stunde verging, bis Germanicus und die anderen aus der Cheops-Pyramide wieder auftauchten.

»Yax, da bist du ja! Du hast den besten Teil versäumt: die Grabkammer.«

»Danke, es reicht mir, wenn du mir davon erzählst.«

»Was war denn plötzlich los mit dir? Fürchtest du dich vor der Dunkelheit?«

»Nein ... aber ich hatte auf einmal das Gefühl, ich müsse ersticken und brauchte unbedingt frische Luft.«

Die Sphinx war für Yax wesentlich einfacher zu besichtigen; vor allem lag sie im strahlenden Sonnenlicht. Nach einem ausführlichen Rundgang ließen sich alle im Schatten des mächtigen Kopfes nieder und nahmen eine schlichte Mahlzeit aus Brot und Wein zu sich, bevor sie sich auf den Rückweg zum Boot begaben.

»Wann musst du nach Syrien aufbrechen?«, erkundigte sich Yax, als sie sich auf der Rückreise nach Alexandrien befanden.

Germanicus rieb sich nachdenklich das Kinn. »Ich weiß noch nicht, wahrscheinlich in vier bis fünf Tagen.«

»Ich würde dich gerne begleiten und diese Leute aufsuchen, von denen du erzählt hast.«

»Oh, du meinst die Essener in Qumran ... nun, es liegt auf meinem Weg nach Damaskus, das heißt, wenn ich mich entschließe, einen Abstecher nach Jerusalem zu machen.«

»Ist es eine lange Reise?«

»Ja, ziemlich lang sogar. Zuerst fährt man mit dem Schiff die Küste von Judäa entlang, dann geht es etwa eine Tagesreise mit dem Wagen landeinwärts Richtung Jerusalem. Allerdings schafft man es nicht an einem Tag. Am nächsten Tag wendet man sich in östlicher Richtung zum Toten Meer und trifft ungefähr gegen Mittag ein. Aber dann«, fuhr Germanicus fort, »besteht noch lange keine Gewähr, dass sie einen bleiben lassen oder man sie überhaupt zu Gesicht bekommt.«

»Warum nicht?«

»Nun, angeblich sind sie tief religiös und sehr verschlossen, und sie lassen sich so gut wie nie mit Fremden ein.«

Qumran

Der Weg vom Mittelmeer nach Jerusalem führte über eine endlose, staubige und heiße Straße größtenteils bergauf. Um diese Jahreszeit trug der von Südosten wehende Schirokko die heiße Wüstenluft heran. Zwar schützte das Planenverdeck des Wagens vor den sengenden Strahlen der Sonne, doch vor der Hitze gab es kein Entrinnen, und immer wieder griffen Yax und Germanicus nach den Kürbisflaschen. Um die Pferde nicht zu ermüden, hielten sie ein gemäßigtes Tempo bei. Alle waren erleichtert, als endlich die Mauern der Stadt in Sicht kamen.

»Hoffentlich gibt es dort Bäder«, stöhnte Yax.

»O ja«, erwiderte Germanicus, »sogar äußerst komfortable. Eine Division der Zehnten Legion der Römischen Armee, die ›Fretensis‹, ist hier stationiert, und das Quartier der Heeresleitung befindet sich im Palast des Herodes, auf den wir als Erstes stoßen werden, denn er liegt am Westrand der Stadt.«

»Werden wir dort wohnen?«

»Ja, und ausgesprochen nobel.«

»Fein. Ich kann es kaum erwarten, in ein kühles Bad zu steigen.«

Die Posten am Stadttor salutierten, als der Wagen an ihnen vorbeirollte.

Kurze Zeit später beobachteten Yax und Germanicus vom Balkon des nördlichen Palastflügels das Spektakel der untergehenden Sonne, deren Strahlen den Tempelberg in goldenes Licht hüllten.

»Auf einmal scheint es viel kühler zu sein«, bemerkte Yax.

»Das liegt an dem Garten, der unter uns liegt«, erwiderte Germanicus. »Bald wird auch die Luft feuchter.«

Yax richtete den Blick in die Ferne. »Was ist das für ein Gebäude dort drüben auf dem Hügel?«, fragte er.

»Ein Tempel, den Herodes an der Stelle des früheren Tempels des König Salomon errichten ließ.«

»Lebt dieser König Salomon noch?«

Germanicus lachte. »Nein. Der ist schon seit über tausend Jahren tot.«

»War er ein mächtiger König?«

»Wenn man der Geschichte Glauben schenkt, ja. Als er den ersten Tempel bauen ließ, wurden angeblich 20.000 Ochsen und 120.000 Schafe geopfert ... also muss er wohl ein mächtiger und großer König gewesen sein.«

»Was geschah mit seinem Tempel?«

»Die Babylonier zerstörten den Tempel und die Stadt etwa 500 Jahre später.«

»Dann ist die Stadt wohl sehr alt?«

»Wenn es stimmt, was dein Feund Philo von Alexandrien behauptet, wurden hier vor 2500 Jahren die ersten Häuser errichtet.«

Yax kratzte sich nachdenklich am Kopf. Der Versuch, sich solch eine gewaltige Zeitspanne vorzustellen, bereitete ihm sichtlich Mühe.

»Alexandrien wurde nach Alexander dem Großen benannt, nicht wahr?«

»Ja. Er war etwa in deinem Alter, als er dieses Gebiet mit seinem Heer unterwarf.«

»Jerusalem gehörte auch dazu?«

»Ja, ganz Judäa und Persien. Alles!«

»Und wann starb er?«

»Vor ungefähr 350 Jahren. Danach haben andere Völker das Gebiet unter sich aufgeteilt. Die nachfolgenden hundert Jahre übernahmen die Seleukiden Jerusalem und den Rest von Judäa.«

»Auf diesem Boden müssen viele Schlachten stattgefunden haben.«

»Allerdings. Die Juden leisteten natürlich Widerstand. Angeführt von ihrem Priester Makkabi besetzten sie den Tempel und besiegten die Seleukiden. Daher kommt der Name Makkabäeraufstand. Achtzig Jahre später eroberte der Feldherr Pompejus Jerusalem – und wir Römer sind immer noch hier!«

»Und wie entstand der neue Tempel?«

»Nun, wir ernannten Herodes zum Herrscher von Judäa. Er ließ den Hafen anlegen, von dem ich dir heute Morgen erzählte, und benannte ihn nach Julius Cäsar. Außerdem ließ er den Tempel wieder aufbauen, den du jetzt in der Ferne siehst.«

»Was hier schon alles geschehen ist!«

»All das ist Teil der Geschichte«, sagte Germanicus. »Aber wenn wir unsere Reise morgen früh fortsetzen wollen, sollten wir uns jetzt zur Ruhe begeben.«

Obgleich die Nacht angenehm kühl war, wälzte Yax sich unruhig auf seinem Lager, von seinem altbekannten Traum geplagt.

Als die Sonne am Morgen über die Hügel im Osten kroch, hatten sie bereits das Hinnom-Tal hinter sich gelassen und befanden sich im Tal von Kidron.

»Wie kommt es, dass du so gut über die Geschichte Jerusalems informiert bist?«, fragte Yax, während ihr Wagen den flach ansteigenden Hang hinaufrollte, der zu den Hügeln von Qumran führte.

»Tiberius bat mich vor vielen Jahren, den Posten des Statthalters von Jerusalem zu übernehmen. Deshalb habe ich mich viele Monate intensiv mit der Geschichte des Landes beschäftigt. Allerdings kam es dann doch nicht dazu, dass ich den Posten übernahm.«

»Und was weißt du über die Essener?«

»Nicht sehr viel. Wie ich dir bereits erzählte, handelt es sich um eine Gruppe von Sektierern. Aber sie wissen alles über diese Theorie eines einzigen Gottes, der Religon der Juden. Warte nur – wenn ich dich bei meiner Rückkehr von Damaskus wieder auflese, wird deine Neugier befriedigt sein.«

Yax nickte und beschattete die Augen mit den Händen. »Es scheint noch ein beschwerlicher Weg zu sein.«

»Nein. Ein Wadi, ein tiefes Tal, führt genau zum Toten Meer.«

»Zum Toten Meer? Was ist das?«

»Ein Meer, dessen Wasser sehr salzig ist. Man kann sich an der Wasseroberfläche halten, ohne dass man sich bewegt.«

»Das muss ich unbedingt versuchen. Hört sich interessant an.«

»Es ist keineswegs so angenehm, wie es sich anhört. Außerdem stinkt das Wasser. Es wird dir nicht gefallen.«

»Weißt du, weshalb das Wasser so salzig ist?«

Germanicus kratzte sich nachdenklich am Kopf und blickte gedankenverloren auf die in der Ferne liegenden Hügel. »Ja, allerdings gibt es zwei Geschichten darüber, weshalb das Tote Meer so salzig wurde.« Er schwieg einen Augenblick, gerade lange genug, um Yax' Neugier anzustacheln.

»Wirst du es mir erzählen?«, drängte er ungeduldig.

»Welche Geschichte willst du hören?«, fragte Germanicus lachend. »Jüdische Märchen oder römische Wissenschaft?«

»Beides!«

»Einst lagen zwei Städte am Ufer dieses Meeres: Sodom und Gomorrah. Die Menschen, die dort lebten, waren schlecht und verdorben und beleidigten mit ihren Taten den Gott der Juden. Also zerstörte er die Städte, indem er Feuer und Schwefel auf sie regnen ließ. Nur eine Familie überlebte das Inferno. Gott befahl ihnen, in die Hügel zu fliehen und sich nicht umzuschauen. Doch die Frau wandte sich noch einmal um und erstarrte augenblicklich zur Salzsäule.«

»Den Rest der Geschichte kenne ich«, unterbrach Yax ihn eifrig. »Die Frau fiel in das Wasser, und deshalb ist es heute so salzig.«

»Richtig. Woher weißt du das?«

»Die Priester der Heiligen Pyramide meines Dorfes erklärten uns mit einer ähnlichen Geschichte, wie das große Meer salzig wurde.«

»Und wie lautete ihre Geschichte?«

»Während einer erbitterten Schlacht zwischen den Mächten des Guten und des Bösen verwandelte unser Schöpfergott Kukulkan die feindliche Armee des Bösen in Salz, das er ins große Meer verstreute. Aus diesem Grund kann niemals jemand von dem Wasser trinken.«

Germanicus nickte. »Von diesem Wasser kann man ebenfalls nicht trinken.«

»Uns wie erklären die Römer die Entstehung dieses Meeres?«

»Ganz einfach. Wegen der Hügel und Berge, die das Tote Meer umgeben, wird die Luft sehr heiß und trägt viel Feuchtigkeit zum Himmel hinauf. Das Salz aus den Bergen und dem Boden bleibt dabei zurück. Du musst wissen, dass der Boden in dieser Gegend sehr salzhaltig ist. Der Fluss spült zwar Wasser ins Meer, aber die trockene, heiße Luft lässt es verdunsten. Das Wasser ist klar und blau, aber nichts kann darin überleben.«

»Auch keine Fische?«

»Nicht einmal Fische.«

Während ihr Wagen durch das Tal in Richtung des Toten Meeres rollte, grübelte Yax über die beiden Theorien nach, bis Germanicus das Schweigen brach.

»Sieh dort!«, sagte er und deutete in die Hügel hinauf. »Irgendwo auf diesem Hochplateau liegt die Gemeinde Qumran.«

Yax blickte in die gewiesene Richtung, sah aber nichts als Felsen.

»Und wie kommen wir dort hinauf?«

»Wenn wir das Tote Meer erreicht haben, fahren wir an seinem Ufer entlang, bis wir auf die Straße stoßen, die zu dem Dorf führt, hinauf in die Berge.«

Es dauerte nicht lange, bis der Wagen die Schatten des Tals hinter sich gelassen hatte und auf die weite, sanft zum Meer abfallende Ebene fuhr, wo ihnen der heiße Wind mit aller Macht wieder entgegenschlug.

»Ich bekomme kaum noch Luft!«, japste Yax.

»Hier, trink was.« Germanicus reichte ihm die Kürbisflasche.

»Hier halte ich es bestimmt nicht aus«, bemerkte Yax.

»Keine Angst, das Dorf liegt weit oben in den Bergen. Dort ist es wesentlich kühler«, beruhigte ihn Germanicus.

»Wie können Menschen in solcher Hitze überleben?«, fragte Yax.

»Sie sind hier geboren und daran gewöhnt. Die Kühle der Berge zwischen Rom und Pompeji haben die Bewohner dieses Landstrichs nie kennen gelernt.«

»Ich wünschte, genau dort wäre ich jetzt«, stöhnte Yax.

Bald darauf stießen sie auf eine Gruppe Männer, die ein kleines Stück Land beackerten, auf dem trotz der Hitze viele Gemüsesorten gediehen. Die Männer musterten den Wagen und seine Insassen mit misstrauischen Blicken.

»Ihr habt hier einen beachtlichen Garten!«, rief Germanicus ihnen zu.

Die Männer schauten ihn ausdruckslos an.

»Das sind Juden«, warf Clodius ein, der im hinteren Teil des Wagens saß. »Vermutlich sprechen sie nur Hebräisch.«

»Ich versuche es auf Griechisch«, sagte Germianicus und rief noch einmal zu den Männern hinüber: »Ihr habt hier einen bemerkenswerten Acker angelegt!«

»Danke!«, erwiderte einer von ihnen und trat einen Schritt vor. »Wir gießen ihn mit Wasser aus dem Jordan, da man das Meerwasser nicht verwenden kann.«

»Aber was ist mit dem Boden? Ist er nicht zu salzig?«

»Er ist sogar sehr salzig, aber nur bis zu einer bestimmten Linie.« Der Mann deutete auf einen Punkt in Richtung des Meeres. »Hinter dieser Linie vermischen wir den Boden mit Erde vom Ufer des Jordan, und das Gemüse wächst! Wie du siehst, gedeiht besonders der Balsam in dieser Erde prächtig.«

»Weshalb pflanzt ihr Balsam an?«

»Wir verkaufen ihn auf dem Markt in Jerusalem. Das Gemüse ist hauptsächlich für den eigenen Gebrauch.« Der Mann zeigte auf eine Ansiedlung auf dem Gipfel.

»Seid ihr aus Qumran?«

»Ja.«

»Das ist unser Ziel. Ist es noch weit?«

»Es tut mir Leid, aber als römische Soldaten seid ihr dort nicht willkommen.«

»Oh, wir wollen nicht bleiben, nur mein junger Freund hier.« Germanicus deutete auf Yax. »Er möchte die Thora studieren.«

Der Mann trat noch einen Schritt näher und musterte Yax genauer. »Er ist weder Römer noch Jude. Woher kommt er?«

»Ich bin fremd in diesem Land und auf der Suche nach Gott!«, erklärte Yax.

»Dann bist du willkommen. Ich werde dich in meinem Wagen mitnehmen. Aber ihr, römische Soldaten, müsst hier bleiben!«

»Nun«, erwiderte Germanicus, »ich bin ohnehin auf dem Weg nach Damaskus.« Er händigte Yax einen Beutel mit Goldmünzen aus. »Nimm das und geh mit dem Mann. Sei fleißig. In drei bis fünf Monaten kehre ich zurück und nehme dich wieder mit nach Rom.«

Yax nickte und nahm den Beutel entgegen. Er umarmte Germanicus und winkte den Soldaten zum Abschied. »Wir sehen uns in fünf Monaten, oder wann immer ihr wieder hier entlang kommt.«

Als sie das Plateau erreicht hatten, bedeutete der Bauer seinem jungen Besucher, am Tor zur Siedlung auf ihn zu warten. Kurz darauf kehrte er mit einem anderen Mann zurück. Ein paar Schritte entfernt blieben sie stehen und sprachen miteinander. Ihre Stimmen wurden von der leichten Brise zu Yax hinübergetragen, aber er konnte die Worte nicht verstehen. Ein wenig verlegen wartete er, während der Bauer von Zeit zu Zeit mit dem Finger auf ihn deutete und der andere Mann ihn mit durchdringendem Blick musterte.

Schließlich näherten sie sich dem Wagen. Der Bauer sprach zuerst und stellte seinen Begleiter vor.

»Das ist Josef. Er ist unser Rabbi und Sprecher des Gemeinschaftsrates.«

Der Mann nickte leicht mit dem Kopf, und Yax tat es ihm nach.

»Mein Name ist Yax. Ich komme aus einem anderen Land.«

Schmunzelnd erwiderte Josef in fließendem Griechisch: »Das sehe ich. Kommst du aus Ägypten?«

»Nein. Obwohl ... im Augenblick komme ich schon aus Ägypten. Aber selbst der kaiserliche Kartograph konnte das Dorf, aus dem ursprünglich stamme, nicht auf seinen Karten finden. Ich wurde an Bord eines Floßes in diesen Teil der Welt getrieben, aber ich weiß nicht von wo.«

»Ich verstehe. Und was willst du hier bei uns?«

Yax zögerte einen Moment und suchte nach den richtigen Worten.

»In dem Dorf, aus dem ich stamme, verehren wir viele Götter, deren Abbilder ich in meinem Beruf als Zimmermann, den ich hier ausübe, als Schnitzereien nachgebildet habe.« Er hielt kurz inne, da Josef die Brauen hob und den Mund öffnete, als wolle er etwas entgegnen. Doch als er schwieg, fuhr Yax fort.

»Vor kurzem studierte ich die Schriften des Philo von Alexandrien und habe erfahren, dass es vielleicht nur einen Gott gibt, den wir alle bei unterschiedlichen Namen nennen, und ...«

»Und?«, fragte Josef.

»Und ich bin hierher gekommen, um die Gesetze Mose kennen zu lernen und die Wahrheit zu erfahren.«

Josef zupfte an seinem kurzen schwarzen Bart und starrte eindringlich in Yax' dunkelbraune Augen.

»Als Samuel mir von deinem Erscheinen und dem Anliegen erzählte, das dich herführte, wollte ich dich zuerst fortschicken, da du weder unseren Glauben teilst noch zu unserem Volk gehörst. Aber deine Worte haben mich berührt. Ich werde den Rat bitten, darüber abzustimmen. Nebenbei gesagt, können wir einen Zimmermann gut gebrauchen.«

Samuel lächelte Yax bei Josefs Worten an und nickte dabei bestätigend.

»Komm, mein Sohn, suchen wir dir einen Platz, wo du bleiben kannst«, sagte Josef und streckte die Hand aus. »Ich werde den Rat zusammenrufen, wenn wir unsere Abendmahlzeit eingenommen haben. Jetzt erzähl mir mehr über deine Arbeit als Zimmermann.«

Während Josef mit Yax davonging, kehrte Samuel zu seinem Wagen zurück, ließ das Pferd kehrtmachen und fuhr wieder zu dem kleinen Acker am Meer.

»Ein neuer Tisch wäre nicht schlecht«, murmelte er vor sich hin. »Bei meiner nächsten Fahrt nach Jerusalem werde ich Holz besorgen. Der neue Zimmermann kann mir einen Tisch bauen ... meine Frau wird sich freuen.«

»Und?«, fragten seine Gefährten bei seiner Rückkehr wie aus einem Munde.

»Freunde«, erklärte Samuel strahlend, »vielleicht haben wir bald einen neuen Zimmermann in unserer Gemeinde ... und ich komme endlich zu einem neuen Tisch.«

»Das ist gut«, erwiderte einer der Männer. »Seit dem Tod des alten Eli sind viele Holzarbeiten liegen geblieben.«

»Ja«, meinte ein anderer. »An der Sitzbank auf meiner Seite des Tisches fehlt ein Bein. Ich musste eine Tonvase darunter stellen.«

»Du stimmst doch auch im Rat ab, nicht wahr?«, fragte Samuel.

»Ja. Und keine Sorge, ich weiß schon, wie ich stimmen muss!«

Yax wurde in einen Schlafsaal mit mehreren Pritschen geführt, die säuberlich in zwei Reihen nebeneinander standen.

»Hier schlafen und lernen unsere Novizen«, erklärte Josef ihm voller Stolz. »Wenn man dich aufnimmt, wirst du zwei Jahre lang hier wohnen. Nach deiner Probezeit wirst du eine Prüfung vor dem Rat ablegen, und falls du gute Fortschritte gemacht hast, wird man dich in unserer Gemeinde aufnehmen. Tagsüber wirst du deiner Arbeit als Zimmermann nachgehen und in der Nacht die Bücher studieren. In jeder Gruppe von zehn Novizen muss einer während der Nacht die Gesetze Mose studieren. Dabei wechselt ihr euch ab, sodass während der ganzen Zeit immer einer von euch das Wort Gottes liest.«

Josef blickte Yax lange und eindringlich an. »Willst du immer noch Mitglied unserer Gemeinde werden?«

Yax schaute betreten drein und schluckte. »Ich kann nicht besonders gut lesen ... in Alexandrien besuchte ich die Schule, um es zu lernen, aber ich habe gerade erst damit angefangen.«

»Keine Sorge.« Josef lachte. »Wir haben genug Leute hier, die dir aus den Gesetzen vorlesen können, und genug andere, die dir das Lesen beibringen werden.«

»Ich werde mir große Mühe geben, als Zimmermann und als Novize«, versprach Yax.

»Sehr gut«, erwiderte Josef. »Dann wirst du bald ein wahrer Sohn des Zadok sein.«

Die Söhne Zadoks

Der Rat der Gemeinschaft setzte sich aus zwölf Laien und drei Priestern zusammen. Einige von ihnen äußerten Bedenken wegen Yax' mangelhaftem religiösen Wissen.

»Wie sollen wir ihn denn über seine Kenntnisse des Gesetzes befragen?«

»Das brauchen wir nicht«, antwortete Josef, »es genügt, dass der Junge den Wunsch hat zu lernen. Außerdem werden seine Fähigkeiten als Zimmermann in der Gemeinschaft dringend benötigt.«

Der Beschluss fiel einstimmig aus. Yax wurde als Novize in die Gemeinschaft aufgenommen.

Es dauerte zwei Tage, bis er den Treueeid zur Zufriedenheit der Priester beherrschte, doch am Abend des zweiten Tages schließlich legte er vor den Mitgliedern des Rates sein Gelübde ab. Gewöhnlich erfolgte diese Prozedur in hebräischer oder aramäischer Sprache, aber da die meisten Ratsmitglieder Griechisch beherrschten, wurde für Yax eine Ausnahme gemacht.

Nervös stolperte er über die ersten Sätze, fuhr aber dann nahezu fehlerfrei fort: »... gelobe ich Frömmigkeit und Gerechtigkeit und dass ich anderen keinen Schaden zufüge. Ich gelobe Hilfsbereitschaft gegenüber den Rechtschaffenen; Ablehnung der Verderbten; Aufrichtigkeit in allen Belangen gegenüber den Brüdern der Gemeinschaft; Wahrung der Geheimnisse und

Einhaltung der Richtlinien der Gemeinschaft, ihrer Schriften und der Namen der Engel.«

Er gelobte, nur zu sprechen, wenn das Wort an ihn gerichtet würde, die Sitzordnung und strikte Reihenfolge des abendlichen Mahls einzuhalten, den gegenseitigen Segnungen und Beratungen beizuwohnen, die rituellen Waschungen im Tauchbecken zu vollziehen und seine Sünden zu bereuen. Nur zum Schluss stolperte er noch einmal über die Worte: »... entsprechend dem ersten Gebot nach den Leitlinien der Gemeinschaft zu leben, bis zur Ankunft eines Propheten und Messias.«

Die Priester akzeptierten sein Gelübde, ermahnten ihn jedoch, sich eingehender mit der Ankunft des Messias zu befassen.

Josef beendete die Versammlung, indem er Yax den Aaronitischen Segen erteilte: »Der Herr segne dich und behüte dich, der Herr lasse sein Angesicht über dir leuchten und sei dir gnädig. Der Herr wende sein Angesicht dir zu und schenke dir Heil.«

Gleich am nächsten Morgen wurde Yax angewiesen, seine Arbeit in der Tischlerwerkstatt aufzunehmen. Die Werkzeuge waren primitiv, die Meißel stumpf, und die Werkstatt war in einem verwahrlosten Zustand. Wie man ihm erzählte, war der frühere Zimmermann ungefähr ein Jahr zuvor im Alter von dreiundneunzig Jahren gestorben. Seitdem hatte die Gemeinschaft ohne Zimmermann auskommen müssen.

Yax wurden zwei Helfer zur Seite gestellt, die ihm aber, wie sich herausstellte, nicht bei der Arbeit zur Hand gehen, sondern ihm das Pentateuch nahe bringen sollten, die ersten fünf Bücher der Bibel. Josef suchte ihn am ersten Morgen in der Werkstatt auf, um ihm zur Aufnahme in die Gemeinschaft zu gratulieren, und händigte ihm bei dieser Gelegenheit gleich eine Liste mit den vordringlichsten Reparaturen aus. Yax' Helfer folgten ihm auf Schritt und Tritt, und wenn sie ihm auch hin und wieder ein

Stück Holz oder einen Nagel reichten, hielten sie doch nie darin inne, fortwährende Dialoge über Frömmigkeit, Gerechtigkeit, Achtsamkeit gegenüber anderen, über die Namen der Engel und die Bücher Genesis, Exodus, Leviticus, Numeri und Deuteronomium zu halten.

Glücklicherweise war Yax während der ersten, so dringend erforderlichen Ausbesserungsarbeiten in der Gemeinde vom nächtlichen Bibelstudium befreit, das sonst obligatorisch für alle Novizen und Anwärter auf die endgültige Mitgliedschaft in der Gemeinde war.

Am Ende des ersten Monats hatte er alle Reparaturen zur Zufriedenheit Josefs und der übrigen Mitglieder vollbracht und konnte nun ernsthaft mit seinen Studien beginnen.

Die Priester in Qumran nannten sich selbst ›Die Söhne Zadoks‹; sie wechselten einander darin ab, Yax und zwanzig weiteren Novizen in der Nacht zu unterrichten. Obgleich sie ihm zuliebe hin und wieder ins Griechische wechselten, verstand Yax nur wenig von dem, worüber während dieser nächtlichen Unterweisungen gesprochen wurde.

Einer von Yax' Helfern hieß Sem. Wie er Yax erzählte, hatte seine Mutter ihn nach einem der drei Söhne Noahs benannt. Sem fand besonderes Vergnügen daran, Yax das Buch Genesis zu erklären. Die Geschichte der großen Flut und der Arche Noah hatte es Yax besonders angetan; im Gegenzug berichtete er Sem von seiner abenteuerlichen Reise auf dem Floß.

»Hattest du keine Angst, als der Hai auf dich zukam?«

»Und ob! Ich hatte schreckliche Angst, gefressen zu werden wie mein Freund Chilan. Aber zum Glück schwamm der Hai genau in meinen Speer hinein.«

Yax und Sem besuchten dieselbe nächtliche Bibel-Lesegruppe, sodass Sem ihm den Text ins Griechische übersetzen und Yax gleichzeitig einige Worte Hebräisch lernen konnte.

»Wer ist dieser Zadok, und weshalb sind alle Priester hier seine Söhne?«, fragte Yax, dem diese Frage seit der Nacht seiner Aufnahme auf der Zunge brannte.

»Sie sind nicht wirklich seine Söhne«, antwortete Sem. »Genau genommen sind sie nicht einmal miteinander verwandt, aber sie haben einen gemeinsamen Hintergrund. Zadok war ein Priester unter König David, einem der ersten Könige Israels, der vor über neunhundert Jahren herrschte. Du wirst die Geschichte von David noch hören, wie er als kleiner Junge den Riesen Goliath erschlug und als König die Bundeslade nach Jerusalem überführen ließ. Die hiesigen Priester verfolgen ihren Ursprung bis auf Zadok zurück, dessen Anhänger die wahren Gründer der Gemeinschaft waren.«

»Und weshalb haben sie sich hier in Qumran niedergelassen, und nicht in Jerusalem? Ich sah dort einen großen Tempel.«

»Das ist der Tempel des Herodes, aber vorher stand dort der Tempel von König Salomon, dem Sohn Davids, und alle Priester haben dort begonnen.«

»Was meinst du mit, ›sie haben dort begonnen‹?«

»Nun, zuerst lebten dort Priester verschiedener Religionsgemeinschaften zusammen. Die Sadduzäer und Pharisäer gehörten zu den Bedeutendsten. Die Sadduzäer genossen die besondere Unterstützung der Reichen, während die Pharisäer sich durch besonders strenge Frömmigkeit und Befolgung des Mosaischen Gesetzes auszeichneten und größeren Einfluss in der breiten Bevölkerung besaßen. Beide Gruppen aber legten die Thora auf unterschiedliche Weise aus, insbesondere die Gesetze des Moses. Eines Tages sagte sich eine Gruppe von Priestern von der Tempelgemeinschaft los. Sie waren der Meinung, die Gesetze des Moses würden nicht mehr vorschriftsmäßig befolgt, und verließen Jerusalem.«

»Und kamen hierher nach Qumran?«

»Nein, zuerst gingen sie nach Damaskus in Syrien. Sie betrachteten sich als die Erben der Israeliten und wandten sich wieder dem Gesetz Mose zu ... auf dass sie errettet würden, wenn eines Tages der ›Lehrer der Gerechtigkeit‹ erschiene, wie es beim Propheten Jesaja geschrieben steht. Sie nannten sich ›Die Söhne Zadoks‹. Das war vor über zweihundert Jahren. Damals wurden die Richtlinien für das Leben der Gemeinschaft festgelegt.«

»Das alles kommt mir sehr verworren vor«, gestand Yax.

»Es mag dir im Augenblick so erscheinen«, erwiderte Sem, »aber wenn du in sechs Monaten wieder vor dem Rat erscheinst, musst du über diese Dinge Bescheid wissen.«

»Ich muss noch einmal vor dem Rat erscheinen?«

»Natürlich. Bevor du zu einem vollen Mitglied der Gemeinschaft wirst, musst du noch drei Mal während der nächsten zwei Jahre vor dem Rat erscheinen.«

»Aber Germanicus wird mich vermutlich schon vor Ablauf von sechs Monaten wieder abholen und mit nach Rom nehmen.«

»Das solltest du lieber für dich behalten«, warnte ihn Sem, besorgt darüber, dass die Aufnahme seines Freundes in die Gemeinschaft dadurch gefährdet sein könnte. »Du bist der erste Außenseiter, der bei den Novizen aufgenommen wurde. Wenn die Priester erfahren, dass du nach Rom zurückkehren willst, werden sie dich womöglich ausschließen.«

»Würden sie mich wieder aufnehmen, wenn ich zu einem späteren Zeitpunkt zurückkehre?«

»Ich weiß nicht. So etwas ist noch nie vorgekommen.«

»Sprechen wir lieber nicht von meiner Abreise«, seufzte Yax und kratzte sich nachdenklich am Kopf, »ich muss noch sehr viel lernen.«

Er wandte sich der Reparatur eines zerbrochenen Stuhls zu, während Sem sich im Schneidersitz auf dem Boden niederließ und ihm die Worte des Propheten Jesaja vorlas.

»›Darum wird euch der Herr von sich aus ein Zeichen geben:

Seht, die Jungfrau wird ein Kind empfangen und einen Sohn gebären, und sie wird ihm den Namen Immanuel geben‹.«

Yax blickte von seiner Arbeit auf.

»Wie kann eine Jungfrau ein Kind gebären?«

»Indem sie es durch Gott empfangen hat.«

Yax' Puls beschleunigte sich, als er sich diese Theorie durch den Kopf gehen ließ. »Bedeutet dies, dass Gott der Vater und das Kind sein Sohn ist?«

Sem nickte.

»Dann ist das der Sohn Gottes, nach dem ich suche!«

»Wir alle hier in Qumran suchen ihn.«

»Ich ... ich suche nach ihm, weil er mich zu meinem Dorf zurückführen wird. Aber weshalb sucht ihr nach ihm?«

»Jesaja sagt, sein Name sei Immanuel, das bedeutet ›Messias‹. Er wird uns von unseren Unterdrückern befreien und uns auf das Jüngste Gericht vorbereiten.«

»Ich muss zu ihm gehen«, stieß Yax erregt hervor. »Ist er in Jerusalem?«

»Vielleicht ist er noch nicht einmal geboren ... das sind lediglich die Worte eines Propheten, der vor vielen hundert Jahren gelebt hat.«

»Oh«, seufzte Yax resigniert.

Doch plötzlich kam ihm ein Gedanke. »Aber dann«, sagte er, »könnte er doch genauso gut schon geboren sein und unter uns leben!«

»Das dachte auch König Herodes vor vielen Jahren, als er fürchtete, es sei ein Kind geboren, das einmal König der Juden sein würde ...«

»Ich weiß«, unterbrach ihn Yax, »ich hörte durch ein paar Juden davon, die mir in El Gem das Leben retteten. Ihr Sohn wurde ebenfalls auf Befehl Herodes' getötet.«

»Es gibt jemanden in unserer Gemeinde, der behauptet, dass der Messias lebt und sich bald zu erkennen geben wird.«

»Und wer ist das?«

»Sein Name ist Johannes.«

In diesem Augenblick betrat Josef die Werkstatt.

»Ich grüße dich, Yax. Wie ich sehe, bist du bei der Arbeit. Aber ich habe eine wichtigere Aufgabe für dich. Unser Wagen hat ein Rad verloren, und wir brauchen ihn morgen früh für die Fahrt zum Markt nach Jerusalem.«

»Ich werde den Schaden gleich beheben. Wo ist der Wagen?«

»Draußen vor dem Tor. Sem, du gehst mit und hilfst ihm.«

Während sie hinausgingen, sagte Sem zu Josef: »Ich habe Yax aus dem Buch Jesaja vorgelesen, und jetzt möchte er mehr über die Ankunft des Messias erfahren. Wer könnte ihm die Schriften Jesajas besser erklären als Johannes. Ist er schon wieder aus der Wüste zurück?«

»Ja«, erwiderte Josef, »er ist für einige Tage hier und hält sich in einer der Höhlen auf.«

»In einer der Höhlen?«, fragte Yax verständnislos.

»Wir bewahren unsere Manuskripte und die heiligen Schriftrollen in den Höhlen um Qumran auf. Dort ist es stets kühl und trocken, und die alten Werke sind vor den sengenden Sonnenstrahlen und dem salzigen Wind vom Toten Meer geschützt«, erklärte Josef.

»Die Priester arbeiten in den Höhlen. Sie schreiben dort die Manuskripte und studieren die Thora und die Bücher der Propheten«, fügte Sem hinzu, bemüht, Yax mit seinen Kenntnissen zu beeindrucken.

»Dann ist Johannes ein Priester?«, fragte Yax.

»Nein«, antwortete Josef, »Johannes ist kein geweihter Priester, obwohl er die Thora und die Bücher der Propheten ebenso gut kennt wie jeder Priester. Während ihr Jungen den Wagen repariert, werde ich von Johannes erzählen, und wenn genug Zeit bleibt, können wir ihm vor Anbruch der Dunkelheit einen Besuch abstatten.«

Yax nickte und machte sich daran, die Achse zu reparieren und das Rad neu zu befestigen. Er schickte Sem in die Küche, um einen Topf Fett zum Schmieren zu holen.

Josef ließ sich im Schatten des Tores nieder und begann mit seinem Bericht über Johannes.

»Johannes wurde geboren, als Herodes der Große noch herrschte. Er muss ungefähr in deinem Alter sein, Yax, vielleicht ein, zwei Jahre älter. Seine Eltern, Zacharias und Elisabeth, waren beide Priester. Soviel ich weiß, gehörte sein Vater dem Orden der Abijah an. Seine Eltern waren schon sehr betagt; Elisabeth war weit über das gebärfähige Alter hinaus. Aber wie durch ein Wunder empfing sie einen Sohn, und sie nannten ihn Johannes. Vor ihrem Tod gaben sie Johannes in die Obhut unserer Gemeinschaft, und er wurde hier aufgezogen. Während er heranwuchs, lernte er die Gesetze Mose und die Bücher der Propheten kennen. Er verbrachte mehr Zeit in den Höhlen als innerhalb der Gemeinschaft, und da der Orden in der Wüste gegründet wurde und sich seitdem auf den Jüngsten Tag vorbereitet, verbrachte auch Johannes immer mehr Zeit in der Wüste. Er entwickelte sich zum Wanderprediger und predigte jedem die Worte Jesajas. Einmal im Jahr kommt er zu uns zurück und widmet sich in den Höhlen dem Studium der Schriftrollen, um anschließend wieder in die Wüste zurückzukehren.«

Nachdem der Wagen instand gesetzt war, ließen sie ihn am Straßenrand stehen und machten sich an den mühseligen Aufstieg zu den Höhlen. Johannes hörte sie kommen und erwartete sie am Eingang einer der Höhlen, als sie endlich den Gipfel erreichten.

»Sei gegrüßt, Josef. Wie ich sehe, hast du zwei Kandidaten zur Erleuchtung mitgebracht.«

»Noch sind sie nicht so weit, Johannes. Aber es wird nicht mehr lange dauern. Das ist Sem. Er hat soeben sein Noviziat hinter sich gebracht. Yax hier ist unser jüngster Kandidat – und außerdem ein sehr tüchtiger Zimmermann.«

»Gott segne euch beide.«

»Wie steht es mit deiner Verpflegung, Johannes?«

»Ich habe hier mehr als genug. In der Regel ernähre ich mich nur von Heuschrecken und Honig.«

Bis jetzt hatte Yax' Hauptinteresse der Höhle gegolten, doch als Johannes nun erklärte, Heuschrecken zu essen, wurde seine Aufmerksamkeit wieder auf den Mann gelenkt. Dieser machte einen ziemlich robusten Eindruck auf ihn; er war von kräftiger Gestalt, das Haar reichte ihm bis auf die Schultern, und ein üppiger Bart bedeckte den größten Teil des Gesichts. Seine Augen waren dunkel und durchdringend, zugleich aber ging eine eigenartige Sanftheit von ihm aus, und der Klang seiner Stimme schmeichelte den Ohren. Er bemerkte Yax forschenden Blick und fragte ihn: »Sag, Yax, kommst du aus Ägypten?«

»Nein, ich gehöre zum Volk der Quiché-Maya, das weit jenseits des Ozeans lebt. Aber wenn ich den Sohn Gottes finde, werde ich als König in meine Heimat zurückkehren.«

Josef und Sem warfen Yax einen verblüfften Blick zu.

»Davon hast du mir noch nie erzählt«, bemerkte Sem.

»Und mir ebenso wenig«, sagte Josef.

»Das ist keine einfache Suche, die da vor ihm liegt«, versicherte Johannes, »wie es in den Worten des Propheten Jesaja heißt: ›... denn uns ist ein Kind geboren, ein Sohn ist uns geschenkt. Die Herrschaft liegt auf seiner Schulter; man nennt ihn Wunderbarer Ratgeber, Starker Gott, Vater in Ewigkeit, Fürst des Friedens.‹«

»Ja, genau ihn suche ich!«, bestätigte Yax.

»Wir alle suchen den Messias«, sagte Josef, »aber wir warten bereits seit Hunderten von Jahren auf ihn. Wer weiß, ob du oder ich sein Kommen noch erleben werden.«

Johannes erhob sich von seinem Felsblock und schwenkte

nachdrücklich seinen Gehstock. »Das Reich Gottes ist nahe ... und er, der nach mir kommt, hat seinen Fuß bereits auf den Boden Judäas gesetzt.«

Schweigend blickten die drei Johannes nach, der kehrtgemacht hatte und auf den Eingang der Höhle zusteuerte. In der Annahme, die Zusammenkunft sei beendet, wandte auch Sem sich um und machte Anstalten, die Bergkuppe wieder hinabzusteigen. Doch Johannes hielt ihn zurück.

»Wartet! Josef, bevor ihr umkehrt, möchte ich um die Dienste von Yax bitten. Könnte er möglichst bald wieder herkommen, um meinen Tisch und den Stuhl zu richten? Außerdem benötige ich Talg für meine Lampe.«

Yax warf Josef einen hoffnungsvollen Blick zu. Dieser nickte zustimmend. »Geh hinein und sieh nach, was für Werkzeug du brauchst. Wir warten hier draußen auf dich.«

Yax betrat hinter Johannes die Höhle, die ihn unvermittelt an die Pyramide in Ägypten erinnerte. Er versuchte das beklemmende Gefühl abzuschütteln und folgte Johannes ein paar Schritte ins Innere.

»Sieh dir den Tisch an«, seufzte dieser, »das Bein muss verstärkt werden.«

Yax betrachtete das Tischbein und nickte. »Und wo ist der Stuhl?«

»Da hinten.« Johannes deutete in eine dunkle Nische im Innern der Höhle. Yax warf einen kurzen Blick darauf.

»Ich werde einen neuen Stuhl mitbringen und den hier mit in die Werkstatt nehmen.«

»Wenn du morgen zurückkehrst, können wir ein wenig mehr Zeit miteinander verbringen. Ich werde dir das Buch Jesaja zeigen ... der Text wurde auf einer Rolle aus gegerbtem Leder niedergeschrieben.«

»Vielleicht können wir es uns draußen vor der Höhle ansehen«, schlug Yax vor.

»Ist gut«, sagte Johannes lächelnd. »Die Höhle ist dir wohl nicht ganz geheuer?«

»Stimmt«, gab Yax verlegen zu.

Es war bereits dunkel, als sie wieder in der Siedlung eintrafen.

»Ich fürchte, die anderen haben schon ohne uns gegessen«, sagte Josef. »Am besten, wir gehen gleich in die Küche und sehen nach, was übrig geblieben ist.«

Die beiden Jungen nickten, obwohl Yax, dem die Vorstellung von einem Heuschrecken verzehrenden Johannes wieder in den Sinn kam, wenig Hunger verspürte.

»Auf welche Weise mag Johannes wohl seine Heuschrecken verspeisen?«, überlegte er laut.

»Ich bin sicher, er gart sie vorher über einem Feuer«, erwiderte Josef lächelnd.

Während der darauf folgenden Wochen besuchte Yax regelmäßig die Höhle. Bei jedem Besuch wagte er sich ein wenig weiter hinein, und dank Johannes' Hilfe vermochte er es bald eine Stunde und mehr darin auszuhalten und dessen Erläuterungen und Übersetzungen der Schriftrollen zu lauschen. Während eines seiner letzten Besuche hörte Yax ein Zitat, das er zwar nicht verstand, das ihn aber für den Rest seiner Tage nicht mehr loslassen sollte.

»Wie Menachem, der leidende Diener Gottes, der vor ihm erschien ...«, zitierte Johannes mit feierlicher Stimme, »... wird der Messias die Pein des Todes erfahren, doch er wird wieder auferstehen!«

Yax nickte sprachlos. Doch als er seine Stimme wieder gefunden hatte, fragte er: »Woher weißt du das alles?«

Johannes schwieg einen Augenblick, bevor er antwortete.

»Es steht geschrieben.«

Kurz bevor Johannes wieder in die Wüste aufbrach, rang Yax ihm ein Versprechen ab.

»Wenn du jemals dem Sohn Gottes begegnest, wirst du mir

dann einen Boten schicken, damit ich meine Bestimmung erfüllen kann?«

Johannes nickte und ließ Yax im Gegenzug versprechen, sich zum Jordan zu begeben, seine Sünden zu bekennen und sich taufen zu lassen, sobald er seine erste Prüfung von dem Ältestenrat abgelegt habe.

Später in der Nacht wurde Yax von einem beunruhigenden Albtraum heimgesucht: Vor seinen Augen wurde der Sohn Gottes von zahlreichen Händen festgehalten und getötet, ohne dass Yax die Möglichkeit hatte, die Heilige Salbungszeremonie zu vollziehen und sein Blut mit dem des Gottessohnes zu vereinen.

Unmittelbar darauf wurde er selbst getötet ...
In kalten Schweiß gebadet erwachte Yax.

Rom

Es war später Nachmittag. Die Qumran-Gemeinde zelebrierte soeben eine der täglichen Meditations- und Gebetsstunden, als das Geräusch eines Pferdegespanns und das Donnern von Hufen von der Toreinfahrt herüberklang.

»Hört, Bewohner von Qumran«, ertönte die Respekt einflößende Stimme eines römischen Soldaten, »ich bin auf der Suche nach dem Zimmermann Yax.«

Josef begab sich zum Tor und eilte nach einem kurzen Wortwechsel zurück, um Yax zu holen.

»Heil, Clodius«, begrüßte Yax seinen ehemaligen Reisegefährten freudig, während er ihm entgegenlief. »Schickt Germanicus schon nach mir?«

»Sei gegrüßt, Yax. Mein Herz ist schwer ... ich habe schlechte Kunde.«

Yax beschleunigte seine Schritte. Clodius stieg vom Wagen.

»Germanicus ist tot«, sagte er mit gedämpfter Stimme. »Wir führen seinen Leichnam auf einem Wagen mit, der unten auf der Straße auf uns wartet.« Er deutete den Hang hinab.

Mit Tränen in den Augen packte Yax seinen Arm. »Was ist geschehen? Germanicus war doch wohlauf!«

»Es wird noch eine offizielle Untersuchung geben, aber ich habe so meine Vermutungen ...«

»Was für Vermutungen, Clodius? Bitte, sag es mir!«

»Er hatte einen erbitterten Feind in Damaskus ... Calpurnius

Piso, den ehemaligen Procurator von Syrien. Wie du dich sicher erinnerst, enthob Germanicus ihn auf Befehl des Tiberius seines Amtes.«

»Ja, er berichtete davon, als wir in Ägypten waren.«

»Ich vermute, dass Germanicus vergiftet wurde. Er war ein, zwei Tage sehr krank, und am ersten Tag des Oktober ist er dann gestorben. Es war sein Wunsch, in Rom beigesetzt zu werden, und er legte uns ans Herz, dich hier abzuholen.«

»Natürlich werde ich sofort mit euch aufbrechen«, versicherte Yax. Er warf einen Blick über die Schulter zu Josef, der abwartend auf dem Hof stehen geblieben war.

»Aber zuerst muss ich mich von meinen Freunden hier verabschieden.«

Yax ging zu Josef und sagte: »Nur du als ›Mevakair‹, als Hüter der Gemeinde, kannst mir diesen Wunsch gewähren, Josef ...« Er verstummte einen Augenblick, um dem Zittern in seiner Stimme und der aufsteigenden Tränen Herr zu werden. »Mein Freund und römischer Beschützer ist tot. Ich muss seinen Leichnam nach Rom zu seinem Vater bringen ...« Yax schluckte schwer und tat einen tiefen Atemzug. »Würdest du mir erlauben, später in die Gemeinde zurückzukehren, um meine Studien fortzusetzen?«

Josef strich sich über den Bart. »Natürlich kannst du deinen toten Freund heimbringen. Wie lange wirst du fort bleiben?«

»Ich weiß es nicht. Es ist eine lange Reise über Land und übers Meer.«

»Es ist gleich«, versicherte ihm Josef. »Du bist willkommen, wann immer du zurückkehrst.«

Es war ein kalter, regnerischer Tag, als das königliche Schlachtschiff in Ostia vor Anker ging. Die Oktoberstürme hatten für eine raue und feuchte Seereise gesorgt, und Yax dachte mit Grauen an die bevorstehende Fahrt zum Kapitol. Sie hatten beschlossen, Germanicus' Leichnam zum Tempel des Jupiter zu bringen, und nicht in den Palast. Yax hätte es vorgezogen, nicht in der Nähe zu sein, wenn man Tiberius die traurige Nachricht überbrachte, doch Clodius bestand darauf, dass Yax ihn begleitete. Also erklärte er sich schweren Herzens bereit, seinem Soldatenfreund bei dieser traurigen Pflicht beizustehen, und begleitete anschließend den Imperator zum Tempel des Jupiter, wo dieser von seinem toten Sohn Abschied nahm. Der unglückliche Tiberius bat, ihn mit den sterblichen Überresten seines Adoptivsohnes allein zu lassen. Die Soldaten verharrten taktvoll am Eingang des Tempels, und Yax, erschöpft von der langen Reise, ließ sich von einem der Männer nach Hause in seine Werkstatt fahren.

In gewisser Weise war Yax froh, wieder in Rom zu sein, befand er sich doch in vertrauter Umgebung und unter Menschen, die er kannte. Außerdem konnte sein Latein eine kleine Auffrischung gebrauchen. Zu viel Griechisch und das ungewohnte Hebräisch und Aramäisch hatten ihren Tribut gefordert. Und er freute sich, wieder in seiner eigenen Werkstatt tätig zu sein, wo ihm bessere Arbeitsgeräte zur Verfügung standen als in Judäa. Es dauerte nicht lange, bis neue Aufträge kamen und sein gewohnter Arbeitsablauf sich wieder eingestellt hatte.

Für eine Weile vergaß er die Qumran-Gemeinde, Sem, Josef, die Einsichten, die Johannes ihm gewährt hatte, und das Ritual der täglichen Gebete. Bis ihn eines Nachts der lange vergessene Traum wieder heimsuchte. Immer wieder erklangen die Worte Pupols in seinem Kopf, während er sich auf seinem Lager hin und her warf. »Yax ... du musst den Sohn Kukulkans finden, den Sohn Gottes, und dein Blut mit seinem vereinen ... erst dann kannst du zum wahrhaftigen König der Quiché-Maya gekrönt werden.«

Mit einem Ruck fuhr Yax schweißgebadet auf. Die kühle Brise, die durchs Fenster wehte, ließ ihn schaudern. An einem Haken an der Wand hing noch immer sein farbenfroher Mantel, so, wie er ihn vor vielen Monaten zurückgelassen hatte. Zitternd erhob er sich vom Bett, griff nach dem Mantel und wickelte sich darin ein. Dann ließ er sich auf sein Lager zurücksinken, zog den Mantel straff um sich und schloss die Augen, so fest er konnte. Der Mantel lenkte seine Gedanken unweigerlich zurück zu Farouk, und Zorn loderte in ihm auf; dann aber trieb die Erinnerung an die Liebe und Wärme, die ihm in jenen ersten Wochen entgegengebracht wurden, Tränen in die Augen.

Am Morgen lag er immer noch wach auf seinem Lager und starrte an die Decke. Die Erinnerung an die Geschehnisse seit Azamor hatten ihn nicht mehr zur Ruhe kommen lassen. Nebenan in der Werkstatt machte sich die Magd zu schaffen, die ihm das Frühstück brachte. Da Tiberius sein Haus kaum noch aufsuchte, hatte sie nicht viel mehr zu tun, als sich um Yax zu kümmern.

»Bist du wach, Meister Yax?«

»Ja«, murmelte er und schwang die Beine über den Bettrand.

»Weißt du, was heute für ein Tag ist?«

»Nein.« Yax gähnte und streckte sich.

»Heute ist das Fest des Saturnus!«

Yax schüttelte seine Benommenheit ab, ging zur Tür der Werkstatt und blieb dort stehen. »Und was soll ich tun, Cleo?«, fragte er. »Ich bin nicht dein Herr, und du bist nicht meine Sklavin.«

Tiberius hatte die Magd, als er sie vor über dreißig Jahren als Sklavin erwarb, Cleo genannt, nach Königin Cleopatra.

»Oh, ich weiß«, erwiderte Cleo. »Der Imperator ist mein Herr, und er hat mich zum Abendessen in den Palast eingeladen. Also werde ich heute Abend nicht hier sein, um deine Mahlzeit zuzubereiten.«

»Das ist schon in Ordnung.« Yax lächelte. »Geh nur, und genieße den Abend. Ich bekomme schon etwas zu essen, falls ich hungrig bin.«

»Danke«, sagte Cleo. »Dafür habe ich dir ein besonders üppiges Frühstück gebracht. Es steht dort auf der Werkbank.«

Yax nickte ihr zu, als sie den Raum verließ, und widmete sich dann seinem Frühstück, immer noch in seinen farbenfrohen Mantel gehüllt, während seine Gedanken in die Vergangenheit schweiften, zu einem anderen Saturnus-Fest, das er einst mit seinem Meister Demetrius verbracht hatte. Natürlich blieb es nicht aus, dass sich dabei auch Daphne in seine Gedanken schlich, und plötzliche Traurigkeit überkam ihn. Dieses Gefühl sollte ihn den ganzen Tag nicht mehr loslassen, und obwohl er an einem neuen Tisch arbeitete, kam er nur langsam voran und war mit den Gedanken nicht bei der Sache. Ein energisches Hämmern an der Tür riss ihn in die Gegenwart zurück, und plötzlich fiel ihm auf, dass es draußen bereits dunkel geworden war.

»Wer ist da?«, fragte Yax, während er die Tür zur Werkstatt hinter sich zuzog.

»Ich bringe deine Abendmahlzeit!«

Yax öffnete. Ein nachlässig gekleideter kleiner Mann, der einen mit einem weißen Tuch verdeckten Korb in der Hand trug, stand in der Eingangstür.

»Das schickt man dir aus dem Palast«, erklärte er, als er Yax' Zögern bemerkte.

»Oh, vielen Dank!« Lächelnd nahm Yax den Korb entgegen.

»Iss, solange es heiß ist«, empfahl der Mann, bevor er sich zum Gehen wandte.

»Schickt Cleo mir diesen Korb?«, fragte Yax noch, aber der Bote war bereits in der Dunkelheit verschwunden.

Yax setzte den Korb ab und lüftete das Tuch. Der verlockende Duft von gedünstetem Fisch stieg ihm in die Nase. Bei näherem Augenschein förderte er noch frische Feigen und Pampelmusen zutage und süßes Gebäck zum Nachtisch. Sein Lächeln ging in ein herzliches Auflachen über.

»Nett von dir, Cleo, dass du mich nicht vergisst, während du dir im Palast dein Festmahl schmecken lässt.«

Er wollte sich gerade über die Speisen hermachen, als ihm ein Gedanke kam.

»Nur ein Barbar setzt sich zur Mahlzeit nieder, ohne sich dazu einen Becher Wein zu genehmigen.«

Yax eilte über den Hof zum Haupthaus und ließ die Tür zur Werkstatt hinter sich offen stehen. Er kannte sich gut aus in der Speisekammer, und rasch schlossen sich seine Finger in der Dunkelheit um den Griff eines Weinkruges. Auf dem Rückweg sah er die Gestalt eines Mannes in der offenen Tür zur Werkstatt stehen.

»Wer ist da?«, rief er in die Dunkelheit.

»Ist das eine Art, einen alten Freund willkommen zu heißen?«

Beim Nähertreten erkannte Yax Lucius Seneca.

»Lucius!«, rief er erfreut. »Wie lange habe ich dich nicht mehr gesehen!« Er begrüßte den alten Freund mit einer herzlichen Umarmung.

»Ich war immer hier. Du bist derjenige, der in der Weltgeschichte herumgereist ist.«

»Ja, das ist wahr, aber es ist gut, wieder unter Freunden zu sein.«

»Dein Freund ist hier, um dich mitzunehmen und mit dir zu feiern.«

»Zu feiern?«

»Richtig! Ich habe mein Examen bestanden. Vor dir steht der frisch gebackene Rechtsgelehrte Lucius Seneca!«

»Meinen Glückwunsch! Das ist in der Tat ein Grund zu feiern. Aber willst du nicht stattdessen mir Gesellschaft leisten? Ich habe Wein und genug zu essen für zwei.«

»Jetzt nicht mehr.« Lucius lachte und deutete auf die Bank hinter sich.

»He! Gib mir einen Stock!«, rief Yax, erbost über den Anblick, der sich ihm bot.

Auf der Bank, über seinen Korb geneigt, stand eine Katze und machte sich mit sichtlichem Behagen über seinen Fisch her.

»Lass sie doch«, beschwichtigte ihn Lucius. »Sie sieht ziemlich hungrig aus. Außerdem bin ich gekommen, dich zu einer Feier einzuladen – zu so viel Wein, wie du trinken kannst.«

»Die Katze muss hereingehuscht sein, während ich drüben im Haus war.«

»Du hast die Tür offen gelassen. Das musste sie ja als Einladung verstehen.«

Yax seufzte. »Das war eine besondere Mahlzeit, die mir vom Palast geschickt wurde ... aber ich ziehe es sowieso vor, mit dir zu feiern, Lucius.«

»Fein. Und diese Katze ... in Rom wimmelt es von Katzen. Sie helfen, die Zahl der Ratten in Grenzen zu halten. Aber eine Fischmahlzeit bedeutet natürlich auch für sie eine interessante Abwechslung.«

»Also gut, lassen wir sie in Ruhe fressen. Ich kann sie ja herauslassen, wenn ich zurückkehre.«

Lachend verließen die beiden Männer die Werkstatt und schlossen die Tür hinter sich, während die Katze ungestört ihr unerwartetes Festmahl verschlang.

Auch Yax und Lucius gönnten sich einen üppigen Schmaus, und bei mehreren Bechern Wein erzählten sie sich bis weit nach Mitternacht, wie es ihnen in der Zwischenzeit ergangen war.

»Komm, einen Becher genehmigen wir uns noch«, drängte Yax, »da ist immer noch der Krug, den ich zum Abendessen trinken wollte.«

Leicht schwankend betraten sie die Werkstatt.

»Wenn ich noch einen einzigen Schluck Wein trinke«, lallte Lucius, »werde ich hier schlafen müssen.«

»Es ist reichlich Platz, und drüben im Haus gibt es sogar ein weiches Bett«, erwiderte Yax.

»Was ... nun schau dir das an«, sagte Lucius und deutete auf die Werkbank. »Das Vieh hat sich dermaßen den Bauch voll geschlagen, dass es auf dem Teller eingeschlafen ist!«

Yax griff nach einem Stock und stubste das Tier. »Ich wecke sie lieber vorsichtig auf, sonst erschreckt sie sich womöglich und kratzt mich.«

Doch auch nach mehrmaligem Anstoßen mit dem Stock rührte die Katze sich nicht. Lucius fasste sich ein Herz, ging näher heran und berührte sie mit der Hand.

»Sie ist tot«, stellte er verblüfft fest, als das Tier sich immer noch nicht bewegte.

Jetzt wagte auch Yax, die Katze zu berühren. »Stimmt, sie ist ganz kalt!«

Hastig zog er die Hand fort und trat einen Schritt zurück.

»Wie kann das sein? Ob sie sich überfressen hat?«

Lucius beugte sich über den Teller und schnupperte daran.

»Der Fisch war vergiftet. Jetzt, wo das Essen kalt ist, kann man den strengen Geruch des Giftes riechen, der vorher von der heißen Soße überdeckt wurde. Dieses Essen war eindeutig vergiftet!«

»Vergiftet?«, fragte Yax fassungslos. »Das Essen wurde mir vom Palast geschickt!«

»Woher weißt du das?«

»Der Mann hat es mir gesagt.«

»Welcher Mann?«

Aschfahl im Gesicht, ließ Yax sich auf den halb fertig gestellten Stuhl fallen, der hinter ihm stand.

»Wenn du nicht gekommen wärst, um mich abzuholen, wäre ich jetzt tot!«

»Erzähl mir mehr von diesem Kerl, der dir den Korb gebracht hat.«

»Da gibt es nichts zu erzählen ... es war dunkel. Er drückte mir den Korb an der Tür in die Hand und verschwand wieder.«

»Wer könnte Interesse daran haben, dich zu vergiften?«

Die Antwort auf diese Frage schoss ihnen beiden gleichzeitig in den Sinn.

»Aelius Sejanus!«, kam es wie aus einem Munde.

»Tiberius hat mich gewarnt, dass er versuchen könnte, mich zu ermorden«, murmelte Yax.

»Und deshalb hast du mit Germanicus das Land verlassen!«

»Genau! Und natürlich hat auch Sejanus es erfahren, dass ich Germanicus' Leichnam zurückbrachte.«

»Der Imperator kann dich nicht Tag und Nacht beschützen. Außerdem zieht er sich in letzter Zeit immer wieder nach Capri zurück. Was willst du also tun?«, fragte Lucius den Freund besorgt.

Die beiden Männer unterhielten sich noch bis in die frühen Morgenstunden. Der Vorfall mit dem vergifteten Essen hatte sie schlagartig nüchtern werden lassen, und obgleich sie noch einen weiteren Krug Wein leerten, vermochte dieser lediglich ihre trockenen Kehlen zu befeuchten. Bei Anbruch der Dämmerung nickten sie leicht auf ihren Stühlen ein, erwachten jedoch mit einem Ruck, als Cleo die Werkstatt mit einem Frühstückstablett betrat.

»Cleo, erinnerst du dich noch an meinem Freund Lucius? Er ging mir damals bei der Fertigstellung eines Tisches zur Hand«, sagte Yax.

»Ja, ich erinnere mich ... guten Morgen, Herr.«

»Cleo, hast du mir gestern Abend jemanden vom Palast herübergeschickt?«

»Verzeih mir, Meister Yax, aber ich hatte mich so gut amüsiert, dass ich gar nicht daran gedacht habe, dir etwas zu essen zu schicken. Es tut mir sehr Leid.«

»Schon gut. Jemand brachte mir einen Korb mit Speisen ... er behauptete, er käme vom Palast. Deshalb dachte ich, er sei vielleicht von dir geschickt worden.«

»Was hat man dir geschickt?«

»Fisch.«

»Der Imperator ließ gestern gar keinen Fisch auftragen.«

Die beiden Männer schauten sich an.

»Darf ich dir auch etwas zum Frühstück bringen, Meister Lucius?«

»Nein, danke, Cleo. Ich bin nicht hungrig.«

Yax war zu aufgewühlt, um sich an diesem Morgen an die Arbeit zu begeben. Nachdem er sein Frühstück verzehrt hatte, vergrub er zusammen mit Lucius die tote Katze; anschließend brachen sie gemeinsam zu einem Spaziergang auf. Der Himmel war wolkenverhangen, und ein kühler Nordwind peitschte ihnen ins Gesicht. Der Tag entsprach ihrer Stimmung, und sie wanderten ziellos umher.

»Lass dir nichts anmerken«, raunte Lucius plötzlich, »aber ich glaube, drei Männer folgen uns.«

Yax' erste Regung war, sich umzudrehen, doch Lucius hielt ihn davon ab.

»Wie kommst du denn darauf?«, flüsterte Yax.

»Sie bleiben stehen, sobald auch wir stehen bleiben. Und als ich mich eben umgeschaut habe, wandten sie mir den Rücken zu und gaben vor, in eine Unterhaltung vertieft zu sein.«

»Lass uns schneller gehen. Mal sehen, was sie tun.«

Die beiden jungen Männer hakten sich unter und beschleunigten ihre Schritte.

Jetzt wagte auch Yax einen raschen Blick über die Schulter. Und tatsächlich schritten auch die drei Männer schneller aus, um den Abstand zu ihnen zu verringern. Alle drei trugen zerlumpte Kleidung und erweckten den Anschein heruntergekommener Gestalten aus den Elendsvierteln.

»Sie kommen näher, Lucius ... was sollen wir tun?«

»Wir sind unbewaffnet, aber ich wette, die Kerle haben Messer bei sich. Wir sollten versuchen, uns in ein Geschäft oder irgendeinen anderen sicheren Ort zu flüchten. Auf keinen Fall sollten wir uns mit ihnen anlegen!«

Vergeblich hielten die beiden nach einer Zufluchtsmöglichkeit Ausschau. In ihrer Verzweiflung wirbelten sie schließlich herum, um den Männern, die ihnen jetzt dicht auf den Fersen waren, ins Gesicht zu sehen, doch zu ihrer Überraschung machten diese plötzlich auf dem Absatz kehrt und verschwanden in einer der engen Gassen. Beinahe zur gleichen Zeit vernahmen Yax und Lucius das Geräusch trampelnder Hufe und das Rattern von Wagenrädern auf dem holprigen Pflaster. Beim Anblick eines sich nähernden Streitwagens fiel ihnen augenblicklich ein Stein vom Herzen.

»Platz da!«, ertönte das Kommando des Soldaten auf dem Wagen, als das Gefährt auf sie zukam. Doch plötzlich erkannte er Yax und zog an den Zügeln, um das Pferd zum Stehen zu bringen.

»Clodius!«, rief Yax erleichtert, als der Prätorianer von seinem Wagen stieg.

»Heil, Zimmermann. Ich habe nach dir gesucht. Allerdings habe ich die ganze Zeit nach einer Person Ausschau gehalten ... nicht nach zweien.«

»Clodius, das ist mein Freund Lucius Seneca.«

»Sei gegrüßt, Lucius. Ich habe einige der Werke deines Vaters gelesen.«

»Wir sind sehr froh, dich zu sehen. Ein paar Männer folgten uns. Sie sahen nach Wegelagerern aus«, erwiderte Lucius.

»Kommt, ich bringe euch zurück zur Werkstatt. Dann erkläre ich euch alles.«

Zurück in Yax' Werkstatt erzählte Clodius ihnen, dass er gekommen sei, um Yax vor Sejanus zu warnen. Cleo hatte ihm den Tipp gegeben, in der Nähe des Clivius Argentarius zu suchen, und glücklicherweise war er gerade noch rechtzeitig erschienen.

»Ich hörte zufällig, wie Sejanus mit jemandem über dich sprach. Ich konnte nicht verstehen, worum es ging, aber ich hörte, wie er mit zorniger Stimme deinen Namen nannte. Deshalb wollte ich dich warnen und dir raten, vorsichtig zu sein und nicht allein und unbewaffnet durch die Straßen zu gehen.«

»Ich fürchte, ein Messer oder ein Schwert würden mir auch nichts nützen«, seufzte Yax, »ich könnte nicht einmal damit umgehen. Ich werde von nun an ständig auf der Hut sein müssen.«

»Jemand hat gestern Abend versucht, ihn zu vergiften«, berichtete Lucius. »Wir vermuteten bereits, dass es möglicherweise Sejanus' Werk war.«

Clodius nickte ernst. »Da könnt ihr sicher sein.«

Die drei Männer schwiegen einen Augenblick, und jeder hing seinen Gedanken nach. Clodius brach als Erster das Schweigen.

»Wo wir gerade von Gift reden ... was ich dir noch erzählen wollte, Yax ... Piso, der Mann, den ich verdächtige, Germanicus vergiftet zu haben, hat sich in Syrien in eine prekäre Lage manövriert.«

»Erzähl mir davon«, drängte ihn Yax und schaute ihn gespannt an.

»Kurz nachdem wir das Land verlassen hatten, wurde die oberste Befehlsgewalt in Damaskus an Sentius Saturnicus übergeben, ein sehr fähiger Mann und ein Freund des Germanicus. Piso hat sich fürchterlich darüber aufgeregt. Er besetzte die Festung Celenderis in Cilicia[*] und versuchte, die Befehlsgewalt über das syrische Heer zu erlangen. Zumindest war es sein Plan. Doch Saturnicus zwang ihn mit weniger als einer Hundertschaft Soldaten zur Kapitulation, und nun wird Piso zurück nach Rom gebracht.«

---

[*] Küstenlandschaft in Kleinasien (Anm. d. Ü.)

Yax nickte beifällig. »Ich bin froh, dass man Piso zur Rechenschaft zieht.«

»So, jetzt muss ich zurück in den Palast«, sagte Clodius. »Denk daran, immer auf der Hut zu sein, Yax. Dein Leben ist in Gefahr!«

Yax brachte ein trockenes Lächeln zu Stande. Lucius hielt die Tür auf, und Clodius eilte mit raschen Schritten zu seinem Wagen.

Nachdem Lucius die Tür wieder verschlossen hatte, lehnte er sich im Stuhl zurück und blickte Yax ernst an.

»Ich finde, Clodius hat sich sehr klar ausgedrückt. Du bist in Rom nicht mehr sicher!«

»Wohin soll ich dann gehen? Nach Karthago?«

»Dort wärst du auch nicht in Sicherheit.«

»Sicher wäre ich nur in der Villa des Imperators auf Capri.«

»Aber dorthin kannst du auch nicht.«

»Dann bleibt nur eine Möglichkeit ... Judäa!«

Judäa – Die Rückkehr

Yax beschattete die Augen mit der Hand gegen die Sonnenstrahlen. Die sanft gekräuselte Oberfläche des Toten Meeres blendete ihn auf seinem Posten, einem der Gipfel außerhalb Qumrans. Kurz bildete er sich ein, den Wagen, der um diese Stunde von Jerusalem zurückkehren musste, erblickt zu haben, doch es konnte sich ebenso gut um Bauern handeln, die über die Straße wanderten. Er kniff die Augen zusammen und blinzelte, doch es war zu dunstig, um auf diese Entfernung etwas zu erkennen.

Sechs Jahre waren vergangen, seit er aus Rom geflüchtet war. Zwei Anschläge auf sein Leben, einmal durch Gift, ein anderes Mal durch gedungene Mörder, hatten ihn überzeugt, dass es besser sei, sich einen geeigneteren Platz zum Leben zu suchen. Ohne Lucius, der alles Nötige für seine Reise in die Wege geleitet, ihm über seine Unschlüssigkeit hinweggeholfen und ihn letztlich zum Schiff begleitet hatte, wäre Yax vermutlich noch immer in Rom gewesen, oder bereits tot. Lucius hatte ihn auch daran erinnert, diesmal seine Werkzeuge mitzunehmen, ohne die er nicht in der Lage wäre, den Handel mit seinen Tischen fortzuführen und damit beträchtlich zum Unterhalt der Gemeinschaft beizutragen. Einer dieser Tische war heute nach Jerusalem geliefert worden, und nun wartete Yax auf Sems Rückkehr.

Besonders Josef war überglücklich gewesen, Yax wieder zu

sehen. In den fünf Monaten seiner Abwesenheit hatte Josef jeden Abend um Yax' baldige Rückkehr gebetet. Er hatte sogar dafür gesorgt, dass Yax während des gesamten ersten Monats von den nächtlichen Bibellesungen befreit wurde, damit er sich den dringendsten Reparaturarbeiten in der Gemeinde widmen konnte. Yax brachte es nicht übers Herz, Josef zu gestehen, dass er hauptsächlich deshalb wieder zurückgekehrt war, weil sein Leben in Gefahr war und er keinen anderen Ort wusste, wohin er sich hätte wenden können.

Josef war es auch, der die Gemeinschaft davon überzeugte, Yax' erstes Probejahr als abgeschlossen zu betrachten, und der dafür sorgte, dass man ihn nach nur neun weiteren Monaten einer zweiten Prüfung unterzog und für würdig befand, in die Gemeinde aufgenommen zu werden.

Yax hatte begonnen, Hebräisch zu lernen, und während der vergangenen sechs Jahre beachtliche Fortschritte gemacht. Allerdings bereitete ihm das Lesen dieser Sprache immer noch große Schwierigkeiten, was die Gemeinde vor ein besonderes Problem stellte.

Als vollwertiges Mitglied erwartete man von Yax das Studium des Sefer Hagui, des Buches der Besinnung, eine Pflicht, die jedem Mitglied der Gemeinde für die Dauer von zehn Jahren übertragen wurde. Man gestattete Sem, Yax daraus vorzulesen und während der ersten Jahre den Text ins Griechische zu übersetzen, solange, bis Yax selbst in der Lage war, das hebräische Original zu verstehen. In dem Maße, in dem sein Verständnis für diese Sprache wuchs, wuchsen auch seine Pflichten in der Gemeinde. Er hatte den Ratsversammlungen beizuwohnen und war mit verantwortlich für den Verkauf der Produkte auf dem Markt in Jerusalem.

Endlich tauchte in der Ferne der Wagen auf. Als er herankam, stieg Yax zu Sem auf den Kutschbock und legte das letzte Stück zum Ende des Hochplateaus mit ihm zusammen zurück.

»Wie ich sehe, ist der Wagen leer«, sagte Yax lächelnd. »Also liefen die Geschäfte gut?«

»Und ob!« Sem strahlte und zog einen Beutel Münzen unter seinem Gewand hervor. »Die Römer haben ihre Patrouillen auf den Straßen außerhalb Jerusalems verstärkt ... jetzt befinden die Gauner sich nur noch innerhalb der Stadtmauern.«

Lachend stiegen die beiden vor dem Tor zum Gemeindezentrum vom Wagen.

»Ich habe Neuigkeiten für dich«, berichtete Sem eifrig. »Johannes ist zurück. Bauern haben ihn am Ufer des Jordan gesehen. Er predigt dort und tauft jeden, der gewillt ist, ihm zuzuhören.«

»Das ist eine wunderbare Nachricht! Wir haben Johannes nicht mehr gesehen, seit ... ja, seit ich aus Rom zurückgekehrt bin, und das ist jetzt sechs Jahre her. Ich werde mich gleich morgen auf den Weg machen, ihn zu suchen.«

»In Jerusalem gibt es große politische Unruhen. Der Händler, der deinen Tisch kaufte, erzählte mir, dass Rom Valerius Gratus durch einen neuen Prokurator ersetzt hat.«

»Ich hoffe, sein Name ist nicht Sejanus.«

»Nein, wenn ich mich nicht irre, heißt er Pontius Pilatus.«

»Hast du einen guten Preis für den Balsam erzielt?«

»O ja. Er war schon kurz nach Eröffnung des Marktes ausverkauft. Auch das Gemüse verkaufte sich großartig! Ich glaube, im Moment sieht es mit der Landwirtschaft in der Gegend um Jerusalem nicht besonders gut aus.«

Früh am nächsten Morgen machte Yax sich auf den Weg. Er hatte beschlossen, den Hinweg zu Fuß zurückzulegen, und wusste, dass er den größten Teil des Tages unterwegs sein würde. Also brach er auf, lange bevor die ersten Sonnenstrahlen das östliche Ufer des Toten Meeres erhellten. Der Weg bergab war leicht zu bewältigen, zurück aber würde er sich von den Bauern mitnehmen lassen, wenn diese abends mit dem Wagen von den Feldern nach Hause fuhren.

Am späten Vormittag erreichte er das Nordufer des Toten Meeres, jene Stelle, wo der Jordan ins Meer mündet. Er brauchte nicht lange flussaufwärts zu gehen, als er auch schon eine Menschenschar erblickte, die sich entlang des Flussufers niedergelassen hatte. Und nicht weit von den Leuten entdeckte er die Gestalt eines Mannes, der bis zu den Hüften im Wasser stand, in ein Gewand aus Kamelhaar gekleidet, und der seine Worte mit ausholenden Armbewegungen unterstrich.

»Kein Zweifel, das ist Johannes«, murmelte Yax. »Ihn würde ich überall wieder erkennen!«

Yax ließ sich inmitten der Schar am Ufer nieder, doch Johannes erblickte ihn sofort und winkte ihm zu, ohne in seiner Predigt innezuhalten.

»... und wenn ihr euch also taufen lasst, meine Freunde, in diesem Wasser, so erwartet keine Vergebung eurer Sünden, sondern betrachtet es als Weihung eures Körpers, denn eure Seele kann allein durch euer Tun gereinigt werden. Lasst von euren Sünden ab, denn das Reich Gottes ist nahe.«

Johannes gab seinen Zuhörern ein Zeichen, zu ihm zu kommen.

»Nun kommt, und lasst euch taufen im Namen Gottes.«

Yax wartete, bis er an der Reihe war. Als er vor Johannes stand, umarmte dieser ihn, tauchte ihn ins Wasser und sprach: »Ich taufe dich mit Wasser, aber der nach mir kommt, ist stärker als ich, und er wird dich taufen mit dem Heiligen Geist.«

Yax setzte sich wieder ans Ufer und schaute eine Zeit lang zu, wie ein gutes Dutzend weiterer Menschen sich dem gleichen Ritual unterzog. Er fühlte sich seltsam bewegt, und ein warmes Gefühl inneren Friedens durchflutete ihn. Er wäre gern noch einmal in den Fluss gestiegen, um sich mit Johannes zu unterhalten, doch er spürte, dass dieser ihm bereits alles von seiner Zeit gegeben hatte. Also erhob er sich und wanderte am Ufer entlang zurück, wobei er sich immer wieder umblickte, bis Johannes und seine Anhänger nur noch ferne Punkte waren.

Als er die kleine Ackerfläche der Gemeinde erreicht hatte, nahe dem Ufer des Toten Meeres, kletterte er auf den dort stehenden Wagen und dachte über Johannes' Worte nach, bis die Bauern schließlich zur Heimfahrt bereit waren.

»Hast du ihn gefunden?«, erkundigte Sem sich aufgeregt, als er Yax entdeckte. »Ich hätte dich gern begleitet, aber du warst schon so früh fort.«

»Ja, ich habe ihn gesehen ... er hat mich getauft. Aber es waren so viele Leute dort, dass sich keine Gelegenheit ergab, mit ihm zu sprechen.«

»Wird er wieder in die Gemeinschaft zurückkehren?«

»Nein, er schien ein ganz anderer zu sein als der Mann, den wir kannten. Er hat seinen Weg gefunden, und sein Glaube ist noch stärker geworden. Er befindet sich auf einer Mission Gottes.«

In dieser Nacht lag Yax lange Zeit wach und sann in Gedanken immer wieder über die Worte von Johannes dem Täufer nach. »... der nach mir kommt, ist viel stärker als ich.« Yax kam zu dem Schluss, dass Johannes dabei nur den Messias gemeint haben konnte, der noch immer nicht in Erscheinung getreten war, obgleich er erwartet wurde.

»Er wird euch mit dem Heiligen Geist taufen« konnte nur bedeuten, dass es sich um den Sohn Gottes handelte. Und genau nach ihm suchte Yax.

Mit dem festen Entschluss, noch einmal zurückzugehen und Johannes ein zweites Mal aufzusuchen, schlief er ein. Am nächsten Morgen, nach den Gebeten zum Sonnenaufgang, brachte er Josef sein Anliegen vor.

»Gut, du kannst das Pferd und den Wagen nehmen, aber sei bis zum Nachmittag zurück.«

Als Sem davon hörte, bettelte er Yax an, ihn mitzunehmen.

»Fein«, erwiderte Yax, »dann kannst du dich auch von Johannes taufen lassen.«

Ein Stück weiter flussaufwärts als tags zuvor, stießen sie gegen Mittag wieder auf Johannes. Dieses Mal war die Menge noch größer als am Vortag. Yax blieb außerhalb der Menge stehen und musterte die Wartenden.

»Sieh nur, Sem, sogar römische Soldaten stehen Schlange, um sich von Johannes taufen zu lassen ... und Priester!.«

»Woran siehst du das?«

»An ihren Gewändern. Sie kommen aus Galiläa, der Tetrarchie des Herodes Antipas.«

»Komm, lass uns näher herangehen und hören, was Johannes sagt. Siehst du ihn? Er steht dort im Fluss.«

»... und Gott ... ist kein Gott, der sich nur jenen zuwendet, die *er* erwählt hat ... jenen, deren Beschneidung ein Zeichen des Bundes zwischen ihnen ist ... noch ist er ein Gott, der sich nur jenen zuwendet, die sich für rein halten. Aber ihr, Soldaten Roms und ihr Pharisäer, die ihr euch damit entschuldigt, Söhne Abrahams zu sein – *er* ist der Gott der Liebe, der Menschlichkeit und Gerechtigkeit und wird alle jene bestrafen, die *ihn* verleugnen.«

»Er hat eine beachtliche Menge um sich versammelt«, bemerkte Yax.

»Ja, aber nicht alle lauschen seinen Worten mit Wohlwollen!«

»Du meinst die Priester?«

»Ja, die besonders.«

»Meinst du, sie werden sich bei Herodes über ihn beschweren?«

»Weshalb sollte er sich darum kümmern? Herodes ist mehr an seinen Weibergeschichten interessiert. Die Frau seines Bruders soll es ihm besonders angetan haben, wie man hört.«

»Ich bin sicher, du weißt über diesen Klatsch bestens Bescheid, aber jetzt solltest du besser sehen, das du nach vorne kommst, oder du musst noch ewig warten.«

Yax blickte Sem nach, der sich seinen Weg durch die Menge bahnte, und als er sah, wie sein junger Freund durch die Hände des Johannes die Taufe erhielt, durchlebte er von neuem ein Gefühl des Friedens.

Die Menge war viel größer und lebhafter als am Vortag, und Yax sah ein, dass es keinen Sinn hatte, auf ein Gespräch mit Johannes zu hoffen. Der Nachmittag verstrich wie im Fluge, und wenn sie rechtzeitig zurück sein wollten, mussten sie jetzt aufbrechen. Widerstrebend wendete Yax den Wagen, und sie machten sich auf den Heimweg nach Qumran.

Auf der Fahrt redetet Sem unentwegt von Johannes und seiner Taufe.

»Ich bin schon oft ins Wasser getaucht worden ... von Josef oder einem der anderen Priester, aber noch nie zuvor habe ich dabei eine derartige Erfahrung gemacht. Hast du all die Leute gesehen?«

»Ja, ich bin überrascht, wie viele Anhänger er hat; all die Jahre in der Wüste müssen seinen Glauben und seine Fähigkeit, so viele Menschen zu erreichen, gestärkt haben.«

»Nun, es sind unruhige Zeiten, nicht nur politisch, auch in Fragen der Religion ... die Leute sehnen sich nach jemand, der sie führt.«

Yax nickte zustimmend und ein wenig verblüfft über das tiefgründige Verständnis seines jungen Freundes.

»Wir werden in ein paar Tagen noch einmal hierher kommen«, versprach er. »Ich muss unbedingt einen Weg finden, mit Johannes zu sprechen ... ich habe viele Fragen, die nur er mir beantworten kann.«

»Was für Fragen?«, erkundigte sich Sem.

»Hat er dir gesagt, dass einer kommen wird, der stärker ist als Johannes und der uns mit dem Heiligen Geist taufen wird?«

»Nein, er sagte mir nur, ich solle meine Sünden bereuen, weil das Reich Gottes nahe sei.«

»Mir hat er noch etwas anderes gesagt, und ich muss herausfinden, was er damit gemeint hat.«

»Wann willst du ihn wieder aufsuchen?«

»Ich muss zuerst Josef fragen. In zwei bis drei Tagen, hoffe ich.«

Als sie das nächste Mal das Flussufer aufsuchten, trafen sie Johannes nicht mehr an. Nachdem sie eine ganze Weile flussaufwärts gefahren waren, begegneten ihnen ein paar Bauern, die eine kleine Schafherde mit sich führten.

»Habt ihr Johannes den Täufer gesehen?«, rief Yax ihnen vom Wagen zu.

»Ja, aber er ist fort.«

»Wisst ihr, wohin er gegangen ist?«

»Er und seine Anhänger wollten zum See Genezareth.«

Yax blickte Sem fragend an. »Ist das weit von hier?«

»Für uns ist es zu weit. Josef erwartet uns heute zurück.«

Widerwillig wendete Yax den Wagen.

»Machen wir uns wieder an die Arbeit, Sem. Die Bauern werden uns wissen lassen, wenn sie von Johannes' Rückkehr erfahren.«

Machaerus

Nachdem man eine ganze Weile nichts von Johannes gehört hatte, erschien er eines Tages wieder in der Gegend. Doch als Yax Zeit fand, zum Flussufer hinunter zu fahren, war Johannes bereits weitergezogen. Vielleicht war er zurück in die Wüste gegangen. Niemand konnte etwas Genaues sagen, doch ein Augenzeuge berichtete, dass sich diesmal nur eine recht kleine Schar von Zuhörern um Johannes versammelt hatte, von denen nur wenige sich taufen ließen. Es war ein düsterer, wolkenverhangener Tag gewesen, doch ein einzelner Sonnenstrahl hatte sich seinen Weg durch die Wolken gebahnt und die kleine Gruppe in sein Licht gehüllt. Schon nach kurzer Zeit hatte die Schar sich aufgelöst.

Enttäuscht schärfte Yax den Bauern ein, die sich in der Nähe des Jordan um die kleine Ackerfläche der Gemeinde kümmerten, ihm sofort einen Boten zu senden, sollten sie irgendetwas Neues von Johannes hören.

Fünf Monate später war es so weit. Der zwölfjährige Joachim, der seinem Vater bei der Arbeit auf dem Acker zur Hand gegangen war, platzte außer Atem und schweißgebadet in Yax' Werkstatt. Er war die ganze Strecke vom Feld zum Plateau herauf gerannt.

»Ich habe Neuigkeiten von Johannes«, stieß er keuchend hervor. »Er ist im Kerker!«

Yax ließ vor Überraschung den Hammer fallen, beugte sich

zu dem kleinen Jungen hinab und packte ihn bei den Schultern.

»Was sagst du da? Er ist im Kerker?«

Joachim rang noch immer nach Luft. »Salzhändler ... Salzhändler zogen vorbei ... sie kamen vom Ufer des Sees, wo sie auf dem Markt in Jericho ihre Ware verkauften.«

»Komm, setz dich, und trink einen Schluck Wasser.«

Yax schöpfte einen Becher Wasser aus einem Eimer und reichte ihn dem Jungen.

Nachdem er sich den Mund abgewischt hatte, fuhr Joachim fort: »Machaerus ... die Festung des Herodes, dort haben sie ihn hingebracht.«

»Und das haben dir die Salzhändler erzählt?«

»Sie haben es uns allen erzählt, und mein Vater hat mich sofort zu dir geschickt.«

»Ich muss selbst mit ihnen sprechen!«

Der Junge schüttelte den Kopf. »Sie sind schon wieder aufgebrochen, bevor ich losgerannt bin. Und ich habe eine Weile gebraucht, um hierher zu gelangen. Mehr wussten sie nicht. Mein Vater fragte sie, weshalb man Johannes eingesperrt hat. Aber sie konnten es uns nicht sagen.«

»Danke, dass du so schnell gekommen bist, Joachim. Am besten ruhst du dich jetzt eine Weile aus. Ich gehe und suche Josef.«

Josef zeigte sich weniger überrascht von der Nachricht als Yax.

»Johannes ist ausgesprochen kühn in seinen Reden, er nahm noch nie ein Blatt vor den Mund. Wahrscheinlich haben seine Kommentare über Herodes ihn in Schwierigkeiten gebracht.«

»Ich muss zu ihm! Wie weit ist es zu dieser Festung?«

Josef wies mit dem Arm ein wenig südwärts über das Tote Meer hinweg. »Es liegt in dieser Richtung, jenseits des Toten Meeres.«

Yax blickte zur Sonne hinauf. »Dann ist es zu spät, um heute noch aufzubrechen. Ich warte bis morgen früh.«

»Diese Festung ist ein ziemlich übler Ort«, warnte ihn Josef. »Ich habe viele Geschichten von Mord und Totschlag gehört. Die Festung wurde von Herodes dem Großen erbaut, dem Vater des Herodes Antipas. Der hatte zahlreiche Feinde, die für immer in dieser Festung verschwanden. Ich habe Angst, dass auch du ein Opfer der Heimtücke wirst.«

»Ich muss die Gelegenheit nutzen, mit Johannes zu sprechen. Wenn er frei gelassen wird, verschwindet er womöglich wieder in der Wüste. Ich habe sehr viele Fragen an ihn ... Außerdem ... ich habe diesem Herodes nichts getan. Er kennt mich nicht einmal.«

»Das ist wahr, aber man könnte dich ins Gefängnis werfen, weil du mit Johannes dem Täufer bekannt bist.«

Yax dachte einen Augenblick nach. Es stimmte, man konnte ihn einsperren, weil er ein Freund des Johannes war; andererseits war Johannes inzwischen eine weithin berühmte Persönlichkeit und genoss die Unterstützung vieler Menschen. Herodes würde nicht umhin können, ihn wieder freizulassen.

»Ich habe mich entschieden. Morgen früh breche ich auf. Wie komme ich ans Ziel?«

»Ich werde mit Phillip reden, dass er dich über das Meer bringt und auf dich wartet, bis du zurückkehrst.«

Kurz nach Mittag erreichte Yax die Festung Machaerus. Sie sah genauso aus, wie Phillip sie während der Fahrt über das Tote Meer beschrieben hatte.

»Warst du schon oft dort?«, hatte Yax gefragt.

»Nur einmal, und ich habe wenig Lust, dorthin zurückzukehren.«

»Wann hat Herodes die Festung erbaut?«

»Nicht er hat sie erbaut, sondern die Nabatäer. Erst später wurde das Gebiet jüdisches Territorium.«

»Josef sagte, dass Herodes sie erbauen ließ.«

»Nein, Herodes hat nur Befestigungen hinzugefügt, ebenso wie Alexander Jannai, aber sie haben sie nicht errichten lassen. Heute gehört die Festung Herodes Antipas.«

»Nun«, seufzte Yax, »mich interessiert nur, dass Johannes hier festgehalten wird und dass ich unbedingt mit ihm sprechen muss.«

»Vielleicht kannst du jemanden bestechen und Johannes mitnehmen.«

»Ich werde es versuchen. Ich habe einige römische Münzen dabei.«

»Was willst du?«, lautete die barsche Frage, als Yax sich dem einsamen Posten am Tor zur Festung näherte.

»Ich bin hier, um mit Herodes Antipas zu sprechen«, erwiderte Yax nervös.

»Er ist nicht da. Und seine Gemahlin ist ebenfalls fortgegangen, um ihren Vater zu besuchen, den König Aretas.«

»Eigentlich geht es mir auch darum, mit Johannes dem Täufer zu sprechen.«

»Du meinst wohl unseren Gefangenen. Zu dem darfst du nur mit Genehmigung des Hauptmanns der Garde vorgelassen werden.«

»Dann bringe mich bitte zu diesem Hauptmann.«

»Das geht nicht. Er begleitet die Prinzessin.«

»An wen könnte ich mich sonst wenden, um mit dem Gefangenen zu sprechen?«

»Es ist keiner da.« Der Soldat schwieg einen Moment, als wäge er seine nächsten Worte ab. »Wir alle hier sind nabatäische Soldaten. Wenn Herodes' Männer eintreffen, kehren wir wieder in unser Land zurück.«

»Wann wird das sein?«

»In zwei bis drei Tagen.«

Ohne zu zögern, drückte Yax dem Soldaten ein paar Münzen in die Hand. »Dann sollte es dich nicht weiter stören, wenn ich ein paar Worte mit dem Gefangenen spreche.«

Der Mann steckte die Münzen ein und nickte. »Aber nur einen Augenblick!«

Yax würdigte die eindrucksvolle Schönheit der königlichen Festung mit keinem Blick, während er mit dem Soldaten Schritt zu halten versuchte. Sein Puls hämmerte ihm in den Ohren, als ihre Schritte über den Gang aus poliertem Marmor hallten und von den Kolonnaden im griechischen Stil zurückgeworfen wurden. In Gedanken war Yax bereits bei Johannes und den Fragen, die ihm auf der Seele brannten. Er nahm nicht einmal die Diener und Sklaven wahr, die eilig zur Seite sprangen, als sie ihnen entgegenkamen.

Sie bogen in einen Gang ein und betraten kurz darauf einen Innenhof. Im Vergleich zu der kargen Wüstenlandschaft außerhalb der Festungsmauern fand man sich hier plötzlich in einer blühenden Oase wieder. Überrascht betrachtete Yax die üppige Vegetation, die Brunnen und vielen tropischen Vögel und vergaß für einen Augenblick sogar sein eigentliches Anliegen.

»Oh«, brachte er erstaunt hervor.

Der Soldat verlangsamte unmerklich seine Schritte. Offenbar genoss auch er den Weg durch diese heitere Anlage, eine willkommene Abwechslung, die sich ihm während der Anwesenheit des Hauptmanns nur selten bot.

»Zur Zelle des Gefangenen geht es hier entlang.« Er deutete in einen schmalen Gang an einer Seite des Innenhofs. Yax war überrascht, dass die Zelle sich nicht in einem unterirdischen Verlies befand, wie er erwartet hatte. Der Soldat schob den Eisenriegel zurück, der die Tür von außen verschloss, und bedeutete Yax einzutreten.

»Nur ein paar Minuten!«, schärfte er ihm nochmals ein, als Yax in die düstere, feuchte Zelle trat.

Die Tür wurde hinter ihm zugeschlagen, und er wartete, bis seine Augen sich an die Dunkelheit gewöhnt hatten, die nur von einem schmalen Schlitz in der Wand erhellt wurde.

»Johannes?«

Yax bemerkte eine Bewegung zu seiner Rechten und wandte sich in diese Richtung.

»Johannes? Bist du das? Ich bin es, Yax, aus Qumran.«

»Yax, mein Freund! Wie hast du mich gefunden?«, erklang Johannes' dröhnende Stimme. Er trat in den schmalen Lichtstrahl und umarmte Yax.

Noch bevor Yax Gelegenheit hatte, seine Fragen zu stellen, stieß Johannes mit bewegter Stimme hervor: »Yax ... ich habe *ihn* getroffen! Er kam zu mir an den Fluss, und ich wusste, dass er es war, noch bevor er sprach ... der Messias!«

Alles Blut wich aus Yax' Gesicht.

»Der Messias ist gekommen?«

»Ich bat ihn, *mich* zu taufen! Doch er sah mich nur an und sagte: ›Lass es nur zu, denn nur so können wir die Gerechtigkeit Gottes erfüllen.‹ Und dann fiel ein Lichtstrahl vom Himmel herab, und Gott sprach zu uns: ›Dies ist mein Sohn ... an ihm habe ich Gefallen gefunden.‹ Yax, der *Messias* ist unter uns!«, flüsterte Johannes.

Yax' Knie drohten nachzugeben, und er ließ sich zu Boden gleiten. »Der Sohn Gottes ... er ist gekommen ... ich muss ihn finden, Johannes! Wie sah er aus?«

Johannes kniete vor seinem Freund nieder und legte ihm die Hände an die Wangen. »Er sah aus wie ein gewöhnlicher Mann, Yax. Er unterscheidet sich in nichts von uns, aber seine Augen ... Sie schauen geradewegs bis auf den Grund deiner Seele.«

Yax holte tief Luft und packte die Schultern seines Freundes.

»Ich muss dich hier herausholen. Wir müssen zusammen den Messias finden. Nur du weißt, wie er aussieht.«

»Nein«, erwiderte Johannes. »Wenn du Ihm begegnest, wirst auch du ihn erkennen.«

»Aber ich brauche dich, um ihn zu finden. Dieses Land ist sehr groß, und ich habe nicht viel Zeit.«

»Deine Zeit ist um!«, rief der Soldat und hämmerte von draußen an die Tür.

»Gib mir noch ein paar Minuten«, bettelte Yax. »Ich habe dem Gefangenen noch nicht alle Fragen gestellt.«

»Dann beeil dich«, kam die Antwort.

»Weshalb bist du hier, Johannes?«, fragte Yax.

»Ich habe Herodes öffentlich gerügt. Ein Sklavenmädchen, das im Haus seines Bruders arbeitet, kam zu mir, um sich von mir taufen zu lassen. Sie berichtete, dass Herodes beim Weib seines Bruders gelegen hat und sie bat, seine Frau zu werden. Das ist eine Sünde und verstößt gegen Moses' Gesetz. Als Herodes aus Rom zurückkehrte, ließ er mich verhaften und hier einsperren, um mich zum Schweigen zu bringen. Doch seine Frau hatte bereits von dem Betrug gehört und wandte sich an ihren Vater, Aretas, den König der Nabatäer. Jetzt weigern sich die nabatäischen Soldaten, Machaerus weiterhin zu bewachen, und Herodes muss sie durch seine eigenen Leute ersetzen. Es gab einen heftigen Streit zwischen den beiden. Ich glaube, Herodes will sich von der Prinzessin scheiden lassen.«

»Um die Frau seines Bruders zu heiraten«, ergänzte Yax.

»Genau.«

»Und wenn ich Herodes bitte, dich freizulassen?«

»Ich fürchte, dafür braucht es jemanden mit mehr politischem Einfluss, als du ihn besitzt.«

»Du sagtest, Herodes sei in Rom gewesen. Weshalb war er dort?«

»Wahrscheinlich, um die Unterstützung des Kaisers zu erbitten.«

Yax' Erregung nahm zu. Eine Idee wuchs in ihm heran, und er packte Johannes' Arm.

»Ich werde nach Rom reisen und mit Tiberius sprechen. Er wird Herodes befehlen, dich freizulassen!«

»Und du glaubst, du bekommst eine Audienz bei Kaiser Tiberius?«

»Ja. Er kaufte mich einst als Sklaven ... und später schenkte er mir die Freiheit. Tiberius ist mein Förderer und Beschützer.«

Die Zellentür schwang auf, und der Soldat erschien auf der Schwelle. »Entweder kommst du jetzt heraus, oder du kannst gleich bei dem Gefangenen bleiben!«

»Ich komme.« Yax sprang auf und umarmte Johannes. »Ich mache mich sofort auf den Weg nach Rom«, flüsterte er ihm ins Ohr.

Johannes erwiderte die Umarmung. »Beeil dich ... ich habe noch viel vor.«

Yax legte die Strecke bis zu der Stelle, wo Phillip am Ufer des Toten Meeres mit dem Boot auf ihn wartete, im Laufschritt zurück. Völlig außer Atem versuchte er, die Neuigkeiten über Johannes und den Messias hervorzusprudeln.

»Sei still«, tadelte ihn Phillip, »ich verstehe kein Wort von dem, was du da von dir gibst. Hier, trink etwas und beruhige dich erst einmal. Du kannst mir auf der Fahrt zum anderen Ufer alles erzählen.«

Yax nickte und nahm den Becher entgegen. »Schnell«, drängte er, »lass uns ablegen.«

Aufgrund der schwachen abendlichen Brise kamen sie nur langsam voran. Also nahmen sie jeder ein Ruder; zwischen den einzelnen Ruderschlägen erzählte Yax Phillip die ganze Geschichte.

»Wie sah Johannes aus? Ging es ihm gut?«

»Ich denke schon ... wir hatten nur wenig Zeit, aber er hat sich nicht beklagt.«

»Und was ist mit diesem Messias, den er getroffen hat? Wie nennt er sich?«

»Ich weiß es nicht. Ich vergaß, Johannes zu fragen, und er hat nichts erwähnt.«

»Und wie sieht er aus? Ist er Soldat? Befehligt er ein Heer? Der Messias, den wir erwarten, soll uns von der Tyrannei der Römer befreien.«

»Johannes sagte lediglich, er sei ein ganz gewöhnlicher Mann.«

Phillip wollte die Begeisterung seines jungen Freundes nicht dämpfen und verkniff sich weitere Fragen.

Als das Boot auf den sandigen Grund am Ufer des Toten Meeres lief, sprangen sie ins seichte Wasser und zogen es an den Strand. Yax brach als Erster das Schweigen. »Ich werde nach Rom reisen.«

Phillip nickte nur, während sie Seite an Seite das Plateau erklommen.

»Wir können Johannes nicht einfach dort im Kerker lassen. Ich werde mit Kaiser Tiberius sprechen, damit er Herodes befiehlt, ihn freizulassen.«

»Warum sprichst du nicht mit Pontius Pilatus? Er ist der Statthalter.«

»Er ist nicht besonders beliebt, und ich glaube nicht, dass er den gleichen Respekt und Einfluss genießt wie vor ihm Vilerius Gratus. Außerdem berichtete Johannes, dass Herodes sich um die Gunst Tiberius' bemüht.«

»Wann willst du aufbrechen?«

»Sobald Josef mir die Genehmigung erteilt und der Rat mir Geld zur Verfügung stellt. Es wird eine kurze, aber kostspielige Reise.«

Josefs Genehmigung zu erhalten war einfach. Als weitaus

schwieriger erwies es sich, den Rat zu bewegen, das nötige Geld für die Reise zu gewähren. Die Priester betrachteten Johannes nicht als Mitglied der Gemeinschaft, und die Tatsache, dass er alle und jeden taufte, deckte sich nicht mit ihrer eigenen Denkweise. Und die Nachricht von der Ankunft des Messias trug wenig dazu bei, ihren Enthusiasmus anzustacheln.

Doch nach zwei Tagen zahlten sich die Zusammenkünfte und Gebete, Yax' Entschlossenheit und Josefs Beharrlichkeit schließlich aus. Mit dem Wagen brachte man Yax zum Hafen von Joppa, wo er sofort das erste Schiff bestieg, einen Handelssegler, der sich auf der Rückreise nach Alexandrien befand. Dort wartete er mit wachsender Ungeduld, bis ein Schiff mit Weizen aus dem fruchtbaren Nildelta beladen wurde. Er musste dem Kapitän für diese Überfahrt nicht nur Geld zahlen, sondern sich obendrein als Mitglied der Besatzung verdingen. Glücklicherweise nahm der Segler direkten Kurs auf Ostia. Den restlichen Teil der Reise nach Rom legte er auf einem Getreidewagen zurück, bei dessen Entladung er ebenfalls Hand anlegen musste. Aber wenigstens war der erste Teil seiner Mission erfüllt: Er war in Rom und konnte beim Kaiser vorsprechen.

Yax nahm die letzte Münze aus seinem Geldbeutel. »Hier, bring mich zum Palast, er liegt fast an deiner Strecke.«

Der Fahrer des Getreidewagens zögerte zuerst; dann aber nickte er und bog nach links ab. Am späten Vormittag rollte der Wagen vor den Stufen der Palasttreppe vor.

»Halt, im Namen des Kaisers!«, lautete der Befehl der Palastwache, als Yax seinen Fuß auf die Treppe setzen wollte.

»Ich bin hier, um mit dem Kaiser zu sprechen«, erwiderte Yax atemlos.

»Weiß er, dass du zu ihm willst?«

»Nein, aber meine Mission ist von äußerster Wichtigkeit. Ich weiß, dass der Kaiser mich empfangen wird, wenn du ihm sagst, dass ich hier bin.«

»Die Anweisung lautet, niemandem Einlass zu gewähren, der keine Audienz hat.«

»Dann verschaff mir eine Audienz«, erwiderte Yax, der allmählich ungeduldig wurde.

Der Wächter musterte Yax jetzt genauer. Er hatte ihn zuerst als Plebejer von geringer Bedeutung eingestuft und war versucht, ihn fortzuschicken. Immerhin trug er keine Toga, war also kein Bürger Roms. Andererseits ... seine Haut war olivfarben, also handelte es sich vermutlich um einen Ägypter, und somit vielleicht doch um eine Person von Rang und Ansehen. Um seine Stellung nicht zu gefährden und sicherzugehen, entschloss sich der Wächter, den Fremden anzukündigen und die Entscheidung dem Imperator zu überlassen.

»Wen soll ich melden?«

»Richte dem Imperator aus, dass Yax der Zimmermann um eine Audienz ersucht!«

Kurz darauf kehrte der Wächter zurück.

»Du darfst eintreten. Ich soll dich direkt zum Arbeitszimmer des Kaisers bringen.«

»Na also«, murmelte Yax. »Ich hatte bisher nie Probleme, beim Kaiser vorgelassen zu werden.«

Sie betraten den Arbeitsraum. Der Imperator saß auf einem Stuhl mit hoher Lehne, den Rücken zur Tür gewandt.

»Exzellenz ... Yax, der Zimmermann.«

Schneidend hallte der Befehl durch den Raum: »Wache! Verhaftet diesen Mann!«

Erst jetzt erhob sich die Gestalt und wandte sich um. Alles Blut wich aus Yax' Gesicht, als er den Mann erkannte.

»Sejanus!«, presste er entsetzt hervor.

»Richtig. Und nicht mehr lange, dann heißt es ›Imperator Sejanus‹, mein junger Freund. Auf diesen Augenblick warte ich seit Jahren. Jetzt bist du mein Gefangener und somit ein toter Mann!«

»Wo ist der Imperator? Er würde das niemals zulassen! Ich stehe unter seinem Schutz!«

»Jetzt nicht mehr. Er hat mir die Befehlsgewalt über das Römische Reich übertragen, während er sich in Campania erholt. Und wenn er tot ist, was nicht mehr lange dauern wird, werde ich der neue Imperator!«

»Das kannst du nicht tun! Kein Magistrat würde mich verurteilen, wenn sich herausstellt, dass ich unter Tiberius' Schutz stehe!«

»Wie kommst du darauf, dass dein Fall je vor einen Magistrat gebracht wird? Mit dir werde ich mich höchstpersönlich befassen.«

Yax wurde von der gleichen eisigen Furcht erfasst wie einst vor Jahren in der Wüste. Blitzartig durchlebte er im Geiste noch einmal die Szene, als Sejanus mit erhobenem Schwert auf ihn losgestürzt war. Er biss sich auf die Lippen, um nicht aufzuschreien. Der Griff des Wächters um seinen Arm verstärkte sich, als Yax instinktiv zurückwich, um den Hieb abzuwehren, der diesmal als schallende Ohrfeige seine Wange traf.

»Schafft ihn in den Kerker, während ich mir Ort und Zeitpunkt seiner Hinrichtung überlege.«

Widerstandslos ließ Yax sich abführen. All das kam ihm wie ein böser Traum vor, und er war so benommen, dass er gar nicht darauf achtete, wohin man ihn brachte. Er nahm nicht einmal wahr, dass Magnus ihnen entgegenkam und sekundenlang seine Schritte verlangsamte, die Hand schon halb zum Gruß erhoben.

Claudius Magnus, der in einer juristischen Angelegenheit auf dem Weg zu Sejanus war, blieb am Ende des Ganges stehen und blickte sich nach den beiden Männern um, die soeben an ihm vorbeigegangen waren. Kopfschüttelnd kratzte er sich am Kinn und betrat den Amtsraum, wo Sejanus am Fenster stand und hinunter auf den Hof blickte.

»War das nicht gerade der Zimmermann, der diese einzigartigen Tische herstellt?«

»Welcher Zimmermann?«, zischte Sejanus, wirbelte herum und blickte den Magistrat herausfordernd an.

»Oh«, sagte Magnus mit gespielter Verwunderung, »es hat den Anschein, als hätte einer von uns beiden letzte Nacht nicht besonders gut geschlafen.«

Sejanus riss sich zusammen und erwiderte in gemäßigterem Tonfall: »Ich weiß nicht, von welchem Zimmermann du redest, mein lieber Magnus.«

»Nun, dann habe ich mich wohl geirrt. Ich glaube, den Mann erkannt zu haben, der das Schreibpult anfertigte, das hier in diesem Raum steht.«

Magnus deutete auf den Tisch, der zwischen ihnen stand. Sejanus ging darauf zu, ließ sich auf seinem Stuhl nieder und fuhr mit den Fingern die Tischkante entlang.

»Wahrlich eine hervorragende Arbeit. Wir sollten dem Schöpfer dieses Kunstwerks ein Denkmal am Augustusbogen setzen.«

Magnus beschloss, den Hohn in Sejanus' Stimme zu ignorieren, und zog eine Pergamentrolle unter seinem Gewand hervor.

»Wenden wir uns geschäftlichen Dingen zu und gehen die Liste der Senatoren und Staatsbürger durch, die du verhaften lassen willst.«

Derweil wurde Yax mit einem Wagen zu den Steinbrüchen gebracht, die nordöstlich des Concordia-Tempels lagen – dorthin, wo auf dem Clivius Argentarius das gefürchtete römische Gefängnis lag. Yax hatte bereits zahlreiche Geschichten darüber gehört. Aus diesen Mauern kam niemals jemand lebend heraus. Die toten Körper wurden angeblich in den Kalkgruben der Steinbrüche versenkt oder von den wilden Hunden zerfleischt, die sich dort herumtrieben. Noch nie war es jemandem eingefallen, sich diesem Ort zu nähern, um sich von der Wahrheit oder Unwahrheit der Geschichten zu überzeugen. Ein Gefängniswächter öffnete das große Eisentor, und der Wagen rollte in den Hof.

Nachdem der Soldat auf seinen Posten vor dem Palast zurückgekehrt war, ließ Sejanus ihn zu sich rufen.

»Nun, wie verlief die Festsetzung des Gefangenen?«

»Er hat keine Schwierigkeiten gemacht. Aber auf dem Weg zum Gefängnis kreuzte ein Liktor unseren Weg und wartete auf mich, als ich zurückkehrte.«

»Was wollte er?«

»Er befragte mich wegen des Gefangenen ... wer er sei, woher er käme und womit er seinen Lebensunterhalt verdiene. Als ich ihm sagte, dass es sich um einen Zimmermann handelte, machte er sich sogleich auf den Weg zu ihm.«

»Warum?«

»Ich bin nicht sicher, aber es schien, als würde er den Gefangenen kennen, oder als hätte er zumindest von ihm gehört.«

Sejanus ließ die Faust auf den Tisch niedersausen. »Das macht schon zwei.«

»Zwei?«

»Ja! Zwei Leute haben ihn gesehen und offensichtlich erkannt. Ein Magistrat und ein Liktor ... das wird zu viele lästige Fragen aufwerfen!«

Sejanus erhob sich von seinem Stuhl und durchmaß händeringend den Raum. Der Soldat räusperte sich.

»Soll ich auf meinen Posten zurückkehren, Herr?«

»Nein!«, brüllte Sejanus. »Hole ihn wieder heraus!«

»Heraus? Du meinst, aus dem Kerker?«

»Ja ... hier«, Sejanus kehrte an seinen Arbeitstisch zurück. »Ich werde ein Dekret unterzeichnen, dass es sich um eine Verwechslung handelte. Richte dem Gefängniswächter aus, dass der Gefangene ein freier Mann ist!«

Der Soldat wartete verwirrt, bis Sejanus seinen Erlass niedergeschrieben und das Siegel des Kaisers darunter gesetzt hatte. Er las das Schriftstück noch einmal durch und warf dem Prätorianersoldaten einen scharfen Blick zu.

»Nimm noch einen zweiten Mann mit – jemanden, der den Mund halten kann, vielleicht Publius. Händige dem Gefängnisaufseher ... nein, sag ihm bloß, dass der Zimmermann frei ist und dass man ihn zum Palast geleiten soll, wo er eine Entschuldigung und Wiedergutmachung erhält.«

Der Soldat nickte und nahm das Dokument entgegen.

»Anschließend«, fuhr Sejanus mit verächtlichem Schnauben fort, »wenn du außerhalb der Sichtweite des Gefängnisses bist, legst du den Zimmermann in Ketten, ziehst ihm eine Kapuze über den Kopf, damit niemand ihn erkennt, und schaffst ihn aus Rom fort.«

Der Soldat schüttelte verwirrt den Kopf, unsicher, ob er richtig verstanden hatte. »Du willst, dass wir ihn aus Rom herausschaffen?«

»Ja!«, rief Sejanus. »Fort aus der Stadt! Bring ihn nach El Gem, ins Amphitheater, und erwarte dort meine weiteren Anweisungen! Ich werde diesen Zimmermann den Löwen zum Fraß vorwerfen!«

El Gem

Yax hörte das Knurren der Löwen, die sich um ein Schwein stritten, dessen angstvolles Quieken Sekunden zuvor durch die Katakomben gehallt war. Er hatte jedes Zeitgefühl verloren, aber die Löwen wurden jeden dritten Tag gefüttert, und inzwischen hatte er zehn Schweine gezählt, deren Schicksal sich irgendwo in der Nähe seines Kerkers erfüllt hatte. Sein einziger Besucher war ein stämmiger, finster dreinblickender Mann in Ketten, der jeden Tag, von vier Bogenschützen und fünf Speerträgern bewacht, in die Arena geleitet wurde, wo er sein tägliches Ertüchtigungsprogramm absolvierte. Jedes Mal blieb der Mann kurz vor Yax' Zelle stehen, umfasste die Eisenstäbe mit seinen Pranken und starrte ihn stumm an, bis die Wachen ihn weiterschoben. Beim dritten Mal erfuhr Yax den Namen des furchteinflößenden Mannes: Decimus Quintus! Der Prostituiertenmörder! Der Mann, der seine eigene Mutter ermordet hatte ... der Gladiator, der jeden Kampf gewann und dazu verurteilt war, so lange in der Arena zu kämpfen, bis er selbst erschlagen wurde oder eines natürlichen Todes starb.

Der stechende Blick der pechschwarzen Augen, die ihn unter buschigen Brauen hervor anstarrten, jagte Yax jedes Mal einen Schauder über den Rücken.

Während seines dreißig oder vierzig Tage währenden Aufenthalts – Yax vermochte es nicht genau zu sagen – hatte er viele Verbrecher, so genannte ›Staatsfeinde‹ gesehen, die in die

Zellen und später hinauf in die Arena gebracht wurden. Nie war einer von ihnen lebend zurückgekehrt, und manchmal stapelte man ihre toten Körper vor Yax' Zellentür, eine unheilvolle Mahnung an den Tag, da er selbst an der Reihe war. Keiner der unglückseligen Gefangenen wurde je zu ihm in die Zelle gesperrt – bis zu jenem Tag. Der Mann war bewusstlos, als die Wachen ihn hineinwarfen und die schwere Tür aus Eisengitter hinter ihm ins Schloss fiel. Offensichtlich hatte man den Mann zuvor gefoltert.

Zuerst starrte Yax stumm auf den leblosen Körper, der regungslos auf einem Strohhaufen lag. Als der Mann jedoch ein schwaches Söhnen von sich gab, eilte er rasch an seine Seite.

Er riss ein Stück Stoff aus dem zerfetzten Gewand, tauchte es in die tönerne Schüssel mit Wasser, die neben ihm auf dem Boden stand, und betupfte damit das blutverkrustete Gesicht. Als er das Blut fortgewischt hatte, stellte Yax fest, dass der Mann ihm irgendwie vertraut vorkam. Nach einer Weile bewegte er die Lippen, als wolle er etwas sagen, brachte jedoch nur ein pfeifendes Geräusch zu Stande. Yax hob die Schüssel und flößte ihm ein paar Tropfen Wasser ein. Nach anfänglichem Husten und Schlucken stieß der Mann flüsternd ein paar Worte hervor.

Er sprach hebräisch, eine Sprache, die Yax vertraut war, obwohl er lediglich ein paar Gebete auf Hebräisch beherrschte. Das einzige Wort, das Yax in diesem Augenblick einfiel, war: »*Shalom.*« Die Lider des Mannes flatterten beim Klang von Yax' Stimme. Ermutigt durch diese schwache Reaktion des Mannes, versuchte Yax sich fieberhaft an den Wortlaut des »Shema« zu erinnern, ein Gebet, das er täglich in Qumran gehört hatte. Er flüsterte dem Mann die wenigen Worte, die ihm einfielen, ins Ohr.

»*Shema yisrael, adonai eloheinu adonai ehad.*«

(Höre, o Israel, der Herr ist unser Gott, der Herr ist unser einziger Gott.)

Der Mann öffnete die Augen und unternahm einen schwachen Versuch, nach Yax' Arm zu greifen. Ein wenig lauter, doch immer noch mit zitternder Stimme, fuhr Yax fort:

»*Baruch shem kvod malchuto l'olam va-ed.*«

(Gelobet sei der Name seiner glorreichen Herrlichkeit für immer und in Ewigkeit.)

Die Hand des Mannes sank wieder herab, und mit einem kaum wahrnehmbaren Seufzer entwich die Seele aus seinem geschundenen Körper.

Yax legte ein Ohr auf die Brust des Fremden. Als er keinen Herzschlag mehr spürte, legte er ein Stück Stoff über das Gesicht des Toten, kroch zurück in seine Ecke und blieb die ganze Nacht und den größten Teil des darauf folgenden Tages dort sitzen.

Am nächsten Tag rissen ihn die Schritte nahender Wächter, die wieder einmal Decimus Quintus in die Arena eskortierten, aus einem unruhigen und nur wenig erholsamen Schlaf. Wie üblich blieb der Gladiator kurz vor Yax' Zelle stehen.

»Tot?«, fragte er und deutete mit einer Bewegung des Kopfes auf den leblosen Körper in der Ecke. Ohne eine Antwort abzuwarten, stieß er ein hämisches Lachen aus und trollte sich in die Arena.

»Schickt jemanden her, der den Toten abholt und begräbt!«, rief Yax den sich entfernenden Wachen nach.

Falls eine Erwiderung erfolgte, wurde sie vom Lärm der Menge verschluckt, mit dem diese den Gladiator empfing, der soeben von der Rampe in die sonnendurchflutete Arena trat.

In der darauf folgenden Nacht – Mitternacht war lange vorüber – erwachte Yax vom Geräusch des Schlüssels, der sich im Eisenschloss drehte. Ein Wärter mit gezogenem Schwert öffnete die Tür und gewährte einer verhüllten Gestalt Einlass.

Yax rührte sich nicht und gab vor zu schlafen. Die Gestalt kniete neben der Leiche nieder und zog das Tuch vom Gesicht des Mannes. Der Wärter hob seine Talglampe ein wenig.

»Und? Ist er es?«, fragte er flüsternd.

Der Besucher schlug die Hand vors Gesicht und brach in Tränen aus, womit die Frage des Wärters beantwortet war. Yax kam zu dem Schluss, dass es sich um einen Verwandten des Toten handelte.

»Beeil dich und schaff ihn hier raus ... Du hast keine Zeit zu verlieren«, drängte der Wärter.

Yax vermutete, dass der Mann nur hebräisch verstand, also kratzte er seinen spärlichen Wortschatz zusammen und sprach ihn aus der Dunkelheit an.

»*Shalom ... Hamakom y'nahaim etkhem b'tokh sh'ar availai tziyon vee yerushalayim.*«

(Friede ... Möge der Herr dir den Trost aller Trauernden Zions und Jerusalems gewähren.)

Der Mann hielt inne und starrte in die Dunkelheit zu Yax hinüber.

»Wer bist du? Gib dich zu erkennen!«

Als Yax sich von seinem Strohlager auf dem Boden erhob, trat der Wärter mit erhobenem Schwert vor.

»Bleib wo du bist ... keinen Schritt weiter!«

»Ich bin Yax, ein Zimmermann aus Rom.«

Mit einem Schritt war der Fremde bei ihm und umarmte ihn.

»Yax! Ich bin es, Isaak. Du warst bei uns, als du verletzt warst ... erinnerst du dich an mich?«

»Natürlich!«, brach es aus Yax hervor. »Ihr habt euch nach dem Überfall um mich gekümmert!«

Plötzlich wich Yax einen Schritt zurück und starrte auf den Toten.

»Sag nicht, dass er Joash ist, dein Bruder ...«

»Doch. Es war Herodes' Werk ... und das seiner römischen Soldaten. Ein sinnloser Akt der Vergeltung. Jetzt ist meine gesamte Familie tot.«

Die beiden Männer schwiegen. Dann seufzte Isaak und fragte: »Wo hast du gelernt, so gut Hebräisch zu sprechen?«

»Ich habe viele Jahre in Judäa verbracht, in Jerusalem und in einem kleinen Ort in den Bergen.«

»Schluss jetzt!«, rief der Wärter. »Nehmt die Leiche eures Bruders und macht, dass ihr verschwindet, oder ihr bekommt mein Schwert zu spüren.«

Yax half Isaak, Joashs Körper bis zum Eingang der Zelle zu tragen. Dann wurde er von dem Wärter zurückgestoßen, und die Tür fiel ins Schloss.

Isaak hievte sich die Leiche seines Bruders über die Schultern und machte sich daran, ihn den Gang zur Arena hinaufzutragen.

»Kann ich etwas für dich tun, Yax?«, rief er, während er sich langsam entfernte.

»Nein, ich bin ohnehin bald tot. Oder ... warte, du könntest tatsächlich etwas tun. Geh zum Bordell und frag dort nach Daphne. Sag ihr, wo ich bin.«

Nachdem Isaak die Stelle erreichte, an der er sein Pferd mit dem Wagen zurückgelassen hatte, ließ er die Leiche seines Bruders behutsam auf die Ladefläche gleiten. In weiser Voraussicht hatte er die Zügel sicher verknotet, denn das Tier tänzelte unruhig, verängstigt durch das Knurren der Löwen. Mit Trauer im Herzen passierte er das schwere Tor, das der Wärter ihm aufhielt.

»Das war das letzte Mal, dass ich dich eingelassen habe. Halte dich in Zukunft fern von hier, sonst findest du dich aufgespießt auf einem Dreizackschwert wieder oder zwischen den Kiefern der Löwen, wie bald dein Freund dort unten!«

»Und wann wird das sein?«, fragte Isaak wachsam.

»Es heißt, dass Aelius Sejanus, der im Augenblick die Herrschaft über Rom innehat, höchstpersönlich erscheint, um deinen Freund sterben zu sehen ... in etwa fünfzehn Tagen.«

Während er das Pferd antrieb, warf Isaak einen Blick zum Vergnügungspalast auf der linken Straßenseite hinüber. Er würde sich bald auf den Weg dorthin machen müssen.

»Sasha«, gurrte der rundliche Araber und schob den Vorhang zu dem kleinen Alkoven auseinander, »ein Mann verlangt nach deinen Diensten.«

»Lass mich, ich bin müde.«

»Er ist alt. Bestimmt ist er rasch zufrieden gestellt.«

»Schick ihm eins von den jüngeren Mädchen.«

»Aber er verlangt nach dir ... komm, sieh ihn dir wenigstens an.« Er hielt den Vorhang ein wenig weiter auf, sodass sie freien Blick in den Hauptsalon hatte.

»Er sieht aus wie ein Bauer. Wahrscheinlich stinkt er nach Mist. Ich habe keine Lust.«

»Er fragte nach Daphne!«

Sie zog scharf den Atem ein und wich instinktiv ein Stück zurück. Ihre Wangen röteten sich, als hätte sie einen Schlag ins Gesicht erhalten. Schon seit Jahren hatte sie niemand mehr Daphne genannt; sie hatte den Namen beinahe schon vergessen.

»Wer ist es?«, flüsterte sie.

»Keine Ahnung«, erwiderte der Araber. »Ich habe ihn noch nie hier gesehen.«

»Ich werde zu ihm gehen.«

»Sehr gut!« Er rieb sich zufrieden die Hände. »Bitte ihn, dir einen Becher Wein auszugeben, und vielleicht kannst du dich ja doch entschließen, ihn später mit hier hineinzunehmen.«

»Sag ihm, ich komme gleich. Ich muss mir noch mein Haar bürsten.«

»Lass ihn nicht zu lange warten. Der Mann ist entweder ausgesprochen erregt ... oder er ist nervös.«

»Warum hast du nach Daphne gefragt?«, erkundigte sie sich in kühlem Tonfall, als sie am Rand des Wasserbeckens auf den Mann zuschritt.

»Bist du Daphne?«, fragte Isaak nervös.

»Ich werde Sasha genannt ... sag mir, was du willst.«

»Ich habe eine Nachricht für Daphne ... von einem Freund, der bald sterben wird.«

Daphne musterte den Mann vor ihr, der offensichtlich keinerlei Interesse an ihrer äußeren Erscheinung zeigte. »Und wer ist dieser Freund?«

»Aber, aber, verehrter Bürger«, rief der Araber mit schmeichlerischer Stimme und näherte sich den beiden mit ausgestreckten Armen. »Du wirst dieser zauberhaften Dame doch wohl einen Becher Wein spendieren? Oder hast du vor, dich im Stehen mit ihr zu unterhalten?«

Daphne wirbelte herum und herrschte den beflissenen kleinen Mann an: »Verschwinde! Wenn wir Wein wollen, lassen wir es dich wissen. Jetzt geh!«

»Schon gut, Prinzessin«, erwiderte der Araber spöttisch und zog sich mit einer übertriebenen Verbeugung zurück.

»Vielleicht sollte ich tatsächlich Wein bestellen«, meinte Isaak. »Es ist nur ... ich fühle mich nicht recht wohl in meiner Haut. Ich bin als Freund hier, nicht als Kunde. Aber ich möchte nicht, dass dieser Mann zornig auf dich wird.«

»Setzen wir uns, und trinken wir einen Schluck zusammen«, schlug Daphne versöhnlich vor.

»Sein Name ist Yax. Man wird ihn den Löwen vorwerfen!«

Daphne hatte bereits damit gerechnet, dass es sich entweder um ihren Vater oder um Yax handeln würde. Niemand sonst in diesem Teil der Welt kannte ihren wirklichen Namen, doch auf so etwas war sie in keiner Weise vorbereitet. Entsetzt presste sie die Hand auf den Mund. »Wo ist er?«

Isaak machte eine Armbewegung. »Er wird drüben in einem

der Kerker unter dem Amphitheater festgehalten, bis zu den nächsten blutigen Wettkämpfen.«

»Wann finden sie statt?«

»In etwa fünfzehn Tagen ... bis irgendein wichtiger Vertreter aus dem Palast in Rom hier erscheint.«

»Kann ich ihn sehen?«

»Er hat nach dir gefragt ... er möchte dich noch einmal sehen, bevor er stirbt.«

Eine Karaffe Wein wurde auf dem kleinen Tisch zwischen ihnen abgestellt. Isaak griff nach seinem Geldbeutel.

»Nein.« Daphne bedeutete dem Diener mit einer Handbewegung, sich zu entfernen. »Ich erledige das später.« Wieder an Isaak gewandt, fragte sie: »Kann ich ihn sehen?«

»Es sind keine Besucher erlaubt, aber ich habe den Wärter ein paar Mal bestochen, mich nach Einbruch der Dunkelheit einzulassen. Ich wollte meine Toten bestatten. Inzwischen haben sie meine ganze Familie umgebracht.«

Daphne ergriff die knochige Hand des Alten. »Du musst mich begleiten, wenn ich zu ihm gehe. Weißt du, er hat mich einmal sehr geliebt ...« Ihre Stimme versagte, und sie verstummte.

»Ich hab dir doch gesagt, du sollst dich hier nicht mehr blicken lassen!«, brummte der Wächter. »Außerdem gibt es zurzeit keine Toten, die du bestatten könntest.«

Daphne trat aus dem Schatten. »Wir sind hier, die Lebenden zu besuchen, nicht die Toten.«

»Ich darf euch nicht einlassen!«

Daphne zog einen Beutel Münzen unter ihrem Gewand hervor und drückte sie dem Mann in die Hand. Der Wächter öffnete die Kordel und ließ ein paar Geldstücke prüfend in seine Hand gleiten.

»Aber nur für einen Augenblick ... und nur einer von euch beiden.«

»Dann lass die Dame ein«, sagte Isaak.

»Die Hure, meinst du«, erwiderte der Wächter sarkastisch. Isaak machte eine Bewegung auf ihn zu, doch Daphne hielt ihn zurück. »Ganz recht, die Hure«, sagte sie. »Und jetzt zeig mir den Weg!«

Aus verschiedenen Gründen fand Yax keinen Schlaf. Das Stroh war feucht, da man seine Zelle mit Wasser ausgespült hatte. Die Löwen streiften unruhig knurrend in ihren Käfigen umher; und die karge Mahlzeit, die man Yax vorgesetzt hatte, lag ihm unangenehm im Magen. Er lag mit offenen Augen da und sah das Licht der Lampe, als die beiden Gestalten sich seinem Kerker näherten.

»Yax?«, flüsterte Daphne, als sie das Eisengitter seiner Zelle erreicht hatte.

»Daphne! Ich habe gebetet, dass du kommst, bevor es zu spät ist.«

»Yax, was ich dir angetan habe, tut mir Leid.«

»Ich liebe dich Daphne ... ich habe dich schon immer geliebt.«

Daphne streckte die Hände durchs Gitter, doch der Wärter zog sie zurück. »Ihr dürft euch nur unterhalten!«

»Ich werde versuchen, dich hier herauszuholen, Yax.«

»Dafür braucht es mehr als Geld, Daphne. Der Befehl kommt von Sejanus, direkt aus Rom. Nur der Kaiser könnte mich retten.«

»Dann wende ich mich an den Kaiser! Ist er in Rom?«

»Nein, er weilt entweder auf Capri oder in Campania.«

»Genug jetzt!«, sagte der Wärter streng, »diese Stufen dort führen zur Straße ... beeil dich.«

Daphne blickte noch einmal über die Schulter. »Morgen bringe ich dir etwas zu essen, Yax.«

Den Rest der Nacht verbrachte Yax damit, in seiner Zelle auf und ab zu wandern. In Gedanken durchlebte er noch einmal jede Minute, die er in seinem Leben mit Daphne verbracht hatte, einschließlich der Episode im Bordell. Am nächsten Morgen war er völlig erschöpft.

Ein unglückseliger Zufall wollte es, dass Daphne und Decimus Quintus an diesem Morgen gleichzeitig vor Yax' Zelle eintrafen. Sie mit einem Korb voll Speisen, er in Ketten. Zuerst vermutete Decimus, es handele sich um Yax' Frau oder Freundin, doch das Verhalten seiner Wärter belehrten ihn eines Besseren, da zwei von ihnen ihr mit Bemerkungen Avancen machten, die Decimus rasch auf Daphnes Gewerbe schließen ließen. Mit einem kehligen Laut stürzte er auf sie zu, doch seine Fußketten brachten ihn zu Fall, sodass er vor ihr zu Boden stürzte.

Am nächsten Tag erschien Daphne nicht, und nach drei Tagen war Yax überzeugt, dass sie sich auf den Weg zum Kaiser gemacht hatte. Seine Hoffnung auf Rettung wurde jedoch zunichte gemacht, als am vierten Morgen Aelius Sejanus mit seiner Prätorianergarde vor der Zelle erschien und ihn mit einem kräftigen Rütteln an den Gitterstäben aufweckte.

»Wach auf, Zimmermann! Heute ist der Tag, an dem du sterben wirst!«

Yax' Herz hämmerte bis zum Hals, und eine nie gekannte Panik ergriff von ihm Besitz.

»Du und zehn andere Feinde Roms werden heute zur Unterhaltung der Bürger von El Gem beitragen. Du wirst als Letzter sterben, als Höhepunkt der heutigen Spiele.« Sejanus legte eine kurze Pause ein, um die Wirkung seiner Worte auszukosten. »Kurz bevor du Bekanntschaft mit den Löwen machst, kehre ich noch einmal zurück. Ich habe noch eine Rechnung zu begleichen!« Er lachte gehässig auf, machte auf dem Absatz kehrt und stapfte davon.

Yax' Körper wurde von unkontrolliertem Zittern erfasst. Er schluckte, um den aufkommenden Brechreiz zu bekämpfen. Sein erster Impuls bestand darin, in seiner Muttersprache zu Kukulkan zu beten, doch als er sich seines Tuns bewusst wurde, hielt er inne, sprach zwei hebräische Gebete, die er kannte, und verbrachte den Rest des Vormittags damit, Gott um Kraft und Vergebung zu bitten. Von draußen wogte das Tosen der Menge herein, als Decimus wieder einmal einen gegnerischen Gladiator getötet hatte.

Als Sejanus, wie angedroht, einige Stunden später erschien, hatte Yax' Verfassung sich ein wenig gefestigt. Zumindest hatte er seine Furcht besser unter Kontrolle und war in der Lage, Trotz zu zeigen.

»Wenn der Kaiser davon erfährt, ist das dein Todesurteil!« Yax war aufgestanden und umklammerte mit beiden Händen die Eisenstäbe seiner Zelle.

»Im Gegenteil!« Sejanus lachte auf. »Der Kaiser wird tot sein, bevor er es erfährt!«

»Du wirst es niemals schaffen, den Kaiser zu töten, dazu ist er viel zu gut bewacht ... und er kennt dich!«

»Aber eins ist sicher.« Sejanus' Stimme verwandelte sich in ein wütendes Zischen. »Du, der du mir ein Leben lang ein Dorn im Auge warst, der du mein Gesicht entstellt hat, wirst nicht mehr lange genug leben, um es jemals zu erfahren!«

Mit ausgestrecktem Arm deutete er auf Yax und brüllte seinen Soldaten einen Befehl zu: »Öffnet die Zelle! Legt ihn auf den Boden und haltet ihn fest!«

Vier Männer fielen in Yax' Zelle ein und zwangen ihn auf den strohbedeckten Boden.

»Haltet seinen Kopf fest!«, befahl Sejanus.

Zwei Soldaten hielten Yax' Arme, ein anderer setzte sich auf seine Beine, während der Vierte sich auf seinen Brustkorb hockte und sein Haar packte. Dann ging alles so schnell, dass Yax das Messer noch nicht einmal sah, das blitzartig von oben herabsauste und seine Wange bis zum Ohr aufschlitzte.

»Ihr könnt ihn wieder loslassen.« Sejanus erhob sich und trat aus der Zelle.

Sobald Yax' Hände wieder frei waren, betastete er sein Gesicht. Blut tropfte zwischen den Fingern hindurch auf seine Schulter. Er starrte auf seine blutüberströmte Hand. Es hat überhaupt nicht wehgetan, wunderte er sich. Der Schock hatte den Schmerz betäubt.

»Jetzt weißt du, was du mir angetan hast. Ich muss mich mein Leben lang mit der Narbe abfinden, du aber kommst nur für kurze Zeit in den Genuss!« Die Tür aus Eisengitter fiel schwer ins Schloss. »Ich kann es kaum erwarten, dich heute Nachmittag in der Arena zu sehen!«

Als die Betäubung des Schocks nachließ, wurde Yax von heftigem Schüttelfrost erfasst. Er hielt die Hand auf die rechte Wange gepresst, vermochte aber nicht lange, so zu verharren. Als ein stechender Schmerz einsetzte, ließ er sich stöhnend zurücksinken.

Nachdem Sejanus mit seinen Soldaten davongegangen war, erschien der Wärter mit ein paar Stofffetzen, die er Yax durch die Gitterstäbe hindurch zuwarf. »Sieh zu, dass die Blutung zum Stillstand kommt, sonst bleibt nichts mehr für die Löwen übrig«, bemerkte er ungerührt. Als Wärter des Amphitheaters hatte er sich an den Anblick von Tod und Schmerz gewöhnt. Die Verurteilten kamen und gingen so schnell, dass einzelne Gesichter nichts als eine verschwommene Erinnerung hinterließen. Dennoch blieb er stehen und beobachtete, wie Yax unbeholfen mit den Stofffetzen hantierte.

»Warte«, sagte der Wärter, »ich helfe dir.«

Er schloss die Zelle auf und hockte sich neben Yax auf den

Boden. Yax bekam das Zittern nicht unter Kontrolle und nahm kaum wahr, wie der Mann mit einem Tuch, das er ihm auf dem Kopf zusammenband, ein paar Lagen Stoff unter seinem Kinn befestigte. Der Verband drückte die Wunde zusammen, und nach ein paar Minuten versiegte der Blutstrom.

»So«, meinte der Wärter, »jetzt wirst du es noch bis in die Arena schaffen. Ich werde dir später etwas gegen die Schmerzen geben. Wenn ich zurückkomme, will ich, dass du deine Kleider ausgezogen hast. Sie sind voller Blut und völlig zerrissen. Ich bringe dir ein sauberes weißes Gewand.«

Es war römische Sitte, jenen, die zum Tod durch Kreuzigung oder in der Arena verdammt waren, eine besondere Kräutermischung zu verabreichen. Sie betäubte das Wahrnehmungsvermögen, was – obgleich sie Wahnvorstellungen hervorrief – immer noch besser für die Unglückseligen war, als wenn sie die grausamen letzten Stunden ihres Lebens bei vollem Bewusstsein erlebten. Es war allseits bekannt, dass manche Gekreuzigten mehr als einen halben Tag leiden mussten, ehe der Tod sie erlöste. Yax hatte nie einer Kreuzigung beigewohnt, obgleich sie zu den bevorzugten römischen Hinrichtungsarten gehörte. Aber er war bereits Zeuge gewesen, wie Menschen in der Arena von den Löwen zerfleischt wurden, und hatte den Anblick nie vergessen können.

Aelius Sejanus thronte in der ›Pulvinaria‹, auf der verschwenderisch ausgestatteten Tribüne für die Ehrengäste, und führte seinen Weinkelch an die Lippen. Umgeben von einem Gefolge aus Soldaten, Leibwächtern, Würdenträgern und spärlich bekleideten Huren, zog sein Pulk mehr Aufmerksamkeit aus dem Publikum auf sich als das Treiben in der Arena.

Für Sejanus war heute ein Freudentag, der Tag seines Triumphes. Bald würde der elende kleine Sklave aus der Karawane, der ihn entstellt hatte, tot in der Arena liegen, und nicht mehr lange, dann würde auch sein Komplott gegen Tiberius Erfolg haben. Er nahm einen weiteren Schluck und brachte im Stillen einen Trinkspruch auf sich selbst aus, auf den zukünftigen Herrscher Roms!

Trompeten signalisierten das Ende der Kämpfe. Wie gewöhnlich stand Decimus Quintus als letzter Gladiator in der Arena. Sejanus erhob sich von seinem Platz und warf dem Sieger den Kranz aus Olivenzweigen zu. Anschließend hob er seinen Kelch zu einem Salut und trank erneut.

Nachdem das Räumkommando die toten Körper und blutigen Waffen aus der Arena entfernt hatte, wurde Decimus Quintus zu seinem Quartier im unteren Bereich des Amphitheaters geführt. Sämtliche Blicke hefteten sich auf den Gladiator, als dieser in Ketten von seinen fünf Bewachern die Rampe hinuntergeleitet wurde. Niemand bemerkte den Mann, der sich auf der Empore oberhalb des Eingangs zur Arena einen Weg nach vorn bahnte.

Yax schnüffelte nur kurz an der auf einer Basis aus Opium bereiteten Mixtur, die der Wärter ihm anbot, und schob den Becher von sich.

»Du solltest das lieber trinken«, riet ihm der Wärter. »Die anderen haben ihr Mittel bereits geschluckt.« Er wies auf eine kleine Gruppe Männer in weißen Gewändern, die sich am Fuß der Rampe zur Arena aneinander drängten.

»Eigentlich sollten es zehn sein ... aber fünf sind bereits gestorben.«

»Ich will nichts«, flüsterte Yax mit zusammengebissenen Zähnen.

»Dann musst du die Qualen des Todes bei vollem Bewusstsein erleiden.« Der Mann zuckte mit den Schultern und zog Yax am Arm hinter sich her aus der Zelle.

Oben in der Arena ertönte der Stoß der Trompeten, das Signal für das Publikum, dass nun das letzte Schauspiel und zugleich der Höhepunkt des Tages bevorstand. Die Löwen!

Nachdem der letzte Ton verklungen war, verebbte das Gemurmel der Zuschauer. Es wurde so still, dass man zum ersten Mal an diesem Tag das Flattern der Fahnen über dem Theater vernehmen konnte. Das Tor schwang auf, und sämtliche Blicke hefteten sich auf die Rampe, als die erste der weiß gekleideten Gestalten erschien. Langsam, wie in Trance, schritt der Mann in die Mitte der Arena, gefolgt von seinen sechs Schicksalsgenossen, die alle auf die gleiche Art gekleidet waren. Als der letzte von ihnen aus der Dunkelheit trat, beugte sich ein Mann vom darüberliegenden Balkon hinab und rief einen Namen.

»Yax!«

Yax blickte nach oben. Es blieb ihm gerade noch Zeit, die Augen zu schließen, bevor sich ein Schwall Essigwasser über ihn ergoss. Das Gebräu, das nach jahrelanger Lagerung in einem Tannenholzfass einen durchdringenden Säuregestank verströmte, brannte ihm in den Augen und raubte ihm den Atem. Geblendet stolperte er vorwärts und stieß dabei gegen den vor ihm gehenden Mann, der zwar weit genug entfernt gewesen war, dem Guss zu entgehen, sich beim Geräusch der herabplatschenden Flüssigkeit jedoch verdutzt umgedreht hatte. Indem er Yax gerade noch rechtzeitig am Gewand zu fassen bekam, verhinderte er, dass dieser der Länge nach zu Boden fiel.

Sejanus, der voller Spannung auf Yax' Erscheinen gewartet hatte, bemerkte den Zwischenfall, war jedoch so verblüfft, dass er sekundenlang wie betäubt dasaß. Als er sich von seiner Überraschung erholt hatte, rief er der am nächsten stehenden Wache zu: »Schnapp dir diesen Mann und verhafte ihn!« Doch noch während Sejanus sprach, war der Mann auf der Empore bereits verschwunden. Es würde nahezu unmöglich sein, ihn in einer Menge von mehr als zwanzigtausend Menschen ausfindig zu machen, die sämtlich in Togen oder weite Gewänder gekleidet waren. Als der Wachmann die Empore erreichte, fand er nur noch den leeren Behälter, und niemand der Umstehenden konnte sich erinnern, wie der Mann ausgesehen hatte. Einige sagten, er sei beleibt gewesen, andere beschrieben ihn als groß, wieder andere erklärten, er habe einen Bart getragen, oder behaupteten gar, es sei eine Frau gewesen.

Draußen vor dem Amphitheater riss sich Isaak, noch außer Atem von seinem Lauf durch die Menge, die weiße Robe und die Kopfbedeckung herunter, durch die er sich als Araber ausgegeben hatte, stopfte sie unter das Stroh in eine Kiste auf seinem Wagen, und betrat dann flink wieder das Theater.

Yax konnte nichts um sich herum erkennen. Seine Augen brannten von dem Essig und tränten in einem fort. Halb gehend, halb stolpernd klammerte er sich an den Arm seines Vordermanns. Als sie hörten, wie das Eisengatter, das den Käfig der Löwen versperrte, hochgezogen wurde, blieben sie wie angewurzelt stehen. Die rostigen Scharniere gaben ein durchdringendes Quietschen von sich, das der Menge einen Schauder einjagte. Das Geplapper versiegte, und mit zwiespältigen Gefühlen verfolgten die Menschen, wie die schwarze Öffnung zur Behausung jener Geschöpfe sich öffnete, die wie gewöhnlich als Sieger aus dem Finale hervorgehen würden. Niemand würde je auf die Idee kommen, auf den Ausgang dieses Spektakels zu wetten.

Außer sich vor Erregung verfolgte Sejanus das Erscheinen der Löwen. Gemächlich, beinahe zögernd, traten sie aus ihrem Käfig und blickten witternd ins Sonnenlicht. Schon unzählige Male hatten sie diese Aufgabe erfüllt und schienen keine Eile zu haben.

Die weiß gekleideten Gestalten in der Mitte der Arena hingegen bebten vor Angst, und bei einigen von ihnen hatten bereits Halluzinationen eingesetzt. Zuerst rückten sie noch enger zusammen, doch plötzlich löste sich einer der Männer – möglicherweise aufgeputscht durch die Wirkung der Droge – aus der Gruppe und lief schreiend auf die Raubkatzen zu. Zwei der Löwen wichen überrascht zurück. Das dritte Tier, eine Löwin, ließ sich nicht beirren; mit einem Satz sprang sie auf ihr Opfer zu und verbiss sich in seinen Hals. Angestachelt durch ihre Gefährtin setzten jetzt auch die anderen Löwen zum Sprung an. Als handele es sich um ein Rudel Gazellen, nahmen sie ihre Opfer eines nach dem anderen ins Visier und stürzten sich auf sie.

Yax, der durch seine zugeschwollenen Augen immer noch nichts sehen konnte, vernahm nur die Schreie, die sich mit dem Knurren der Löwen vermischten, und klammerte sich verzweifelt an den Arm seines Schicksalsgenossen. Der jedoch war alles andere als begeistert, derart in seiner Bewegungsfreiheit behindert zu werden. In seiner Panik holte er aus und schmetterte seine Faust in Yax' Magengrube, sodass dieser das Bewusstsein verlor. Beinahe in der gleichen Sekunde wurde der Mann von der Pranke der dreihundert Pfund schweren Löwin getroffen und ging zusammen mit Yax zu Boden. Die Kiefer der Löwin gruben sich in die Luftröhre des Mannes und rissen ein Stück aus seiner Kehle. Blut spritzte, während die Löwin an dem Körper schnüffelte, der direkt unter ihrem Opfer lag. Allem Anschein nach hatte sie zwei Männer mit einem Schlag erledigt. Ihre Nase berührte Yax' Haar – und dann sprang sie zurück, als der Geruch des Essiggebräus einen heftigen Niesreiz bei ihr hervorrief und ihr Interesse an diesem Opfer rasch verblassen ließ. Die Löwin wandte sich ab und gesellte sich zu ihren Gefährten.

Von seinem Platz in der Pulvinaria aus starrte Sejanus wie gebannt auf Yax' bewegungslosen Körper. Er lag inmitten einer Blutlache und war zweifellos tot. Sejanus erhob seinen Kelch und nahm einen kräftigen Zug. Im Geiste brachte er einen Trinkspruch auf die Löwen aus.

Wie üblich wurde nun ein Schwein in die Arena getrieben und im Nu von der Löwin gepackt, die sich von ihrem Niesanfall erholt hatte. Sie verschwand mit ihrer Beute im Löwenkäfig, und als die Wärter mit Schilden und Speeren nachhalfen, trotteten die anderen Tiere ebenfalls ihrer Abendmahlzeit hinterher.

Einige der Zuschauer erhoben sich bereits und strömten dem Ausgang zu. Auch Sejanus machte sich mit seinem Gefolge zum Aufbruch bereit.

Plötzlich ereignete sich etwas Merkwürdiges, noch nie Dagewesenes: Das Publikum, das in unmittelbarer Nähe der Arena gesessen hatte, begann zu jubeln, was die Hinausstrebenden veranlasste, sich umzuwenden und nach dem Grund des Gejohles Ausschau zu halten.

Auf einmal richtete sich die gebannte Aufmerksamkeit auf die Mitte der Arena, und die zwanzigtausend Zuschauer fielen in das Jubelgeschrei ein. Denn dort, zwischen den hingemetzelten toten Körpern, gab es einen Überlebenden! Sein weißes Gewand war blutdurchtränkt, doch er hatte sich wankend erhoben und blickte sich benommen um.

Yax hatte das Bewusstsein wiedererlangt und es irgendwie geschafft, unter dem toten Körper des Mannes hervorzukriechen. Inzwischen vermochte er wieder verschwommene Umrisse in seiner Umgebung wahrzunehmen. Während er sich aufrichtete, war die Menge völlig aus dem Häuschen geraten. Jene, die ihre Blumengebinde nicht den Gladiatoren zugeworfen hatten, überhäuften nun Yax mit Blumen. Erwartungsvoll blickten sie zur Pulvinaria hinauf, von wo Sejanus und die anderen Vertreter des Staates ebenfalls auf Yax hinunterblickten.

»Freiheit! Freiheit!«, riefen die Zuschauer im Chor. Und widerstrebend gab Sejanus das Daumen-hoch-Zeichen.

Einige Zuschauer sprangen jetzt sogar über die Absperrung in die Arena, unter ihnen Isaak, der unauffällig an Yax' Seite eilte und ihn aus dem Amphitheater führte.

Sejanus war außer sich. Schäumend vor Wut wandte er sich an seine Soldaten: »Schwärmt aus und sucht ihn! Schafft ihn zurück in seine Zelle. Vorwärts, bevor er sich aus dem Staub macht!«

Die Wachen brauchten einige Minuten, bis sie sich ihren Weg durch die erregte Menge hinaus auf die Straße vor dem Amphitheater gebahnt hatten. Doch sie kamen zu spät.

Isaak hatte überall seine Freunde platziert, damit sie seine Flucht mit Yax deckten. Sie sollten die Wachen in die Irre führen, indem sie die Männer in die falsche Richtung lockten. Eine Aufgabe, die sie überzeugend erfüllten.

Versteckt unter Strohballen, passierte Yax auf Isaaks Wagen unentdeckt den Schlagbaum und gelangte auf die Straße, die aus der Stadt hinausführte. Bei Anbruch der Nacht erreichten sie Isaaks kleinen Hof auf dem Land.

Zum zweiten Mal verdankte Yax Isaak sein Leben. Als Erstes brauchte er nun ein heißes Bad, nicht nur, um das getrocknete Blut zu entfernen, sondern auch den durchdringenden Essiggeruch. Erst jetzt wurden Yax' Wunden sichtbar, die Prankenspuren auf Armen und Rücken und ein Stück abgerissener Hautfetzen auf einem Bein. Doch Yax lebte, und dies würde sich unauslöschlich im Gedächtnis der Bewohner von El Gem einprägen.

Der Mordauftrag

Auch nach fünf Tagen hatten die Nachforschungen durch die Soldaten der starken Garnison und Aelius Sejanus' Garde überhaupt keinen Anhaltspunkt über Yax' Verbleib ergeben.

»Vielleicht ist die ausgesetzte Belohnung nicht hoch genug«, mutmaßte der Hauptmann der Garnison.

»Daran liegt es nicht«, seufzte Sejanus, »entweder hat er das Land verlassen, oder er wird von einem Freund versteckt, der nicht käuflich ist, oder der ...«

»... nicht gut auf uns zu sprechen ist«, vollendete der Hauptmann den Satz.

Sejanus warf ihm einen vernichtenden Blick zu. »Einzig die Feinde Roms sind nicht gut auf uns zu sprechen ... und die werden systematisch beseitigt. Was wir brauchen«, grübelte er, »ist jemand, der sich unter die Plebejer mischen kann, jemand, der sich mit dem gewöhnlichen Volk der Straße auskennt ... meine Feinde ausspioniert und herausfindet, wo der Zimmermann sich versteckt hält.«

»Das hast du doch schon versucht«, murmelte der Hauptmann kaum hörbar in seinen Bart.

»Was hast du gesagt?«, fragte Sejanus.

Der Hauptmann schenkte sich die Antwort. Im Laufe seiner zwanzigjährigen Dienstzeit hatte er sogar dem Kaiser schon hin und wieder seine Meinung gesagt. Ungerührt erwiderte er Sejanus' Blick. »Ich werde einen Spaziergang machen«, sagte er und verließ den Raum.

Er dachte an das letzte Massaker, das Sejanus in Rom befohlen hatte. Seine Prätorianergarde hatte ihre Uniformen gegen Togen eintauschen, sich auf der Straße unter das Volk mischen und ausspionieren müssen, wer die Regierung oder Sejanus kritisierte. Die betreffenden Personen waren kurz darauf verschwunden, vermutlich in den Kalkgruben nahe den Gefängnismauern.

Nachdem der Hauptmann das Zimmer verlassen hatte, lehnte sich Sejanus, der seit fünf Tagen dessen Amtsraum mit Beschlag belegte, auf seinem Stuhl zurück und schloss die Augen.

»Es muss doch eine Möglichkeit geben, dieses Schurken habhaft zu werden!«

In Gedanken ließ er die Szene im Amphitheater noch einmal an sich vorüberziehen ... wie die Löwin sich Yax zugewandt hatte und dann unvermittelt abdrehte. Wieder sah er den Mann vor sich, der den Essig auf Yax kippte. Dieser Mann, der die Flüssigkeit in dem Augenblick auf Yax hinabschüttete, als dieser die Arena betrat ... war es Zufall gewesen oder ein geplanter Schachzug?

»Das ist es!«, rief Sejanus plötzlich. »Der Kerl war gar kein Zuschauer, der einem Verbrecher zusätzlich eins auswischen wollte – er war Yax' Komplize!« Erregt sprang er auf. »Holt mir den Hauptmann der Garde!«, rief er.

Yax verbrachte eine unruhige Nacht. Zwar war sein Bett weich und behaglich, doch seine Verletzungen setzten ihm arg zu. Isaak hatte sein Bestes getan, den geschundenen Körper zu verarzten. Er hatte die offenen Wunden mit Fett eingerieben und anschließend mit dünnen Stoffstreifen verbunden; nur an dem schmerzenden Magen und den gebrochenen Rippen konnte er nicht viel ausrichten. Yax hatte einen kurzen, aber überaus heftigen Prankenhieb abbekommen. Die Verpflegung während seiner Kerkerhaft war mehr als kläglich gewesen war, und der Wein, den Isaak ihm anbot, verursachte ihm schon nach einem Schluck Sodbrennen. Regungslos lag Yax auf seinem Lager, da jede Bewegung nur noch mehr Schmerzen brachte.

Inzwischen war der Mond am Nachthimmel aufgegangen, und durch die Holzritzen des kleinen Fensterladens fiel sein Licht direkt auf Yax' Gesicht. Er öffnete die Augen, schloss sie jedoch gleich darauf wieder, um die längst vergessene Erinnerung an eine Nacht vor vielen Jahren auszulöschen, als er mit ähnlichen Schmerzen durch die kleine Tür von Farouks Scheune auf den Mond geblickt hatte. Gegen seinen Willen dachte er an Mahouba, ihre sanften Berührungen, die Zuneigung, die sie ihm entgegengebracht hatte. Es musste ihr das Herz gebrochen haben, als sie erfuhr, was ihr Ehemann getan hatte. Und weiter wanderten seine Gedanken in die Vergangenheit, zurück in sein Dorf und zu seinen Eltern. Der Vater und die Mutter mussten inzwischen sehr alt sein; bestimmt hatten sie es längst aufgegeben, um die Rückkehr des Sohnes zu beten. Gewiss hielten sie ihn für tot. Doch all das lag lange hinter ihm. Niemals würde er in jenes Leben zurückkehren; und doch klammerte er sich mit aller Macht an die Hoffnung, die ihm die Kraft zum Durchhalten verlieh ... den Sohn Gottes zu finden und sein Blut mit seinem zu vereinen!

Irgendwann gegen Morgen döste Yax ein. Der Schlaf erlöste ihn von den hartnäckigen Schmerzen und gab seinem Körper die nötige Kraft, den Heilungsprozess einzuleiten. Er schlief tief und fest, und nicht einmal der Ruf des Hahns, der den Morgen des neuen Tages ankündigte, vermochte ihn zu wecken. Erst der Duft frischen Brotes ließ seine Sinne erwachen; er bemerkte, wie hungrig er war.

»Guten Morgen.« Isaak stand lächelnd vor ihm. »Fühlst du dich heute besser?«

Yax erwiderte das Lächeln, das sich jedoch bei dem Versuch, sich zu recken, rasch in eine Grimasse verwandelte.

»Ich bezweifle, dass ich überhaupt aufstehen kann.«

»Ich helfe dir«, sagte Isaak und streckte ihm die Hand entgegen. »Es tut dir bestimmt gut, wenn du ein bisschen herumgehst.«

Während des Frühstücks gelang es Yax, den Schmerz zu verdrängen. Gierig machte er sich über das köstliche warme Brot mit süßem Honig her. Isaak ermahnte ihn, langsam zu essen, aber Yax nickte nur und schlang unbeirrt weiter. Schließlich nahm Isaak ihm den Teller fort. »Genug, sonst wird dir schlecht ... du kannst später noch etwas essen.«

»Du hast Recht, Isaak ... aber es ist ewig her, dass ich etwas Vernünftiges zu essen bekam.«

»Komm«, erwiderte Isaak, »lass uns ein bisschen hinaus in die Sonne gehen. Wir müssen uns einen Plan zurechtlegen.«

»Ich ... kann mich nicht erinnern ... lass mich ... nachdenken«, stammelte der alte Nachwächter im Amtsraum des Amphitheaters mit kläglicher Stimme. Es war ein Versuch, Zeit zu gewinnen, sich zu entscheiden, ob er wahrheitsgemäß antworten oder lügen sollte – und dadurch vielleicht sein Leben retten.

»Ich frage dich zum letzten Mal«, zischte Sejanus und stieß dem Alten den Finger vor die Brust. »Wer hat den Gefangenen Yax besucht, während er in seiner Zelle saß?«

Zuzugeben, dass er Bestechungsgeld von Besuchern angenommen hatte, konnte den Tod des Wächters bedeuten. Behauptete er aber, niemand sei bei dem Gefangenen gewesen, und die Wahrheit kam ans Licht, lief es auf das Gleiche hinaus.

Seufzend entschied er sich schließlich für eine Antwort. »Ich arbeite nachts ... ich lasse niemanden ein ... niemals. Weshalb glaubst du, dass nachts jemand bei ihm war? Vielleicht hatte er am Tag Besuch! Und tagsüber bin ich nicht hier!«

Sejanus hob seinen Dolch. Vermutlich wollte er dem Alten nur einen Schrecken einjagen, doch der Hauptmann der Garde entschloss sich vorsichtshalber einzugreifen.

»Gehen wir hinunter und sehen nach, ob wir etwas herausfinden.«

Wie immer war es dunkel und feucht in dem Gewölbe unterhalb des Amphitheaters, wo sich die Kerker und der Löwenkäfig befanden. Gefolgt von den Soldaten, stieg Sejanus mit dem Hauptmann hinunter. Jeder hielt eine Talglampe in der Hand, deren trübes Licht allerdings wenig dazu beitrug, das finstere Verlies einladender wirken zu lassen.

»Hat es einen Sinn, *ihn* zu befragen?«, fragte der Hauptmann, als sie an der Zelle des Gladiators Decimus Quintus vorüberkamen.

»Versuchen wir's«, seufzte Sejanus.

Der Hauptmann hämmerte mit seinem Schwert gegen die Gitterstäbe der Eisentür.

»Decimus Quintus, zeig dich an der Tür!«

»Verschwindet!«, erklang die mürrische Antwort.

»Wir wollen dir nur ein paar Fragen stellen.«

Stille.

»Es wird nicht zu deinem Nachteil sein, wenn du uns mit ein paar Auskünften dienlich bist.«

»Was soll *ich* mit Geld anfangen?«

»Wie wäre es mit einer besonderen Mahlzeit ... einem gerösteten Kapaun vielleicht?«

»Wein wäre mir lieber!«

»In Ordnung, ein Krug Wein.«

Ein Rasseln ertönte, als Decimus Quintus sich von seinem Lager erhob und der Zellentür näherte.

»Was wollt ihr wissen?«

Instinktiv trat Sejanus einen Schritt zurück, denn der Anblick des Gladiators aus nächster Nähe ließ ihn schaudern. Schwarze, stechende Augen starrten ihn unter buschigen Brauen an, das Haar hing dem Mann wirr auf die Schultern, und sein Körper und seine Kleider verströmten den durchdringenden, fauligen Geruch des Todes, der die ganze Gestalt einzuhüllen schien. Sejanus schluckte und räusperte sich, um seiner Stimme einen festen Klang zu verleihen und sich nicht anmerken zu lassen, dass die Anwesenheit des Gladiators ihn einschüchterte.

»Der Zimmermann ... der, der dem Tod durch die Löwen entging ... hast du von ihm gehört?«

»Ja, sicher.« Decimus stieß ein heiseres Lachen aus. »Er hat euch alle zum Narren gehalten und spazierte als freier Mann aus der Arena!« Und dann fügte er voller Bitterkeit hinzu: »Auch ich müsste längst frei sein, nach all der Kurzweil, die ich dir und deinesgleichen geboten habe!«

»Du hättest schon vor Jahren zum Tode verurteilt werden sollen ... für all die Verbrechen, die du begangen hast!«, warf der Hauptmann ein.

Quintus warf ihm einen vernichtenden Blick zu und rüttelte an den Gitterstäben, dass alle einen Schritt zurückwichen.

»Dieser Zimmermann«, fuhr Sejanus fort, »ich will wissen, ob er hier Besuch hatte. Weißt du, ob jemand bei ihm war?«

»Das ist schon deine zweite Frage. Das macht zwei Krüge Wein.«

»Gehen wir«, drängte der Hauptmann. »Dieser Narr weiß sowieso nichts.«

»Und ob ich etwas weiß!«, schrie Decimus. »Ich weiß alles ... ja, er hatte Besuch ... eine Frau ... sie brachte ihm zu essen.« Mit Verachtung und Hass in der Stimme fügte er hinzu: »Sie war eine Hure!«

Der Hauptmann und Sejanus warfen sich einen Blick zu.

»Eine Prostituierte?«, echoten sie.

»Ja«, zischte Quintus, »eine Hure!«

»Gehörte sie zum Vergnügungspalast?«, wollte Sejanus wissen.

»Bestimmt«, erwiderte Quintus. »Sie war ausgesprochen gut gekleidet, keine von den Schlampen auf der Straße.«

»Nun, er muss es ja wissen«, witzelte der Hauptmann, »immerhin hat er in fünf Jahren mehr Huren ermordet, als in der gesamten Geschichte der Stadt Rom zuvor umgebracht wurden.«

»Würdest du sie wieder erkennen?«, fragte Sejanus.

»Natürlich! Ich vergesse nie eine Hure!«

Nachdenklich rieb sich Sejanus die Narbe in seinem Gesicht, die stets zu jucken begann, wenn sein Blutdruck in die Höhe schoss oder sein Herzschlag sich beschleunigte, wie es jetzt der Fall war.

»Wenn wir diese Bestie hier einer kleinen Reinigung unterziehen und mit ihm den Vergnügungspalast aufsuchen, könnten wir uns diese Prostituierte dann schnappen? Was meinst du, Hauptmann?«

Der Hauptmann nickte. »Und mit ziemlicher Sicherheit wird sie uns zu dem Gefangenen führen.«

»Also dann!«, sagte Sejanus, als ein Plan in seinem Kopf zu reifen begann. »Schafft ihn in die Bäder, kleidet ihn halbwegs manierlich und lasst die Garnison um den Vergnügungspalast Aufstellung nehmen. Wenn ihr fertig seid, bringt ihn herein. Ich werde mich jetzt schon dort hinbegeben, eine Mahlzeit einnehmen und so tun, als würde ich die Mädchen begutachten.«

Der Hauptmann wandte sich an einen seiner Männer. »Geh zurück zu dem Alten und lass dir den Schlüssel für die Zelle geben!«

Während man Decimus Quintus aus seinem Verlies hinaus an die frische Luft führte, tippte der Hauptmann ihn mit seinem

Schwert an. »Komm ja nicht auf die Idee, einen Fluchtversuch zu machen – weder jetzt noch in den Bädern oder im Vergnügungspalast. Ein Versuch, und du bist ein toter Mann!«

»Ich denke nicht im Traum an Flucht. Das hier ist die beste Behandlung, die mir seit Jahren zuteil wird ... und außerdem, du wirst mich nicht töten. Ihr braucht mich noch!«

Der Araber empfing Sejanus mit einer tiefen Verneigung und einer blumigen Begrüßung.

»Welche Ehre! Der Präfekt der Prätorianergarde und Machthaber des Römischen Reiches stattet meinem bescheidenen Etablissement einen Besuch ab. Es wird mir ein Vergnügen sein, dich unter den Schönsten meiner Schönen wählen zu lassen ... selbstverständlich bist du mein Gast.«

Sejanus schob ihn brummend zur Seite. »Später. Bring mir zuerst Speisen und Wein!«

Während Sejanus seine Mahlzeit einnahm, paradierten die Mädchen des Bordells in aufreizenden Posen an ihm vorbei oder setzten sich unverfroren neben ihn. Er verscheuchte sie alle und widmete sich ganz seinem Essen und dem Wein.

Nach einer Ewigkeit, wie es ihm schien – in Wahrheit war weniger als eine Stunde vergangen –, kamen die Soldaten mit einem erstaunlich verwandelten Decimus Quintus. Nachdem sie sich neben Sejanus in dessen Nische niedergelassen hatten, winkte dieser den Araber herbei, der unruhig in der Nähe wartete.

»Bring mir alle deine Mädchen, eine nach der anderen. Sofort!«

Die sechs Männer verschlangen die Mädchen, die nun noch einmal an ihnen vorbeistolzierten, mit den Augen. Nur Sejanus' Blick ruhte auf Decimus, und wenn dieser den Kopf schüttelte, winkte Sejanus das betreffende Mädchen weiter. Nach der

Letzten drehte Sejanus sich zu dem Araber um. »Waren das alle?«

»Alle bis auf eine, Herr.«

»Dann bring sie auch noch her. Vielleicht ist sie die Gesuchte!«

»Unglücklicherweise ist sie nicht hier, Herr. Sie ging vor ein paar Tagen fort und ist nicht wieder aufgetaucht.«

Sejanus und Decimus wechselten einen Blick. »Hat sie langes schwarzes Haar?«, fragte Decimus.

»Ja, sie ist hinreißend. Ihr Name ist Sasha.«

»Wohin ist sie gegangen?«

»Sie hat zu niemandem etwas gesagt. Eines Morgens ging sie aus und kam nicht zurück.«

Nachdenklich rieb Sejanus die Narbe auf seiner Wange, die plötzlich rot leuchtete und juckte.

»Vielleicht möchtest du die Mädchen noch einmal in Augenschein nehmen«, säuselte der Araber. »Die hoch gewachsene Schwarze ist erst vor zwei Tagen bei uns eingetroffen, und ...«

»Nein!«, unterbrach ihn Sejanus, »wir gehen jetzt ... aber wir kommen wieder, wenn diese Sasha zurück ist.« Dann kam ihm eine Idee, und er fügte hinzu: »Einer meiner Männer wird täglich nach ihr fragen und mir Bescheid geben.«

Auf der Straße erkundigte sich Decimus bei Sejanus: »Werde ich jetzt wieder ins Amphitheater gebracht?«

»Nein«, antwortete Sejanus gedankenverloren. »Ich werde den Hauptmann veranlassen, dich unter Bewachung in der Garnison unterzubringen. Du könntest mir noch von Nutzen sein.«

Auf einer grasbewachsenen Anhöhe hinter dem kleinen Hof ließen Yax und Isaak sich nieder, um auszuruhen. Isaak, weil er etwas kurzatmig war, und Yax, weil er immer noch Schmerzen in Rippen und Brustkorb verspürte.

»Gehen ist gut für die körperliche Ertüchtigung«, stieß Isaak zwischen zwei Atemzügen hervor, »aber wenn man in meinem Alter ist, kann eine kleine Strecke manchmal schon zu viel sein.«

Yax nickte und nahm einen Schluck Wasser aus dem Ziegenlederbeutel.

»Ich hoffe, ich werde nie wieder einem Löwen begegnen. Diese Biester sind viel schwerer, als sie aussehen.« Nach einer kurzen Pause fügte er hinzu: »Wie, in aller Welt, bist du eigentlich auf die Idee verfallen, mich mit Essig zu überschütten?«

»Ach!« Isaak lachte. »Ich bin zufällig darauf gekommen. Mein Bruder Joash und ich beschlossen irgendwann einmal, aus dem Obst von den Bäumen hinter dem Haus Wein zu keltern. Nach dem Tod meiner Schwester und ihres Sohnes geriet die Sache in Vergessenheit. Nachdem auch Joash tot war, bin ich beim Putzen der Scheune wieder auf das Fass gestoßen. Der Inhalt war inzwischen mehrere Jahre alt, und als ich mir einen Becher davon einschenkte ... es schmeckte grauenhaft, schlimmer als Essig. Der Magen drehte sich mir um, und ich habe den Inhalt des Bechers auf den Boden gekippt. Eins von den Schweinen kam heran und schnüffelte daran. Es bekam einen derart heftigen Niesanfall, dass es schließlich zusammenbrach.«

»Da hast du dir gedacht, wenn es bei einem Schwein funktioniert, müsste es auch bei den Löwen funktionieren?«

»Genau! Es war das Einzige, das mir einfiel. Aber ich dachte, es könnte klappen.«

»Nun, so war es ja auch. Ich stehe immer in deiner Schuld.«

Isaak wurde ernst. »Du kannst nicht mehr viel länger hier bleiben. Die Römer sind nicht dumm ... nicht lange, und sie werden hier auf dem Hof nach dir suchen.«

»Dann bist auch du in Gefahr, Isaak.«

»Ich weiß. Wir müssen beide von hier fort.«

»Die Frage ist nur, wohin?«

»In El Gem werden sie dich überall finden. Selbst nach Karthago werden sie ihre Soldaten schicken, und Rom scheidet ebenfalls aus. Sejanus wird die Häfen bewachen lassen ... und dein Haus.«

»Wir werden nach Jerusalem gehen, dort sind wir sicher.«

»Jerusalem!«, seufzte Isaak. »Wie lange wünsche ich mir schon, dorthin zurückzugehen!«

»Wir gehen zusammen.«

Schweigend saßen sie da. Jeder hing seinen Gedanken nach. Bis nach Jerusalem war es ein weiter Weg, doch Isaak würde sich dort heimisch fühlen. In Bethlehem erwarteten ihn zu viele traurige Erinnerungen ... aber Jerusalem, das wäre schön. Auch Yax dachte an Jerusalem, jedoch nur, weil es für ihn eine Rückkehr nach Qumran bedeutete. Er würde mit schlechten Nachrichten zu seinem Freund Johannes zurückkehren, denn es war ihm nicht vergönnt gewesen, beim Kaiser um Johannes' Freilassung zu ersuchen. Vielleicht konnten sie sich doch an Herodes wenden und ihn bitten, Johannes auf freien Fuß zu setzen. Sobald Yax zurück war, wollte er sich darum kümmern.

»Wie kommen wir nach Jerusalem?«, fragte er.

»Nun«, erwiderte Isaak. »Wir haben zwei Möglichkeiten. Mir dem Schiff oder über Land. Wir gehen zwar davon aus, dass die römischen Soldaten nach dir suchen, aber wir wissen es nicht mit Bestimmtheit. Ich würde es vorziehen, mit dem Schiff zu reisen, da es einfacher ist ... und schneller.«

»Aber wenn die Soldaten die Häfen kontrollieren, wird man uns finden.«

»Dann bleibt uns nur, die Wüste bis Alexandria zu durchqueren und von dort ein Schiff nach Judäa zu nehmen.«

Yax nickte. »Du hast Recht, Isaak. Und wir sollten bald aufbrechen, bevor sie uns doch noch hier finden!«

»Der Meinung bin ich auch. Lass uns zum Haus zurückkehren. Ich werde zum nächsten Hof reiten. Der Bauer wird gewiss bereit sein, meine Tiere und mein Land zu kaufen. Wenn alles glatt läuft, können wir morgen aufbrechen.«

Als Isaak wieder zurückkehrte, erhob sich Yax, der ein wenig geruht hatte, von seinem Lager und gesellte sich zu ihm in die Küche. »Du siehst enttäuscht aus. Hast du den Hof nicht verkaufen können?«

»Nein.« Isaak seufzte. »Er hätte gern gekauft, doch ihm fehlt das Geld. Aber wenn ich in Jerusalem noch einmal von vorn anfangen will, bin ich auf das Geld angewiesen, das der Hof mir einbringen kann. Ich will schließlich nicht als Bettler enden.«

»Du könntest mit mir nach Qumran kommen und auf dem Land der Gemeinde arbeiten.«

»Vielleicht. Aber ich will trotzdem nicht mittellos aufbrechen.«

Sie berieten sich bis tief in die Nacht, doch Yax vermochte Isaak nicht zu überreden, den Hof zurückzulassen und mit ihm zusammen aufzubrechen. Zum Schluss konnte Yax die Augen nicht mehr aufhalten. Isaak brachte ihn zu Bett, und kaum hatte er die Decke über ihn gezogen, war Yax auch schon eingeschlafen. Isaak blieb fast die ganze Nach wach und arbeitete in Gedanken einen Plan für Yax' Flucht aus. Als der Morgen anbrach, war auch er auf seinem Stuhl in der Küche eingenickt. Das Krähen des Hahns draußen auf dem Hof weckte sie beide. Isaak fuhr erschreckt hoch und streckte sich ächzend, als er entdeckte, wo er die Nacht verbracht hatte. »Ich wäre besser Yax' Beispiel gefolgt«, murmelte er vor sich hin, »ich bin zu alt für solche durchwachten Nächte!« Als Yax in der Tür erschien, brannte schon das Feuer im Ofen.

»Du bist aber früh auf«, wunderte sich Yax.

»Das kommt daher, dass ich gar nicht im Bett war«, seufzte Isaak. »Aber da du so munter bist, kannst du hinausgehen und nachsehen, ob die Hennen ein paar frische Eier zum Frühstück gelegt haben. Ich mache inzwischen Wasser heiß.«

Yax hatte kaum den Hof betreten, da erblickte er die Staubwolke der sich nähernden Soldaten, noch bevor er das Hämmern der Pferdehufe vernehmen konnte. Er rief Isaak eine Warnung zu und verkroch sich in Windeseile unter einem Strohhaufen im Pferdestall.

Sekunden später hatten die Soldaten das kleine Anwesen erreicht und Haus und Scheune umringt. Kurz darauf betrat der Hauptmann mit zwei Soldaten Isaaks Küche.

»Wie viele Personen halten sich hier auf?«, brüllte er.

»Nur ich«, erwiderte Isaak, während die beiden Soldaten die Räume durchsuchten. Das Haus bestand nur aus zwei Schlafzimmern und der Küche, sodass die Suche nicht allzu lange dauerte. »Er sagt die Wahrheit«, bestätigte einer der Sodaten. »Es gibt zwei Schlafräume, aber nur einer ist benutzt worden.«

»Seht auch in der Scheune nach!«

Der Hauptmann wandte sich an Isaak. »Wir suchen nach einem entflohenen Gefangenen. Jeder, der ihm Obdach gewährt, wird mit dem Tod bestraft!«

Yax hielt den Atem an, als die Soldaten die Scheune betraten. Die Hennen flatterten gackernd auf und wurden von den Soldaten mit den Stiefeln beiseite getreten. Einer von ihnen stach ein paar Mal mit seinem Schwert in einen Heuhaufen, doch keiner betrat den Pferdeverschlag. Yax war überzeugt, dass das Hämmern seines Herzens ihn jeden Augenblick verraten würde, aber noch mehr fürchtete er, niesen zu müssen, da ein unerträgliches Kitzeln seine Nase reizte. Er hielt sich die Nase zu, um den Reiz zu unterdrücken, doch es gelang ihm nicht, und der Nieser überwältigte ihn. Da er die Lippen dabei fest zusammengepresst hielt, war jedoch nur ein dumpfes Geräusch zu vernehmen, das allerdings das Pferd nervös tänzeln ließ, was wiederum die Aufmerksam eines der Soldaten weckte. Er schritt zu der Box und tätschelte den Hals des Tieres. »Ruhig, alter Junge, wir tun dir nichts.«

»Hier in der Scheune ist auch niemand!«, meldete der andere Soldat.

So plötzlich, wie sie erschienen waren, stoben die Soldaten wieder davon. Die Hühner und Enten, die beim Erscheinen der Pferde aufgeregt gegackert hatten, beruhigten sich, und die gewohnte friedliche Stille senkte sich wieder über das kleine Anwesen.

»Yax ... bist du hier?« Isaak zitterte am ganzen Leib. Das plötzliche Auftauchen der Soldaten war ihm in die Glieder gefahren, und seine Stimme war kaum mehr als ein Flüstern. »Sie sind zum nächsten Hof weitergeritten.«

Yax kroch vorsichtig unter dem Strohhaufen hervor und blickte über die Stallwand. »Wenn du mich nicht auf Eiersuche geschickt hättest, hätten sie uns geschnappt!«

»Wenn der alte Hahn nicht gekräht hätte, hätten sie uns beide im Schlaf überrascht!«

»Wir müssen Gott dafür danken, dass er unser Leben gerettet hat«, sagte Yax feierlich.

Isaak blickte ihn fragend an. »Und bei welchem Gott willst du dich bedanken?«

Yax trat aus dem Stall und klopfte sich das Stroh von den Kleidern und aus dem Haar.

»Beim Gott aller Menschen ... dem Gott Abrahams!«

»Dann komm«, sagte Isaak und ergriff Yax' Arm. »Lass uns gemeinsam beten.«

»Wo bleiben sie nur?«, fragte sich Aelius Sejanus und trommelte ungeduldig auf das Schreibpult des Hauptmanns.

»Wache!«

Der Dienst habende Soldat betrat salutierend den Raum.

»Du hast gerufen, Hoheit?«

»Nenn mich gefälligst Imperator, Soldat! Solange Tiberius

außerhalb Roms weilt, habe ich die Stellung des Imperators inne, und danach ...« Er verstummte, als der Hauptmann und zwei Wachen mit dem Gefangenen Decimus Quintus eintraten. »Ah ... endlich!«

Die Männer blieben vor dem Schreibpult stehen. Sejanus zog einen Beutel hervor und ließ die Münzen, die darin waren, langsam auf den Schreibtisch gleiten.

»Quintus! Ich habe beschlossen, dich zum freien Mann zu machen ... und wenn du die Aufgabe, die ich dir stelle, zu meiner Zufriedenheit erfüllst, wirst du außerdem ein reicher Mann sein!«

Sejanus ließ die letzte Münze zur Unterstreichung seiner Worte aus dem Beutel fallen und lehnte sich im Stuhl zurück. Quintus schluckte schwer, um seine Erregung zu verbergen. »Ich höre,« erwiderte er in gewohnt barschem Tonfall.

»Ich muss nach Rom zurück. Ich bin schon viel zu lange fort! Bisher hat sich der Verbrecher Yax meinem Zugriff entzogen. Ich wünsche seinen Tod! Meine Soldaten konnten ihn nicht finden. Du aber kannst es schaffen. Du kennst das Leben auf der Straße!«

Der Hauptmann öffnete überrascht den Mund. Als er seine Stimme wieder gefunden hatte, protestierte er stammelnd: »Aber du kannst diesen Mann doch nicht unbewacht freilassen. Er ist ein verurteilter Mörder!«

»Du hast mir nicht vorzuschreiben, was ich zu tun und zu lassen habe, Hauptmann!«, zischte Sejanus. »Deine Soldaten haben es nicht geschafft, den Zimmermann aufzuspüren ... dieser Mann hingegen kann es, davon bin ich überzeugt!«

Decimus Quintus, der sich diese einmalige Chance auf keinen Fall entgehen lassen wollte, beeilte sich zu versichern: »Ich werde der Prostituierten auf Schritt und Tritt folgen. Möglicherweise führt sie mich ja zu diesem Zimmermann. Vielleicht hält er sich noch in El Gem auf, aber selbst wenn er nach Ägypten geflohen ist ... falls du mich mit genügend Geld ausstattest, werde ich ihn finden und ...«, jetzt blickte er Sejanus direkt in die Augen, »... und töten!«

»Ich verwahre mich gegen dieses Vorgehen!«, protestierte der Hauptmann mit Nachdruck. »Was du hier planst, Sejanus, ist ein Mordkomplott! Du verlässt dich auf die Dienste eines gedungenen Mörders! Der Kaiser wird so etwas niemals zulassen!«

»Der Kaiser wird bald tot sein!«, schrie Sejanus.

Stille senkte sich über den Raum. Wie Blei hingen die Worte, die den geplanten Verrat ankündigten, in der Luft.

Als ihm klar wurde, zu was er sich im Eifer hatte hinreißen lassen, beeilte sich Sejanus hinzuzufügen: »Der Kaiser ist alt und krank und ist sehr müde, wie ich hörte. Vermutlich wird sein Herz, genau wie zuvor bei Augustus, bald zu schlagen aufhören. Niemand wird ihn schmerzlicher vermissen als ich!« Der Hauptmann blickte ihn argwöhnisch an; er traute diesen Worten ganz und gar nicht.

Langsam nahm Sejanus die Münzen auf, von denen einige aus Gold und einige aus Silber waren, und steckte sie zurück in den Beutel. Decimus sah zu, wie jedes Geldstück wieder im Beutel verschwand und benetzte sich erwartungsvoll die Lippen.

»Wie viel ist es?«

»Dies sind Sesterzen und Drachmen – Münzen, die in jeder Stadt und jedem Land des Römischen Reiches gültig sind. Es ist genug Geld, dass du als freier Mann an jedem Ort deiner Wahl leben kannst. Wenn du den Kopf des Zimmermanns in meinem Palast in Rom ablieferst, erhältst du noch einmal tausend und außerdem ein Schreiben, das dir dauerhafte Freiheit bescheinigt.«

Quintus streckte die Hand nach dem Geldbeutel aus, und Sejanus zog rasch seinen Dolch aus der Schublade des Schreibpults und drückte ihn Decimus zusammen mit dem Beutel in die Hand.

»Nimm meinen Dolch und töte damit den Zimmermann Yax.«

Ein winziger Blutstropfen quoll aus der Kuppe von Decimus' Mittelfinger, als er sich an der Klinge die Haut ritzte.

»Aber vergiss nicht – wenn du versagst oder zu lange brauchst und meine Geduld sich erschöpft, werde ich jeden Soldaten des Römischen Reiches auf dich hetzen. Ich werde Befehl erteilen, dir die Haut in Streifen vom Körper zu ziehen, und dich anschließend den wilden Hunden hinter dem Forum Romanum zum Fraß vorwerfen lassen!«

Quintus ergriff den Geldbeutel, steckte den Dolch ein und verließ mit verzerrtem Lächeln den Raum.

Die Karawane

Der Schreck saß Yax und Isaak noch in den Gliedern, als sie endlich am Frühstückstisch saßen. »Du hast die Eier vergessen«, bemerkte Isaak und lachte.

»Stimmt.« Yax grinste. »Die Soldaten haben mich abgelenkt. Warte, ich hole sie.«

»Lass nur ... mir ist im Augenblick ohnehin nicht nach Eiern zumute.«

»Mir auch nicht. Außerdem haben wir genug zu essen.«

»Du weißt«, sagte Isaak, plötzlich ernst, »dass sie wiederkommen!«

»Ja, und das nächste Mal überraschen sie uns womöglich mitten in Nacht, wenn wir es am wenigsten erwarten.«

»Tatsache ist«, bemerkte Isaak, »dass sie nur nach dir suchen. Sie haben keine Ahnung, wer derjenige sein könnte, der dir aus der Arena geholfen hat!«

»Wahrscheinlich nicht. Was bei den Menschenmassen, die dort versammelt waren, auch kein Wunder ist.«

»Ich glaube«, sagte Isaak nachdenklich, »mir bleibt noch genug Zeit, um den Hof zu verkaufen. Ich könnte sogar noch versuchen, die Tiere auf dem Markt loszuwerden. Aber du musst so schnell wie möglich aufbrechen!«

»Sagtest du heute Morgen nicht etwas von einem Plan?«, fragte Yax.

»Ja, als Yax der Zimmermann kannst du dich nirgendwo

mehr sehen lassen. Du wirst als jüdischer Bauer Joash aufbrechen.«

»Ich soll mich für deinen Bruder Joash ausgeben?«

»Genau!«

»Aber er hatte einen Bart!«

»Kein Problem. Mit ein wenig Schafwolle und Pferdehaar werden wir dir einen großartigen Bart verpassen.«

»Und weiter?«

»Du wirst seine Sachen anziehen. Ich habe sie aufbewahrt. Dann machen wir uns mit ein paar Ziegen auf zum Markt von Karthago, in aller Frühe, damit wir die römische Wegezoll-Stelle noch bei Dunkelheit passieren. Wenn wir dort sind, versuchen wir, dir einen Platz auf einem Schiff nach Judäa zu verschaffen.«

»Und wenn nicht?«

»Darüber machen wir uns Gedanken, wenn es nötig werden sollte.«

»Na gut, da draußen läuft ein alter Ziegenbock mit prächtigem dunklem Fell herum.«

»Er wird ein paar Büschel davon opfern müssen. Ich kümmere mich um den Bart. Probier du inzwischen ein paar von Joashs Kleidern an.«

Yax betrat mit resigniertem Lächeln den Schlafraum, während Isaak, bewaffnet mit seinem schärfsten Messer, auf den Hof ging.

Trotz der kühlen Morgenluft war Yax' Haut von einem feinen Schweißfilm bedeckt, dabei hatten sie noch nicht einmal den Posten erreicht. Das Kiefernharz, das Isaak zum Festkleben des Bartes verwendet hatte, drohte sich allmählich zu lösen, sodass sie noch einmal Halt machten, bevor die Straße von einer Anhöhe die lange Strecke zum Wachhäuschen herabführte.

»Gut, dass du daran gedacht hast, zusätzliches Harz mitzunehmen«, flüsterte Yax, obwohl weit und breit niemand in der Nähe war.

»Sei nicht so unruhig«, sagte Isaak. »Wenn dieser Schwachkopf von Soldat deine Angst bemerkt, schöpft er womöglich Verdacht. Versuch, ganz ruhig zu bleiben!«

»Haltet ein, im Namen des Kaisers, und zahlt euren Wegezoll«, ertönte die schläfrige Stimme des Postens. »Wie viele Tiere befinden sich auf dem Wagen?«

»Drei Ziegen«, erwiderte Isaak und händigte ihm ein paar Münzen aus.

»Du hast mir zu viel gegeben«, wandte der Soldat ein.

»Gönne dir einen Krug Wein, wenn du das nächste Mal zum Markt kommst«, sagte Isaak.

Lächelnd winkte der Mann sie weiter, während er eine der Münzen im Beutel seines Ledergürtels verschwinden ließ.

Yax, der während des kurzen Halts nicht zu atmen gewagt hatte, stieß einen Seufzer der Erleichterung aus.

»Siehst du«, sagte Isaak, »ich habe dir doch gesagt, du brauchst dir keine Sorgen zu machen.«

»Hoffentlich ist alles andere ebenso einfach.«

Sie erreichten die Stadt Karthago gegen Mittag. Yax erschauderte unwillkürlich, als sie den Markt passierten, auf dem er einst als Sklave verkauft worden war. Er dachte an Demetrius. Zwar fürchtete er seinen einstigen Herrn schon lange nicht mehr, war aber wenig erpicht darauf, ihm noch einmal zu begegnen. Unwillkürlich wanderten seine Gedanken zu Daphne. Ob sie wohl nach Campania gereist war und mit Tiberius gesprochen hatte? Oder war sie hier, bei ihrem Vater? Yax nahm seine Umgebung kaum wahr, während der Wagen sich langsam über die gewundene Straße rollte. Zu viele Erinnerungen beschäftigten ihn. Hier hatte er seine ersten Tische gefertigt und verkauft, seine ersten Versuche unternommen, in der fremden

Sprache mit den Käufern zu reden ... wie lange war das alles her!

Ein Rippenstoß von Isaak riss ihn aus seinen Träumereien in die Gegenwart. Isaak hatte den Wagen an einer Stelle angehalten, von wo man den Hafen überblicken konnte, ohne selbst gesehen zu werden. Zu ihrem Entsetzen stellten sie fest, dass mindestens dreißig Soldaten an der Anlegestelle damit beschäftigt waren, Wagen zu durchsuchen, Schiffsrampen zu bewachen und sich an Bord der Schiffe umzusehen. Jedermann wurde befragt. Offenbar suchten sie etwas Bestimmtes, und Yax und Isaak wussten nur zu gut, wonach die Soldaten suchten.

»Wenn wir uns dort hinunterwagen, werden wir verhaftet, noch bevor wir einen Fuß auf den Pier gesetzt haben«, prophezeite Isaak seufzend.

»Selbst wenn wir es auf eins der Schiffe schaffen, würden sie mich spätestens dort schnappen!«, sagte Yax.

Entschlossen wendete Isaak den Wagen. »Fahren wir zuerst zum Zentralmarkt und verkaufen die Ziegen. Vielleicht fällt uns inzwischen etwas Besseres ein.«

Kaum hatten sie den Marktplatz erreicht, versuchte der unruhige Yax, sein Gesicht zu verbergen. Isaak musste ihn daran erinnern, dass er die Verkleidung eines jüdischen Bauern trug. »Kein Mensch wird dich erkennen!«

Nur stockend kam der Wagen inmitten des Getümmels voran. Einmal war Isaak gezwungen, zu halten – ausgerechnet vor dem Stand des Zimmermanns Demetrius. Yax riskierte einen Blick, und das Herz schlug ihm bis zum Hals, als er seinen ehemaligen Meister erkannte, der – weitaus dünner und schmächtiger, als er ihn in Erinnerung hatte – auf einem Stuhl neben seiner Ware saß. Allerdings befanden sich keine Tische mit kunstvoll gefertigten Beinen darunter, lediglich ein paar gewöhnliche Stühle und niedrige Tische, die keine Kundenschar anzulocken vermochten.

»Schnell, lass uns weiterfahren!«

Isaak warf ihm einen Seitenblick zu und trieb das Pferd an.

Als sie den Viehmarkt erreichten, trat ihnen ein Araber in den Weg. »Sind deine Ziegen zu verkaufen?«, fragte er.

»Ja«, erwiderte Isaak, leicht befremdet vom Gebaren des Mannes.

»Lass mich einen Blick darauf werfen.«

Yax blieb auf dem Kutschbock sitzen, während Isaak mit dem Araber zur Rückseite des Wagens ging und über den Preis für die Ziegen verhandelte.

Kurz darauf kletterte Isaak wieder auf seinen Platz neben Yax. »Rück ein wenig zur Seite, wir bringen ihn mit den Ziegen zu seiner Karawane, die außerhalb der Stadt liegt.« Isaak beugte sich zu dem Araber hinunter, um ihm auf den Wagen zu helfen, aber dieser lehnte ab.

»Nein. Ich gehe lieber voraus und weise dir den Weg.«

Auf ihrem Weg aus der Stadt kamen sie an ein paar Soldaten vorbei, die sie jedoch keines Blickes würdigten.

»Siehst du«, bemerkte Isaak stolz. »Habe ich mir nicht die perfekte Tarnung für dich ausgedacht?«

»Schon, aber am liebsten würde ich mir dieses kratzige Ding aus dem Gesicht reißen.«

»Geduld. Bis heute Abend finden wir eine andere Lösung.«

Endlich kam die Karawane mit ihren bunten Zelten, im Sand kauernden Kamelen und einem Dutzend Lagerfeuern in Sicht.

»Ladet die Ziegen hier ab und wartet auf mich«, sagte der Araber und verschwand im Lager. Isaak und Yax taten, wie ihnen geheißen und blieben stehen, bis der Mann mit einem Seil und in Begleitung eines weiteren Arabers zurückkehrte. Erinnerungen erwachten in Yax, während er half, die Tiere zusammenzubinden.

»Du scheinst Übung darin zu haben«, bemerkte der Araber,

der zusah, wie Yax die Tiere in einer ordentlichen Reihe aneinander festband.

Yax nickte nur stumm und verzurrte den letzten Knoten.

»Wohin werdet ihr jetzt aufbrechen?«, erkundigte sich Isaak.

»Morgen setzen wir unsere Reise nach Alexandrien fort. Weshalb fragst du?«

»Würdest du einen von uns mitnehmen?«

Der Mann studierte einen Moment lang Isaaks Gesicht. »Wir sind Araber, und ihr seid Juden ... In Alexandrien treiben wir Handel mit den Griechen. Die Spannungen in Alexandrien haben sich verschärft. Es hat bereits Auseinandersetzungen gegeben, die vermutlich bald in offene Kämpfe ausufern. Es wäre nicht gut für unser Geschäft, wenn bekannt würde, dass wir mit einem Juden unterwegs sind.«

Isaak deutete mit dem Finger auf Yax. »Dieser Mann ist kein Jude.«

»Aber er sieht aus wie ein Jude und ist gekleidet wie einer ... was soll er sonst sein?«

»Er kommt von weit her und ist ein Mann vieler Länder!«

»Also gut. Ich werde den Karawanenführer fragen.«

Yax, der sich mit den Ziegen beschäftigt hatte, bemerkte den Führer der Karawane erst, als dieser direkt hinter ihm stand. Er wandte sich um und wich überrascht einen Schritt zurück. »Rachid!«

Rachid starrte den Mann, der mit offenem Mund vor ihm stand, verwundert an.

»Wer, mit falschem Bart, im Gewand eines Juden, ohne wirklich Jude zu sein, kennt den Namen Rachids?«

»Du wirst mich nicht mehr erkennen, ich war damals noch ein kleiner Junge. Du hast mich in der Nähe von Azamor gekauft.«

Rachids Augen begannen zu strahlen, und seine fragende Miene verwandelte sich in ein breites Lächeln, das zwei funkelnde Goldzähne entblößte.

»Allah sei gepriesen!«, rief er, und bevor Yax wusste, wie ihm geschah, umschloss der kleine Mann ihn mit einer herzlichen Umarmung.

»Natürlich! Und ob ich mich erinnere! Du bist Yax! Jedes Mal, wenn mein Weg mich dort vorbeiführt, erkundigt sich Farouk nach dir. Er hat gehört, dass ein berühmter Zimmermann aus dir wurde und dass du mit Kaiser Tiberius nach Rom gegangen bist. Aber dann haben wir nichts mehr von dir gehört ... es ist viele Jahre her. Er bedauert sehr, dass er dich damals verkauft hat, aber er und seine Frau sind stolz auf dich, und sie vermissen dich immer noch.«

Yax war so überrascht, dass ihm nichts anderes einfiel, als zu fragen: »Und wie geht es ihnen?«

»Gut«, erwiderte Rachid. »Natürlich sind sie alt geworden. Farouk kann längst nicht mehr den Berg hinaufklettern, und sie haben nur noch ein paar Ziegen. Doch um der alten Zeiten willen mache ich hin und wieder Halt bei ihnen. Wir kaufen unsere Ziegen inzwischen in Azamor, aber gelegentlich nehme ich Farouk noch ein oder zwei Tiere ab.«

Yax konnte nur nicken. Rachids Worte riefen lebendige Bilder aus der Vergangenheit in ihm wach.

»Wirst du ihn nach Alexandrien mitnehmen?«, fragte Isaak, der die kurze Unterbrechung in dem eifrigen Gespräch der beiden nutzte.

»Natürlich«, erwiderte Rachid, ohne zu zögern. »Aber zuerst muss er sich dieser Verkleidung entledigen. Wir werden ihn von einem bärtigen Juden in einen arabischen Scheich verwandeln. Kommt mit in mein Zelt, das erledigen wir gleich. Diesmal reist du als mein persönlicher Gast mit uns.« Und zu Isaak gewandt: »Es ist Essenszeit. Du bist herzlich eingeladen!«

»Danke, nein«, erwiderte Isaak, »ich esse kein Ziegenfleisch.«

»Keine Sorge, heute gibt es gebratenes Huhn.«

Gemeinsam nahmen sie ihre Mahlzeit ein und unterhielten sich bis zum Nachmittag. Als es für Isaak Zeit wurde, den Heimweg nach El Gem anzutreten, begleitete Yax ihn zu seinem Wagen.

»Wirst du nach Jerusalem kommen, wenn du den Hof verkauft hast?«

»Ja, aber wie finde ich dich in Judäa?«

»Ganz einfach. Ich werde mich in der Gemeinde von Qumran aufhalten. Sie liegt auf einem Plateau oberhalb des Toten Meeres und ist leicht zu finden. Wenn du das Ufer erreicht hast, ist es die einzige Straße, die in die Berge führt. Die Bauern unten im Tal werden dir den Weg zeigen.«

Isaak ergriff Yax' Hand, legte die Münzen hinein, die er für den Verkauf der Ziegen erhalten hatte, und schloss Yax' Finger darum. Als Yax abwehrte, schüttelte er den Kopf. »Doch! Nimm du sie! Du brauchst Geld für die Schiffsreise von Alexandrien und die Fahrt nach Jerusalem.«

Sie umarmten sich zum Abschied, und während Yax wartete, bis der Wagen in der Ferne verschwunden war, sprach er ein Gebet für Isaak.

Früh am nächsten Morgen brach die Karawane ihr Lager ab. Anders als beim letzten Mal, da Yax gezwungen gewesen war, in Ketten hinter dem letzten Kamel herzutrotten, ritt er diesmal auf einem Pferd neben Rachid, der den Zug auf dem Rücken seines Kamels anführte. Es war unmöglich, Yax in seiner neuen Aufmachung von den anderen Arabern zu unterscheiden. Er trug Sandalen, lange, weite Hosen unter einem lose herabfallenden Gewand und den typischen Turban, der von einem schwarzen Band gehalten wurde. Wenn sie gelegentlich ein paar Beduinen begegneten, die auch Yax grüßten und auf Arabisch ansprachen, beschränkte dieser sich auf ein höfliches Lächeln, während Rachid die Begrüßungsfloskeln übernahm, denen ein kurzer Informationsaustausch über die Beschaffenheit der vor ihnen liegenden Route folgte.

Abends am Feuer brachte Yax das Gespräch noch einmal auf Farouk.

»Ich war schrecklich enttäuscht und zornig, weil er mich als Sklaven verkaufte. Es hat Jahre gedauert, bis ich einigermaßen darüber hinweg war.«

Rachid gab ein herzhaftes Lachen von sich. »Seine Frau war ebenfalls wütend auf ihn, das kannst du mir glauben!«

»Wirklich?«

»Und ob! Sie ließ ihn fünf Monate lang in der Scheune übernachten, als er ohne dich zurückkehrte!«

Yax' Gesicht verzog sich zu einem breiten Lächeln. »Eigentlich sollte ich froh sein, dass er mich damals verkauft hat. Sonst würde ich vermutlich noch heute Ziegen hüten.«

»Dann wäre es Allahs Wille gewesen!«

Yax blickte Rachid ernst an.

»Allah ... ist das der Name, den ihr eurem Gott gebt?«

Rachid ließ sich einen Moment lang Zeit mit der Antwort und dachte über Yax' Frage nach. »Möchtest du mehr über unseren Gott erfahren?«

»Ja, gern.«

»Wir Araber glauben an einen einzigen Gott, den Schöpfer und Hüter der Menschen ... sein Name lautet ›al-ilah‹. Es gibt einige unter uns, die gleichzeitig noch an andere Götter glauben, aber auch sie erkennen Allah als höchsten Gott an. Er ist der Gott Abrahams und Ismaels.«

»Warte mal«, unterbrach ihn Yax, »dann ist Allah derselbe Gott, an den die Juden und auch ich glauben!«

Rachid nickte.

»Wenn wir Alexandrien verlassen haben, begeben wir uns auf eine Pilgerreise, die ›Umra‹. Das Ziel ist die heilige Stadt Mekka.«

»Wo liegt Mekka?«

»In der Wüste, weit südlich von Alexandrien, jenseits des Roten Meeres.«

»Und warum ist es eine heilige Stadt?«

»Mekka ist der Ort, wohin wir unsere Gebete richten ... denn dort, im Hof der Großen Moschee, befindet sich die Kaaba. Hast du jemals von der großen Flut gehört?«

»Ja, in der Thora, dem Buch Mose, steht davon geschrieben.«

»Dann weißt du sicher auch, dass die Kaaba, ein quadratisches Gebäude aus Stein, durch die große Flut zerstört wurde. Abraham und sein Sohn Ismael errichteten sie neu, und während sie mit dem Wiederaufbau beschäftigt waren, wurde Ismael von einem Engel heimgesucht, den Allah ihm gesandt hatte. Der Engel gab ihm einen schwarzen Stein, der in der südöstlichen Ecke des Gebäudes in das Mauerwerk eingesetzt wurde. Diesen Stein zu berühren und davor zu beten ist das Ziel unserer Pilgerreise.«

Yax nickte, und in seinem Kopf fügte sich das Gehörte zu einem Ganzen zusammen: Völker wie sein eigener Maya-Stamm, einige der Araber und selbst die hoch entwickelte Zivilisation der Römer verehrten viele Götter, glaubten aber gleichzeitig an einen einzigen Schöpfer als höchste Instanz, der lediglich bestimmte Aufgaben an untergeordnete Gottheiten verteilte. Und dieser höchste Schöpfer wurde unter verschiedenen Namen verehrt: Kukulkan ... Zeus ... Jupiter ... Allah ... Gott ... doch es war stets ein und derselbe.

»Jetzt aber genug von Göttern und Gebeten«, rief Rachid. »Wir haben gespeist, nun ist es Zeit für ein wenig Unterhaltung!« Er klatschte in die Hände. Wie aus dem Nichts tauchten ein paar Musiker auf und stimmten eine lebhafte Melodie an. Und dann trat, zu Yax maßlosem Erstaunen, eine spärlich bekleidete Frau in den Kreis und begann mit einem Bauchtanz.

»Ich wusste gar nicht, dass sich eine Frau in dieser Karawane befindet!«

»Wer ahnt schon, was sich unter den fließenden Gewändern der Araber verbirgt!«, bemerkte Rachid verschmitzt.

Auf der Lauer

Seine zerlumpten Kleider starrten vor Dreck und sahen aus, als würde er sie seit Jahren auf dem Leib tragen. Unterwürfig bettelte er um Almosen und streckte den Passanten seine schmutzige Hand entgegen. Im Gegensatz zu den meisten anderen Bettlern, die sich in der Nähe des Marktplatzes herumtrieben, hatte er seinen Standort an einer Stelle gegenüber des Vergnügungspalasts gewählt, vermutlich in der Hoffnung, vom schlechten Gewissen der verheirateten Kunden des Bordells zu profitieren. Bei flüchtiger Betrachtung erschien er betrunken oder bereits geistig umnachtet vom Genuss billigen Weines, doch in Wahrheit entging dem scharfen Blick der Augen unter den buschigen Brauen nicht die geringste Kleinigkeit.

Zu den regelmäßigen Besuchern des Bordells zählten Soldaten, Verwaltungsbeamte und Staatsmänner; nur einer der Besucher, die in den vergangenen sieben Tagen dort gewesen war, schien nicht so recht ins Bild zu passen. Er fuhr mit Pferd und Wagen vor und verließ das Gebäude bereits nach wenigen Minuten wieder.

Irgendetwas an dem Mann kam Decimus Quintus vertraut vor, und nachdem er das dritte Mal auftauchte, war Quintus sich seiner Sache ganz sicher.

»Das ist er«, murmelte er vor sich hin. »Der Mann, der mit Sasha zum Gefängnis kam, um den Gefangenen Yax zu besuchen!«

Sein Herz begann heftig zu klopfen; endlich machte seine Wachsamkeit sich bezahlt. Doch jetzt musste er sich entscheiden: sollte er sich an die Fersen des Mannes heften und durch ihn möglicherweise auf Yax' Versteck stoßen oder lieber warten, bis die Prostituierte Sasha wieder auftauchte und ihn auf Yax' Spur führte? Als der Mann wieder aus dem Vergnügungspalast heraustrat, beschloss Decimus, ihm zu folgen.

In gemächlichem Tempo ließ Isaak das Pferd die holprige Straße entlang trotten; hinter ihm folgte in unauffälliger Entfernung der Bettler. Nachdem sie die kurvenreiche Straße hinter sich gelassen hatten, schlug der Wagen die Abzweigung nach Süden ein, die durch die Randbezirke von El Gem hinaus aufs Land führte. Am Stadttor hielt Decimus inne, da ihm klar wurde, dass eine weitere Verfolgung zwecklos war.

»Er wird zurückkommen, und das nächste Mal habe ich ein Pferd!«

Im Schatten des Tores tauschte Decimus seine Bettlerkluft gegen ein feines Gewand, das er in einer Schultertasche bei sich trug. Er machte sich auf den Rückweg, stattete den unmittelbar hinter dem Vergnügungspalast liegenden Bädern einen Besuch ab und begab sich anschließend in das Zimmer, das er gemietet hatte.

Am nächsten Morgen machte er sich auf den Weg zum Marktplatz. In einem kleinen Pferch am Rand des Marktes wurden drei Pferde zum Verkauf geboten. Decimus wählte das preiswerteste.

»Warum ist dieses Pferd billiger als die anderen?«, fragte er den Händler.

»Es ist kein schlechtes Pferd, aber es ist schon alt. Die anderen beiden sind viel jünger.«

»Heißt das, es stirbt bald?«

»Nein, durchaus nicht!« Der Händler lachte. »Es taugt bloß nicht mehr als Arbeitstier, weil es keine schweren Lasten mehr ziehen kann.«

»Ich brauche nur ein Reitpferd.«

»Dann wird es dir noch viele Jahre zu Diensten sein.«

»Gut«, erwiderte Decimus. »Ich bezahle jetzt gleich und gebe dir außerdem Geld für den Unterhalt des Tieres. Füttere es anständig und leg ihm jeden Tag den Sattel auf. Es soll jederzeit für mich bereitstehen, falls ich einmal überraschend erscheine.«

Der Händler hob verwundert die Brauen. Ein derartiges Anliegen war ihm noch nicht untergekommen. Doch er nahm die Münzen, die Decimus ihm in die Hand drückte, mit gutmütigem Grinsen entgegen. »Du kommst mir bekannt vor. Kann es sein, dass ich dich schon einmal gesehen habe?«

»Da musst du dich irren«, erwiderte Decimus rasch. »Ich bin zu Besuch hier.«

»Danke, Bürger!«, rief der Händler ihm nach, als Decimus sich entfernte. »Dein Pferd wird jeden Tag fertig gesattelt auf dich warten ... ganz, wie du es wünschst!«

Decimus begab sich in den Vergnügungspalast und bestellte sich Speisen und Wein. Die Mädchen, die sich ihm mit dem gewohnten verführerischen Gebaren näherten, verscheuchte er mit einer unwirschen Handbewegung. »Lasst mich in Ruhe, ihr Huren!«

Drei Tage lang fand Decimus sich jeden Morgen im Vergnügungspalast ein, aß und trank und brach erst am Abend wieder auf. Die Mädchen hatten sich daran gewöhnt, ihn nicht zu beachten, und der Araber zuckte angesichts des eigenartigen Gastes nur gleichgültig mit den Schultern. Solange er etwas verzehrte und es keinen Ärger gab, sollte es ihm recht sein.

Am Vormittag des vierten Tages erschien Isaak wieder im Bordell und erkundigte sich bei dem Araber, ob Sasha inzwischen zurückgekehrt sei. Noch während dieser verneinend den Kopf schüttelte, sprang Decimus von seinem Platz auf, stürmte aus dem Gebäude und eilte zum Markt, wo sein Pferd, wie befohlen, gesattelt bereitstand.

Decimus trieb das Pferd an und stellte zufrieden fest, dass es ausgezeichnet reagierte. Als er jedoch den Vergnügungspalast erreichte, war Isaaks Wagen schon fort. Decimus stieß dem Tier die Hacken in die Flanken.

Der Gaul schnaufte bereits, als sie die Randbezirke der Stadt erreichten, und fiel erleichtert in einen gemäßigten Schritt, als Decimus die Zügel wieder locker ließ. Wie erwartet, befand sich Isaaks Wagen in geringer Entfernung vor ihm auf der Straße. Damit sein Opfer keinen Verdacht schöpfte, stieg Decimus ab und lief eine Zeit lang neben seinem Pferd her, ohne jedoch Isaaks Gefährt aus den Augen zu verlieren.

Erst nach einer Weile setzte er seinen Ritt fort und folgte Isaak, der bald darauf den Pfad zu seinem Hof einschlug. Decimus ritt noch ein Stück weiter, bis er zu einer kleinen Anhöhe gelangte, wo er vor Blicken geschützt war. Er stieg ab, band die Zügel des Pferdes lose an einen Strauch und beobachtete auf dem Bauch liegend das Anwesen.

Die Sonne brannte vom Himmel. Inzwischen war es Nachmittag, und Decimus, dessen Augen vom stundenlangen Beobachten des Hofes allmählich ermüdeten, verfluchte sich selbst, weil er nicht daran gedacht hatte, Wasser mitzunehmen. Die Minuten zogen sich endlos dahin, und die Stille wurde einzig vom gelegentlichen Summen der Fliegen unterbrochen. Nur einmal zuckte er zusammen, als er hinter sich das Geräusch knackender Äste vernahm. Nervös wirbelte er herum, doch es war nur sein Pferd, das sich, erschöpft von der Hitze, ebenfalls niedergelegt und dabei ein paar Zweige zerbrochen hatte.

»Hoffentlich krepierst du mir nicht«, seufzte Decimus. Er beugte sich über das Tier und befühlte prüfend dessen Leib.

»Ich hätte doch besser eins von den jüngeren genommen«, murmelte er.

Ein schepperndes Geräusch ließ ihn aufhorchen. Rasch

wandte er sich wieder dem Objekt seiner Beobachtung zu. Isaak war aus dem Haus getreten und zog einen Eimer Wasser aus dem Brunnen. Decimus benetzte sich die trockenen Lippen mit der Zunge und schloss die Augen, um das Brennen zu lindern. Kurz darauf nickte er ein.

Er schreckte hoch, als sein Pferd sich aufzurappeln begann. Erst als es geräuschvoll einen Urinstrahl zu Boden plätschern ließ, erinnerte Decimus sich wieder, wo er sich befand. Inzwischen war es dunkel geworden, und auf dem Hof unter ihm konnte er den Schein einer Lampe erkennen.

Decimus befestigte die Zügel an einem dickeren Zweig, ermahnte das Pferd, sich still zu verhalten, und machte sich daran, den Hügel zum Hof hinabzusteigen. Lautlos kroch er am Boden entlang und schaffte es, einen Blick durch das kleine Fenster zu werfen. Isaak saß am Tisch und nahm seine Abendmahlzeit ein. Der Tisch war nur für eine Person gedeckt, und nachdem er eine Weile gewartet hatte, war Decimus überzeugt, dass der Mann sich allein im Haus befand.

Oben auf dem Hügel scharrte sein Pferd ungeduldig schnaubend mit den Hufen. Isaaks Gaul antwortete darauf mit einem Wiehern, was Isaak veranlasste, aus dem Haus auf den Hof zu treten. In der Annahme, ein Fuchs mache sich über die Hühner her, ging er zur Scheune, was Decimus Gelegenheit gab, sich unbemerkt auf den Hügel zurückzuziehen, das Pferd loszubinden und es vorsichtig auf die Straße zu führen.

Der Markt in El Gem war bereits seit mehreren Stunden geschlossen und lag verlassen da. Decimus öffnete das Gatter zu dem kleinen Pferch und scheuchte das Pferd hinein, das schnurstracks zum Wassertrog trottete.

»Genau das werde ich auch tun«, brummte Decimus und machte sich auf den Weg zum öffentlichen Badehaus. Erst nachdem er über eine Stunde das lauwarme Wasser genossen und einen Krug Wein geleert hatte, fühlte er sich besser.

Am nächsten Tag fand er sich wieder an seinem gewohnten Platz im Vergnügungspalast ein und setzte seine Wache fort.

Nach einem üppigen Mittagsmahl schloss er die Augen und döste ein. Das heitere Gelächter der Mädchen auf der anderen Seite des Beckens riss ihn aus seinem Dämmerzustand. Decimus öffnete ein Auge und war mit einem Schlag hellwach, als er den Grund für die Heiterkeit der Mädchen entdeckte: Sasha war zurückgekehrt ... Sasha, das Mädchen mit dem langen, schwarzen Haar! Sasha, mit dem verführerischen Mund und dem glockenhellen Lachen! Vor Aufregung begann er zu zittern. Als Sasha mit einigen Mädchen an seinem Diwan vorbeikam, bedeckte er sich rasch das Gesicht mit seinem Gewand. Die Mädchen verschwanden, immer noch lachend, in dem Gang, der zu den Kammern führte; der pummelige kleine Araber schlurfte hinter ihnen her.

An diesem Tag tauchte Sasha nicht mehr auf, und als der Vergnügungspalast spät in der Nacht seine Pforten schloss, musste man Decimus auffordern, das Haus zu verlassen. Nur widerstrebend verschwand er aus dem Bordell. Er zog sich auf die gegenüberliegende Straßenseite zurück und setzte seine Wache von dort aus fort.

Als Isaak am nächsten Morgen mit seinem Wagen vor dem Vergnügungspalast vorfuhr, saß Decimus immer noch auf seinem Posten. Dieses Mal hielt Isaak sich ungewöhnlich lange im Gebäud auf und kam schließlich in Begleitung Sashas wieder heraus. Gemeinsam luden sie eine Truhe auf den Wagen. Kurz darauf trat der Araber aus der Tür, und obwohl Decimus nicht verstehen konnte, was gesprochen wurde, entnahm er den bittenden Gebärden des Arabers, dass dieser Sasha zu irgendetwas überreden wollte. Doch sie schüttelte immer wieder den Kopf, kletterte neben Isaak auf den Wagen und fuhr mit ihm davon.

Das alles geschah so schnell und unerwartet, dass Decimus

zuerst nur tatenlos zuschauen konnte. Dabei war dies der Augenblick, auf den er die ganze Zeit gewartet hatte – zweifellos würden die beiden ihn zu Yax führen. Erst als der Wagen die Straße hinabrollte, vermochte er sich aus seiner Erstarrung zu lösen.

Glücklicherweise schlugen die beiden die Richtung zum Markt ein, wo Decimus' Pferd auf ihn wartete. Wie schon beim ersten Mal warf er dem Händler ein paar Münzen zu und preschte im Galopp davon. Der Mann hob das Geld auf und kratzte sich verwundert am Kopf, während er Decimus hinterher schaute.

Er holte die beiden bald ein und ritt sie beinahe über den Haufen, als Isaak hielt, um einen Mann mit seinem Karren passieren zu lassen. Beim Klappern der Hufe wandten sie sich um, und Decimus verbarg rasch sein Gesicht am Hals des Pferdes. Er wartete ein paar Minuten und gewährte ihnen einen Vorsprung, um keinen Verdacht aufkommen zu lassen.

Isaak und Sasha setzten ihren Weg fort, ließen die Stadtmauern hinter sich und schlugen den Weg nach Norden ein. Nachdem Decimus ihnen ein paar Stunden unauffällig gefolgt war, sah er in der Ferne die Stadt Karthago auftauchen.

»Dort also hält er sich versteckt«, murmelte er, »genau unter der Nase der größten römischen Garnison Afrikas.«

Als der Wagen in die Stadt einrollte, spornte Decimus seinen Gaul an, um die beiden nicht im Labyrinth der unzähligen verwinkelten Gassen aus den Augen zu verlieren. Er bemerkte bald, dass sie unterwegs zum Hafen waren, und wurde von Unruhe erfasst.

»Er kann doch unmöglich das Land verlassen haben und nach Rom zurückgekehrt sein?«, grübelte er, und der Gedanke gefiel ihm ganz und gar nicht. Hatte Sejanus ihm nicht eingeschärft, Yax zu töten, bevor es ihm gelang, nach Rom zurückzugehen? »Er hat zu viele einflussreiche Freunde dort, sowohl in der Regierung als auch in der Armee!«, waren Sejanus' Worte gewesen.

Decimus stieg vom Pferd und folgte dem Wagen zur Anlegestelle. Er schlich sich so nah wie möglich heran, sodass er ein paar Worte verstehen konnte, die sie mit den Seeleuten wechselten.

»Und welches fährt nach Judäa?«

Der Matrose deutete auf ein großes Schiff, das draußen im Hafen vor Anker lag.

»Das dort drüben wird als Nächstes anlegen und eine Ladung Getreide für Cäsarea aufnehmen.«

»Wann läuft es aus?«, fragte Isaak.

»Morgen früh, mit der ersten Flut.« Daphne warf Isaak einen fragenden Blick zu. »Und wie weit ist dieser Ort von Jerusalem entfernt?«

»Ungefähr eine Tagesreise. Du musst eine Nacht in Cäsarea verbringen und dich gleich am nächsten Morgen nach einer Mitfahrgelegenheit umsehen.«

Daphne verzog den Mund und warf ihr langes Haar zurück. »Lass uns etwas essen gehen.«

Als Daphne und Isaak an Decimus vorbeigingen, kehrte er ihnen den Rücken zu und gab vor, aufs Meer hinauszublicken. Kaum hatten sie die Anlegestelle verlassen, wandte er sich um und steuerte auf die Gruppe der Seeleute zu.

»Sei gegrüßt. Kannst du mir sagen, wie ich Arbeit auf dem Getreideschiff finde, das dort drüben liegt?«

»Frag den Kapitän, wenn er zum Dock herunterkommt. Aber der Lohn ist nicht besonders gut, so viel kann ich dir gleich sagen«, erwiderte der Matrose, der kurz zuvor mit Isaak und Daphne gesprochen hatte.

Decimus lächelte. »Macht nichts. Ich will mir nur die Überfahrt nach Judäa verdienen.«

»Dafür wirst du arg schuften müssen, mein Freund!« Die Seeleute entfernten sich lachend.

Decimus kaufte sich Brot und einen Krug Wein von einem der Straßenhändler, setzte sich damit an die Anlegestelle und wartete, dass das Schiff am Dock anlegte. Es wurde später Nachmittag, bis alle Taue verzurrt waren und der Kapitän von Bord ging.

Angesichts der kräftigen Statur des vor ihm stehenden Mannes zögerte dieser nicht, Decimus in seine Mannschaft aufzunehmen. Er schickte ihn sogleich unter Deck und wies ihn an, sich an den Lademeister zu wenden.

Kurz darauf bat ein gut aussehendes junges Mädchen mit langem, schwarzem Haar um eine Überfahrt nach Judäa. Der Kapitän willigte erfreut ein, insbesondere, da der Mann an der Seite des Mädchens nicht beabsichtigte, sie auf der Fahrt zu begleiten.

Insgeheim rieb er sich die Hände. »Das verspricht eine kurzweilige Überfahrt zu werden.«

Wiedersehen in Qumran

Langsam zog der Gaul den schwer beladenen Wagen den steilen Hang hinauf. Yax, voller Ungeduld, endlich ans Ziel zu gelangen, sprang ab und eilte das letzte Stück zum Hochplateau zu Fuß hinauf. Josef erwartete ihn bereits mit ausgebreiteten Armen am Tor zur Gemeinde.

»Willkommen daheim, Yax! Du warst lange fort, wir alle haben dich vermisst.«

»Du kannst mir glauben, dass ich liebend gern früher zurückgekehrt wäre. Ich bin gerade noch einmal mit dem Leben davon gekommen!«, entgegnete Yax atemlos und erwiderte die Umarmung seines Freundes.

»Lass dich anschauen!« Josef schob Yax auf Armeslänge von sich. Beim Anblick der Narbe auf Yax' Wange wich sein Lächeln einem erschreckten Ausdruck. »Bist du überfallen worden?«

»Viel schlimmer, Josef. Ich habe sehr viel zu erzählen!«

»Das scheint mir auch so. Komm, mein Junge, du musst von der Reise müde und hungrig sein.«

»Ja, etwas zu essen wäre nicht schlecht. Aber danach mache ich mich gleich auf den Weg nach Machaerus.«

Ein Schatten legte sich auf Josefs gerade noch so freudige Miene, und mit leichtem Zittern legte er Yax die Hand auf die Schulter. »Ich fürchte, dafür gibt es keinen Grund mehr.«

Yax blickte den Mevakair fragend an.

»Johannes der Täufer ist tot!«

Obwohl Yax so etwas erwartet hatte, traten ihm Tränen in die Augen. Er schluckte. »Wann ist es passiert?«, stieß er heiser hervor.

»Wir haben die Nachricht erst vor ein paar Tagen erhalten. Seine sterblichen Überreste wurden in der Wüste begraben.«

Arm in Arm schritten sie schweigend über den Hof. Ein paar Dorfbewohner kamen ihnen ausgelassen singend entgegen und schlossen tanzend einen Kreis um sie. Yax rang sich angesichts der fröhlichen Begrüßung ein gequältes Lächeln ab.

Eine kleine Feier wurde Yax zu Ehren abgehalten, gefolgt von gemeinsamen Gebeten und der anschließenden Abendmahlzeit. Yax verzichtete darauf, viele Worte zu machen, als er aufgefordert wurde, zu berichten. »Ich danke Gott, dass ich gesund zurückkehren durfte«, sagte er nur, »aber jetzt bin ich müde und werde zu Bett gehen.«

Irgendjemand sagte, dass vorher dringend eine Tür repariert werden müsse, und alle lachten. Josef begleitete Yax zu seinem Zimmer. »Schlaf gut, mein Sohn. Morgen kannst du mir alles in Ruhe erzählen.«

Am nächsten Morgen brachen Yax und Josef zu einem ausgiebigen Spaziergang auf. Es wurde Nachmittag, bis Yax ihm alle seine Erlebnisse berichtet hatte. Als er sich bei Josef nach dem Messias erkundigte, der von Johannes getauft worden war, wusste Josef keine Antwort. Niemand hatte von einem neuen Propheten oder Prediger gehört, der Johannes' Werk fortsetzte.

»Falls es einen solchen Mann gibt«, grübelte Josef, »hält er sich nicht in dieser Gegend auf. Aber du solltest dich bei den Bauern erkundigen. Ihnen begegnen oft Reisende aus Kafarnaum, Nazareth und Galiläa. Wenn jemand etwas weiß, dann sie. Die Reisenden bringen stets Neuigkeiten aus dem Norden mit.«

Yax nickte resigniert. Johannes wäre der Einzige gewesen,

der seine Fragen hätte beantworten können, aber dafür war es zu spät.

»Wende dich an die Bauern, wenn sie heute Abend heraufkommen«, schlug Josef vor. »Während du hier oben deiner Arbeit nachgehst, können sie die Ohren für dich offen halten. So, und nun hoffe ich, dass du dich ein wenig erholt hast, denn wir machen jetzt einen Rundgang ... wie immer wartet reichlich Arbeit auf dich.«

Yax brachte ein schiefes Lächeln zu Stande, als sie den Rückweg zum Dorf einschlugen.

Viele Meilen entfernt in nordwestlicher Richtung lief in diesem Augenblick der Getreidefrachter in den prachtvollen Hafen von Cäsarea ein. Stadt und Hafen waren von Herodes dem Großen, dem Vater des Herdodes Antipas, erbaut worden. Auch Daphne konnte sich der Schönheit des Anblicks nicht entziehen, als sie kurz darauf mit ihrem Gepäck am Pier entlangschritt. Wie viel schöner es hier doch ist als in El Gem oder Karthago, dachte sie bei sich.

Decimus befestigte sein Messer am Gürtel seines Gewandes und folgte ihr in unauffälliger Entfernung.

Yax war gerade mit der Reparatur eines Stuhles beschäftigt, als Sem in die Werkstatt gerannt kam.

»Yax, da ist jemand am Tor und fragt nach dir!«, sagte er und fügte bedeutungsvoll hinzu: »Sie ist atemberaubend schön!«

Yax warf eine Hand voll Sägespäne nach ihm. »Wer sollte schon nach mir fragen, der so schön ist? Vermutlich ist die Frau genauso hässlich wie du!« Er warf einen gleichmütigen Blick aus der Tür der Werkstatt, doch als er die Gestalt über den Hof hinweg erblickte, stürmte er zu ihr.

»Daphne ... Daphne! Wie hast du mich gefunden?«

Er schloss sie in die Arme und küsste sie.

»Ach, Yax ... ich bin so schnell gekommen, wie ich konnte. Isaak erzählte mir, was sie dir angetan haben. Lass mich dein Gesicht anschauen!«

Sie fuhr mit den Fingern über seine Narbe, und Tränen schimmerten in ihren Augen. »Dieser Teufel! Er wollte dich töten!«

»Er hat es versucht, aber es ist ihm nicht gelungen. Und den Löwen auch nicht.«

»Möchtest du, dass ich deine Truhe vom Wagen lade?«, fragte der Fahrer.

Daphne wandte sich zu dem Mann um, der sie von Jerusalem hierher gebracht hatte, und nickte. »Ja. Hier ist dein Lohn.« Sie reichte ihm ein paar Münzen. Dann wandte sie sich Yax zu. »Ich kann doch hier bleiben, oder?«

»Natürlich. Glaubst du, ich werde mich noch einmal von dir trennen? Sem, sei so nett und hilf dem Fahrer mit der Truhe, ja?«

Sem nickte, während er verstohlen die Frau musterte, die im Begriff war, sich zwischen ihn und Yax zu drängen.

»Selbstverständlich ist Daphne bei uns willkommen.« Josef lächelte. »Wir werden unser Bestes tun, dass sie sich hier wohl fühlt. Aber ich muss dich warnen, meine Liebe – wir haben sehr strenge Vorschriften.«

»Josef will damit sagen«, beeilte Yax sich zu erklären, »dass es innerhalb der Gemeinschaft Regeln und Gewohnheiten gibt, die dir im Vergleich zu deinem bisherigen Leben vielleicht ungewohnt erscheinen werden.«

Daphne warf ihm einen viel sagenden Blick zu. »Du meinst, im Gegensatz zu meinem Leben in El Gem!« Es war eher eine Feststellung als eine Frage, und Yax nickte stumm.

»Du wirst im Schlafsaal der alleinstehenden Frauen übernachten und die Mahlzeiten in der Küche einnehmen müssen, getrennt von den Mitgliedern der Gemeinschaft«, erklärte Josef.

»Na gut.« Daphne zuckte mit den Schultern. »Ich werde versuchen, mich daran zu gewöhnen. Solange ich in Yax' Nähe sein kann, soll es mir recht sein.«

»Wir werden gemeinsam dort essen«, schlug Yax vor. »Du wirst hungrig sein, und wir haben uns sehr viel zu erzählen.«

In der Küche umarmten sie einander und küssten sich. Daphne blickte zu Yax auf. »Das scheint hier ein ziemlich eigenartiger Ort zu sein. Wieso lebst du nicht in Jerusalem?«

»Ich werde versuchen, es dir zu erklären, aber lass uns zuerst etwas essen.«

Sie setzten sich an den Tisch in einer Ecke der Küche. Während sie sich das Brot, das frisch aus dem Ofen kam, und einen Kohleintopf schmecken ließen, begann Daphne zu erzählen.

»Ja ...«, sie überlegte einen Moment, »es muss etwa sieben Tage nach meiner Abreise von El Gem gewesen sein, als ich endlich eine Audienz beim Kaiser erhielt. Bis dahin war er entweder mit Besuchern beschäftigt, vergnügte sich in den Thermen oder schlief. Die Soldaten ... seine Leibwächter ... ließen mich nicht einmal in die Nähe der Villa, und als ich endlich ins Atrium vordrang, versperrten die Diener mir immer noch unter tausend Vorwänden den Weg.«

»Du hättest ihm mitteilen sollen, dass du in meinem Namen kamst.«

»Das habe ich schließlich auch getan, und dann wurde ich endlich vorgelassen.«

»Wie hat er auf die Nachricht reagiert, dass man mich verhaftet hatte?«

»Nun ja, er traute mir nicht recht, weil ich nicht alle Fragen beantworten konnte, die er mir über dich stellte. Aber immerhin sandte er einen Kurier mit einem Brief an Sejanus nach Rom.«

»Und was stand darin?«

»Ich habe den Brief nicht gelesen, aber der Wortlaut war etwa: ›Wenn es stimmt, dass ihr Yax den Zimmermann festhaltet, so lasst ihn sofort frei und schickt ihn zu mir.‹«

»Aber Sejanus war doch gar nicht in Rom!«

»Ich weiß. Aber es dauerte vier Tage, bis der Kaiser Nachricht davon erhielt.«

»Und wie ging es weiter?«

»Nun, ich wohnte inzwischen als Gast in seiner Villa, und nachdem der Kurier zurückgekehrt war, ließ Tiberius mich rufen. Er befragte mich noch einmal ausführlich über dich und das, was im Amphitheater von El Gem vor sich ging. Außer sich vor Zorn über Sejanus schickte er zwei Soldaten mit einem Freilassungsbefehl für dich los. Ich begleitete die beiden. Wir nahmen von Ostia ein Marineschiff nach Karthago. Als wir endlich in El Gem eintrafen, machten wir uns sofort auf den Weg zum Amphitheater. Dort erfuhren wir, dass du entkommen warst. Einen Tag später suchte Isaak mich auf und sagte mir, wo ich dich finde. Daraufhin bin ich sofort aufgebrochen ... und hier bin ich!«

Sie langte über den Tisch und nahm seine Hand. »Du hast gesagt, dass du mich liebst ... ich habe viel zu lange gebraucht, um herauszufinden, dass auch ich dich liebe!«

Yax' Herz schlug schneller. Wie oft hatte er sich diese Worte in seinen Träumen ausgemalt? Und jetzt hörte er sie aus Daphnes eigenem Munde! Er stand auf und wollte sie in die Arme nehmen, als Josef in der Tür erschien.

»Habt ihr zwei genug zu essen?«

Sein plötzliches Auftauchen erstickte jeden zärtlichen Impuls der beiden im Keim.

»Ja, vielen Dank«, erwiderte Daphne lächelnd.

»Ich denke, wir werden jetzt einen kleinen Spaziergang machen«, fügte Yax hinzu.

»Ja«, sagte Daphne. »Ich fürchte, bis jetzt habe ich die ganze Zeit geredet und noch gar nicht gehört, was Yax mir zu erzählen hat.«

Hand in Hand schlenderten sie aus der Siedlung. Nach einer Weile blieb Yax stehen und schloss Daphne in die Arme.

»Was ist das eigentlich für ein Ort, Yax?«, fragte sie, nachdem sie sich auf einem Felsblock niedergelassen hatten.

Er nahm ihre Hand und suchte einen Augenblick nach den richtigen Worten. »Für mich ist es eine Art Zufluchtsort ... und gleichzeitig ein Ort des Lernens.«

»Zufluchtsort ... das leuchtet mir ein. Er liegt abgelegen in den Bergen und ist wahrhaftig schwer zu finden. Vermutlich würde sich jeder hier sicher fühlen. Genau der richtige Platz, sich vor diesem Teufel Sejanus zu verstecken. Aber was kannst du hier lernen?«

»Ich bin hier, um etwas über Gott zu erfahren.«

»Über Gott? Welchen denn?«

»Genau darum geht es! In meinem Heimatdorf verehren wir viele Götter: den Maisgott, den Regengott, den Meeresgott ... Auch die Römer haben mehrere Götter, ebenso die Ägypter und die Griechen. Erinnerst du dich noch an den Baum, den ich für dich gepflanzt habe? Ich habe ihn jeden Abend gegossen und dabei die Mondgöttin gebeten, dich zu beschützen.«

»Ja, und eine Zeit lang hat es sogar gewirkt.«

»Nun, ab jetzt wird es wieder so sein.« Er drückte ihre Hand und fügte hinzu: »Jetzt, wo wir endlich zusammen sind.«

»Und zu welchem Gott beten diese Leute hier?«

»Zu dem einzig wahren Gott, dem Schöpfer aller Dinge. Wir studieren hier die Schriften eines Mannes namens Moses. Er hat mit Gott gesprochen, und wir leben nach seinen Gesetzen.«

»Aber wir sprechen jedes Mal zu unseren Göttern, wenn wir beten. Was ist an diesem einen Gott so Besonderes?«

»In den Schriftrollen, die hier aufbewahrt werden, heißt es, dass Gott auch zu Moses sprach und einen Bund mit ihm schloss, so wie zuvor schon einmal mit Noah.«

»Das alles klingt etwas verwirrend ... was bedeutet ›einen Bund mit ihm geschlossen‹?«

»Ein Bund ist eine Art Abkommen. Wenn wir beide ein Abkommen schließen und uns dabei gegenseitige Zusicherungen machen, ist das ein Bund.«

»Also hatte Gott zuerst einen Bund mit diesem Mann geschlossen?«

»Ja, sein Name war Noah. Er war der einzige Mann, den Gott die große Flut überleben ließ.«

»Warum hat er das getan, und wann war das?«, fragte Daphne, die die Geschichte zwar interessant, aber etwas unglaubhaft fand.

»Das war vor vielen tausend Jahren. Gott hatte den Menschen erschaffen, aber es gefiel ihm nicht, wie seine Kreaturen sich im Laufe der Zeit entwickelten. Also zerstörte er sie und fing mit Noah noch einmal von vorn an. Und dieses Mal schloss er einen Bund mit ihm.«

»Und was für einen Bund?«

»Es war eine bindende Verpflichtung für alle Menschen. Er versprach, die Erde nicht noch einmal zu zerstören, wenn wir, die Menschen, seine Gesetze befolgten. Wir sollen uns mehren, verantwortlich mit der Erde umgehen, Gerechtigkeit walten lassen, keine anderen Götter verehren, keine Sünde wider des Fleisches begehen und weder töten noch stehlen. Insgesamt handelt es sich um sieben Gebote.«

»Und dieser andere Bund, von dem du sprachst?«

»Das war der Bund mit Moses. Gott sprach von einem Berg zu Moses und verkündete ihm die zehn Gebote, die nicht nur für das Volk Israel bindend sind, sondern für jeden, der sich den Gesetzen Gottes unterwirft.«

Beide schwiegen eine Zeit lang. Yax hatte seine Erklärung beendet, und Daphne brauchte etwas Zeit, seine Worte zu begreifen.

»Ich finde das immer noch ziemlich verwirrend, Yax. Vor allem leuchtet mir nicht ein, weshalb du dich mit all diesen Dingen befasst. Willst du einmal Priester werden?«

»Nein.« Yax lachte. »Es ist schon dunkel geworden, wir sollten lieber zurückgehen.«

»Warte noch einen Moment«, bat Daphne, »ich möchte wirklich eine Antwort von dir. Was fesselt dich so an diesem Ort?«

Yax seufzte. Er hatte seine Beweggründe noch nie zuvor in Worte fassen müssen und wusste nicht, wo er anfangen sollte. Außerdem war er sich nicht sicher, wie Daphne darauf reagieren würde. Er entschloss sich zu einer kurzen Version seiner Beweggründe.

»In den Schriftrollen Qumrans steht geschrieben, dass ein Prophet namens Jesaja vor vielen hundert Jahren voraussagte, dass einst eine Jungfrau einen Sohn gebären und ihm den Namen Immanuel geben würde. Und dieses Kind sei der Sohn Gottes.«

Yax wartete auf eine Bemerkung. Als Daphne schwieg, fuhr er fort. »Immanuel bedeutet Messias, Retter oder Erlöser, und er wird Israel von seinen Unterdrückern befreien. Nun, die Prophezeiung ist eingetreten, der Sohn Gottes wurde geboren. Mein Freund, Johannes der Täufer, ist ihm begegnet und taufte ihn mit dem Wasser des Jordan. Aber Johannes wurde getötet, während ich in El Gem war. Doch der Messias hält sich irgendwo in dieser Gegend auf, und ich muss ihn finden. Er ist der Sohn Gottes, nach dem ich mein Leben lang gesucht habe.«

»Und was willst du tun, wenn du ihn gefunden hast?«

Yax wollte ihr nichts von seinem Traum erzählen, von der Vision, die ihn seit so vielen Jahren trieb. Er stand auf, ohne Daphnes Hand loszulassen, und zog sie auf die Füße. »Ich weiß es noch nicht. Aber wenn ich ihn gefunden habe, werde ich es wissen!«

Sie legte die Arme um seine Taille und schmiegte sich an ihn. »Aber ich weiß, was du tun wirst!«

»Und was?«

»Du gehst mit mir nach Jerusalem, eröffnest einen Stand auf dem Markt, wo du deine wunderbaren Tische verkaufst, die dich berühmt gemacht haben, und wir werden viele Kinder haben und bis an unser Lebensende glücklich miteinander sein.«

Yax setzte gerade zu einer Antwort an, als sich am steil abfallenden Hang unterhalb der Straße ein Felsbrocken löste und krachend in der Tiefe zerschellte.

Beide lauschten wie erstarrt.

Etwa dreißig Meter unter ihnen hielt Decimus den Atem an und verfluchte sich für seine Ungeschicklichkeit. Wäre er nicht über den Felsbrocken gestolpert, hätte er die beiden jetzt bereits überrumpelt und ihnen die Kehlen durchschnitten. Aber nun waren sie gewarnt. Er lauschte und hörte, wie ihre Schritte sich eilig in Richtung des Dorfes entfernten. Diese Chance hatte er verpasst! Es blieb ihm nichts anderes übrig, als sich wieder zu dem Wadi zu begeben, wo er sein Pferd festgebunden hatte, und den Rückweg nach Jerusalem anzutreten, um dort abzuwarten. Decimus war zuversichtlich, dass sich bald eine andere Gelegenheit ergeben würde.

»Was glaubst du, weshalb dieser Felsbrocken sich so plötzlich gelöst hat?«, fragte Daphne, immer noch ein wenig außer Atem, nach ihrem eiligen Rückzug ins Dorf.

»Vermutlich war irgendjemand unterwegs auf der Straße«, antwortete Yax. »Obwohl ... die Bauern sind schon seit Stunden zurück. Vielleicht war es ein Tier. Manchmal treiben sich Wildhunde in den Bergen herum. Nachts würde ich niemandem raten, dort draußen herumzulaufen.«

»Ich würde es auch vorziehen, dass wir unsere Spaziergänge bei Sonnenlicht unternehmen, wenn ich sehen kann, was um mich herum vor sich geht.«

»Morgen zeige ich dir das Tote Meer. Es ist so salzig, dass man bewegungslos auf dem Wasser liegen kann.«

»Klingt verlockend!«, bemerkte sie trocken. »Gib mir noch einen Kuss, Yax. Du weißt ja, gleich muss ich mich mit den allein stehenden Frauen schlafen legen!«

Yax war bereits an der Arbeit, als Daphne am nächsten Morgen in der Werkstatt auftauchte. Er ließ seinen Meißel fallen und eilte ihr entgegen.

»Also bist du doch noch mal aufgewacht!« Er zog sie zärtlich an sich.

»Ich bin nicht daran gewöhnt, so früh aufzustehen. Und trotz der miserablen Matratze habe ich wunderbar geschlafen.«

»Ich gehe in die Küche und sehe nach, ob ich noch etwas zu essen für dich finde. Du musst hungrig sein.«

»Nein, ich esse morgens kaum etwas.«

Sie verließen gemeinsam die Werkstatt. Sem, der Yax zur Hand gegangen war, hob den Meißel auf. »Yax, soll ich den Schrank für dich fertig machen?«, rief er ihm nach.

»Nein, schaff nur ein wenig Ordnung, ich mache später daran weiter.«

Sem sah ihnen nach, wie sie in der Küche verschwanden, und schleuderte den Meißel missmutig gegen die Wand.

Während Yax und Daphne am Küchentisch saßen und Pläne für den Tag schmiedeten, platzte Sem herein. »Yax, komm schnell ... Josiah sucht nach dir!«

»Josiah?«

»Ja, er arbeitet mit seinem Vater auf den Feldern. Reisende

aus dem Norden haben am Ufer des Meeres ihr Lager aufgeschlagen. Sie haben den Mann gesehen, nach dem du suchst!«

»Wo ist Josiah jetzt?«

»Auf dem Wagen. Sie warten am Tor auf dich!«

Yax sprang auf und zog Daphne von ihrem Stuhl hoch. »Komm, wir müssen uns beeilen, bevor sie aufbrechen!«

»Ich komme mit euch!«, rief Sem.

»Nein«, widersprach Yax, »bleib lieber hier und räum die Werkstatt auf.«

Sem blieb enttäuscht stehen und wandte sich in Richtung Werkstatt.

»Lass ihn doch mitkommen«, bat Daphne. »Er ist genau so gespannt darauf wie du, was diese Leute zu berichten haben.« Yax drehte sich um und rief Sem zurück. »Na, komm schon, und beeil dich!«

»Wo genau haben sie ihr Lager aufgeschlagen?«, erkundigte Yax sich aufgeregt, als sie auf der Ladefläche des Wagens den Hang hinabfuhren.

Josiah deutete in die Ferne, auf die Stelle, wo der Jordan ins Tote Meer fließt. »Dort! Es sind Salzhändler auf dem Weg nach Süden.«

»Und wo haben sie den Messias gesehen?«

»Sie haben nicht gesagt, dass es der Messias war, und selbst gesehen haben sie ihn eigentlich auch nicht. Sie haben nur von ihm gehört.«

Das dämpfte Yax' Erregung ein wenig; dennoch brannte er darauf, die Leute selbst zu befragen.

Als sie das Lager erreichten, sprang er von der Ladefläche, noch bevor der Wagen zum Stillstand kam. Zwischen den knienden Kamelen hindurch ging er auf die Männer zu, die sich um ein Feuer niedergelassen hatten.

Da es sich um Araber zu handeln schien, deutete Yax eine leichte Verbeugung an und begrüßte sie mit einem ›Salam‹, was einen von ihnen, der offenbar ihr Anführer war, zu einem heftigen Redeschwall auf Arabisch veranlasste. Yax schüttelte verständnislos den Kopf und berührte seine Lippen mit dem Finger.

Ein anderer der Männer entgegnete etwas auf Griechisch, sprach aber so schnell, dass Yax auch davon nur ein paar Worte verstand. Schließlich bat er Daphne um Hilfe. Sie stellte den Männern ein paar Fragen und übersetzte sie anschließend für Yax ins Lateinische.

»Es sind Händler aus Damaskus, die auf ihrer Reise in Kafarnaum am See Genezareth Halt machten. Auf dem Markt hörten sie von einem Käufer, dass Johannes der Täufer auferstanden sei und dort im Tempel predige.«

»Das ist unmöglich!«

»Der Mann behauptete auch, dass der Prediger einen Mann von einem Dämon befreite!«

»Frag sie«, bat Yax mit wachsender Erregung, »wie lange ich mit einem Pferd oder Kamel bis Kafarnaum brauche!«

»Er sagt, drei bis vier Tage.«

»Frag sie, ob sie noch mehr wissen, das mir helfen könnte ... wie sah er aus? Ist er groß oder klein?«

»Mehr wissen sie nicht.«

Yax lächelte und winkte den Händlern zum Abschied. »Komm, lass uns gehen«, sagte er zu Daphne. »Ich muss mich sofort zum Aufbruch bereitmachen.«

Während Josiah sie zurück zum Dorf fuhr, nahm Daphne Yax' Hand. »Was hast du jetzt vor?«

»Ich werde ein paar Lebensmittel einpacken und mich auf den Weg nach Kafarnaum machen. Ich darf auf keinen Fall seine Spur verlieren!«

»Nimmst du mich mit?«

»Nein, Daphne, das muss ich alleine tun. Außerdem werde ich sehr schnell gehen und auf dem Boden schlafen.«

Daphne wandte sich schmollend ab. Zurück im Dorf, begab Yax sich in die Küche und packte ein paar Lebensmittel in einen Sack. Also er fertig war und Daphne an sich ziehen wollte, drehte sie ihm den Rücken zu. Erst als der Wagen durch das Tor rollte, rannte sie ihm nach.

»Yax! Warte ... geh nicht fort, ohne auf Wiedersehen zu sagen!«

Josiah warf Yax einen fragenden Blick zu. Yax nickte und wartete, bis der Wagen zum Stillstand kam. Dann sprang er hinunter, rannte ihr entgegen und wirbelte sie in seinen Armen herum. »Ich würde niemals fortgehen, ohne dir Lebewohl zu sagen. Ich verspreche, so schnell wie möglich zurückzukehren.«

Ihre Lippen berührten sich, und sie drückte sich an ihn. Sekundenlang dachte er an die Nacht, als er im Hause ihres Vaters zu ihr ins Becken gestiegen war, und das Verlangen durchzuckte seine Lenden. Für einen Sekundenbruchteil erwog er, seine Suche nach dem Sohn Gottes aufzugeben und einer anderen, ebenso drängenden Sehnsucht nachzugeben. Seine Hand wanderte aufwärts zu ihrer Brust. Er spürte, wie ihre Brustwarzen unter der Berührung steif wurden.

»Ich will dich ... ich möchte dich in mir spüren«, flüsterte sie und begann sich sanft an ihm zu reiben.

»Yax, soll ich dich später abholen kommen?« Josiahs Stimme ließ den Zauber des Augenblicks jäh verfliegen. Yax schob Daphne behutsam von sich. »Nein ... ich muss gehen«, flüsterte er.

In diesem Augenblick rannte Josef aus dem Tor heraus auf sie zu. »Yax! Sem hat mir erzählt, dass du fortgehst!«

»Ja. Ich glaube, dass der Messias, den Johannes getauft hat, sich in Kafarnaum aufhält. Ich bin auf dem Weg dorthin.«

»Aber wie willst du ihn erkennen?«

»Ich weiß es nicht ... als ich Johannes im Gefängnis aufsuchte, sagte er mir, wenn ich ihm begegnete, würde ich wissen, dass er es ist.«

Josef segnete ihn und wünschte ihm eine gute Reise. »Mach dir keine Sorgen um Daphne«, fügte er hinzu, »ich kümmere mich um sie, bis du zurückkehrst.«

Josiah brachte ihn mit dem Wagen bis zu der Stelle, wo die Karawane der Salzhändler ihr Lager aufgeschlagen hatte. Inzwischen waren die Feuer kalt und die Männer nach Süden weitergezogen. Yax stieg vom Wagen, winkte Josiah noch einmal zu und machte sich voller Tatendrang auf, den Sohn Gottes zu finden.

Die Römische Garnison

Die Römische Garnison in Jerusalem bestand aus einer Kohorte von fünfhundert Auxiliar-Soldaten* unter dem Kommando des Claudius Lysais. Mit Ausnahme der Offiziere war keiner dieser Soldaten römischer Staatsbürger. Die Staatsbürgerschaft war nur jenen Legionären vorbehalten, die in Syrien stationiert waren. In Jerusalem wurden Auxiliare vor Ort rekrutiert und setzten sich überwiegend aus Griechen, Syrern und Samaritern zusammen. Ihre Hauptaufgabe bestand darin, die Straßen Jerusalems von Unruhen frei zu halten.

Die Garnison hatte ihr Quartier nördlich oberhalb des Tempels bezogen, in der Antonia-Zitadelle, einer befestigten Anlage, die an vier Seiten von etwa dreißig Meter hohen Türmen flankiert wurde. Sehr zum Verdruss der schlafenden Bevölkerung verständigten sich die Wachposten während der Nacht durch laute Rufe von Turm zu Turm.

Oberster Befehlshaber der Garnison und ihrer Offiziere war der ›Praefectus‹, dessen Amt die militärische, fiskalische und politische Herrschaft umfasste. Dieses Amt wurde von Pontius Pilatus bekleidet, dem Statthalter von Judäa.

Hauptmann Lysais war Berufssoldat von tadellosem Ruf, der angesichts seiner in wenigen Jahren bevorstehenden Entlassung aus dem Heeresdienst auf diesen ruhigen Posten in Je-

---

* Auxiliare = Hilfstruppen (Anm. d. Ü.)

rusalem versetzt worden war. Er selbst hatte von Anfang an Bedenken gehabt, nach Judäa zu gehen, das unter der Herrschaft des Pilatus stand – ein Mann, den Lysais für gierig, unversöhnlich und grausam hielt. Berichten zufolge war sein Vorgänger von Pilatus genötigt worden, seine Soldaten zu Misshandlungen und der Ermordung jüdischer Bürger zu ermutigen. Lysais hoffte inständig, dass die Dinge sich während seiner eigenen Amtszeit zum Besseren wenden würden. Doch als Pilatus Order erließ, zwanzig Galiläer, die zur Opfergabe nach Jerusalem gekommen waren, mit dem Schwert zu töten, erwog er ernsthaft, sich diesem Befehl zu widersetzen. Er zögerte lange genug, dass Pilatus ihm eine Strafe wegen Gehorsamsverweigerung androhte.

Und nun geriet Lysais aufs Neue in Bedrängnis, nämlich durch die Bewohner der vornehmen ›Oberstadt‹, dem Viertel der Wohlhabenden, in dem sich auch der prachtvolle Palast Herodes des Großen befand. Und ausgerechnet hier, inmitten der Paläste der Reichen und Mächtigen, die ihren Stimmen nur zu gut Geltung zu verschaffen wussten, lag auch die Stadt-Residenz des Pontius Pilatus. Tag für Tag trafen in seinen Amtsräumen die Beschwerden der Anwohner ein, die sich über Lysais und dessen ›unfähige Ordnungstruppe‹ beklagten. Einige verlangten sogar, dass man ihn von seinem Posten entferne.

Am Morgen hatte man die nackte Leiche einer jungen Prostituierten am Fuße des Phasael-Turmes gefunden. Das Mädchen war erdrosselt und auf das Übelste zugerichtet worden.

Lysais ließ den wachhabenden Zenturio zu sich rufen, dessen Männern die unangenehme Aufgabe zugefallen war, die Leiche zu entfernen.

»Cassius, wo genau hat man das Mädchen gefunden?«

Der Centurio überlegte einen Augenblick. »Ich habe lediglich eine ungefähre Ortsangabe. Der Körper muss zwischen ein paar Büschen beim Palast des Herodes gelegen haben, in der Nähe eines der Türme, des Phasael-Turms, wenn ich mich recht erinnere.«

»Erkundige dich danach. Gewiss wird Pilatus mich bald rufen lassen und genaue Informationen verlangen ... und natürlich, um mein Kommando wieder einmal zu kritisieren. Wer hat die Leiche entdeckt?«

»Eine Hauslehrerin ging mit ein paar Kindern spazieren. Sie sahen den Körper und begannen zu schreien. Daraufhin eilte die Palastwache herbei und gab anschließend uns Bescheid.«

Lysais schüttelte den Kopf. »Das muss ein furchtbarer Schock für die Kinder gewesen sein!«

»Die Kinder fingen natürlich an zu weinen, aber es war die Lehrerin, die einen Schock erlitt und nicht mehr zu schreien aufhörte.«

»Wo befindet sich die Leiche im Augenblick?«

»Auf einem Wagen. Er steht draußen auf der Straße. Ich war gerade dabei, mich um die Bestattungsformalitäten zu kümmern, als du nach mir rufen ließest.«

»Wo soll die Frau begraben werden?«

»Draußen vor den Stadttoren.«

Lysais dachte einen Augenblick nach. »Lass den Wagen auf den Hof fahren.«

»Hier auf den Hof?«

»Genau, Zenturio. Du sagtest, der Körper wurde verunstaltet?«

»Ja, auf grausamste Weise, Hauptmann.«

»Wir hatten schon viele Morde ... sowohl innerhalb als außerhalb der Stadtmauern, aber an einen solchen Fall kann ich mich nicht erinnern. Wie ist es mit dir, Cassius? Du bist schon länger hier als ich.«

»In der Zeit meines Aufenthalts hier hat es keinen derartigen Vorfall gegeben, also seit mehr als sieben Jahren nicht.«

»Der Heeresarzt soll sich die Leiche ansehen. Lass ihn rufen, wenn du den Wagen hereingebracht hast.«

Der Zenturio salutierte und eilte hinaus, um den Befehl seines Vorgesetzten auszuführen. In der Tür wandte er sich noch einmal um. »Willst du die Leiche ebenfalls in Augenschein nehmen, Hauptmann?«

»Bei den Göttern, nein! Ich bin zum Abendessen eingeladen und habe nicht vor, mir den Appetit zu verderben.«

Kurze Zeit später ließ Lysais den Arzt zu sich rufen. »Nun, bist du zu einem Schluss gelangt, wie dieses unglückselige Geschöpfes gestorben ist?«

»Ja, in der Tat. Zweifelsfrei war es das Werk eines Wahnsinnigen. Das Mädchen starb durch Erdrosseln. An ihrem Hals befinden sich Spuren außerordentlich kräftiger Finger. Man hat ihr die Kehle zerquetscht.«

Lysais schüttelte bekümmert den Kopf. »Der Zenturio sprach auch von Verunstaltungen.«

»Ja, das ist das Sonderbare an der Angelegenheit und führt mich zu der Vermutung, dass hier ein Verrückter am Werk war.«

Der Hauptmann lehnte sich auf dem Stuhl nach vorn. »Was willst du damit sagen, Vedius?«

»Als ich ihren Körper untersuchte, fand ich überall Messereinstiche ... als hätte jemand über ihr gestanden und wie rasend auf sie eingestochen. Es befanden sich tiefe Einstiche in Brust, Bauch und Beinen, doch merkwürdigerweise war kein Blut ausgetreten.«

»Und was bedeutet das?«

»Das, mein lieber Claudius, bedeutet, dass der Mörder später, als der Körper bereits kalt war und steif zu werden begann, noch einmal zu seinem Opfer zurückgekehrt ist und in einem Anfall blinder Wut auf es eingestochen hat. Deshalb bin ich der Meinung, dass es sich nur um einen Wahnsinnigen handeln kann.«

»Das scheint mir auch so. Und um den Frieden in dieser Stadt willen hoffe ich, dass es sich um einen Einzelfall handelt!«

»Du glaubst, der Mörder könnte noch einmal zuschlagen?«

»Nun, wenn da draußen ein Verrückter mit einem Hass auf Prostituierte herumläuft ...«

Der Arzt schüttelte besorgt den Kopf. »Brauchst du mich noch?«

»Nein. Sag dem Zenturio, er kann die Leiche jetzt zur Beerdigung freigeben.«

Die Straße nach Galiläa

Yax ließ die karge Landschaft am Ufer des Toten Meeres hinter sich und lenkte seine Schritte Richtung Norden. Seine Gedanken eilten bereits erwartungsvoll voraus, und er bemerkte kaum, dass Portulak und Dornengestrüpp üppigem Papyrus und Jericho-Weiden gewichen waren. Bis zum Mittag begegnete er keiner Menschenseele.

Später stieß er auf einen kleinen Soldatentrupp, der am Ufer des Jordan in einem Bananenhain Rast machte. Als Yax stehen blieb, um sich ein paar der reifen Früchte zu pflücken, forderten die Männer ihn auf, ihnen Gesellschaft zu leisten. Es waren Auxiliare, überwiegend Sebastianer und Samariter, die unterwegs zur Festung Masada waren. Yax riet ihnen, reichlich Wasser mitzunehmen, da die Wadis ausgetrocknet waren und es auf der gesamten Strecke entlang dem Toten Meer kein Wasser gab. Sie gaben ihm die Warnung mit auf den Weg, vor Fremden auf der Hut zu sein, und berichteten, dass sie erst einige Tage zuvor zwei Diebe getötet hatten. Nachdem Yax und die Soldaten gemeinsam ein paar Bananen verzehrt hatten, trennten sich ihre Wege wieder.

Noch bevor er die arabischen Dreimaster und Fischerboote auf dem See Genezareth erblickte, stieg Yax der Geruch der südlich des Sees gelegenen heißen Quellen in die Nase. Es waren sieben an der Zahl; eine war so heiß, dass nur die Hartgesottensten es darin aushielten. Aus dem ganzen Land strömten die

Menschen hierher, um ihre Gebrechen in den heilenden Quellen zu kurieren. Yax, der noch nie zuvor eine so weite Strecke zu Fuß gelaufen war, bewegte mit sichtlichem Wohlbehagen seine Zehen in dem sprudelnden, warmen Wasser, während er überlegte, wie er als Nächstes vorgehen sollte.

Nicht weit im Norden lag die Stadt Tiberius. Berichten zufolge handelte es sich um eine römische Stadt, mit einer geringen Anzahl jüdischer Einwohner. Richtung Westen, auf halber Strecke zur Mittelmeerküste, lag Sepphoris, die Hauptstadt von Galiläa, die überwiegend von Griechen bewohnt wurde. Und am nördlichen Ufer des Sees Genezareth befand sich Kafarnaum, der letzte Ort, wo der Wanderprediger gesehen wurde. Sollte es sich tatsächlich um den Sohn Gottes handeln, würde Yax es bald herausfinden.

Zusammen mit einer kleinen Gruppe, die ebenfalls die ewigen Quellen besucht hatte und jetzt im Begriff war, weiter nordwärts zu ziehen, verließ Yax die Bäder.

»Ich bin auf der Suche nach einem Mann, der nach Art Johannes' des Täufers predigt«, wandte er sich an sie. »Habt ihr solch eine Person gesehen?«

Zwei der Männer blieben ein wenig hinter ihren Gefährten zurück, um Yax' Frage zu beantworten. Allerdings zuckten sie lediglich mit den Schultern und sagten: »Wer ist Johannes der Täufer?«

Erst jetzt bemerkte Yax, dass es sich um Römer handelte. Wollte er eine Antwort auf seine Fragen, musste er sich an Juden wenden. Er ließ die Stadt Tiberius hinter sich und wanderte am Ufer des Sees Genezareth entlang, wo zahlreiche Fischer damit beschäftigt waren, ihre Netze zum Trocknen auszulegen, sie zu flicken oder gefangene Fische auszunehmen. Der See schien außergewöhnlich reich an Fischen zu sein, und nachdem Yax eine Hand voll Wasser gekostet hatte, wusste er auch weshalb: Das Wasser war süß und kühl, was darauf schließen ließ, dass der See tief war und selbst in diesem heißen Klima eine gleichbleibende Temperatur hielt. Er näherte sich einem der Fischer, der ein wenig abseits von den anderen mit seinen Fischen beschäftigt war.

»Wie ich sehe, hast du einen guten Fang gemacht.«

Der Mann hielt in seiner Beschäftigung inne und musterte Yax einen Moment lang, bevor er zu einer Erwiderung ansetzte. »Gott war mir wohlgesonnen und segnete mich mit mehr Fisch, als ich verkaufen kann. Darf ich dir einen davon anbieten? Hier, nimm diesen, ich habe ihn gerade frisch ausgenommen.«

Yax nahm den Fisch dankend an und langte in seinen Beutel. »Lass mich dafür bezahlen.«

»Dazu besteht kein Grund. Ich habe ein Feuer am Strand entzündet ... gleich dort drüben«, er deutete auf eine kleine Feuerstelle am Ufer des Sees. »Ich gebe dir noch einen zweiten Fisch mit, dann kannst du sie für uns garen, und wir verzehren sie gemeinsam.«

»Vielen Dank«, sagte Yax. »Ich habe wahrhaftig genug von Bananen und Früchten und nehme das Angebot gerne an. Mein Name ist Yax.«

Der Fischer reichte ihm den zweiten Fisch. »Mich nennt man Simon.«

Als der Fisch fertig war, rief Yax nach Simon, und im Sand sitzend verzehrten sie ihre Mahlzeit.

»Sag«, begann Simon, nachdem er Yax eine Zeit lang verstohlen gemustert hatte, »du scheinst weder Jude noch Samariter oder Römer zu sein. Kommst du aus Ägypten?«

»Nein.« Yax lachte. »Obwohl ich schon mehrmals in Ägypten war. Ich komme aus einem Land, das so weit weg ist, dass nicht einmal die königlichen Kartenleser in Rom von seiner Existenz wissen.«

»Nun dann«, lächelte Simon. »Was treibt dich von so weit her an die Ufer des Sees Genezareth?«

Yax zögerte. Einerseits wollte er seine wahren Beweggründe nicht so ohne weiteres preisgeben, andererseits natürlich so viel wie möglich in Erfahrung bringen.

»Ich bin auf der Suche nach jemandem.«

»Ah ... wenn es ein Fischer ist, kann ich dir vielleicht helfen.«

»Nein, es handelt sich um einen Mann, von dem Johannes der Täufer mir erzählte.«

»Du kennst Johannes den Täufer?«, erkundigte Simon sich beiläufig, wobei er sich bemühte, sein wachsendes Interesse zu verbergen.

»Ja, und ich besuchte Johannes, als er im Gefängnis war. Er berichtete mir von diesem Mann, den er getauft hat.«

»Bist du auch von Johannes getauft worden?«

»Ja. Dabei sagte er, dass einer kommen würde, der stärker sei als er und uns mit dem Heiligen Geist taufen würde.«

»Und nach diesem Mann suchst du jetzt?«

»So ist es. Ein paar Händler erzählten mir, dass der, nach dem ich suche, im Tempel von Kafarnaum predige und einen Mann von seinen bösen Geistern befreit habe.«

»Das ist richtig«, bestätigte Simon.

»Also hast du auch von ihm gehört?«

»Ich habe nicht nur von ihm gehört ... ich habe ihn gesehen.«

Yax konnte sein Glück kaum fassen. Er beugte sich näher zu Simon hinüber und packte vor Erregung dessen Arm. »Kannst du mir sagen, wo ich diesen Mann finde? Und wie erkenne ich ihn?«

»Ihn zu finden wird nicht so einfach sein. Er hält sich nie lange an einem Ort auf. Wenn du auf eine Menschenansammlung stößt, mag er vielleicht der Grund sein und sich in ihrer Mitte befinden. Am besten beginnst du in Kafarnaum mit deiner Suche. Wenn er sich dort aufhält und predigt, wirst du ihn erkennen.«

Yax befand sich in heller Aufregung. Sein Ziel schien zum

Greifen nahe! Wenn dieser Mann tatsächlich der Sohn Gottes war und es ihm gelang, sein Blut mit dem des Gottessohnes zu vereinen, würde er endlich als König in sein Heimatdorf zurückkehren!

»Ich muss mich beeilen. Ich danke dir von ganzem Herzen für diese Auskünfte.«

»Hier«, sagte Simon, »nimm noch einen Fisch. Bald wirst du wieder hungrig sein.«

»Danke, ich werde ihn für später aufbewahren. Sag mir, Simon, wenn ich diesen Mann finde, wie soll ich ihn ansprechen?«

»Einige nennen ihn einfach Rabbi, aber sein Name ist Jesus.«

Yax hielt sich sieben Tage in der Nähe des Tempels auf und verließ seinen Posten nur für kurze Ausflüge in die Umgegend von Kafarnaum, auf der Suche nach größeren Menschenansammlungen um einen predigenden Rabbiner. Im Tempel selbst predigte niemand, der auch nur annähernd der Person ähnelte, die er suchte. Jeder Tag im Tempel begann mit der Opferung eines Lammes; im Anschluss daran trug ein Priester auf den Stufen des Tempels laut Abschnitte aus dem Schema vor, denen gewöhnlich eine Passage der Gesetzestexte folgte. Am Nachmittag fand eine weitere Messe statt, die mit der Segnung der versammelten Gläubigen schloss. Dazwischen fanden Opferungen von Hühnern, Lämmern, Ziegen und sogar Ochsen statt. Eine Mischung aus Weihrauch, Storax, Galbanum und Myrrhe wurde jeden Tag auf der Räucherpfanne des Altars verbrannt, und der Duft schwebte wie eine Wolke über den Rufen der Geldwechsler und der Händler, die ihre koscheren Lämmer anpriesen.

Yax' Hochgefühl verwandelte sich allmählich in Niedergeschlagenheit. Sein Proviant und sein Geld waren aufgebraucht, und er war müde und hungrig. Am achten Tag unternahm er einen Spaziergang zum Ufer des Sees Genezareth, in der Hoffnung, Simon noch einmal zu treffen, ein paar Worte mit ihm zu wechseln und vielleicht wieder zu Fisch eingeladen zu werden. Er fand Simons Boot, das aufs Ufer gezogen worden war, aber von seinem Freund war nichts zu sehen. Enttäuscht setzte Yax sich in den Sand, den Rücken an das Boot gelehnt, und ließ den Kopf auf die Arme sinken. Er schlief ein und schreckte erst hoch, als ein Fischer ihn von seinem Boot nahe dem Ufer aus anrief.

»Wartest du auf Simon?«

»Ja«, antwortete Yax und erhob sich benommen.

»Der ist fort.«

»Fort?«

»Ja, mit diesem Rabbi ... dem, der hier umherzog und predigte ... der, den sie Jesus nennen.«

»Weißt du, wohin sie gegangen sind?«

»Nein, aber Andreas, Simons Bruder, hat sich ihnen ebenfalls angeschlossen.«

»Wann war das?«

»Vor fünf Tagen. Aber das ist noch nicht alles. Auch meine beiden Söhne sind mit ihnen aufgebrochen.«

»In welche Richtung sind sie?«

»Sie sprachen von Sepphoris und Nazareth im Westen, aber wenn ich mich recht erinnere, erwähnten sie auch Tyrus und Sidon im Norden und das Tetrarchat des Philipus, Herodes' Bruder.«

Yax' Hoffnung sank. Alle diese Orte lagen Hunderte Meilen entfernt in entgegengesetzten Richtungen. Und er würde gewiss genau die falsche Richtung einschlagen.

»Willst du nach Kafarnaum zurück?«

»Nein«, antwortete Yax, »ich denke, ich gehe in Richtung Süden.«

»Dorthin will auch ich. Soll ich dich bis zum Ende des Sees im Boot mitnehmen?«

Yax nickte und watete durch das Wasser zum Boot. Das ersparte ihm zumindest ein Stück Fußmarsch.
»Danke. Ich bin Yax.«
»Wenn du willst, kannst du mir unterwegs beim Essen Gesellschaft leisten. Mein Name ist Zebedäus.«

Qumran

Am Tag nach Yax' Abreise schlief Daphne bis in den späten Vormittag. Es war schwer für sie, ihre alten Gewohnheiten abzulegen. Im Vergnügungspalast hatte es ständig bis spät in die Nacht Feste gegeben, und die meisten der dort beschäftigten Mädchen schliefen bis mittags. Hier dagegen war alles ganz anders. Die Frauen in Qumran standen schon vor Sonnenaufgang auf, um mit Kochen, Putzen und Beten zu beginnen.

Da Daphne keine solcher Pflichten zu erfüllen hatte, brach sie nach dem Frühstück, das aus süßem Brot mit Honig, Feigen aus Jericho und frischer Ziegenmilch bestand, zu einem Spaziergang auf. Sie war gerade im Begriff, das Gemeindegrundstück zu verlassen, als Sem aus der Werkstatt gerannt kam und sie einholte.

»Wohin gehst du?«

»Es ist so ein schöner Tag. Ich dachte, ich mache einen Spaziergang hinunter zum Toten Meer.«

»Aber da gibt es Schlangen, wilde Hunde und Skorpione!«

»Dann solltest du mich vielleicht begleiten, um mich zu beschützen«, schlug Daphne augenzwinkernd vor.

»Ich muss die Werkstatt in Ordnung bringen. Wenn Yax zurückkehrt, wartet eine Menge Arbeit auf ihn. Wann gehst du wieder fort von hier?«

Abrupt blieb Daphne stehen und starrte ihn an. »Ist es das, was du willst ... dass ich gehe?«

Sem druckste verlegen herum. »Yax ist mein Freund. Ich helfe ihm dabei, die Sitten und Regeln der Gemeinde verstehen zu lernen.«

»Und du bist der Meinung, dass ich ihn dir wegnehme?«

»Wir waren zufrieden hier und haben den ganzen Tag zusammen gearbeitet ... seit du gekommen bist, hat er keine Zeit mehr für mich!«

»Wir könnten uns Yax doch teilen. Du hast ihn tagsüber und ich abends.«

»Ist ja sowieso egal«, seufzte Sem. »Wenn er erst den Messias gefunden hat, geht er ohnehin zurück in sein Urwalddorf.«

»Was meinst du damit?«

»Darum sucht er doch nach diesem Mann, den man für Gottes Sohn hält. Wenn Yax ihn gefunden hat, wird er auserwählt und kehrt als König zu seinem Volk zurück.«

»Sem ... was erzählst du da für Märchen!«

»Es ist wahr. Deswegen ist er doch die ganze Zeit auf der Suche!«

»Yax hat mir nie etwas davon erzählt!«

Gedankenverloren gingen sie eine Weile nebeneinander her.

»Na gut«, sagte Daphne schließlich mit einer Spur von Verärgerung in der Stimme. »Aber ich werde bestimmt nicht seine Urwaldkönigin werden.«

Sem lächelte und ergriff ihre Hand. »Komm, ich begleite dich zum Meer.«

Doch Daphne blieb stehen. »Ich habe keine Lust mehr, spazieren zu gehen. Wann fährst du das nächste Mal zum Markt nach Jerusalem?«

Am darauf folgenden Morgen erhob sich auch Daphne vor Sonnenaufgang. Während die anderen Frauen sich ihren Aufgaben zuwandten, packte sie ihre Habseligkeiten zusammen. Als niemand es bemerkte, schlüpfte sie hinaus auf den Hof, verstaute ihre Sachen auf dem Wagen und kehrte mit unbeteiligter Miene in die Küche zurück.

»Du bist aber schon früh auf«, bemerkte die Bäckerin, während sie fünf runde Brotlaibe in den Steinofen schob.

»Ich dachte, ich könnte euch vielleicht helfen«, erwiderte Daphne. Die Frauen blickten sich verstohlen an und zogen eine Grimasse.

»Ich fürchte, diese Arbeit ist zu schwer für jemanden mit derart gepflegten Händen«, antwortete eine der Köchinnen.

Daphne beachtete die Bemerkung nicht und ging nach draußen. Von irgendwo ertönte der Ruf des Priesters, der die Gemeindemitglieder zum Morgengebet rief. Gut, dass ich das alles bald hinter mir habe, dachte sie.

Niemand ahnte, dass Daphne aus Qumran fortging, nicht einmal Joseph. Sie spazierte den Hügel hinunter. Als Sem mit dem Wagen vorbeikam, stieg sie auf und fuhr mit ihm nach Jerusalem. Sem, der froh war, dass Daphne die Gemeinde wieder verließ, plauderte während der Fahrt vergnügt mit ihr.

»Hast du Jerusalem schon gesehen, bevor du nach Qumran kamst?«

»Nein, ich ließ mich direkt von Cäsarea zu euch fahren. Wir hielten nur einmal an, um Wasser zu kaufen.«

»Jerusalem ist sehr groß und hat viele Einwohner!«

»Wie viele Menschen leben dort?«

»Über hunderttausend ... vielleicht sogar hundertfünfzigtausend!«

»Nun, für dich mag das viel sein«, entgegnete Daphne, »aber ich habe in Rom gelebt, und dort wohnen über eine Million Menschen.«

»Dann ist Rom bestimmt die größte Stadt der Welt!«

»Stimmt«, seufzte Daphne, »und ich wünschte wahrhaftig, ich wäre jetzt dort.«

Sem war versucht sie zu fragen, weshalb sie sich dann nicht auf den Weg dorthin machte. Aber er hatte erreicht, dass sie Qumran verließ, und das genügte ihm.

»Wie kommen wir nach Jerusalem hinein?«, fragte sie. »Ich habe gehört, dass die Straßen sehr schmal sind und dass es unzählige Stufen gibt.«

»Ja, das stimmt«, bestätigte Sem. »Die einzige Möglichkeit, mit dem Wagen hineinzukommen und zum unteren Markt zu gelangen, ist durch das ›Schafstor‹, das nördlich vom ›Goldenen Tor‹ liegt.«

»Zum unteren Markt?«

»Ja, es gibt zwei Märkte. Den oberen, und den unteren für die Metzger, Tuchmacher, Schneider und Fischhändler. Und dann sind da noch die Obst- und Gemüsehändler und so weiter.«

»Ich will beide aufsuchen.«

»Weshalb?«

»Ein Freund aus El Gem muss auf einem der Märkte einen Stand haben. Bevor ich dort aufbrach, erzählte er mir, dass er beabsichtige, in Jerusalem ein Geschäft zu eröffnen, sobald er seinen Hof verkauft habe.«

»Bist du in diesen Mann verliebt?«, fragte Sem hoffnungsvoll.

Daphne ließ ihr melodisches Lachen hören, was sie lange nicht mehr getan hatte. »Nein, natürlich nicht ... er ist so alt wie mein Vater, wenn nicht älter!«

Nachdem sie den Wagen abgestellt hatten, vereinbarten Sem und Daphne, sich zu trennen, vor Sems Rückkehr nach Qumran aber noch einmal hier zusammenzutreffen.

»Woher weiß ich, wann ich mich wieder hier einfinden soll?«, fragte Daphne.

»Die Opferungen im Tempel sind bereits vorüber. Die Trompeten am Tor der Männer rufen die Bewohner dreimal am Tag zum Gebet. Nach dem dritten Mal treffen wir uns wieder hier.«

»Und wenn ich sie nicht höre?«

»Oh, die kannst du nicht überhören. Es sind sieben ... jeder in Jerusalem hört sie.«

Das erste Stück gingen sie gemeinsam durch die bevölkerten Gassen. Hin und wieder mussten sie beiseite treten, um eine Sänfte oder einen voll beladenen Eselskarren vorüberzulassen. Über allem schwebte der Geruch nach verbranntem Fleisch und der schwere Duft nach Weihrauch, der vom Tempel herüberzog.

Daphne beschleunigte ihre Schritte, um die Stände der Kupferschmiede hinter sich zu lassen, deren lautes Gehämmer ihr ebenso in den Ohren dröhnte wie das dumpfe Schlagen der Tuchmacher, deren Gasse gleich nebenan lag. »Das ist bestimmt nicht die Art Geschäft, die Isaak betreiben würde«, murmelte sie und schob sich weiter durch das Gedränge. Da kamen die Obst-, Gemüse und Lebensmittelstände schon eher infrage, und entsprechend sorgfältig suchte Daphne mit Blicken dieses Viertel ab. Sie fragte sogar nach Isaak, doch alle Händler schüttelten den Kopf.

Auf dem oberen Markt fiel ihr Blick auf eine Schar, die sich um einen Stand mit Duftwässern und Essenzen drängte, die natürlich auch Daphnes Interesse weckten. Also mischte sie sich unter die Menge und wartete, bis sie an der Reihe war. Hätte sie zwischen Brot und Duftwasser wählen müssen, wäre sie eher hungrig geblieben. Nachdem sie drei Proben genommen hatte, entschied sie sich für einen schweren Balsamduft. Sie bezahlte und wollte sich schon abwenden, fragte dann aber spontan: »Arbeitet hier ein Mann namens Isaak?«

Der Händler blickte kaum auf, wandte nur leicht den Kopf und rief in den dahinter liegenden Raum: »Isaak, jemand fragt nach dir!«

Während Daphne wartete, dass der Mann sich zeigte, sagte sie sich, dass es vermutlich Tausende Isaaks in Jerusalem gab.

In diesem Augenblick klang der gellende Stoß von sieben Trompeten durch die Stadt, und Stille senkte sich über die Menschenmenge. Die frömmsten unter den Händlern und Marktbesuchern fielen auf die Knie.

»Daphne!« Es war tatsächlich Isaak, der nach dem Moment der Andacht aus dem Laden trat.

Daphnes Wangen röteten sich vor Freude. »Isaak! Ich hatte so sehr gehofft, dich zu finden!«

»Komm ... komm herein«, forderte Isaak sie auf.

»Ja, geht nach hinten und macht Platz für die Kunden«, sagte der Mann hinter dem Stand.

»Daphne, das ist mein Vetter Ezra.«

Ezra nickte Daphne kurz zu, und sie erwiderte den Gruß mit einem Lächeln, während sie durch einen Vorhang in den dahinter liegenden Raum trat.

Sie umarmten und begrüßten sich wie alte Freunde.

»Seit wann bist du in Jerusalem?«, fragte Daphne.

»Seit ein paar Tagen. Ich wollte mich zuerst niederlassen, bevor ich mich in die Berge auf die Suche nach dir und Yax begebe. Übrigens ...«, fragte Isaak mit hochgezogenen Brauen, »wo steckt der junge Mann, den zu retten wir uns solche Mühe gegeben haben?«

»Ach, der ist irgendwo im Norden«, sie strich sich mit einer unwirschen Geste das Haar aus der Stirn, »auf der Suche nach seinem Messias.«

Isaak blickte sie forschend an und legte ihr die Hand auf den Arm.

»Ihr habt euch doch nicht etwa gestritten?«

»Nein«, erwiderte Daphne zurückhaltend. »Aber er ist fort, und ich weiß nicht, für wie lange. Und allein halte ich es an diesem Ort ... in dieser Gemeinde ... nicht aus!«

»Warum nicht?«, wollte Isaak wissen.

»Ich ... man hat dort überhaupt kein eigenes Leben. Ich muss auf einer Pritsche im Schlafsaal der Frauen übernachten. Sie mögen mich nicht ... alles, was man dort von morgens bis abends tut, ist arbeiten und beten. Und für beides habe ich kein Talent!«

»Und da bist du einfach fortgelaufen?«

»Nur für eine Weile.«

»Für wie lange genau?«

»Bis Yax zur Besinnung kommt, damit aufhört, fixen Ideen nachzujagen und sich in Jerusalem niederlässt, um hier seine Tische zu fertigen. Oder«, fügte sie nach kurzem Überlegen hinzu, »mit mir nach Rom geht, wenn dieser schreckliche Sejanus endlich ausgespielt hat!«

»Er ist tot!«

»Tot ... Sejanus?«, fragte Daphne und vergaß vor Überraschung den Mund zu schließen.

»Er wurde zum Tod durch den Strang verurteilt, soviel ich weiß. Seine Familie und seine Anhänger ebenfalls.«

»Hm«, sagte Daphne nach einer Weile des Schweigens nachdenklich. »Dann hat meine Reise zum Kaiser doch mehr bewirkt, als ich zu hoffen wagte.«

»Davon kann man ausgehen. Dank deines Berichts sah Tiberius sich veranlasst, sich näher mit den Machenschaften des Sejanus zu befassen. Dabei stellte sich heraus, dass dieser ein Komplott gegen Tiberius geschmiedet hatte und seinen Tod plante, um selbst den Platz des Imperators einzunehmen.«

»Und Tiberius ließ Sejanus' ganze Familie töten?«

»Genau. Und jeden seiner Anhänger.«

»Yax wird gleichermaßen erfreut und entsetzt sein. Wir müssen dafür sorgen, dass er es erfährt. Solche Nachrichten werden hier in Jerusalem vermutlich nicht bekannt gemacht.«

»Der Befehlshaber der römischen Garnison wird zu gegebener Zeit davon unterrichtet. Aber du hast Recht, es wird nicht öffentlich bekannt gemacht, da niemand hier weiß oder sich darum schert, wer Sejanus war. Hier interessiert man sich mehr für Herodes als für die Angelegenheiten des Tiberius!«

Schweigend saßen sie eine Weile beisammen, während Ezra draußen mit den Kunden feilschte.

Isaak lächelte. »Er macht seine Sache sehr gut.«

»Hast du den Hof an deinen Nachbarn verkaufen können?«

»Nein, an jemanden aus Karthago. Er feilschte nicht lange und zahlte mir den Preis, den ich verlangte.«

»Und jetzt wirst du hier mit Ezra zusammenarbeiten?«

»Nein, ich werde bei ihm wohnen, da er ein großes Haus in der Oberstadt besitzt, nicht weit vom Palast. Aber mit ihm arbeiten? Nein! Ich halte es für einträglicher, künftig als Geldwechsler im Tempel tätig zu sein.«

»Ich werde dich oft besuchen«, versprach Daphne und erhob sich. »Aber jetzt muss ich sehen, dass ich eine Unterkunft finde, bevor es dunkel wird. Ich kenne mich in dieser Stadt überhaupt noch nicht aus.«

»Es ist dir also ernst damit, in Jerusalem zu bleiben?«

»Und ob!« Daphne seufzte. »In der Gemeinde halte ich es nicht aus.«

»Dann bleibst du bei uns! Das Haus ist groß genug. Ezras Frau ist vor zwei Jahren gestorben, und wir beide leben dort allein. Ich werde ihn fragen. Er ist ein grauenhafter Koch, und eine Frau im Haus wäre nicht schlecht.«

»Sag ihm lieber gleich, dass ich nur griechische Gerichte kenne!«

Kurz darauf steckte Ezra den Kopf durch den Vorhang. »Du bist herzlich willkommen, bei uns zu wohnen. Aber zu Pessach und anderen Festen musst du jüdische Gerichte auf den Tisch bringen!«

»In Ordnung!« Daphne lachte. »Und wenn ich mich zu ungeschickt anstelle, lassen wir einfach einen jüdischen Koch kommen!«

»Dann ist es also abgemacht!«, sagte Isaak freudig. »Wo hast du deine Sachen untergebracht?«

»Sie sind noch auf einem Wagen auf dem unteren Markt, gegenüber der Gasse der Kupferschmiede.«

»Dann lass uns gehen und sie holen. Wir gehen zusammen nach Hause, wenn der Markt geschlossen wird, und von hier aus ist es näher.«

»Sem wird noch nicht da sein. Wir waren erst nach dem dritten Trompetensignal verabredet. Vielleicht sollte ich versuchen, ihn vorher zu finden.«

»Ich begleite dich«, sagte Isaak. »Nach dem Vorfall letzte Nacht ist es nicht mehr sicher für eine Frau allein auf der Straße.«

»Was für ein Vorfall?«

»Soldaten fanden die Leiche einer Toten hinter dem Viertel der Tuchmacher. Die Frau wurde erwürgt und mit mehreren Messerstichen traktiert.«

»Oh, wie schrecklich! Hat man den Täter schon verhaftet?«

»Nein, es heißt, dass es sich um einen Verrückten handeln muss, der auf den Straßen von Jerusalem sein Unwesen treibt und dass man nach Anbruch der Dunkelheit möglichst im Haus bleiben soll.« Isaak hielt es für klüger, nicht zu erwähnen, dass es sich bei der Ermordeten um eine Prostituierte gehandelt hatte.

Gemeinsam machten sie sich auf den Weg zum vereinbarten Treffpunkt, wo sie Sem zu ihrer Überraschung schon antrafen. Er lag schlafend neben einer Kiste Gemüse auf dem Wagen.

»Du kannst zurück nach Qumran fahren, Sem. Ich habe eine Unterkunft gefunden.«

Auf dem Hochplateau wurde Sem bereits von Josef erwartet.

»Wo ist Daphne? Wir haben überall nach ihr gesucht! Ist sie mit dir zum Markt gefahren?«

Sem nickte stumm.

»Und wieso ist sie dann nicht mit zurückgekommen?«

»Sie hat einen Freund getroffen und beschlossen, dort zu bleiben.«

»Nun, solange wir wissen, wo sie sich aufhält, ist nichts dagegen einzuwenden.«

Als Sem nichts darauf entgegnete, tat Josef einen Schritt auf ihn zu und packte seinen Arm. »Du weißt doch wohl, wo sie untergekommen ist?«

Sem schüttelte den Kopf.

»Dann solltest du es lieber herausfinden, bis Yax nach Hause kommt, oder er wird dich durch sämtliche Straßen und Gassen Jerusalems scheuchen. So, jetzt lass uns den Wagen abladen.«

Sieben Tage später kehrte Yax nach Qumran zurück. Es war bereits später Abend, und der Schlafsaal der Frauen lag im Dunkeln. Müde und mit schmerzenden Füßen ließ Yax sich auf das schmale Bett in seiner Werkstatt fallen und schlief fast augenblicklich ein.

Am nächsten Morgen wurde die friedliche Routine in der Gemeinschaftsküche empfindlich gestört, da Yax jede der Frauen befragte, warum Daphne fortgegangen sein könnte. Erst Josef setzte seinen bohrenden Fragen ein Ende, indem er Yax' Augenmerk auf Sem lenkte. Es wurde Mittag, bis sie Sem in einer der Höhlen ausfindig machten, wo er sich wohlweislich versteckt hielt.

»Ich will wissen, wo sie hingegangen ist!«, verlangte Yax zu wissen. Aber Sem konnte nicht mehr sagen, als dass sie sich auf dem Marktplatz getrennt hatten.

»Dann sag mir wenigstens, weshalb sie fortgegangen ist!« Auf diese Frage erfuhr Yax immerhin, dass Daphne sich von der Gemeinschaft abgelehnt gefühlt hatte, worauf Josef seinerseits überrascht protestierte und losstapfte, um die Frauen des Dorfes erneut zur Rede zu stellen.

Yax packte Sem bei den Schultern und blickte ihn eindringlich an. »Daphne ist eine sehr starke Persönlichkeit. Sie würde sich nicht ohne weiteres von ein paar Frauen in die Flucht schlagen lassen, Sem. Ich glaube, du hast mir noch nicht alles erzählt!«

Tränen stiegen Sem in die Augen, und Yax blieb nichts anderes übrig, als ihn auch noch zu trösten, damit er sich so weit fasste, seine Frage zu beantworten. »Ich ... ich habe ihr erzählt, dass du in dein Dorf zurückgehen würdest, wenn du den Messias gefunden hättest ...«

»... und sie ging fort, weil sie glaubte, ich würde sie ohnehin verlassen! Stimmt's?«, vervollständigte Yax Sems Geständnis mit finsterem Blick.

Betretenes Nicken.

»Weißt du eigentlich, dass ich mich mein Leben lang nach dieser Frau gesehnt habe?«

»Dann solltest du keine Zeit verlieren, es ihr zu sagen«, erklang die Stimme von Josef, der inzwischen unbemerkt wieder hinter sie getreten war.

Yax nickte. »Das werde ich! Sobald ich sie gefunden habe.«

Josef blickte zur Sonne hinauf. »Es ist zu spät, um heute noch aufzubrechen«, bemerkte er. »Bis Sonnenuntergang bliebe dir kaum noch Zeit, nach ihr zu suchen. Und ich glaube, deine Suche wäre ohnehin vergeblich.«

»Weshalb?«, fragte Yax.

»Jerusalem ist eine riesige Stadt! Dort leben über einhundertfünfzigtausend Menschen. In dem Gewirr von Straßen und Gassen könntest du Jahre nach ihr suchen, ohne sie zu finden. Ich schlage vor, du wartest hier. Daphne wird zurückkehren, wenn sie so weit ist. Sie weiß, wo sie dich finden kann!«

Erneut nickte Yax. »Das ist wahr. Bestimmt wird sie zurückkommen. Immerhin hat sie die lange Reise von El Gem auf sich genommen, nur um mit mir zusammen zu sein!«

Josef lächelte. »Es ist Zeit für unser Gebet. Wir werden

Daphne darin einschließen und Gott bitten, für ihre baldige Rückkehr in die Gemeinschaft zu sorgen.«

Yax legte Sem den Arm um die Schulter. »Na, komm schon, mein Freund, du hast allen Grund, heute besonders innig zu beten.«

Vier Tage später wurden ihre Gebete zumindest teilweise erhört. Ein Mann fuhr mit seinem Wagen durch das Tor auf den Dorfplatz und erkundigte sich nach Yax. Josef eilte sofort in die Werkstatt.

»Yax, da fragt jemand nach dir! Ich glaube, er kommt aus Jerusalem!«

Yax klopfte sich die Sägespäne von seiner Schürze und steckte den Kopf aus der Tür.

»Isaak!«

»Yax! Sie ist bei mir!«, waren Isaaks erste Worte.

»Gott sei Dank! Ich habe mir schon Sorgen gemacht!«

Die beiden umarmten sich.

»Nicht nötig, mein Freund. Sie lebt bei mir und meinem Vetter Ezra. Er ist ein alter Mann, wie ich, und besitzt ein geräumiges Haus.«

»Komm!«, drängte Yax, dem ein Stein vom Herzen fiel, »lass uns etwas essen, und dann erzählst du mir alles.«

Nachdem er Isaak und Josef einander vorgestellt hatte, begaben sich die beiden Freunde zur Küche.

»Sem, kümmere dich bitte um Isaaks Wagen ... und gib dem Pferd Wasser!«

Sie unterhielten sich lange. Yax berichtete Isaak von seiner Reise mit der Karawane und der Ankunft in Qumran, seiner vergeblichen Suche nach dem Messias und Daphnes unerwartetem Auftauchen in der Gemeinde. Und Isaak erzählte ihm vom Verkauf des Hofes und dass er Ezra jetzt bei seinem Geschäft mit den Duftessenzen half, und nicht zuletzt von Daphnes Erscheinen und ihren Wünschen und Hoffnungen.

»Yax, du musst mit mir nach Jerusalem! Verbring ein paar Tage mit Daphne. Sie liebt dich, aber sie möchte, dass ihr euch zusammen in Jerusalem niederlasst.«

»Ich weiß. Sie will, dass ich mein Zimmermannsgeschäft dort weiterführe. Aber ich bin immer noch der Meinung, dass Rom ein viel besserer Ort dafür ist.«

»Rom! Fast hätte ich es vergessen!«, rief Isaak strahlend. »Dein alter Feind ... Sejanus ... er ist tot! Tiberius hat ihn und seine Gefolgsleute hinrichten lassen!«

Yax befühlte die Narbe in seinem Gesicht und schwieg einen Moment. Sejanus! Nun war sein Erzfeind also tot! »Tiberius hat ihn meinetwegen zum Tode verurteilt?«

»Nein, nicht ganz. Daphne erzählte Tiberius, was Sejanus mit dir vorhatte, und das hat ihn nachdenklich gestimmt. Er ließ Erkundigungen anstellen und deckte dabei ein Komplott auf, das Sejanus gegen ihn geschmiedet hatte. Er wollte Tiberius ermorden lassen und seinen Platz einnehmen!«

Yax schüttelte ungläubig den Kopf.

»Jetzt kannst du nach Rom zurück«, sagte Isaak. »Du kannst dein Handwerk dort wieder aufnehmen und Daphne heiraten.«

»Ich muss mir noch über ein paar Dinge klar werden«, antwortete Yax zögernd. »Ich bin in Kafarnaum gewesen, um dort einen Mann zu suchen. Manche nennen ihn Rabbi. Ich dachte, es könnte sich vielleicht um den Messias handeln, dessen Ankunft die Propheten vorhersagten ... Immanuel! Aber niemand wusste wirklich etwas über ihn. Man sollte doch annehmen, dass sich Tausende Menschen um ihn scharen, wenn es sich wirklich um den Sohn Gottes handelt. Die meisten aber halten ihn nur für einen gewöhnlichen Prediger ... wie Johannes den Täufer.«

»Yax, Israel wartet schon seit einer Ewigkeit auf den Messias. Glaub mir, wenn er erscheint, wird jeder davon wissen!«

»Du hast bestimmt Recht, aber ich brauche dennoch Zeit zum Nachdenken und würde mir gern selbst ein Bild von diesem Mann machen ... erst dann bin ich wirklich frei, mich niederzulassen.«

»Dann wirst du also nicht mit mir nach Jerusalem kommen?«

»Nein, Isaak, noch nicht. Aber sag mir, wo ich dich finden kann, dann komme ich in ein paar Tagen nach.«

Isaak versuchte, sich seine Enttäuschung nicht anmerken zu lassen.

»Komm einfach zum oberen Markt. Es gibt dort einen kleinen Stand für Duftwasser und Essenzen. Er gehört meinem Vetter Ezra. Daphne wird vielleicht sogar dort sein und uns bei der Arbeit helfen. Aber ...«, er zögerte einen Moment, ehe er fortfuhr, »wenn du zu lange wartest, werde ich möglicherweise nicht mehr dort sein.«

»Wo finde ich dich dann?«

»Ich habe beschlossen, meinen Lebensunterhalt als Geldwechsler im Tempel zu verdienen.« Isaak erhob sich steif von seinem Stuhl und legte Yax die Hand auf die Schulter. »Wir haben viel zusammen durchgemacht, und du bist wie ein Sohn für mich. Ich würde meinem eigenen Sohn keinen anderen Rat geben: Komm so bald wie möglich nach Jerusalem, bevor Daphne sich entschließt, nach Rom zurückzugehen. Ihr beide seid füreinander bestimmt. Ich bin sicher, sie wird dich glücklich machen.«

»Ich weiß«, sagte Yax und erhob sich jetzt ebenfalls. »Ich verspreche, dass ich in zwei Tagen nachkomme.«

»Gut.« Isaak seufzte. »Aber erzähl ihr nicht, dass ich heute hier war. Sie wird denken, dass ich dich dazu gedrängt habe, zu ihr zu kommen, und das wird die Dinge zwischen euch nicht gerade leichter machen.«

Yax nickte, und sie schlenderten Arm in Arm zu Isaaks Wagen.

»Aber wie soll ich erklären, dass ich wusste, wo ich sie finde?«

Isaak dachte einen Moment nach. »Ich werde jedes Mal beim Stoß der Trompeten vor den Stand treten, dann kannst du so tun, als wärst du zufällig vorbeigekommen und hättest mich erkannt.«

Nachdem Isaak Qumran verlassen hatte, kehrte Yax in die Werkstatt zurück, wo Josef ihn bereits erwartete.

»Ich habe einen Teil der Unterhaltung mit deinem Freund aus Jerusalem gehört und verstehe dein Zögern.«

»Ja«, seufzte Yax, »ich weiß einfach nicht, was ich tun soll. Ich wünschte, ich könnte in die Zukunft sehen.«

»Es gibt hier jemanden, der das vermag«, warf Josef ein.

»Jemanden, der die Zukunft voraussagen kann?«

»Ja. Viele von uns ziehen ihn von Zeit zu Zeit zu Rate, und in der Regel treffen seine Vorhersagen zu.«

»Wer ist es?«, fragte Yax.

»Sein Name ist Aaron. Er ist bereits über hundertzehn Jahre alt. Es ist gut möglich, dass du ihm noch nie begegnet bist.«

»Ich habe manchmal einen alten Mann morgens früh auf dem Hof umherwandern sehen. War er das?«

»Ja, das muss Aaron gewesen sein. Er verbringt die meiste Zeit im Bett und nimmt die Mahlzeiten in seinem Zimmer ein. Ab und zu, wenn er sich kräftig genug fühlt, unternimmt er einen kleinen Spaziergang, gewöhnlich in den frühen Morgenstunden.«

»Ich würde ihn gern zu Rate ziehen.«

»Ich werde mit ihm sprechen«, erbot sich Josef. »Wahrscheinlich ist er bereit, dich morgen früh zu empfangen. Um diese Zeit fühlt er sich am besten.«

»Wie kommt es, dass er die Zukunft vorhersagen kann?«

»Er nimmt die Thora zu Hilfe, die Bücher Mose. In den Schriften liest er deine Zukunft.«

Stumm verzehrte Yax sein Frühstück. Aarons Prophezeiung hatte ihn zuerst in Begeisterung und dann in tiefste Verzweiflung gestürzt. Nachdenklich stützte er den Kopf auf die Hand und blickte über den Tisch hinweg zu Josef, der während seiner Zusammenkunft mit dem alten Mann dabei gewesen war. Da Aaron nur hebräisch und aramäisch sprach und Yax keine der beiden Sprachen perfekt beherrschte, war er auf Josefs Übersetzungshilfe angewiesen.

»Kann es sein, das er sich irrt?«, fragte er hoffnungsvoll.

»Bisher hat noch niemand Aarons Prophezeiungen in Frage gestellt. Gewöhnlich treffen seine Vorhersagen ein. Nur was bestimmte Daten angeht, hat er sich gelegentlich um ein paar Monate geirrt.«

»Nun, dann hoffe ich, dass er sich bei mir um Jahre geirrt hat, nicht nur um ein paar Monate. Denn wenn er richtig liegt, habe ich überhaupt keine Zukunft mehr!«

Zum wiederholten Male ließ Yax sich Aarons Worte durch den Kopf gehen, in der verzweifelten Hoffnung, dass Josef die Worte vielleicht falsch gedeutet hatte.

»Zuerst, sagte er, würde ich ein ›Herrscher‹ und ›Erbauer‹ werden. Das kann bedeuten, ein Herrscher der Menschen und Erbauer von Städten, aber genauso, dass ich zum führenden Hersteller von Möbeln auf dem Markt von Jerusalem werde.«

»Das ist richtig.«

»Dann sagte er noch, dass ich innerhalb weniger Monate sterben werde oder getötet würde. Und er sagte wirklich Monate, nicht Jahre?«

»Na ja, er hat keinen bestimmten Monat genannt. Ich hoffe, dann kann es ebenso gut Jahre bedeuten. Aber auch was das angeht, wollte er sich nicht festlegen. Und ich glaube nicht, dass er sich noch einmal dazu äußern will.«

Yax verzog das Gesicht. Dann fiel ihm etwas ein. »Der einzige Mensch, der meinen Tod wünschte, war Sejanus, und der wurde inzwischen hingerichtet. Kann es nicht sein, dass Aaron nicht von der Zukunft, sondern von der Vergangenheit sprach?«

»Nein, Aaron blickt nur in die Zukunft.«

»Na, du machst mir wirklich Mut!«

»Tut mir Leid, Yax, ich hätte dir lieber nichts von Aaron erzählt.«

»Mach dir keine Vorwürfe. Wenn ich tatsächlich bald sterben muss, ist es besser, ich bin darauf vorbereitet. Aber vielleicht meinte er ja doch, dass ich in biblischem Alter in meinem Bett sterbe?«

»Nein, Yax. Seine genauen Worte waren: ›Du wirst getötet werden.‹«

»Und in diesem Punkt war er ganz sicher?«

»Vollkommen sicher. Ich finde, du solltest hier in Qumran bleiben. Hier wird dich ganz gewiss niemand umbringen.«

»Ich weiß, aber ich muss nach Jerusalem zu Daphne, und ich werde nicht eher zur Ruhe kommen, bis ich diesen Jesus gefunden habe.«

Josef legte Yax den Arm um die Schulter. »Ich werde dir den stärksten Mann der Gemeinde mitschicken, damit er dich auf Schritt und Tritt beschützt.«

»Das wird nicht nötig sein.« Yax lächelte. »Schließlich habe ich ja noch ein paar Monate.«

Nachdem der letzte Ton der sieben Silbertrompeten verklungen war, trat Isaak vor den Laden. Die Passanten hatten ihre Schritte entweder verlangsamt oder waren gänzlich stehen geblieben. Die besonders Frommen knieten auf dem Boden nieder. Langsam ließ Isaak den Blick über die Menge schweifen. Keine Spur von Yax. Er schloss die Augen, sprach ein kurzes Gebet und blickte sich erneut um. Immer noch nichts. Nach dem vorgeschriebenen Moment der Einkehr setzten die gewohnte Aktivität und der Lärm auf dem Marktplatz wieder ein. Enttäuscht zog Isaak sich wieder hinter den Vorhang des Ladens zurück.

Daphne hatte sich inzwischen an dieses Ritual gewöhnt. Sie wusste, wie lange die Gebetsphase währte, und hielt Isaak genau zum richtigen Zeitpunkt den Vorhang auf.

»Isaak! Isaak!«, ertönte plötzlich ein Ruf aus der Menge. Daphne und Isaak wandten sich überrascht um, als Yax auf sie zueilte. »Daphne! Endlich! Hier bist du also!«

Daphne flog in Yax' ausgebreitete Arme.

»Wieso bist du fortgegangen? Ich habe dich so sehr vermisst und konnte keine Nacht schlafen!«

»Du hast mir auch gefehlt. Aber wie es aussah, hattest du mehr Interesse an der Suche nach diesem Mann als an mir.«

»Von nun an werden wir uns nicht mehr trennen.«

»Kommt herein, ihr zwei, ihr steht den Leuten im Weg!« Isaak schob die beiden in den rückwärtigen Teil des kleinen Ladens. Yax umarmte seinen alten Freund. »Du bist also tatsächlich nach Jerusalem gekommen. Heißt das, dass du deinen Hof verkauft hast?«, fragte er scheinheilig.

»Ja, der Hof ist verkauft.«

»Und wie hast du Daphne gefunden?«

»Sie hat mich gefunden.«

»Ich wusste gar nicht, ob Isaak schon in Jerusalem ist«, warf Daphne ein, »aber wo sonst sollte ich nach einem Bauern suchen als auf dem Markt.«

Alle lachten.

»Wir haben uns viel zu erzählen, Yax«, begann Isaak, »aber ich habe hier noch eine Weile zu tun. Warum gehst du nicht mit Daphne zu unserem Haus, dort seid ihr beide ungestört.« Und zu Daphne gewandt, fuhr er fort: »Wenn ich später nachkomme, kannst du uns eines deiner griechischen Gerichte zubereiten, und wir alle können in Ruhe plaudern.«

»Aber gern, Isaak, nichts lieber als das!«

Lächelnd blickte Daphne Yax an. »Lass dir Zeit, Isaak, ich werde eine Weile für die Vorbereitungen brauchen!«

Isaak nickte augenzwinkernd. »Ich werde vorher noch einen Abstecher zum Weinhändler machen, schließlich haben wir Grund zu feiern!«

Hand in Hand machten Daphne und Yax sich auf den Weg zu Ezras Haus. Daphnes Wangen glühten vor Freude über das Wiedersehen. Jetzt würde nichts mehr sie davon abhalten, den Mann zu verführen, den sie liebte.

Die Pirsch

Schwerfällig stemmte sich Decimus Quintus auf das Geländer der Außentreppe, die zu seinem Zimmer in der so genannten ›oberen Etage‹ führte, einer nachträglich auf das typische Kasbah-Haus aufgestockten, winzigen Kammer. Nach vier Tagen, die er im Delirium auf seinem Bett liegend verbracht hatte, war er an diesem Nachmittag hungrig erwacht und versuchte nun wankend die Treppe hinunterzusteigen, um sich auf dem Markt etwas zu essen und Wein zu besorgen. Wäre das Geländer nicht erst kürzlich vom Besitzer des Hauses befestigt worden, wäre Decimus vermutlich kopfüber zu Tode gestürzt. Es war nicht das erste Mal, dass er torkelnd die Stufen hinunterschwankte. Der Besitzer hatte vorsorglich ein paar Reparaturen an der baufälligen alten Treppe vorgenommen. Nicht dass er sich um den Mieter sorgte, aber das Geld, das er ihm einbrachte, war nicht zu verachten! Dieser eigenartige, schwergewichtige Mann zahlte ihm das Doppelte dessen, was der Raum wert war, und zwar stets im Voraus. Er kam und ging zu den merkwürdigsten Zeiten, und manchmal blieb er die ganze Nacht fort. Anfangs war ihm der Mann ganz und gar nicht geheuer gewesen, aber mit der Zeit hatten Hassan und seine Frau sich an das nächtliche Kommen und Gehen und die ständige Trunkenheit ihres neuen Mieters gewöhnt, und solange er seine Miete pünktlich zahlte, sollte es ihnen gleich sein.

Die Kasbah, das älteste und vermutlich ärmste Viertel der

Stadt, ein Schmelztiegel aus Arabern, Griechen, Samaritern und anderen Zuwanderern, war das ideale Versteck für Decimus Quintus. Keine regelmäßigen Patrouillen kontrollierten diese Gassen, und abgesehen von zwei in ihren roten Umhängen und Federbusch-Helmen sonderbar anmutenden nubischen Auxilar-Soldaten zu Pferde gab es hier wenig Hinweise auf Recht und Ordnung.

Endlich am Fuß der Treppe angekommen, blieb Decimus ein paar Minuten lang an das Geländer gelehnt stehen. Als die Welt sich nicht mehr vor seinen Augen drehte und er wieder halbwegs geradeaus blicken konnte, machte er sich unsicheren Schrittes auf den Weg durch die verwinkelten Gassen, nicht ohne immer wieder über vereinzelte Stufen zu stolpern, die von einer Ebene zur nächsten führten.

In weniger verschmutzter und heruntergekommener Aufmachung hätten Yax und Daphne, die ihm in einer der engen Gassen entgegenkamen, ihn vielleicht erkannt. Doch die beiden waren so mit sich selbst beschäftigt, dass sie den Passanten ohnehin keine Aufmerksamkeit schenkten. Decimus hingegen erkannte sie trotz seines weinumnebelten Zustandes und wurde schlagartig nüchtern.

Sofort heftete er sich in unauffälligem Abstand auf die Fersen der beiden. Seine Hand fuhr an seinen Gürtel, um sich zu vergewissern, dass er sein Messer bei sich trug. Doch zu seiner Verärgerung griff er ins Leere. Natürlich nicht! Das Messer lag auf dem Boden unter dem Bett, wo er es selbst mit dem Fuß hingestoßen hatte!

Decimus folgte seinen Opfern bis zur Oberstadt, zu dem ihm vertrauten Gebiet nahe dem Palast des Herodes. Hier war es gewesen, wo er zum ersten Mal seine Rache an Prostituierten wieder aufgenommen hatte, der ersten seit seiner Freilassung aus El Gem. Er wusste, dass noch viele weitere folgen würden, und eine davon würde Daphne sein, deren melodisches Lachen jetzt nur wenige Meter vor ihm erklang. Was er allerdings nicht hörte, waren die Bemerkungen der Soldaten, die von ihrem Wachposten vor dem Palast auf ihn aufmerksam wurden. Seit dem Mord waren, vor allem in diesem Teil der Stadt, die Soldaten zu höchster Wachsamkeit gegenüber Fremden angehalten worden, was auch Hausierer, Bettler und Wasserträger einschloss. Jeder, der nicht in dieses Viertel gehörte, wurde entweder verjagt oder festgenommen und befragt.

Decimus beobachtete, wie Daphne und Yax in einem großen Haus am Ende der Straße verschwanden. Aus den Augenwinkeln nahm er aber auch die beiden Soldaten wahr, die vom Palast auf ihn zukamen. Sofort machte er kehrt und begann zu laufen, während von hinten der Ruf ertönte: »Stehen bleiben! Im Namen des Kaisers!«

Die Furcht verlieh seinen Füßen ungeahnte Schnelligkeit, und binnen Sekunden war er außerhalb der Reichweite der Soldaten. Doch er nahm sich vor, später in der Nacht zurückzukommen. Bestimmt würde Yax dann das Haus verlassen, um in seine Gemeinde in den Bergen zurückzukehren.

Yax und Daphne hatten von dem Zwischenfall, der sich unmittelbar vor ihrer Haustür abspielte, nichts bemerkt. Kaum hatten sie die Eingangstür hinter sich geschlossen, fielen sie einander in die Arme, und ihre Lippen verschmolzen zu einem leidenschaftlichen Kuss. Sanft zog Daphne Yax in ihr Zimmer im rückwärtigen Teil des Hauses. Dort ließ sie ihr Gewand langsam über die Schultern zu Boden gleiten und wandte sich ihm zu. Pulsierend breitete sich die Wärme in Yax' Körper aus. Heftig atmend bewunderte er ihre schlanke Gestalt. Sein Kopf fühlte sich ungewohnt leicht, beinahe schwindlig an, während er sich mit ungeschickten Fingern bemühte, seine Kleider abzustreifen.

»Warte, ich helfe dir.« Lächelnd trat sie zu ihm und schmiegte ihren Körper an seinen. Stück für Stück half sie ihm, sich zu entkleiden, Stück für Stück begegnete ihre Haut einander, bis sie sich beide nackt gegenüberstanden. Ihre Lippen pressten sich auf seine, während seine Hände instinktiv ihre Brüste ertasteten. Ihre Finger wanderten langsam nach unten und umschlossen zärtlich sein Geschlecht. Ohne Hast ließ sie sich rückwärts auf das Bett gleiten und zog ihn sanft zu sich herab.

Endlich waren ihre Körper vereint, und gleich einem Tier, das seinem Instinkt folgt, stieß Yax ungestüm in sie hinein.

»Sachte, mein Liebling ... ganz langsam«, flüsterte Daphne ihm liebevoll ins Ohr. Doch nur kurz vermochte Yax seine Begierde zu bremsen und sank bald darauf stöhnend auf sie nieder. Daphne streichelte lächelnd seinen Rücken. »Du musst noch viel lernen, mein Liebling.«

Keuchend und sichtlich außer Atem verlangsamte Decimus seine Schritte und blickte zurück. Da die Soldaten nicht mehr zu sehen waren, blieb er stehen und inspizierte die Straße genauer. Es waren nicht viele Passanten unterwegs. Nach einer Weile war er überzeugt, dass er seine Verfolger abgeschüttelt hatte, und er setzte seinen Weg in gemächlicherem Tempo fort.

Das Hungergefühl war längst gewichen, umso stärker war sein Bedürfnis nach Alkohol geworden. Decimus schlug den Weg zum Weinhändler ein und nahm sich fest vor, diesmal nicht bis zur Besinnungslosigkeit zu saufen, wie die Nächte zuvor. Trotzdem wusste er, dass es immer wieder geschehen würde, war es doch die einzige Möglichkeit, das Bild der Mutter aus seinem Gedächtnis zu verbannen, das ihm aus dem Gesicht jeder Prostituierten entgegenblickte, die seiner Rache zum Opfer fiel. Nach jedem Mord verschaffte der Wein ihm Schlaf und Vergessen, so dachte er jedenfalls. In Wahrheit betrank er sich nur jedes Mal bis zur Besinnungslosigkeit und benötigte hinterher noch größere Mengen Alkohol.

Er erreichte den Stand des Weinhändlers auf dem unteren Markt, kurz bevor dieser seine Pforten schloss. Vor ihm beendete ein Kunde soeben seinen Einkauf. Als er sich zum Gehen wandte, prallte er mit Decimus zusammen. Einen Augenblick lang starrten sie einander an, und für einen Sekundenbruchteil erschien es beiden, als würden sie sich kennen.

Und tatsächlich war Isaak dem Gladiator ja schon einmal begegnet, doch sein Gedächtnis ließ ihn im Stich, und da auch seine Sehkraft in letzter Zeit zu wünschen übrig ließ, murmelte er eine kurze Entschuldigung und ging seines Weges. Decimus hingegen erkannte Isaak sofort – den Mann, auf den er tagelang vor dem Vergnügungspalast in El Gem gewartet hatte. Gleichfalls eine unverständliche Entschuldigung murmelnd, wandte er rasch den Kopf zur Seite. Kurz darauf eilten beide in entgegengesetzte Richtungen mit ihrem Wein davon.

Mit zitternden Händen öffnete Decimus die Tür zu seinem Quartier unter dem Dach. Die Flucht vor den Soldaten, der Zusammenstoß mit Isaak und der Alkoholentzug setzten ihm übel zu. Hastig schüttete er sich einen Becher Wein ein. Seine Hände bebten so heftig, dass er die Hälfte verschüttete. Er wischte den Rest mit dem Ärmel auf und musste den Becher mit beiden Händen greifen, um ihn an die Lippen zu führen. Erst nachdem er ihn in einem Zug geleert hatte, stellte er ihn wieder ab, ließ sich auf sein Bett sinken und wartete, dass der rote Rebensaft seine Wirkung tat.

Allmählich breitete sich Wärme in seinen Eingeweiden aus, und das Zittern ließ so weit nach, dass er sich noch einen Becher einschenken konnte, diesmal ohne etwas zu verschütten. Nicht mehr ganz so hastig leerte er auch diesen Becher. Allmählich fühlte er sich besser.

»Mein Messer!«, murmelte er, »ich darf auf keinen Fall mein Messer vergessen!«

Er erinnerte sich, dass er es mit dem Fuß unter das Bettgestell geschoben hatte. Schwerfällig ließ er sich auf den Knien neben dem Bett nieder. Kakerlaken stoben auseinander, als er die Strohmatratze von dem Gestell hob und das Tageslicht in die staubigen Winkel unter dem Bett fiel. Er griff nach dem Messer und pustete den Staub von der Klinge. Anschließend schlurfte er zu dem kleinen Tisch, ließ sich auf dem Stuhl nieder und goss sich einen weiteren Becher Wein ein. Mit zurückgeneigtem Kopf kippte er die Hälfte des Inhalts hinunter, packte in einem jähen Impuls den Griff des Messers und stieß die Klinge mit einem zornigen Laut in die Tischplatte. Dann holte er plötzlich mit einer heftigen Bewegung aus, um den Wein vom Tisch zu fegen, hielt aber unmittelbar inne, da ihm wieder einfiel, wie weit er dafür hatte gehen müssen und dass der Markt inzwischen geschlossen war. Er fühlte sich wie in einer Falle. Sejanus hatte ihn gekauft, und er, Decimus, wurde das unangenehme Gefühl nicht los, dass man ihn letztendlich um seinen Lohn betrügen würde. Er hatte nichts in der Hand! Er besaß keinen Vertrag, keine Garantie, nichts, was seinen Auftrag bestätigte, nur das Messer! Wenn die Soldaten ihn schnappten, war sein Leben keinen Pfifferling wert.

Einige Stunden später riss ihn das Geräusch klappernder Pferdehufe, das von der Straße unter seinem Fenster heraufdrönte, aus seiner Lethargie. Benommen erhob er sich und musste sich dabei Halt suchend am Tisch abstützen, als er merkte, wie seine Beine unter ihm nachgaben. Die Anstrengung ließ ihn wieder zu sich kommen. Er starrte auf das Messer und grübelte, wie viel Zeit inzwischen wohl vergangen war. Als er aus dem Fenster blickte, stellte er fest, dass es bereits dunkel war.

Das Hufgetrappel verklang, und Decimus' Atem beruhigte sich. Offenbar waren die Soldaten nicht hinter ihm her! Ein bohrendes Hungergefühl machte sich jetzt wieder bemerkbar, und selbst die Lust auf Alkohol war ihm im Augenblick vergangen. Auf dem Tisch an der Wand, der ihm als Kochecke diente, fand er noch einen halben Laib Brot, der sich bei näherer Untersuchung jedoch als völlig verschimmelt erwies. »Wie lange habe ich den schon?«, überlegte er, »vier oder fünf Tage?« Er schleuderte das Brot aus der Tür hinunter auf die Straße. »Sollen die Ratten sich darüber hermachen!«

Er benötigte beide Hände, um das Messer wieder aus der Tischplatte zu ziehen. Die Klinge war außergewöhnlich scharf, und mit entsprechender Vorsicht steckte er das Messer unter seinen Gürtel, wo es von den Falten seines Gewandes verdeckt wurde.

Decimus verließ seine Unterkunft und schaffte es diesmal sogar, die Stufen zur Straße ohne Zwischenfall hinabzusteigen. Unten angekommen, schlug er ohne zu zögern den Weg zur Oberstadt ein, zu dem Haus, in dem Daphne und Yax verschwunden waren. Unterwegs machte er kurz Halt bei einem Straßenhändler, der geröstete Mandeln und Pistazien feilbot, und erstand ein paar Nüsse und ein Stück Feigengebäck, seine erste Mahlzeit seit Tagen. In der Absicht, einen Bogen um den Palast des Herodes zu schlagen, ging er versehentlich zu weit und fand sich unvermutet auf der Schädelhöhe in Golgatha wieder. Schaudernd betrachtete er die Silhouette eines Gekreuzigten und lenkte seine Schritte eilig zurück zur Straße. Als er am Palast vorüberkam, achtete er sorgfältig darauf, sich im Schatten des Gemäuers zu halten. Diesmal würden die Soldaten ihn nicht entdecken! Im Nachhinein erschien es ihm wie ein Wunder, dass er die Prostituierte angesichts der zahlreichen Wachen entlang der Straßen unbemerkt zum Fuße des Wachturms hatte schleifen können. Wenn er es schaffte, Yax heute Nacht die Kehle durchzuschneiden, musste er dafür sorgen, dass es im Schutz der alten Mauern geschah. Er erkannte das Haus wieder und schlich sich zu den Büschen seitlich des Gebäudes. Es war ein elegantes Haus, ganz anders als die heruntergekommenen Behausungen der Unterstadt, und verfügte über mehrere, von

Säulen umgebene, luftige Patios. Als er näher heranschlich, hörte er Gelächter und Gesprächsfetzen der Bewohner, die im Innern ihre Abendmahlzeit einnahmen. Der verlockende Duft köstlicher Gerichte erinnerte Decimus daran, wie hungrig er immer noch war. Bei genauerem Hinhören erkannte er die Stimmen von Yax und Daphne. Die beiden anderen Männerstimmen vermochte er nicht einzuordnen, nahm aber an, dass einer von ihnen Isaak war. Mit knurrendem Magen setzte sich Decimus unter einem Busch auf den Boden, unfähig, noch länger in der geduckten Stellung zu verharren. Er hoffte inständig, dass Yax bald aufbrechen würde, damit er seine Mission zu Ende bringen konnte.

Endlich, nach stundenlangem Warten, wie es ihm schien, lösten die Bewohner ihre abendliche Runde auf, und das Licht im Speisezimmer erlosch. Kurz darauf wurde in einem anderen Zimmer ein Licht entzündet. Decimus erhob sich mit steifen Gliedern und schlich sich vorsichtig an das Fenster. Just als er hineinspähen wollte, wurden die Läden geschlossen. Er presste ein Auge auf den schmalen Lichtspalt, der zwischen den Verschlägen hindurchfiel. Der spärliche Schein der kleinen Kerze spendete gerade genug Licht, dass die beiden Liebenden ihre Körper in der Dunkelheit ausmachen konnten. Als sie eng umschlungen auf das Bett niedersanken, verschwanden sie aus Decimus' Blickfeld. Jetzt bestand kein Zweifel mehr daran, dass Yax die Nacht in dem Haus verbringen würde. Decimus seufzte. Es hatte keinen Sinn mehr, weiterhin in der Dunkelheit auf der Lauer zu liegen. Er entschloss sich, in seine Behausung zurückzukehren und es ein anderes Mal zu versuchen. Hoffentlich hatte er diese Aufgabe bald hinter sich gebracht und konnte sich in Rom seine wohlverdiente Belohnung abholen. Gerade noch rechtzeitig vermochte er sich auf dem Heimweg vor einer Patrouille zu flüchten, indem er sich in einen dunklen Hauseingang drückte. Die Soldaten gingen so nah an ihm vorbei, dass er nur die Hand hätte auszustrecken brauchen, um ihre Umhänge zu berühren. Mit angehaltenem Atem wartete er und fürchtete schon, sein Herzschlag würde ihn verraten. Erst nachdem die Soldaten mehrere Minuten außer Sichtweite waren, wagte er sich wieder aus seinem Versteck heraus.

In seiner Kammer verleibte er sich den Rest des Weines ein, ließ sich auf sein Bett fallen und schlief augenblicklich ein.

Währenddessen kuschelten sich Daphne und Yax in dem Haus in der Oberstadt aneinander. »Du lernst schnell, Liebling«, flüsterte sie ihm zärtlich ins Ohr.

Der Marktplatz

Mit Isaaks Hilfe gelang es Daphne, Yax davon zu überzeugen, in Jerusalem zu bleiben. Eingesponnen in Daphnes Liebe und die Anziehungskraft ihres Körpers, brauchte es nicht lange, bis er ihrem Wunsch nachgab, sich als Zimmermann auf dem oberen Markt niederzulassen. Nie zuvor hatte er solche Sinnenfreuden erlebt, wie Daphne ihm Nacht für Nacht schenkte, und er vermochte sich der Faszination ihres gemeinsamen Liebesspiels nicht mehr zu entziehen. Seine halbherzigen Einwände bezüglich der Beschaffung der Werkzeuge, des Materials und dergleichen und wie alles zu bezahlen sei, wurden rasch zerstreut, als Isaak sich bereit erklärte, ihm das Geld gegen einen geringen Anteil an seinem Geschäft zu überlassen. Und nach einer weiteren Nacht der leidenschaftlichen Liebe war Yax voll und ganz bereit, sich auf den Vorschlag einzulassen. Daphne war eine Meisterin, wenn es darum ging, ihn zu beherrschen, und ohne es zu ahnen, war er längst ihr williger Sklave geworden.

Sobald ein geeigneter Stand gefunden und das Werkzeug beschafft war, machte er sich an die Arbeit, von Leidenschaft getrieben. Drei Monate lang werkelte er hinter geschlossenen Vorhängen, und sein Tun lockte nicht wenige neugierige Händler und potenzielle Kunden an. Beinahe jeden Tag legten Daphne, Yax, Ezra und manchmal auch Isaak gemeinsam den Weg zum Markt oder nach Hause zurück. Und ohne es zu wissen, befanden sie sich stets in Begleitung von Decimus, der ihnen in nur wenigen Metern Entfernung auf Schritt und Tritt folgte.

Nach vier Monaten stellte Yax stolz seine ersten beiden Tische vor seiner Werkstatt aus. Unter den Bewunderern, die nicht lange auf sich warten ließen, befand sich auch ein Priester aus dem Tempel, der sich, angelockt durch Isaaks glühende Lobreden, sogleich auf den Weg zu Yax' Stand begeben hatte. In der Tat war er äußerst angetan von der kunstvollen Gestaltung der Tische. Nach einer kurzen Begrüßung beugte er sich hinab, um Yax' Werk noch genauer zu begutachten.

»Was bedeuten diese Schnitzereien hier an den Beinen?«, fragte er und fuhr dabei mit den Fingern über die feine Arbeit.

»Diese Gesichter stellen die Götter meines Volkes dar: den Regengott, den Maisgott ...«, doch bevor Yax fortfahren konnte, hatte der Priester sich bereits auf dem Absatz herumgedreht und stürmte abrupt davon.

Verdutzt und offenen Mundes starrte Yax ihm nach.

»Was war denn mit dem los?«, erkundigte sich Daphne, die soeben hinter dem Vorhang hervorgetreten war.

»Keine Ahnung. Zuerst hatte ich den Eindruck, als ob ihm der Tisch gefiel.«

Erst abends, als Isaak vom Tempel herüberkam, erfuhren sie den Grund für das sonderbare Gebaren des Priesters.

»Du darfst nicht vergessen, Yax, dass wir uns hier nicht in Rom, sondern in Jerusalem befinden!«

»Was meinst du damit?«

»Schlag in der Thora nach, im Fünften Buch Mose, Deuteronomium: ›Du sollst keine anderen Götter neben mir haben! Du sollst dir kein Bildnis von mir machen ...‹ Erinnerst du dich nicht an die Gebote?«

»Oh«, erwiderte Yax betreten, »wie konnte ich nur so dumm sein? Natürlich ist das nicht die Art Schnitzerei, die hier ante. Das waren Nachrichten, die Isaak seinem Freund und Geschäftspartner Yax wohlweislich vorenthielt.

Doch derartige Neuigkeiten verbreiteten sich schnell, und es dauerte nicht lange, da erreichten sie auch den Marktplatz. Es war Shapan, der Teppichhändler, der Yax' Interesse wieder entflammte. Er war soeben von Damaskus nach Jerusalem zurückgekehrt, wo er neue Teppiche eingekauft hatte. Jetzt benötigte er einen Ausstellungstisch, auf dem er seine neue, wertvolle Ware angemessen präsentieren konnte, und wollte Yax mit der Fertigung beauftragen.

»Hast du schon von dem Mann gehört, den sie Jesus von Nazareth nennen?«, erkundigte er sich bei Yax, nachdem sie sich über seinen Auftrag einig geworden waren.

»Ich habe vor einiger Zeit in Kafarnaum nach einem Priester gesucht, der sich Jesus nannte, habe ihn allerdings nie gefunden.«

»Das muss der Mann sein. Ich konnte ihn nur aus der Ferne sehen, weil sich Tausende von Menschen um ihn geschart hatten!«

»Und was genau geschah dort?«

»Er predigte, und die Menschen speisten mit ihm. Wir setzten uns am Rande der Menge dazu und aßen Brot und tranken Wein mit ihnen. Sie erzählten, dass er Kranke und Lahme geheilt hätte, und behaupteten, er sei ein Bote Gottes – der Messias.«

»Hattest du Gelegenheit, mit ihm zu sprechen?«

»Nein, er fuhr mit einem Boot über den See Genezareth, und die Menge löste sich auf.«

»Und glaubst du auch, es war der Messias?«, fragte Yax interessiert.

»Ich habe ein paar Leute über ihn befragt. Einige sagten, er sei der Prophet Elija oder Jeremia. Andere wieder behaupteten, es handele sich um Johannes den Täufer.«

»Nein, der war es bestimmt nicht«, widersprach Yax. »Ich kannte Johannes. Herodes hat ihn enthaupten lassen, das weiß ich mit völliger Sicherheit.«

»Ich weiß nicht recht, was ich davon halten soll. Aber Tatsache ist, dass dieser Mann Tausende Anhänger hat. Die Priester hier im Tempel sind ziemlich beunruhigt!«

»Die Priester? Isaak hat mir gar nichts davon erzählt!«

»Arbeitet Isaak nicht im Tempel?«

»Ja, er ist dort Geldwechsler. Er müsste es als Erster erfahren, wenn die Priester beunruhigt sind. Immerhin hält er sich jeden Tag dort auf!«

Isaak suchte einen Augenblick lang nach den richtigen Worten, bevor er auf Yax' Frage antwortete. Sie hatten sich soeben zur Abendmahlzeit niedergesetzt.

»Yax, es geht nicht darum, ob dieser Mann der Messias ist oder nicht. Einige Priester sind nach Galiläa gereist, um sich selbst ein Bild zu machen, und haben ihn aufgefordert, eines seiner Wunder zu wirken ... Vergeblich! Sie halten ihn für unrein, er wäscht sich nicht, bevor er seine Mahlzeiten einnimmt! Er führt sich respektlos und beleidigend auf und missachtet den Sabbat!«

»Halten die Leute ihn für den Sohn Gottes?«

»Nein, und deshalb habe ich dir gegenüber auch nichts davon erwähnt. Das ist nicht der Mann, nach dem du suchst.«

»Und doch heißt es«, grübelte Yax, »dass er Tausende Anhänger hat.«

Daphne warf Isaak einen viel sagenden Blick zu.

»Wenn du willst, Yax, nehme ich dich morgen mit zum Tempel, dann kannst du selbst mit den Priestern sprechen. Das wird der Sache sicher ein Ende setzen!«, schlug Isaak vor.

»Wen ich wirklich gerne dazu befragen würde«, sagte Yax mit einem Lächeln, »ist dieser Jesus selbst.«

Daphne sprang vom Stuhl auf und verschüttete dabei ihren Wein. »Yax wird nirgendwohin gehen! Er hat genug hier in Jerusalem zu tun!« Mit diesen Worten stürmte sie aus dem Zimmer und ließ die anderen verblüfft zurück.

Yax erholte sich als Erster von seiner Überraschung. Er entschuldigte sich und folgte Daphne in ihr gemeinsames Zimmer. Sie stand am offenen Fenster und blickte in die Dunkelheit hinaus. Ihre Brust hob und senkte sich erregt. Zögernd trat Yax hinter sie und legte seine Arme um sie. Aber Daphne wirbelte herum und stieß ihn fort. »Es ist mein Ernst, Yax. Ich ertrage es nicht, wenn du noch einmal fortgehst, so wie beim letzten Mal! Es gibt überhaupt keinen Grund, hinter diesem Mann herzujagen! Du hast doch gehört, was Isaak gesagt hat!«

»Daphne, ich will doch nur mit ihm reden.«

»Yax, ich warne dich. Falls du wieder weggehst, werde ich nicht mehr hier sein, wenn du zurückkehrst.«

In dieser Nacht schliefen sie zum ersten Mal ein, ohne einander zu berühren, jeder lag an seiner Seite des Bettes, dem anderen den Rücken zugekehrt. Yax gab vor zu schlafen, doch er war hellwach und grübelte über den Mann in Galiläa und seinen Streit mit Daphne nach. Am nächsten Morgen stand er noch vor den anderen auf und brach allein zu seinem Stand auf dem Markt auf. Am Nachmittag beendete er die Arbeit an dem Tisch für den Teppichhändler Shapan und lieferte ihn persönlich an dessen Stand ab. Er konnte es sich nicht verkneifen, das Thema nochmals auf den Mann namens Jesus zu bringen.

»Weißt du noch, wie er ausgesehen hat?«

»Nein, er war zu weit weg. Wie ein gewöhnlicher Mann eben. Er trug einen Bart und langes Haar, wie alle anderen auch. Wie es scheint, hat er sechs oder sieben enge Gefolgsleute, seine Jünger. Vielleicht sind es auch mehr, ich konnte wirklich nicht viel sehen.«

Als Yax ein wenig enttäuscht aufbrechen wollte, fügte Shapan hinzu: »Aber ich habe einen Kunden, der mit ihm gesprochen hat.«

Yax blieb abrupt stehen. »Er hat wirklich persönlich mit ihm gesprochen?«

»Ja. Der Mann kommt heute noch vorbei, um einen Teppich abzuholen. Ich werde ihn zu dir hinüber schicken.«

Mit wachsender Erregung wartete Yax auf das Erscheinen von Shapans Kunden. Es war fast Abend, als der Mann endlich auftauchte. Er war vornehm gekleidet und kam in Begleitung eines Dieners, der den Teppich für ihn trug.

»Du willst etwas über diesen Jesus erfahren?«

»Ja«, erwiderte Yax aufgeregt. »Hast du mit ihm gesprochen?«

»Das habe ich. Die Leute erzählten, er sei der Sohn Gottes, und nannten ihn Herr. Also fragte ich Ihn, was ich tun müsse, um ewiges Leben zu erlangen.«

»Und was hat er geantwortet?«

»Er riet mir, all mein Hab und Gut zu verkaufen und das Geld unter den Armen zu verteilen!«

»Und? Hast du es getan?«

»Selbstverständlich nicht. So dringend wünsche ich mir das ewige Leben nun doch nicht.«

»Du hast ihm nicht geglaubt?«

»Alle anderen, die ihm folgen, scheinen an ihn zu glauben, aber mir war der Preis zu hoch. Ich war mir nicht sicher, ob sein Rat mir wirklich ewiges Leben garantiert, und wenn nicht, hätte ich alles umsonst fortgegeben.«

Yax war zutiefst niedergeschlagen. So sehr hatte er gehofft, endlich jemanden zu treffen, der seine Hoffnungen bestätigen und seine Suche rechtfertigen würde. Selbst die kleinste Ermutigung hätte ihm genügt, sich auf den Weg nach Galiläa zu machen, um den Mann zu finden, von dem er sich den entscheidenden Anstoß für sein weiteres Leben erhoffte.

»Mein Diener hier behauptet übrigens«, fügte der Mann plötzlich hinzu, »dass er mit eigenen Augen Zeuge eines seiner Wunder geworden sei. Mach schon, Uzzi, erzähl ihm, was passierte.«

Uzzi trat einen Schritt vor und deutete eine leichte Verneigung an.

»Als wir die Menge auf dem Hügel nahe dem See Genezareth erreichten, schickte mein Herr mich vor, um herauszufinden, was der Grund für den Menschenauflauf sei. Am Ufer stand ein Mann in weißem Gewand und sprach zu den Leuten, oder vielleicht sollte ich besser sagen, er predigte zu ihnen. Zwei Männer setzten eine Trage vor ihm ab und sagten: ›Hilf uns, Herr, unser Vater ist seit drei Jahren lahm!‹ Ich stand nahe genug, um zu hören, was gesprochen wurde. Der Mann im weißen Gewand kniete neben dem Verkrüppelten nieder und betete. Dann nahm er die Hand des Mannes und sagte: ›Steh auf!‹«

»Und? Was geschah dann?«, fragte Yax gespannt.

»Der Alte stand auf und ging davon!«

»Und der Mann im Gewand?«

»Es war Jesus. Gottes Sohn!«

»Als mein Diener zurückkehrte und mir die Geschichte erzählte, wollte ich mich natürlich mit eigenen Augen davon überzeugen. Diesen Mann, Jesus, habe ich wohl gesehen, aber in meiner Anwesenheit hat er kein Wunder vollbracht. Hätte ich selber gesehen, wie der alte Mann aufstand und fortging, wäre ich vielleicht auch überzeugt worden. Aber als ich kam, war er schon nicht mehr da. Wie soll man so etwas glauben, wenn man es nicht mit eigenen Augen gesehen hat?«

Yax nickte, hörte aber nur noch mit halbem Ohr zu. In seinem Kopf arbeitete es fieberhaft. Er musste unbedingt nach Galiläa! Je früher er aufbrach, desto eher würde er jenen Mann finden, der die Macht besaß, ihm die Rückkehr in sein Heimatdorf zu ermöglichen. Die Macht, ihn zu salben und seinen Traum

Wirklichkeit werden zu lassen. »Eure Informationen haben mir geholfen, eine Entscheidung zu fällen«, bedankte er sich bei den beiden. »Ich werde sofort Vorbereitungen für meinen Aufbruch treffen.«

Das Abendessen verlief schweigend, nachdem Yax den anderen seinen Entschluss verkündet hatte. Daphne warf ihm immer wieder vernichtende Blicke zu. Isaaks Blicke waren eher eine stumme Bitte. Nur Ezra verhielt sich erfreulich neutral.

»Morgen früh mache ich mich auf den Weg. Ich muss es einfach tun, sonst werde ich mein Leben lang nicht zur Ruhe kommen.«

In dieser Nacht weigerte Daphne sich, das Bett mit Yax zu teilen, und wollte nicht einmal im selben Zimmer mit ihm übernachten. Also verbrachte er die Nacht auf einem Ruhesessel im Wohnzimmer und machte kaum ein Auge zu. Am Morgen zog er sich frische Kleidung an und verließ noch vor Morgengrauen das Haus. Sein erster Weg, nachdem er die Mauern Jerusalems hinter sich gelassen hatte, führte ihn zu einem Anwesen im Kidron-Tal.

»Wenn du jemals ein Pferd benötigst, dann komm zu mir«, waren Ephraims Worte gewesen. Ihm gehörte ein Anwesen in der Nähe des Wad En-Nar, einem fruchtbaren Tal bei Jerusalem. Wenn man der Schlucht folgte, gelangte man direkt zum Ufer des Toten Meeres.

Ephraim hatte vor kurzem bei Yax einen Tisch und ein paar Stühle erstanden. Jetzt lauschte er mit großem Interesse Yax' Vorhaben, nach Galiläa zu reisen.

»Ich hoffe, dass du diesen Mann findest und dass er wirklich derjenige ist, den du suchst.«

»Ich werde es dich bei meiner Rückkehr wissen lassen«, versprach Yax, während er auf dem Pferd, das Ephraim ihm geborgt hatte, vom Hof ritt.

Das Pferd suchte sich seinen Weg durch das ausgetrocknete

Flussbett. Während der winterlichen Regenzeit wäre diese Strecke wegen der tosenden Wassermassen unpassierbar gewesen. Doch jetzt war es trocken, und obgleich diese Strecke länger war, legte er sie zu Pferd in der Hälfte der Zeit zurück. Als Yax die Stelle erreichte, an der der Pfad nach Qumran seinen Weg kreuzte, machte er kurz Halt, um die Bauern zu begrüßen.

»Nein, tut mir Leid, ich habe keine Zeit, die Gemeinde zu besuchen. Ich bin auf dem Weg nach Galiläa und möchte keine Zeit verlieren.«

»Joseph wird enttäuscht sein«, entgegnete einer der Männer.

»Sag ihm, dass ich auf dem Rückweg vorbeischaue«, antwortete Yax und trieb sein Pferd an, denn es lag noch eine beachtliche Strecke vor ihm.

Als Daphne sich an diesem Morgen aus ihrem einsamen Bett erhob, bedauerte sie bereits, dass sie Yax veranlasst hatte, im Nebenzimmer zu übernachten. Die Veränderungen, die in ihrem Körper vor sich gingen, hatten sie ungewöhnlich reizbar gemacht. Der Gedanke, dass Yax diesen Mann, den er suchte, womöglich finden und sie mit dem Kind in Jerusalem zurücklassen könnte, hatte ihr griechisches Temperament zum Kochen gebracht. Yax wusste nichts von ihrer Schwangerschaft. Isaak war der Einzige, der ihr Geheimnis kannte, und hatte sich zu absolutem Stillschweigen verpflichten müssen. Er war ihr ein wahrer Freund, und Daphne vertraute ihm. Sie hatten viele Stunden damit verbracht, miteinander zu reden, wofür Yax offenbar nie Zeit zu haben schien. Als sie sicher war, dass sie ein Kind erwartete, musste sie es einfach jemandem mitteilen, und es war nur natürlich, dass Isaak der Betreffende war.

Daphne blickte durch die Tür auf den Ruhesessel, wo Yax die Nacht verbracht hatte, und musste enttäuscht feststellen, dass er leer war. Insgeheim hatte sie gehofft, dass Yax sich ihren Wünschen fügen und seine Besessenheit – oder was immer ihn trieb

– aufgeben würde. Schmollend verzog sie die Lippen und strich sich mit einer heftigen Bewegung das Haar zurück.

»Also gut«, murmelte sie. »Dann ist er eben gegangen. Die beiden anderen sind auch schon unterwegs. Wenn alle zurückkehren, werde *ich* nicht mehr hier sein!« Energisch machte sie sich daran, ihre Kleider zusammenzusuchen. Anschließend ließ sie einen Wagen rufen, der sie zum Hafen von Cäsarea brachte, wo sie das erste Schiff nach Griechenland nehmen wollte. Dort würde sie die Verwandten ihrer Mutter aufsuchen, wo immer diese sich aufhielten, und ihr Kind in ihrem Heimatland zur Welt bringen.

Clodius

Fast ein Jahr war vergangen, seit Imperator Tiberius dem Treiben des Aelius Sejanus und seiner Anhänger ein Ende gesetzt hatte. Die beiden Soldaten, die mit Daphne nach El Gem gereist waren, hatten bei ihrer Rückkehr nicht mehr zu berichten gewusst, als dass Yax aus der Löwenarena entkommen war.

Monate verstrichen, und jedes Mal, wenn Tiberius im Palast an seinem Schreibtisch saß und seine Finger über die Schnitzereien der Beine gleiten ließ, fragte er sich, was wohl aus Yax geworden war. Schließlich ließ ihm der Gedanke keine Ruhe mehr, und er befahl den Hauptmann seiner Prätorianergarde zu sich.

»Du hast nach mir gesandt, Herr?«

»Ja, Clodius. Ich möchte dich mit einer wichtigen Mission beauftragen, eine Mission, die ich nur dir anvertrauen kann.«

Der Hauptmann wartete schweigend, dass der Imperator fortfuhr.

»Setz dich, Clodius, es wird eine Weile dauern, bis ich dir alles erklärt habe. Erinnerst du dich an den Zimmermann Yax?«

Clodius' Augen leuchteten auf. »Und ob, Herr, sehr gut sogar. Wir haben bei verschiedenen Gelegenheiten ein paar Tage miteinander verbracht. Weißt du, wo er sich jetzt aufhält?«

»Nein, aus diesem Grund habe ich dich rufen lassen. Ich würde ihn gern wiedersehen und möchte, dass du ihn zu mir bringst. Außerdem möchte ich, dass du ein Mädchen namens Daphne findest. Sie ist seine Freundin und möglicherweise mit ihm zusammen. Sie kam eines Tages zu mir und informierte mich über seine Gefangennahme im Amphitheater von El Gem. Als ich der Sache auf den Grund ging, entdeckte ich die Verschwörung und ... nun, der Rest ist dir bekannt.«

Clodius nickte.

»Ich möchte den beiden eine Gunst erweisen und sie zu Bürgern Roms ernennen.«

»Wann soll ich aufbrechen, Imperator?«

»Auf der Stelle, Clodius. Übertrag Septimus, oder wie immer sein Name lautet, während deiner Abwesenheit den Befehl über die Prätorianergarde. Und lass dir von Titus, dem Verwalter der Schatzkammer, so viel Geld auszahlen, wie du es für nötig erachtest. Aber kehre nicht ohne die beiden zurück, koste es was es wolle.«

Clodius erhob sich und salutierte. »Ich werde gleich morgen früh aufbrechen. Wenn Yax sich nicht in El Gem oder in Karthago aufhält ... ich habe eine Idee, wo er stecken könnte.«

»Und wo?«

»Nun, bevor wir zusammen die sterblichen Überreste des Germanicus heimführten, hielt er sich in Judäa auf.«

Bei der Erwähnung seines toten Sohnes huschte ein Schatten über Tiberius' Gesicht.

»Verzeih, Herr, ich wollte nicht an alte Wunden rühren.«

»Die Zeit der Trauer ist vorbei. Dass sein Sohn Gaius eines Tages vermutlich meine Nachfolge antreten wird, bereitet mir Sorge. Kannst du dir einen Herrscher über Rom vorstellen, den man Caligula* nennt?«

Clodius schenkte sich einen Kommentar.

---

* Stiefelchen (Anm.d.Ü.)

»Hast du eine Vermutung, wo in Judäa Yax sich aufhalten könnte, falls er tatsächlich dort ist?«

»Ja, in einer kleinen Gemeinde in Qumran, in der Nähe des Toten Meeres.«

»Nun, wenn du Hilfe benötigst, wende dich an Pontius Pilatus, den Statthalter von Judäa. Ich werde dir ein Empfehlungsschreiben mit auf den Weg geben.«

Nach seiner Ankunft im Hafen von Karthago machte Clodius sich sogleich auf den Weg zum Kommandanten der Garnison.

»Nein, Hauptmann, ich erinnere mich noch genau. Wir handelten unter dem Befehl von Sejanus, der zu der Zeit das Kommando führte, und hatten strikte Anweisung, den Hafen nach dem Flüchtigen zu überwachen. Wir haben jedes auslaufende Schiff durchsucht, sämtliche Passagiere und die Besatzungen ... dieser Mann ist gewiss nicht von Karthago aus in See gestochen!«

»Wie lange währte die Überwachung?«

»Bis der Befehl widerrufen wurde, also bis kurz nach Sejanus' Hinrichtung. Wird der Zimmermann immer noch gesucht?«

»Ja, diesmal allerdings, um ihn zum Bürger Roms zu ernennen.«

Am nächsten Morgen setzte Clodius seine Suche in El Gem fort. Doch was er dort beim befehlshabenden Sonderkommandeur erfuhr, war niederschmetternd.

»Willst du damit sagen, dass Sejanus die Freilassung eines gemeingefährlichen Verbrechers und verurteilten Mörders veranlasste und ihm Geld dafür versprach, Yax zu töten?«

Der Kommandeur nickte.

»Wann wurde dieser Gladiator das letzte Mal hier gesehen?«

»Das muss über ein Jahr her sein. Wir gehen davon aus, dass er das Land verlassen hat.«

Clodius fehlten vor Entsetzen die Worte.

»Der Gladiator ist jahrelang im Amphitheater aufgetreten und hat alle Widersacher besiegt,« fügte der Kommandeur hinzu.

Clodius nickte. »Ich erinnere mich an ihn. Klein, gedrungene Gestalt, buschige Brauen, schwarzer Bart ...«

»Den Bart hat er inzwischen abrasiert und auch sein Äußeres zu seinem Vorteil verändert. Er saß jeden Tag im Vergnügungspalast und wartete auf das Auftauchen einer Prostituierten, von der es hieß, dass sie mit Yax befreundet sei.«

»Das muss Daphne sein.«

»Nun, sie nannte sich Sasha ... und gehörte zu den Hauptattraktionen jenes Hauses.«

Besorgt schüttelte Clodius den Kopf. »Hoffentlich komme ich nicht zu spät! Ich muss Yax unbedingt finden, wenn dieser Wahnsinnige mir nicht schon zuvorgekommen ist! Yax steht unter dem Schutz des Kaisers! Tiberius will ihn zum Bürger Roms ernennen. Wenn du diesen Gladiator zu fassen bekommst, setz ihn sofort unter Arrest!«

Der Kommandeur nickte. »Übrigens heißt er Decimus Quintus, falls er seinen Namen nicht inzwischen geändert hat.«

Die beiden Soldaten verabschiedeten sich mit Salut, und Clodius machte sich auf den Weg zum Vergnügungspalast. Das üppig ausgestattete Gemäuer rief in ihm Erinnerungen an die Zeit wach, da er mit Yax und Germanicus hier eingekehrt war. Wie lange war das her!

Der beleibte kleine Araber begrüßte ihn am Eingang. »Ich bitte tausend Mal um Verzeihung, erhabener General, aber die Mädchen haben sich noch nicht erhoben. Darf ich dir die Wartezeit mit einem Krug Wein verkürzen? Sie werden in wenigen Minuten hier sein.«

»Ich bin nicht wegen der Mädchen hier«, erwiderte Clodius. »Ich brauche Informationen.«

»Mit dem größten Vergnügen, Soldat. Womit kann ich dienen?«

»Du hattest hier ein Mädchen, Daphne ... oder Sasha ...«

»Oh, sie war eine meiner Attraktionen. Nie zuvor hatte ich ein solches Mädchen! Langes, seidiges Haar ... Brüste wie Granatäpfel ...«

»Verschone mich mit den Einzelheiten. Wo ist sie jetzt?«

Das Gesicht des Arabers verfinsterte sich. »Diese Hure! Sie verschwand mit einem Kerl, der doppelt so alt war wie sie ... ein jüdischer Bauer mit Mist an den Schuhen!«

»Ich danke dir.« Clodius lächelte. »Das ist genau die Nachricht, die ich erhofft habe.« Er drehte sich um und ließ den Araber mit verwirrtem Blick stehen. Zurück in Karthago, begab Clodius sich auf direktem Weg zum Hafen. Den ersten Seemann, der ihm am Pier begegnete, fragte er: »Kannst du mir sagen, ob es ein Schiff gibt, das nach Judäa fährt?«

Der Matrose deutete auf einen Mann, der in einiger Entfernung am Pier stand. »Frag ihn. Er ist der Hafenmeister.«

»Gerade heute Morgen ist eins ausgelaufen«, erklärte ihm der Hafenmeister. »Zurzeit reisen sie in Scharen nach Jerusalem, um dort das Pessach-Fest zu feiern. Das nächste Schiff läuft erst in einigen Tagen aus.«

»Gibt es keine andere Möglichkeit?«, fragte Clodius enttäuscht.

»Du kannst natürlich mit dem Kamel die Wüste durchqueren, aber du wirst schneller dort sein, wenn du auf das nächste Schiff wartest. Zum Pessach bist du auf jeden Fall rechtzeitig dort.«

»Das Pessach-Fest interessiert mich herzlich wenig«, murmelte Clodius resigniert, während er davonging. »Nun, ich werde bis zum Auslaufen in der Garnison warten.«

Die Verhaftung

Yax gestattete seinem Pferd erst eine Verschnaufpause, als er das südliche Ufer des See Genezareth erreicht hatte. Den ganzen Tag hatte er das Tier angetrieben und nur ein paar Mal kurz Halt gemacht. Er führte die Stute ins Wasser, um sie abzukühlen, achtete aber darauf, dass sie nicht zu viel trank. Während er das sandige Ufer entlangging, bemerkte Yax in geringer Entfernung einen Fischer in seinem Boot, der ihm bekannt vorkam.

»Sei gegrüßt«, rief er und winkte ihm zu, »sind wir uns nicht schon einmal begegnet?«

Der Mann blickte von der Arbeit an seinem Netz auf und starrte Yax einen Moment an. »Ja, ich habe dich vor einiger Zeit ein Stück in meinem Boot mitgenommen. Ich bin Zebedäus.«

»Richtig! Ich bin Yax, der Zimmermann aus Jerusalem. Ich bin zurückgekehrt, weil ich hoffte, den Mann namens Jesus hier anzutreffen.«

»Warte einen Augenblick«, rief Zebedäus, »ich komme mit dem Boot ans Ufer.«

Yax ließ das Pferd auf einem Grünstreifen entlang des Ufers grasen und watete ins Wasser, um Zebedäus dabei zu helfen, das Boot an Land und die Uferböschung hinaufzuziehen.

»Sind deine Söhne immer noch mit dem Prediger unterwegs?«, erkundigte sich Yax.

»Ja. Jakob und Johannes sind immer noch bei ihm ... allerdings er ist mehr als ein Prediger. Er ist der Messias!«

»Wie es heißt, soll er Wunder vollbringen ... die Blinden sehend machen und die Lahmen heilen.«

»Das stimmt«, bestätigte Zebedäus, »und das ist noch längst nicht alles!«

»Ich bin hergekommen, um ihn zu finden. Was meinst du, soll ich mich weiter in Richtung Kaparnaum halten?«

»Nein«, seufzte Zebedäus, »ich fürchte, du bist vergeblich gekommen. Jesus hat sich mit seinen Jüngern auf den Weg nach Jerusalem gemacht, um dort das Pessach-Fest zu begehen.«

»Aber mir ist niemand begegnet.«

»Sie haben den Weg über Sepphoris, Nazareth und Antipatris gewählt. Vielleicht machen sie auch einen Umweg über Jericho, bevor sie sich endgültig nach Jerusalem wenden.«

»Wer sind diese Jünger, von denen du sprachst?«

»Seine engsten Anhänger, meine beiden Söhne und natürlich Simon, den du bereits kennen gelernt hast – er nennt sich inzwischen Petrus. Dann gibt es noch einen anderen Simon. Außerdem einen ehemaligen Steuereinnehmer namens Matthäus, Thaddäus und Judas Iskariot, an den ich mich am besten erinnere, weil er mir nicht sonderlich sympathisch war. Insgesamt sind es zwölf. Sie nennen ihn Herr, sind ihm zutiefst ergeben und lieben ihn innig.«

»Dann muss ich mich also wieder auf den Rückweg nach Jerusalem machen«, seufzte Yax.

»Aber heute Abend ist es dafür zu spät«, widersprach Zebedäus. »Komm, lass uns ein Feuer entzünden und ein paar Fische rösten. Du kannst bei mir auf dem Boot übernachten. Dein Pferd scheint die Rast zu genießen, während der Nacht solltest du es allerdings besser anbinden, ich gebe dir ein Seil. Morgen kannst du dann in aller Frühe aufbrechen.«

Yax nickte zustimmend. Er war rechtschaffen müde von der

Reise, und die Einladung kam ihm gerade recht. Nach der gemeinsamen Mahlzeit unterhielt Zebedäus ihn mit Geschichten über Jesus, seine Lehren und seine Wunder. Als er zu der Geschichte von der wunderbaren Brotvermehrung kam, war Yax bereits eingeschlafen. Lächelnd deckte Zebedäus ihn zu, hüllte sich selbst in eine Decke und legte sich neben ihn.

Am nächsten Morgen dankte Yax seinem Gastgeber und galoppierte auf seinem inzwischen ausgeruhten Pferd Richtung Süden. An der Abzweigung nach Qumran spielte er kurz mit dem Gedanken, Josef einen Besuch abzustatten, verwarf ihn aber sofort wieder. Ein solcher Abstecher würde ihn mindestens einen halben Tag kosten, und so viel Zeit wollte er nicht verlieren. Außerdem würde Daphne sich über seine vorzeitige Heimkehr freuen.

Er lieferte das Pferd wie vereinbart bei seinem Freund, dem Bauern, ab und versprach, ihm zum Dank einen Tisch zu schreinern. Dann begab er sich, halb gehend, halb im Laufschritt, zu einem der Tore, die nach Jerusalem hineinführten. Unterwegs sah er überrascht die zahlreichen Zelte zu beiden Seiten des Weges. Erst jetzt fiel ihm das Pessach-Fest ein, das Menschen aus aller Herren Länder nach Jerusalem zog.

In den Straßen und Gassen innerhalb der Stadtmauern herrschte tumultartiges Durcheinander. In der Annahme, dass Daphne Isaak bei seiner Arbeit im Tempel half, lenkte Yax seine Schritte geradewegs dorthin. Doch er musste bald feststellen, dass ein Vorwärtskommen unmöglich war, da Pilger aus Babylon, Phönizien, Persien und Alexandrien sich scharenweise auf das gleiche Ziel zu bewegten. Überall wimmelte es von Gestalten in ärmlichen Umhängen aus Ziegenfell, gestreiften Gewändern oder vornehmen, brokatbesetzten Seidenroben. Das Geschrei der Geldwechsler und Lamm-Verkäufer vermischte sich mit den Gebetslitaneien der Priester.

Nach mehreren vergeblichen Versuchen, die religiös geprägte, aber chaotische Szene zu durchdringen, gab Yax es auf und schlug den Weg zum Markt ein, um dort das Zeichen der Trompeten abzuwarten, das den Tag im Tempel beendete.

Nachdem er den Marktplatz erreicht hatte und sich der rückwärtigen Tür seines Verkaufsstandes näherte, blieb er plötzlich wie angewurzelt stehen. Die Tür stand einen Spalt offen. Ob Daphne hier ist?, fragte er sich. Oder steckte womöglich ein Einbrecher dort drinnen? Vorsichtig schlich er näher und drückte ein Ohr an die Seitenwand. Als von drinnen kein Laut zu vernehmen war, nahm er all seinen Mut zusammen und riss die Tür mit einem Schwung auf. »Wer ist da?«, rief er laut.

Stille. Nachdem er paar Sekunden gewartet hatte, wagte er sich hinein. Der Raum war leer.

Mit klopfendem Herzen blickte Yax sich um. Es schien nichts zu fehlen: Werkzeuge, Holz, zwei fertige Tische ... alles stand so an seinem Platz, wie er es zurückgelassen hatte.

»Sonderbar«, murmelte er. »Habe ich vergessen, die Tür abzuschließen?« Doch nachdem er Tür und Schloss einer genaueren Prüfung unterzogen hatte, bemerkte er Spuren, die auf ein gewaltsames Eindringen hinwiesen. »Messerspuren, oder irgendein anderes scharfes Ding. Ich sollte den Soldaten Bescheid geben, die auf dem Markt patrouillieren«, überlegte er laut, »andererseits ... es fehlt ja nichts.«

Der Gedanke, dass jemand in seiner Abwesenheit in seinen Sachen herumgewühlt hatte, ließ ihn leicht frösteln. Instinktiv wollte er nach dem bunten Mantel greifen, den Farouk ihm einst geschenkt hatte, doch der Haken war leer. Vergeblich suchte er auf dem Boden, hinter den Tischplatten und der Ladentheke, doch der Mantel blieb verschwunden.

»Ich bin sicher, dass er wie immer an seinem Haken hing, als ich fortging«, rätselte er.

Aber wer würde sich schon an einem alten Mantel vergreifen? Wenn ein Dieb auf Geld aus war, würde er dann nicht die

Werkzeuge mitnehmen, um sie zu verkaufen? Yax schüttelte den Kopf und murmelte verwirrt vor sich hin, während er sich forschend in dem kleinen Raum umblickte. Außer dem Mantel fehlte nichts.

»Es sei denn, Daphne hat ihn mitgenommen!« Lächelnd nickte Yax. »Das ist die Erklärung!« Er würde gleich zu Ezra gehen und ihn fragen.

Nachdem er die Tür so gut wie möglich mit einem Strick zugebunden hatte, macht er sich auf den Weg zu Ezras Stand. Der begrüßte ihn mit ernstem Gesicht und bat ihn sogleich nach hinten.

»Setz dich, Yax, ich bin gleich bei dir, sobald ich die Kundin bedient habe.«

Yax nahm in dem Raum hinter dem Vorhang Platz. Er wollte gerade zu der Frage ansetzen, weshalb Ezra so ungewohnt ernst war, als dieser schon wieder hinauseilte. Auch nachdem er sich mit der Kundin einig geworden war, machte er sich noch unnötig lange draußen am Stand zu schaffen und überlegte, wie er Yax die Nachricht am schonendsten beibringen sollte.

Schließlich hielt Yax es nicht länger aus. »Ezra ... ich muss unbedingt mit dir reden.«

»Nein, Yax, ich bin es, der mit dir reden muss ... ich weiß bloß nicht, wie ich anfangen soll.«

Verwundert blickte Yax ihn an und wartete.

»Es geht um Daphne. Sie ist fort ... abgereist ...«

»Abgereist? Wohin?«

»Sie hat das Land verlassen ... ich nehme an, dass sie unterwegs nach Griechenland ist.« Ezra wagte nicht, Yax anzublicken, und klopfte sich einen imaginären Staubfleck vom Ärmel. »Sie hat dort Verwandte ... Yax, sie erwartet ein Kind von dir!«

Fassungslos starrte Yax ihn an. Er öffnete den Mund, brachte jedoch keinen Laut hervor.

»Als sie erfuhr, dass sie schwanger ist, hat sie sich Isaak anvertraut, aber er musste schwören, dir nichts davon zu sagen. Mir hat sie kein solches Versprechen abverlangt. Jetzt weißt du den Grund für ihre Launenhaftigkeit und weshalb sie sich so gegen deine Reise nach Kafarnaum gesträubt hat!«

Yax schüttelte ungläubig den Kopf. »Sie trägt mein Kind und sagt mir nichts davon?«

»Frauen sind nun mal nicht leicht zu verstehen, Yax. Selbst in meinem Alter bin ich nicht weiser geworden, was das angeht. Aber ich glaube, Daphne ging es darum, dass du um ihretwegen bei ihr bliebest, weil du sie liebst, und nicht um einer Verpflichtung willen.«

»Verpflichtung?«

»Ja, sie wollte nicht, dass du dich nur wegen des Kindes an sie gebunden fühlst.«

»Aber ich wollte sie doch mitnehmen, in mein Heimatdorf.«

»Yax, sie wäre niemals mit dir dorthin gegangen ... ein primitives Volk, das im Dschungel lebt! Kannst du dir Daphne in einer Lehmhütte mit Strohdach vorstellen? Verzeih, wenn ich so etwas sage, Yax. Du bist gebildet, du kannst lesen, sprichst vier Sprachen und weißt genauso viel über Religion wie die Priester des Tempels. Aber die Leute in deinem Dorf sind immer noch Wilde! Daphne würde sich dort niemals wohlfühlen!«

Yax wollte widersprechen, besann sich dann aber anders und starrte blicklos zu Boden. Erst nach einer Weile fand er seine Stimme wieder.

»Ezra ... was soll ich denn jetzt bloß tun?«

»Das fragst du mich? Yax, wenn du mein Sohn wärst, würde ich dir sagen, dass du deinem Herzen folgen solltest. Wenn du diese Frau liebst, dann reise ihr nach!«

»Natürlich liebe ich sie. Aber Jesus ... Er kommt hierher.«

»Jesus kommt nach Jerusalem?«

»Ja. Er kommt zum Pessach-Fest.«

Nachdenklich strich Ezra sich über den Bart. »Das ist keine gute Nachricht.«

»Weshalb nicht?«

»Er hat zahlreiche Feinde hier ... vor allem unter den Priestern des Tempels.«

»Aber ich dachte, jeder wäre froh über seine Ankunft! Ist er nicht der Messias? Der, dessen Erscheinen Jesaja prophezeite?«

»Nicht jeder ist dieser Meinung, Yax.«

»Aber was ist mit all den Wundern, die er vollbringt? Er heilt die Lahmen, macht die Blinden sehend, verwandelt Wasser in Wein ...«

»Das können ebenso gut Erfindungen übereifriger Anhänger sein.«

»Ich bin entschlossen, ihn aufzusuchen und mich selbst zu überzeugen!«

»Und Daphne?«

»Im Augenblick kann ich keinen klaren Gedanken fassen. Ich werde einen Spaziergang machen, dabei fällt mir das Nachdenken leichter. Oh, beinahe hätte ich es vergessen, vergangene Nacht ist jemand in meinen Stand eingebrochen.«

»Wurde etwas gestohlen?

»Nein. Es fehlt bloß mein alter Mantel.«

»Dein Mantel? Das war doch nur noch ein Fetzen! Und deine wertvollen Werkzeuge sind noch da?«

»Ja, nichts wurde angerührt. Alles lag noch genauso da, wie ich es zurückgelassen habe.«

»Dann würde ich die Sache an deiner Stelle einfach vergessen.«

»Das werde ich auch. Es gibt genug andere Dinge, über die ich mir den Kopf zerbrechen muss.«

Benommen verabschiedete sich Yax von Ezra. Doch entgegen seiner Ankündigung wollte es ihm ganz und gar nicht gelingen, einen klaren Gedanken zu fassen. Ziellos wanderte er durch Straßen und Gassen und nahm nicht einmal wahr, dass es allmählich dunkel wurde. In den engen Straßen tummelten sich immer noch unzählige Besucher des bevorstehenden Festes, und Yax wurde mehr als einmal unsanft angerempelt, schenkte aber niemandem Beachtung. Jedes Gefühl schien aus ihm gewichen; er war sich nicht einmal der Tränen bewusst, die über seine Wangen strömten.

Erst der durchdringende Schrei einer Frau riss ihn aus seiner Lethargie. Wie angewurzelt blieb er stehen, blickte sich um und stellte fest, dass er mutterseelenallein in einer dunklen Gasse gelandet war. Nichts war ihm vertraut in diesem Teil der Stadt, wo es nach modrigen Abwässern und verrottendem Abfall roch. Plötzlich ertönte ein zweiter, markerschütternder Schrei, der unmittelbar in ein ersticktes Gurgeln überging. Das Geräusch schien aus unmittelbarer Nähe zu kommen, was aber ebenso gut an dem Echo liegen konnte, das die Gebäude in dieser engen Gasse zurückwarfen.

Yax hielt den Atem an und lauschte. Sein Puls hämmerte ihm in den Ohren. Als er eine Bewegung in der Dunkelheit auszumachen glaubte, drehte er sich auf dem Absatz um und rannte entsetzt davon. Er bildete sich ein, Schritte auf dem Kopfsteinpflaster zu hören, vermochte aber nicht zu sagen, woher sie kamen. Keuchend bog er um eine Ecke, geradewegs in die Arme von zwei Soldaten. Da diese ebenso unvorbereitet auf den Zusammenstoß waren wie Yax, gingen alle drei beim Aufprall zu Boden. Yax rappelte sich als Erster wieder auf und setzte seine Flucht ohne nachzudenken fort. Einer der beiden forderte ihn auf, stehen zu bleiben, und wollte ihm nachsetzen, wurde jedoch von seinem Gefährten zurückgehalten, der zuerst den Schreien auf den Grund gehen wollte.

Nachdem sie um die Ecke gebogen waren, vernahmen die Soldaten in kurzer Entfernung die Geräusche eines Handgemenges.

»Ich habe ihn!«, ertönte eine keuchende Stimme, »helft mir, ihn festzuhalten!« Unmittelbar darauf war ein Stöhnen und das Zerreißen von Stoff zu hören.

»Er ist entwischt!« Schritte hallten über das Pflaster und bewegten sich genau auf die Soldaten zu. Diesmal waren die beiden bereit. Als die Gestalt eines Mannes auf sie zugerannt kam, brachte einer der beiden ihn mit seinem Speer zu Fall, während der andere ihm mit dem Knauf seines Schwertes einen kräftigen Hieb auf den Kopf versetzte.

Als Decimus das Bewusstsein wiedererlangte, starrten vier Männer auf ihn herab. Im Licht der Fackel, die einer von ihnen in der Hand hielt, erschienen ihre Gesichter wie dämonische Fratzen. Decimus stieß einen erschreckten Schrei aus. »Tötet mich nicht ... bitte, tut mir nichts!«

»Keine Sorge, *wir* töten dich nicht, du wirst noch früh genug sterben für das, was du getan hast!«, erwiderte einer seiner Bezwinger.

»Was? Ich habe doch nichts getan!«, jammerte Decimus.

»Den Mord an der Frau, ein Stück weiter unten auf der Straße, nennst du ›nichts‹?«, entgegnete ein anderer.

»Das war ich nicht«, protestierte Decimus, »aber ich habe gesehen, wie jemand die Frau festhielt, als sie zu schreien anfing. Ich fürchtete mich und lief davon ... und dann haben diese beiden Männer mich gepackt.«

»Was er sagt, hört sich einleuchtend an«, bemerkte einer der Soldaten. »Kurz nachdem die Schreie ertönten, prallte jemand mit uns zusammen, der es offenbar sehr eilig hatte.«

»Soll der Hauptmann der Garnison entscheiden«, beschloss der andere Soldat.

Decimus schwieg zufrieden. Dass noch jemand in dieser Gegend davongelaufen war, konnte ihm nur von Nutzen sein!

»Bedeckt die Leiche mit einem Umhang, wir schaffen den Kerl inzwischen zur Kommandantur. Wer weiß, vielleicht haben wir ja gerade den Prostituiertenmörder erwischt, der Jerusalem seit Wochen in Atem hält!«

»Über der Leiche liegt schon ein Mantel.«

»Nimm ihn mit und bedeck sie mit deinem Umhang. Es könnte sich um ein Beweisstück handeln.«

»Aber mein Mantel ist das nicht!«, beeilte sich Decimus zu beteuern, »er muss dem Mörder gehören!«

»Das kannst du dem Hauptmann erzählen.«

Es war bereits spät, als die Soldaten mit ihrem Gefangenen die Garnison erreichten. Da der Hauptmann sich bereits daheim in seinem Bett befand, sperrte man Decimus für die Nacht in eine der Zellen. Ein Wagen wurde losgeschickt, um die Leiche der ermordeten Frau zu holen.

»Hat jemand eine Ahnung, wer sie sein könnte?«, fragte der wachhabende Offizier.

»Wenn sie um diese Zeit in diesem Teil der Stadt allein unterwegs war, kann es sich nur um eine Prostituierte handeln«, bemerkte einer der Soldaten.

»Das wäre dann bereits der siebte Prostituiertenmord in diesem Jahr«, grübelte der Offizier.

»Das stimmt. Und der Prokurator drängt darauf, dass der Schuldige endlich gefasst wird. Es wurde sogar eine Belohnung ausgesetzt.«

»Glaubt ihr, wir haben den Mörder?«

»Ich bin nicht sicher. Jemand kam uns in der Gasse entgegengerannt. Er könnte ebenso gut der Mörder gewesen sein!«

»Wie kann man das herausfinden?«

»Wer immer die Frau ermordet hat, bedeckte ihren Körper mit seinem Mantel. Ein ziemlich auffälliges Kleidungsstück. Findet heraus, wem der Mantel gehört, dann wissen wir, wer der Mörder ist.«

Decimus ließ sich auf die Strohmatte in seiner Zelle fallen, die feucht und kalt war und ihn an seine Jahre im Kerker von El Gem erinnerte. In seinem Innern pulsierte noch immer jene Mischung aus Lust und Hass, die ihn zu dem Mord getrieben hatte, ein Gefühl, das lediglich durch seinen schmerzenden Schädel gedämpft wurde. Allerdings war die Nachricht, dass noch jemand in dieser Nacht auf der Flucht gewesen war, ein unschätzbarer Vorteil für seinen Plan. Decimus' Lippen verzogen sich zu einem verschlagenen Lächeln. Seine Absicht war es gewesen, als zufälliger Zeuge aufzutreten, der die Schuld auf Yax abwälzte. Aber jetzt entwickelte sich die Angelegenheit sogar noch besser. Es war ein genialer Schachzug gewesen, Yax' Mantel zu stehlen; einzig wenn er daran dachte, wie wenig Zeit ihm geblieben war, den Mantel über die Leiche zu breiten, lief noch immer ein Schauder über den Rücken. Beinahe hätte das Gezeter der Frau ihn verraten. Als er ihre Kehle packte, hatte er sekundenlang das Gesicht seiner Mutter vor sich gesehen, einen Augenblick in seiner Aufmerksamkeit nachgelassen und seinen Griff gelockert, sodass sie einen zweiten Schrei ausstoßen konnte. Aber jetzt entwickelten sich die Dinge perfekt – noch viel besser, als er erwarten konnte. Schon am Morgen wäre er ein freier Mann, und Yax würde an seiner Stelle in dieser Zelle sitzen. Er rieb sich die Beule an seinem Kopf und schloss die Augen, um den Morgen abzuwarten.

Hauptmann Lysais war hocherfreut, als er von der Verhaftung am Vorabend erfuhr. Er würde den Mörder zur Verurteilung an Pilatus überstellen lassen und die leidige Angelegenheit endlich vom Hals haben. Pilatus hatte es keinen Tag versäumt, ihm wegen dieser Sache zuzusetzen, und immer wieder darauf gedrängt, dass Jerusalem endlich von dieser Bedrohung befreit würde. Jetzt musste Lysais sich nur noch darauf konzentrieren, die Massen auf den Straßen während des jüdischen Festtages unter Kontrolle zu halten. Eine Aufgabe, die vergleichbar einfach werden würde, da der Prokurator die Priester bereits strengstens angewiesen hatte, jeglichen Aufruhr im Keim zu ersticken. Sollte es zu übermäßig vielen Zwischenfällen kommen, hatte er damit gedroht, die Feierlichkeiten im nächsten Jahr zu verbieten.

All das ging Lysais durch den Kopf, während er Decimus Quintus minutenlang schweigend musterte. Was er sah, war ein grobschlächtiger, fast halsloser Mann, dessen Schädel direkt aus den Schulter zu wachsen schien, und die stechenden schwarzen Augen eines Mörders, die zum Teil von den buschigen dunklen Brauen verborgen wurden, sowie massige Hände, die aussahen, als könne nichts sich aus ihrem tödlichen Griff entwinden. Und nicht ohne eine gewisse Erleichterung sah der Hauptmann die schweren Ketten an Händen und Füßen des Gefangenen. Ungewöhnlich war allerdings, dass der Gefangene sich dem Bericht zufolge seiner Verhaftung in keiner Weise widersetzt hatte; angeblich war er friedlich mitgegangen und hatte dabei sogar so etwas wie ein Lächeln aufgesetzt. Die meisten Verbrecher leisteten bei ihrer Gefangennahme erbitterten Widerstand und endeten nicht selten mit dem Schwert eines Soldaten in der Brust, was natürlich die Kosten einer Gerichtsverhandlung und den Aufwand der Kreuzigung ersparte. In diesem besonderen Fall würde jedoch nicht nur Pontius Pilatus, sondern sämtliche Bürger Jerusalems auf einer öffentlichen Hinrichtung bestehen. Ein passendes Spektakel für das bevorstehende Pessach-Fest!

»Sag«, begann Lysais in ruhigem Tonfall, »warum hast du diese Frau getötet?«

Die Ketten rasselten, als Decimus den Arm bewegte, um die Hand auf sein Herz zu legen.

»Ich habe die Frau nicht umgebracht, Herr. Ich war nur zufällig in der Nähe! Als ich die Schreie hörte, bekam ich es mit der Angst zu tun und rannte los. Daraufhin packten mich zwei Männer und hielten mich fest, bis deine Soldaten kamen. Der wahre Mörder ist in der Zwischenzeit entkommen!«

»Wir haben seinen Mantel über der Leiche gefunden, Hauptmann«, bemerkte einer der Soldaten, die Decimus hereingeführt hatten.

»So glaub mir doch, dass dieser Mantel nicht mir gehört«, bettelte Decimus. »Er würde mir nicht einmal passen!«

»Bring den Mantel!«, befahl Lysais einem der Soldaten.

Nachdem Yax' farbenfroher Mantel hereingebracht wurde, befahl Lysais den Wachen, Decimus die Handfesseln abzunehmen.

»Aber zieht die Schwerter, Männer. Wenn er auch nur eine falsche Bewegung macht, zögert nicht, ihn zu töten!« Er wandte sich an Decimus. »Los, zieh den Mantel an!«

Decimus kam der Aufforderung mit unmerklichem Lächeln nach. Das Reißen von Stoff war zu hören, als er mit dem zweiten Arm in das entsprechende Ärmelloch fuhr.

»Siehst du, die Schultern sind zu eng. Er passt mir nicht!«

»Und woher hast du gewusst, dass er dir nicht passen würde?«, fragte Lysais mit lauerndem Unterton.

»Weil ich den Mann sah«, entgegnete Decimus strahlend, »dem dieser Mantel gehört. Er ist viel schlanker als ich!«

»Und wer ist dieser Mann?«, erkundigte sich Lysais, nach wie vor misstrauisch.

»Ein Händler vom oberen Markt. Ich habe ihn oft in diesem Mantel gesehen. *Er* ist der Mörder, den du suchst!«

»Kannst du uns zu ihm führen?«

»Es wird mir ein Vergnügen sein, Offizier, aber sollten wir nicht zuerst über die ausgesetzte Belohnung reden?«

»Schon gut, schon gut ... wenn es der Mann ist, nach dem wir suchen, gehört der Beutel Silbermünzen dir!«

Begleitet von sechs Soldaten machte sich Hauptmann Claudius Lysais mit Decimus auf den Weg zum oberen Markt. Sollte der Mann wirklich der gesuchte Mörder sein, würde er die Verhaftung höchstpersönlich vornehmen.

Ein energisches Klopfen an seiner Tür ließ Yax stöhnend erwachen. Er öffnete die Augen und wusste im ersten Moment nicht, wo er sich befand. Sein Kopf schmerzte – eine Folge des Weines, in dem er seine Verwirrung und Verzweiflung über die Geschehnisse des Vortages zu ertränken versucht hatte. Daphnes Fortgang, die schreiende Frau in der Dunkelheit, der Zusammenprall mit den beiden Soldaten und seine kopflose Flucht in die Nacht – das alles war zu viel für ihn gewesen. Er konnte sich nicht einmal erinnern, wie er den Weg zurück zu seinem Stand gefunden hatte. Irgendwann war er völlig außer Atem dort angekommen, hatte kurzen Prozess mit dem Krug Wein gemacht, der noch auf dem Regal stand, und war schließlich auf dem Boden eingeschlafen. Er gab ein unwilliges Brummen von sich, als das Klopfen nicht abriss. Jemand forderte mit dröhnender Stimme: »Mach die Tür auf!«

Schwerfällig erhob sich Yax und schleppte sich auf die Quelle des Lärms zu. Ungeschickt machte er sich an der Kordel zu schaffen, mit der er die Tür verschlossen hatte, um sie dann aufzustoßen. Als plötzlich grelles Sonnenlicht den Raum durchflutete, kniff er geblendet die Augen zusammen.

»Wer bist du, und was willst du?«, fragte er mürrisch. Nachdem seine Augen sich an das Licht gewöhnt hatten, erkannte er erschrocken, dass es sich bei seinen Besuchern um römische Soldaten handelte. Lysais machte einen Schritt auf ihn zu.

»Ich bin der Hauptmann der Römischen Garnison in dieser Stadt. Sag deinen Namen!«

Yax murmelte seinen Namen und musste sich dabei Halt suchend am Türrahmen abstützen.

»Hast du letzte Nacht zwei Soldaten niedergerannt, als ihr aus einer Gasse geflüchtet seid?«

Yax konnte sich nicht vorstellen, dass dieses Vergehen den Aufmarsch eines halben Soldatenregimentes rechtfertigte, noch dazu in Begleitung ihres Hauptmannes, und wusste vor Verwunderung im ersten Moment nicht, was er antworten sollte.

»Nun?«, forderte der Hauptmann. »Ich warte auf Antwort!«

Yax brachte ein zögerndes »Ja« hervor und fügte dann hinzu: »Ich konnte ja nicht wissen, dass deine Männer in dem Augenblick um die Ecke bogen.«

Der Hauptmann gab einem der Soldaten ein Zeichen, den Mantel zu bringen.

»Ist das dein Mantel?«

Yax unterdrückte ein freudiges Lächeln, doch seine Augen strahlten, als er nach dem vermissten Kleidungsstück griff. »Ja, das ist meiner!«

Auf ein weiteres Zeichen des Hauptmanns traten zwei der Soldaten vor und nahmen neben Yax Aufstellung.

»Im Namen des Kaisers, du stehst unter Arrest!«

Yax öffnete den Mund, um zu protestieren, aber dann geschah alles so schnell, dass es ihm die Sprache verschlug. Irgendwo hinter den Soldaten erklang das Rasseln von Ketten. Yax konnte nichts Genaues erkennen, aber es hörte sich an, als würden sie jemandem abgenommen, der Yax den Rücken zuwandte. Sekunden später wurden die Ketten um seine eigenen Handgelenke gelegt und schnappten ein.

»Das ist nicht nötig«, widersprach Yax, »es tut mir aufrichtig Leid, dass ich deine Soldaten umgerannt habe!«

»Spar dir deine Entschuldigungen für den Prokurator. Er wartet schon darauf, dich kennen zu lernen«, erwiderte Lysais mit schneidender Stimme.

Yax wurde zur Garnison gebracht, wo man ihn vorübergehend in einen Raum sperrte, um ihn kurz darauf Pontius Pilatus vorzuführen.

»So, du bist also der feige Prostituiertenmörder!«, konstatierte Pilatus. »Lass mich deine Hände sehen!«

Erst jetzt erfuhr Yax den Grund seiner Verhaftung. Er machte einen Schritt auf Pilatus zu, wurde jedoch von den Wachen zu seiner Rechten und Linken zurückgehalten.

»Ich bin kein Mörder! Ich habe in meinem ganzen Leben niemanden umgebracht!«

Pilatus blickte Yax direkt in die Augen. »Wie ich hörte, lebst du mit einer Prostituierten zusammen!«

Über diese intimen Kenntnisse seines Privatlebens noch mehr aus der Fassung gebracht, stammelte Yax: »Aber sie ist keine Prostituierte mehr ... außerdem ist sie fortgegangen.«

»Ist sie fortgegangen, oder hast du sie auch getötet?«, fragte Pilatus mit erhobenen Brauen. »Los, zeig mir deine Hände!«

Die Soldaten ergriffen jeweils einen von Yax' Armen und streckten seine Hände Pilatus entgegen. Der Prokurator ergriff sie, drehte sie um und betastete Yax' Handflächen. »Hm, ausgesprochen starke, schwielige Finger ... die Hände eines Würgers!«

»Ich versichere dir, ich bin kein Mörder! Es muss sich um einen Irrtum handeln!«

Pilatus winkte nach dem Mantel, und Lysais trat mit dem Kleidungsstück im Arm vor.

»Wie der Hauptmann behauptet, ist dies dein Mantel.«

»Ja, woher hast du ihn?«

»Er wurde über dem Körper der Ermordeten gefunden. Außerdem berichtete man mir, dass du zum Zeitpunkt des Mordes aus der Gasse geflüchtet bist und dabei zwei Soldaten umgerannt hast. Ist das richtig?«

»Ich bin versehentlich mit ihnen zusammengestoßen. Ich konnte doch nicht wissen, dass sie gleichzeitig mit mir um die Ecke bogen!«

»Die Bürger Jerusalems werden froh sein, wenn diese abscheulichen Verbrechen endlich aufhören. Sie leben jetzt schon seit Monaten in Angst und Schrecken. Ich habe genug gehört, um von deiner Schuld überzeugt zu sein! Im Namen des Kaisers verurteile ich dich zum Tod am Kreuz!«

Damit drehte Pilatus sich auf dem Absatz herum und eilte mit wehendem Gewand aus dem Raum.

Alles Blut wich aus Yax' Gesicht. Die Beine gaben unter ihm nach, und er sank auf die Knie.

»Prokurator ... Herr! Ich bin kein Mörder, ich bin nicht die Person, die du suchst! Bitte, glaub mir!«

Doch sein Flehen verhallte ungehört, Pilatus war längst in den Weiten seiner Amtsräume verschwunden.

Yax' Verzweiflung verwandelte sich plötzlich in Zorn. Er sprang auf, befreite sich aus dem Griff der beiden Soldaten, die ihn packen wollten, und machte einen Satz auf die Tür zu.

»Ich bin kein Mörder!«, schrie er. »Ich bin kein Mörder!«

Die Wachen zogen ihre Schwerter. Lysais vermochte sie gerade noch rechtzeitig zu bremsen. »Tötet ihn nicht ... verschont ihn für den Tod am Kreuz!«

Also beschränkte sich eine der Wachen darauf, Yax mit einem Schlag seines Schwertgriffes zur Räson zu bringen. Stöhnend sank Yax zu Boden. Beim Erwachen fand er sich auf dem Boden einer kalten, feuchten Zelle wieder. Zuerst glaubte er zu träumen, doch als er die Schwellung an seinem Kopf fühlte, erkannte er, dass alles schreckliche Wirklichkeit war. Die Frau, die er liebte und die sein Kind unter dem Herzen trug, hatte ihn verlassen. Er war für einen Mord verurteilt worden, den er nicht begangen hatte, und würde in Kürze am Kreuz sterben. Sein Kampfgeist, der Wille, sich zu verteidigen, wich einem Gefühl unendlicher Leere. Kraftlos und unfähig, sich zu rühren, blieb er auf dem Boden der Zelle liegen, so, wie seine Häscher ihn fallen gelassen hatten.

Erst als jemand einen Becher Wasser über seinem Kopf leerte, bemerkte er, dass er nicht allein war. Prustend und schluckend richtete er sich auf und starrte zu dem Mann hinüber, der sich im rückwärtigen Teil der Zelle wieder in eine Ecke gekauert hatte.

»Wollte bloß mal sehen, ob du noch lebst!«

Ohne zu antworten, ließ Yax den Kopf wieder auf den Boden sinken. Schon diese eine Bewegung hatte ihn unermessliche Kraft gekostet; er schloss die Augen und fiel für kurze Zeit in einen gnädigen Schlaf – vielleicht war es auch ein Zustand der Bewusstlosigkeit.

Irgendwann weckte ihn ein Wärter, der die übliche Gefängniskost vor ihn hinstellte: eine Schüssel Brühe, in der ein paar Brocken altes Brot schwammen. Er versetzte Yax einen Tritt in die Rippen. Stöhnend schlug Yax die Augen auf.

Der Wächter deutete wortlos auf die Schüssel, verließ die Zelle und schlug die Tür hinter sich zu.

»An deiner Stelle würde ich mich mit dem Essen beeilen, bevor die Ratten sich darüber hermachen«, ertönte es lakonisch aus der Ecke.

Mit zwei Fingern fischte Yax ein Stück Brot aus der trüben Flüssigkeit und roch daran. Angewidert ließ er es wieder zurück in die Schüssel fallen.

»Das fressen doch nicht mal die Ratten!«

»Du brauchst deine Kraft! Denk daran, dass du dein Kreuz selbst den Hügel hinaufschleppen musst!«

Schaudernd erinnerte Yax sich an die Prozessionen Verurteilter, die er in der Vergangenheit mit einem Kreuz auf dem Rücken den Hügel hatte hinaufziehen sehen. Plötzlich fiel ihm Aarons Weissagung wieder ein. Zwei Dinge hatte er Yax vorausgesagt: Führerschaft und Tod. Und hatte Joseph nicht behauptet, dass Aaron sich niemals irre? Nun, zumindest eine seiner Prognosen stand offenbar kurz davor, sich zu bewahrheiten, und die andere würde schnell genug ihre Bedeutung verlieren. Denn es hatte wenig Zweck, sich den Kopf darüber zu zerbrechen, wie er nach seinem Tod noch zu einem Herrscher werden sollte.

Sein Zellengenosse war ein eher mürrischer Zeitgenossse, der sich nach ein paar kurzen Sätzen, die sie miteinander wechselten, wieder in sich selbst zurückzog. Doch Yax war ohnehin nicht nach Plaudern zumute. Er nutzte die langen Stunden des Schweigens, die nun folgten, zum Nachdenken und Beten und sann darüber nach, wie er einst zu seinen Mayagöttern gebetet und wie sein Glaube sich inzwischen gewandelt hatte. Seine Gedanken schweiften zu seinen Eltern, die inzwischen ein beträchtliches Alter erreicht haben mussten und vermutlich annahmen, dass sie beide, er und Chilan, den Haien zum Opfer gefallen waren. Doch nur Chilan hatte dieses Schicksal ereilt, und Yax dachte heute noch mit Grauen an die furchtbare Szene, die mittlerweile fünfundzwanzig Jahre in der Vergangenheit lag. Er bemerkte, dass ihm Tränen über die Wangen liefen, und wischte sie rasch mit dem Handrücken fort.

Weine ich, fragte er sich, weil ich bald sterben werde oder weil meine lebenslange Suche erfolglos verlief?

Er dachte an das erste Mal, da seine Vision ihn heimgesucht hatte, daran, wie der große Vogel ihn zur Spitze der Pyramide getragen und direkt vor dem Hohepriester Pupol abgesetzt hatte. Obwohl es nur ein Traum gewesen war, hatten die Worte des Priesters eine beeindruckend nachhaltige Wirkung in ihm hinterlassen.

»Finde den Sohn des Kukulkan, den Sohn Gottes. Wenn du dein Blut mit seinem vereint hast, wirst du zum König der Quiché-Maya gekrönt!«

Yax grübelte darüber nach, was er als Herrscher seines Volkes gerne vollbracht hätte. Ich hätte ein Aquädukt bauen lassen, überlegte er, wie das in Utica, das uns frisches Wasser aus der Quelle in den Bergen liefert, sodass niemand mehr das brackige

Flusswasser hätte trinken müssen. Und die Kunst des Tuchmachens hätte ich mein Volk gelehrt, wie man sie auf den hiesigen Märkten beherrscht ...

Yax' Träumereien wurden unterbrochen, als der Wärter mit Essen und frischem Wasser die Zelle betrat.

»Für dich gibt's heute noch eine besondere Mahlzeit, mit den besten Wünschen des Hauptmanns. Genieße sie, es ist deine letzte!«

Yax blickte in die Schüssel, in der sich die gleiche trübe Brühe befand wie immer, nur dass es diesmal geringfügig besser roch und ein paar Gemüsestücke in der Suppe schwammen. Er zwang sich dazu, etwas zu essen, obgleich sein Magen sich wie zugeschnürt anfühlte.

In der Nacht öffnete sich die Zellentür erneut, und ein weiterer Häftling wurde hereingebracht. Yax, der keinen Schlaf fand, wurde Zeuge, wie die Wachen den Mann hineinstießen und ihn niederzuknien zwangen, bevor sie die Tür wieder hinter sich zuschlugen. Yax stützte sich auf die Ellenbogen und blickte zu dem Gefangenen hinüber. Ein Mondstrahl fiel durch das winzige Fenster und hüllte den Mann in sein Licht. Yax schöpfte einen Becher Wasser aus dem Bottich und ging damit zu ihm hinüber. Der Mann nahm das Wasser wortlos entgegen, doch das Lächeln, das er Yax schenkte, erfüllte diesen mit einem Gefühl inniger Freude und Zuversicht, das sich wie ein warmer Strom in seinem Körper ausbreitete. Er kehrte auf sein Strohlager zurück und schloss die Augen. Der Knoten in seinem Innern hatte sich gelöst. Ruhig schlief er ein.

Am nächsten Morgen wurden sie von zwei Wachen geweckt. »Barrabas, steh auf!«, riefen sie in barschem Tonfall. »Die Leute draußen auf dem Platz rufen deinen Namen, hast du es nicht gehört?«

»Nein!«, erwiderte Barrabas, der Gefangene, der sich bereits vor Yax in der Zelle befunden hatte, mürrisch aus seiner Ecke.

»Sie rufen: ›Gebt uns Barrabas!‹. Weißt du nicht, was das bedeutet?«, fragte einer der Wachen.

»Keine Ahnung.«

»Das bedeutet, du bist frei. Es ist Tradition, dass der Prokurator an diesem Tag einem Gefangenen die Freiheit schenkt. Er lässt das Volk entscheiden, und sie haben dich gewählt.«

Barrabas erhob sich unsicher und schlurfte zur Zellentür. Ohne seine beiden Mitgefangenen eines Blickes zu würdigen, schritt er hinaus in die Freiheit.

Bevor die Tür wieder geschlossen wurde, steckte einer der beiden Wärter noch einmal den Kopf in die Zelle.

»Zu euch kommen wir später!«

Golgotha

Clodius, der Hauptmann der Prätorianergarde, war noch immer in Tiberius' Auftrag unterwegs auf der Suche nach Yax. Inzwischen hatte er den Hafen von Cäsarea erreicht. Die Überfahrt von Karthago war dank günstiger Winde schneller vorangegangen als erwartet, und das Schiff legte in den frühen Morgenstunden an. Kaum von Bord, begab sich der Hauptmann unverzüglich zur Garnison, wo er um ein Pferd ersuchte, und war bei Sonnenaufgang bereits wieder unterwegs. Er überlegte, ob er in Jerusalem kurz Halt machen sollte, um das Schreiben an Pontius Pilatus abzuliefern, das sich in seiner Satteltasche befand, verwarf den Gedanken jedoch rasch wieder, als er sich den Stadtmauern näherte und die unzähligen, weithin leuchtenden Zelte wahrnahm.

»Richtig, das jüdische Pessach-Fest steht ja bevor!«, fiel ihm ein. Erfahrungen der Vergangenheit hatten ihn gelehrt, dass sich um diese Zeit mindestens fünfzigtausend Pilger in der Stadt aufhielten und ein Durchkommen nahezu unmöglich war.

Nein, dachte er bei sich, ich habe wenig Lust, mir einen Weg dort durch zu kämpfen, wenn es nicht unbedingt sein muss. Dann mache ich mich lieber sofort auf den Weg zu Yax nach Qumran. Einen weiten Bogen um die Zelte schlagend, setzte er kurz darauf seinen Ritt auf der Straße in Richtung des Toten Meeres fort.

Am späten Vormittag erreichte er das Plateau, wo die Gemeinde von Qumran lebte. Ohne vom Pferd zu steigen, rief er: »Ich bin auf der Suche nach dem Zimmermann Yax!«

Erst als Josef und Sem zum Tor gerannt kamen, stieg Clodius vom Pferd, steif vom langen Ritt, und begrüßte die beiden.

Josef lächelte, als er den Soldaten wieder erkannte.

»Sei gegrüßt, römischer Soldat. Leider hast du den langen Weg umsonst zurückgelegt. Yax lebt jetzt in Jerusalem.«

»Ich hatte überlegt, zuerst dort Halt zu machen«, erwiderte Clodius enttäuscht, »aber es waren mir zu viele Menschen dort.«

»Ja, das Pessach-Fest zieht Pilger von überall her an. Willst du dich nicht ein wenig ausruhen und hier eine Rast einlegen?«

»Nein, aber Wasser für mich und mein Pferd wäre nicht schlecht, dann mache ich mich gleich auf den Rückweg.«

Josef wandte sich nach Sem um, der aber bereits losgerannt war, einen Eimer Wasser vom Brunnen zu holen.

»Sag«, fragte Clodius, »war Yax in Begleitung einer Frau?«

»So ist es.« Josef lächelte. »Und ich vermute, Daphne war auch diejenige, die Yax veranlasste, aus Qumran fortzugehen.«

Clodius nickte viel sagend.

»Darf ich fragen, weshalb du diesmal nach ihm suchst?«

»Nun, du erinnerst dich vermutlich, dass ich ihn letztes Mal darum bat, mich mit den sterblichen Überresten des Germanicus nach Rom zu begleiten. Diese Mal habe ich erfreulicherweise angenehmere Beweggründe: Der Imperator beabsichtigt, Yax und Daphne zu Bürgern Roms zu ernennen. Dank ihrer Hilfe wurde eine Verschwörung gegen den Kaiser aufgedeckt.«

In diesem Augenblick kehrte Sem mit dem Wassereimer zurück und reichte ihn Clodius, der sich mit einem Nicken bei ihm bedankte.

»Du wirst Yax auf dem oberen Markt finden. Er geht dort

wieder seinem Zimmermannshandwerk nach«, berichtete Josef. »Aber du musst dich beeilen, denn wenn der Markt geschlossen wird, wirst du ihn im Gewühl nicht mehr finden.«

Nachdem Pferd und Reiter ihren Durst gelöscht hatten, schwang sich Clodius wieder in den Sattel, bedankte sich nochmals bei seinen Gastgebern, und galoppierte winkend davon.

»Sieh zu, dass du durchs Schafstor in die Stadt gelangst!«, rief Josef ihm nach, »von dort ist es näher zum Markt.«

Zur gleichen Zeit forderten zwei Wächter des Jerusalemer Gefängnisses Yax auf, mit ihnen zu kommen.

»Unser Prostituiertenmörder hat als Erster das Vergnügen!«

Yax stand auf und ging auf sie zu. »Ich bin kein Mörder!«

»Der Prokurator ist anderer Meinung, und sein Wort ist Gesetz!«

Bevor sie die Tür wieder schlossen, deutete einer der beiden auf den zweiten Gefangenen. »Du bist der Nächste. Wir kommen wieder, sobald wir mit dem hier fertig sind!«

Mit zusammengebundenen Händen führten sie Yax hinaus auf den Hof. Eisige Kälte erfasste ihn, als er die beiden hölzernen Kreuze erblickte, von denen eines zweifelsfrei für ihn bestimmt war.

»Das da wirst du den Hügel hinauftragen«, erklärte einer der beiden, »und wenn du oben bist, wird es dich tragen!« Beide Männer brachen in zynisches Gelächter aus.

Yax blieb wie angewurzelt stehen. Erst der Hieb einer Peitsche auf seinem Rücken ließ ihn aus seiner Erstarrung erwachen. »Das soll dir auf die Sprünge helfen«, erklärte der Wächter, »damit du nicht unnötig herumtrödelst. Einer ist schon vor dir unterwegs, den haben wir heute Morgen beim Stehlen erwischt. Du bist der Nächste, danach kommt dein Zellengenosse an die Reihe!«

Als Yax sich immer noch nicht rührte, versetzte einer der Wächter ihm einen Tritt, der ihn zu Fall brachte. Der andere zog ihn grob wieder auf die Füße und band ihm das schwere Holzkreuz auf die Schultern.

»So, halt hier oben mit den Händen fest und lass das andere Ende über den Boden schleifen ... vorwärts!«

Als Yax zum zweiten Mal die Peitsche zu spüren bekam, setzte er sich mit gebeugtem Oberkörper langsam in Bewegung. Seine Beine wollten ihn kaum tragen, und jedes Mal, wenn er stolperte, fühlte einer der Wächter sich bemüssigt, mit der Peitsche nachzuhelfen. Während er den Hof verließ, hörte er noch, wie dem anderen Häftling die gleiche Behandlung zuteil wurde.

Draußen auf der Straße drängten sich die Menschen zu beiden Seiten des Weges. Sie johlten und verhöhnten ihn und bewarfen ihn mit faulen Früchten. Doch von all dem nahm Yax kaum etwas wahr. Sein Körper fühlte sich wie betäubt an, und er spürte nicht einmal mehr die Peitschenhiebe, die sich in sein Fleisch gruben. Er stolperte und fiel so oft, dass seine Knie und Ellenbogen bluteten, als er den Hügel endlich erreichte.

Die Soldaten, die für die Kreuzigung zuständig waren, nahmen Yax das Kreuz ab, ordneten die Seile, sodass sie es in eine aufrechte Position bringen konnten, und packten Yax, um ihn darauf zu legen. In einem letzten Aufwallen schier unmenschlicher Kraft begann er um sich zu schlagen. Fünf Soldaten waren notwendig, ihn niederzuhalten, bis ein Sechster sich mit Eisennägeln und Hammer näherte.

Beim ersten Nagel, der sich in seine linke Hand bohrte, verlor Yax gnädigerweise das Bewusstsein. Als er wieder zu sich kam, befand sein Körper sich in einem Schockzustand. Yax registrierte zwar, dass er am ganzen Leib zitterte, fühlte jedoch keinerlei Schmerz. Er war sogar imstande, kurz den Kopf zu wenden und zur Seite zu blicken. An dem Kreuz direkt neben sich erkannte er den Mann, dem er in der Zelle Wasser gegeben hatte; bei dem dritten musste es sich um den Dieb handeln, den einer der Soldaten zuvor erwähnt hatte. Zu Füßen der drei Kreuze hatten sich zahlreiche Schaulustige eingefunden. Einige Frauen stimmten einen Wehgesang an, andere beteten, ein paar Männer weinten sogar, ohne sich ihrer Tränen zu schämen, wieder andere gafften nur. Auf einmal bemerkte Yax, wie ein Mann aus der Menge auf den Gekreuzigten neben ihm deutete und höhnisch rief: »Wenn du wirklich der Sohn Gottes bist, warum steigst du dann nicht einfach dort herunter, he?«

Yax, der kurz davor gewesen war, wieder das Bewusstsein zu verlieren, kam schlagartig zu sich und blickte den Leidensgefährten zu seiner Rechten an.

»Ist das wahr? Bist du der Sohn Gottes?«, stieß er mit heiserer Stimme mühsam hervor.

Der Mann wandte sich Yax zu und sagte: »Ich bin Jesus von Nazareth, der Sohn des lebenden Gottes.«

Yax blinzelte, als auf einmal Tränen seinen Blick trübten.

»Ich ...«, stammelte er, »ich habe fast mein ganzes Leben lang nach dir gesucht!«

»He, was habt ihr zwei da zu reden?«, herrschte ein Soldat sie an, während er eine Leiter gegen das mittlere Kreuz lehnte. Er kletterte hinauf und nagelte eine beschriftete Tafel direkt über Jesus' Haupt. Beim Hinabsteigen rammte er Jesus die Klinge seines Schwertes in den Leib. »Das wird dir das Plaudern schon austreiben!«

Als er wieder auf dem Boden stand, wandte er sich der Menge zu und deutete auf Yax. »Gehört der auch zu seinen Anhängern?«

»Nein«, antworteten einige, doch irgendjemand bemerkte: »Jesus hatte viele Anhänger.«

»Er hatte zwölf Jünger, die ihm überallhin folgten!«, meldete sich ein Priester zu Wort.

Wieder zeigte der Soldat auf Yax. »Ist das einer von ihnen?«

»Nein!«, ertönte es von zwei oder drei Stellen aus der Menge.

Der Soldat lehnte seine Leiter gegen Yax' Kreuz und kletterte hinauf. Mit dem Schwert, von dem noch das Blut Jesus' tropfte, ritzte er ›XIII‹ in Yax' Brustkorb, die römische Dreizehn.

»So«, verkündete er, »hiermit ernenne ich dich zum Dreizehnten Jünger!«

Während der Himmel sich zu verdüstern begann, wurde Yax gerade noch gewahr, dass sich soeben sein Blut mit dem des Gottessohnes vereint hatte. Dann verlor er die Besinnung. So hatte sich die Prophezeiung des Hohepriesters Pupol, die ihn sein Leben lang getrieben hatte, schließlich doch noch erfüllt. Am Himmel ballten sich dunkle Wolken zusammen, und ein heftiger Wind setzte ein. Kurz darauf zuckten Blitze über das Firmament, gefolgt von grollendem Donner. Als der Regen in Strömen herabzuprasseln begann, stob die Menge auseinander. Der Regen, der Yax übers Gesicht strömte, ließ ihn noch einmal kurz zu sich kommen, und er vernahm die Worte Jesu, die dieser zu ihm sprach: »Und ich sage dir, noch heute wirst du mit mir im Paradies sein.«

Clodius hatte soeben die Mauern Jerusalems erreicht, als das Unwetter losbrach. Er dachte kurz daran, Unterschlupf zu suchen, doch irgendetwas trieb ihn weiter zum oberen Markt, der aufgrund des Unwetters nahezu verlassen dalag.

»Kannst du mir sagen, wo sich der Stand von Yax, dem Zimmermann befindet?«, fragte Clodius einen Ladenbesitzer, der sich damit abmühte, im tobenden Sturm seine Markise einzuholen.

Der Mann schirmte die Augen gegen den strömenden Regen ab und drehte sich zu Clodius um.

»Der ist doch von deinen Soldaten verhaftet und zur Garnison gebracht worden!«

»Wann war das?«

»Vor zwei Tagen. Angeblich soll er eine Prostituierte ermordet haben!«

»Das war niemals Yax. Das kann nur dieser Mörder Decimus Quintus gewesen sein!«

»Dann solltest du dich beeilen! Hier macht man mit solchen Leuten nämlich kurzen Prozess!«

In den verwinkelten Gassen, die zur Garnison führten, war ein zügiges Vorankommen unmöglich. Immer wieder führten Stufen hinauf oder hinab, auf tiefer oder höher liegende Straßenabschnitte. Ohne dem Wachposten am Tor zur Garnison Beachtung zu schenken, galoppierte Clodius mit seinem Pferd über den Hof und sprang ab, noch bevor das Tier zum Stehen kam.

»Der Hauptmann ist heute außer Haus«, erklärte ihm ein Soldat im Innern der großen Halle. »Aber ich könnte den Befehlshaber der Truppe für dich rufen lassen.«

»Hole ihn«, erwiderte Clodius.

Kurz darauf erschien der Befehlshaber der Garnison. Offenbar hatte man ihn bei einem nachmittäglichen Imbiss gestört, denn er wischte sich noch rasch den Mund mit einem Tuch ab.

»Ihr habt einen langen Weg vom Palast des Kaisers bis hierher zurückgelegt«, bemerkte der Befehlshaber der Garnison mit einem Blick auf Clodius' Uniform.

»Ich befinde mich auf einer Mission des Imperators und bin beauftragt, den Zimmermann namens Yax nach Rom zu begleiten, auf dass er dort zum römischen Staatsbürger ernannt werde.«

»Und wie kann ich dir dabei behilflich sein?«, erkundigte sich der Befehlshaber und rülpste diskret.

»Wie ich hörte, befindet er sich unter Arrest in einer deiner Gefängniszellen.«

»Unsere Zellen stehen leer. Wir halten hier niemanden fest. Welchen Vergehens soll er sich schuldig gemacht haben?«

»Angeblich legt man ihm den Mord an einer Prostituierten zur Last.«

»Ach, nach diesem Mann suchst du.« Das Gesicht des Soldaten hellte sich auf. »Richtig! Den haben wir mit zwei anderen Verbrechern heute Morgen zur Kreuzigung geschickt.«

»Wo finden die Kreuzigungen statt?«, fragte Clodius, dessen Herz erschreckt zu pochen begann.

Der Mann nannte ihm den Weg, und kurz darauf war Clodius wieder unterwegs, diesmal von schierer Panik getrieben. Am Himmel grollte es noch immer, nur der Regen hatte ein wenig nachgelassen.

Als Clodius den Hügel von Golgatha erreichte, hatte man zwei Kreuze bereits wieder abgebaut und zwei der Hingerichteten fortgebracht. Bei den sterblichen Überresten des dritten Verurteilten standen drei Männer, die offenbar miteinander zu streiten schienen, denn einer von ihnen hantierte drohend mit einem Messer. Mit gezogenem Schwert näherte Clodius sich dem Grüppchen.

»Was geht hier vor sich?«, fragte er.

Isaak ergriff dass Wort. »Mein Bruder Ezra und ich sind hierher gekommen, um den Körper unseres toten Freundes Yax zu beerdigen. Aber dieser Mann hier versucht sich an ihm zu vergreifen. Er will ihm den Kopf abschneiden!«

»Ich bin Decimus Quintus, ein Gesandter des Präfekten der Prätorianergarde, Aelius Sejanus, der zurzeit die Regierungsgeschäfte des Imperators im Rom innehat und mich beauftragte, ihm den Kopf dieses Mannes zu liefern!«

»Sejanus ist tot, du Narr!«, zischte Clodius zwischen zusammengepressten Zähnen hervor, »und du wirst es ebenfalls gleich sein!« Mit diesen Worten rammte er Decimus wutentbrannt die Klinge seines Schwertes ins Herz.

Der Regen hatte gänzlich aufgehört, als Clodius jetzt neben Yax' totem Körper niederkniete. Behutsam wischte er ihm die

Regentropfen vom Gesicht, während seine eigenen Tränen auf den Freund tropften.

»Er hat sein ganzes Leben damit verbracht, nach dem einen, wahren Gott zu suchen. Und hier musste seine Suche enden!«

Clodius erhob sich schweren Herzens und wandte sich Isaak und Ezra zu. »Wisst ihr, ob er den Messias gefunden hat ... oder wen immer er suchte?«

»Ja«, erwiderte Isaak, »er starb an seiner Seite!«

»Ihr wart seine Freunde?«

»Ja«, bestätigte Isaak. »Ich kannte Yax seit seinem ersten Aufenthalt in El Gem.«

»Dann bitte ich euch, ihn zu beerdigen.« Clodius zog seinen Geldbeutel hervor. »Hüllt ihn in feinstes Leinen und besorgt einen Sarg, der seiner würdig ist.«

Isaak streckte die Hand aus. »Gib eine Münze als deinen Anteil am Begräbnis deines Freundes. Den Rest übernehmen wir.«

»Was ist mit der Grabstelle?«

»Ich glaube nicht, dass Yax den Wunsch gehabt hätte, in Jerusalem begraben zu werden. Wir dachten an eine Höhle hoch oben in den Bergen, nahe dem Toten Meer.«

»Ja.« Clodius lächelte. »Ich bin sicher, das hätte ihm gefallen.«

2005 n. Chr.

»Columbia, hier Houston Control.«

»Roger, Houston, hier Columbia«, antwortete Pilot Scott Barclay.

»In vier Minuten seid ihr über eurem Zielgebiet.«

»Roger, Houston, haben verstanden. Die Hyperspektral-Bilder sind geladen. Wir sind bereit zur Übertragung, sobald die Jungs da unten sich melden.«

»Roger, Columbia. Kann sein, dass sie da unten im Dschungel auf ein paar Probleme stoßen. Sendet einfach blind zum vereinbarten Zeitpunkt. Noch drei Minuten und fünfzehn Sekunden.«

Das NASA-Shuttle Columbia hatte die Raumstation nach einer Versorgungsmission und einem Mannschaftswechsel soeben wieder verlassen und führte jetzt eine letzte Aufgabe vor dem Wiedereintritt aus. Ein Team amerikanischer und mexikanischer Archäologen, das an der Grenze zwischen Nordbelize und Mexiko auf eine mehr als zweitausend Jahre alte Maya-Stätte gestoßen war, wartete auf dem Boden darauf, Kontakt mit ihnen aufzunehmen. Die Entdeckung hatte weltweit Aufmerksamkeit erregt, da es sich um die bisher älteste Maya-Stätte handelte, die je gefunden wurde.

»Columbia, hier Forschungs-Camp Alpha. Könnt ihr uns hören?«

»Sie sind auf HF«, sagte Scott und stellte den Lautstärkeregler des Empfangsgerätes höher. »Roger, Alpha, hier Columbia, ihr kommt über Kanal Drei.«

»Roger, Columbia. Wir hatten ein Problem mit unserer VHF-Ausrüstung und mussten erst das HF-Gerät anschließen.«

»Angekommen. Seid ihr bereit für den Empfang der NEMO-Aufnahmen?«

»Alles klar, sind bereit. Könnt ihr uns auch schon die Infrarot-Bilder übertragen?«

Scott blickte fragend zu Dave Cox hinüber, dem Elektronik-Ingenieur, der ihm mit dem Daumen das Okay-Zeichen gab.

»Kein Problem, Alpha, wir fangen jetzt an.«

NEMO stand für Naval Earth Map Observer. NEMO II war eine aktualisierte Version des im Jahr 2000 entwickelten Originalsatelliten. Ursprünglich war die Ausrüstung zur Vermessung von Küstenlinien und Ozeantiefen konzipiert worden, war aber ebenso gut in der Lage, mineralische Bodenbeschaffenheit und Vegetationsmerkmale zu identifizieren. Obwohl die durch NEMO II erlangten detaillierten Informationen üblicherweise der Geheimhaltung unterlagen, hatte man für den Einsatz im Rahmen dieses archäologischen Fundes eine Ausnahmegenehmigung erteilt. Und auch die Bereitstellung der Infrarot-Aufnahmen war durch die National Imagery and Mapping Agency bewilligt worden.

Als die Bilder zuerst auf dem Monitor der Forschungsstation und kurz darauf über Drucker nacheinander sichtbar wurden, starrten die drei Männer von Camp Alpha wie gebannt darauf. Glenn Lawrence, ein Archäologe der Universität von Arizona, hielt den Atem an. Sollten diese Aufnahmen ihnen die erhofften Informationen liefern, blieb ihnen ein tagelanger, wenn nicht wochenlanger Marsch in die falsche Richtung erspart. Lawrence hatte in den vergangenen fünf Jahren bei der Entdeckung von Los Pilas, Caracol und Tikal in den Wäldern von Guatemala und Belize reichlich Erfahrung sammeln können. Er wusste, was es hieß, sich mit Machete und Hacke einen Pfad über Berge und undurchdringliches Dschungeldickicht zu schlagen.

Über seine Schulter blickte sein langjähriger Kollege Patrick Grant nicht weniger gespannt auf den Drucker. Grant arbeitete als Archäologe und Epigraph für das National Geographic Magazin und hatte schon zahlreiche Hieroglyphen in den Gräbern von Maya-Herrschern entziffert. Dritter Mann im Bunde war Roberto Morales vom Anthropologischen Museum Mexico City, dort zuständig für die Kultur der Mayas und Azteken. Seine Aufgabe würde darin bestehen, sämtliche Artefakte und sonstige Fundgegenstände zu kennzeichnen und nach Mexico City zu schicken.

Die Stimme aus dem Funkgerät lenkte ihre Aufmerksamkeit einen Moment lang von den Ausdrucken ab.

»Alpha, hier Columbia. Das ist alles. Ich hoffe, ihr könnt was mit den Aufnahmen anfangen.«

Glenn griff zum Mikrofon. »Danke, Columbia. Sieht alles gut aus. Wenn wir finden, worauf wir gehofft haben, habt ihr uns einen Berg Arbeit erspart.«

»Viel Glück«, erwiderte Scott. »Wir sind gleich außerhalb der Funkfrequenz. Columbia over and out.«

Die drei standen schon wieder mit gebeugten Köpfen über den Aufnahmen, als über ihnen plötzlich das Rattern eines Helikopters ertönte. Der Hughes 500 glitt dicht über die Baumwipfel, drehte eine Runde über dem Camp und landete kurz darauf in etwa hundert Metern Entfernung auf dem Strand.

Glenn warf den anderen beiden einen fragenden Blick zu.

»Jetzt erzählt mir bloß nicht, dass diese verdammten Reporter uns schon aufgespürt haben!«

»Könnte so gut wie jeder sein, aber mich würde es nicht wundern, wenn es sich um diese Klette von der Sunday Times handelte, die mich letzten Monat pausenlos wegen einer Story genervt hat«, bemerkte Patrick ironisch. »Nun, wir werden sie gleich wieder im Helikopter verfrachten und zurückschicken.«

»Das ist ja eine Frau!«

»Eine *muchacha*?«, fragte Roberto verdutzt.

»Genau, eine *muchacha*«, wiederholte Patrick. »Ich habe ihren Namen vergessen, klang irgendwie griechisch. Vermutlich wiegt sie zwei Zentner und hat 'ne Nase wie Aristoteles.«

»O nein«, widersprach Roberto. »Wenn sie Griechin ist, hat sie den Körper einer Göttin, olivfarbene Haut und glänzendes, schwarzes Haar.«

»Also, Jungs, setzt eure Wette lieber bald, denn wer immer sie ist, sie wird in Kürze hier aufkreuzen«, bemerkte Glenn. Während der nächsten fünf Minuten beugten sie sich wieder über die Ausdrucke, dann erklang eine Stimme vom Rand des Camps.

»Hi. Tut mir Leid, dass ich so spät dran bin. Hoffentlich habe ich nichts verpasst.«

Sie drehten sich um. Es war unleugbar, dass Roberto die Wette gewonnen hatte. Patrick steckte ihm fünf Dollar zu und ging dem Neuankömmling entgegen.

»Darf ich Ihnen behilflich sein?«

Sie streifte ihren Rucksack ab und ließ ihn neben sich auf den Boden gleiten. Das Gepäckstück reichte ihr bis zur Taille und musste mindestens 30 Kilo wiegen.

»Den trägst du am besten gleich wieder zum Strand runter«, empfahl Glenn und setzte dabei eine möglichst entschlossene Miene auf. »Wir können bei dieser Expedition niemanden sonst gebrauchen!«

Patrick, der bereits auf das Gepäckstück zusteuerte, warf dem Mädchen einen entschuldigenden Blick zu und zuckte mit den Schultern. Ihre Mundwinkel verzogen sich schmollend nach unten. Doch plötzlich lächelte sie und deutete in die Luft, wo der weiß-blaue Hughes 500 gerade über sie hinweg davonflog. Als der Lärm der Rotorblätter verklungen war, war es an ihr, mit den Schultern zu zucken.

»Sieht so aus, als hättet ihr mich am Hals.«

Patrick und Roberto grinsten, während Glenn in einer Geste der Resignation die Arme in die Luft warf. Die Hände in die Hüften gestützt, stand sie abwartend da. In ihren Wanderstiefeln, den Kaki-Shorts und dem Hemd, an dem die oberen drei Knöpfe offen standen, mit zwei Kameras um den Hals und dem zum Teil unter einem Tropenhelm verborgenen schwarzen Haar, bot sie einen ausgesprochen reizvollen Anblick. Und als sie den Hut abnahm, um sich den Schweiß von der Stirn zu wischen, und ihr das üppige schwarze Haar auf die Schultern fiel, sah sie geradezu atemberaubend aus.

»Und, darf ich näher kommen?«

»Natürlich«, beeilte sich Glenn zu erwidern. »Kommen Sie unter das Zeltdach. Patrick, bring ihre Sachen hier rüber.«

Roberto nahm rasch ein paar Landkarten von einem der Klappstühle und bedeutete ihr, sich zu setzen. »Bitte, *Señorita*, nehmen Sie Platz!«

»Mein Name ist Glenn, und das ist Roberto. Und der Gentleman, der sich gerade mit Ihrem Gepäck abmüht, ist Patrick.«

»Ich kenne Mr. Grant bereits, da ich in den Staaten mehrfach versuchte, ihn zu einem Interview-Termin zu überreden.«

Patrick machte eine entschuldigende Geste.

»Mein Name ist Daphne Papanicolas. Ich arbeite als freiberufliche Fotografin und habe einen Vertrag mit der Sunday Times, die Bilder für diese Expedition zu liefern.«

Als niemand etwas darauf erwiderte, sprang Roberto in die Bresche.

»Daphne! Was für ein reizvoller Name! *Muy hermoso!*«

»Danke, es ist eine Tradition in meiner Familie, dass der erste weibliche Nachkomme den Namen Daphne erhält. Meine

Großmutter erzählte mir, dass der Name Hunderte von Jahren zurückgeht, bis in die Römerzeit.«

Die drei Männer lächelten und nickten höflich.

»Was haben Sie eigentlich alles in diesem Rucksack?«, erkundigte Patrick sich neugierig. »Der wiegt ja fast eine Tonne!«

»Na ja«, erwiderte sie, »ich wollte euch nicht zur Last fallen, also habe ich alles Nötige selbst mitgebracht. Ich habe ein Zelt dabei, ein Moskitonetz, ein paar Kleidungsstücke zum Wechseln, Kochutensilien, Proviant, eine Erste-Hilfe-Ausrüstung, zwei Flaschen Scotch und eine Flasche Tequila.«

»Sie trinken wohl gern einen?«, erkundigte sich Glenn mit hochgezogenen Brauen.

»Nein«, antwortete sie und errötete leicht, »die sind für euch.«

Sie langte in ihren Rucksack und kramte die Flaschen hervor.

»Ich dachte, dass mein Erscheinen vielleicht keine unmittelbare Begeisterung hervorrufen würde. Die Flaschen sind sozusagen ein Friedensangebot.«

Sie verteilte die Flaschen und reichte Roberto den Tequila.

»Ich bevorzuge eigentlich Scotch. Den Tequila können Sie Patrick geben.«

»Oh, ich dachte, alle Mexikaner sind Tequila-Trinker«, erwiderte sie überrascht.

»Nun, was mich angeht, trifft es nicht zu«, bemerkte Roberto lächelnd.

»So, können wir uns jetzt wieder mit den Bildern befassen?«, fragte Glenn ungeduldig, nachdem jeder sich bei ihr bedankt hatte.

Roberto breitete die Ausdrucke auf dem Klapptisch aus, und die Männer zogen sich Stühle heran und beugten sich wieder über die Aufnahmen. Daphne schoss zuerst ein Foto und zog sich dann ebenfalls einen Stuhl an den Tisch. Nachdem sie den Erörterungen eine Stunde lang zugehört hatte, begann sie sich zu langweilen. Sie schlüpfte aus dem Zelt und machte sich auf einen Erkundungsgang, um ein paar Fotos zu schießen.

Keines der Gebäude auf dem Gelände war noch erhalten, und es gab auch keine Pyramiden, wie Daphne sie von Tulum und Chichen Itza kannte. Der größte Teil der Ruinen war von Vegetation überwuchert.

Kein Wunder, dass diese Stätte erst jetzt entdeckt wurde, dachte sie.

»Seien Sie vorsichtig, wohin Sie treten! Da drüben ist ein tiefes Loch!«, rief Roberto zu ihr hinüber und deutete auf einen Haufen Steine zu ihrer Linken. »Und bleiben Sie in der Nähe, hier gibt es Schlangen!«

Weiterer Warnungen bedurfte es nicht. Daphne begab sich unverzüglich zurück zum Zelt.

»Wir nehmen gleich unseren Lunch ein. Sie können uns gerne Gesellschaft dabei leisten«, bot Glenn ihr an. »Die Jungs müssten jeden Moment zurück sein.«

»Die Jungs?«, wiederholte Daphne fragend.

»Ja, wir haben drei Maya-Jungen eingestellt, die uns helfen, die Ausrüstung zu tragen und uns davor bewahren, im Dschungel verloren zu gehen.«

»Und wo sind sie jetzt?«

»Sie sind heute Morgen in Richtung Süden aufgebrochen, um nach einem See oder Fluss in der Nähe Ausschau zu halten.«

»Nur im Umkreis von ein oder zwei Meilen«, fügte Patrick hinzu.

»Suchen sie nach Trinkwasser?«

»Nicht für uns«, erklärte Roberto, »aber die Menschen, die vor über zweitausend Jahren hier gelebt haben, müssen irgendwoher ihr Wasser bezogen haben.«

»Als ich hier einflog, überquerten wir einen kleinen Fluss ganz in der Nähe.«

»Der ist uns bekannt«, erwiderte Patrick. »Bei Flut fließt das

Salzwasser aus der Karibik dort hinein. Aber wenn man dem Lauf etwa zwei Meilen flussaufwärts folgt, enthält das Wasser einen hohen Bakterienanteil – zu viel, um es als Trinkwasser zu verwenden. Die Menschen, die hier gelebt haben, müssen ihr Wasser von woanders bezogen haben.«

»Es handelte sich um eine ausgesprochen hoch entwickelte Zivilisation«, fügte Roberto hinzu. »Sie haben ihr Wasser über eine große Distanz mit Hilfe eines Aquädukts hierher geleitet.«

»Über ein Aquädukt?«, fragte Daphne. »Woher wisst ihr das? Sämtliche Bauwerke sind doch zerfallen.«

»Ja, es wurde alles durch ein Erdbeben zerstört, deshalb sind auch nirgends Spuren von Tempeln, Pyramiden oder menschlichen Behausungen zu erkennen«, erklärte Glenn. »Nur ein kleiner Teil des Aquädukts blieb erhalten.«

»Aber wie kann man dann überhaupt etwas über diese Stätte erfahren?«

»Durch das, was darunter liegt. Das Loch, von dem Roberto vorhin sprach, führt zu den Kammern unter den ehemaligen Pyramiden. Die Hieroglyphen erzählen eine recht interessante Geschichte.«

Stimmen vor dem Zelt bedeuteten ihnen, dass ›die Jungs‹ zurück waren.

»Okay«, sagte Glenn, »dann machen wir uns jetzt an die Essensvorbereitungen. Roberto, warum zeigst du Daphne nicht in der Zwischenzeit das Aquädukt?«

Die Jungs trauten ihren Augen nicht, als Daphne aus dem Zelt trat. Roberto übernahm die Vorstellung. »Ramón, Carlos und Juan ... das ist Daphne!«

»*Mucho gusto*«, verkündeten sie wie aus einem Munde. »Wir haben uns schon gewundert, als wir den Helikopter hörten«, bemerkte Ramón.

»Daphne ist hier, um Fotos für eine Zeitung zu machen«, erklärte Roberto. »Wie sieht's aus, habt ihr irgendwas gefunden?«

»*No, señor. No agua, nada*«, verneinte Carlos, und auch die anderen beiden schüttelten die Köpfe.

»Nun, vielleicht helfen uns die Aufnahmen ja doch noch weiter. Wir werden uns nach dem Essen noch mal damit befassen.«

Roberto deutete eine leichte Verbeugung vor Daphne an. »Kommen Sie, ich zeige Ihnen, was von dem Aquädukt noch übrig ist.«

Sie folgte ihm auf einem frisch geschlagenen Pfad, der etwa hundert Meter in den Dschungel führte. Affen und Papageien kreischten über ihren Köpfen, als sie sich den Überresten des Bauwerks näherten.

»Es ist etwa so hoch wie ein zweistöckiges Haus und ungefähr neun Meter lang«, berichtete Roberto und zeigte mit der Hand in Richtung des Aquädukts. »In der Leitungsrinne haben Vögel ihre Nester gebaut. Ich nehme an, sie fühlen sich dort vor den Schlangen sicher, da diese nicht an den Säulen hinaufgleiten können.«

Daphne starrte zu dem aus Steinen und Mörtel gefertigten Relikt eines einstmals genialen Maya-Volkes hinauf.

»Das sieht ja beinahe genauso aus wie die Aquädukte der Römer!«, sagte sie staunend. »Was meinen Sie, wie sie das fertig gebracht haben?«

»Nun«, antwortete Roberto, »das ist eines der Rätsel bei diesem Fund.«

»Und wohin führt das Aquädukt?«

»Das ist das zweite Mysterium. Kurz vor Ihrer Ankunft erhielten wir eine Übertragung aus dem All. Die Raumfähre Columbia hat uns ein paar Aufnahmen dieser Gegend übertragen.«

»Und was erhofft ihr euch davon?«

»Vielleicht finden wir einen Hinweis auf einen See oder Fluss, den es hier vor über zweitausend Jahren gegeben haben muss.«

In Gedanken versunken, gingen sie schweigend zum Camp

zurück. Auch das Gekreische des Dschungels verstummte, als die Tiere bemerkten, dass die Eindringlinge sich wieder zurückzogen.

Inzwischen war das Essen fertig, und alle nahmen um den Tisch herum Platz.

»Hm«, sagte Daphne, »jetzt fällt mir erst auf, wie hungrig ich bin. Ich habe seit Stunden nichts mehr gegessen!«

»Der Braten wird Ihnen bestimmt schmecken. Gegrillter Affe. Die Jungs haben ihn heute Morgen geschossen.«

Daphne war schon im Begriff, eine Grimasse zu ziehen, aber dann lachte sie.

»Ihr könnt mich nicht auf den Arm nehmen. Ich erkenne Büchsenfleisch, wenn ich es sehe. Schließlich habe ich mich an der Uni ausschließlich von so etwas ernährt.«

»Wer hat das nicht!«, bemerkte Patrick.

Ungezwungen machten sie sich über ihre Mahlzeit her, und zwanzig Minuten später beugten die Männer sich bereits wieder über die Aufnahmen.

»Darf ich auch mal einen Blick darauf werfen?«, fragte Daphne.

Glenn nickte und reichte ihr einen der Ausdrucke, den sie bereits studiert und beiseite gelegt hatten.

»Ist das ein Infrarot-Bild?«, erkundigte sie sich.

»Ja.«

Daphne studierte die Aufnahme über zwanzig Minuten lang und ging dann damit zu Glenn hinüber.

»Wofür haltet ihr das?«, fragte sie und deutete auf einen winzigen Punkt auf der Karte.

»Wahrscheinlich eine Funktionsstörung während der Übertragung«, erwiderte Glenn, nachdem er einen flüchtigen Blick darauf geworfen hatte. »Auf jeden Fall ist der Fleck zu klein, um irgendeinen Schluss daraus ziehen zu können.«

»Was wir suchen«, erklärte Patrick, »ist irgendein Hinweis

auf einen ehemaligen Flusslauf oder See. Eine Einkerbung oder Senke, eine Unterbrechung oder Abweichung der Vegetationsstruktur. Es könnte sich auch um eine Anhäufung von Mineralien in einem heute ausgetrockneten Flussbett handeln.«

Daphne nickte und blickte gleichzeitig auf die daneben liegende NEMO-Aufnahme.

»Sehen Sie mal«, unterbrach sie Patrick. »Auf dieser Aufnahme befindet sich ein ähnlicher Fleck an der gleichen Stelle!«

»Nun, wahrscheinlich hat es nichts zu bedeuten ... allerdings wurden die beiden Aufnahmen mit zwei verschiedenen Kameras aufgenommen«, grübelte Glenn. »Hm ... die Stelle muss sich etwa fünf Kilometer in nordwestlicher Richtung von hier befinden.«

»Das ist ziemlich schwer zugängliches Gebiet«, wandte Roberto ein, »und der Weg führt größtenteils bergauf.«

»Angenommen, es hat dort tatsächlich Wasser gegeben«, überlegte Patrick. »Wären sie in der Lage gewesen, ein derart langes Aquädukt zu bauen?«

»Natürlich«, erwiderte Roberto, »es besteht kein Zweifel daran, dass sie sowohl über die nötige Technologie als auch über die notwendige Anzahl an Arbeitskräften verfügten. Denkt doch mal an Chichen Itza, das nur wenige hundert Jahre später entstand! Die Techniken müssen aus dieser Epoche hier übernommen worden sein. Wer weiß, vielleicht haben sie die einzelnen Bestandteile des Aquädukts sogar irgendwann nach dem Erdbeben hier abgebaut und die Steinblöcke abtransportiert, um sie irgendwo anders wieder aufzubauen. Es wäre ein Leichtes gewesen, die Blöcke auf Flöße zu verladen, sie den Fluss hinab in die Karibik und dann die Küste entlang zu transportieren.«

»Man darf nicht vergessen«, fügte Patrick hinzu, »dass sie achthundert Jahre oder mehr Zeit dafür hatten. Insbesondere, wenn unsere Annahme stimmt, dass dieses Dorf hier auf das Jahr 50 v. Chr. zu datieren ist. Wir wissen nicht endgültig, wann das Aquädukt erbaut wurde«, erklärte er Daphne, »aber erste C-14-Datierungen lassen darauf schließen, dass es um das Jahr 50 v. Chr. gewesen sein muss.«

»Nun«, sagte Glenn, »da wir bisher keinerlei andere Anhaltspunkte haben, in welche Richtung wir uns wenden sollten, können wir uns ebenso gut Daphnes ›Fleck‹ einmal aus der Nähe ansehen ... das heißt, falls alle einverstanden sind.«

»Ich habe auf dieser Aufnahme schon ein paar Messungen vorgenommen. Wir könnten zwei Meilen flussaufwärts fahren und uns dann in den Dschungel schlagen.«

»Habt ihr Kanus dabei?«, fragte Daphne.

»Um Himmels willen!«, rief Patrick. »Wir verfügen über ein aufblasbares Acht-Mann-Schlauchboot.«

»Wir sollten vorsichtshalber Proviant mitnehmen«, schlug Patrick vor. »Gut möglich, dass diese Expedition bis zum nächsten Morgen dauert.«

»Dann packe ich meinen Rucksack gar nicht erst aus«, sagte Daphne. »Bis auf meinen Badeanzug. Wenn es keine Einwände gibt, würde ich gern eine Runde schwimmen gehen.«

Glenn blickte von einer der Karten auf. »Ich würde an Ihrer Stelle nicht in der Lagune schwimmen«, warnte er. »Möglicherweise gibt es dort Krokodile.«

»Wenn Sie nichts dagegen haben, begleite ich Sie«, schlug Roberto vor. »Es gibt eine sicherere Stelle ein Stück weiter unten am Strand.«

»Prima!«, rief Daphne und beförderte ein winziges Oberteil und ein nicht weniger spärliches Bikinihöschen aus ihrem Gepäck.

Roberto hatte eigentlich vorgehabt, sich hinter einem der Büsche am Strand umzuziehen, doch als Daphne direkt am Strand unbekümmert aus ihren Kleidern schlüpfte, zuckte er mit den

Schultern und tat es ihr nach. Das Wasser war erfrischend kühl und kristallklar. Sie planschten herum wie ausgelassene Kinder in einem Feriencamp. Anschließend setzten sie sich in den Sand und ließen sich von der Brise trocknen

»Sagen Sie«, fragte Roberto, nachdem er wieder zu Atem gekommen war, »was hat Sie eigentlich dazu veranlasst, diesen langen Weg hierher auf sich zu nehmen?«

»Als kleines Mädchen habe ich eine Fernsehdokumentation über die Mysterien alter Maya-Kulturen gesehen, und seitdem hat das Thema mich nicht mehr losgelassen. Ich habe alles gelesen, recherchiert und studiert, was ich über die Mayas in die Finger bekam. Man könnte sagen, ich bin besessen davon ... ich kann selbst nicht erklären, weshalb.«

»Warum sind Sie dann nicht Archäologin geworden?«

»Ich weiß nicht. Ich konnte mich nicht dazu aufraffen, mich für irgendetwas anderes zu interessieren als für die Mayas. Und wie steht es mit Ihnen, Roberto? Was hat Ihr Interesse geweckt?«

»Ich bin ein Maya, zumindest zum Teil. Meine Mutter gehörte dem Volk der Mayas an, mein Vater war ein mexikanischer Farmer. Beide kamen bei einem Busunglück ums Leben, als ich noch ein Baby war. Meine jetzigen Eltern haben mich adoptiert, und ich bin beruflich in die Fußstapfen meines Adoptivvaters getreten, der ein Museum führte.«

Sie warf ihm einen forschenden Blick zu.

»Sind Sie verheiratet?«

»Nein, ich bin noch zu jung. Außerdem habe ich das richtige Mädchen noch nicht gefunden. Und Sie?«

»Für mich gilt das Gleiche. Ich habe den Richtigen noch nicht getroffen.«

Schweigend starrten sie auf das funkelnde Meer hinaus, während Sonne und Wind die letzten Tröpfchen auf ihrer Haut verdunsten ließen.

»Wir sollten jetzt besser zurückgehen«, seufzte Roberto.

Daphne nickte. Beide streiften sich ihre Kleider über die inzwischen getrockneten Badesachen.

Als sie sich dem Camp näherten, fragte Daphne: »Meinen Sie, ich könnte einen Blick auf die Hieroglyphen unter dem Sockel der Pyramide werfen?«

»Ich könnte Sie Ihnen zeigen, aber Patrick ist der geeignetere Mann dafür. Er ist derjenige, der sie entziffern kann.«

Patrick stieg zuerst in den Schacht hinab und wies Daphne an, ihm vorsichtig zu folgen. ›Die Jungs‹ hatten gute Arbeit beim Bau der Leiter geleistet, die über sechs Meter lang und solide zusammengebunden war. Trotzdem wankte die Konstruktion leicht und knarrte bedrohlich, als Daphne auf halber Höhe angelangt war. Sie hielt erschreckt den Atem an und klammerte sich angstvoll daran fest.

»Keine Bange«, beruhigte Patrick sie. »Die Leiter muss ein bisschen flexibel sein.«

Unten angekommen, stieß Daphne einen Seufzer der Erleichterung aus. »Ehrlich gesagt, bereue ich meinen Vorschlag fast schon ein wenig.«

»Zurück wird es einfacher«, tröstete Patrick sie lachend.

Er richtete den Strahl der Lampe auf die am nächsten liegende Wand. »Hier gibt es noch nicht viel zu sehen. Dieser Teil war zu sehr den Elementen ausgesetzt und ist fast vollständig erodiert.« Er nahm ihre Hand und führte sie in eine kleinere Kammer.

»Diese Grabkammer mussten wir aufbrechen, sie war weitaus besser erhalten.«

Die Luft war feucht und stickig, sodass nur kurze, flache Atemzüge möglich waren.

»Gab es hier Überreste eines Herrschers?«

»Wir sind auf ein paar Knochen gestoßen, aber sie wurden schon nach Mexico City überstellt. Werfen Sie einen Blick auf diese Wand dort, die Hieroglyphen sind noch deutlich erkennbar.«

»Oh!«, rief sie beeindruckt aus, »die sind wunderschön! Was bedeuten sie?«

»Vermutlich handelt es sich um die Geschichte seines Lebens. Dieser Teil hier erzählt von Kämpfen, möglicherweise Stammesfehden. Hier hat er ein kleines Kind im Arm. Und hier kann man sehen, wie er von einer Schlange gebissen wird ... so ist er gestorben.«

So fasziniert Daphne war, machten sich allmählich Anzeichen von Klaustrophobie bei ihr bemerkbar. Auf ihrer Stirn hatte sich kalter Schweiß gebildet, und ihr Atem ging immer schneller.

»Ich glaube, ich habe genug gesehen. Machen wir, dass wir hier rauskommen.«

Bedeutend schneller, als sie heruntergestiegen war, kletterte Daphne die Leiter wieder hinauf.

»Ah, es geht doch nichts über frische Luft!«

Roberto streckte die Hand zu ihr hinab und half ihr, aus dem Schacht zu steigen.

Als sich am nächsten Morgen die ersten Sonnenstrahlen über die Baumwipfel tasteten, waren sie bereits mit dem Schlauchboot unterwegs auf dem Fluss. Über dem trüben Wasser waberten noch die letzten Nebelschwaden und behinderten die Sicht. Vorsichtshalber navigierte Ramón das Boot nur mit halber Geschwindigkeit durch das schmale Flussbett.

Der Fahrtwind fühlte sich angenehm kühl auf ihren Gesichtern an, eine willkommene Abwechslung gegenüber der heißen, stickigen Luft, die sich in Kürze auf den Urwald herabsenken würde.

Als der Fluss eine Biegung von ihrem Ziel weg machte, signalisierte Patrick Ramón mit den Armen, auf das Ufer zuzuhalten. Die ersten beiden Meilen waren ein Kinderspiel gewesen, die folgenden Meilen würden eine Herausforderung sein. Das Ufer fiel ein wenig zu steil ab, um das schwere Schlauchboot aus dem Fluss zu ziehen, also befestigten sie es mit extra langen Tauen am Ufer. Keiner von ihnen verspürte Lust, zu Fuß zum Camp zurückzulaufen, am wenigsten Glenn.

»Befestige das hier am Motor und binde es straff fest«, wies er Ramón an.

Nachdem Patrick ihnen die Richtung angegeben hatte, schlugen die ›Jungs‹ an der Spitze der kleinen Gruppe mit ihren Macheten den Weg frei.

Wie erwartet, wurde die Luft bald feucht und drückend, doch als sie sich ein Stück vom Fluss entfernt hatten, lichtete sich das Unterholz ein wenig, und das Atmen fiel leichter. Nachdem sie sich eine Stunde lang quälend langsam vorwärts gekämpft hatten, legten sie eine Pause ein, um auszuruhen und sich am lauwarmem Wasser aus ihren Feldflaschen zu erfrischen.

Als sie auf eine kleine Lichtung traten, standen sie plötzlich und völlig unerwartet vor einem Wasserfall, dessen Rauschen bis dahin vom dichten Blattwerk des Dschungels vollkommen verschluckt worden war. Das Wasser fiel etwa sechs Meter tief an einer glatten Felswand hinunter in ein kleines Becken, das in den Berg zurück abfloss.

»Ein unterirdischer Wasserlauf!«, rief Glenn. »Deshalb konnten wir auf den Aufnahmen auch nichts erkennen!«

»Wäre nicht meine hervorragende Beobachtungsgabe gewesen«, konnte Daphne sich nicht verkneifen.

»Seht mal, hier!«, rief Carlos, der inzwischen um das Becken herumgegangen war, »das andere Ende des Aquädukts!«

Alle ließen ihr Gepäck fallen und eilten am Ufer entlang zu den von Moos und Gras überwucherten Felsblöcken. Ein Stück vom Ufer entfernt stießen sie auf eine Säule, ein einsames Relikt dessen, was einst eine großartige architektonische Konstruktion gewesen sein musste.

»Also«, überlegte Patrick, während er die Entfernung zu dem Becken abschritt, »entweder haben sie eine Art Schaufelzug aus Eimern zur Wasserrinne hinauf konstruiert, oder sie haben sich eine direkte Verbindung ausgedacht, um das Wasser vom Wasserfall herüberzuleiten.«

Als sie näher an den Wasserfall herangingen, entdeckten sie einen Felsvorsprung, der etwa zwanzig Zentimeter aus der Felswand hervorstand und direkt hinter dem Wasserfall verlief. Patrick schaffte es, mit einer Fußspitze Halt zu finden und zu dem Vorsprung hinaufzuklettern, um den Abstand zum Aquädukt auszumachen. Da sah er es!

»Da ist ein Loch in der Felswand!«

Eine genauere Untersuchung brachte eine Fläche aus Steinen und Schiefer zum Vorschein, die von Mörtel zusammengehalten wurde.

»Die ist niemals auf natürliche Weise entstanden! Das ist von Menschenhand gemacht! Sieht aus, als hätten sie damit den Eingang zu einer hinter dem Wasserfall liegenden Höhle geschlossen!«

Bei dem Loch, das von unten nicht sichtbar gewesen war, handelte es sich um eine Öffnung, die vermutlich entstanden war, weil ein Stein sich gelöst und zurück in die Höhle oder in den Tümpel hinabgefallen war. Die anderen hatten sich inzwischen von den Überresten des Aquädukts entfernt und waren ebenfalls an den Rand des Wassers geeilt.

»Hier.« Ramon reichte Patrick eine Eisenstange, die sie aus dem Lager mitgebracht hatten. »Versuch mal, ob du noch mehr Steine lösen kannst.«

Patrick steckte ein Ende der Stange in die Öffnung und versuchte, das Loch mit kreisenden Bewegungen zu vergrößern. Niemand war auf das vorbereitet, was als Nächstes geschah. Die ganze Wand, durch Feuchtigkeit und Zeit brüchig geworden, gab unter dem Druck nach, zerbröckelte und rieselte in einer Flut aus Steinen, Schiefer und Mörtel in den Tümpel darunter. Kaum war das Geräusch des herabprasselnden Gerölls verebbt, durchschnitt ein anderer Laut die Luft, als Hunderte von Fledermäusen aus dem nun frei liegenden Eingang kreischend gen Himmel flatterten.

Daphne schrie entsetzt auf, ließ sich zu Boden fallen und bedeckte den Kopf mit den Armen. Alle anderen brachten sich auf allen vieren kriechend in Sicherheit. Einzig Patrick stand noch aufrecht und klammerte sich fluchend und mit eingezogenem Kopf an der Felswand fest.

Erst nachdem seit geraumer Weile Stille eingekehrt war, wagten sie wieder, sich zu rühren. Patrick, der der Höhle am nächsten war, blickte beinahe flehentlich zu den anderen hinunter.

»Es ist okay, sie sind alle fort«, bestätigte Roberto, nachdem er aus der Entfernung nochmals einen prüfenden Blick auf die Öffnung geworfen hatte.

Patrick nickte, tastete sich weiter an dem Felsvorsprung entlang und spähte vorsichtig ins Innere der Höhle. Die Fledermäuse schienen tatsächlich allesamt ausgeflogen zu sein. Er tat noch einen tiefen Atemzug, um sich selbst Mut zu machen, und trat dann von dem Vorsprung in die Höhle.

Daphne umklammerte erregt Glenns Arm, während alle auf das Loch starrten, in dem Patrick aus ihrem Blick entschwunden war.

Nach ein paar Minuten, die den Wartenden schier endlos vorkamen, erschien Patricks Kopf wieder am Eingang der Höhle.

»Es besteht keine Gefahr, ihr könnt hochkommen!«, rief er aufgeregt. »Es ist eine Grabkammer ... hier drin steht ein Sarkophag!«

Alle atmeten erleichtert auf und eilten zu der Felswand. Einer nach dem anderen kletterten sie den Vorsprung entlang und ertasteten sich ihren Weg in die Höhle.

»Puuh!«, rief Daphne, »hier stinkt es aber!«

»Das sind die Fäkalien der Fledermäuse«, erklärte Roberto, »diese Art ernährt sich von Früchten.«

Der Gestank war schnell vergessen, als sie in stiller Ehrfurcht vor dem steinernen Sarkophag standen.

»Sollen wir ihn öffnen?«, fragte Daphne, die bereits wieder mit einem leichten Anflug von Klaustrophobie kämpfte.

»Natürlich«, sagte Glenn, »deshalb sind wir ja hier. Patrick, hast du noch die Eisenstange?«

»Tut mir Leid, die habe ich fallen lassen, als die Fledermäuse aus der Höhle flatterten. Aber wenn wir alle mit anfassen, müssten wir den Deckel aufschieben können.«

Die sechs Männer verteilten sich zu beiden Seiten des Sarkophags, während Daphne an den Eingang der Höhle zurückwich, wo die Luft halbwegs erträglich war.

»Wir schieben ihn rüber auf Ramóns Seite«, schlug Glenn vor, »bei drei geht's los. *Uno ... dos ... tres!*«

Ächzend setzten sie dazu an, den schweren Deckel zu bewegen, der zweitausend Jahre ungestört auf dem Sarkophag geruht hatte und fast damit verwachsen schien. Langsam und mit lautem Knirschen löste die steinerne Platte sich von ihrem Sockel. Nachdem die Männer es geschafft hatten, sie ein paar Zentimeter zur Seite zu schieben, gelang es zweien von ihnen, den Deckel von der Unterseite zu fassen und das Ende leicht anzuheben. Auf diese Art wurde das Schieben etwas leichter, und nachdem die Lücke etwa fünfundzwanzig Zentimeter weit auf klaffte, hielten sie inne.

Glenn spähte als Erster hinein.

»Mein Gott! Die Leiche ist mumifiziert!«

Daphne rannte herbei, während sie alle abwechselnd in den Sarkophag blickten.

»Er ist eingewickelt wie eine ägyptische Mumie!«, rief sie überrascht. »Woher kannte man hier im Dschungel dieses Verfahren?«

»Nun, eins ist sicher«, resümierte Patrick. »Sämtliche Technologien, über die dieses Volk verfügt haben mag, sind mit diesem Herrscher verloren gegangen. Keinesfalls ist irgendetwas davon an einen anderen Stamm weitergegeben worden.«

»Da bin ich ganz deiner Meinung«, bestätigte Glenn, »ich kann mich nicht erinnern, dass es in irgendeiner anderen Stätte dieser Gegend den Fund eines mumifizierten Herrschers gegeben hat!«

»Kann ich ein Foto davon machen?«, fragte Daphne. »Immerhin ist das ja der Grund, weshalb ihr mich eingeladen habt, euch zu begleiten.«

Glenn nickte und trat zurück, während Daphne zwei Aufnahmen von dem halb geöffneten Sarkophag schoss.

»Lasst mich noch eins von der ganzen Bande machen.« Sie winkte alle an die letzte Ruhestätte des einstigen Herrschers heran und machte zwei weitere Fotos.

»Schließen wir den Deckel wieder«, forderte Glenn die anderen auf, »sonst dringt Feuchtigkeit ein.«

»Wie kriegen wir das Ding hier heraus?«, fragte Patrick, »allein schaffen wir das auf keinen Fall!«

»Darum kümmere ich mich«, meldete sich Roberto. »Ich fordere in Mexico City Männer, einen tragbaren Kran und einen Hubschrauber an.«

»Wir müssen einen detaillierten Plan ausarbeiten«, sagte Glenn, »immerhin handelt es sich hier um eine einzigartige Entdeckung. Möglicherweise ist es der bedeutendste Fund in der gesamten Geschichte der Maya-Forschung.«

EPILOG

Daphnes Artikel, der einige Zeit später in der Sunday Times erschien, umfasste nicht viel mehr als eine Gruppenaufnahme des Teams in der Höhle und einen zweispaltigen Bericht irgendwo im Innenteil:

»Die Leiche des Maya-Königs war außerordentlich gut erhalten. Die Art und Weise, wie der Körper mumifiziert wurde, wies bemerkenswerte Ähnlichkeit mit den Techniken der alten Ägypter auf. Wie das Wissen um diese Fertigkeit bis in diesen Teil der Welt vordringen konnte, ist und bleibt ein vollkommenes Mysterium.

Ich durfte dabei sein, als der Körper im Museum von Mexico City enthüllt wurde. Es war uns nicht gelungen, den Namen des Herrschers in Erfahrung zu bringen, da die meisten Hieroglyphen an den Wänden der Höhle nicht mehr zu entziffern waren, daher nannten wir ihn einfach ›den König‹. Eine der Errungenschaften, die der Regierungszeit dieses Königs zugeschrieben werden muss, die um 33 bis 35 n. Chr. begann und bis ca. 55 n. Chr. dauerte, ist ein großes Aquädukt. Eine Konstruktion, die verblüffende Ähnlichkeit mit den Aquädukten der Römerzeit aufweist und die über eine Entfernung von mehr als acht Kilometern frisches Trinkwasser von einem Wasserfall im Dschungel in das an der Küste gelegene Maya-Dorf leitete.

Zuerst wurde das Gesicht des Königs enthüllt, das interessan-

terweise von einer Narbe gezeichnet war, die über seine linke Wange vom Ohr bis zum Kinn verlief. Möglicherweise handelt es sich hierbei um das Ergebnis eines Kampfes; es ist bekannt, das die Mayas untereinander zahlreiche Stammesfehden ausfochten.

Auf seinem Körper entdeckten wir noch weitere Narben, wovon sich die ungewöhnlichsten zweifellos an den Händen und Füßen befanden und sowohl auf deren Oberfläche als auch auf der Unterseite sichtbar waren. Röntgenaufnahmen ergaben, das auch die Knochen in diesem Bereich verletzt waren, so, als wäre ein scharfes, spitzes Werkzeug hineingetrieben worden. Es ist nicht auszuschließen, dass es sich hierbei um die Wunden eines Maya-Rituals handelt, bei denen das Durchbohren einzelner Körperteile durchaus nichts Ungewöhnliches war. Was mich persönlich betrifft, so empfand ich die Narben auf der Brust als besonders faszinierend, die durch einen Speer oder – eine harmlosere Ursache – den Vorgang der Mumifizierung entstanden sein könnten. Sie hatten die Form eines ›X‹, gefolgt von drei senkrechten Strichen; wüsste man es nicht besser, könnten sie ohne Weiteres für eine römische Dreizehn gehalten werden.«

Nr. 92086

Evan H. Rhodes

DIE GAUKLER DER KRONE

England, 1585: Königin Elisabeth I. muss um den Erhalt ihrer Macht fürchten. Eine militärische Auseinandersetzung mit Spanien rückt in greifbare Nähe, und ihre Nebenbuhlerin, Maria Stuart, erhebt Ansprüche auf den englischen Thron. Umgeben von Feinden und Ränkeschmieden, legt die Monarchin ihr Schicksal in die Hände eines jungen Schauspielers, der im Auftrag der Krone gefährliche Missionen zu erfüllen hat. Nach *Im Zeichen des Kreuzes* der zweite historische Roman von Evan H. Rhodes: ein Porträt der Shakespeare-Zeit.

Mit der Welt auf Buchfühlung